KB068343

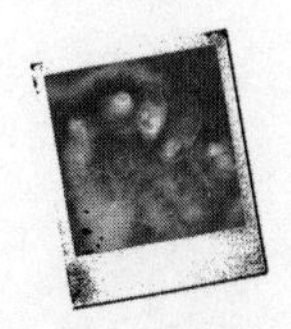

미확인 기록

THE NO.1 SCARPETTA SERIES

PATRICIA CORNWELL

BOOK OF THE DEAD

미확인 기록

퍼트리샤 콘웰 지음 | 홍성영 옮김

Media Review

"스릴러, 모험, 심리학이 혼합된 매력적인 스토리가 압권. 특히 인간의 몸속을 꿰뚫고 있는 콘웰의 해부 묘사는 끝내주게 생생하다." _*포브스 매거진*

"긴장감 넘치는 빠른 흐름의 플롯과 세련된 스토리…. 콘웰은 가히 서스펜스와 스릴러의 여왕이다." _*선데이 익스프레스*

"소름 끼치는 범죄 현장 묘사가 여전히 빛을 발한다." _*퍼블리셔스 위클리*

"스카페타의 오랜 파트너였던 마리노가 관용의 탈을 벗고 점점 타락하는 모습은 이 작품에서 가장 인상적이라 할 수 있다. 과학수사와 살인자에 대한 철저한 연구와 조사로 탄생하는 그녀의 작품은 단연 최고 수준이다." _*북리스트*

"퍼트리샤 콘웰의 작품에는 투지와 전율이 넘친다. 여전히 그녀는 최상의 만족을 선사한다." _*히트*

"다채로운 해부학적 디테일과 과학수사에 대한 전문적 지식이 만나 콘웰의 새로운 작품을 탄생시켰다." _*헤럴드*

"우리가 과학수사와 관련된 작품을 읽는 이유는 어떻게 그 과정이 이루어지는지가 궁금하기 때문일 것이다. 콘웰은 이러한 점을 정확하게 인지해 독자들에게 들려주기 때문에, 우리는 매번 그녀의 이야기에 귀를 기울이게 된다." _*타임 리터러리 서플리먼트*

차 례

온당한 도구를 갖지 못한 사람들은

인간 이하의 존재로 간주되던

어두운 시기의 어두운 나날,

인간 이하의 존재로 여겨지던 그들은 어떤…

도대체 어떤 취급을 받았을까?

로마

물이 튀었다. 회색 모자이크 타일 욕조가 테라코타 바닥 깊숙이 가라앉아 있었다. 오래된 놋쇠 수도꼭지에서는 물이 천천히 떨어졌고 창문을 통해서 어둠이 스며들었다. 바람에 흔들리는 오래된 창문 너머로 광장과 분수가 보였다. 어느새 밤이 찾아들었다.

그녀는 물속에 가만히 앉아 있었다. 네모난 얼음조각들이 녹고 있는 물은 몹시 차가웠고, 아무 표정 없는 그녀의 눈빛은 공허했다. 처음 그녀의 눈빛은 그에게 두 손을 뻗으며 살려달라고 애원하는 것 같았지만, 지금은 어둑해졌다. 그녀의 눈빛에는 이제 아무것도 남지 않았다. 머지않아 그녀는 잠들 것이다.

"자." 그는 무라노산(産) 수제 컵에 보드카를 채워 그녀에게 건네며 말했다.

그는 햇빛에 한 번도 노출된 적 없는 그녀의 속살을 바라보며 매혹되었다. 피부는 석회암처럼 창백했다. 그가 수도꼭지를 거의 잠그자 물이 똑똑 떨어졌다. 그녀는 숨을 가쁘게 몰아쉬면서 이를 맞부딪혔다. 수면 바로 아래에 떠오른 그녀의 젖가슴은 희고 섬세한 꽃송이 같았고, 추위로 단단하게 굳은 유두는 탐스러운 분홍빛 꽃봉오리 같았다. 그러자 그의 머릿속에 연필이 떠올랐다. 학창 시절 연필 끝에 달린 분홍색 지우개를 잘근잘근 씹던 기억이 떠올랐다. 그는 실수하는 법이 없으니 지우개는 필요 없다고 아버지에게, 그리고 종종 어머니에게 말했었다. 하지만 사실은 지우개 씹는 걸 좋아했고 그렇게 하지 않고는 배길 수 없었다.

"넌 내 이름을 기억하게 될 거야." 그가 그녀에게 말했다.

"그렇지 않아. 난 잊을 수 있어." 그녀가 말했다.

그는 그녀가 왜 그렇게 말하는지 알고 있었다. 그녀가 그의 이름을 잊는다면 형편없는 전투 계획처럼 그녀의 운명을 재고해야 하기 때문이다.

"내 이름이 뭔지 말해봐." 그가 요구했다.

"기억 안 나." 그녀는 울부짖으며 몸을 부들부들 떨었다.

"말해." 그는 소름이 돋고 금발 솜털이 곤두선, 햇볕에 그을린 그녀의 팔을 쳐다보았다. 그리고 봉긋하게 솟은 그녀의 젖가슴과 물속에 잠긴 두 다리 사이의 거무스름한 부분을 내려다보았다.

"윌."

"그리고 성은?"

"람보."

"넌 내 이름이 우습다고 생각하지." 그는 벌거벗은 채 변기 뚜껑에 앉아 말했다.

그녀는 고개를 힘껏 가로저었다.

거짓말. 이름을 가르쳐주자 그녀는 그를 놀려댔다. 람보는 가명이고 영화 주인공 이름이라고 깔깔 웃으며 말했다. 스웨덴 이름이라는 그의 말에 그녀는 그가 스웨덴 사람이 아니라고 말했다. 그는 스웨덴 이름이라고 우겼다. 그녀는 그게 어느 나라 이름이라 생각했을까? 그건 가명이 아니었다. "좋아, 로키라는 이름도 있으니까." 그녀는 소리 내어 웃으며 말했다. "인터넷에서 찾아봐. 실명이야." 그는 자신의 이름에 대해 설명해야 하는 게 맘에 들지 않았다. 그게 바로 이틀 전이었다. 그는 그녀에게 맞서지는 않았지만, 알고 있었다. 그녀를 용서해준 이유는 세상 사람들이 뭐라 말하든 그녀가 참을 수 없을 정도로 괴로워했기 때문이다.

"내 이름을 알면 반향이 일 거야." 그가 말했다. "그렇다고 달라지는 건 아무것도 없지. 이름을 소리 내어 말했을 뿐."

"절대 말하지 않을게." 그녀는 돌연 공포에 사로잡혔다.

입술과 손톱이 퍼렇게 변한 그녀는 주체할 수 없을 만큼 몸을 떨었다. 그녀는 그를 응시했다. 그가 더 마시라고 하자 그녀는 감히 거부할 수 없었다. 반항하는 기색을 조금이라도 드러내면 어떤 일이 일어날지 알았기 때문이다. 낮은 소리로 비명을 질러도 어떻게 될지 알았다. 변기 뚜껑에 가만히 앉은 그가 다리를 벌렸다. 그가 흥분하는 표정을 보자 그녀는 두려움에 사로잡혔다. 그녀는 그에게 더 이상 애원하지도 않았고, 그런 이유로 자신을 인질로 삼은 거라면 원하는 대로 하라고 말하지도 않았다. 그에게 욕을 하면서 어떤 일도 기꺼이 해주지 않을 경우, 어떤 일이 일어날지 알았기 때문이다.

"내가 친절하게 요구했다는 거 알 거야." 그가 말했다.

"난 몰라." 이가 다닥다닥 부딪히는 소리가 들렸다.

"아니, 넌 알아. 내가 나한테 고맙게 생각하라고 했었지. 내가 요구한 건 그것뿐이야. 난 친절하게 대해주었어. 네게 친절하게 요구했으니까 넌 해야만 해. 내가 이렇게 하도록 해줘야 해. 자." 그는 자리에서 일어나 매끈한 대리석 세면대 위에 걸린 거울 속에 비친 자신의 벌거벗은 모습을 쳐다보았다. "나도 이러고 싶지 않아. 너 때문에 마음 아파. 내가 이렇게 해야 하는 게 얼마나 마음 아픈지 알아?" 거울에 비친 벌거벗은 그가 말했다.

그녀는 안다고 대답했다. 그가 연장통을 열자, 그녀의 눈빛이 흩날리는 사금파리 파편처럼 혼란스러워졌다. 혼란스러운 그녀의 눈빛은 박스 절단기와 칼, 날카로운 톱날이 달린 톱에 고정되었다. 그는 작은 모래주머니를 들어 올려 세면대 가장자리에 두고 연보라색 접착제를 꺼내 세면대에 놓았다.

"네가 원하는 건 뭐든지 할게. 원하는 건 뭐든지 줄게." 그녀는 몇 번이나 반복해서 말했다.

그는 다시는 그런 말 하지 말라고 명령했지만 그녀는 재차 말했다.

그가 물속에 손을 담그자 차가운 기운이 엄습했다. 그는 그녀의 손목을 움켜잡고 끌어 올렸다. 다리는 햇빛에 그을었고 발은 하얐다. 그녀의 차가운 다리를 잡자 긴장한 근육을 통해 두려움이 느껴졌다. 그는 차가운 발목을 꽉 움켜쥐었다. 아까보다 더 오랫동안 움켜쥐자 그녀는 몸을 격렬하게 움직이며 몸부림쳤다. 차가운 물이 철퍽거리며 튀었다. 그는 그녀를 놓아주었다. 그녀는 숨을 몰아쉬며 기침을 하고 금방이라도 숨이 끊어질 것처럼 울부짖었다. 하지만 하소연을 늘어놓지는 않았다. 하소연해봐야 아무 소용없다는 걸 체득했기 때문이다. 시간이 조금 걸렸지만 어쨌든 체득했다. 이 모든 게 자신에게 이롭다는 걸 체득했고, 그의 삶을 바꿀 희생에 대해 감사하게 생각했다. 자신의 삶이 아닌 그의 삶이 좋지 않은 방식으로 바뀔 거라는 데에 감사했다. 예전에도 좋지 않았고 앞으로 좋아질 가능성도 절대 없을 것이다. 그녀는 그의 재능에 감사해야 했다.

그는 바에 있는 냉장고에서 만든 얼음이 담긴 봉투를 집어 욕조에 쏟

아부었다. 그를 쳐다보는 그녀의 얼굴에 눈물이 흘러내렸다. 어둠이 깃든 얼굴에 언뜻 슬픔이 스쳤다.

"저기 천장에 달아놓곤 했지." 그가 말했다. "무릎 양쪽을 걷어차곤 했지. 저기 위에. 우리 모두 좁은 방 안에 들어와 그들의 무릎 양쪽을 걷어찼지. 몹시 고통스러운 고문으로 불구가 되기도 했고 몇몇은 목숨을 잃었어. 하지만 내가 저기서 본 것에 비하면 아무것도 아니야. 너도 알다시피 난 저 감옥에서 일하지 않았어. 주변에 그런 일이 비일비재했기 때문에 그럴 필요가 없었지. 그걸 촬영하고 사진을 찍어두는 게 어리석은 일이 아니라는 걸 사람들은 이해 못 해. 어쩔 수 없었어. 그럴 수밖에 없었어. 그렇지 않으면 아무 일도 없었던 것 같으니까. 그래서 사람들은 사진을 찍고 그걸 다른 사람들에게 보여주지. 한 사람만 있으면 돼. 한 사람만 보면 돼." 그녀는 벽토를 바른 벽 쪽에 있는 대리석 테이블에 놓인 카메라를 쳐다보았다.

"어쨌든 그들은 그럴 만한 자격이 있었어, 그렇지 않아?" 그가 말했다. "그들은 우리에게 우리 자신의 본연의 모습에서 벗어나라고 강요했어. 누구의 잘못일까? 우리의 잘못은 아니야."

그녀는 고개를 끄덕이며 몸을 떨었다. 이가 다닥다닥 부딪히는 소리가 났다.

"난 매번 함께하지는 않았어." 그가 말했다. "그냥 지켜봤을 뿐이지. 처음에는 무척 힘들었고 정신적 쇼크가 심했어. 그들이 우리에게 강요하는 것에 저항했지. 그들 때문에 우린 그 일을 다시 해야만 했어. 그러니까 우리에게 강요한 건 그들의 잘못이었고, 너도 그건 잘 알 거야."

고개를 끄덕이며 흐느껴 우는 그녀의 몸이 부들부들 떨렸다.

"길거리 폭탄 투하와 납치. 네가 들은 것보다 훨씬 많은 일들이 벌어졌지." 그가 말했다. "넌 그런 것에 익숙해졌어. 지금 차가운 물에 익숙해지고 있는 것처럼. 그렇지 않아?"

그녀는 익숙해지지 않았다. 감각이 없어져 저체온증으로 죽을 것 같았다. 머리가 윙윙 울리고 심장은 금방이라도 터질 것 같았다. 그녀는 그가 건넨 보드카를 마셨다.

"이제 창문을 열 거야." 그가 말했다. "그럼 베르니니 분수 소리가 들리겠지. 난 평생 그 소리를 들었어. 날씨가 좋군. 하늘에 별도 보이고." 그는 창문을 열어 어두운 밤하늘과 별, 네 개의 물줄기가 솟아오르는 분수와 광장을 내다보았다. 밤이 찾아온 광장은 텅 비어 있었다. "소리 지르지 마." 그가 말했다.

그녀는 고개를 끄덕였다. 가슴팍이 솟아오르고 주체할 수 없을 정도로 몸이 부들부들 떨렸다.

"친구들을 생각하고 있군. 그들도 분명 네 생각을 하고 있을 거야. 그들이 여기 없다니 유감이야. 코빼기조차 보이지 않는군." 그는 한적한 광장을 다시 내다보며 어깨를 으쓱했다. "여기에 나타날 리가 없지. 그들은 이미 오래전에 떠났어."

콧물이 흘러내리고 눈물이 번졌다. 몸이 부들부들 떨렸다. 그녀를 만났을 때 눈빛에 어려 있던 기운이 지금은 남아 있지 않자, 그는 예전의 모습이 망가졌다며 분개했다. 예전에, 아주 오래전에 그는 이탈리아어로 그녀에게 말했다. 그녀에게 낯선 이방인으로 가장할 수 있었기 때문이다. 지금은 아무 상관도 없기 때문에 영어로 말했다. 그녀는 흥분한 그의 모습을 흘낏 쳐다보았다. 흥분한 그를 쳐다보는 그녀의 시선이 불을 향해 뛰어드는 부나방처럼 튕겨 나왔다. 그는 그녀의 존재를 느꼈다. 그녀는 그곳에 있는 모든 게 두려웠다. 하지만 차가운 물과 도구들, 모래와 접착제가 무엇보다 더 두려웠다. 두꺼운 검정색 벨트가 아주 오래된 타일 바닥에 똬리를 틀고 있다는 사실을 안다면, 그녀는 아마 그걸 가장 두려워할 것이다.

그는 두꺼운 벨트를 집어 들더니, 스스로를 방어하지 못하는 사람을 두드려 패는 건 원초적인 욕구라고 말했다. 도대체 왜 그럴까? 그녀는 아무 대답도 하지 않았다. 겁에 질려 바라보는 눈빛이 멍하지만 실핏줄이 엉켜 날카로워 보였다. 마치 깨져 흩어진 거울 조각처럼. 그가 일어서라고 말하자 그녀는 부들부들 떨며 몸을 일으켰다. 무릎이 꺾여 쓰러질 뻔했다. 그녀는 차가운 물속에서 일어나 수도꼭지를 잠갔다. 그는 유연하고 강인한 자신의 몸을 바라보며 줄을 팽팽하게 맨 활을 떠올렸다. 그 앞에 똑바로 선 그녀의 몸에서 물방울이 뚝뚝 떨어졌다.

"돌아서." 그가 말했다. "걱정 마. 벨트로 때리진 않을 테니. 난 그런 짓은 하지 않아."

그녀가 오래되어 금이 간 벽을 향해 돌아서자 물방울이 욕조에 떨어지는 나지막한 소리가 들렸다. 그녀는 덧문을 잠갔다.

"자, 이제 물속에서 무릎을 꿇어. 그리고 벽을 쳐다봐. 날 쳐다보지 말고."

그녀가 벽을 마주 보며 무릎을 꿇자, 그는 벨트를 집어 들어 버클에 벨트 끝을 끼워 넣었다.

01

시뮬레이션

열흘 후. 2007년 4월 27일 금요일 오후. 이탈리아에서 가장 큰 영향력을 가진 사법계 인물과 정치인 열두 명이 시뮬레이션 영화관에 모여 있었다. 법의학자 케이 스카페타는 그들 대부분의 이름이 정확하게 기억나지 않았다. 비(非)이탈리아계는 그녀와 국제 연구 대응센터(IIR) 및 유럽 법의학 협회(ENFSI)의 컨설턴트를 맡고 있는 심리학 박사 벤턴 웨슬리뿐이었다. 이탈리아 정부는 매우 신중을 요하는 입장에 처해 있었다.

9일 전, 미국 테니스 스타인 드루 마틴이 휴가 중에 살해되었다. 그녀는 벌거벗겨지고 사지가 절단된 채 로마의 역사 유적지의 심장인 나보나 광장 근처에서 발견되었다. 사건은 전 세계적인 관심을 불러일으켰고, 열여섯 살 소녀의 삶과 죽음에 관한 상세한 소식이 텔레비전을 통해 끊임없이 보도되었다. 영화관 스크린 아랫부분에도 그 사건이 계속 나오고 있었다. 뉴스 진행자와 사건 전문가들이 말했던 세부적인 사항이 천천히 그리고 집요하게 반복되고 있었다.

"스카페타 박사, 혼란스러운 점이 많은 것 같으니 분명히 해둡시다. 당신 의견에 따르면 그녀는 그날 오후 2~3시경에 사망했습니다." 수사를 이끌고 있는 이탈리아 헌병대 소속의 법의학자 오토리노 포마 국장이 말했다.

"그건 내 의견이 아니라 당신 의견이죠." 스카페타가 말했다. 그녀의 인내심이 한계에 다다르기 시작했다.

찡그린 그의 얼굴이 희미한 불빛에 비쳐 드러났다. "몇 분 전, 위 속에 든 내용물과 알코올 농도에 대해 언급하는 걸 보고 당신 의견일 거라 확신했습니다. 그리고 희생자가 친구들과 마지막으로 함께 있은 후 몇 시간 내에 사망했다고 했습니다."

"난 희생자가 2~3시경에 사망했다고 말하지 않았어요. 그렇게 계속 말한 건 바로 당신인 것 같은데요, 포마 국장님."

포마 국장은 젊은 나이에 벌써 폭넓은 명성을 얻었지만 평판이 좋은 것만은 아니었다. 스카페타가 헤이그에서 열린 유럽 법의학 협회 모임에서 그를 처음 만났을 때, 사람들은 그를 '디자이너 의사'라는 우스꽝스러운 별명으로 부르며, 자만심이 무척 강하고 논쟁 벌이기를 좋아하는 성격이라고 했다.

포마 국장은 굉장히 미남이었고 아름다운 여자들과 값비싼 옷에 안목이 있었다. 그는 오늘 두꺼운 붉은색 줄무늬와 밝은 은색 장식이 들어간 짙은 남색 유니폼 차림에, 윤이 나는 검정색 가죽 구두를 신고 있었다. 오늘 아침 극장 안으로 들어올 때는 붉은색 줄무늬가 들어간 망토를 걸치고 있었다.

그는 스카페타가 정면으로 마주 보이는 앞줄 중앙에 앉아 그녀에게서 잠시도 시선을 떼지 않았다. 그 옆에 앉은 벤턴 웨슬리는 줄곧 거의 아무 말이 없었다. 모두들 입체 안경을 쓰고 있었는데, 이는 이탈리아 과학 경찰이 폭력 범죄 분석을 위해 개발한 것으로 전 세계 경찰과 사법 기관의 부러움을 사고 있는 기술이었다. 모두가 이 혁신적인 범죄 현장 분석 시스템 화면을 동시에 볼 수 있었다.

"내 입장을 온전히 이해하려면 이 사건을 다시 살펴봐야 할 것 같군요." 스카페타가 말했다. 포마 국장은 어느새 그녀와 와인을 마시며 친밀한 이야기를 나누듯 손으로 턱을 괴고 앉아 있었다. "희생자가 그날 오후 2~3시경에 사망했고 시신이 그다음 날 아침 8시 반쯤에 발견되었다면, 사망 후 적어도 열일곱 시간 동안 방치되어 있었어요. 사후 멍 자국, 사후 경직, 사후 체온 저하 등은 그와 일치하지 않아요."

그녀는 진흙 묻은 공사 현장을 3D로 형상화해 벽면 크기의 스크린에 비춘 모습을 레이저 포인터로 가리켰다. 마치 범죄 현장 한가운데에서 드루 마틴의 난자당한 시신과 어수선하게 흩어진 물건, 땅을 고르는 기계 등을 쳐다보고 있는 듯했다. 레이저 포인터에서 비쳐 나온 붉은 점이 왼쪽 어깨와 왼쪽 엉덩이, 왼쪽 다리와 맨발을 따라 움직였다. 오른쪽 엉덩이와 오른쪽 허벅지 일부분은 상어에게 물어 뜯긴 것처럼 사라지고 없었다.

"시신의 멍 자국(lividity)과…." 스카페타가 말문을 열자 포마 국장이 곧바로 끼어들었다.

"다시 한 번 양해드립니다만, 제 영어 실력이 당신처럼 훌륭하지 않아서요. 방금 말씀하신 단어의 뜻을 잘 모르겠습니다."

"예전에도 사용했던 단어입니다."

"예전에도 알아듣지 못했거든요."

사람들이 웃음을 터뜨렸다. 통역사를 제외하고 그 자리에 여성은 스카페타뿐이었다. 그녀와 통역사는 국장의 답변이 재미있다고 생각하지 않았지만 나머지 남자들은 그런 것 같았다. 벤턴만은 예외로, 오늘 단 한 번도 웃는 모습을 보이지 않았다.

"이탈리아어로 뭔지 압니까?" 포마 국장이 스카페타에게 물었다.

"고대 로마에서 사용하던 언어로는 어떨까요?" 스카페타가 대답했다. "바로 라틴어죠. 대부분의 의학 용어는 라틴어에 어원을 두고 있죠." 무례하게 말하지는 않았지만 그렇다고 틀린 말은 아니었다. 그가 구사하는 영어가 어색하다는 걸 잘 알고 있었기 때문이다.

3D 안경을 낀 그의 모습을 보며 스카페타는 조로(작가 존스턴 매컬리가 1919년 창조한 가공의 인물로, 검은색 망토에 가면을 쓰고 악당으로부터 사람들을 구해주는 무법자로 나온다－옮긴이)를 떠올렸다.

"이탈리아어로 부탁합니다. 라틴어는 젬병이었거든요."

"두 가지 모두 가르쳐드리죠. 리비드(livid, 검푸른)는 이탈리아어로는 리비도(livido)로 멍 자국을 뜻하고, 모르티스(mortis)는 사망(morte) 혹은 죽음을 뜻합니다. 리보르 모르티스(livor mortis)는 사망 후 나타나는 멍 자국을 말하죠."

"이탈리아어로 설명해주니 알겠군요. 이탈리아어를 꽤 잘하시는군요." 그가 말했다.

이 상황에서 이탈리아어로 말할 의도는 없지만 스카페타는 이탈리아어를 꽤 하는 편이었다. 그녀는 이러한 업무적인 회담에서는 영어로 말하는 걸 선호했다. 뉘앙스에 약간 차이가 있고 통역사가 매 단어마다 끼어들기 때문이다. 언어적인 어려움이 있는 데다 정치적인 외압과 스트레스, 게다가 포마 국장의 기괴하고 익살맞은 행동 때문에 이러한 일과 아무 상관없이 이미 혼란스러웠던 상황이 더 혼란스러워졌다. 이번 사건의 범인은 이전의 일반적인 프로필에서 벗어났다. 범인은 그들을 당혹시키고 있었다. 심지어 과학수사조차 뜨거운 논란의 대상이 되었고,

사람들의 예상을 비껴가면서 사람들에게 거짓말을 하는 것처럼 보였다. 스카페타는 자신과 모든 사람들에게 상기시켜야 했다. 과학수사는 사실이 아닌 것을 말하는 법이 없다고. 절대 실수하지 않는다고. 고의로 그들을 헤매게 하거나 비웃는 법이 절대 없다고.

이번 일은 포마 국장이 패했다. 어쩌면 그저 그런 척 하는 것인지도 모른다. 드루의 시신에 대해 비협조적이고 논쟁만 벌이는 동안 자신이 무슨 상관이냐는 듯한 태도를 보인 것인지도, 사소한 말다툼을 하는 양 진지하지 않은 것인지도 모른다. 그는 희생자의 사후 변화와 혈중 알코올 농도 그리고 위에 남은 내용물은 서로 상관성이 없을 수도 있지만, 스카페타의 믿음과는 반대로 음식과 술에 관해서는 반드시 신뢰해야 했다고 단언했다. 그는 적어도 그 점에 관해서는 진지했다.

"희생자가 먹었던 음식과 알코올을 통해 진실이 드러날 겁니다." 그는 아까 개회식 때 열성적으로 했던 말을 그대로 반복했다.

"그렇습니다, 진실이 드러나겠지만 당신이 주장하는 진실은 아닐 거예요." 스카페타는 말뜻보다는 친절한 어조로 대답했다. "당신이 주장하는 진실은 오해입니다."

"계속 이 문제에 대해 왈가불가하고 있는데, 내 생각엔 스카페타 박사가 명백하고 분명하게 설명한 것 같습니다." 어두운 앞줄에 앉은 벤턴 웨슬리가 말했다.

3D 안경을 쓴 포마 국장과 다른 사람들의 시선은 여전히 그녀에게 고정되어 있었다.

"웨슬리 박사님." 포마 국장이 말했다. "내가 실시했던 재검 결과를 다시 언급해서 죄송하지만, 그 결과에서 의미를 찾아야만 합니다. 그러니 내 말에 주의를 기울여주십시오. 4월 17일, 드루는 스페인 광장 근처에 있는, 여행객을 상대하는 작은 음식점에서 상태가 몹시 나쁜 라자냐와

샹티 넉 잔을 마셨어요. 음식 값을 내고 식당에서 나온 그녀는 스페인 광장에서 친구 두 명과 헤어졌고, 한 시간 내에 나보나 광장에서 다시 만나기로 약속했지만 나타나지 않았습니다. 그건 분명한 사실이고, 나머지 사항은 의문으로 남아 있습니다." 그는 두꺼운 3D 안경테를 낀 채 스카페타를 쳐다보더니 고개를 돌려 뒤쪽에 앉은 사람들을 향해 말했다. "의문점으로 남아 있는 이유는, 미국에서 오신 존경하는 동료분이 드루는 점심 식사 직후 혹은 그날 사망하지 않았다고 단언하고 있기 때문이에요."

"그 점에 대해 계속 말씀드렸어요. 혼란스러워하는 것 같으니 왜 그런지 다시 한 번 설명해드리죠." 스카페타가 말했다.

"다음 사항으로 넘어가야 합니다." 벤턴이 말했다.

하지만 그들은 다음 사항으로 넘어갈 수 없었다. 포마 국장은 마치 유명인처럼 이탈리아 사람들의 존경을 받고 있어서 자신이 원하는 건 뭐든지 할 수 있었다. 그는 형사가 아닌 의사이지만 언론에서는 그를 로마의 셜록 홈즈라고 불렀다. 뒤쪽 구석에 말은 않은 채 주로 남의 말을 듣고 있는 경찰청장을 포함해 모든 사람들이 포마 국장이 의사라는 사실을 잊어버린 것 같았다.

"일반적인 상황이라면 드루가 점심으로 먹은 음식은 서너 시간 후 완전히 소화되었을 거고, 혈중 알코올 농도도 검사 결과로 나온 0.2만큼 높게 나오지 않았을 겁니다. 그러므로 포마 국장님, 희생자의 위 속에 남아 있는 음식물과 혈중 알코올 농도 검사 결과에 의하면 희생자는 점심 식사 직후에 사망했다고 추정할 수 있습니다. 하지만 다시 한 번 힘주어 말하는데, 사후 멍 자국과 사후 경직 상태로 보아 희생자는 음식점에서 점심을 먹은 후 열두 시간에서 열다섯 시간 이후에 사망했을 겁니다. 우리가 가장 주의를 기울여야 하는 건 바로 이러한 사후 인공물입니다."

"내가 잘 이해하지 못하는 단어인 멍 자국으로 결국 되돌아왔군요." 포마 국장이 한숨을 내쉬었다. "방금 '사후 인공물'이라고 언급한 것도 잘 이해하지 못하겠으니 다시 한 번 설명해주시기 바랍니다. 우리가 무슨 유물을 발굴해내는 고고학자도 아닐 텐데 말이죠." 포마 국장은 다시 손으로 턱을 괴며 말했다.

"멍 자국, 사후 멍 자국, 사후 침하성 충혈, 모두 같은 뜻입니다. 사망 시 혈액순환이 멈추고 중력으로 인해 혈액이 혈관에 축적되기 시작하는데, 물속에 가라앉은 배에 침전물이 쌓이는 것과 마찬가지죠." 스카페타는 벤턴이 3D 안경을 낀 채 자신을 바라보는 시선을 느꼈다. 그녀는 감히 그를 바라보지 못했다. 그는 본래 자신의 모습이 아니었다.

"계속 설명해주십시오." 포마 국장이 메모지에 서너 번 밑줄을 그으며 말했다.

"사망 이후 시신이 오랫동안 특정한 자세로 있으면 혈액이 침잠하는데, 그러한 사후 인공물을 사후 멍 자국이라 부릅니다." 스카페타가 설명했다. "사후 인공물은 시간이 지나면서 정착되어 자줏빛이 도는 붉은색으로 변하는데, 몸에 꽉 끼는 옷 같은 것에 눌려 창백하게 변한 모양도 함께 남습니다. 자, 부검 사진을 보시겠습니다." 그녀는 연단에 놓인 목록을 확인했다. "21번 사진입니다."

토르 베르가타 대학 공시소의 철제 침대에 누운 드루의 시신 사진이 스크린을 가득 채웠다. 사진 속의 희생자는 엎드려 있었다. 스카페타는 시신의 등과 자줏빛이 도는 붉은 멍 자국, 창백하게 변한 부분을 레이저 포인터의 붉은색 점으로 가리켰다. 짙은 붉은색 분화구처럼 보이는 충격적인 상처 자국에 대해서도 설명해야 했다.

"이제 다른 사진을 보여드릴 텐데, 시신을 시신 봉투에 담는 사진입니다." 그녀가 말했다.

3D 사진이 다시 스크린을 채웠다. 이번에는 흰색 타이벡(뒤퐁 사가 상표를 등록한 고강도 폴리에틸렌 소재－옮긴이) 유니폼과 장갑, 신발 덮개로 몸을 감싼 조사원들이 시신 봉투에 벌거벗은 드루의 흐느적거리는 시신을 넣고 있는 사진이었다. 시신 봉투는 검정색으로 안감에 시트를 댄 것이었다. 주변에 서 있는 다른 조사원들은 범죄 현장 근처에 있을 호기심 어린 사람들과 파파라치들에게 보이지 않도록 시트를 들고 현장을 차단하고 있었다.

"방금 봤던 사진과 이 사진을 비교해 보십시오. 시신을 발견하고 나서 여덟 시간 후 부검을 실시했을 당시, 멍 자국은 완전히 정착된 상태였습니다. 하지만 이곳 범죄 현장에서는 멍 자국이 초기 단계라는 걸 분명히 알 수 있습니다." 레이저의 붉은 점이 드루의 등에 남아 있는 불그스름한 부분으로 옮겨 갔다. "사후 경직 또한 초기 단계입니다."

"사후 경련 때문에 사후 경직 초기 단계라고 판단하는 겁니까? 예를 들어, 사망하기 직전에 범인에게 격렬하게 저항했기 때문이라고 생각합니까? 그 현상에 대해 아직 언급하지 않아서요." 포마 국장이 메모지에 적힌 무언가에 밑줄을 그으며 말했다.

"사후 경련에 대해 언급해야 할 이유는 없습니다." 스카페타가 단언했다. '그 따위 질문은 부엌 싱크대에 던져버리는 게 어때?'라고 되묻고 싶은 충동이 일었다. "피해자가 격렬하게 저항했든 그렇지 않았든, 시신으로 발견되었을 당시 사후 경직이 완전히 진행되지 않았습니다. 그러므로 사후 경련은 일어나지 않았습니다."

"사후 경직이 일어났다가 다시 원래대로 돌아간 건 아닙니까?"

"공시소에서 완전히 고정되었기 때문에 그럴 가능성은 없습니다. 사후 경직이 일어났다가 원래대로 되돌아가는 일은 없습니다."

통역사가 웃음을 참으며 이탈리아어로 통역을 하자 몇몇 사람들이 웃음을 터뜨렸다.

"이걸 보면 알 수 있어요." 스카페타는 들것에 실린 드루의 시신을 레이저 포인터로 가리켰다. "근육이 뻣뻣하게 굳지 않고 꽤 유연한 상태입니다. 시신으로 발견되기 여섯 시간 전에 사망했을 것으로 추정되는데, 사망한 지 몇 시간 지나지 않아 발견되었을 가능성도 충분합니다."

"세계적인 전문가이신데 어떻게 그렇게 모호하게 말하는 거죠?"

"희생자가 어디에 있었는지, 공사 현장에 버려지기 전 어떤 온도와 상태에 노출되었는지 알 수 없기 때문입니다. 체온과 사후 경직, 사후 멍 자국은 사건과 개인에 따라 차이가 많이 날 수 있습니다."

"신체 상태로 보아 희생자가 친구들과 함께 점심을 먹은 직후 살해되었을 가능성은 없다는 말입니까? 친구들과 다시 만나기 위해 나보나 광장으로 걸어가던 동안 살해되었을 거라 생각합니까?"

"그랬을 거라고 생각하지는 않아요."

"그럼 원래의 문제로 되돌아가는군요. 위 속의 음식이 소화되지 않았고 혈중 알코올 농도가 0.2였다는 사실은 어떻게 설명할 수 있습니까? 그러한 정황으로 보면, 희생자는 열다섯 시간에서 열여섯 시간 이후가 아니라 친구들과 점심을 먹은 직후에 사망했다고 추정할 수 있습니다."

"희생자가 친구들과 헤어진 후 얼마 지나지 않아 두려움이나 스트레스 때문에 술을 더 마셨고, 그 때문에 소화가 중단되었다고 추정할 수도 있습니다."

"뭐라고요? 희생자가 범인과 함께 열 시간, 열두 시간 혹은 열다섯 시간 동안 함께 있으면서 술을 마셨단 말입니까?"

"범인이 그녀를 망가뜨리고 더 쉽게 통제하기 위해 억지로 술을 마시게 했을 가능성도 있어요. 마약을 투약시키는 것과 마찬가지죠."

"그렇다면 범인이 오후와 밤 내내 그리고 이른 새벽까지 억지로 술을 마시게 했고, 피해자가 겁에 질려 음식을 소화시키지 못했단 말입니까? 그게 그럴듯한 설명이라고 생각해요?"

"예전에도 그런 경우를 본 적이 있어요." 스카페타가 말했다.

어둠이 내린 후 활기가 느껴지는 공사 현장.

불이 환하게 켜진 주변 상점과 피자가게, 음식점들은 사람들로 붐비고 있었다. 자동차와 스쿠터들이 도로 측면과 보도에 주차되어 있었다. 극장 안은 덜커덕거리는 자동차 소리, 발자국 소리, 사람들의 목소리로 가득 차 있었다.

불이 켜진 창문이 갑자기 어두워졌다. 그리고 아무 소리도 들리지 않았다.

자동차 소리와 자동차 모양. 검정색 4도어 랜시아가 파스키노 가(街)와 아니마 가가 만나는 모퉁이에 주차했다. 운전석 차 문이 열리고 활기 넘치는 남자가 차 밖으로 나왔다. 그는 회색 옷을 입고 있었는데, 아무 특징이 없는 얼굴과 손은 어두컴컴해 보였다. 극장에 있는 어떤 사람도 범인의 나이나 인종 혹은 어떤 신체적 특징을 추정할 수 없었다. 다만 범인이 남자라는 사실만 알려졌다. 어두컴컴해 보이는 남자는 트렁크를 열어 붉은색, 황금색, 초록색이 들어간 푸른색 무늬의 천으로 싼 시신을 꺼냈다.

"시신을 감싼 시트에는 시신과 그 밑에 묻어 있던 진흙에서 채취한 실크 섬유가 묻어 있었습니다." 포마 국장이 말했다.

벤턴 웨슬리가 말문을 열었다. "섬유는 머리칼과 손, 발을 포함해 온몸에서 발견되었습니다. 물론 상처 자국에도 다량 붙어 있었고요. 그것으로 보아 범인은 희생자를 머리부터 발끝까지 천으로 감쌌다고 결론 내릴 수 있어요. 그러니 화려한 실크 섬유를 고려해야 할 겁니다. 침대 시트나 커튼일 수도….”

“요점이 뭡니까?”

“요점은 두 가지입니다. 우선, 그것이 시트라고 가정해서는 안 됩니다. 어떤 것도 가정해서는 안 되기 때문이죠. 또한 범인이 거주하거나 일하는 장소, 혹은 피해자를 인질로 잡아두었을 장소에 원래 있던 것으로 피해자를 둘둘 말았을 가능성도 있고요.”

“그렇습니다.” 포마 국장은 3D 안경을 끼고 스크린을 가득 채우고 있는 범죄 현장에 시선을 고정한 채 말했다. “2005년식 랜시아 트렁크에 깔린 카펫과 일치하는 카펫 섬유도 나왔습니다. 앞서 언급했던 증인이 새벽 6시경에 범죄 현장에서 멀어져갔다고 진술한 차량과 일치하는데, 근처 아파트에 사는 증인은 애완 고양이 때문에 잠에서 깼다고 합니다. 고양이가 어떻게 했다고 했는데….”

“야옹야옹하며 울었나요?” 통역사가 말했다.

“그렇습니다. 고양이가 야옹야옹 우는 바람에 잠에서 깨어나 우연히 창밖을 내다보자 검정색 고급 세단이 공사 현장에서 유유히 멀어져 갔다고 했습니다. 일방통행인 아니마 가에서 곧장 우회전을 했다고 합니다. 계속해주십시오.”

3D 사진이 다시 화면에 나오기 시작했다. 어두컴컴한 남자가 화려한 색깔의 천으로 감싼 시신을 차 트렁크에서 꺼내더니, 알루미늄 소재의 좁은 통로를 막고 있는 밧줄을 넘어가 통로 근처로 옮겼다. 그는 공사 현장으로 이어지는 나무판자 위에 시신을 내렸다. 진흙 속에 있는 나무판자 한편에 시신을 둔 다음 어둠 속에 쭈그려 앉아 재빨리 싸개를 풀자, 드루 마틴의 시신이 드러났다. 영상이 아닌 3D 사진이었다. 희생자의 모습이 선명하게 드러났다. 대중에게 알려진 그녀의 얼굴과 어깨에 남은 잔인한 상처 자국, 벌거벗은 근육질의 몸. 남자는 화려한 싸개를

동그랗게 말아 차로 향하더니 보통 속도로 멀어져 갔다.

"범인은 시신을 땅에 끌지 않고 운반했습니다." 포마 국장이 말했다. "하지만 이러한 섬유 조각은 시신과 시신에 묻은 흙에서만 채취되었습니다. 다른 것은 없습니다. 이게 증거가 아니라 해도 범인이 시신을 땅에 끌지 않은 점은 분명합니다. 여러분들에게 다시 한 번 상기시켜드리지만, 이 범죄 현장은 레이저 지도 작성 시스템으로 만든 겁니다. 여러분이 보고 있는 원근법, 사물과 시신의 위치는 오차 없이 정확합니다. 범인과 그가 타고 온 자동차 등 영상이나 사진으로 담지 못한 사람들과 사물들은 합성했습니다."

"희생자의 체중은 어느 정도였습니까?" 내무부 장관이 뒤쪽 줄에서 질문했다.

스카페타는 드루 마틴의 몸무게가 130파운드라고 말한 다음 59킬로그램이라고 환산했다. "범인은 체격이 꽤 좋았을 거예요." 그녀는 덧붙여 말했다.

화면이 다시 움직이기 시작했다. 이른 새벽빛이 밝아오는 공사 현장은 침묵에 휩싸여 있었다. 빗소리가 들렸다. 주변에 보이는 창문에는 모두 불이 꺼져 있고 사무실도 모두 닫혀 있었다. 차량도 보이지 않았다. 그러더니 오토바이 엔진 소리가 점점 더 커졌다. 빨간색 두카티가 파스키노 가에 나타났는데, 오토바이에 탄 합성한 인물이 얼굴을 가리는 헬멧을 쓰고 우의를 입고 있었다. 그는 아니마 가를 향해 우회전하다가 갑자기 멈추어 섰고, 오토바이가 요란한 소리를 내며 보도에 넘어지더니 엔진이 꺼졌다. 남자가 깜짝 놀라 오토바이를 밟고 넘어가서 서둘러 알루미늄 소재의 좁은 통로를 지나가자 부츠 소리가 요란하게 울렸다. 진흙에 버려진 시신은 더 충격적이고 더 기괴하게 보였다. 좀 더 높은 위치가 아니라 오토바이를 탄 남자와 나란히 보이는 3D 사진이었기 때문이다.

"시간은 8시 반경이고, 보다시피 구름이 잔뜩 끼고 비가 내리는 날씨였습니다." 포마 국장이 말했다. "범죄 현장에 있는 피오라니 교수에게 가보기로 합시다. 14번 이미지일 겁니다. 그리고 스카페타 박사님, 이제 훌륭한 교수님과 범죄 현장에 있는 시신을 검사해도 좋습니다. 교수님은 오늘 이 자리에 참석하지 못했는데, 이유를 짐작하시겠어요? 추기경이 선종하셔서 지금 바티칸에 있지요."

벤턴은 스카페타 뒤로 보이는 화면을 응시했다. 그의 시선이 느껴지자 스카페타는 마음이 불편했다. 역시 마음이 불편한 벤턴도 그녀를 똑바로 쳐다보지 않을 것이다.

3D로 녹화한 새로운 영상이 화면을 가득 채웠다. 푸른색 섬광 전구가 반짝였고 경찰차와 범죄 현장용 짙은 푸른색 벤이 보였다. 기관총을 든 경찰들이 공사 현장 주변을 지키며 서 있었다. 출입을 차단한 구역 내에서는 사복 경찰들이 증거물을 모으고 사진을 찍고 있었다. 카메라 셔터 누르는 소리와 길거리에 운집한 사람들의 낮은 목소리가 들렸다. 머리 위로는 경찰 헬리콥터의 요란한 굉음이 울렸다. 로마에서 가장 존경받는 법의학자인 피오라니 교수는 진흙이 묻은 흰색 타이벡 가운을 입고 있었다. 자세히 다가가 보면 그의 시선은 희생자의 시신에 향해 있다. 3D 안경이 너무 사실적이어서 기괴한 느낌마저 들었다. 희생자의 살갗과 진흙이 묻어 있고 빗물에 젖어 번들거리는, 검붉게 변한 상처 자국이 손에 닿을 것만 같았다. 비에 젖은 긴 금발이 희생자의 얼굴에 들러붙어 있고, 꼭 감은 두 눈은 눈덩이 아래로 불룩 튀어나와 있었다.

"스카페타 박사님." 포마 국장이 말했다. "희생자를 자세히 살펴보고 그 결과를 우리에게 말해주십시오. 피오라니 교수의 부검 감정서는 물론 이미 보셨겠지만, 3D 영상으로 범죄 현장에 있는 시신을 보면서 본인의 의견을 말해주십시오. 피오라니 교수와 의견이 다르다 해도 비판하지 않을 겁니다."

피오라니 교수는 몇 년 전 시신을 방부 처리했던 교황처럼 일말의 잘못도 없는 사람으로 여겨지는 인물이었다.

레이저 포인터의 붉은 점이 스카페타가 가리키는 곳으로 움직였다. "시신의 위치를 보십시오. 왼쪽으로 누워 있고 손은 턱 아래에 모으고, 다리는 약간 구부리고 있습니다. 내가 보기엔 고의적인 것처럼 보입니다. 웨슬리 박사님?" 그녀는 두꺼운 안경을 쓴 채 자신을 비껴 지나가 화면을 바라보고 있는 벤턴을 바라보았다. "당신이 의견을 내놓기에 좋은 시점인 것 같군요."

"의도적인 자세입니다. 범인이 시신을 그 자리에 두었습니다."

"마치 기도하는 자세인 것처럼 말입니까?" 주 경찰청장이 말했다.

"희생자의 종교는 무엇이죠?" 전국 경찰 중역회 부회장이 물었다.

어두컴컴한 극장 안에서 매서운 질문과 억측이 오갔다.

"가톨릭입니다."

"성당은 다니지 않았겠군요."

"그렇습니다."

"어떤 종교적인 연관성이 있을까요?"

"그럴 수도 있을 겁니다. 공사 현장이 성 아그네스 성당과 무척 가까우니까요."

포마 국장이 상황을 설명했다. "잘 모르시는 분들을 위해 설명하자면…." 그는 벤턴을 쳐다보며 말을 이었다. "성 아그네스는 열두 살의 나이에 고문을 받고 순교했는데, 나 같은 이교도와 결혼하려 하지 않았기 때문이죠."

여기저기서 웃음소리가 터졌다. 종교적 의미가 있는 살인사건일지도 모른다는 의견이 오갔지만 벤턴은 그렇지 않다고 말했다.

"범인은 희생자에게 성적 모멸감을 주었습니다. 희생자가 친구들을 만나기로 되어 있던 장소에 벌거벗겨진 채 훤히 보이도록 시신을 두었습니다. 범인은 시신이 발견되어 사람들에게 충격을 주기를 바랐습니다. 중요한 동기는 종교가 아니라 성적 쾌감이었습니다."

"하지만 강간을 한 증거는 없습니다." 경찰 과학수사 팀장이 말했다.

그가 통역사를 통해 계속 진술한 내용은 다음과 같았다. 범인의 정액과 혈흔, 침 등이 빗물에 씻겨 내려갔을 수 있지만 전혀 남아 있지 않았다. 그런데 희생자의 손톱 아래에서 두 개의 서로 다른 DNA가 검출되었다. 불행하게도 지금까지는 전혀 소용이 없는 것으로 밝혀졌는데, 이탈리아 정부는 인권 침해라는 이유로 범죄자들의 DNA 샘플 채취를 금지하고 있기 때문이었다. 현재 이탈리아의 데이터베이스에 들어갈 수 있는 것은 범인이 아닌 증거물에서 채취한 것뿐이었다.

"그러므로 이탈리아에서 검색할 수 있는 데이터베이스는 없습니다." 포마 국장이 덧붙여 말했다. "지금 상황에서 말할 수 있는 건, 미국을 포함한 국외 데이터베이스 중에는 희생자의 손톱 밑에서 채취한 DNA와 일치하는 게 없다는 사실입니다."

"희생자의 손톱 밑에서 채취한 DNA가 유럽 혈통의 남성, 다시 말해서 백인 남성이라고 단정했더군요." 벤턴이 말했다.

"그렇습니다." 과학수사 팀장이 말했다.

"스카페타 박사님? 계속하시기 바랍니다." 포마 국장이 말했다.

"26번 부검 사진을 볼 수 있을까요?" 그녀가 말했다. "부검 당시 뒷모습을 찍은 사진으로 상처 자국을 클로즈업한 것입니다."

사진이 화면을 가득 채웠다. 상처 자국은 테두리가 들쭉날쭉한 검붉은 분화구 같았다. 스카페타가 레이저 포인터를 움직이자, 붉은 점은 오른쪽 엉덩이가 있었던 부분에 커다랗게 남은 상처 자국을 비추었다. 그런 다음 잘려 나가 훼손된 오른쪽 허벅지 뒷부분을 가리켰다.

"날카로운 절단 기구를 사용한 것 같은데, 톱니 모양의 칼날이 달린 절단기로 근육과 뼈를 잘라낸 것 같습니다." 스카페타가 말했다. "상처에 저항한 신체 조직이 없는 것으로 보아 사후에 절단했을 겁니다. 다시 말해, 상처 자국이 누르스름합니다."

"사후 절단은 고문이 아닙니다. 적어도 신체 절단에 의한 고문은 아니지요." 벤턴이 덧붙여 말했다.

"고문이 아니면 뭐라고 설명할 수 있습니까?" 포마 국장이 묻자, 두 남자는 야생의 천적처럼 서로를 노려보았다. "도대체 왜 다른 사람에게 그렇게 가학적이고 신체를 훼손하는 짓을 한단 말입니까? 웨슬리 박사, FBI와 함께 일한 저명한 프로파일러이신데, 예전에 담당했던 다른 사건에서도 이런 걸 본 적이 있나요?"

"없습니다." 벤턴은 짤막하게 대답했다. FBI와 일했던 경력 운운하는 것은 계산된 공격이었다. "사지 절단은 본 적 있지만 이런 건 한 번도 보지 못했습니다. 특히 범인이 희생자의 눈에 가한 행동은 처음 봅니다."

그는 눈알을 빼내고 안구에 모래를 채워 넣었다. 그런 다음 눈꺼풀에 접착제를 발라 눈을 감겼다.

스카페타가 레이저 포인터로 가리키며 자세히 설명하자 벤턴은 몸이 다시 오싹해졌다. 이 사건에 관한 모든 게 그를 오싹하게 하고, 불안하게 하고, 당혹시켰다. 어떤 상징일까? 눈알을 도려내는 사건을 처음 보는 건 아니었다. 하지만 포마 국장이 우기는 건 억지였다.

"여러분들도 들어봤을 텐데, 고대 그리스의 격투기 판크라티온 아닐까요?" 포마 국장이 극장에 모인 사람들을 향해 말했다. "판크라티온에서는 상대방을 쳐부수기 위해 어떤 수단이든 사용합니다. 눈알을 뺀 다음 칼로 찌르거나 목을 졸라 죽이는 건 흔했지요. 범인은 희생자 드루의 눈알을 빼고 목을 졸랐습니다."

경찰청장이 통역사를 통해 벤턴에게 물었다. "그렇다면 판크라티온과 관련이 있을까요? 범인은 그것을 염두에 두고 희생자의 눈알을 빼고 목을 조르지 않았을까요?"

"난 그렇게 생각하지 않습니다." 벤턴이 말했다.

"그럼 어떻게 설명할 수 있겠습니까?" 경찰청장이 물었다. 포마 국장처럼 멋진 제복을 입고 있지만 소매와 칼라 주위에 화려한 은색 장식이 더 돋보였다.

"좀 더 내면적이고 개인적인 이유일 겁니다." 벤턴이 말했다.

"뉴스에서는 고문이라고 보도했던 것 같습니다." 경찰청장이 말했다. "이라크의 암살대는 이를 뽑고 눈알을 빼냅니다."

"살인자가 행한 일은 그의 심리 상태를 그대로 드러냅니다. 다시 말해서, 범인이 희생자에게 가한 행동이 멀리 떨어져 있는 분명한 것에 대한 환영이라고 생각하지 않습니다. 희생자의 상처를 통해 우리는 범인의 내적인 세상을 들여다볼 수 있지요." 벤턴이 말했다.

"그건 억측입니다." 포마 국장이 말했다.

"수년 동안 조사해온 강력 범죄에 근거한 심리적 고찰입니다." 벤턴이 반박했다.

"사적인 직관일 뿐입니다."

"우리는 위험에 처하면 직관을 무시하지요." 벤턴이 다시 반박했다.

"부검 당시 전면을 찍은 사진 볼 수 있을까요?" 스카페타가 말했다. "목을 클로즈업한 것으로 22번 사진입니다." 그녀는 연단에 놓인 목록을 확인했다.

3D 화면이 스크린을 채웠다. 드루의 시신이 스테인리스스틸 부검 테이블에 놓여 있고, 피부와 머리칼은 물로 씻어서 젖어 있었다.

"여기를 보면…." 스카페타는 레이저 포인터로 목을 가리켰다. "끈으로 묶은 자국이 가로로 나 있는 게 보일 겁니다." 붉은 점이 목 앞부분을 따라 움직였다. 그녀가 말을 계속하려는데 로마 관광부 장관이 끼어들었다.

"범인은 희생자가 살아 있던 당시가 아니라 죽은 이후에 눈알을 빼냈습니다. 그 점이 중요합니다."

"그렇습니다." 스카페타가 대꾸했다. "내가 검토했던 부검 감정서에 따르면, 사망 이전에 입은 상처는 발목에 난 멍 자국과 목을 조를 때 생긴 멍 자국뿐이었습니다. 목을 해부한 사진을 보여주십시오. 38번 사진입니다."

잠시 기다리자 화면에 사진이 나타났다. 도마 위에 후두, 출혈이 생긴 부드러운 신체 조직 그리고 혀가 놓여 있었다.

스카페타가 화면을 가리키며 말했다. "부드러운 신체 조직과 아래의 근육 조직에 멍 자국이 남아 있고 목을 졸랐을 때 설골이 골절된 것으로 보아, 희생자가 살아 있던 동안 입은 상처로 보입니다."

"눈에 점상 출혈은 있었나요?"

"결막에 점상 출혈이 있었는지는 알 수 없어요." 스카페타가 대답했다. "눈알은 사라지고 없지만, 부검 감정서에는 눈꺼풀과 얼굴에 점상 출혈이 있었다고 나와 있어요."

"범인이 희생자의 눈에 무슨 짓을 한 겁니까? 예전에도 이런 경우를 간혹 본 적이 있습니까?"

"희생자의 눈알을 뺀 경우는 본 적 있지만, 안구에 모래를 채워 넣고 눈꺼풀에 접착제를 붙인 사건은 듣지도 보지도 못했습니다. 부검 감정서에 따르면 이번 사건에서 사용된 접착제는 시아노아크릴레이트입니다."

"강력 접착제이군요." 포마 국장이 말했다.

"모래를 채워 넣은 점이 무척 흥미롭습니다." 스카페타가 말했다. "모래는 그곳에서 구한 게 아니었습니다. 더 중요한 점은 EDX(에너지 분산 엑스레이)가 장착된 전자현미경을 조사한 결과 발포 잔여물로 보이는 납, 안티몬, 바륨 등이 발견되었다는 것입니다."

"근처 해안에서 구한 모래는 분명히 아닙니다." 포마 국장이 말했다. "해변에서 많은 사람들이 서로에게 총을 쐈는데 우리만 미처 몰랐다면 말이죠."

사람들의 웃음소리가 여기저기서 터져 나왔다.

"오스티아에서 가져온 모래라면 현무암이 들어있을 겁니다." 스카페타가 말했다. "화산 활동으로 생긴 다른 성분들도 들어있을 거고요. 시신에서 나온 모래와 오스티아 지역 해변에서 가져온 모래를 분광기를 이용해 분석한 스펙트럼 단면을 여러분들 모두 보셨을 겁니다."

종이가 바스락거리는 소리가 극장 안에 들렸다. 소형 플래시를 켜는 소리도 들렸다.

"로마 분광기와 0.8밀리와트 붉은색 레이저를 이용해 분석한 결과입니다. 여러분들이 보는 것처럼, 오스티아 지역 해변의 모래와 드루 마틴의 안구에서 나온 모래는 매우 다른 스펙트럼 단면이 나왔습니다. 전자현미경을 통해서는 모래의 형태를 볼 수 있고, 지금 우리가 말하고 있는 GSR(전류 피부 저항 반응) 입자는 전자 이미지를 통해 볼 수 있습니다."

"오스티아 지역 해변은 관광객들이 즐겨 찾는 곳입니다." 포마 국장이 말했다. "하지만 이맘때는 별로 즐겨 찾지 않지요. 현지인들과 관광객들은 날이 좀 더 따뜻해지는 5월 말이나 6월까지 기다립니다. 그 무렵이 되면 많은 사람들, 특히 그곳까지 차로 30~40분밖에 걸리지 않는 로마 사람들로 붐빕니다. 난 별로 좋아하지 않지만요." 그는 누군가 오스티아 해변에 관한 취향을 물어보기라도 한 것처럼 말했다. "거무스름한 모래사장은 보기에도 흉하고 바다에도 절대 들어가지 않을 겁니다."

"중요한 건 모래를 어디에서 가져왔냐는 건데 지금으로서는 단서를 찾을 수 없습니다." 벤턴이 말했다. 어느새 늦은 오후 시각이었고 모두들 약간 조바심이 나기 시작했다. "도대체 왜 모래를 사용했을까요? 특정한 모래는 범인에게 어떤 의미가 있었을 테고, 희생자가 어디에서 살해되었는지 그리고 범인이 어디 출신이고 어디서 시간을 보냈는지 단서를 제공할 겁니다."

"네, 그럴 겁니다." 포마 국장이 초조함을 드러내며 말했다. "눈알과 끔찍한 상처 자국도 범인에게 어떤 의미가 있었을 테지요. 다행스럽게도 그런 자세한 사항은 대중에게 알려지지 않았습니다. 기자들이 세부사항을 보도하지 않도록 겨우 막을 수 있었으니까요. 유사한 살인사건이 일어나도 모방 범죄는 아닐 겁니다."

02

다툼

그들 세 사람은 촛불이 켜진 툴리오 구석 자리에 앉아 있었다. 툴리오는 극장 근처에서 스페인 광장을 천천히 내려오다보면 있는 작은 음식점으로, 건물 외관에 석회화 흔적이 남아 있었다.

촛불을 켜둔 테이블에는 연한 황금색 식탁보가 덮여 있었고, 짙은 색 패널을 댄 벽에는 와인 병이 가득 진열되어 있었다. 다른 벽면에는 이탈리아의 소박한 전원 풍경을 그린 수채화가 걸려 있었다. 한쪽 테이블에 술 취한 미국인들이 앉아 있을 뿐 음식점 안은 조용했다. 그들은 베이지색 재킷과 검정색 타이 차림의 웨이터처럼 다른 사람들은 염두에 두지 않고 서로 이야기를 나누느라 여념이 없었다. 벤턴과 스카페타, 포마 국장이 어떤 대화를 나누고 있는지 아무도 짐작조차 하지 못할 것이다. 누군가 말소리가 들릴 정도로 가까이 오면, 그들은 대화 소재를 가벼운 것으로 바꾸고 사진과 부검 감정서를 폴더에 끼워 넣을 것이다.

스카페타는 1996년산 비온디 산티 브루넬로를 한 모금 마셨다. 매우 비싼 와인이지만 그녀라면 그 와인을 선택하지 않았을 것이다. 주로 그녀가 와인을 골랐지만, 오늘 저녁은 그렇지 않았다. 그녀는 파마산 햄과 멜론 옆에 놓인 사진에서 시선을 떼지 않은 채 와인 잔을 테이블에 놓았다. 햄과 멜론을 먹은 후에는 구운 농어와 올리브오일에 절인 콩이 나올 것이다. 후식으로는 산딸기를 먹을 것 같았다. 벤턴이 기분 나쁜 태도로 식욕을 달아나게 하지 않는다면 말이다. 아마 그렇게 될지도 몰랐다.

"지나치게 간단하게 들릴지 모르지만." 그녀가 낮은 목소리로 조용히 말했다. "우리가 무언가 중요한 걸 놓치고 있다는 생각이 머릿속을 떠나지 않아요." 그녀는 드루 마틴의 현장 사진을 집게손가락으로 톡톡 두드리며 말했다.

"이젠 무엇인가에 대해 계속 불만을 토로하지 않는군요." 포마 국장은 이제 드러내놓고 그녀를 희롱했다. "좋은 음식과 와인을 마시니 우리 모두 더 현명해지는 것 같군요." 그는 머리를 가볍게 두드리며 집게손가락으로 사진을 두드리는 스카페타를 흉내 냈다.

스카페타는 극장을 나와 어디로 가야할지 전혀 알 수 없었던 순간처럼 멍하니 생각에 잠겼다.

"너무나 명백해서 오히려 어느 누구에게도 전혀 보이지 않는 거예요." 스카페타가 말을 이었다. "바로 눈앞에 있어서 보지 못한다는 말도 있잖아요. 도대체 뭘까요? 희생자는 우리에게 어떤 말을 하고 있을까요?"

"좋습니다. 바로 눈앞에 있는 걸 찾아보면 되겠군요." 벤턴이 말했다. 그는 최근에 그렇게 겉으로 호의적이면서 자신의 의견을 굽힌 적이 거의 없었다. 벤턴은 포마 국장에 대한 적대감을 숨기지 않았다. 그는 깔끔한 줄무늬 양복 차림이었다. 경찰 문장(紋章)이 새겨진 황금색 커프스 단추가 촛불에 비쳐 반짝였다.

"그렇습니다, 바로 눈앞에 있는 것. 누군가의 손길이 닿기 전의 상태로 희생자의 시신을 철저하게 검사해야 합니다. 범인이 두고 간 상태 그대로." 포마 국장은 스카페타에게 시선을 고정한 채 말했다. "범인이 시신을 두고 간 방식에는 사연이 있을 겁니다. 잊어버리기 전에 말하자면, 지난번 로마에서 만났는데 지금이라도 그때를 위해 건배하는 게 어떨까요?"

벌거벗은 채 난자당한 희생자의 사진이 테이블에 놓여 있는데 잔을 들어 건배를 하는 건 왠지 옳지 못한 일 같았다.

"FBI를 위해서도 건배합시다." 포마 국장이 말했다. "미국 테니스 스타라는 만만한 상대를 표적으로 노린 테러라고 이 사건을 규정한 FBI를 위해서."

"그런 걸 언급하는 것조차 시간 낭비입니다." 벤턴은 그렇게 말하며 술잔을 들었지만, 건배를 위해서가 아니라 술을 마시기 위해서였다.

"그럼 미국 정부한테 그런 얘기 그만하라고 하세요." 포마 국장이 말했다. "우리끼리 있으니까 터놓고 말하지요. 미국 정부가 배후에서 그런 주장을 퍼뜨리고 있는데, 우리가 지금껏 논의하지 않았던 이유는 이탈리아인들은 그렇게 우스꽝스러운 주장을 믿지 않기 때문입니다. 이 사건은 테러리스트의 소행이 아닙니다. FBI가 그런 말을 하다니 멍청해요."

"이곳에 온 사람은 FBI가 아니라 우리 두 사람입니다. 우린 FBI 요원이 아니고, 당신이 FBI 운운하는 것에도 질렸어요." 벤턴이 대꾸했다.

"하지만 당신은 FBI에서 오랫동안 일했습니다. FBI에서 나온 후 마치 죽은 사람처럼 사람들 눈에 띄지 않았다던데 무슨 이유가 있었겠죠."

"이 사건이 테러리스트의 소행이라면 지금쯤 누군가 책임 소재를 주장했을 겁니다." 벤턴이 반박했다. "FBI나 내 개인사에 대해서는 다시 언급하지 않길 바랍니다."

"모든 사람들을 겁주고 전 세계를 통치하려는 당신네 미국 정부의 지칠 줄 모르는 탐욕 때문일 겁니다." 포마 국장이 와인 잔을 채우며 말했다. "미국 수사국은 이곳 로마에서 증인들을 인터뷰하고, 인터폴과 공조해야 하는 것에 일일이 간섭하고, 대표단도 있습니다. 워싱턴에서 온 멍청이들은 복잡한 살인사건을 다루는 방식은커녕 우리에 대해서도 전혀 모르지요."

벤턴은 그의 말을 가로막으며 끼어들었다. "정치와 사법부의 내분은 야수와 같은 본질이라는 걸 알아야지요, 포마 국장."

"그냥 오토라고 부르십시오. 내 친구들도 그렇게 부르니까요." 그는 스카페타 쪽으로 의자를 더 가까이 당겨 앉더니 초를 옮겼다. 그가 가까이 다가오자 향수 냄새가 났다. 그는 저쪽 테이블에 앉아서 술을 마시는 아둔한 인상의 미국인들을 혐오스러운 눈길로 쳐다보며 말했다. "우린 당신들을 좋아하려고 애쓰고 있는 중입니다."

"그러지 마십시오. 그러는 사람은 아무도 없어요." 벤턴이 말했다.

"미국 사람들은 왜 저렇게 시끄럽게 떠드는지 도무지 이해가 안 돼요."

"상대방의 말을 듣지 않기 때문이죠." 스카페타가 말했다. "그러니 조지 부시 대통령이 있는 거죠."

포마 국장은 스카페타의 접시 근처에 놓인 사진을 집어 들더니 마치 처음 보는 것처럼 자세히 들여다보며 말했다. "바로 눈앞에 있는 걸 들여다보고 있는데, 눈에 보이는 것은 모두 명백합니다."

두 사람이 무척 가까이 앉아 있는 모습을 보자 잘생긴 벤턴의 얼굴이 화강암처럼 딱딱하게 굳었다.

"명백한 것은 없다고 가정하는 편이 나아요." 스카페타는 봉투에서 사진을 더 꺼내며 말했다. "명백하다는 건 어떤 대상을 개인적으로 인지했음을 나타내는 말일 뿐이니까요. 그리고 내가 인지하는 것은 당신이 인지한 것과 다를 수 있어요."

"당신은 주 경찰본부에서 그 점을 남김없이 보여준 걸로 알고 있습니다." 포마 국장의 말에 벤턴은 그를 가만히 쳐다보았다.

스카페타는 벤턴을 지그시 바라보았다. 그의 행동을 알아차리고 그 행동이 얼마나 불필요한 것인지 말해주는 시선이었다. 벤턴은 질투할 이유가 없었다. 스카페타는 포마 국장이 희롱하도록 유도하는 어떤 행동도 하지 않았기 때문이다.

"바로 눈앞에 있는 거라… 희생자의 발가락부터 살펴보는 게 어떻겠습니까?" 벤턴은 들소 우유로 만든 모차렐라 치즈에는 거의 손도 대지 않고 와인을 벌써 석 잔째 마시고 있었다.

"좋은 생각이에요." 스카페타는 드루의 사진을 자세히 들여다보며 말했다. 그녀는 드루의 맨발을 클로즈업한 사진을 면밀히 살폈다. "매니큐어를 깔끔하게 발랐어요. 손톱 매니큐어는 최근에 바른 것으로 뉴욕을 떠나기 전 발랐던 페디큐어와 똑같아요." 그녀는 이미 알고 있는 사실을 반복해서 말했다.

"그게 중요합니까?" 포마 국장이 지나치게 가까이 몸을 숙이고 사진을 보자 그의 팔이 스카페타의 팔에 스쳤다. 그의 온기와 체취가 느껴졌다. "난 그렇지 않다고 생각합니다. 그녀가 입고 있던 게 더 중요하다고 생각해요. 블랙진과 흰색 실크 셔츠, 검정색 실크 라인이 들어간 검정색 가죽 재킷 그리고 검정색 팬티와 검정색 브래지어를 입고 있었습니다." 그는 잠시 말을 멈추었다. "몸에 시트 섬유가 전혀 나오지 않은 점이 이상해요."

"그게 시트였다고 단정할 수는 없습니다." 벤턴이 그 사실을 날카롭게 상기시켰다.

"또한 그녀가 입고 있던 옷과 손목시계, 목걸이, 가죽 팔찌, 귀고리가 발견되지 않았습니다. 범인이 모두 가져간 겁니다." 포마 국장이 스카페타에게 말했다. "무슨 이유 때문이었을까요? 아마 사건을 기념하기 위해서였을 겁니다. 하지만 당신이 중요하다고 생각한다니 페디큐어에 대해 얘기하기로 합시다. 드루는 뉴욕에 도착한 직후 센트럴 파크 남쪽에 있는 어느 스파에 갔습니다. 스파에 갔던 자세한 내용을 확보했는데, 그녀가 사용했던 신용카드 덕분입니다. 정확히 말하자면 그녀 아버지의 신용카드였죠. 사람들 말에 의하면, 그녀의 아버지는 그녀가 멋대로 하도록 응석을 받아주었다고 합니다."

"버릇없이 자란 아이라는 평이 자자합니다." 벤턴이 말했다.

"그러한 단어를 사용하는 데 좀 더 신중해야 한다고 생각합니다." 스카페타가 말했다. "그녀는 많은 돈을 벌었고, 하루에 여섯 시간 동안 연습하며 열심히 훈련했습니다. 패밀리 서클 컵에서 우승도 했고, 다른 경기에서도 우승 후보였어요."

"당신이 사는 곳이군요." 포마 국장이 그녀에게 말했다. "사우스캐롤라이나 주 찰스턴에서 패밀리 서클 컵이 개최되지요. 정말 이상합니다. 그날 밤 그녀는 비행기를 타고 뉴욕으로 갔고, 뉴욕에서 여기로 왔습니다. 바로 이곳으로 말이죠." 그는 사진을 가리키며 말했다.

"내 말은, 돈으로는 챔피언십 타이틀을 살 수 없고 버릇없이 자란 아이는 그녀처럼 열정적으로 일하지 않는다는 거예요." 스카페타가 말했다.

"드루의 아버지는 그녀를 버릇없이 키웠지만 부모 노릇은 제대로 했습니다. 그녀의 어머니도 마찬가지였고요." 벤턴이 말했다.

"그렇군요." 포마 국장도 마지못해 동의했다. "그런데 열여섯 살 난 딸아이가 열여덟 살 친구 둘과 해외여행을 가도록 허락해주는 부모가 어디 있단 말입니까? 특히 그 전부터 감정 기복이 심했는데 말입니다."

"자식이 힘들어하면 버티기보다는 져주는 법이죠." 스카페타는 조카 루시를 떠올리며 말했다. 루시가 어렸을 때 얼마나 많이 싸웠는지 모른다. “드루의 코치는 어때요? 두 사람의 관계에 대해 아는 거 있어요?”

“코치 이름은 지아니 루파노. 그와 얘기를 나누었는데, 몇 달 후 윔블던 같은 중요한 대회가 있어서 드루가 이곳 이탈리아에 온다는 걸 알고 언짢아했다고 했습니다. 그녀에게 별로 도움을 준 것 같지는 않고 화가 난 것 같았습니다.”

“다음 달에 이곳 로마에서 이탈리안 컵이 열리죠.” 스카페타는 포마 국장이 그 사실을 언급하지 않은 걸 이상하게 여기며 덧붙여 말했다.

“난 테니스 경기를 보지 않아서요. 그녀는 친구들과 어울리지 말고 훈련해야 하는 시기였죠.”

“드루가 살해되었을 때 코치는 어디 있었나요?” 스카페타가 물었다.

“뉴욕에 있었습니다. 그가 투숙했다던 호텔에 확인했는데, 당시 호텔에 머물고 있었습니다. 그리고 드루가 당시에 감정 기복이 심했다고 말했습니다. 하루는 침울했다가 다음 날은 기분 좋은 식이었죠. 고집이 무척 셌고 다루기 힘들고 변덕도 심했다고 했고, 얼마나 오랫동안 그녀의 코치로 일할 수 있을지 모르겠다고 했습니다. 그녀의 행동을 보고 참는 것보다 다른 일을 하는 게 차라리 나을 거라는 생각도 했다고 합니다.”

“가족들에게 우울증 병력이 있는지 궁금하군요.” 벤턴이 말했다. “그것에 대해 물어보지는 않았겠지요.”

“물어보지 않았습니다. 그런 생각을 할 만큼 치밀하지 못하다니 유감이군요.”

“그녀의 가족이 비밀로 해왔을 정신병 치료에 대해 알아낸다면 많은 도움이 될 겁니다.”

“그녀가 섭식 장애로 힘들어했다는 건 잘 알려져 있어요.” 스카페타가 말했다. “그 점에 대해선 터놓고 얘기했어요.”

“그녀의 부모가 정신 질환에 관해 언급한 적은 없었나요?” 벤턴이 포마 국장을 대상으로 냉철하게 계속 의문점을 제기했다.

"감정 기복이 있었다는 점 이외에 다른 말은 없었습니다. 전형적인 10대 소녀였다고 했어요."

"당신에게 자녀가 있나요?" 벤턴이 와인 잔을 가져가며 물었다.

"내가 아는 한 없습니다."

"어떤 계기가 있었을 거예요." 스카페타가 말했다. "아무도 우리에게 말해주지 않는 어떤 일이 드루에게 일어나고 있었어요. 바로 눈앞에 보이는 일이었을 거예요. 그녀가 했던 행동과 그녀가 마신 술은 바로 우리 눈앞에 보입니다. 하지만 도대체 왜? 어떤 일이 일어났던 걸까요?"

"찰스턴에서 벌어지는 테니스 대회 말입니다." 포마 국장이 스카페타에게 말했다. "당신이 개인 연습을 하는 곳으로, 정확한 이름이 뭐였죠? 로컨트리(Lowcountry)? 로컨트리가 정확히 무슨 뜻이죠?" 그는 스카페타에게 시선을 고정한 채 천천히 와인 잔을 돌렸다.

"해수면과 비슷한, 문자 그대로 낮은 땅이죠."

"드루가 살해되기 이틀 전 그곳에서 경기를 했는데 그 지역 경찰은 이 사건에 관심이 없습니까?"

"이상하군요. 내가 알기로는…." 스카페타가 말을 이으려 하자 벤턴이 가로막았다.

"이번 살인사건은 찰스턴 경찰과 아무 관련이 없습니다. 관할권이 없어요."

스카페타가 벤턴을 쳐다보자 포마 국장은 두 사람을 번갈아 보았다. 두 사람 사이에 하루 종일 긴장감이 흘렀다.

"관할권이 없다고 하지만 이렇게 사건 현장에 나타나서 반짝이는 배지를 보여주고 있지 않습니까." 포마 국장이 말했다.

"또다시 FBI를 암시하고 싶은 거라면, 분명히 알아들었어요." 벤턴이 말했다. "내가 전직 FBI 요원이었다는 사실을 언급하고 싶은 거라면, 분명히 알아들었단 말입니다. 스카페타와 나의 관계를 넌지시 말하고 싶은 거라면, 우리는 의뢰를 받고 이곳에 온 겁니다. 오토, 우리가 아무 일 없이 이곳에 나타난 게 아니란 말입니다."

"문제가 있는 건 나 자신일까요 아니면 이것일까요?" 포마 국장이 와인 잔을 흠 있는 다이아몬드인 양 들여다보며 들어 올렸다.

벤턴도 와인 잔을 들어 올렸다. 스카페타는 이탈리아 와인에 대해 그보다 더 잘 알았지만, 오늘 밤 그는 마치 진화 단계를 쉰 계단이나 추락한 양 자신의 입지를 분명하게 하려 애썼다. 스카페타는 다른 사진을 보고 있는 동안 포마 국장이 자신에게 관심을 갖고 있음을 알아차렸다. 웨이터가 시끄럽게 떠드는 미국 손님들에게 음식을 갖다 주느라 자신들 쪽으로 오지 않는 게 다행스러웠다.

"다리를 클로즈업한 사진인데 발목 주변에 멍 자국이 있어요." 스카페타가 말했다.

"오래되지 않은 멍 자국으로 범인에게 움켜잡힌 자국일 겁니다." 포마 국장이 말했다.

"그럴 거예요. 끈으로 묶은 자국은 아닙니다."

스카페타는 포마 국장이 너무 가까이 다가오지 않기를 바랐지만, 의자를 벽 쪽으로 밀지 않고는 움직일 공간이 마땅찮았다. 그가 사진을 집어 들면서 서로 스치지 않기만을 바랐다.

"최근에 다리 제모를 했어요." 그녀가 말했다. "다리 제모를 하고나서 스물네 시간이 채 지나지 않아 사망했습니다. 다리털이 거의 자라지 않았는데, 친구들과 여행을 하는 동안에도 외모에 신경을 쓴 점이 중요할 수도 있어요. 혹시 누군가를 만나기로 하지 않았을까요?"

"그렇습니다. 젊은 여자들이 젊은 남자들을 만나려 했을 거예요." 포마 국장이 말했다.

벤턴은 웨이터에게 손짓해 와인을 한 병 더 달라고 주문했다.

"드루는 유명인이었어요. 사람들 말에 의하면, 드루는 낯선 사람들을 만나는 걸 조심스러워하고 좋아하지도 않았다고 해요." 스카페타가 말했다.

"드루가 술을 마셨다는 것은 상식적으로 이해하기 힘듭니다." 벤턴이 말했다.

"상습적으로 술을 마셨을 리도 없어요." 스카페타가 말했다. "사진을 보면 드루는 무척 건강하고 날씬하고, 근육이 잘 발달된 몸매를 갖고 있어요. 술을 많이 마셨다면 건강한 몸 상태가 오래 지속되지 못했을 거고 선수로도 그렇게 성공하지 못했을 거예요. 다시 말하지만 최근에 무슨 일이 일어났는지, 어떤 감정적인 기복이 있었는지 의문을 가져야 합니다."

"그녀는 우울하고 불안해하고 술을 마셨습니다." 벤턴이 말했다. "그녀를 노리던 범인에게 더 쉽게 노출되는 상황이었지요."

"나도 그랬을 거라 생각해요." 포마 국장이 말했다. "손쉽고 만만한 표적이 된 거죠. 스페인 광장에서 온몸을 황금색으로 색칠한 길거리 마임 예술가와 마주쳤을 때도 혼자였어요."

온몸을 황금색으로 색칠한 마임 예술가는 여느 마임 예술가처럼 마임을 했다. 드루가 컵에 동전을 떨어뜨리자 그는 그녀에게 즐거움을 선사하려고 한 번 더 몸을 놀렸다.

그녀는 친구들과 함께 그곳을 떠나려 하지 않았다. 그녀가 친구들에게 마지막으로 했던 말은 '온몸에 황금 물감을 칠한 저 남자는 잘생긴 이탈리아 남자일 거야'였다. 그리고 친구들이 그녀에게 마지막으로 했던 말은 '이탈리아 남자일 거라고 지레짐작하지 마'였다. 마임 예술가들은 말을 하지 않기 때문에 일리 있는 말이었다.

그녀는 친구들에게 먼저 가라고 했다. 친구들은 콘도티 가에 있는 상점에 갈 예정이었는데, 그들은 나보나 광장에 있는 '강의 분수'에서 만나기로 했다. 친구들은 그곳에서 오랫동안 그녀를 기다렸다. 그녀의 친구들이 포마 국장에게 진술한 바에 따르면 그들은 계란과 밀가루, 설탕으로 만든 바삭한 와플을 무료로 시식했고, 비누 거품 장난감을 사라며 거품을 불던 이탈리아 남자아이를 보고 키득거리며 웃었다. 드루의 친구들은 지워지는 문신을 했고, 거리의 악사에게 갈대 피리로 미국 노래를 연주해달라고 했다. 그들은 점심때 술을 마셔서 실없는 짓을 했다고 시인했다.

그들은 드루도 약간 취했다고 진술했고, 그녀는 예뻤지만 본인은 그렇게 생각하지 않았다고 했다. 사람들은 그녀가 예뻐서 쳐다보는데 그녀는 자신의 얼굴이 알려졌기 때문이라고 여겼다. 그녀의 친구 가운데 한 명은 포마 국장에게 이렇게 진술했다. "테니스 경기를 보지 않는 사람은 그녀를 잘 알아보지 못해요. 그녀는 자기가 얼마나 예쁜지 잘 몰랐어요."

포마 국장은 메인 요리를 먹는 동안에도 계속 이야기했고 벤턴은 줄곧 와인을 마셨다. 스카페타는 그가 무슨 생각을 하는지 알았다. 그녀는 포마 국장의 유혹에 넘어가지 않고 그곳을 벗어나야 했는데, 레스토랑을 나서기 전 우선 그 테이블에서 무사히 일어서는 게 급선무였다. 벤턴은 포마 국장을 쓸데없는 놈이라고 여겼다. 법의학자가 마치 그 사건을 맡은 수사관처럼 증인들의 진술을 듣는 건 상식에서 벗어나는 일이었기 때문이다. 게다가 포마 국장은 사건과 관련된 어떤 사람의 이름도 언급한 적이 없었다. 벤턴은 포마 국장이 로마의 셜록 홈즈라는 사실을 잠깐 잊어버렸고, 더구나 자신이 질투하고 있다는 사실은 도저히 받아들일 수 없었다.

포마 국장이 온몸을 황금색으로 칠한 마임 예술가와 오랜 시간 동안 나눈 이야기를 상세하게 늘어놓는 동안 스카페타는 메모를 했다. 마임 예술가의 증언에는 별다른 의문점이 없었다. 그는 드루의 친구들이 그녀를 찾으러 되돌아온 후에도 스페인 광장 밑에서 늦은 오후까지 줄곧 마임을 하고 있었다. 그는 드루의 얼굴을 얼핏 기억한다고 했지만 그녀가 누구인지는 몰랐다고 했다. 약간 술이 취한 모습이었고 다른 곳으로 멀어졌다고 진술했다. 요약해서 말하자면, 그는 그녀에게 별다른 관심을 보이지 않았다고 했다. 자신은 마임 예술가로서 항상 마임을 연기한다고 했다. 마임을 하지 않을 때는 해슬러 호텔에서 도어맨으로 밤에 일한다고 했는데, 그곳은 벤턴과 스카페타가 투숙하고 있는 호텔이었다. 스페인 광장 위에 있는 해슬러 호텔은 로마의 최고급 호텔 중 하나였다. 벤턴은 그곳 펜트하우스에 투숙해야 한다고 고집을 부렸는데, 그 이유는 아직 설명해주지 않았다.

스카페타는 주문한 생선 요리에 거의 손도 대지 않은 채 마치 처음 보는 양 사진만 계속 들여다보고 있었다. 몇몇 살인자들이 왜 희생자의 시신을 기괴하게 유기하는지에 관해서는 벤턴과 포마 국장에게 의견을 묻지 않았다. 범인이 헤드라인 뉴스를 보거나, 심지어 범죄 현장에 모인 군중들 틈에 끼어서 범죄 현장에서 벌어지는 과정을 보면 겁에 질리면서도 한편으로는 흥분할 거라는 벤턴의 말에 아무 대꾸도 하지 않았다. 그녀는 벌거벗은 채 상처 자국이 난 드루의 시신 사진을 자세히 들여다보았다. 시신은 다리를 모으고 무릎과 팔꿈치를 구부린 채 모로 누워 있었고 손은 턱 아래에 모으고 있었다.

마치 잠을 자고 있는 것 같았다.

"시신을 욕보이려 한 건지 확신이 들지 않아요." 스카페타가 말했다.

벤턴과 포마 국장은 하던 말을 멈추었다.

"사진을 보면 성적인 모욕을 주기 위해 시신을 이런 자세로 두었다고 가정할 수는 없어요." 그녀는 벤턴에게 사진을 밀어주며 말했다. "뭔가 다른 점이 있는지 의구심이 들어요. 종교적인 느낌이 들거나 성 아그네스에게 기도하는 건 아니지만, 시신의 자세에는 부드러운 분위기가 느껴져요." 그녀가 이야기를 이어가자 두 사람은 그녀에게 더 가까이 다가왔다.

"부드럽다고요? 설마요…." 포마 국장이 말했다.

"마치 잠든 것 같아요." 스카페타가 말했다. "성적인 모욕감을 주기 위해 이런 자세로 시신을 방치했을 거라는 생각이 들지 않아요. 성적 모욕감을 주는 자세로는 주로 등을 대고 눕힌 채 팔다리를 벌리게 하는 게 있죠. 사진을 들여다볼수록 그런 생각이 더 강해져요."

"그럴 수도 있겠군요." 벤턴이 사진을 집어 들며 말했다.

"하지만 모든 사람들이 보도록 벌거벗고 있지 않았습니까." 포마 국장이 반대 의견을 제시했다.

"희생자의 자세를 유심히 보세요. 물론 내가 틀릴 수도 있어요. 난 마음을 열고 다르게 해석하려 애쓰고 있어요. 살인자는 증오로 가득 차 있을 거라는 편견과 분노에 찬 가정을 잠시 보류하려고 노력하는 중이에요. 그냥 그런 느낌이 들어요. 범인은 희생자의 시신이 발견되기를 바랐지만, 성적으로 모욕할 의도는 없었을지도 모른다는 가정을 떠올린 거죠." 스카페타가 말했다.

"희생자에 대한 증오나 분노가 보이지 않는단 말입니까?" 포마 국장은 도저히 믿기지 않는 듯 깜짝 놀란 표정이었다.

"범인은 자신이 저지른 짓을 보며 강인하다는 느낌이 들었을 겁니다. 그녀를 제압해야 했던 거죠. 범인에게는 우리가 지금 알지 못하는 다른 필요성이 있었을 거예요." 스카페타가 말을 이었다. "물론 성적인 의도가 없었을 거라고 여기는 것도 아니고, 강간 사건이 아니라고 말하는 것도 절대 아니에요. 하지만 그런 의도로 범인이 살인을 저질렀다고는 생각하지 않아요."

"당신 같은 법의학자가 있다니 찰스턴에게는 행운이군요." 포마 국장이 말했다.

"찰스턴 당국이 그렇게 생각할지는 모르겠네요. 적어도 그 지역 검시관은 그렇지 않은 것 같아요." 스카페타가 대꾸했다.

술 취한 미국인들의 목소리가 점점 더 커졌고, 벤턴은 그들의 이야기에 정신을 팔고 있는 것 같았다.

"내가 검시관이라면 당신 같은 전문가가 있는 걸 무척 행운이라 여길 거예요. 검시관이 당신의 실력을 이용하지 않는단 말입니까?" 그는 다시 볼 필요 없는 사진에 손을 뻗다가 그녀와 살갗이 스쳤다.

"검시관은 자신이 맡은 사건을 사우스캐롤라이나 의과대학으로 보내요. 찰스턴이나 다른 지역에 있는 개인 병리학자와 경쟁한 적이 한 번도 없죠. 나와 계약을 맺은 검시관들은 법의학 기구나 실험실을 갖추고 있지 않은 외진 구역에서 일하는 검시관들입니다." 그녀는 그렇게 설명하면서 벤턴을 흘깃 쳐다보았다.

그는 술 취한 미국인들이 떠드는 이야기를 들어보라고 했다.

"…이런저런 사실이 밝혀지지 않는 걸 보면 수상쩍단 말이지." 그들 가운데 한 명이 거드름을 피우며 말했다.

"왜 남들에게 알리려 했을까? 그녀를 비난할 생각은 없어. 오프라 윈프리나 안나 니콜 스미스(〈플레이보이〉의 모델이자 여배우로 특이한 사생활로 가십거리에 오르내리며 2007년 39세의 나이로 의문사했는데, 막대한 유산 상속이 법적 공방을 일으키며 세간의 이목을 끌었다–옮긴이)도 마찬가지지. 사람들은 그들이 어디 있는지 찾아내고, 그들은 어슬렁어슬렁 나타나잖아."

"정말이지 역겨워. 어딘가에 있을지 상상해봐. 병원 혹은…."

"안나 니콜 스미스 사건처럼 공시소에 있을지도 모르지. 아니면 땅속에 있거나…."

"…사람들이 보도에 몰려가 이름을 연호하고 있을지도 몰라."

"뜨거운 열기를 피하려면 부엌에서 나와야 하는 법. 큰돈을 벌고 유명해지면 대가를 치러야 하지."

"저게 무슨 얘기예요?" 스카페타가 벤턴에게 물었다.

"우리의 오랜 친구 셀프 박사가 오늘 급한 일이 있어서 잠시 토크쇼 방송을 중단했나 보군." 벤턴이 대답했다.

"아는 사람 얘기인가요?" 포마 국장이 미국인들이 시끄럽게 떠드는 테이블을 둘러보며 물었다.

"서로 논쟁을 벌이는 사이인데 주로 스카페타 박사와 그런 사이죠."

"두 분에 관해 조사하면서 그런 내용을 읽었던 것 같습니다. 플로리다에서 발생해 세간에 큰 관심을 불러일으켰던 무척 잔인한 살인사건에 두 분이 관여했더군요."

"우리에 관해 조사했다니 기쁘군요. 조사를 아주 철저히 했나 보군요." 벤턴이 말했다.

"당신들이 이곳에 도착하기 전에 어떤 사람인지 미리 알고 싶었을 뿐입니다." 포마 국장은 스카페타와 눈길을 마주쳤다. "내가 아는 미모의 여성은 셀프 박사가 진행하는 토크쇼를 즐겨 보는데, 작년 가을 드루가 뉴욕에서 열린 큰 대회에 우승한 후 토크쇼에 출연한 모습을 봤다고 했어요. 사실, 난 테니스에 별로 관심이 없거든요."

"US 오픈에서 우승했었죠." 스카페타가 덧붙여 말했다.

"드루가 텔레비전에 출연한 건 몰랐습니다." 벤턴은 그의 말이 믿기지 않는 듯 얼굴을 찌푸렸다.

"확인해본 결과 출연했더군요. 셸프 박사에게 갑자기 집안 사정이 생겼다니, 무척 흥미롭네요. 물어볼 게 있어서 그녀에게 연락하려는 참이었습니다. 중간에서 조정해줄 거죠?" 포마 국장이 스카페타에게 말했다.

"도움이 될지 심히 의심스럽군요. 셸프 박사는 날 무척 싫어하거든요." 스카페타가 대꾸했다.

그들은 어두운 마첼리 가를 걷고 있었다.

스카페타는 드루 마틴이 그곳 거리를 걸어가는 모습을 상상했다. 드루 마틴은 도대체 누구와 맞닥뜨렸을까? 그는 어떻게 생겼을까? 몇 살일까? 어떤 행동으로 그녀에게 신뢰를 얻었을까? 예전에 만난 적이 있는 사람일까? 많은 사람들이 붐비는 밝은 대낮이었지만, 드루 마틴이 마임 예술가를 떠난 후 그녀와 인상착의가 비슷한 사람을 봤다고 증언하는 사람은 아직까지 나타나지 않았다. 어떻게 그럴 수가 있을까? 그녀는 세상에서 가장 유명한 운동선수 중 한 명인데, 어떻게 로마 길거리에서 그녀를 목격한 사람이 단 한 명도 없단 말인가?

"번개를 맞은 것처럼 그저 우연히 일어났던 일일까요? 그건 우리가 더 이상 접근할 수 없을 것 같은 질문이군요."

스카페타는 은은한 향기가 나는 밤거리를 벤턴과 함께 걸어가고 있었다. 그들의 그림자가 오래된 포석 길 위를 지나갔다. "들뜬 마음으로 혼자 길을 걷던 그녀가 어느 한적한 거리에서 길을 잃었을 때 범인의 눈에 띄지 않았을까요? 그런 다음 길을 가르쳐준다고 하면서 온전히 통제할 수 있는 곳으로 그녀를 유인하지 않았을까요? 범인이 살고 있는 집이나 차로 데려가지 않았을까요? 범인은 분명 영어를 할 수 있을 거예요. 그녀를 목격한 사람이 아무도 없다니, 어떻게 그럴 수가 있죠? 어떻게 단 한 사람도 없는 거죠?"

벤턴은 아무 말도 하지 않았다. 보도를 지나는 두 사람의 발자국 소리만 들릴 뿐이었다. 레스토랑과 술집에서 나오는 사람들의 시끄러운 목소리, 그들과 거의 부딪힐 듯 가까이 지나가는 오토바이와 자동차 소리로 거리가 시끌벅적했다.

"드루는 이탈리아어를 할 줄도 모르고 아는 단어도 거의 없다고 했어요." 스카페타가 덧붙여 말했다.

하늘에 별이 돋아났다. 시인 키츠가 스물다섯의 나이에 결핵으로 목숨을 거두었던 벽토 집인 카지나 로사에 부드러운 달빛이 내려앉았다.

"아니면 범인이 그녀를 스토킹 했을 수도 있어요." 스카페타가 말을 이었다. "범인이 그녀를 알고 있었을 가능성도 있어요. 범인이 다시 범행을 저지르고 붙잡히지 않는다면 우린 영원히 모를 거예요. 벤턴, 뭐라고 대꾸 좀 해줄래요? 이런 단편적인 이야기를 계속 혼자 떠들란 말이에요?"

"도대체 당신 두 사람 사이에 무슨 일이 벌어지고 있는지 모르겠어. 당신이 날 벌주려는 것은 아닐 테지."

"나와 누구 말인가요?"

"그 빌어먹을 국장 말고 누가 있겠어?"

"분명히 대답하지만 아무 일도 없어요. 당신이 그런 생각을 하다니 우스꽝스럽지만, 결국 다시 그 문제로 되돌아왔군요. 당신이 방금 했던 말을 용서할 수 없어요. 난 당신을 포함해 어느 누구도 벌준 적이 없으니까요."

그들은 스페인 광장의 계단을 오르기 시작했다. 상처받은 마음과 지나치게 많이 마신 와인 탓에 발걸음이 무거웠다. 다정한 연인들의 모습이 보였고, 떠들썩하게 웃고 즐기는 젊은이들은 그들에게 아무 관심도 보이지 않았다. 1.5킬로미터 정도 떨어진 곳에 해슬러 호텔이 보였다. 조명이 켜진 장대한 호텔은 도시 위에 우뚝 솟아 있는 궁전처럼 보였다.

"난 다른 사람들을 벌주는 성격이 아니에요. 나 자신과 다른 사람을 보호할 뿐 벌주지는 않죠. 무엇보다 내가 좋아하는 사람들에게는 절대 그렇게 하지 않아요." 그녀는 가쁜 숨을 몰아쉬었다. "내가 당신을 벌주는 일은 절대 없을 거예요."

"다른 사람을 만나거나 다른 남자에게 관심이 있는 거라면, 당신을 탓할 수 없을 거야. 하지만 내게 말해줘. 내가 요구하는 건 그것뿐이야. 오늘 하루 종일 그랬던 것처럼 가장하지 마. 철부지 어린애들 같은 게임은 하지 마."

"가장한다고요? 게임이라고요?"

"그는 당신 곁에 달라붙어 있었어." 벤턴이 말했다.

"난 어디에 있든 그와 떨어지려고 애썼어요."

"그는 하루 종일 당신 곁에 있었어. 더 이상 다가갈 수 없을 정도로 가까이 붙어 있었지. 당신을 지그시 바라보고 바로 내 앞에서 당신과 살갗을 스쳤어."

"벤턴…."

"그는 미남이니 당신도 끌렸을 수 있겠지. 하지만 바로 눈앞에서는 참지 않을 거야. 이런, 제기랄."

"벤턴…."

"누군지 알 수 없지만 그 자식도 마찬가지야. 최남단의 그 사람…."

"벤턴!"

잠시 침묵이 흘렀다.

"당신 지금 제정신이 아니에요. 내가 당신을 두고 바람피울 거라고 도대체 언제부터 걱정하기 시작한 거죠?"

포석 길을 디디는 발자국 소리, 가쁜 숨소리 이외에는 아무 소리도 들리지 않았다.

"단 한 번 다른 이를 만났을 뿐이에요. 당신이 어떻게 된 줄 알고…."

"죽은 줄 알았겠지." 벤턴이 말했다. "맞아, 당신은 내가 죽었다는 소식을 들었어. 그러고 나서 1분도 지나지 않아 아들뻘인 젊은 놈이랑 그 짓을 했지."

"그러지 말아요." 그녀의 마음속에 분노가 들끓기 시작했다. "감히 그렇게 말하지 말아요."

벤턴은 아무 말 없었다. 혼자 와인 한 병을 거의 다 마셨지만, 증인 보호 프로그램에 따라 어쩔 수 없이 죽음을 가장했던 예전 이야기를 꺼낼 만큼 취한 건 아니었다. 그녀가 감정적으로 잔인한 사람인 것처럼 공격할 만큼 취하지도 않았다.

"미안해." 그가 말했다.

"뭐가 문제인 거죠?" 스카페타가 말했다. "아, 계단 오르기가 정말 힘드네요."

"우린 변할 수 없을 것 같아. 사후 멍 자국과 사후 경직이 더 이상 변하지 않고 멈추어 고정되듯이. 이제 그 사실을 직면하기로 해."

"그게 뭐든 난 직면하지 않을 거예요. 내가 아는 한, 그런 건 없어요. 그리고 사후 멍 자국과 사후 경직은 죽은 사람들에 관한 거예요. 우린 죽은 사람이 아니에요. 당신도 방금 말했잖아요."

두 사람 모두 가쁜 숨을 몰아쉬었다. 그녀는 심장이 두근거렸다.

"정말 미안해." 그는 과거에 있었던 일, 죽음을 가장해서 그녀의 삶을 송두리째 망가뜨렸던 과거를 언급하며 말했다.

"그는 지나친 관심을 보이고 뻔뻔했어요. 그래서 어떻단 말이죠?"

벤턴은 다른 남자들이 그녀에게 관심을 보이는 데 익숙했고 불안해하기보다는 오히려 은근히 즐거워했다. 그녀가 어떤 사람인지, 자신이 어떤 사람인지 알았기 때문이고, 여자들이 자신을 빤히 쳐다보거나 슬쩍 스치거나 혹은 부끄러움도 없이 접근할 때면 스카페타 역시 똑같은 경험을 할 거라는 사실을 알았기 때문이다.

"당신은 찰스턴에서 새로운 삶을 살았어. 당신이 왜 원래대로 돌아왔는지 이해할 수가 없어. 당신이 그랬다는 사실이 믿기지 않아."

"믿기지 않는다고요…?" 계속 올라가도 계단은 끝이 보이지 않는 듯했다.

"난 보스턴에 있으니 남쪽으로 내려갈 수 없어. 그래서 결국 이렇게 된 거고."

"당신은 질투하고 있어요. 평소에는 전혀 하지 않는 '제기랄'이라는 욕을 하다니! 아, 계단이 끝이 없군요!" 그녀는 숨을 고를 수 없었다. "당신은 위협을 느낄 이유가 없어요. 어느 누구에게도 위협을 느낄 사람이 아니죠. 무슨 문제라도 있어요?"

"난 너무 많은 걸 기대하고 있었어."

"뭘 기대하고 있었는데요, 벤턴?"

"그런 건 중요하지 않아."

"중요해요."

끝없는 계단을 올라가며 그들은 말을 멈추었다. 숨 가쁜 상태로 이야기하기엔 그들의 관계에 관해 할 말이 너무 많았기 때문이다. 그녀는 그가 두려움 때문에 화가 났다는 걸 알았다. 로마에 온 그는 자신이 무력하다고 느꼈고, 그들의 관계에서 무력감을 느꼈다. 하버드 의과대학 부속인 맥린 병원에서 과학수사 심리학자로 일할 수 있는, 놓치기에는 너무 아까운 기회를 잡고 그녀의 축하의 받으며 매사추세츠 주로 이사했기 때문이다.

"우리가 무슨 생각을 하고 있었죠?" 계단을 다 오르고 나서 그녀가 그에게 손을 내밀며 물었다. "아주 이상적인 생각을 하고 있었던 것 같아요. 내 손을 잡고 싶을 만큼 에너지를 되찾을 수 있을 거예요. 사실 우린 17년 동안 같은 집은커녕 같은 도시에서도 살아본 적이 없거든요."

"당신은 그걸 바꿀 수 있을 거라 생각하지 않지." 그는 그녀의 손을 어루만지며 깊은 숨을 내쉬었다.

"어떻게 바꿀 수 있는데요?"

"당신이 이사 올 거라는 환상을 품으며 즐거워했던 것 같아. 당신이 하버드나 MIT, 터프츠 대학교에서 학생들을 가르칠 거라 생각했어. 의과대학 교수나 맥린 병원에서 파트타임 컨설턴트로 기꺼이 일할 수도 있을 거고. 보스턴의 법의국에 들어가 국장 자리에 오를 수도 있을 거고."

"그런 삶으로는 절대 되돌아갈 수 없어요." 스카페타는 그렇게 말하며 호텔 로비 안으로 걸어 들어갔다. 그녀는 호텔이 지어진 시대 배경을 따서 그곳을 벨 에포크(Belle Epoque), 아름다운 시대라 불렀다. 대리석, 무라노산 유리와 실크, 조각상 등은 어느덧 그들의 머릿속에서 잊혀져 버렸다. 실제 이름은 로미오이며 낮에는 몸에 황금색 물감을 칠하고 마임 예술가로 지내다가 밤이 되면 호텔 문지기로 일하는 청년. 드루 마틴의 살인사건에 관한 심문을 더 이상 받고 싶어 하지 않는 매력적이고 음울해 보이는 그 이탈리아 청년을 포함해 어느 누구도, 어느 것도 더 이상 생각하고 싶지 않았다.

로미오는 예의 바른 청년이었지만 마임 연기를 하듯 그들의 시선을 회피하며 침묵을 지켰다.

"난 당신에게 최선인 게 좋아." 벤턴이 말했다. "당신이 찰스턴에서 일을 시작하기로 결정했을 때 간섭하지 않았던 것도 그 때문이야. 하지만 마음속으로는 화가 났어."

"그런 말 한 적 없잖아요."

"사실, 지금도 말해선 안 되지. 당신이 한 일이 옳다는 거 잘 알아. 오랜 시간 동안 당신은 어디에도 소속감을 느끼지 못했어. 어떤 의미에선 리치먼드를 떠난 이후부터 떠돌이처럼 불행했다고 할 수 있겠지. 다시 상기시켜서 미안하지만 정확하게 말하자면 리치먼드를 떠난 게 아니라 해고당했으니까. 그 빌어먹을 주지사 때문이었지. 당신은 삶의 단계에서 해야 할 일을 했을 뿐이야." 그들은 엘리베이터에 올라탔다. "하지만 내가 더 이상 견딜 수 있을지 모르겠어."

스카페타는 이루 말로 표현할 수 없을 만큼 극심한 두려움을 느끼지 않으려 애썼다. "벤턴, 방금 뭐라고 했어요? 우린 서로 포기해야 한다고요? 방금 정말 그렇게 말한 거예요?"

"그 반대로 말한 건지도 모르지."

"무슨 뜻인지도 모르겠고 난 희롱하지도 않았어요." 그들은 객실이 있는 층에 내렸다. "그런 적 한 번도 없어요. 당신한테 그랬던 것 말고는."

"내가 곁에 없을 때 난 당신이 뭘 하는지 알 수 없어."

벤턴은 펜트하우스 스위트룸의 출입문을 열었다. 앤티크 가구와 흰색 대리석으로 장식한 객실은 화려하고 근사했고, 작은 마을이 내다보이는 석조 테라스도 딸려 있었다. 그 너머에 보이는 고색창연한 도시가 어두운 밤하늘에 희미한 윤곽을 드러내고 있었다.

"벤턴, 우리 서로 싸우지 말아요. 아침이 되면 당신은 보스턴으로, 난 찰스턴으로 되돌아가잖아요. 서로 멀리 떨어지는 게 더 쉽도록 서로를 밀어내는 일은 하지 말기로 해요."

그는 코트를 벗었다.

"말해봐요. 마침내 내가 정착할 곳을 찾아 일을 시작한 게 화나는 거예요?" 그녀가 말했다.

벤턴은 벗은 코트를 의자 등받이에 걸쳤다.

“공정하군요. 난 모든 걸 다시 시작해야 해요. 아무것도 없는 것에서 무언가를 만들어내고, 전화도 직접 받고, 공시도도 직접 청소해야 한다고요. 난 하버드에 직장을 얻지도 못했고 비컨 힐에 있는 수백만 달러짜리 저택도 없어요. 내 곁는 로즈와 마리노밖에 없고 가끔씩 루시를 볼 수 있을 뿐이에요. 전화의 절반은 내가 직접 받고 지역 언론인들과 법무관들도 상대해야 해요. 어떤 단체로부터 오찬 연설자로 초빙되기도 하는데, 바로 해충 구제업자한테서죠. 그저께는 상공회의소의 전화번호부를 몇 부 주문해야 할지 몰라 애먹었어요. 내가 세탁소 주인인 양 상공회의소의 전화번호부에 등록되려고 애쓰는 것처럼 말이죠.”

“왜 그랬어? 로즈가 항상 전화를 걸러서 받아주잖아.” 벤턴이 말했다.

“로즈도 나이가 많이 들었어요. 할 수는 있지만 어느 정도뿐이에요.”

“마리노는 왜 전화를 받을 수 없어?”

“왜냐고요? 어떤 것도 예전 같지 않아요. 모두들 당신이 죽었다고 생각했고 그 때문에 뿔뿔이 흩어졌어요. 이렇게 말할 수 있을 거예요. 그 때문에 당신을 포함해 모든 사람들이 변했다고.”

“내겐 선택의 여지가 없었어.”

“선택이란 게 그래서 기묘한 거죠. 당신에게 선택의 여지가 없었다면 다른 사람들에게도 마찬가지예요.”

“당신이 찰스턴에 정착한 것도 그 때문이지. 당신은 날 선택하고 싶어 하지 않아. 난 다시 죽을지도 몰라.”

“파편이 사방에 튀는 폭발 현장 한가운데에 혼자 서 있는 느낌이에요. 난 그저 여기 서 있을 뿐이에요. 당신은 내 삶을 망가뜨렸어요. 벤턴, 제기랄, 당신이 내 삶을 망가뜨렸어요.”

“이젠 당신이 ‘제기랄’이라고 하는군….”

그녀는 눈물을 닦으며 말했다. "이젠 날 울리는군요."

그는 가까이 다가가 그녀를 어루만졌다. 그들은 소파에 앉아 핀치안 언덕 한쪽에 있는 빌라 메디치의 트리니타 데이 몬티 쌍둥이 종탑을 내다보았다. 멀리로 바티칸이 펼쳐져 있었다. 벤턴을 쳐다보던 스카페타는 그의 깨끗한 얼굴선을 보며 다시 한 번 마음속으로 놀랐다. 부드러운 은발과 훤칠한 키에 품위 있는 외모는 그가 하는 일과 잘 어울리지 않았다.

"지금은 어때요?" 스카페타가 그에게 물었다. "처음에 느꼈던 감정과 비교하면?"

"달라."

"다르다는 대답이 불길하게 들리네요."

"다르다고 대답한 건 우리가 오랜 시간 동안 많은 걸 겪어왔기 때문이야. 이젠 당신을 모르던 시간을 기억조차 하기 힘들어. 당신을 만나기 전 내가 결혼했다는 사실조차 기억하기 힘들어. 그때의 나는 다른 사람이었고 열정도 내 삶도 없이 규칙에 따라 일하는 FBI 요원이었지. 당신의 회의실 안에 걸어 들어갔던 그날 아침까진 그랬어. 그때 난 중요한 프로파일러 자격으로 당신이 일하던 끔찍한 도시에서 일어난 살인사건 분석을 돕기 위해 갔었지. 당신은 실험실 가운을 입고 두꺼운 사건 파일을 내려놓으며 나와 악수했지. 당신은 내가 만난 여자 가운데 가장 놀랄 만한 사람이었고 당신에게서 눈을 뗄 수 없었어. 지금도 마찬가지고."

"지금은 다르죠." 그녀는 아까 그가 했던 말을 상기시켰다.

"두 사람 사이의 관계는 매일 다른 법이지."

"서로에 대한 감정이 똑같다면 괜찮아요."

"당신은 어때?" 벤턴이 물었다. "당신은 똑같은 감정이야? 만약…."

"만약 뭐요?"

"당신은 그러고 싶어?"

"뭘요? 뭔가를 하고 싶냐고요?"

"응, 영원히(for good)." 그는 자리에서 일어나 재킷을 찾아 주머니를 뒤지더니 다시 소파 쪽으로 왔다.

"영원히(for good)의 반대말은 불운(for bad)이겠군요." 스카페타는 그가 손에 들고 있는 것에 정신이 팔렸다.

"지금 농담하는 거 아니야. 진심이야."

"하찮은 희롱 때문에 날 떠나지는 않을 거죠?" 그녀는 그를 꼭 껴안으며 머리칼을 쓸어 넘겼다.

"그렇겠지. 이거 받아." 그가 말했다.

그가 손을 펴자 접은 종이가 손바닥에 놓여 있었다.

"어린 학생들처럼 종이 돌리기를 하고 있군요." 그녀는 종이를 펼치기가 두려웠다.

"겁쟁이처럼 굴지 말고 얼른 펴봐."

종이를 펼치자 안에는 청혼의 메모와 반지가 들어 있었다. 고풍스러운 얇은 백금 반지에 다이아몬드가 박혀 있었다.

"증조할머니 반지야." 벤턴은 그렇게 말하며 그녀의 손가락에 반지를 끼워주었다. 반지는 그녀의 손가락에 꼭 맞았다.

그들은 입을 맞추었다.

"질투심 때문이라면 끔찍한 이유로군요." 그녀가 말했다.

"50년 동안 금고에 있던 걸 찾은 거야. 당신에게 진심으로 묻는 거야." 그가 말했다. "제발 그러겠다고 대답해줘."

"우리는 항상 떨어져 살아왔다고 했는데 어떻게 그게 가능하죠?"

"맙소사, 단 한 번만이라도 이성적으로 따지지 말아줘."

"정말 아름다워요." 그녀는 반지를 바라보며 말했다. "진심이라니 다행이네요. 왜냐하면 난 이 반지를 되돌려주지 않을 거니까요."

03

수상한 신호

9일 후 일요일. 멀리 바다에서 뱃고동이 구슬프게 울렸다. 교회 첨탑이 찰스턴에 드리운 어둑한 새벽녘 하늘을 찌를 듯 높이 솟아 있었고, 호젓한 종소리가 울리기 시작했다. 여러 종소리가 울려 퍼지면서 전 세계 어디서나 똑같은 소리로 들리는 비밀스러운 언어로 변해갔다. 종소리가 울리자 여명이 밝아왔다. 19세기 초 마차 차고로 지어진 건물 안에서도 주거 공간으로 사용하는 3층 침실에 앉은 스카페타는 몸을 뒤척이며 주변을 둘러보았다. 예전에 살던 사치스러운 주택에 비하면 지금 이곳은 매우 어색한 출발이었다.

침실과 서재를 합치는 바람에 공간이 너무 꽉 차버렸다. 오래된 서랍장과 책장, 검정 테이블보를 깐 긴 테이블 위에는 현미경과 슬라이드, 라텍스 장갑, 먼지 마스크, 카메라 장비, 다양한 범죄 현장 필수품 등 여러 이상한 물건들이 놓여 있어서 움직일 때마다 여기저기 부딪히기 일쑤였다. 옷장은 따로 없었고 히말라야삼목을 안에 댄 벽장이 있었다. 스카페타는 벽장에서 짙은 회색 치마 정장과 회색과 흰색 줄무늬가 들어간 실크 블라우스, 굽이 낮은 검정색 펌프스를 꺼냈다. 분명 힘든 하루가 되리라 예상하고 옷을 차려입은 후 책상에 앉아 창밖을 내다보자, 아침 햇살에 드리운 다양한 그림자에 따라 변해가는 정원의 모습이 한눈에 들어왔다. 그녀는 이메일을 열어 마리노가 오늘 일과를 뒤죽박죽으로 만들 수 있는 이메일을 보낸 건 아닌지 확인했다. 그리고 이중으로 확인하려고 그에게 전화를 걸었다.

"네." 마리노의 피곤한 목소리와 함께 투덜거리는 낯선 여자 목소리가 수화기 너머로 희미하게 들렸다. "무슨 일로 전화한 거요?"

"분명히 오는 거죠?" 스카페타는 재차 확인했다. "어젯밤 늦게 연락을 받았는데, 보포트에서 시신이 도착한다니 꼭 참석하도록 해요. 그리고 오후에 회의도 있어요. 메시지를 남겼는데 연락이 없더군요."

"그렇소."

수화기 너머에서 여전히 투덜거리는 여자 목소리가 들렸다. 이번에는 또 무슨 용건이냐며 중얼거렸다.

"한 시간 내에 만나서 얘기하도록 하죠." 스카페타는 단호한 어조로 말했다. "지금 당장 나서지 않으면 그를 들여보낼 사람이 아무도 없어요. 메딕스 장례식장으로 가야 하는데 난 잘 모르는 곳이에요."

"그렇군요."

"난 소년의 시신을 처리하고 11시경에 도착할 거예요."

드루 마틴의 사건만으로는 충분하지 않은 것 같았다. 로마에서 돌아와 사무실에 출근한 첫날, 또 다른 끔찍한 사건이 그녀를 기다리고 있었다. 그녀는 죽은 소년의 이름도 아직 알지 못했다. 소년이 머릿속에 떠오른 건 그가 갈 곳이 전혀 없었기 때문이다. 전혀 예상도 하지 못하던 때에, 그녀는 소년의 섬세한 얼굴과 여윈 몸 그리고 곱슬곱슬한 갈색 머리칼을 보았다. 그리고 나머지 부분도 모두 보았다. 모든 검사를 마쳤을 때 소년의 모습이란…. 오랜 세월 동안 수천 건에 달하는 사건을 다뤄온 그녀는, 마음 한구석으로 누군가가 먼저 저지른 일 때문에 자기가 죽은 사람들에게 해야만 하는 과정이 몸서리칠 정도로 싫다는 생각이 들기도 했다.

"그렇군요." 마리노는 그 말밖에 하지 않았다.

"성마르고 무례하고…." 그녀는 그렇게 중얼거리며 계단을 내려왔다. "이젠 정말 지긋지긋하고 신물이 나." 그녀는 격분하며 소리쳤다.

뒤꿈치가 부엌의 테라코타 타일에 닿는 감촉이 너무 날카로웠기 때문에, 마구 차고 건물로 이사 와서 며칠 동안은 무릎을 꿇고 헤링본 모양을 바닥에 새겨 넣었다. 정원에 비치는 햇빛이 잘 들어오도록 벽은 흰색으로 다시 칠했고, 건물에 원래 있던 삼나무 소재의 천장 대들보는 복원했다. 가장 중요한 공간인 부엌은 스테인리스스틸 소재의 부엌 기구와 항상 새것처럼 반짝거리는 구리 냄비와 팬, 도마, 레스토랑 주방장들이 사용하는 독일제 수제 칼 제품으로 빈틈없이 채웠다. 조카 루시가 언제든 찾아와도 반갑겠지만 스카페타는 그럴 거라는 기대감이 들지 않았다. 루시는 전화도 거의 하지 않았고 아침 식사도 하지 않기 때문이었다.

스카페타는 리코타 치즈를 안에 채워 넣고, 스페인산 백포도주와 여과하지 않은 올리브오일로 볶은 버섯을 얹은 계란 흰자 오믈렛을 만드는 데 필요한 것을 꺼냈다. 빵은 꺼내지 않았다. 테라코타 석판 위에 번철로 구운 빵도 꺼내지 않았다. 테스토라고 부르는 그 테라코타 석판은 예전에 볼로냐에서 직접 손에 들고 가져온 것이었는데, 그곳 공항 검색원들은 부엌 용품을 무기로 여기지 않았었다. 가혹한 다이어트 중인 루시는 그 과정을 훈련이라고 표현했다. 스카페타가 도대체 무엇 때문에 다이어트를 하는 거냐고 물을 때마다 루시는 삶을 위해서라고 대답했다. 거품기로 계란 흰자를 휘저으며 오늘 해야 할 일을 곰곰이 생각하던 그녀는 둔탁한 소리를 내며 위층 창문에 무언가가 부딪히는 불길한 소리에 화들짝 놀랐다.

"아, 안 돼." 스카페타는 허둥지둥 거품기를 내려놓고 현관문으로 달려갔다.

경보 장치를 끄고 안뜰로 나가자 노란 피리새가 오래된 벽돌 위에서 힘없이 파닥거리고 있었다. 조심스럽게 들어 올린 새의 머리는 좌우로 축 늘어졌고 눈은 반쯤 감겨 있었다. 스카페타가 부드러운 목소리로 말을 걸며 실크 같은 깃털을 어루만지자 피리새는 몸을 일으키고 날아오르려 했지만 머리가 좌우로 축 늘어졌다. 깜짝 놀란 새는 이내 몸을 추스르려 했으나, 옆으로 쓰러져 날개를 퍼덕이며 고개를 늘어뜨렸다. 새는 죽지 않을 수도 있을 것이다. 다른 사람이 보기엔 부질없는 희망이겠지만 그녀는 새를 집 안으로 안고 들어왔다. 부엌에 놓인 서랍장 아래 칸에는 철제 상자가 있었고, 상자 안에는 마취약인 클로로포름이 들어 있었다.

벽돌 계단에 앉아 있던 스카페타는 루시가 모는 페라리의 독특한 엔진 소리가 들려도 여전히 자리에서 일어나지 않았다.

킹 스트리트를 벗어난 페라리가 건물 앞에 있는 공용 주차장에 멈추어 섰고, 이윽고 루시가 손에 봉투를 든 채 안뜰에 모습을 드러냈다.

"커피는커녕 아침도 아직 준비 안 했어." 루시가 말했다. "눈이 빨갛게 충혈된 채 밖에 앉아 있네."

"알레르기 때문이야." 스카페타가 얼버무리며 대답했다.

"알레르기도 없는 이모가 마지막으로 알레르기 탓을 했던 때는 새가 창문에 부딪혔을 때였어. 그리고 그때도 이렇게 테이블 위에 더러운 모종삽이 있었지." 루시는 정원에 놓인 오래된 대리석 테이블 위에 놓인 모종삽을 가리켰다. 근처 돈나무 아래에는 금방 판 것 같은 구덩이 위에 부서진 화분 조각이 덮여 있었다.

"피리새야." 스카페타가 말했다.

루시가 옆에 앉으며 말했다. "벤턴 아저씨는 주말에 못 올 것 같아. 아저씨가 올 때마다 이모는 온갖 식재료를 준비하지."

"병원에서 나올 수 없나 보구나." 정원 한가운데에 있는 조그맣고 야트막한 연못에 떠 있는 차이니스 재스민과 동백나무 꽃잎이 마치 색종이 조각 같았다.

루시는 최근에 휘몰아친 비바람에 떨어진 비파나무 잎을 집어 들었다. "오직 그 이유 때문이었으면 좋겠어. 로마에서 돌아왔을 땐 대단한 소식을 갖고 왔지만 달라진 건 아무것도 없잖아? 달라진 게 아무것도 없어. 아저씨는 거기에 있고 이모는 여기 있어. 상황을 바꿀 계획이 아무것도 없는 거야?"

"갑자기 남녀 관계 전문가라도 된 거야?"

"잘못된 남녀 관계 전문가라고 할 수 있지."

"그런 말을 들으니 유감이구나." 스카페타가 말했다.

"항상 그래왔으니까. 자넷과의 관계도 그랬고. 동성연애자들이 개보다 더 많은 권리를 갖는 게 마침내 합법화되고 나서, 난 자넷에게 결혼 이야기를 꺼냈어. 그런데 갑자기 자넷은 동성연애자라는 사실에 대처하지 못했어. 결혼 이야기는 시작하기도 전에 끝나버리고 말았지. 결국 좋지 않은 방식으로."

"좋지 않은 방식이라고? 용서할 수 없는 게 아니고?"

"용서하지 않는 건 이모가 아니라 나야." 루시가 말했다. "이모는 그런 입장이 아니었잖아. 그런 입장이 어떤 건지 이모는 몰라. 그 얘긴 하고 싶지 않아."

연못 한가운데에 서 있는 작은 천사 조각상이 연못을 굽어보고 있었다. 천사상은 뭘 지켜주고 있을까? 새를 지켜주는 것 같지는 않았다. 아무것도 지켜주지 않을지도 몰랐다. 스카페타는 자리에서 일어나 치마 뒷부분을 털어냈다.

"그것 때문에 나와 얘기하고 싶었던 거야? 아니면 새를 안락사시킬 수밖에 없어서 슬퍼하고 있는 내 모습을 보며 문득 그런 생각이 떠올랐던 거야?"

"그것 때문에 어젯밤 이모에게 전화해서 만나자고 했던 건 아니야." 루시는 여전히 잎을 만지작거리며 말했다.

열은 분홍색이 감도는 금발로 몇 가닥을 염색한, 체리나무처럼 붉게 빛나는 머리칼을 귀 뒤로 깔끔하게 넘긴 루시는 가혹한 운동과 우월한 유전자를 통해 얻은 아름다운 몸매가 잘 드러나는 검정색 티셔츠를 입고 있었다. 스카페타는 루시가 어딘가에 가는 길이라는 의구심이 들었지만 물어보지는 않을 것이다. 그녀는 다시 계단에 주저앉았다.

"셀프 박사 말이야." 루시는 특별히 신경 쓰이는 것 이외엔 아무 것도 바라보지 않는 무심한 눈길로 정원을 바라보며 말했다.

스카페타는 루시가 그녀 얘기를 꺼낼 거라고는 예상하지 못했다. "셀프 박사는 왜?"

"난 이모에게 그녀를 가까이 하라고, 적을 항상 가까이 두라고 말했어." 루시가 말했다. "하지만 이모는 귀 기울여 듣지 않았어. 그녀가 기회 있을 때마다 그 법정 사건으로 이모를 비방하려 해도 신경 쓰지 않았지. 이모를 거짓말쟁이에다 협잡꾼이라며 비방하고 있어. 인터넷에 접속해서 구글에 들어가봐. 난 셀프 박사가 남긴 글을 찾아내 이모에 대해 남긴 비방 글을 보냈지만, 이모는 확인조차 하지 않아."

"내가 확인조차 하지 않았다는 건 어떻게 알아?"

"내가 이모의 시스템을 책임지고 관리하고 있으니까. 난 이모가 파일을 얼마나 오랫동안 열어두는지도 알아. 이모도 스스로를 보호할 수 있었어." 루시가 말했다.

"무엇으로부터?"

"이모가 배심원을 조종했다는 비난으로부터."

"배심원을 조종하는 건 법정이야."

"이모가 그런 말을 하다니, 지금 내 옆에 앉아 있는 사람 이모 맞아?"

"사지를 묶인 채 고문당하고 다른 방에서 사랑하는 사람이 고통받으며 죽어가는 고함 소리가 들리는데, 운명에서 벗어나기 위해 스스로 목숨을 끊는단 말이야? 루시, 그건 자살이 아니야. 그건 살인이야."

"법적으로는?"

"그런 건 상관없어."

"이모는 항상 그런 식이었지."

"그렇지 않아. 지난 수년 동안 일하면서 희생자를 위한 변호인은 오로지 나밖에 없다는 생각이 들 때, 머릿속에 어떤 생각이 들었는지 넌 몰라. 셀프 박사는 비밀 유지라는 잘못된 방패막이를 내세우면서, 심한 고통과 죽음을 막을 수도 있었을 정보를 공개하지 않았어. 그녀는 그런 대접을 받을 만한 자격이 없어. 그런데 왜 지금 그녀에 관해 얘기하는 거야? 왜 날 화나게 만드는 거냐고?"

루시는 스카페타와 시선을 마주치며 말했다. "복수하려면 무엇보다 냉정해야 한다는 말이 있지. 그녀가 마리노와 다시 접촉하고 있어."

"맙소사. 지난주에도 끔찍하게 굴었는데 그걸로 부족했던 건가? 마리노가 완전히 제정신을 잃은 거야?"

"이모가 지난주 로마에서 돌아와서 그 소식을 알렸을 때 마리노가 반가워할 거라 생각했어? 이모 제정신이야?"

"물론 제정신이야."

"어떻게 그걸 모를 수 있어? 마리노 아저씨는 갑자기 밖으로 나가 매일 밤 술을 마시고 속물 같은 여자를 사귀었어. 이번엔 정말 제대로 골랐지. 이름이 샌디 스눅인데, 스눅 플래밍 칩 몰라?"

"플래밍 뭐? 이름이 뭐라고?"

"할라페뇨 고추와 칠리소스 맛이 나는 기름지고 엄청 짠 감자칩 이름이야. 샌디의 아버지는 그걸로 큰돈을 벌었지. 1년 전에 이곳에 이사 왔는데, 지난 월요일 밤 킥 앤 호스라는 곳에서 마리노를 보고 첫눈에 반했대."

"마리노한테 직접 들은 이야기야?"

"제스한테 들었어."

스카페타는 제스가 누구인지 몰라 고개를 가로저었다.

"킥 앤 호스 사장인데, 마리노와 오토바이를 함께 타는 친구이기도 해. 이모도 마리노 아저씨한테 얘기 들었을 텐데. 그녀가 내게 전화해서 마리노가 최근 여자친구를 사귀더니 점점 더 자제력을 잃어간다며 걱정했어. 제스 말로는 마리노의 그런 모습을 본 건 이번이 처음이래."

"마리노가 먼저 연락하지 않았다면 셀프 박사가 그의 이메일 주소를 어떻게 알아냈을까?" 스카페타가 물었다.

"마리노가 플로리다에서 상담을 받은 이후로 셀프 박사의 개인 이메일 주소는 바뀌지 않았어. 마리노 아저씨의 이메일 주소는 바뀌었지. 그러니 누가 먼저 이메일을 보냈는지 찾아낼 수 있을 거야. 분명히 찾아낼 수 있을 거야. 아저씨가 사용하는 개인 이메일 주소의 암호는 모르지만 그런 사소한 문제는 날 가로막지 못해. 내가 해야 할 일은…."

"네가 어떻게 해야 하는지 알아."

"접속하는 거지."

"네가 어떻게 해야 하는지 알지만 난 네가 그렇게 하지 않길 바라. 이 일을 더 악화시키지 말자."

"적어도 마리노가 그녀에게 받은 이메일은 마리노의 사무실 데스크톱을 통해 세상 모든 사람들이 볼 수 있어." 루시가 말했다.

"말도 안 돼."

"아니, 사실이야. 이모를 화나고 질투 나게 만들기 위한 보복이었어."

"마리노의 데스크톱에서 이메일을 찾아낸 이유는 뭐야?"

"어젯밤 응급 상황이 발생했기 때문이야. 마리노가 내게 전화해서, 경보 장치가 꺼지고 냉장고가 오작동하고 있다는 연락을 받았다고 했어. 자기는 사무실 근처에 있지 않으니 나더러 확인해보라고 했어. 경보 장치 회사 전화번호는 벽에 붙여둔 목록에 있으니까 필요하면 찾아보라고 했고."

"경보 장치?" 스카페타는 당혹스러운 표정으로 말했다. "나한테 연락한 사람은 아무도 없었는데."

"왜냐하면 그런 사건은 일어나지 않았으니까. 사무실에 가서 확인해봤는데 모든 게 정상이었어. 냉장고도 정상이었어. 그래도 아무 문제가 없는지 확인하기 위해 사무실 안으로 들어가 경보 장치 회사 전화번호를 확인하다가 그의 데스크톱에 있는 걸 본 거야."

"정말 우스꽝스러워. 마리노는 어린아이처럼 굴고 있어."

"이모, 마리노는 어린아이가 아니야. 곧 그를 해고해야 할 거야."

"그럼 사무실 운영은 어떻게 하라고? 지금도 겨우겨우 해나가고 있는 형편인데. 그렇지 않아도 직원이 부족해서 해고할 직원은 한 사람도 없어."

"이건 시작일 뿐이야. 앞으로 더 고약하게 굴 거야." 루시가 말했다.

"마리노는 이모가 예전에 알던 사람이 아니야."

"그렇지 않아. 난 절대 그를 해고할 수 없어."

"이모 말이 맞아." 루시가 말했다. "절대 그를 해고할 수 없어. 그건 이혼과 같겠지. 마리노 아저씨는 이모의 남편이나 마찬가지야. 이모는 벤턴 아저씨보다 마리노와 훨씬 더 많은 시간을 함께 보냈으니까."

"내 남편이라니 말도 안 돼. 괜한 말로 부추기지 마."

루시는 계단에 놓여 있는 봉투를 집어 들어 스카페타에게 건넸다. "여섯 통이고 모두 그녀가 보낸 거야. 우연하게도 첫 메일이 도착한 날짜가 이모가 로마에서 돌아온 지난 월요일이야. 그때 우린 이모가 받은 반지를 보고 대단한 냄새가 난다고 했고, 크래커 잭(캐러멜을 입힌 팝콘과 땅콩으로 만든 과자—옮긴이) 냄새는 아니라는 걸 알아냈지."

"마리노가 셀프 박사에게 보낸 이메일은 없어?"

"자신이 쓴 메일은 이모에게 보여주고 싶지 않았겠지. 이모, 곰곰이 생각해봐." 루시는 봉투와 그 안에 든 것을 가리키며 말했다. "마리노는 어때? 셀프 박사는 마리노를 그리워하고 그를 생각해. 이모는 폭군이었고 지금도 마찬가지야. 셀프 박사가 이모 밑에서 비참하게 일하고 있는 마리노를 도와주기 위해 뭘 할 수 있을까?"

"마리노는 그걸 모를까?" 스카페타는 침울한 심정이었다.

"마리노에게 그 소식을 알리지 말았어야 했어. 그 소식이 마리노에게 어떤 영향을 미칠지, 어떻게 그렇게 모를 수 있었어?"

스카페타는 자주색 피튜니아 줄기가 담 위로 뻗어 있는 모습을 바라보았다. 라벤더 란타나도 눈에 띄었는데 약간 메마른 것처럼 보였다.

"이모, 그거 안 읽어볼 거야?" 루시는 다시 봉투를 가리키며 말했다.

"지금 당장 읽어보지는 않을 거야." 스카페타가 대답했다. "처리해야 할 더 중요한 일들이 있어. 정원을 가꾸거나 산책을 해야 할 일요일에 빌어먹을 정장을 입고 빌어먹을 사무실에 나가는 것도 그 때문이야."

"이모가 오늘 오후에 만날 사람에 대해 대충 조사했어. 최근에 폭행을 당했는데 혐의자는 아무도 없어. 그 사건과 더불어서 마리화나 소지 혐의를 받기도 했는데 무혐의로 풀려났어. 그걸 제외하고는 속도위반 딱지 한 번 떼지 않았지. 하지만 이모 혼자서 그를 만나면 안 돼."

"잔인하게 살해당한 후 공시소에 혼자 있는 어린 소년의 시신은 어쩌고? 네가 아무 말도 하지 않아서 컴퓨터 조사에 아무런 수확이 없을 거라고 생각했어."

"그는 마치 이 세상에 존재하지 않았던 것 같아."

"그는 분명 이 세상에 존재했어. 그가 당한 일은 내가 지금껏 봐온 가장 끔찍한 사건 가운데 하나야. 이제 우리가 궁지에 내몰릴지도 모르지."

"그래서 어쩌려고?"

"통계 유전에 대해 생각하고 있는 중이야."

"그걸 하는 사람이 아무도 없다니 정말 믿기지 않아." 루시가 말했다. "기술은 예전부터 있었지만 시시해. 다른 데이터베이스들처럼 대립 유전자는 친척들 간에 공유되는데, 확률 함수 같아."

"아버지와 어머니, 형제자매의 수치는 더 높지. 그걸 확인하고 초점을 맞출 거야. 시도해봐야 한다고 생각해."

"만약 그렇게 해서 그 어린 소년이 친척에 의해 살해당한 것으로 드러나면 어떡하지? 통계 유전을 범죄 사건에 사용하면 법정에서는 어떻게 될까?" 루시가 말했다.

"법정 문제는 범인이 누구인지 밝혀진 이후에 걱정하도록 하자."

매사추세츠 벨몬트. 매럴린 셀프 박사는 밖이 내다보이는 진료실 창문 앞에 앉아 있었다.

경사진 잔디밭 너머로 숲과 유실수가 보였다. 오래된 벽돌 건물은 부유한 저명인사들을 위해 지어진 곳이다. 그들은 자신들의 삶에서 짧은 시간 동안, 혹은 필요한 만큼 오랜 시간 동안 잠시 사라져서 응당 받아야 할 존경을 받고 응석을 부리며 치료받는다. 몇몇 가망 없는 경우에는 영원히 그곳에서 사라지기도 한다. 맥린 병원에서 유명한 배우와 음악가, 운동선수, 정치가들이 별장처럼 지어진 교정 산책로를 걸어 다니는 모습을 보는 건 지극히 일상적이다. 교정 산책로는 유명한 조경학자인 프레더릭 로 옴스테드가 설계한 것으로, 그가 조경을 담당한 유명한 프로젝트에는 뉴욕의 센트럴 파크, 미국 국회의사당 주변 녹지, 볼티모어 부지, 1893년 시카고에서 열린 세계 박람회 등이 있다.

매럴린 셀프 박사를 보는 건 지극히 일상적인 풍경이 아니었다. 그녀는 훨씬 더 오랫동안 그곳에 머무를 의도가 없었다. 사람들이 마침내 진실을 알아낼 때 그녀의 이유는 분명해질 것이다. 그녀의 삶과 운명이 항상 그랬던 것처럼 안전하게 사람들로부터 격리될 텐데, 그녀는 운명을 '반드시 그렇게 될 것'이라고 불렀다. 그녀는 벤턴 웨슬리가 이곳에서 일하고 있다는 사실을 잊어버렸다.

충격적인 기밀 실험: 프랑켄슈타인.

그녀는 방송에 복귀해서 진행할 첫 프로그램의 대본을 계속 써내려갔다.

내 목숨을 지키기 위해 격리된 동안, 나는 전혀 의식하지 못한 채 어쩌다 보니 증인이 되었다. 더 고약한 건, 과학이라는 미명하에 비밀리에 진행되는 실험과 학대의 대상이 된 것이다. 커츠가 《암흑의 핵심》(《Heart of Darkness》, 조셉 콘

래드의 단편 소설로, 주인공 커츠는 아프리카의 상아 무역상으로 나온다-옮긴이)에서 "무서워! 무서워!"라고 말한 것과 마찬가지였다. 온당한 도구를 갖지 못한 사람들은 인간 이하의 존재로 간주되던 어두운 시기의 어두운 나날, 나는 당시 자행되던 일을 근대적 형식으로 바꾼 실험에 종속되어 있었다. 인간 이하의 존재로 여겨지던 그들은 어떤… 도대체 어떤… 취급을 받았을까?

정확한 유추는 나중에 떠오를 것이다.

자신이 이메일을 다시 보내기 시작했다는 사실을 알고 기쁨에 들떠 있을 마리노의 모습을 상상하며 셀프 박사는 미소 지었다. 그는 자신의 연락을 받고 세상에서 가장 유명한 정신과 의사인 그녀가 기뻐했을 거라 생각할 것이다. 마리노는 그녀가 자신에게 신경 쓰고 있다고 믿었다. 하지만 그녀가 마리노에게 신경 쓴 적은 단 한순간도 없었다. 심지어 그녀의 이름이 덜 알려진 플로리다 시절, 마리노가 그녀의 환자였을 당시에도 그랬다. 그는 재미 삼아 치료해주는 환자에 지나지 않았고, 심심풀이 환자라는 걸 그녀도 인정했다. 그녀를 좋아하는 마리노의 마음은 스카페타에 대한 무모한 성적 집착만큼이나 애처롭고 우스꽝스러웠기 때문이다.

가여운 스카페타. 전화 몇 통이면 될 텐데….

그녀의 머릿속에 온갖 생각이 떠오르다 맥린 병원이 떠올랐다. 그곳에서는 극장에 가고 싶거나 보스턴 레드삭스 야구팀 경기가 보고 싶거나, 스파에 가고 싶다고 말만 하면 알아서 해주는 관리인이 있고 식사를 준비해준다. 맥린 병원에 입원한 특별 환자들은 자신이 원하는 것이라면 뭐든지 얻을 수 있다. 셀프 박사의 경우, 9일 전에 들어왔을 때 자신의 전용 이메일 연결선과 카렌이라는 이름의 다른 환자가 사용 중인 병실을 원했다.

셀프 박사가 도착한 첫날, 용인할 수 없는 객실 배정은 병원 경영진의 간섭이나 지체 없이 쉽게 이루어졌다. 동이 트기 전, 셀프 박사가 방에 들어오자 카렌은 눈앞에 어른거리는 숨결에 잠이 깼다.

"어머!" 카렌은 자기 곁을 맴도는 강간범이 아니라 셀프 박사라는 것을 깨닫고 안도의 한숨을 내쉬었다. "이상한 꿈을 꾸고 있었어요."

"자, 커피 가져 왔어요. 죽은 듯이 조용히 잠들어 있더군요. 어젯밤 크리스털 조명등을 너무 오랫동안 쳐다본 거 아닌가요?" 셀프 박사는 침대 위 천장에 고정된 빅토리아시대풍의 크리스털 조명등을 올려다보며 말했다.

"그럴 리가요!" 카렌은 놀라 소리치며 침대 옆 앤티크 테이블에 커피 잔을 내려놓았다.

"크리스털 제품을 바라볼 때 몹시 주의를 기울여야 해요. 최면을 걸어 몽환적인 상태에 빠뜨리는 효과가 있을 수 있으니까요. 어떤 꿈을 꾸었죠?"

"셀프 박사님, 마치 현실 같았어요! 누군가의 숨결이 내 얼굴에 와 닿는 게 느껴져서 두려웠어요."

"혹시 누구였는지 알겠어요? 가족이거나 가족의 친구였나요?"

"어린 시절에 아버지가 구레나룻을 내 얼굴에 비비곤 했어요. 아버지의 숨결을 느낄 수 있었죠. 얼마나 재밌었는지 몰라요! 이제 기억나요. 혹은 상상하고 있는 건지도 모르지만요. 뭐가 현실인지 잘 몰라 힘들 때가 종종 있어요." 그녀는 낙담한 표정이었다.

"카렌, 기억을 억눌러서 그래요." 셀프 박사가 말했다. "당신의 내적인 자아를 의심하지 말아요." 그녀는 자아를 뜻하는 '셀프(self)'라는 단어를 천천히 말했다. 나를 따르는 모든 사람들에게 그렇게 말하죠. 당신의 무엇을 의심하지 말라고요?"

"내적 자아."

"맞아요. 당신의 내적 자아는 진실을 알고 있어요. 내적 자아는 무엇이 현실인지 알고 있어요."

"내 아버지에 관한 진실, 내가 기억하지 못하는 진실 말인가요?"

"당시 당신이 견딜 수 없던 진실, 생각할 수 없던 현실이죠. 카렌, 모든 건 성적인 문제에 관한 거예요. 내가 당신을 도와줄 수 있어요."

"제발 날 도와주세요."

셀프 박사는 인내심과 통찰력을 갖고 그녀가 일곱 살이던 시절로, 최초의 심적인 범죄 현장으로 조심스럽게 인도했다. 지금껏 무의미한 삶을 살아온 카렌이 마침내 처음으로 자신의 아버지에 관해 이야기하기 시작했다. 그녀의 아버지는 그녀의 침대 안으로 기어들어 와 발기한 성기를 그녀의 엉덩이에 문질렀고, 술 냄새가 풍기는 입김을 그녀의 얼굴에 훅 끼쳤다. 잠시 후 뜨뜻하고 끈적거리는 게 그녀의 잠옷 아랫부분을 흥건하게 적셨다. 셀프 박사는 가엾은 카렌이 정신적 쇼크를 받은 사건을 계속 떠올리도록 이끌어주었다. 그런 사건은 한 번으로 그치는 경우가 거의 없는데, 성범죄는 거의 예외 없이 반복적으로 일어나기 때문이다. 그녀의 어머니는 어린 카렌의 잠옷과 침구를 보고 사태를 파악했을 게 분명하지만, 남편이 딸에게 하는 짓을 모르는 척했을 것이다.

"아버지가 침대에 누워 있는 내게 핫초콜릿을 가져다주었는데 내가 그걸 쏟은 기억이 나요." 카렌이 다시 힘겹게 말문을 열었다. "잠옷 아랫부분이 뜨뜻하고 끈적거리던 느낌이 떠올랐어요. 내가 기억하고 있는 건 아마 그것일지도 몰라요. 그 끔찍한 일이 아니라…."

"그게 핫초콜릿이라고 생각하는 게 안전했기 때문이에요. 그러고 나서 어떻게 되었나요?" 카렌은 아무 대답도 하지 않았다. "당신이 쏟았나요? 누구의 잘못이었죠?"

"내가 쏟았어요. 내 잘못이에요." 카렌이 눈물을 글썽이며 말했다.

"그래서 그 이후에 알코올과 마약을 남용한 건가요? 그때 일어났던 일이 당신의 잘못이라고 생각해서요?"

"그때 이후로는 아니에요. 술을 마시고 마약을 하기 시작한 건 열네 살 때예요. 아, 잘 모르겠어요. 또다시 망연자실한 상태에 빠져들고 싶지 않아요. 셀프 박사님! 그 기억을 견딜 수가 없어요. 그건 사실이 아니었는데, 이젠 사실이라는 생각이 들어요."

"피트레스가 1891년 저술한 〈히스테리와 최면에 관한 임상 과정〉에 나오는 내용과 마찬가지예요." 셀프 박사가 그렇게 말할 즈음, 숲과 잔디밭이 어스름한 새벽빛에 아름답게 모습을 드러냈다. 그 방의 전망은 곧 그녀 차지가 될 것이다. 그녀는 정신착란과 히스테리에 대해 설명하면서 카렌의 침대 위 천장에 고정된 크리스털 조명등을 이따금씩 올려다보았다.

"이 방에 더 이상 있을 수 없어요. 부탁이니 제발 나와 방을 바꾸어줄래요?" 카렌이 흐느끼며 간청했다.

루시어스 메딕은 오른팔 손목에 고무 밴드를 끼워 넣으며 스카페타 박사 집 뒤쪽에 있는 좁은 골목에 빛나는 검정색 영구차를 주차했다.

커다란 자동차가 아니라 말을 위한 마구간이라니…. 정말 우스꽝스러웠다. 그의 심장은 여전히 세차게 박동하고 있었다. 그는 불안에 벌벌 떠는 신경 쇠약자였다. 영구차가 골목에 들어선 오래된 집과 공원을 구분해주는 높은 벽돌담이나 나무에 긁히지 않은 건 정말이지 크나큰 행운이었다. 그는 어떤 호된 시련을 지나야 할까? 그가 모는 신형 영구차는 나란히 늘어선 자동차 행렬을 벗어나서 보도 위로 올라와 있었고, 타이어 밑에는 먼지와 더러운 낙엽이 깔려 있었다. 시동을 끄지 않고 차에서 내리자, 어느 노부인이 2층 창문에서 그를 내다보는 시선이 느껴졌다. 노부인을 올려다보던 루시어스는 머지않아 자신의 도움이 필요할 거라는 생각이 불현듯 들었다.

그는 멋진 철문에 고정된 인터콤 버튼을 누르며 '메딕스 장의사'라고 말했다.

한동안 아무 대답도 없자 그는 다시 메딕스 장의사라고 말했다. 그러자 강인한 여자 목소리가 스피커를 통해 들려왔다. "누구세요?"

"메딕스 장의사에서 왔습니다. 배달해드릴 게 있어서요…."

"배달해줄 게 있다고요?"

"네, 그렇습니다."

"차 안에서 기다려요. 내가 내려갈게요."

남부의 패튼 대령(1885~1945. 제2차 세계대전에 참전한 육군 대령으로, 엄격한 규율과 거친 성격, 자기희생 정신으로 군대를 호령한 것으로 유명하다—옮긴이)의 매력이 느껴지는 여성이군. 루시어스는 생각했다. 그는 약간 당혹스럽고 기분이 상해서 장의차에 올라탔고, 차창을 올리면서 자신이 들은 이야기를 떠올렸다. 스카페타 박사는 한때 꽤 유명했는데, 그녀가 법의국장으로 일할 당시 어떤 일이 일어났다. 그녀가 어디의 법의국장이었는지 기억나지 않았다. 그녀는 해고되었거나 외압을 견딜 수 없었을 것이다. 몰락했거나 스캔들에 휩싸였을 것이고, 그 이유는 한두 가지가 아니었을지도 모른다. 그러고 나서 약 2년 전 세상을 떠들썩하게 한 사건이 플로리다에서 일어났다. 한 여자가 벌거벗겨진 채 서까래에 매달려 고문당하다가 더 이상 참지 못하고 그 줄로 목을 매 자살한 사건이었다.

자살한 사람은 텔레비전 토크쇼를 진행하는 정신과 의사의 환자였다. 루시어스는 기억을 떠올리려 애썼다. 고문당하고 살해당한 사람이 더 많을지도 몰랐다. 그는 셀프 박사가 유죄라고 증언하고, 그 사실을 배심원에게 확인시키는 데 가장 중요한 역할을 한 존재는 스카페타라고 확신했다. 그 이후로 그가 읽은 여러 신문기사에서 셀프 박사는 스카페타 박사를 '무능하고 편견에 사로잡힌 사람' 그리고 '동성연애자라는 사실을 숨기고 있거나 한때 동성연애자'였다고 말했다. 아마 사실일지도 몰랐다. 대부분의 강인한 여자들은 스스로 남자 같길, 자신이 남자이기를 바란다. 그녀가 경력을 쌓기 시작할 당시 그 분야에는 여성이 많지 않았다. 지금은 수천 명에 달할 것이다. 수요가 있으면 공급이 있는 법이다. 그녀는 더 이상 특별한 존재가 아니며 모든 분야에서 여성들이 활동하고 있다. 젊은 여성들은 텔레비전을 통해 그 분야를 알게 되고 스카페타가 하는 것과 똑같은 일을 한다. 스카페타가 로컨트리로 이사 온 것도 그녀에 대한 이런저런 이야기 때문일 것이다. 그녀는 로컨트리의 작은 마차 차고, 정확하게 말해서 예전에 마구간으로 쓰던 곳으로 이사 왔고, 그곳은 루시어스가 일을 얻을 곳이 아니었다.

루시어스는 메딕 가문이 보포트 카운티에서 백 년 넘게 운영해온 장의사 건물 위층에 살고 있었다. 대규모 농장 시절에 지어진 3층 건물에는 노예들이 기거하는 오두막집이 딸려 있었는데, 오래된 좁은 골목에 있는 자그맣고 볼품없는 마차 차고는 아니었다. 정말이지 깜짝 놀랄 만큼 충격적이었다. 시설을 갖춘 저택의 방에서 시신을 방부 처리하고 매장을 준비하는 것과, 마차 차고에서 부검을 하는 것은 완전히 다른 일이었다. 특히 물에 빠져 죽은 시신을 다룰 경우가 그랬는데, 그는 그런 시신을 '푸르뎅뎅한 시체'라 불렀다. 그런 경우에는 유가족들에게 보여줄 수 있을 정도로 만드는 게 무척 힘들었다. 교회에서 열리는 장례식장에서 악취가 풍기지 않도록 D-12 데오도란트 파우더를 아무리 발라도 허사였다.

이중으로 만든 철문 뒤로 중년 부인이 나타났다. 그는 평소처럼 짙은 차창 너머로 그녀를 자세히 훔쳐보기 시작했다. 중년 부인이 첫 번째 검정색 철문을 여닫자 쇳소리가 철컥 울렸다. 그런 다음 하트 모양 같은 J자 커브 쇠창살이 난 바깥 철문을 열었다. 그녀는 자신에게 하트, 즉 따뜻한 마음이 있을 거라 생각하겠지만, 루시어스는 그렇지 않다는 걸 알았다. 그녀는 어깨를 강조하는 재킷 차림에 금발이었다. 그는 그녀의 키가 165센티미터일 것이고, 8사이즈의 스커트와 10사이즈의 블라우스를 입고 있을 거라 짐작했다. 사람들이 벌거벗은 채로 시신 방부 처리 테이블에 누웠을 때 어떤 모습일지를 추측하는 데 있어서 루시어스는 거의 오차가 없었는데, 그 때문에 주위에선 '엑스레이 눈'이라는 농담을 하기도 했다.

중년 부인이 장의차에서 나오지 말라고 그에게 무례하게 요구해, 그는 그렇게 했다. 그녀가 어두운 차창을 두드리자 그는 당혹스러웠다. 무릎에 내린 손가락을 만지작거리더니, 마치 손가락에 의식이 있는 양 입가로 가져가려 했다. 그는 마음속으로 손가락을 저지했다. 그리고 손목에 두른 고무 밴드를 꽉 움켜잡으며 자신의 손에게 그만두라고 명령했다. 그는 고무 밴드를 다시 잡아당기며, 손이 마음대로 움직여 곤경에 빠지는 걸 막도록 나뭇결무늬 운전대를 움켜잡았다.

중년 부인이 다시 차창을 두드렸다.

루시어스는 라이프세이버 사탕(민트향과 과일 맛의 반지 모양 사탕 브랜드로 알루미늄 호일로 싸여 있다-옮긴이)을 빨면서 차창을 내렸다. "위치가 무척 특이한 곳에 개업하셨군요." 그가 억지웃음을 활짝 지으며 말했다.

"잘못 찾아왔어요." 그녀는 아침 인사나 만나서 반갑다는 인사를 하는 것처럼 아무렇지 않게 말했다. "도대체 무슨 일로 온 거죠?"

"엉뚱한 시간에 엉뚱한 곳을 찾아왔군요. 그렇게 해서 당신과 나 같은 사람이 엮이는 법이죠." 루시어스가 이를 드러내 씩 웃으며 말했다.

"주소는 어떻게 알아냈죠?" 중년 부인은 여전히 불친절한 어조로 물었다. 그녀는 몹시 서두르는 것처럼 보였다. "이곳은 내 사무실도 아니고 물론 공시소도 아니에요. 당신 입장에선 성가시게 되어 유감스럽지만 지금 당장 떠나주세요."

"힐튼 헤드 바로 옆에 있는 보포트의 메딕스 장의사에서 일하는 루시어스 메딕입니다." 그는 중년 부인과 악수하지 않았다. 피할 수 있다면 어느 누구와도 악수를 하지 않으려 했다. "장의사 리조트라고 부르기도 하는데 저를 포함해 형제 셋이 함께 운영하지요. 메딕 성을 가진 사람에게 전화하면 더 이상 이 세상 사람이 아니라는 농담도 있지요." 그는 엄지손가락으로 장의차 뒤편을 가리키며 말했다. "집에서 사망했는데 아마 심장마비였을 거예요. 무척 나이가 많은 동양 노파로, 그녀에 관한 소식은 이미 모두 들었을 겁니다. 저기 살던 이웃 노파가 스파이였다죠?" 그가 창문을 올려다보며 말했다.

"어젯밤 검시관과 그 사건에 대해 얘기했어요." 스카페타는 아까와 똑같은 어조로 말했다. "이곳 주소는 어떻게 알아냈죠?"

"검시관이…."

"그가 이곳 주소를 가르쳐줬다고요? 그는 내 사무실 주소를 알고 있는데…."

"잠시만요. 우선 첫째, 저는 배달을 맡은 지 얼마 되지 않았어요. 책상에 앉아서 유가족들을 만나는 게 너무 지겨워서 이제 다시 밖으로 돌아다닐 때가 되었다는 생각이 든 거죠."

"여기서 이런 이야기를 나눌 수는 없어요."

아니, 그럴 수 있다. 그는 그렇게 생각하며 말했다. "그래서 1998년식 V-12 캐딜락을 구입했어요. 이중 탄화장치에 이중 배기장치, 알루미늄 휠과 깃대, 보라색 경고등을 갖춘 검정색 영구차죠. 서커스에 등장하는 뚱보 여자가 타지 않는 한, 공간도 넉넉합니다."

"메딕 씨, 마리노 조사관과 방금 통화했는데 공시소로 가고 있는 중이에요."

"그리고 둘째, 당신에게 시신을 옮겨준 적이 한 번도 없어요. 그래서 당신이 일하는 사무실이 어디인지 전혀 몰랐던 겁니다."

"검시관에게 들어서 알고 있다고 말한 것 같은데요."

"그가 내게 말해준 건 그게 아닙니다."

"지금 당장 떠나요. 내 집 뒤에 영구차를 세워둘 수는 없어요."

"그 동양인 노파 가족은 우리가 장례식을 맡아주기를 바랍니다. 그래서 내가 시신을 운송하겠다고 검시관에게 말했고, 어쨌든 내가 당신의 주소를 찾아낸 겁니다."

"찾아냈다고요? 도대체 어디에서요? 그리고 왜 내 밑에서 일하는 조사관에게 전화하지 않은 거죠?"

"전화해서 메시지를 남겼지만 연락이 오지 않았습니다. 그래서 방금 말했던 것처럼 당신의 주소를 찾아낸 거고요." 루시어스는 고무 밴드를 잡아당겼다. "인터넷에서요. 상공회의소에 등록되어 있더군요." 그는 라이프세이버 사탕의 은박 껍질을 잘근잘근 씹으며 말했다.

"이곳 주소는 따로 등록되지 않았고, 인터넷에 나올 리도 없고, 내 사무실인 공시소과 혼동될 리도 없어요. 이곳에 온 지 2년이나 되었지만 여기로 잘못 찾아온 사람은 당신이 처음이에요."

"괜히 나한테 화내지 마세요. 인터넷에 나와 있는 걸 어쩌란 말입니까." 그는 고무 밴드를 움켜잡았다. "이번 주 그 소년의 시신이 발견되었을 때 내가 연락을 받았다면 그 시신을 전해주었을 거고, 이런 문제는 없었을 텐데요. 당신은 범죄 현장에서 날 그냥 지나쳐 갔어요. 그때 우리 둘이 함께 일했다면 당신이 내게 올바른 주소를 가르쳐줬겠지요." 루시어스는 고무 밴드를 움켜잡았다. 그녀가 자신을 존중해주지 않는다는 사실에 화가 났다.

"검시관이 시신을 옮겨달라고 요청하지도 않았는데 당신은 왜 범죄 현장에 있었죠?" 스카페타는 점점 더 까다롭게 굴었고 마치 문제아를 대하듯 그를 노려보았다.

"내 모토는 '그냥 나타나라(Just show up)'입니다. 나이키의 모토가 '그냥 하라(Just do It)'인 것처럼 말이죠. 무슨 말인지 알겠어요? 때로는 맨 먼저 나타나기만 해도 되는 일이 있는 법이니까요."

스카페타는 그가 고무 밴드를 움켜잡는 모습을 유심히 쳐다본 다음 장의차 안에 든 경찰 스캐너를 쳐다보았다. 그는 손톱을 물어뜯지 않기 위해 치아에 끼고 있는 투명한 플라스틱 교정기를 혀로 문질렀다. 그러면서 손목에 두른 고무 밴드를 움켜잡았다. 채찍처럼 힘껏 잡아당기자 통증이 몹시 심했다.

"이제 그만 공시소로 가요." 그녀는 창밖으로 자신들을 내다보는 이웃을 올려다보며 말했다. "조사관 마리노에게 연락해 당신과 꼭 만나라고 전할게요." 장의차에서 물러서던 그녀는 장의차 뒤에 무언가가 있음을 갑자기 알아차렸다. 그녀는 몸을 구부려 더 자세히 들여다보았다. "요즘 날씨가 좋아졌지요." 그녀는 고개를 가로저으며 말했다.

그는 믿기지 않는 표정으로 영구차에서 내리며 소리쳤다.

"젠장! 이런 젠장!"

04

불편한 방문

찰스턴 칼리지 외곽에 위치한 연안(沿岸) 법의학 협회 건물. 남북전쟁 이전에 지어진 2층짜리 벽돌 건물은 1886년에 일어난 지진으로 건물 토대가 약간 기울어 변형되었다. 당시 부동산 중개업자가 스카페타에게 그렇게 말해주었는데, 그녀는 피트 마리노가 도저히 이해할 수 없는 이유를 들며 그곳을 사버렸다.

그녀가 구입할 수 있는 더 멋진 신축 건물들도 있었다. 하지만 어떠한 이유 때문에 그녀와 루시 그리고 로즈는 그곳을 선택했고, 그곳에서 일을 맡은 마리노는 생각했던 것보다 더 많은 일을 할 수밖에 없었다. 그동안 겹겹이 칠한 페인트와 니스를 벗겨내고, 벽을 허물고, 창문과 슬레이트 지붕을 가는 데 몇 개월이 걸렸다. 버려진 폐품을 가져와 재활용했는데 대부분은 장의사와 병원, 레스토랑에서 가져왔고 공시소에서도 필요한 물품을 조달했다. 가져온 폐품들 가운데에는 특수 환기 시스템, 화학제품 후드, 예비 발전기, 사람이 걸어 들어갈 수 있는 크기의 냉장고와 냉동고, 해부실, 수술용 카트와 들것 등이 있었다. 벽과 바닥은 호스로 물을 뿌려도 괜찮은 에폭시 페인트를 칠해 마감했다. 루시가 설치한 무선 안전 시스템과 컴퓨터 시스템은 마리노에게 다빈치 코드 같은 수수께끼처럼 보였다.

"내 말은, 도대체 이곳에 침입할 사람이 누가 있냐는 말이야." 마리노는 주차장에서 공시소로 이어지는 출입문 비밀번호를 눌러 경보 장치를 해제하면서 샌디 스눅에게 말했다.

"아마 여럿 있을 거예요." 그녀가 말했다. "여기를 둘러보기로 해요."

"아니, 여긴 둘러볼 필요 없어." 마리노는 또 다른 경보 장치 출입문으로 그녀를 안내했다.

"시신을 한두 구 보고 싶어요."

"안 돼."

"뭐가 두려워요? 그녀를 그렇게 두려워하다니 놀라워요." 샌디가 한 계단 올라갈 때마다 삐걱거리는 소리가 울렸다. "당신은 그녀의 노예 같아요."

샌디는 그런 말을 자주 했고 마리노는 그럴 때마다 분노가 치밀었다. "그녀가 두려웠으면 당신을 이곳에 데려오지도 않았어. 당신이 날 아무리 화나게 해도 결국 안으로 들어왔잖아. 카메라가 사방에 설치되어 있는데, 그녀를 두려워한다면 내가 왜 이 짓을 하겠어?"

샌디는 카메라를 올려다보며 미소 짓더니 손을 흔들었다.

"그만둬." 마리노가 말했다.

"누가 본다고 그래요. 여긴 우리밖에 없고 당신 상사가 카메라 테이프를 볼 이유는 없잖아요. 그렇지 않으면 우린 이곳에 들어오지 않았겠죠, 안 그래요? 당신은 그녀가 무서워 벌벌 떨어요. 당신처럼 덩치 큰 사람이 그러는 꼴은 우스꽝스러워요. 당신이 날 이곳으로 들어오게 한 유일한 이유는 멍청한 장의사 남자의 차에 펑크가 났기 때문이에요. 그리고 당신 상사는 이곳에 오지 않을 거고 아무도 테이프를 확인하지 않을 것이기 때문이죠." 그녀는 카메라를 향해 또 다시 손을 흔들었다. "누군가가 알아내서 당신 상사에게 말한다면 당신은 감히 날 이곳에 데려올 배짱도 없을 거예요." 그녀는 다른 카메라를 쳐다보며 활짝 웃었다. "난 카메라를 잘 받아요. 혹시 텔레비전에 나온 적 있어요? 아버지가 예전에 텔레비전에 출연했고 광고에 나온 적도 있어요. 나도 광고에 출연한 적이 몇 번 있는데 텔레비전에 계속 나오는 직업을 가질 수도 있었어요. 하지만 사람들이 자신을 항상 쳐다보길 바라는 사람이 어디 있겠어요?"

"당신은 예외지." 마리노는 그녀의 엉덩이를 살짝 쳤다.

2층에 있는 사무실은 마리노가 지금껏 일해온 사무실 가운데 가장 멋지고 세련되었다. 소나무 마룻바닥, 의자 때문에 벽에 흠집이 생기지 않도록 길게 댄 판자 그리고 멋진 몰딩까지. "1800년대 당시 내 사무실은 아마 멋진 식당이었을 거야." 그는 사무실 안으로 들어가며 샌디에게 말했다.

"샬럿에 있는 우리 집 식당은 이보다 열 배는 넓어요." 샌디는 껌을 씹으며 사무실 안을 둘러보았다.

그녀가 마리노의 사무실과 건물 안에 들어온 건 이번이 처음이었다. 마리노는 감히 물어보지도 않았는데, 스카페타 역시 절대 허락해주지 않았을 것이다. 하지만 밤늦은 시각까지 퇴폐적으로 즐기던 샌디가 마리노를 보고 스카페타의 노예 운운하자 그는 악의에 가득 찼다. 바로 그때, 루시어스 메딕이 모는 차 타이어에 펑크가 나서 늦을 거라며 스카페타한테서 전화가 왔다. 샌디는 쓸데없이 이리저리 분주하게 돌아다닌다며 마리노를 계속 놀려대더니 일주일 내내 졸랐던 사무실 구경이나 시켜달라고 했다. 어쨌든 그녀는 마리노의 여자친구로서 적어도 그가 일하는 곳을 한 번쯤 구경하고 싶었다. 그러자 마리노는 그녀에게 오토바이를 타고 미팅 가를 따라 북쪽으로 따라오라고 말했다.

"골동품 가게에서 구입한 진짜 골동품이야." 마리노는 허풍을 떨었다. "박사가 직접 표면을 손질했는데, 정말 근사하지 않아? 나보다 나이가 많은 책상에 앉아본 건 난생 처음이야."

샌디는 책상 앞에 놓인 가죽 의자에 털썩 앉아 서랍을 열어보기 시작했다.

"로즈와 함께 오랜 시간 동안 둘러보며 어디가 어디인지 조사해본 결과, 로즈가 사용하는 사무실은 예전에 침실이었을 거라고 결론 내렸지. 가장 넓은 공간인 박사의 사무실은 아마 거실이었을 거야."

"말도 안 돼요." 샌디는 책상 서랍 안을 빤히 들여다보았다. "도대체 여기서 어떻게 뭔가를 찾아낼 수 있죠? 정리 정돈은 아무 상관없이 서랍 안에 마구 집어넣은 것 같아요."

"모든 게 어디 있는지 정확히 알고 있어. 나만의 정리 정돈 방법이 있고 서랍마다 넣어두는 물건이 있지. 마치 듀이 십진분류법처럼."

"그럼 카드 카탈로그는 어디 있어요?"

"여기에." 마리노는 깨끗하게 면도해서 반짝거리는 두상을 가리키며 말했다.

"살인사건에 관한 자료는 여기에 없어요? 사진 같은 거 말이에요."

"안 돼."

그녀는 자리에서 일어나 가죽 바지를 매만졌다. "당신 상사가 거실을 차지했군요. 그곳도 보고 싶어요."

"안 돼."

"난 그녀가 일하는 사무실을 볼 자격이 있어요. 당신은 그녀의 노예 같으니까요."

"난 그녀의 노예가 아니고 우린 그녀의 사무실에 가지 않을 거야. 책과 현미경만 있을 뿐, 볼 만한 건 아무 것도 없어."

"그녀 사무실엔 살인사건에 관한 자료가 분명히 있을 거예요."

"안 돼. 민감한 사건 자료는 자물쇠로 잠가 보관해. 당신이 대단하다고 생각하는 살인사건들 자료 말이지."

"모든 방이 앉을 수 있는 공간인데 왜 유독 거실을 시팅 룸(sitting room)이라고 부를까요? 정말 이상해요." 샌디는 그 얘길 그만둘 기세가 아니었다.

"옛날에는 응접실과 구분하기 위해서 거실이라 불렀지." 마리노는 그렇게 설명하면서 의기양양하게 자신의 사무실을 둘러보았다. 패널 장식을 한 벽에 걸어둔 증명서, 한 번도 사용한 적 없는 커다란 사전, 스카페타가 새로운 판본을 받은 뒤 그에게 물려주었지만 손 한 번 대지 않은 참고 서적도 둘러보았다. 붙박이 책장에 가지런하게 정돈해둔 번쩍번쩍거리는 볼링 트로피도 물론 쳐다보았다. "응접실은 현관 안에 있는 공식적인 공간으로, 오랜 시간 동안 머무는 걸 바라지 않는 사람들을 위한 공간이야. 반면 거실은 오랫동안 머물길 바라는 사람들을 위한 공간으로 객실과 마찬가지이지."

"그녀가 그 공간을 차지한 게 다행인 것처럼 들리는군요. 마음에 안 든다며 그렇게 투덜거리더니."

"오래된 장소치고는 나쁘지 않아. 나라면 좀 더 신축 건물을 구입했을 테지만."

"당신도 늙은 남자치고는 나쁘지 않아요." 샌디는 손이 아플 정도로 마리노를 꽉 잡았다. "사실, 새 건물처럼 보여요. 그녀의 사무실을 보여줘요. 당신의 상사가 일하는 장소를 보여줘요." 그녀는 다시 마리노를 꽉 잡았다. "그녀 때문에 힘든 거예요 아니면 나 때문에 힘든 거예요?"

"그만해." 마리노는 그녀의 손을 밀어내며 말했다. 그녀가 지껄이는 쓸데없는 이야기에 짜증이 났다.

"그녀가 일하는 곳을 보여줘요."

"안 된다고 했잖아."

"그럼 공시소를 보여줘요."

"안 돼."

"왜요? 그녀가 너무 무서워서요? 그녀가 뭐 어쩔 건데요? 설마 경찰에 신고하겠어요? 부탁이니 제발 보여줘요." 그녀는 계속 그를 졸랐다.

마리노는 복도 구석에 설치된 소형 카메라를 올려다보았다. 카메라 테이프를 볼 사람은 아무도 없을 것이다. 샌디의 말이 옳았다. 도대체 누가 그걸 보겠는가? 그럴 이유가 없었다. 마리노에게 다시 그 감정이 밀려왔다. 원한과 분노 그리고 무언가 끔찍한 일을 저지를 수 있게 만드는 복수심이 한데 뒤섞인 감정이.

셀프 박사는 마우스를 클릭했다. 에이전트, 변호사, 비즈니스 매니저, 방송국 이사, 특별 환자 그리고 입회 조건이 까다로운 팬들로부터 새로운 메일이 계속 도착하고 있었다.

하지만 그한테는 아무 연락이 없었다. 샌드맨. 그녀는 도저히 참을 수 없었다. 그는 자신이 생각할 수도 없는 행동을 했다고 그녀가 생각하기를 바랐다. 그리고 그녀가 생각할 수도 없던 걸 생각하며 불안과 두려움에 떨기를 바랐다. 그 운명의 금요일, 방송국 스튜디오에서 오전에 잠시 휴식을 갖던 중 샌드맨의 마지막 메일을 열었을 때, 그가 셀프 박사에게 보낸 마지막 메일을 열었을 때, 그녀의 삶은 완전히 바뀌었다. 적어도 잠시 동안은 그랬다.

'그게 사실이어서는 안 된다.'

지난가을 그가 처음으로 그녀의 개인 이메일 주소로 보낸 메일을 보고 답장을 쓴 건 너무나 어리석고 쉽게 속아 넘어간 행동이었다. 그녀는 호기심을 느꼈다. 지극히 사적인 경우에만 사용하는 개인 이메일 주소를 그는 도대체 어떻게 알아냈을까? 그녀는 그 이유를 알아내야만 했다. 답장을 보내며 물었지만 그는 대답해주지 않았다. 그들은 이메일을 주고받기 시작했다. 그는 특이하고 특별했다. 이라크 출신이었는데 그곳에 대해 깊은 마음의 상처를 갖고 있었다. 언젠가 그녀가 진행하는 토크쇼에 멋진 게스트로 초대할 거라 여기면서 이메일을 통해 그의 마음을 치료해주며 관계를 발전시켰다. 그가 생각할 수도 없는 행동을 할 수 있을 거라곤 짐작조차 하지 못했다.

'제발, 그게 사실이어서는 안 된다.'

원래 상태로 되돌릴 수만 있다면. 그의 이메일에 답장을 하지 않았더라면. 그를 도와주려고 애쓰지 않았더라면. 그녀는 미치광이라는 단어를 거의 쓰지 않는데, 그는 정말 미치광이였다. 그녀는 모든 사람은 변할 수 있다고 주장하면서 명성을 얻게 되었다. 하지만 그는 그렇지 않았다. 그가 생각할 수도 없는 짓을 했다면, 그렇지 않았다.

'제발, 그게 사실이서는 안 된다.'

그가 생각할 수도 없는 짓을 했다면, 그는 도저히 개선할 수 없는 끔찍한 인간이다. 샌드맨. 그게 무슨 뜻일까? 그녀는 왜 그에게 말해달라고 하지 않았고, 왜 그와 더 이상 연락하지 않겠다고 위협하지 않았던 것일까?

그건 그녀가 정신과 의사이기 때문이다. 정신과 의사는 환자들을 위협해서는 안 되기 때문이다.

'제발, 생각할 수도 없는 그 일이 사실이어서는 안 된다.'

그가 누구이든, 셀프 박사 혹은 다른 어느 누구도 그를 도울 수 없을 것이다. 그리고 그는 그녀가 전혀 예기치 못했던 일을 저질렀을 것이다. 그는 생각할 수도 없는 짓을 저질렀을 것이다! 그렇다면 셸프 박사가 자신을 구할 수 있는 방법은 오로지 하나뿐이었다. 그런 결심을 하게 된 건 어느 잊지 못할 날, 진료실에서 그가 보내온 사진을 봤을 때였다. 그 때 그녀는 여러 가지 이유로 자신이 심각한 위험에 처했음을 깨달았고, 자세히 밝힐 수 없는 가족 문제가 있다고 토크쇼 프로듀서에게 말했다. 몇 주 정도 방송을 쉬기로 했다. 그녀가 방송을 못 할 경우 주로 대신하던, 그녀와 전혀 경쟁 상대가 안 되지만 스스로는 그렇지 않다고 생각하는 재미있는 심리학자가 프로그램을 대신 맡았다. 그렇기 때문에 그녀는 몇 주 이상 방송을 쉴 수 없었다. 모두들 그녀가 제자리로 돌아오기를 바랐다. 셸프 박사는 파울로 마로니에게 전화를 걸어 환자를 전문의에게 직접 보내는 거라고 말했다. 그녀의 개인 운전사에게 운전을시키지 못하고 신원을 가장해 리무진에 탔고, 또다시 신원을 가장해 전용기에 탑승했고, 비밀리에 맥린 병원에 수속을 밟았다. 안전하게 숨어 있을 수 있는 그곳에서, 생각할 수도 없는 짓이 일어나지 않았다는 사실이 곧 드러나기를 바랐다.

그건 말도 안 되는 계략이었다. 그가 그랬을 리가 없다. 제정신이 아닌 사람들은 항상 거짓 증언을 하는 법이니까.

'그게 아니면 어쩐다?'

셸프 박사는 최악의 시나리오도 생각해야 했다. 사람들은 그녀를 비난할 것이다. 그 미친놈이 드루 마틴에게 집착한 이유도 그녀가 지난해 가을 US 오픈에서 우승한 뒤 셸프 박사의 토크쇼에 나왔기 때문이라고 말할 것이다. 대단히 멋진 토크쇼였고 단독 인터뷰도 했다. 셸프 박사와 드루는 방송을 통해 많은 이야기를 나누었다. 긍정적인 생각에 대해, 자신에게 적절한 수단을 이용해 능력을 발휘할 수 있도록 하는 것에 대해,

이기거나 지는 걸 실제로 결정하는 것에 대해 그리고 어떻게 만 열여섯 살이 채 안 된 어린 나이에 테니스 역사상 가장 큰 이변을 일으켰는지에 대해 이야기를 나누었다. 셀프 박사가 진행한 '승리할 때'라는 제목의 수상자들 시리즈는 대단한 성공을 거두었다.

또 다른 두려움을 떠올리자 맥박이 빨라졌다. 그녀는 샌드맨의 이메일을 열어, 다시 찬찬히 들여다보면 내용이 변하기라도 하듯 자세히 들여다보았다. 글은 없고 첨부 파일만 있었다. 벌거벗은 드루가 테라코타 바닥에 움푹하게 들어간 회색 모자이크 타일 욕조에 앉아 있는 끔찍한 고해상 화면이었다. 물은 허리 높이까지 차 있었는데, 화면을 확대하자 드루의 팔에 돋은 소름을 확인할 수 있었다. 퍼렇게 변한 입술과 손톱으로 보아, 오래된 놋쇠 수도꼭지에서 차가운 물이 흐르고 있는 것 같았다. 머리칼은 젖어 있었고, 예쁜 얼굴의 표정은 설명하기 힘들었다. 깜짝 놀란 걸까? 상대방을 동정하는 걸까? 충격을 받은 걸까? 그녀는 마약을 한 것 같았다.

샌드맨은 초기 이메일에서 벌거벗은 죄수를 물에 담그는 건 이라크에서 일반적이라고 말했다. 그들을 구타하고, 굴욕을 주고, 서로에게 오줌을 싸도록 강요하고, 자신이 해야 하는 걸 하게 된다고 했다. 시간이 지나면 아무렇지 않게 되고 거리낌 없이 사진을 찍게 된다고 했다. 하지만 그 일을 저지르고 나서는 거리낌이 들었는데, 그 짓이 어떤 것인지는 셀프 박사에게 말하지 않았다. 그녀는 그가 그 일을 저지르면서 괴물로 변했을 거라는 확신이 들었다. 그가 생각조차 할 수 없는 짓을 저질렀다면, 그가 그녀에게 보낸 것이 계략이 아니라면.

'비록 계략이라 해도, 그는 그런 짓을 했으니 괴물임이 분명하다!'

셀프 박사는 조작의 흔적이 있는지 살피면서 화면을 확대하고 축소하고, 다시 살펴보며 자세히 들여다보았다. 그녀는 절대 아니라고, 절대 사실일 리 없다며 스스로를 안심시키려 했다.

'사실이면 어쩌지?'

그녀는 곰곰이 생각해보았다. 자신에게 책임이 있다면 앞으로 방송 출연은 하지 못할 것이다. 적어도 당분간은 그럴 것이다. 수백만의 추종자들은 잘못을 그녀의 탓으로 돌릴 것이다. 그녀가 예견했어야 했고, 샌드맨이라는 환자와 이메일을 주고받으며 드루에 대해 얘기하지 말았어야 했다고 비난할 것이다. 샌드맨이라는 이름으로 가장한 익명의 그는 텔레비전을 통해 드루를 보고 예쁘장하지만 몹시 고립된 소녀라 생각했다. 그리고 자신을 만나면 더 이상 고통을 느끼지 않을 거라고 했다.

대중들이 알게 되면 플로리다 전역에 알려질 거고, 상황은 더 나빠질 것이다. 적어도 당분간은 억울하게 비난받을 것이다.

'당신 토크쇼에 출연한 드루를 보고 견딜 수 없을 만큼 고통스러워하는 걸 느꼈어요. 드루는 내게 고마워할 겁니다.' 샌드맨은 이메일을 통해 그렇게 썼다.

셀프 박사는 컴퓨터 화면을 응시했다. 정확히 9일 전 이메일을 받자마자 경찰에 신고하지 않았다고 힐책당할 것이고, 지극히 논리적인 그녀의 주장은 아무도 받아들이려 하지 않을 것이다. 샌드맨이 보낸 게 사실이라면, 셀프 박사가 조처를 취하기에 너무 늦은 건 아니었다. 컴퓨터를 이용해 사진을 합성한 엉터리 계략이라 해도, 사진을 보내 다른 누군가의 머릿속을 혼란스럽게 하는 이유가 뭘까?

그녀의 머릿속에 어렴풋이 마리노가 떠올랐고, 벤턴이 떠올랐다.

그리고 스카페타.

스카페타가 머릿속에 떠올랐다.

연한 푸른색을 띤 가는 줄무늬가 들어간 검정색 슈트와 그에 어울리는 푸른 블라우스 차림이어서 그녀의 눈동자는 더 파랗게 보였다. 짧게 자른 금발과 화장기 없는 얼굴. 강인하지만 편안한 모습으로 배심원들을 마주 보고 증인석에 앉은 모습. 배심원들은 스카페타가 질문에 대답하고 설명하는 모습을 넋을 잃고 쳐다보았다. 그녀는 기록지를 전혀 보지 않고 유창하게 말했다.

"목을 맨 대부분의 사건은 자살이므로 그녀가 스스로 목숨을 버렸다고 추정할 수 있지 않을까요?"

셸프 박사의 변호사가 플로리다 법정을 왔다 갔다 했다.

증언을 마친 증인 자격으로 풀려난 그녀는 계속되는 재판 과정을 보고 싶은 욕구를 억누를 수 없었다. 그리고 스카페타가 잘못 말하거나 실수를 저지르는 모습을 보고 싶은 욕구도 억누를 수 없었다.

"현대 통계를 보면, 목을 맨 대부분의 사건이 우리가 아는 한 자살인 건 사실입니다." 스카페타는 인터콤을 통해 다른 방에 있는 사람과 대화하듯 셸프 박사의 변호사를 쳐다보지 않은 채 배심원들에게 대답했다.

"'우리가 아는 한'이라고요? 그렇다면 스카페타 부인…."

"스카페타 박사라고 불러주기 바랍니다." 그녀는 배심원을 쳐다보며 미소 지었고, 배심원들은 그녀의 모습에 반해 환하게 미소 지었다. 셸프 박사의 신뢰할 만한 인품을 강조해도, 모든 게 조작된 거짓임을 깨닫는 사람은 아무도 없었다. 그렇다, 거짓말이었다. 자살이 아니라 살인사건이었다. 셸프 박사는 살인사건에 대해 간접적인 비난을 받을 것이다! 그건 그녀의 잘못이 아니었다. 그 사람들이 살해될 것임을 알 수 없었다. 집에서 사라졌다고 해서 나쁜 일이 일어난 걸 뜻하지는 않기 때문이었다.

처방전을 써준 의사가 바로 셸프 박사이기 때문에 약병에 그녀의 이름이 적혀 있다는 걸 알아낸 스카페타가 질문을 했을 당시, 현재나 과거 환자에 대한 언급을 거부한 건 전적으로 옳았다. 누군가가 결국 죽음에 이를 것임을, 말로 표현할 수조차 없는 방식으로 죽을 것임을 그녀가 어떻게 알 수 있단 말인가? 그건 그녀의 잘못이 아니었다. 만약 그렇다면, 탐욕스러운 친척들이 민사소송을 제기하지 않고 곧바로 형사소송을 냈을 것이다. 그건 그녀의 잘못이 아닌데, 스카페타는 고의적으로 배심원들이 그렇게 믿지 않도록 하려 했다.

법정의 모습이 그녀의 머릿속에 떠올랐다.

"그렇다면 목을 맨 게 자살인지 살인사건인지 구분할 수 없단 말인가요?" 셀프 박사의 변호사가 언성을 높였다.

스카페타가 말했다. "증인도 없고 정황을 보면…."

"정황이 어떻단 말입니까?"

"사람은 스스로에게 그렇게 할 수 없습니다."

"예를 들어서요?"

"예를 들어, 주차장에서 사다리도 없이 양손을 뒤에 묶고 높은 가로등에 목을 맨 채 발견되는 것이죠." 그녀가 말했다.

"실제 그런 사건이 있었나요 아니면 만들어낸 이야기인가요?" 변호사는 교활한 어조로 물었다.

"1962년. 앨라배마 버밍엄에서 있었던 사건이에요." 그녀는 배심원들에게 말했다. 그들 가운데 일곱 명은 흑인이었다.

셀프 박사는 두려움을 몰아내고 머릿속에 떠오른 모습을 지웠다. 수화기를 들어 벤턴의 사무실에 전화를 걸자 본능적인 느낌이 들었다. 배심원에게 대답하던 그 낯선 여자는 젊고, 자신의 중요성을 과대평가하고, 귀족 같은 태도를 보이는 것으로 보아 부유한 가문 출신일 것이다. 그리고 병원의 호의로 고용되었기 때문에 벤턴의 입장에서 보면 가시 같은 존재일 것 같다는 느낌이 들었다.

"이름이 뭐죠, 셀프 박사?" 병원에 있는 모든 이들과 달리 그녀는 셀프 박사가 누구인지 모르는 것처럼 물었다.

"웨슬리 박사가 이젠 들어왔겠군요. 내 전화를 기다리고 있을 거예요." 셀프 박사가 말했다.

"11시는 되어야 오실 겁니다. 무슨 일로 전화하셨죠?" 그녀는 셀프 박사가 전혀 특별한 사람이 아닌 양 말했다.

"그건 됐어요. 그런데 누구시죠? 한 번도 본 적 없는 것 같고, 지난번엔 다른 사람이 전화를 받았는데."

"그만두었습니다."

"당신 이름은?"

"신입 연구 보조원 재키 마이너예요." 그녀의 어조가 당당하게 바뀌었다. 아직 박사 과정을 마치지 못했을 것이고 앞으로도 마치지 못할 것 같았다.

셀프 박사가 매력적인 목소리로 말했다. "고마워요, 재키. 그가 진행하는 이번 연구 보조원으로 들어온 모양이군요. 연구 주제가 뭐였더라, 어머니가 잔소리하는 동안의 배외측 활동(Dorsolateral Activation in Maternal Nagging)인가요?"

"댐(DAMN)이라고요? 누가 그렇게 불러요?" 재키가 놀라 물었다.

"당신이 방금 그렇게 부른 것 같은데요. 난 약자를 생각해보지 않았고, 약자를 말한 사람은 당신뿐이었어요. 당신은 제법 위트가 있군요. 대단한 시인의 이름은 기억나지 않지만… 이런 시구가 있었죠. '위트는 알아차리는 자가 천재이고, 비유는 표현하는 자가 천재다.' 그런 비슷한 구절인데, 아마 알렉산더 포프의 시일 거예요. 재키, 우린 곧 만날 거예요. 당신도 알다시피, 난 당신이 '댐'이라고 부른 그 연구에 참여하는 일원이거든요."

"중요한 분이었다는 거 알아요. 그래서 웨슬리 박사님이 이번 주에 여기 남아 제게 참여하라고 요청한 거죠. 스케줄에는 VIP라고 적혀 있더군요."

"그에게는 무척 힘든 일일 거예요."

"맞아요."

"국제적인 명성을 갖고 있죠."

"제가 그의 연구 보조원이 되고 싶었던 것도 그 때문이에요. 법의학 심리학자가 되고 싶거든요."

"아주 멋져요. 언젠가 내가 진행하는 토크쇼에 당신을 초청할게요."

"그런 생각은 해본 적 없어요."

"생각해봐야 해요, 재키. 난 내 영역을 '두려움의 이면'으로 확장하는 것에 대해 많은 생각을 하죠. 사람들이 보지 못하는 범죄의 이면, 범죄자의 정신을 생각하죠."

"모두들 그것에만 관심이 있어요." 재키도 동의한다. "텔레비전을 켜면 모두 범죄 프로그램뿐이에요."

"그래서 프로덕션 컨설턴트가 되는 게 어떨지 생각중이에요."

"그것에 관해 언제든 당신과 이야기를 나누고 싶어요."

"폭력적인 범죄자의 인터뷰를 본 적이 있어요? 아니면 웨슬리 박사님이 인터뷰 나누는 데 참석한 적 있어요?"

"아직은 없지만 반드시 해볼 거예요."

"나중에 만나요, 마이너 박사. 마이너 박사 맞죠?"

"학위를 따고 논문에 집중할 시간이 되면요. 어쩌다 보니 벌써 학위 수여식에 관한 계획을 세우고 있군요."

"물론이죠. 우리 인생의 가장 멋진 순간 가운데 하나죠."

오래된 벽돌 공시소 뒤에 있는 컴퓨터 연구실은 몇 세기 전엔 말과 하인들이 머무는 거처였다.

다행스럽게도 모든 걸 중단시킬 수 있는 건축 재검토가 있기 전, 건물은 현재의 차고 겸 창고로 개조되었다. 그리고 지금은 루시가 컴퓨터 연구실이라고 부르는 곳이 되었다. 벽돌로 지은 작은 방에는 최소한의 것만 갖추어져 있었다. 쿠퍼 강 건너편에 있는 넓은 부지에 건물이 들어서고 있는데, 루시의 표현대로 널찍한 그곳에 지대 설정 법률은 있으나 마나였다. 루시의 새로운 법의학 연구실이 완공되면 그곳은 상상할 수 있는 모든 과학적 기구와 장비를 갖추게 될 것이다. 지금까지 그들은 지문 분석, 독극물, 화기류, 증거물 분석 그리고 DNA 분석을 그럭저럭 해왔다. FBI는 아직 아무것도 보지 못했고, 루시는 그들의 코를 납작하게 해줄 것이다.

오래된 벽돌 벽과 전나무 마루를 깐 바닥으로 이루어진 연구실 안에는 컴퓨터 구획이 있었는데, 총알과 태풍에 끄떡없는 창문을 통해 바깥 세상과 안전하게 구분되어 있었다. 그곳에는 항상 어둠이 드리워져 있었다. 루시는 U 자 래크(rack) 여섯 개로 만든 섀시(chassis)가 달린 64기가바이트 서버에 연결된 컴퓨터 앞에 앉아 있었다. 커넬, 다시 말해서 하드웨어와 소프트웨어를 접속하는 작동 시스템은 루시가 직접 고안한 것으로, 사이버월드를 만들 때 컴퓨터 머더보드에 말할 수 있도록 최대한 간단하게 조합한 언어로 만들어졌다. 사이버월드는 무한대 내부 공간(Infinity of Inner Space)을 줄여 IIS라고 부르며, 감히 말할 수 없을 정도의 거액을 받고 그 원형을 판매한다. 루시는 돈에 관해서는 말하지 않았다.

벽 위쪽에는 마이크가 달린 무선 카메라가 촬영하는 모든 각도에서의 비디오 화면이 끊임없이 계속 나왔다. 그런데 도저히 믿기지 않는 화면이 나타났다.

"말도 안 돼." 루시가 앞에 보이는 평면 스크린을 향해서 큰 소리로 외쳤다.

마리노가 샌디 스눅에게 공시소를 안내해주는 모습이 모든 각도에서 잡혔고, 그들의 목소리는 바로 곁에 있는 것처럼 또렷하게 들렸다.

보스턴의 비콘 가에 있는, 19세기 중엽에 지어진 적갈색 사암 소재의 건물 5층. 책상에 앉은 벤턴 웨슬리는 미국 역사만큼 오래된 느릅나무 위에 떠 있는 열기구를 창 너머로 바라보았다. 흰 열기구는 시내 고층 건물을 배경으로 거대한 달처럼 서서히 떠올랐다.

휴대전화가 울리자 그는 무선 수화기를 귀에 대고 전화를 받았다. 셀프 박사와 관련된 응급 상황이나 병원의 급한 문제가 생긴 게 아니길 마음속으로 바랐다.

"저예요." 루시의 목소리가 들려왔다. "의논할 일이 있으니 지금 로그온 하세요."

벤턴은 왜 그런지 이유를 묻지 않았다. 루시의 무선 네트워크에 로그온 하자 실시간 화면과 소리, 정보가 전달되었다. 그의 노트북 컴퓨터 화면에 루시의 얼굴이 나타났다. 평소처럼 활기차고 예뻐 보이지만 눈에는 분노가 빛났다.

"다른 걸 시도해볼게요. 제가 지금 보고 있는 걸 볼 수 있도록 안전 접근으로 연결할게요. 화면이 4등분되어서 네 개의 각도에서 잡은 다른 장소가 나타날 건데, 내 선택에 따라 달라지죠. 4등분된 화면만으로도 마리노 아저씨가 뭘 하는지 충분히 알 수 있을 거예요."

"알았어." 벤턴이 말하자 화면이 곧바로 나뉘어졌고, 카메라가 촬영한 스카페타의 빌딩 네 곳이 화면에 나타났다.

시체 공시소 주차장의 신호음이 울렸다.

젊고 섹시하지만 천박해 보이는 가죽 재킷 차림의 여자가 건물 위층 복도에 있는 장면이 화면 왼쪽 윗부분에 나타났다. 마리노가 그녀에게 말하는 소리가 들렸다. "그녀가 출근부에 서명할 때까지 여기에 있어."

"왜 당신과 함께 가면 안 돼요? 난 무섭지 않아요." 남부 지방 억양이 강하게 남아 있는 허스키한 여자 목소리가 벤턴의 책상에 놓인 스피커를 통해 흘러나왔다.

"도대체 무슨 일이야?" 벤턴이 수화기에 대고 루시에게 말했다.

"우선 지켜보세요. 마리노 아저씨가 최근에 사귄 여자예요." 루시가 말했다.

"언제부터?"

"글쎄요, 아마 지난 월요일 밤부터 동침하기 시작했을 거예요. 그날 밤 처음 만나 함께 술을 마셨어요."

마리노와 샌디가 엘리베이터에 타자 또 다른 카메라가 그들의 모습을 비추었고, 마리노가 그녀에게 말했다. "좋아. 하지만 그가 박사에게 말하면 난 끝장이야."

"걸핏하면 박사, 박사. 그녀한테 꽉 붙잡혀 사는군요." 샌디가 단조롭게 흉내 내며 말했다.

"가죽 재킷을 가릴 가운을 입을 테니 그 입 다물고 아무 짓도 하지 마. 분명히 말하지만, 깜짝 놀라지도 말고 아무 짓도 하면 안 돼."

"예전에 시신을 본 적도 있어요." 그녀가 말했다.

엘리베이터 문이 열리자 두 사람은 밖으로 나왔다.

"아버지는 나와 가족이 지켜보는 앞에서 스테이크 조각이 목에 걸려 숨이 막혀 돌아가셨거든요." 샌디가 말했다.

"라커룸은 저쪽이야. 저기 왼쪽에 보이는 곳." 마리노가 손끝으로 라커룸을 가리키며 말했다.

"왼쪽이라면, 어느 쪽을 마주 보고 왼쪽이란 말이에요?"

"모퉁이를 돌아 첫 번째 왼쪽 라커룸으로 가서 가운을 입어. 얼른!"

샌디가 달려갔다. 벤턴의 컴퓨터 화면 한쪽에는 샌디가 스카페타의 라커룸 안에 들어가, 푸른색 가운을 꺼내 서둘러 걸쳐 입고 되돌아오는 모습이 보였다. 마리노는 복도 아래쪽에서 기다리고 있었고, 샌디는 가운을 여미지도 않고 펄럭이며 그를 향해 뛰어왔다.

또 다른 문이 열리자 주차장이 나왔다. 마리노와 샌디의 오토바이가 구석에 주차되어 있었고 주변에는 원뿔형 바리케이드가 쳐져 있었다. 주차장 안에 영구차가 있었는데, 윙윙거리는 엔진 소리가 오래된 벽돌벽에 울렸다. 비쩍 마른 장의사 직원이 장의차처럼 검고 반짝이는 양복과 넥타이 차림으로 멍하니 차에서 내렸다. 그는 자신의 마른 몸을 마치 들것처럼 폈다. 벤턴은 그의 손이 이상하다는 걸 알아차렸는데, 지나치게 손을 꽉 움켜쥐고 있었다.

"루시어스 메딕입니다." 그가 영구차 뒷문을 열며 말했다. "며칠 전 늪지에서 소년의 주검을 꺼냈을 때 만났죠." 그가 라텍스 장갑을 끼자 루시는 그의 모습을 줌인 했다. 벤턴은 치아에 댄 플라스틱 교정기와 오른쪽 손목에 찬 고무 밴드를 눈여겨보았다.

"손을 좀 더 줌인 해봐." 벤턴이 루시에게 말했다.

루시가 줌인 하는 동안, 마리노는 그 남자를 참을 수 없는 듯한 표정으로 쳐다보며 말했다. "음, 기억하지."

벤턴은 루시어스 메딕의 손끝을 확인한 다음 루시에게 말했다. "손톱을 심하게 물어뜯었어. 자기 훼손의 일종이지."

"새로운 소식이라도 있습니까?" 루시어스는 아직 신원 확인을 하지 못한 채 공시소에 있는 살해된 소년에 관해 물었다.

"자네가 상관할 일이 아니야. 대중에게 알릴 소식이라면 뉴스에 나오겠지." 마리노가 무뚝뚝하게 말했다.

"맙소사, 마리노는 토니 소프라노(마피아 가족을 소재로 한 미국 드라마 〈소프라노스〉의 주인공–옮긴이)처럼 말하는군요." 루시가 벤턴에게 말했다.

"휠캡을 잃어버린 모양이로군." 마리노가 영구차의 왼쪽 뒤 타이어를 가리키며 말했다.

"스페어 타이어여서요." 루시어스가 퉁명스럽게 대꾸했다.

"겉모양이 다소 망가졌어." 마리노가 말했다. "저 반짝이는 것으로 치장하고 나서 커다란 너트로 자동차 타이어를 끼웠군."

루시어스는 심술을 부리며 영구차 뒷문을 열어 바퀴 달린 들것을 잡아당겼다. 들것의 접이식 알루미늄 다리가 펼쳐지더니 제자리를 잡았다. 검은 봉투에 담겨 들것에 실린 시신을 경사로 위로 옮기던 루시어스가 들것이 문틀에 부딪혀 욕설을 내뱉어도, 마리노는 전혀 도와주지 않았다.

마리노는 샌디를 쳐다보며 윙크했다. 검은 가죽 재킷 위에 걸쳐 입은 수술 가운의 단추를 잠그지 않은 모습이 이상해 보였다. 루시어스는 봉투에 담긴 시신을 복도 한가운데에 두고, 손목에 묶인 고무 밴드를 성마르게 잡아당기며 짜증난 목소리로 말했다. "서류를 가져와야 합니다."

"여기에 있게. 그러다 누군가를 깨울지도 모르니." 마리노가 말했다.

"난 당신들의 코미디를 볼 시간이 없습니다." 루시어스가 발걸음을 옮기며 말했다.

"갈 때 가더라도, 자네 들것에서 우리의 바퀴 달린 멋진 들것으로 옮기는 건 도와주고 가게."

"잘난 척하고 있어요." 루시의 목소리가 벤턴의 이어폰에 들렸다. "새로 사귄 천박한 여자에게 자신을 과시하려 하고 있어요."

마리노는 시신 보관용 냉장고에서 들것을 하나 꺼냈다. 여기저기에 긁힌 자국이 있는 들것의 다리는 밭장다리였고, 바퀴 하나는 더러워진 식료품점 카트처럼 약간 비뚤어졌다. 마리노와 화난 표정의 루시어스는 봉투에 담겨 들것에 실린 시신을 바퀴 달린 들것으로 옮겨 실었다.

"당신의 여자 상사는 정말 대단해요." 루시어스가 말했다. "상사다운 모습이 머릿속에 떠오르죠."

"누가 자네한테 묻기라도 했나? 누군가 묻는 소리라도 들었어?" 마리노가 샌디에게 말했다.

샌디는 아무 소리도 듣지 못한 것처럼 봉투에 담긴 시신을 물끄러미 쳐다보고 있었다.

"그녀의 주소가 인터넷에 올라온 건 내 잘못이 아닙니다. 그녀는 내가 이곳에 나타나 일하려고 애쓰는 게 문제인 양 행동했어요. 난 어느 누구와도 잘 지낼 수 없는 것 같군요. 고객들에게 추천해주는 장의사가 있나요?"

"전화번호부에 실린 광고를 보면 되잖아."

루시어스는 자그마한 시체 공시소를 향해 재빨리 걸음을 옮겼다. 무릎을 거의 구부리지 않고 걷는 그의 모습을 보며, 벤턴은 가위를 떠올렸다.

4등분된 화면 하나에 루시어스가 시체 공시소에 들어가 서류를 뒤적이고, 서랍을 열어 샅샅이 뒤지고, 펜을 찾는 모습이 보였다.

다른 화면에는 마리노가 샌디에게 말하는 모습이 나왔다. "인공호흡법을 아무도 몰랐단 말이야?"

"뭐든지 배울게요. 당신이 보여주고 싶은 거라면 뭐든지." 샌디가 아양을 떨며 말했다.

"농담 아니야. 아버지가 숨이 막혔을 땐…." 마리노가 설명을 시작하자 샌디가 말을 막으며 끼어들었다.

"우린 심장마비나 뇌졸중 혹은 졸도한 줄 알았다니까요. 자기 몸을 꽉 붙잡고 바닥에 쓰러져서 머리를 찧고 얼굴에 멍 자국이 드니까 정말 끔찍했어요. 가족들은 어떻게 해야 할지 몰랐고, 아버지가 숨이 막혔다고는 생각조차 하지 못했어요. 생각했다 해도 911에 전화하는 것 말고는 아무것도 하지 못했을 거고요." 샌디는 금방이라도 울음을 터뜨릴 것 같은 표정으로 변했다.

"이런 말해서 유감스럽지만, 어떤 조치를 취할 수도 있었어." 마리노가 말했다. "내가 직접 보여주지. 자, 뒤돌아봐."

서류를 찾은 루시어스는 공시소에서 나와 마리노와 샌디 앞을 지나갔다. 그가 부검실에 들어가도 마리노와 샌디는 전혀 신경 쓰지 않았다. 마리노는 두꺼운 팔로 그녀의 허리를 감싸고는 배꼽 바로 위에 엄지손가락을 갖다 댔다. 다른 손으로 주먹을 잡고 부드럽게 위로 당기자 그녀의 모습이 보였다. 그는 손을 위로 올리며 그녀를 애무했다.

"맙소사. 마리노가 시체 공시소에서 흥분했나 봐요." 루시의 목소리가 벤턴의 이어폰에 들렸다.

부검실의 카메라는 루시어스가 작업대에 놓인 커다란 검정 기록지, 로즈가 부드러운 어조로 '죽음의 책'이라 부르는 그 기록지에 다가가는 모습을 포착했다. 그는 공시소 사무실 책상에서 가져온 펜으로 시신에 서명을 했다.

"저러면 안 돼요. 저 기록지를 건드릴 수 있는 사람은 케이 이모뿐이에요. 저건 법적인 문서예요." 루시의 목소리가 벤턴의 이어폰에 들렸다.

샌디가 마리노에게 말했다. "여기 있는 건 힘들지 않아요. 약간 힘들지도 모르지만 말이죠. 당신은 여자를 기분 좋게 하는 방법을 알아요. 이건 진심이에요."

그러자 벤턴이 루시에게 말했다. "믿기지 않는군."

마리노의 품에 안긴 샌디는 몸을 돌려 그에게 키스했다. 시체 공시소 안에서 입을 맞추는 모습을 본 벤턴은 그들이 복도에서 성관계를 했을 수도 있다는 생각이 들었다.

"자, 그럼 나한테 한번 해봐." 마리노가 말했다.

벤턴은 다른 화면을 통해 루시어스가 공시소 기록지를 뒤지는 모습을 보았다.

고개를 돌리자 마리노는 성적으로 흥분한 기색이 역력했다. 두 팔로 마리노를 온전히 껴안을 수 없던 샌디는 웃음을 터뜨렸다. 마리노는 두툼한 손을 그녀의 손 위에 올려 누르는 걸 도와주며 말했다. "농담 아니야. 혹시라도 내가 숨 막히는 걸 보면 이렇게 눌러. 힘껏!" 그는 그녀에게 시범을 보여주며 말을 이었다. "중요한 건 안에 막혀 있는 숨을 바깥으로 억지로 내보내야 하는 거야." 그녀가 손을 내려 다시 꽉 잡자, 마리노는 그녀를 밀어내며 부검실에서 나오는 루시어스에게 등을 돌렸다.

"그녀가 숨진 소년에 대해 알아낸 게 있나요?" 루시어스는 손목에 감은 고무 밴드를 잡아당기며 말했다. "사망 기록지에 '미확인'이라고 나와 있는 걸 보니 아무것도 알아내지 못한 것 같군요."

"들어올 당시 미확인 상태였지. 뭐야, 책이라도 뒤져본 거야?" 루시어스를 등진 마리노의 모습은 우스꽝스러워 보였다.

"그녀는 이런 복잡한 사건을 다룰 수 없을 게 분명해요. 내가 여기에 시신을 가져오지 못해서 유감이에요. 내가 가져왔더라면 도움이 되었을 텐데요. 난 어떤 의사보다 시신에 대해 잘 알거든요."

루시어스는 한쪽으로 걸음을 옮기더니 마리노의 가랑이를 쳐다보며 덧붙여 말했다. "지금 듣고 있는 거예요?"

"자네가 뭘 안다고 그래. 죽은 소년이나 박사에 대해서 함부로 입 놀리지 말고 당장 여기서 나가." 마리노가 거칠게 말했다.

"며칠 전의 그 소년 말인가요?" 샌디가 말했다.

루시어스가 방금 공시소 한가운데 있는 스테인리스스틸 냉장고 문 앞에 옮겨 온 들것을 밀자, 마리노는 냉장고 문을 열어주며 들것 윗부분이 안으로 들어가도록 도와주었다. 마리노는 아직도 성적으로 흥분한 기색이 분명했다.

"맙소사." 벤턴이 루시에게 말했다.

"비아그라 같은 걸 먹은 거예요?" 루시의 목소리가 벤턴의 이어폰에 울렸다.

"도대체 왜 새로운 카트를 가져오지 않은 거죠?" 샌디가 말했다.

"박사는 허튼 데 돈을 쓰지 않지."

"그녀는 인색해요. 당신 월급도 제대로 주지 않을 게 뻔해요."

"필요한 게 있으면 구입하지만 돈을 허투루 쓰진 않아. 돈으로 중국 대륙도 살 수 있을 루시와는 다르지."

"당신은 상사를 항상 두둔하는군요. 날 두둔해주지는 않으면서 말이죠." 샌디가 그를 애무하며 말했다.

"금방이라도 토할 것 같아요." 루시의 목소리가 들렸다.

샌디는 자세히 둘러보려고 냉장고 안으로 들어갔다. 차가운 공기가 훅 끼치는 소리가 벤턴의 스피커를 통해 들렸다.

그리고 주차장에 설치된 카메라는 루시어스가 영구차에 올라타는 모습을 포착했다.

"이 여자도 살해되었어요?" 샌디는 최근에 들어온 시신에 대해 물어보더니, 봉투에 담겨 구석에 놓인 시신을 흘깃 쳐다보았다. "저 아이에 대해 얘기해줘요."

루시어스가 모는 영구차가 주차장을 빠져나가자, 차가 찌그러지는 것처럼 요란하게 덜커덩 거리는 소리를 내며 주차장 문이 닫혔다.

"자연사야. 여든다섯 살 가량의 동양인 노파지." 마리노가 말했다.

"자연사인데 왜 여기로 보내진 거죠?"

"검시관이 여기로 보내려 했기 때문인데, 그 이유야 내가 어찌 알겠어. 박사는 내게 여기 오라고 했을 뿐이야. 그냥 평범한 심장 마비였던 것 같아. 담배라도 한 모금 빨아야겠어." 마리노가 얼굴을 찡그리며 말했다.

"한 번만 봐요. 잠깐만 슬쩍 볼게요." 샌디가 말했다.

벤턴은 화면에 나타난 그들의 모습을 주시했다. 마리노가 봉투의 지퍼를 내리자 샌디는 깜짝 놀라 코와 입을 막고는 역겨워하며 뒤로 물러섰다.

"꼴좋군." 루시가 시신을 줌인 하며 말했다. 부패 중인 시신은 가스가 차 부어올랐고, 복부가 퍼렇게 변하고 있었다. 벤턴은 어떤 악취가 나는지 잘 알고 있었다. 공기나 입천장에서 나는 어떤 악취와도 다른 고약한 냄새가 날 것이다.

"이런 젠장." 마리노는 시신 봉투 지퍼를 닫으며 투덜거렸다. "며칠 동안 누워 있었을 거야. 빌어먹을 보포트 카운티 검시관은 시신을 자세히 살펴보지 않았군. 냄새 고약하지, 그렇지?" 마리노는 샌디를 쳐다보며 웃음을 터뜨렸다. "내가 하는 일이 식은 죽 먹기인 줄 알았을 텐데."

샌디는 구석에 놓인 자그마한 검정 시신 봉투에 가까이 다가가더니 가만히 서서 내려다보았다.

"그러면 안 돼요." 루시는 화면에 비친 마리노에게 말하지만, 목소리는 벤턴의 이어폰에 울렸다.

"이 봉투 안에 뭐가 들었는지 알아요." 샌디가 잘 들리지 않는 목소리로 말했다.

마리노가 냉장고 밖으로 나오며 말했다. "샌디, 지금 당장 밖으로 나와."

"어쩔 셈이에요? 날 여길 가둘 생각이에요? 그러지 말고 이 봉투를 열어줘요. 당신과 그 장의사 직원이 얘기하던 게 이 소년이란 거 알아요. 그 소년에 대해선 뉴스에서 들었어요. 그런데 왜 아직 여기 있는 거죠? 냉장고 안에 혼자 차갑게 누워 있다니 정말 불쌍해요."

"마리노는 제정신이 아니야." 벤턴이 말했다.

"그 소년을 보고 싶진 않잖아." 마리노가 다시 냉장고 안으로 걸어 들어가며 그녀에게 말했다.

"왜 보고 싶지 않겠어요? 힐튼 헤드에서 발견되어 뉴스에 나온 소년이잖아요." 샌디가 재차 말했다. "그런데 왜 아직 여기 있는 거죠? 누구 짓인지 밝혀지지 않았어요?" 그녀는 들것에 놓인 자그마한 검정 봉투 옆에 서서 말했다.

"아직 아무것도 알아내지 못해서 여기 그대로 있는 거야. 자, 그만 나가자고." 마리노가 그녀에게 손짓했다. 두 사람의 목소리가 잘 들리지 않았다.

"보여줘요."

"안 돼요." 루시가 화면에 나타난 마리노에게 말했다. "어리석은 짓 하지 말아요, 마리노 아저씨."

"보고 싶지도 않잖아." 마리노가 샌디에게 말했다.

"난 감당할 수 있어요. 내가 그를 볼 자격이 있는 건 당신에게 비밀이 있어선 안 되기 때문이에요. 그게 우리들의 규칙이죠. 그러니 당신의 비밀을 내게 숨기지 않는다는 걸 증명해봐요." 그녀는 시신 봉투에서 시선을 떼지 못한 채 말했다.

"안 돼. 이런 일에는 비밀의 규칙 따위 상관없어."

"아니에요, 상관있어요. 여기 있는 시신처럼 추워지고 있으니 얼른 보여줘요."

"혹시라도 박사가 알게 되면…."

"또 그놈의 박사 타령. 그녀의 몸종이라도 되는 양 두려워하는군요. 내가 왜 감당할 수 없다고 생각하는 거죠?"

화가 난 샌디는 추위를 견디려는 듯 소리쳤다. "죽은 소년의 악취가 저 노파처럼 고약하지는 않을 거예요."

"피부를 벗겨내고 눈동자를 빼버렸어." 마리노가 그녀에게 말했다.

"아, 저럴 수가." 화면을 지켜보던 벤턴이 얼굴을 문지르며 말했다.

그러자 샌디가 큰 소리로 외쳤다. "날 혼란스럽게 하지 말아요. 말도 안 되는 농담 그만하고 당장 보여줘요! 그녀 얘기가 나올 때마다 겁쟁이처럼 풀이 죽는 모습에 이젠 정말 신물이 나요!"

"맞아, 여기서 벌어지는 일은 장난이 아니야. 내가 아무리 말해도 무슨 말을 하는지 모르는군."

"당신의 대단한 상사가 그런 일을 할 거라 생각해봐요. 소년의 피부를 벗기고 눈알을 빼낸다고. 당신은 그녀가 시신을 다루는 솜씨가 정말 끝내준다고 입버릇처럼 말했잖아요." 그녀의 목소리에는 악의가 가득 차 있었다. "마치 나치 같군요. 그들은 사람의 피부를 벗겨 램프 갓을 만들었다던데."

"피부의 아래쪽을 자세히 들여다봐야 거무스름하고 불그스름한 게 멍 자국인지 아닌지 알 수 있을 때가 종종 있지. 그러면 사후 멍 자국 대신에 망가진 혈관, 다시 말해 멍 자국 혹은 타박상이 보이는 거지." 마리노가 거드름을 피우며 말했다.

"믿기지 않아요. 마리노 아저씨가 법의학자인 양 거들먹거리다니." 루시의 목소리가 벤턴의 이어폰에 들렸다.

"믿기지 않는 게 아니라, 불안하고 위험한 일 또한 분개해야 할 일이지." 벤턴이 말했다. "심리적인 측면에서 보면 과잉 보상이거나 보상 작용 상실일 수도 있고. 마리노가 무슨 생각을 하는지 모르겠어."

"마리노는 아저씨와 케이 이모 생각을 하고 있어요."

"어떨 경우에 그렇게 되죠?" 샌디가 검은 시신 봉투를 물끄러미 쳐다보며 물었다.

"혈액순환이 중단될 경우, 피가 한군데 머물러 피부가 군데군데 발갛게 변할 때지. 그러면 새로 멍 자국이 생긴 것처럼 보이는데, 사후 인공물이라 부르는 상처 자국처럼 보이는 것에 대해서는 다른 이유들이 있을 수 있어. 복잡해." 마리노는 거만한 태도로 말을 이었다. "그래서 확인하기 위해 외과용 메스로 피부를 벗기는 거야." 그는 메스로 재빨리 살갗을 가르는 시늉을 했다. "피부 밑을 확인하기 위해서인데, 이 경우에는 멍 자국이었지. 죽은 소년은 머리부터 발끝까지 멍 자국으로 덮여 있었어."

"그런데 눈알은 왜 뺀 거죠?"

"흔들린 아이 증후군(아이를 지나치게 많이 흔들어 두뇌에 이상이 생기는 병-옮긴이) 같은 경우에서 볼 수 있는 것처럼 출혈이 더 있는지 찾기 위해서였지. 뇌도 마찬가지로 포르말린 통에 담가 고정했는데, 특별 조사를 위해 이곳이 아니라 의과대학에 보내졌어."

"맙소사. 뇌가 통에 담겨 있다고요?"

"항상 그런 식으로 해. 포르말린이라는 화학약품에 담가야 부패하지도 않고 더 잘 볼 수 있지. 일종의 방부 처리야."

"아는 것도 어쩜 그리 많아요. 그녀가 아니라 당신이 박사인 것 같아요. 부탁이니 보여줘요."

이 모든 상황은 문을 활짝 열어둔 냉장고 안에서 벌어지고 있었다.

"내가 이 일을 해온 세월이 당신이 살아온 시간보다 더 길지." 마리노가 말했다. "물론 나도 의사가 될 수 있었지만 그렇게 오랫동안 학교를 다니고 싶은 사람이 누가 있겠어? 그녀처럼 살고 싶은 사람은 아무도 없을 거야. 산 사람은 상대하지 않고 죽은 사람만 상대하는 삶이지."

"죽은 소년을 보고 싶어요." 샌디가 고집을 부렸다.

"젠장, 무슨 조화인지 모르겠군." 마리노가 말했다. "빌어먹을 냉장고 안에만 들어오면 담배가 피우고 싶어 미치겠으니."

샌디는 가운 안에 입은 가죽 재킷 주머니를 뒤져 담뱃갑과 라이터를 꺼내 주며 말했다. "어린 소년에게 그런 짓을 했을 거라는 게 믿기지 않아요. 직접 눈으로 봐야겠으니 보여줘요." 그녀는 담뱃불을 붙였고 둘은 함께 담배를 피웠다.

"아슬아슬하게 경계선을 넘어갔군." 벤턴이 말했다. "마리노가 이번에 정말 문제를 일으켰어."

마리노는 들것을 밀고 냉장고 밖으로 나왔다.

시신 봉투 지퍼를 열자 비닐이 버스럭거리는 소리가 났다. 루시는 담배 연기를 뱉으며 깜짝 놀라 두 눈을 크게 뜨고 죽은 소년을 내려다보는 샌디의 모습을 줌인 했다.

메스로 여윈 소년의 시신을 가른 가는 자국이 보였다. 턱에서 성기까지, 어깨에서 손까지, 엉덩이에서 발가락까지 갈랐고, 가슴은 속을 파낸 수박처럼 텅 비어 있었고 내장 기관은 모두 제거해버린 후였다. 벗겨서 평평하게 편 피부에는 다양한 시기와 정도에 따라 남은 퍼렇게 짙은 출혈 자국이 있었고, 찢긴 상처와 연골 그리고 뼈가 갈라진 모습이 드러났다. 동공은 텅 비어 있었는데 동공을 지나면 두개골 내부였다.

샌디가 소리 질렀다. "그 여자 싫어! 정말 싫어! 어떻게 어린아이에게 이런 짓을 할 수 있단 말이에요. 사냥한 사슴처럼 내장을 덜어내고 가죽을 벗기다니! 그런 미친 여자 밑에서 어떻게 일해요?"

"진정하고 소리치지 마." 마리노는 시신 봉투의 지퍼를 올려 냉장고 안에 다시 밀어 넣고는 문을 닫으며 말했다. "사람들이 볼 필요 없는 것도 있다고 경고했잖아. 이런 걸 보면 외상 후 스트레스 장애를 겪을 수도 있어."

"그 소년의 모습은 내 머릿속에 영원히 남아 있을 거예요. 미친 여자.

빌어먹을 나치 같아요."

"이 일에 관해서 입 다물어, 알았어?" 마리노가 말했다.

"어떻게 그런 여자 밑에서 일할 수 있어요?"

"다시 한 번 말하지만, 입 다물어." 마리노가 말했다. "난 부검을 돕지만 나치와는 아무 상관없어. 원래 그런 거야. 살해당하면 두 번씩이나 몹쓸 짓을 당하니까." 그는 샌디의 가운을 서둘러 벗겨 접었다. "그 어린 소년은 태어난 날에 살해된 건지도 몰라. 아무도 신경 쓰지 않아 결국 이렇게 되었지."

"당신이 생명에 대해 뭘 안다고 그래요? 당신 같은 사람들은 모든 사람에 대해 모든 걸 안다고 생각하지만, 당신들이 보는 거라곤 도살업자처럼 잘라놓은 시신뿐이죠."

"여기 안에 들어와 보고 싶어 했던 건 바로 당신이야." 마리노의 목소리에 점점 더 분노가 더해졌다. "그러니 입 다물고 날 도살업자라고 부르지도 마."

마리노는 샌디를 복도에 세워두고 스카페타의 라커룸에 가운을 갖다 놓은 다음 경보 장치를 켰다. 주차장에 설치된 카메라에 그들의 모습이 잡혔고, 곧이어 커다란 주차장 문이 삐걱거리며 열렸다.

루시의 목소리. 벤턴은 마리노가 시체 공시소를 누군가에게 보여준 것에 관해, 언론에서 알아낼 경우 그녀를 파멸시킬 수도 있을 배신에 대해 스카페타에게 알려줘야 할 것이다. 루시는 공항으로 떠났고 내일 늦게나 돌아올 것이다. 벤턴은 묻지 않았다. 아무 말 하지 않아도 루시는 이미 알고 있을 거라는 확신이 들었다. 잠시 후 그녀는 셀프 박사에 대해, 그녀가 마리노에게 보낸 이메일에 대해 말했다.

벤턴은 아무 말도 하지 않았다. 그럴 수가 없었다. 비디오 화면에는 마리노와 샌디 스눅이 오토바이를 타고 떠나는 모습이 보였다.

05

계략

금속 바퀴가 타일 바닥에 덜커덕덜커덕 구르는 소리가 났다. 걸어서 들어갈 수 있는 높이의 냉동고 문이 힘겹게 열렸다. 차가운 공기와 냉동된 시신의 악취에 둔감한 스카페타는 자그마한 검정색 시신 봉투가 실린 철제 카트를 밀고 들어갔다. 지퍼에 달린 이름표에는 '신원 미상'과 2007년 4월 30일이라는 날짜가 검정색 잉크로 적혀 있었고, 시신을 운반한 장의사의 서명이 적혀 있었다. 스카페타는 시체 공시소 기록지에 '신원 미상 남자, 5세에서 10세가량, 찰스턴에서 차로 두 시간 거리인 힐튼 헤드 섬의 살인사건'이라고 기입했다. 소년은 혼혈로, 아프리카 사하라 사막 남부 혈통이 34퍼센트, 유럽 혈통이 66퍼센트였다.

기록지에 기입하는 건 항상 그녀의 몫이었다. 몇 시간 일찍 도착한 그녀는 아침 사건이 이미 기입된 걸 보고 화가 났다. 아마도 루시어스 메딕의 짓인 것 같았다. 그가 자신이 운반해 온 노파의 죽음을 심장과 호흡 정지에 의한 자연사라고 기입한 걸 보자 믿기지 않았다. 주제넘은 어리석은 짓이었다. 모든 사람들은 심장과 호흡 정지로 사망하는 법이다. 자동차에 치이거나 야구방망이에 맞아 사망해도, 심장과 폐 기능이 멎을 때 비로소 사망에 이른다. 그는 노파의 죽음이 자연사라고 결론 내릴 어떤 권리도, 근거도 없었다. 스카페타가 아직 부검을 하지도 않았는데 사인을 결정하는 건 그의 책임도, 법적 권한도 아니었다. 그는 법의학자가 아니었고 시체 공시소 기록지에 손을 대서도 안 되었다. 그가 부검실에 들어가는 걸 마리노가 왜 허락했는지, 그리고 왜 신경 쓰지 않고 그냥 두었는지 이해할 수 없었다.

스카페타는 한숨을 길게 내쉬며 카트에 있는 클립보드를 떼내 신원 미상 정보와 시간, 날짜를 기입했다. 그녀는 심하게 낙담했다. 갖은 노력을 기울였지만 소년이 발견된 지점에서 멀지 않은 곳에서 사망했을 거라고 추측할 뿐, 사망한 장소가 정확히 어디인지 알 수 없었다. 소년의 정확한 나이도 알 수 없었다. 살인자가 시신을 어떻게 운반했는지 알 수 없어서 보트로 옮겼을 거라고 추정했다. 목격자도 나타나지 않았다. 그녀가 찾아낸 유일한 증거물이라곤 보포트 카운티 검시관이 소년을 시신 봉투에 넣기 전에 감쌌을 흰색 시트에서 나온 것으로 추정되는 흰색 면섬유뿐이었다.

소년은 진흙에 얼굴을 묻고 벌거벗겨진 채 습지에서 발견되었고, 그곳에서 묻은 모래와 소금, 조개껍질과 식물 부스러기 등이 소년의 콧구멍과 귓구멍, 피부에 남아 있었다. 며칠 동안 그녀는 모든 과정을 동원해 소년의 시신이 자신에게 말을 걸도록 하려 애썼다. 하지만 소년은 고통스러운 몇 가지 면만 보여줬을 뿐이다. 배가 홀쭉하고 몸이 여윈 것으로 보아 몇 주 혹은 몇 달 동안 음식을 제대로 먹지 못한 것 같았다. 약간 변형된 손톱을 보자 나이에 따른 발육이 나타나는 것 같았고, 자그마한 손가락과 발가락을 보자 반복적으로 물어뜯거나 외상이나 고문을 당한 것 같았다. 온몸에 남아 있는 불그스름한 자국은 최근에 커다란 사각형 버클이 달린 넓은 벨트로 잔인하게 맞았다고 그녀에게 항변하는 것 같았다. 메스로 절개한 피부 안쪽을 살피고 현미경으로 분석한 결과, 정수리부터 자그마한 발바닥까지 부드러운 조직에 출혈이 있는 것으로 드러났다. 소년은 내부 방혈로 사망했는데, 신체 외부로는 한 방울의 피도 흘리지 않고 죽었다. 그건 마치 내밀하고 비참하게 살아온 소년의 삶에 대한 은유인 것 같았다.

스카페타는 소년의 내장과 상처 조직의 일부분을 포르말린 병에 보존하고, 특별 연구를 위해 뇌와 안구를 다른 기관으로 보냈다. 수백 장의 사진을 찍었고, 외국에서 실종 신고가 있을 경우를 대비해 인터폴에도 알렸다. 지문과 발가락 지문은 IAFIS(통합 자동 지문 인식 시스템)에, DNA 정보는 CODIS(통합 DNA 색인 시스템)에 입력했고, 그 모든 정보는 실종과 학대 아동들을 위한 국가 센터에 들어간다. 루시는 인터넷망을 샅샅이 찾고 있는 중이었다. 하지만 단서나 일치하는 정보가 없는 것으로 보아 실종되었거나, 도망쳐 나와 결국 가학적인 사람에게 유괴되었을 가능성은 없는 것 같았다. 부모나 다른 친척 혹은 후견인이나 돌봐주는 사람에게 심하게 얻어맞고 범행 현장에서 멀리 떨어진 곳에 시신을 유기당한 것 같았다. 그런 사건은 언제든 일어나기 때문이다.

스카페타는 그를 위해 의학적으로 혹은 과학적으로 더 이상 해줄 게 없었지만 그를 포기하지 않을 것이다. 유골함에 담아 극빈자의 무덤에 안장할 수도 없을 것이다. 신원이 밝혀질 때까지 그녀와 함께 머물 것이고, 시신 냉장고에서 일종의 타임캡슐 같은 영하 18도의 폴리우레탄 소재의 냉동고 안에 격리될 것이다. 필요할 경우 수년 동안 그녀와 함께 시체 공시소에 머물 것이다. 스카페타는 냉동고의 육중한 철제문을 닫고서 밝은 조명이 켜지고 탈취 처리를 한 복도로 걸어 나와, 푸른색 수

술 가운과 장갑을 벗었다. 일회용 신발 덮개는 나지막하게 쉭 소리를 내며 깨끗한 타일 바닥을 재빠르게 지나갔다.

셀프 박사는 전방 좋은 방에서 재키 마이너와 다시 이야기를 나누고 있었다. 벤턴에게 아직 전화가 오지 않았고 벌써 2시가 가까워졌기 때문이다.

"벤턴은 우리가 이 일을 맡아야 한다는 걸 잘 알고 있어요. 그가 이번 주에 여기에 와서 당신에게 오라고 한 이유가 뭐라고 생각해요? 혹시 초과 근무 수당은 받았나요?" 셀프 박사는 마음속 분노를 드러내지 않았다.

"갑자기 VIP가 온다는 사실은 알았어요. 유명인이 오면 우리한테 그렇게만 말해주거든요. 여기엔 많은 유명인들이 와요. 그 연구에 대해선 어떻게 알아냈나요?" 재키가 셀프 박사에게 물었다. "여쭤보는 이유는 가장 효율적인 광고 방식이 뭔지 알아낼 수 있도록 추적해야 하기 때문이에요. 신문과 라디오 광고, 옥외 간판, 입소문 등 말이죠."

"캠퍼스 입구 건물에서 모집 광고를 봤어요. 맨 처음 본 건 아주 오래전이었는데 갑자기 떠올랐어요. 그리고 곧바로 떠나기로 결심했어요. 당신의 주말을 망치게 되다니 안타깝군요." 셀프 박사가 말했다.

"사실대로 말하자면 오히려 잘됐어요. 기준에 부합하는 지원자, 특히 정상인 지원자를 찾기가 쉽지 않거든요. 엄청난 시간 낭비죠. 적어도 세 명 가운데 둘은 정상이 아니라고 판명 나니까요. 하지만 정상인이라면 뭣 하러 여기에 와서…."

재키가 말끝을 흐리자 셀프 박사가 대신 말을 맺었다. "연구팀의 일원이 되겠냐는 말이군요. 그럼 나를 정상이라고 기입하지 않겠군요."

"그런 뜻으로 말한 건 아니에요…."

"난 새로운 걸 배우는 데 항상 열려 있고 여기에 있는 특이한 이유가 있어요. 당신은 이게 얼마나 기밀인지 알고 있을 거예요." 셀프 박사가 말했다.

"안전 문제로 여기에 숨어 있을 거라고 들었어요."

"웨슬리 박사가 그렇게 말하던가요?"

"소문으로 들었지만 우리가 지켜야 하는 HIPAA 법안(1996년 채택된 '건강보험 지속과 책임을 위한 법안'으로, 근로자가 실직하거나 직업을 바꿀 때 당사자와 가족들이 건강보험 혜택을 계속 받을 수 있도록 보장해준다—옮긴이)에 따라 비밀은 보장되죠. 원하시면 그만둬도 괜찮을 거고요."

"그러고 싶지만 그럴 순 없죠."

"연구 세부 사항에 대해서는 알고 있나요?"

"모집 공고에서 봤던 게 대충 기억나요." 셀프 박사가 말했다.

"웨슬리 박사님이 직접 말씀해주시지 않았나요?"

"연구에 지원하고 싶다고 이탈리아에 있는 마로니 박사에게 금요일에 알렸는데, 웨슬리 박사님이 소식을 전해 들었을 거예요. 하지만 내가 체크아웃 하기로 결심했으니 곧바로 처리해야 할 거예요. 웨슬리 박사는 내게 자세히 알려주려 했을 게 분명해요. 아직 왜 연락이 없는지 모르겠는데, 그에게 메시지를 분명히 전했나요?"

"메시지는 전했지만 웨슬리 박사님은 워낙 바쁘고 중요한 분이세요. 오늘도 VIP의 어머니, 즉 당신 어머니와의 대화를 테이프에 녹음해야 하죠. 아마 그 일부터 먼저 하고 당신한테 전화할 거예요."

"개인적인 삶은 무척 힘들겠군요. 연구 과제 때문에 주말에도 계속 여기 있어야 할 테니까요. 그에겐 애인이 있을 거예요. 그처럼 잘생기고 성공한 남자가 혼자일 리 없죠."

"남쪽 지방에 애인이 있어요. 그리고 그녀의 조카가 한 달 전에 여기에 왔고요."

"흥미롭군요." 셀프 박사가 말했다.

"루시라는 조카는 검사를 받으러 여기에 왔어요. 비밀 요원 혹은 그렇게 보이려는 유형인데, 컴퓨터 사업가로 조시와는 친구 사이죠."

"법률 집행과도 관계있죠." 셀프 박사가 곰곰이 생각하며 말을 이었다. "고도로 훈련받은 비밀 탐정 유형이죠. 그리고 상당한 부를 축적한 멋진 여성이고요."

"자신을 루시라고 소개하고 악수를 나눈 다음 인사만 나눌 뿐, 나한테 말을 건 적도 없어요. 조시와 외출하고 웨슬리 박사님 사무실에서 방문을 꼭 닫은 채 잠시 있었죠."

"그녀에 대해 어떻게 생각했어요?"

"그녀와 시간을 보낸 적은 없지만 자기 안에 갇혀 지내는 것 같았어요. 그녀는 문을 꼭 닫아두고 웨슬리 박사님과 외출했어요." 재키는 다시 한 번 그 점을 강조했다.

'루시를 질투하고 있으니 잘됐군.' 셀프 박사가 마음속으로 생각했다.

"둘이 무척 가까운가 보군요. 매우 특이한 것 같은데 얼굴은 예쁜가요?" 셀프 박사가 물었다.

"제 인상을 말하자면 남성적인 느낌이 강했어요. 남성적인 검정 옷차림에 남자처럼 손에 힘을 주고 악수를 나누었죠. 강렬한 눈빛으로 날 쳐다보았는데, 초록색 레이저 불빛 같았어요. 그러자 마음이 몹시 불편했어요. 지금 생각해보니 그녀와 단둘이 있고 싶지 않았던 것 같아요. 그런 여자들은…."

"그녀가 개인 전용기를 타고 날아오기 전에 당신한테 매력을 느껴 성관계를 원했다는 얘기를 들은 것 같은데, 그녀가 어디에 산다고 했죠?" 셀프 박사가 말했다. "찰스턴이요. 그녀의 이모도 그곳에 살고요. 그녀가 나와 성관계를 원했던 것 같아요. 맙소사. 그녀가 악수를 나누며 내 눈을 똑바로 들여다보았을 때 난 어떻게 그걸 알아차리지 못했던 걸까요? 그녀는 내가 언제 퇴근하는지 알고 싶은 것처럼 시간이 있냐고 물었어요. 그리고 내가 어디 출신인지 등 개인적인 질문도 했는데 당시에는 알아차리지 못했죠."

"알아차리기 두려웠기 때문일 거예요. 최면을 걸듯 이성애자 여자를 곧바로 침대로 유혹하는 무척 매력 있고 카리스마 넘치는 여자인 것처럼 들리는군요. 잠자리에서 무척 에로틱한 경험을 한 이후에는…?" 셀프 박사는 잠시 말을 멈추었다. "둘 가운데 한 명 혹은 양쪽 모두가 이성애자인 여자 둘이 성관계를 갖는 건 전혀 비정상적이지 않다는 걸 이해할 거예요."

"맞아요."

"프로이트 책 읽어본 적 있어요?"

"난 다른 여자한테 끌린 적이 없어요. 대학 시절 기숙사 룸메이트와 함께 살았지만 그런 적은 없었죠. 그런 잠재적인 경향이 있었다면 더 많은 일이 일어났을 거예요."

"재키, 모든 건 섹스에 관한 문제지요. 성적인 욕망은 유아기로 거슬러 올라가는데, 어릴 땐 남자아이와 여자아이 모두 갖고 있지만 시간이 지나면 여자만 부인당하는 거죠."

"난 잘 모르겠어요."

"어머니의 젖을 먹고 양육하는 걸 생각해봐요."

"난 그런 식의 양육은 원치 않아요. 그것에 관한 기억도 없고, 다만 남자들이 여자들의 가슴을 좋아한다는 사실만 알죠. 젖가슴이 중요한 건 그 때문이고 그 이유 때문에 신경 쓰이죠. 그리고 난 분유를 먹고 자랐어요."

"나도 당신 생각에 동의해요. 그녀가 단지 검사를 받으러 여기까지 온 게 이상해요. 그녀에게 어떤 문제가 없어야 할 텐데요."

"그녀는 일 년에 두어 번씩 여기에 와요."

"일 년에 두어 번이라고요?"

"연구원이 그렇게 말했어요."

"그녀에게 어떤 문제가 있다면 정말 큰일이겠군요. 두뇌 검사를 일 년에 몇 차례 받는 건 일반적인 경우가 아니니까요. 두뇌 검사 결과를 알아야 할 필요가 뭐가 있겠어요?"

"MRI 안으로 들어가는 것에 문제가 있는지 굳이 물어볼까요?" 재키가 전문가답게 진지한 어조로 물었다.

"문제?"

"그로 인해 문제가 생길 수도 있으니까요."

"검사가 끝나고 나서 방향감각을 찾을 수 있는 한 그런 건 물어보지 않을 거예요. 하지만 매우 기민한 점을 제시하는군요. 그게 사람들에게 어떤 영향을 미치는지 의구심을 가져야겠어요. 실제로 확인되었는지 모르겠지만, MRI가 일반적으로 사용된 지 그렇게 오래되지 않았으니까요."

"연구에는 fMRI가 사용되죠. 특수 기능이 있는 MRI로, 테이프를 들으며 뇌가 어떻게 작동하는지 확인할 수 있죠."

"맞아요, 테이프. 우리 어머니도 그 테이프를 만드는 걸 좋아할 거예요. 자, 이제 어떤 걸 해야 하죠?"

"우선 중증 복합 면역결핍증 검사를 먼저 할 건데, DSM(Diagnostic and Statistical Manual of Mental Disorders, 정신질환에 관한 진단과 통제 매뉴얼) 3R을 위한 조직화된 임상 인터뷰를 뜻하죠."

"들어서 알고 있어요. 특히 DSM 4는 최신 개정본이죠."

"웨슬리 박사님이 종종 제게 중증 복합 면역결핍증 검사를 하게 했어요. 방해 요소가 없어야 비로소 검사를 할 수 있어서, 모든 질문을 마치려면 꽤 시간이 걸릴 수도 있죠."

"오늘 그와 만나 상의해볼게요. 그리고 상황을 봐서 루시에 대해서도 물어봐요. 아니, 그러면 안 될 것 같아요. 그녀에게 아무 문제가 없기를 진심으로 바라요. 더구나 그녀는 그에게 무척 특별한 사람 같으니까요."

"다른 환자들의 예약이 있지만, 내가 당신에게 중증 복합 면역결핍증을 검사할 시간은 낼 수 있을 거예요."

"고마워요, 재키. 그에게 전화가 오면 곧바로 얘기해볼게요. 그의 멋진 연구에 반대하는 반응이 있었나요? 보조금은 누가 내죠? 당신 아버지가 낸다고 했나요?"

"폐소공포증이 있는 사람이 몇몇 있는데 그럴 경우 검사를 할 수 없죠. 생각해보세요." 재키가 말했다. "그들에게 중증 복합 면역결핍증 검사를 실시하고 그들 어머니들과의 대화를 테이프로 녹음하는 데 어려움이 많아요."

"전화 통화를 테이프로 기록하겠군요. 일주일이라는 짧은 시간 내에 많은 걸 했군요."

"비용은 훨씬 적게 들고 더 효과적이죠. 그 사람들을 직접 만날 필요도 없고요. 그들이 말하는 걸 테이프로 녹음하는 건 기본적인 실험 형식이에요. 보조금에 대해서 제 마음대로 말해선 안 되지만, 우리 아버지도 자선 단체에 기부를 하시죠."

"새로운 프로그램을 구상 중인데, 프로덕션 컨설턴트에 대해 생각하고 있다고 내가 말했던가요? 루시가 법률 집행에 어느 정도 관계하고 있거나 특별 요원이라고 했죠? 그녀에게 별다른 문제가 없다면 또 다른 인물로 생각할 수도 있을 거예요. 그녀가 여기서 두뇌 검사를 몇 번이나 했죠?"

"죄송하지만 당신이 진행하는 프로그램을 별로 보지 않아요. 근무 시간 때문에 밤에만 텔레비전을 볼 수 있거든요."

"내가 진행하는 토크쇼는 아침, 낮 그리고 밤에 계속 재방송되죠."

"범죄자의 생각과 행동을 과학적으로 분석하고, 총을 들고 그들을 체포하기 위해 다니는 사람들을 인터뷰하는 건 정말 올바른 생각이에요. 시청자들도 좋아할 거예요." 재키가 말했다. "토크쇼에서 진행하는 것보다 훨씬 더 좋아할 거예요. 성범죄를 저지른 정신이상 살인자를 인터뷰할 전문가를 영입하면 시청률이 올라갈 거고요."

"성폭행을 저지르거나 성적 학대를 하거나, 살인을 저지른 정신이상자들이 모두 폭력적이지는 않아요. 그건 굉장히 독창적인 생각인데, 예를 들어 반사회적인 성범죄 살인자들도 폭력적인지 그렇지 않은지 의구심이 들게 하죠. 그 가정을 따르면 다음엔 어떤 질문을 던져야 할까요?"

"글쎄요…."

"충동적인 성범죄 살인사건이 어디에 부합하는지 의문을 가져야 해요. 혹은 단순히 표현하기 나름일까요? 밀감이나 감귤이나 결국 같은 뜻인 것처럼?"

"글쎄요…."

"프로이트의 책을 얼마나 읽었어요? 그리고 당신이 꾸는 꿈에 관심을 기울이나요? 일기장을 침대 머리맡에 두고 꿈에 관해 기록해야 해요."

"물론 강의를 통해 배웠지만 꿈을 일기로 쓰지는 않아요. 강의를 들으면서도 그런 건 하지 않았거든요." 재키가 말했다. "실제 생활에서 프로이트에 관심 있는 사람은 아무도 없으니까요."

로마 현지 시각으로 저녁 8시 반. 단숨에 밤하늘을 내려오며 나는 갈매기들이 커다란 흰 박쥐처럼 보였다.

해안 근처 도시의 갈매기들은 낮 시간 동안에는 성가신 존재이지만, 밤이 되면 사라져버린다. 포마 국장이 상당히 오랜 시간을 보낸 미국에서는 그랬다. 어린 시절 그는 가족과 함께 해외를 자주 다녔다. 여러 외국어를 유창하게 구사하게 되었고, 나무랄 데 없는 매너와 훌륭한 교육을 받았다. 그의 부모는 대단한 인물이 되어야 한다고 말했다. 포마 국장은 창가에 놓인 테이블에 내려앉은 통통하고 새하얀 갈매기를 쳐다보았다. 갈매기들이 원하는 건 용상어 캐비아일지도 몰랐다.

"그녀가 어디 있는지 자네에게 물었네." 포마 국장이 이탈리아어로 말했다. "그러자 자네는 내가 알아야 하는 남자에 관해 알려줄 뿐 자세한 사항은 말해주지 않았어. 이젠 정말이지 절망적이네."

"난 다음과 같이 말했어." 포마 국장과 오랜 세월 동안 알고 지낸 파울로 마로니 박사가 말했다. "알다시피 셀프 박사가 드루 마틴을 자기 토크쇼에 출연시켰네. 몇 주 후 정서가 몹시 불안한 사람이 셀프 박사에게 보낸 이메일이 도착하기 시작했네. 그녀가 내게 말해줘서 알게 되었지."

"파울로, 그 정서가 불안한 사람에 대해 자세히 말해주게."

"자네한테 자세한 정보가 있으리라 기대했는데."

"난 이 문제를 먼저 끄집어내지 않았네."

"자네는 이 사건을 맡고 있네." 마로니 박사가 말했다. "그런데 내가 자네보다 더 많은 정보를 갖고 있는 것 같아 걱정이군. 그렇다면 자네는 아무것도 모르는 게로군."

"공개적으로는 인정하지 않을 것이네. 더 이상 진전이 없으니, 그 정서가 불안한 사람에 대한 얘기를 듣는 게 무척 중요하네. 그리고 자네가 매우 이상한 방식으로 날 우롱한다는 느낌이 드는군."

"더 자세한 내용을 알고 싶으면 그녀와 얘기해보게. 그는 그녀의 환자가 아니니 자유롭게 얘기할 수 있을 것이네. 그녀가 협조한다는 가정하에서 말이네." 마로니는 블리니(팬케이크의 일종으로 주로 캐비아와 함께 먹는다-옮긴이)가 담긴 은 접시에 손을 뻗었다. "엄청 중요한 가정이지."

"그렇다면 그녀를 찾을 수 있도록 도와주게." 포마 국장이 말했다. "자네는 그녀가 어디 있는지 알고 있다는 느낌이 드는군. 그래서 갑자기 내게 전화를 걸어 값비싼 저녁 식사에 초대한 것 아닌가."

마로니 박사가 소리 내어 웃었다. 그는 최상급 러시아 캐비아를 양껏 먹을 수 있었다. 그가 국장과 저녁 식사를 하고 있는 건 그 때문이 아니었다. 그는 무언가를 알고 있었고, 복잡한 이유와 어떤 계획이 있었다. 그건 그다운 방식이었다. 그는 인간의 성향과 동기를 이해하는 데 재능이 뛰어났고, 국장이 아는 사람 가운데 가장 똑똑한 사람일지도 몰랐다. 하지만 그는 수수께끼 같은 사람이었고 진실에 대한 자신만의 정의를 갖고 있었다.

"그녀가 어디 있는지 말할 수 없네." 마로니 박사가 말했다.

"그렇다면 그녀가 어디 있는지 모르지 않는다는 뜻이군. 파울로, 자네는 나와 언어유희를 하고 있네. 난 그렇게 게으른 사람도 아니고, 그녀를 찾으려고 애쓰지 않은 것도 아니네. 그녀가 드루와 아는 사이라는 걸 알아낸 이후로 그녀 밑에서 일하는 사람과 이야기를 나누었는데, 뉴스에 나오는 똑같은 얘기만 하더군. 그녀의 가족에 대해서도 알려진 게 거의 없고, 어디 있는지 아는 사람은 아무도 없었어."

"논리적으로 보자면 그녀가 어디 있는지 아무도 모른다는 건 불가능하네."

"맞아, 논리적으로는 분명히 그렇지." 국장은 블리니에 캐비아를 펴 발라 그에게 건네주며 말을 이었다. "내가 그녀를 찾도록 자네가 도와줄 것 같은 느낌이 드네. 바로 그 때문에 자네가 내게 전화를 걸었고, 우린 지금 언어유희를 하고 있는 것 아니겠는가."

"직접 만나거나 적어도 전화 통화를 하고 싶다는 자네의 이메일을 그녀의 직원이 전송했을까?" 마로니 박사가 물었다.

"그렇다고 들었네." 갈매기들이 다른 테이블에 관심이 생겼는지 그곳으로 날아가버렸다. "일반적인 통로로는 그녀를 만날 수 없을 것이네. 그녀는 내게 답장을 보낼 의도가 없는데, 조사에 참여하고 싶은 마음이 추호도 없기 때문이지. 그러면 사람들이 그녀에게 책임을 물을 테니까."

"아마 그럴 것이네. 하지만 그녀에겐 책임이 없네." 마로니 박사가 말했다.

와인 담당 웨이터가 와서 잔을 채워 주었다. 해슬러 호텔 옥상에 있는 레스토랑은 포마 국장이 가장 좋아하는 곳 가운데 하나였다. 전망이 아름다워서 언제 와도 좋았다. 케이 스카페타를 떠올리자, 그녀도 벤턴 웨슬리와 여기서 식사를 한 적이 있는지 궁금했다. 두 사람 모두 너무 바빠서 아마 오지 못했을 것이다. 포마 국장은 그들이 뭐가 그렇게 바쁜지 알 수 없었다.

"그녀가 나를 회피할수록 그럴 만한 이유가 있을 거란 생각이 더 강하게 드네." 포마 국장이 덧붙여 말했다. "그녀가 자네한테 언급한 사람이 바로 그 정서 불안한 남자였을 것이네. 자네는 알고 있을 테니 내가 그녀를 찾도록 도와주게."

마로니 박사가 말했다. "미국에는 규약과 규범이 있고, 소송이 전국적인 스포츠 같은 게임이라고 내가 말했던가?"

"그녀의 직원은 그녀가 자네 병원에서 진료받은 적이 있는지 그렇지 않은지 내게 말해주지 않을 것이네."

"나도 마찬가지로 절대 말해주지 않을 것이네."

"물론 그렇겠지." 포마 국장이 미소 지었다. 이제 그는 확실히 알 수 있었다.

"그 순간에 그곳에 있지 않아 다행이라 생각하네." 마로니 박사가 말했다. "지금 맥린 병원에 굉장히 까다로운 VIP가 있는데, 벤턴 웨슬리가 적절하게 그녀를 대할 수 있기 바라네."

"난 그녀와 얘기해야 하는데, 자네가 아닌 다른 출처를 통해 찾아냈을 거라고 그녀가 생각하게끔 할 방법은 없겠는가?"

"자네는 나한테서 아무것도 알아내지 못했네."

"난 다른 사람한테서 알아냈고, 그녀는 내게 말하라고 요구할 것이네."

"자넨 나한테서 아무것도 알아내지 못했네. 사실, 그렇게 말한 사람은 자네지. 그리고 난 진실이라고 입증한 적 없네."

"그렇다는 가정하에 얘기해볼까?"

"지난번에 마셨던 바바레스코가 더 좋군." 마로니 박사가 와인을 마시며 말했다.

"그럴 거야. 가격이 3백 유로니까."

"맛이 풍부하면서도 무척 신선하지."

"와인 말인가? 아니면 어젯밤 함께 보낸 여자 말인가?"

마로니 박사는 나이치고 원하는 건 뭐든 먹고 마셨고, 건강도 좋아 보였고, 곁에 항상 여자가 있었다. 남성 생식력의 신인 프리아포스인 양 여자들이 늘 주변에 있었고, 어느 누구에게도 충실하지 않았다. 로마에 올 때면 그는 주로 아내를 매사추세츠에 두고 왔고, 부인도 개의치 않는 것 같았다. 그는 아내에게 잘했고 성욕을 요구하지 않았다. 아내가 그 욕구를 충족시키지 못할 뿐더러 더 이상 그녀를 사랑하지도 않았기 때문이다. 포마 국장은 그런 운명을 받아들이기를 거부했다. 그는 로맨틱한 사람이었고 또다시 스카페타 생각을 떠올렸다. 누군가가 그녀를 돌봐줄 필요도 없을 것이고 그녀가 그걸 허락하지도 않을 것이다. 머릿속으로 스카페타를 떠올리자 테이블에 놓인 양초와 창가 너머 도시 가로

등이 환하게 빛을 밝히는 것 같았다. 스카페타 생각을 하면 그의 마음이 움직였다.

“병원에 있는 그녀에게 연락할 수는 있겠지만, 그녀는 자신이 그곳에 있는 걸 어떻게 알아냈는지 물을 것이네.” 포마 국장이 말했다.

“VIP 말이군.” 마로니 박사는 자개 스푼으로 블리니 두어 개에 펴 바를 캐비아를 충분히 덜어냈다. 그런 다음 블리니에 캐비아를 발라 먹으며 말했다. “병원에 있는 어느 누구와도 연락하면 안 되네.”

“벤턴 웨슬리에게 들었다고 하면 어떻겠나? 그는 이곳에 와서 수사에 개입하고 있으니 말이네. 그리고 그녀는 그의 환자이지 않나. 그저께 밤 셀프 박사에 대해 얘기를 나눌 때 짜증이 난 벤턴이 그녀가 자기의 환자라는 것을 밝히지 않았는가.”

“그 VIP 말이군. 벤턴은 정신과 의사가 아니니 그 VIP는 실제로 그의 환자가 아니지. 실제로 그 VIP는 내 환자라네.”

웨이터가 프리미 피아티(첫 번째 접시라는 뜻으로 파스타나 리소토, 수프 등 허기를 달래주는 탄수화물 음식을 가리킨다-옮긴이)를 가져오자 국장은 말을 멈추었다. 파르마 치즈와 버섯을 곁들인 리소토와 바질을 넣은 파스타를 곁들인 스프가 나왔다.

“어쨌든 벤턴은 그런 기밀을 발설하지 않을 것이네. 입이 무척 무거운 사람이거든.” 웨이터가 다른 데로 가자 마로니 박사가 다시 말문을 열었다. “내 생각으로 VIP는 곧 떠날 것 같네. 그녀가 어디로 갈지 여부가 자네에게 중요하겠군. 그녀가 어디에 있었는지 여부가 중요한 건 동기 때문이지.”

“셀프 박사가 진행하는 토크쇼는 뉴욕에서 녹화하네.”

“VIP들은 자신들이 원하는 곳으로 가지. 그녀가 어디에, 어떤 이유 때문에 있는지 알아내면 다음에 어느 곳으로 향할지도 알 수 있을 것이네.

차라리 루시 파리넬리에게 들었다고 하는 편이 더 그럴 듯할 거야."

"루시 파리넬리?" 국장이 당혹스러운 표정으로 물었다.

"스카페타 박사의 조카야. 난 평소 그녀에게 호의를 베풀고 있고, 그녀는 꽤 자주 병원에 찾아오지. 그러니 병원 직원들에게 소문을 들었을 수도 있을 것이네."

"뭐라고? 그녀가 케이한테 말했다면 난 누구한테 들었단 말인가?"

"케이라고 이름을 부르는 걸 보니 그녀와 친한 사이인가 보군." 마로니 박사가 식사를 계속하면서 말했다.

"그랬으면 좋겠네. 그와는 별로 친한 사이가 아닌데, 그는 날 좋아하지 않는 것 같네."

"대부분의 남자들은 당신을 좋아하지 않지. 동성애자들만 좋아하니까. 아무튼 내가 무슨 말을 하는지 잘 알 거야. 소문을 외부인에게 들었다고 하면, 루시에게 그 소식을 들었다고 하면…." 마로니 박사는 리소토를 맛있게 먹으며 말을 이었다. "어떤 윤리적인 문제나 법적인 문제가 없네. 그러면 꼬리를 밟기 시작할 수 있지."

"그 VIP는 케이가 나와 함께 그 사건을 맡고 있다는 걸 알고 있네. 케이가 로마에 있다는 사실이 뉴스에 나갔기 때문이지. 그렇다면 VIP는 케이가 간접적으로 소식을 알려줬을 거라 생각할 거고, 아무 문제없네. 완벽할 거야."

"버섯 리소토가 정말 완벽하군. 수프는 어떤가? 난 예전에 맛본 적이 있는데." 마로니 박사가 말했다.

"아주 맛있군. 그런데 그 VIP말이네, 그녀가 왜 맥린 병원에 입원하는지 비밀을 누설하지 않고 내게 말해줄 수 있나?"

"그녀의 이유 말인가 아니면 내 이유 말인가? 그녀의 이유라면 신변 안전 때문이네. 내 이유는 그녀가 날 이용할 수 있도록 하기 위해서지.

그녀에겐 병리학의 양쪽 축이 있지. 양쪽 축은 빠른 속도로 회전하는데, 그녀는 기분을 안정시키는 것을 받아들이기보다는 오히려 거부한다네. 그녀에겐 여러 성격 질환이 있어. 그 가운데 어느 것에 관해 얘기해줄까? 유감스럽게도 성격 질환이 있는 사람들은 변하는 경우가 거의 없지."

"그렇다면 무언가가 망가졌군. VIP가 정신 질환 때문에 입원한 게 이번이 처음인가? 조사를 해보니, 그녀는 약을 복용하는 것에 반대하고 세상의 모든 문제는 그녀가 '도구'라고 부르는 조언을 따르면 해결할 수 있다고 생각하더군."

"VIP가 예전에 입원한 기록은 없네. 그리고 방금 중요한 질문을 했네. 그녀가 어디에 있느냐가 아니라 왜 그곳에 있느냐는 질문 말이네. 그녀가 어디에 있는지 말해줄 수는 없지만, VIP가 어디에 있는지는 말해줄 수 있지."

"VIP가 정신적 쇼크라도 받았나?"

"VIP가 어느 미친 사람에게 이메일을 받았네. 우연하게도 셀프 박사가 지난가을 내게 말했던 바로 그 사람한테서."

"그녀와 얘기를 해봐야겠네."

"누구와 말인가?"

"자, 셀프 박사에 대해 얘기해볼까?"

"그럼 대화 소재를 VIP에서 셀프 박사로 바꾸기로 하지."

"그 미친 사람에 대해 더 자세히 얘기해주게."

"예전에 얘기했던 것처럼, 이곳 내 진료실에서 몇 번 본 사람이네."

"그 환자의 이름은 묻지 않겠네."

"그의 이름은 어차피 모르네. 현금을 냈고 거짓말을 했으니까."

"그의 실명은 전혀 모르고?"

"자네와 달리 난 환자의 배경에 대해 알 수 없고 실제 신분 증명을 요구하지도 않지." 마로니 박사가 말했다.

"그렇다면 그의 가명은 무엇이었나?"

"그것도 말해줄 수 없네."

"셀프 박사는 왜 그 남자에 관해 당신에게 연락했나? 그리고 연락한 건 언제였나?"

"10월 초였네. 전에도 말했지만, 그에게 이메일을 받고는 다른 누군가에게 알리는 게 최선이라 여겼다고 했네."

"자신의 능력을 넘어서는 상황임을 인정했다면 그녀도 어느 정도 책임이 있겠군." 포마 국장이 말했다.

"자네가 이해하지 못하는 부분이 바로 그 지점이네. 셀프 박사는 어떤 것도 자신의 능력을 넘어선다고 생각하려 하지 않지. 그녀는 그에게 신경 쓰지 않았어, 하버드 의과 대학에 근무하는 노벨상 수상 경력의 정신과 의사와 그에 관해 상담하는 게 좋겠다고 여긴 이유도 편집증적인 성격 탓일 것이네. 예전에도 여러 차례 그랬듯이, 나를 불편하게 하면서 마음속으로 기뻐했을 것이네. 그녀에겐 그럴 만한 이유가 있지. 그렇지 않으면 그녀는 내가 결국 어쩔 수 없을 거라는 걸 알았을 거야. 그는 병원에서 치료할 수 있는 환자가 아니지." 마로니 박사는 와인 잔 안에 대답이 들어 있기라도 하듯 물끄러미 들여다보았다.

포마 국장이 말했다. "그가 병원에서 치료할 수 있는 환자가 아니라면, 내가 생각하고 있는 게 정당화될 수 있다는 데 동의하지 않나? 그는 무척 비정상적인 행동을 하는 무척 비정상적인 사람이네. 그는 그녀에게 이메일을 보냈네. 그녀가 맥린 병원에 입원해서 당신에게 말했다는 그 이메일을 보낸 장본인이 바로 그 남자일 수도 있네."

"VIP 말이군. 난 셀프 박사가 맥린 병원에 있다고 말한 적 없네. 하지만 그녀가 입원해 있다면 왜 그런지 분명히 알아낼 수 있을 것이네. 그게 중요한 것처럼 보이는군. 난 고장 난 레코드처럼 같은 말을 계속 반복하고 있네."

"그는 VIP가 당신 병원에 몰래 입원할 만큼 심경을 불편하게 했을 이메일을 보냈을 거네. 우린 그를 찾아내 적어도 살인자는 아니라는 사실은 확인해야 하네."

"그걸 어떻게 해야 할지 전혀 모르겠어. 이미 말했던 것처럼 난 그가 누구인지 자네한테 말할 수 없네. 말할 수 있는 건 그가 미국인이고 이라크에서 복역했다는 사실뿐이네."

"그가 그렇게 말한 건 여기 로마에 있는 당신을 보러 오기 위한 목적이었을까? 약속을 잡기에는 너무 먼 거리잖은가."

"그는 외상 후 스트레스 장애로 고통받고 있었네. 이탈리아에 아는 사람이 있는 것 같았고, 작년 여름 같이 하루를 보낸 젊은 여자에 대해 불안한 얘기를 했네. 바리 근처에서 시신이 발견된 사건으로, 자네도 아마 기억할 거야."

"그 캐나다 여행객 말인가? 이런 젠장." 국장이 깜짝 놀라며 말했다.

"그렇다네. 그 피해자의 신원은 처음에는 밝혀지지 않았지."

"벌거벗은 채 사지를 심하게 절단당한 상태로 발견되었네."

"자네에게 들은 드루 마틴과는 달랐는데, 육안으로 보기에 똑같지 않았네."

"그 피해자 역시 신체가 크게 훼손되어 실종되었네."

"맞네. 처음에는 달리는 차에서 던져졌거나 차에 치인 창녀라서 그런 상처를 입었을 거라 가정했었지." 마로니 박사가 말했다. "하지만 부검 결과는 달랐네. 매우 열악한 상황이었지만 철저하고 능숙하게 부검을 실시했었지. 돈이 없는 이런 외딴곳의 상황이 어떨지 잘 알 것이네."

"특히 희생자가 창녀인 경우엔 더욱 그렇지. 공동묘지에서 부검을 했네. 시신을 찾은 시기에 캐나다 여행객이 실종되었다는 신고가 없었다면 신원도 파악하지 못한 채 공동묘지에 묻혔을 거야." 포마 국장이 당시를 회상했다.

"칼이나 톱 같은 것으로 일체 일부분을 훼손한 것으로 결론 내렸지."

"현금으로 지불하고 실명을 밝히지 않는 그 환자에 대해 모든 걸 말해주지 않을 건가?" 포마 국장이 항의하듯 말했다. "나한테 가르쳐줄 수 있는 정보가 분명히 있을 것 아닌가."

"안 되네. 그가 내게 말한 건 증거가 될 수 없으니까."

"만약 그가 그 사건을 저지른 살인범이라면?"

"증거가 더 있으면 말해주겠네. 살해된 창녀라고 추정되었던 희생자가 실종된 캐나다 여행객으로 판명 났다는 연락을 받았을 때, 난 그의 거짓 이야기를 듣고 불편한 감정을 느꼈네."

"연락을 받았다고? 인터뷰로 당신의 의견을 묻기라도 했단 말인가? 그건 처음 듣는 얘기인데."

"국가 경찰이 아닌 주 경찰에서 연락이 왔었네. 난 많은 사람들에게 무료로 조언을 해주지. 요컨대 그 환자는 다시 나를 찾아오지 않았고, 나는 그가 어디 있는지 말해줄 수 없네." 마로니 박사가 말했다.

"말해줄 수 없는 건가 아니면 말해주지 않는 건가?"

"말해줄 수 없는 것이네."

"그가 드루 마틴을 살해한 범인일 수도 있다는 걸 모르겠나? 셀프 박사는 그에 관해 말한 적이 있고, 미친 남자의 이메일을 받은 후 갑자기 자네 병원에 입원했네."

"결국 그 VIP 얘기로 되돌아왔군. 셀프 박사는 병원에 입원한 환자네. 몰래 입원한 동기가 입원한 장소보다 더 중요하겠지만."

"아, 자네 머릿속을 훤하게 들여다볼 수 있다면 좋으련만. 그 안에 뭐가 들어 있는지 알 수가 있어야 말이지."

"리소토와 와인 생각뿐이네."

"이번 사건 수사에 도움이 될 만한 정보가 있다면, 자네의 비밀 엄수에 동의하지 않네." 포마 국장은 그렇게 말하더니 입을 다물었다. 웨이터가 가까이 다가오고 있었기 때문이다.

마로니 박사는 그곳 레스토랑에서 종종 식사를 해서 모든 메뉴를 다 먹어보았지만 다시 메뉴판을 갖다달라고 했다. 메뉴판을 보고 싶지 않은 포마 국장은 샐러드와 이탈리아 치즈 이후에 나오는 구운 지중해 바닷가재 요리를 추천했다. 바로 그때 수컷 갈매기가 혼자 되돌아와 밝은 흰색 깃털을 파닥거리며 창문 안을 빤히 들여다보았다. 갈매기 너머로는 도시의 불빛이 보였고, 세인트 피터 성당의 황금색 돔이 왕관처럼 빛났다.

"포마 국장, 증거도 거의 없는 상황에서 환자의 기밀을 누설하면 정신과 의사로서 내 경력은 끝날 걸세." 마로니 박사가 한참 뜸을 들이다 마침내 말했다. "그에 관해 더 자세한 사항을 경찰에게 알려야 할 어떤 법적인 이유도 없네. 그런 일을 저지르는 건 현명하지 못한 처사일 거야."

"누가 살인자인지 자네가 먼저 얘기를 꺼내놓고선 입을 다물어버리는 건가?" 포마 국장이 상체를 앞으로 숙이며 낙담한 표정으로 말했다.

"내가 얘기를 꺼낸 건 아니네." 마로니 박사가 말했다. "난 단지 자네한테 지적한 것뿐이니까."

오후 3시 15분, 업무에 정신이 팔려 있던 스카페타는 손목시계 알람이 울리자 화들짝 놀랐다.

그녀는 부검이 불필요하고 부패가 진행 중인 노파 시신의 Y 자 절개를 봉합하는 작업을 마쳤다. 동맥경화 혈소판이 문제였다. 사인은 예상했던 대로 동맥경화 혈관 질환이었다. 그녀는 장갑을 벗어 붉은색 생물학적 위험물질 쓰레기통에 넣고 로즈에게 전화를 걸었다.

“1분 후에 도착할게요.” 스카페타가 로즈에게 말했다. “메딕스 장의사에게 연락해서 시신을 운구해도 된다고 말해줘요.”

“방금 내려가려던 참이었어요.” 로즈가 말했다. “혹시 냉장고 안에 갇혔나 걱정돼서요.” 그건 예전부터 해오던 오래된 농담이었다. “벤턴에게 연락이 왔어요. 그대로 전달하자면, 혼자 편안할 때 이메일을 확인해보라고 하더군요.”

“어제보다 목소리가 더 안 좋네요. 코도 더 막힌 것 같고.”

“감기 기운이 약간 있는 것 같아요.”

“방금 전 마리노가 모는 오토바이 소리가 들렸어요. 그리고 누군가 냉장고 안에서 담배를 피우고 있었고, 내 수술복에서도 담배 냄새가 났어요.”

“이상하네요.”

“마리노는 어디 있어요? 날 도와줄 시간이 있으면 좀 부탁한다고 전해줘요.”

“마리노는 부엌에 있어요.” 로즈가 말했다.

스카페타는 새 장갑을 끼고 부검 테이블에 있는 노파의 시신을 또 다른 들것 위에 놓인, 시트를 깐 두꺼운 비닐 봉투 안으로 옮겼다. 그런 다음 냉장고 안에 밀어 넣었고 호스로 물을 뿌려 작업장을 치우고 소변, 담즙, 혈액 등을 유리관에 담았다. 그리고 이후의 독물 검사와 조직 검사를 위해 적출한 장기를 상자에 담아 냉장고에 넣었다. 핏자국이 묻은 카드와 각각의 사건 파일에 들어가는 DNA 검사 샘플은 후드 아래에 두고 말렸다. 바닥을 닦고 수술 기구와 싱크대를 깨끗이 씻은 다음, 나중에 기록할 서류를 모으고 나서야 비로소 자신의 몸을 씻을 준비가 되었다.

부검실 뒤편에는 증거물로 포장해 연구실로 보내기 전, 피 묻고 더러워진 옷의 탄소를 걸러주는 고능률 공기 여과 장치가 장착된 건조용 캐비닛이 있었다. 바로 옆에는 창고, 그 옆에는 세탁실 그리고 맨 끝에 유리벽으로 나누어진 라커룸이 있었다. 한쪽은 남성용, 다른 한쪽은 여성용이었다. 찰스턴에서 일하던 초기에 부검실에서 그녀를 도와주는 사람은 마리노뿐이었다. 마리노가 한쪽 라커룸을 사용하고 그녀는 다른 쪽 라커룸을 사용했다. 두꺼운 초록색의 반투명 유리벽을 사이에 두고 두 사람이 동시에 샤워를 하고, 그가 내는 소리를 듣고 불빛에 어른거리는 그의 모습을 보는 게 그녀는 어색했다.

그녀는 라커룸 안으로 들어가 문을 닫고 안에서 잠갔다. 일회용 신발 덮개와 앞치마, 모자, 얼굴 마스크를 벗어 생물학적 위험물질 쓰레기통에 넣은 다음 수술 장갑을 바구니에 던져 넣었다. 샤워를 하고, 박테리아 방지 비누로 몸을 문지른 다음, 드라이어로 머리를 말린 후 정장으로 갈아입고 펌프스를 신었다. 그리고 복도로 가 사무실 문까지 이어지는 긴 거리를 걸었다. 반대편에는 부엌으로 곧장 이어지는 경사가 가파른 목재 계단이 이어져 있었다. 마리노는 거기서 다이어트 펩시 캔을 따고 있었다.

마리노는 그녀를 아래위로 훑어보며 말했다. "우리 두 사람 복장이 너무 근사한 것 아니오? 오늘이 일요일인 걸 깜박하고 법정에 가려던 참 아니오? 오토바이를 타고 머틀 해변에 가기엔 너무 과하군." 짧고 억센 수염이 자라고 얼굴이 벌겋게 달아오른 걸 보니 어젯밤 진탕 마신 게 분명했다.

"이렇게 살아 있는 걸 선물처럼 여겨요." 스카페타는 오토바이를 무척 싫어했다. "게다가 날씨도 안 좋은 데다 더 나빠진다고 해요."

"언젠가 내 오토바이 뒷좌석에 태워줄 건데, 그러면 중독되어 더 태워달라고 사정할 거요."

스카페타는 그의 허리에 팔을 두르고 몸을 밀착한 채 오토바이를 탈 생각만으로도 흥미가 사라졌다. 마리노도 잘 알고 있었다. 그녀는 20년이 넘는 세월 동안 그의 상사였고, 이제 더 이상 그와 잘 해나갈 수 있을 것 같지 않았다. 확실히 두 사람 모두 변했다. 두 사람 모두 함께 좋은 시간을 보내기도 했고 나쁜 시간을 보내기도 했다. 하지만 최근 몇 년 동안, 특히 요즈음 마리노는 그녀와 자신의 일에 대한 존중감이 거의 사라져버렸다. 스카페타는 셀프 박사가 받은 이메일을 생각했다. 혹시 마리노는 그녀가 그 이메일을 봤을 거라고 가정하는 걸까? 그리고 셀프 박사가 마리노와 벌이는 게임을, 마리노가 전혀 이해하지 못하고 결국 패배하게 될 운명인 게임에 대해 생각해보았다.

"당신이 도착하는 소리를 들었어요. 이번에도 주차장에 오토바이를 세웠겠죠. 장의차나 밴에 치였다면 당신 책임일 테니 난 굳이 유감스러워하지 않을 거예요." 그녀는 그 사실을 마리노에게 상기시켰다.

"오토바이가 부딪쳤는데 시신이 한 구 더 들어올 거요. 빌어먹을 장의사는 자기가 어디로 가고 있는지 앞을 보지도 않았소."

소음 차단용 파이프가 장착된 마리노의 오토바이는 또 다른 논쟁거리가 되었다. 그는 범죄 현장, 법정, 응급실, 법률 사무소, 증인들의 집 등 장소를 불문하고 오토바이를 몰고 다녔다. 사무실에 출근해서도 일반 주차장이 아닌 시신을 옮기는 공시소 주차장에 오토바이를 세워두었다.

"그랜트 씨는 아직 도착 안 했나요?" 스카페타가 물었다.

"빌어먹을 고기잡이배와 새우 잡이용 그물, 양동이, 다른 잡동사니를 뒤에 실은 고물 트럭을 몰고 왔소. 정말 새까만 트럭이었는데, 이곳 주변에서 그 트럭만큼 피부색이 검은 흑인을 본 적 없을 정도요. 크림을 한 방울도 섞지 않은 블랙커피 같은 색깔이었지. 토머스 제퍼슨(미국의 제3대 대통령이자 버지니아 대학교 설립자—옮긴이)이 잠을 잔, 발로 밟아 다진 버지니아의 대지 색깔과는 다르오."

스카페타는 화를 부추기는 마리노에게 대꾸할 기분이 아니었다. "내 사무실에 있나요? 그를 기다리게 하고 싶지 않거든요."

"그를 만나러 가는데 왜 변호사나 판사 혹은 교회에 가는 것처럼 차려입었는지 이해할 수 없소." 마리노가 말했다. 스카페타는 마리노가 진정으로 원하는 건 자신을 위해 옷을 차려입는 것인지도 모른다는 의구심이 들었다. 셀프 박사가 보낸 이메일을 읽고 질투심이 난 탓인지도 몰랐다.

"그를 만나는 건 다른 어느 누구와 만나는 것만큼이나 중요해요. 우린 항상 서로 존중하는 사이라는 사실 잊었어요?" 스카페타가 말했다.

마리노에게서 담배와 술 냄새가 났다. 스카페타가 요즘 지나치게 자주 언급하는 '그의 화학 성분이 사라지면' 그의 마음속 깊은 곳에 있는 불안이 올라와 나쁜 행동을 하면서 상대방을 위협하는 문제를 일으켰다. 50대 중반인 마리노는 남은 머리칼을 깨끗하게 면도하고, 검정색 오토바이 복장에 커다란 부츠를 신고, 지폐 모양의 은 펜던트가 달린 화려한 목걸이를 했다. 그는 몸무게를 늘이는 데 열을 냈고, 가슴이 너무 넓어서 폐 사진을 찍으려면 엑스레이를 두 번 찍어야 한다며 허풍을 떨었다. 예전 사진을 보면 그는 사나이답고 험한 인상의 미남이라 할 만했다. 아둔하고 꾀죄죄하지 않았다면 매력적이었을 것이다. 그 나이가 되어서도 그렇게 거칠게 사는 것을 뉴저지에서 힘겹게 성장한 탓으로 돌릴 수는 없었다.

"당신이 나를 우롱할 수 있다는 환상을 어떻게 아직도 갖고 있는지 모르겠어요." 스카페타는 자신이 어떤 복장을 어떤 이유 때문에 차려입었는지에 관한 우스꽝스러운 화제를 다른 걸로 바꾸었다. "어젯밤 시체 공시소에서 벌어진 일 말이에요."

"내가 박사를 어떻게 우롱했단 말이오?" 마리노가 캔에 담긴 음료를 한 모금 꿀꺽 삼키며 말했다.

"담배 냄새를 감추려고 향수를 잔뜩 뿌리면 두통만 유발할 뿐이에요."

마리노는 아무 대답도 못 하고 나지막이 트림을 했다.

"어젯밤 내내 킥 앤 호스에 있었던 거예요?"

"그곳은 담배 연기로 가득 차 있소." 마리노는 떡 벌어진 어깨를 으쓱했다.

"그곳에선 담배를 피우지 않았겠지만 공시소에서 담배를 피웠죠. 시신을 보관하는 냉장고 안에서 말이죠. 내가 입는 수술용 가운에서도 담배 냄새가 나던데, 라커룸에서 담배를 피운 거예요?"

"내가 사용하는 라커룸에서 담배 연기가 흘러 들어갔을 거요. 담배를 가지고 들어간 것 같은데, 잘 기억나지는 않소."

"폐암에 걸리고 싶진 않을 텐데요."

마리노는 불편한 화제를 피하고 싶을 때 그런 것처럼 시선을 외면해 버렸다. "새로 알아낸 사실이라도 있소? 검시관이 냄새 나는 시신을 떠맡고 싶지 않아 쓸데없이 이곳으로 보낸 노파 말고 그 어린아이 말이오."

"냉장고에 넣어두었어요. 지금 당분간은 우리가 더 할 수 있는 게 없어요."

"어린아이인 경우엔 참을 수가 없소. 누가 어린아이에게 그런 짓을 했는지 알아내면 내 손으로 그 놈을 죽여 갈기갈기 찢어버릴 거요."

"사람을 죽이겠다는 위협은 하지 말기로 해요." 로즈가 이상한 표정으로 문간에 서서 말했다. 스카페타는 로즈가 언제부터 그곳에 서 있었는지 알 수 없었다.

"위협이 아니오." 마리노가 대꾸했다.

"바로 그 때문에 그렇게 말한 거예요." 로즈는 예의 깔끔하게 차려입은 모습으로 부엌 안으로 들어갔다. 푸른색 정장 차림에 백발은 뒤로 넘겨 둥글게 휘감아 고정했다. 표정은 지쳐 보였고 눈동자는 작아진 것 같았다.

"또 잔소리를 늘어놓을 생각이오?" 마리노가 윙크를 하며 그녀에게 말했다.

"당신은 한두 번, 아니 서너 번 잔소리를 들어야 해요." 그녀는 진한 블랙커피를 부으며 말했다. 몇 년 전에 끊었던 나쁜 습관을 다시 시작한 것이다. "그리고 행여 잊어버렸을까 봐 얘기하지만…." 그녀는 커피 잔 너머로 그를 똑바로 쳐다보며 말을 이었다. "당신은 예전에 사람을 죽인 적이 있으니 그런 위협은 하지 말아야 해요." 그녀는 작업대에 기대며 숨을 깊게 내쉬었다.

"위협이 아니라고 말했잖소."

"괜찮은 거예요?" 스카페타가 로즈에게 물었다. "약간 감기 기운이 있는 게 아닐 수도 있어요. 출근하지 말걸 그랬어요."

"루시와 잠깐 얘기를 나눴어요." 로즈가 마리노에게 말했다. "난 스카페타 박사님이 그랜트 씨와 단둘이 있는 걸 바라지 않아요. 단 1초라도."

"루시가 그의 경력을 확인했다고 하던가요?" 스카페타가 물었다.

"내 말 듣고 있어요, 마리노? 단 1초라도 스카페타 박사님이 그와 단둘이 있게 해서는 안 돼요. 그의 경력 확인은 상관없어요. 그는 당신보다 몸집이 더 크거든요." 늘 상대방을 보호해주는 로즈가 항상 상대방을 보호해줘야 한다는 루시의 지시 사항에 대해 말하는 것 같았다.

거의 20년 동안 스카페타의 비서로 일한 로즈는 그녀가 가는 곳이면 어디든 따라갔고, 온갖 고난을 무릅썼다. 일흔셋의 나이에도 매력적이고 당당해 보였고, 명민하고 열심이었고, 전화 메시지나 곧바로 서명해야 하는 서류를 들고 시체 공시소를 들락거렸다. 스카페타가 하루 종일 식사를 하지 않을 경우에는 음식을 챙겨주었고, 지금 당장 식사를 해야 한다는 둥 커피를 너무 마셨으니 이제 그만 마시라는 둥 사사건건 건강을 챙겨주었다.

"그는 칼싸움에 가담한 것 같아요." 로즈가 계속 걱정을 했다.

"사건 사항에 나와 있는데, 그는 희생자였어요." 스카페타가 말했다.

"그는 매우 폭력적이고 위험해 보이고 몸집이 아주 커요. 일요일 오후에 온다는 점이 무척 걱정스러운데, 박사님이 혼자 있기를 바라는 것 같아요." 로즈가 스카페타에게 말했다. "그가 그 남자아이를 죽인 범인이 아니라는 걸 어떻게 알 수 있죠?"

"그가 하는 말을 들어보기로 해요."

"예전 같으면 이럴 수 없었을 거예요. 경찰이 출두해야 할 거예요." 로즈가 고집을 부렸다.

"지금은 예전이 아니잖아요." 스카페타는 잔소리를 늘어놓지 않으려 애쓰며 말했다. "여긴 개인 사무실이고 어떤 면에 대해서는 좀 더 유연하게 대처해야 해요. 하지만 사실, 우리가 하는 일은 경찰이 출두하든 그렇지 않든 유용한 정보를 가진 사람을 만나는 것이죠."

"조심하도록 해요." 로즈가 마리노에게 말했다. "불쌍한 어린 소년에게 그 짓을 한 범인이 누구든, 그의 시신이 여기 있고 스카페타 박사님이 사건을 맡았다는 사실을 알고 있을 테니까요. 그리고 스카페타 박사님이 사건을 맡으면 반드시 사건을 해결한다는 사실도 알 거예요. 범인은 박사님을 스토킹 할 수도 있어요."

로즈는 평소에 그 정도로 흥분하는 법이 없었다.

"요즘 담배를 피웠군요." 로즈가 마리노에게 말을 돌렸다.

마리노는 다이어트 펩시를 한 모금 길게 마신 다음 말했다. “어젯밤에 나를 봤어야 했는데. 새로 사귄 여자와 흥분해 즐기면서 입으로는 담배 열 대, 엉덩이로는 두 대를 피웠지.”

“IQ가 냉장고 온도와 비슷한 여자랑 그 오토바이 바에서 유익한 밤을 보냈군요. 제발 담배 피우지 말아요. 당신이 죽는 걸 바라지 않으니까요.” 로즈는 걱정스런 표정으로 커피 메이커로 걸어가 새로 커피를 끓이려고 물을 채웠다. “그랜트 씨는 커피를 마시고 싶어 할 거예요. 하지만 박사님은 더 이상 마시면 안 돼요.”

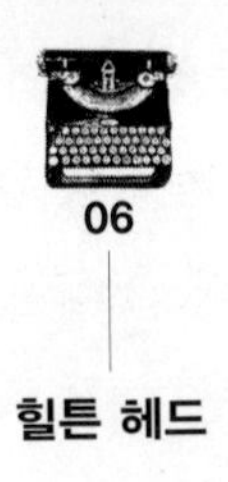

06

힐튼 헤드

불러시 율리시스 S. 그랜트는 항상 '불'이라는 이름으로 통했다. 그는 자기 이름의 유래를 설명하며 불쑥 대화를 시작했다.

"이름에 들어가는 약자 S에 대해 궁금해하실 겁니다. 약자 S에 마침표를 찍지요." 그는 스카페타 사무실의 닫힌 출입문 근처에 놓인 의자에 앉아 말했다. "우리 어머니는 유명한 그랜트 장군의 이름에 있는 S가 심슨의 약자라는 걸 알지요. 하지만 어머니는 이름 중간에 심슨을 끼워 넣으면 내가 이름을 쓸 때마다 너무 길 거라고 걱정해서 약자 S로 결정했죠. 그런데 이름을 쓰는 것보다 설명하는 게 더 오래 걸리는군요."

그는 깔끔하고 단정해 보였다. 깨끗하게 다림질한 회색 작업복 차림이었고 운동화도 금방 세탁한 것처럼 보였다. 물고기가 그려진 오래된 노란색 야구 모자를 무릎 위에 놓고 커다란 손을 그 위에 단정하게 올렸다. 다른 부분은 무서워 보였는데 얼굴과 목, 두피에는 열십자 모양의 길게 베인 상처가 여기저기 나 있었다. 성형외과에 간 것이었다면, 실력이 나쁜 의사였을 것이다. 목숨을 구하기 위해 그의 외양은 추하게 손상되었을 것이다. 스카페타는 켈로이드 모양의 상처 자국을 보며 《모비딕》에 나오는 퀘퀘그(야만인 추장의 아들로 포경선 작살잡이로 고래 사냥에 나서는 인물—옮긴이)를 떠올렸다.

"이곳으로 온 지 그렇게 오래되지 않았다는 거 압니다." 그의 말을 들은 스카페타는 깜짝 놀랐다. "미팅 가와 킹 가 사이의 좁은 길에 있는 오래된 마구간에 말입니다."

"그녀가 어디에 사는지 도대체 어떻게 알았고, 그게 당신과 무슨 상관이란 말이오?" 마리노가 공격적인 어투로 끼어들었다.

"이곳 이웃 사람 밑에서 일했는데 오래전에 작고했지요." 불이 스카페타를 쳐다보며 말했다. "더 정확하게 말하자면, 15년 동안 일했는데 4년 전에 그녀의 남편이 세상을 떠났어요. 그 이후로 대부분의 고용인들을 내보냈는데 금전적인 문제가 있는 것 같았어요. 그래서 나도 다른 고용주를 찾아야 했지요. 그러고 나서 그녀도 세상을 떠났어요. 내가 말하고 싶은 건, 당신이 사는 이 지역을 내 손바닥처럼 훤히 꿰뚫고 있다는 겁니다."

스카페타는 그의 손등에 난 상처 자국을 쳐다보았다.

"당신이 살고 있는 집도 압니다…." 그가 덧붙여 말했다.

"아까도 말했지만…." 마리노가 다시 끼어들었다.

"마저 들어보도록 하죠." 스카페타가 말했다.

"당신 집 정원은 정말 멋지죠. 내가 연못을 파고 시멘트를 붓고, 연못을 내려다보는 천사 조각상을 정말 깨끗하고 멋지게 관리했기 때문에 잘 압니다. 한쪽에 용마루 널 장식을 덧댄 흰색 울타리도 내가 만들었습니다. 하지만 벽돌 기둥과 반대편 철조망은 내가 만든 게 아닙니다. 내가 일하기 이전에 만들어진 것으로, 당신이 집을 구입했을 즈음에는 소귀나무와 대나무가 웃자라 벽돌 기둥과 철조망이 있는지도 몰랐을 겁니다. 그리고 정원에 장미와 유로파, 양귀비와 재스민을 심고 집 주변을 손질했지요."

스카페타는 깜짝 놀란 표정이었다.

"아무튼 킹 가와 미팅 가, 처치 가에 있는 집 가운데 절반 정도는 내가 손을 본 겁니다. 어릴 때부터 이 일을 했지요. 비밀로 했기 때문에 아마 몰랐을 겁니다. 이곳 주변 사람들이 공격하길 바라지 않는다면 그러는 편이 좋거든요."

스카페타가 말했다. "사람들이 나한테 그랬던 것처럼 말인가요?"

마리노는 못마땅한 표정으로 그녀를 쳐다보았다. 그녀는 불에게 지나치게 친절하게 대해주고 있었다.

"그렇죠. 이곳 사람들은 충분히 그럴 수 있어요." 불이 말했다. "창문마다 거미줄 모양 창살을 친다 해도 별로 소용이 없는데, 당신 직업 때문이지요. 솔직하게 말하자면, 몇몇 이웃 사람들은 당신을 핼러윈 박사라 불러요."

"그렇게 부르는 사람이 혹시 그림볼 부인인가요?"

"나라면 그렇게 진지하게 받아들이지 않을 겁니다." 불이 말했다. "그녀는 나를 올레라고 부르지요. 내 이름이 불이라서요[노르웨이의 바이올리니스트이자 작곡가인 올레 불(Ole Bull)의 이름에서 착안한 언어유희 – 옮긴이]."

"창살을 친 건 새들이 유리창 안에 날아들지 못하게 하기 위해서예요."

"새들이 정확히 뭘 보는지 어떻게 알아내는지 도무지 모르겠어요. 새들이 거미줄을 보면 다른 방향으로 향한다고 하는데, 새가 벌레나 곤충들처럼 거미줄에 걸려든 모습은 한 번도 본 적 없어요. 개는 색맹이고 시간 개념이 없다고 말하는 것과 비슷하죠. 사람들은 어떻게 그런 걸 알아냈을까요?"

"박사의 집 근처에 있는 게 도대체 무슨 상관이란 말이오?" 마리노가 불쑥 말했다.

"일자리를 찾는 거죠. 어린아이였을 땐 웨일리 부인을 도왔어요." 불이 스카페타에게 말했다. "저기 아래 처치 가에 있는 웨일리 부인의 정원이 이곳 찰스턴에서 가장 유명하다는 소문은 분명히 들었을 겁니다." 그가 자랑스럽게 미소 지으며 처치 가를 가리키자 손등에 있는 상처 자국이 선명하게 보였다.

손바닥에도 비슷한 상처가 있었다. 스카페타는 상대방의 공격을 방어하다가 생긴 상처일 거라고 생각했다.

"웨일리 부인의 집안일을 돕는 건 대단한 특권이지요. 그녀는 내게 정말 잘해주었어요. 책도 한 권 썼는데, 찰스턴 호텔에 있는 서점 창에 진열되어 있지요. 책에 서명을 해서 나한테 주었는데, 지금도 갖고 있어요."

"도대체 지금 무슨 소리 하는 거요?" 마리노가 다시 끼어들었다. "죽은 소년에 대해 얘기하러 온 거요 아니면 구직 인터뷰를 하면서 옛 기억이나 더듬고 있는 거요?"

"때로는 어떤 일이 신비롭게 딱 맞아떨어지는 경우가 있지요." 불이 말했다. "저희 어머니는 항상 그렇게 말했어요. 나쁜 일에서 좋은 일이 생기기도 하고 이미 일어난 일에서 좋은 일이 생기기도 하지요. 이번에 일어난 일은 물론 좋지 않은 일입니다. 진흙 속에 빠져 죽은 소년의 모습과 게와 파리들이 그 위로 기어 다니는 모습이 영화 장면처럼 머릿속에서 계속 돌아갑니다." 불이 상처 자국이 있는 집게손가락으로 역시 상처 자국이 있는 찌푸린 미간을 만졌다. "눈을 감아도 계속 보입니다. 보포트 카운티의 경찰 말로는 박사님이 여기에 자리를 잡고 있다고 하더군요." 그는 스카페타의 사무실을 둘러보며 책장에 꽂힌 책과 액자에 넣은 학위를 천천히 살폈다. "자리를 잘 잡은 것 같지만 내가 도와드렸다면 더 좋았을 텐데요." 그는 스카페타가 아직 법정으로 가져가지 않은 민감한 사건 서류를 보관하는 캐비닛을 쳐다보았다. "저기 보이는 검정색 목재 문은 그 옆에 있는 문과 높이가 같지 않군요. 똑바로 달지 않아서죠. 나라면 쉽게 고정할 수 있습니다. 마구간을 개조한 이 집에 비뚤어진 문이 보입니까? 물론 보이지 않을 겁니다. 내가 일을 맡을 당시 걸었던 문 중에는 하나도 없을 거예요. 혹시 내가 모르는 거라면 기꺼이 알고 싶고요. 그래서 상대방에게 물어봐야 한다고 혼잣말을 하곤 했지요. 물어서 손해 볼 건 없는 법이니까요."

"그렇다면 내가 물어봐야겠군." 마리노가 끼어들었다. "당신이 그 아이를 죽였소? 아니면 그 아이를 찾은 건 우연의 일치였소?"

"아닙니다." 불은 턱 근육의 긴장을 풀며 마리노의 눈빛을 똑바로 쳐다보았다. "나는 풀도 자르고, 물고기도 잡고, 새우도 잡고, 대합조개와 굴도 잡으며 이곳 일대를 돌아다니죠. 한 가지 물어보죠." 그는 마리노의 눈빛을 계속 쳐다보며 말했다. "내가 그 소년을 죽였다면 도대체 왜 그의 시신을 찾아 경찰에 신고하겠습니까?"

"당신이 직접 말해보시오. 도대체 왜 그랬는지."

"난 절대 그러지 않을 겁니다."

"그러고 보니, 신고는 어떻게 한 거요?" 마리노는 의자에 앉아 곰 발바닥만 한 손을 무릎에 내린 채 상체를 앞으로 기울이며 물었다. "휴대전화 갖고 있소? 가난한 흑인들은 휴대전화가 없는데 말이오."

"911에 전화했습니다. 아까 말한 것처럼, 내가 소년을 죽였다면 뭣 하러 그랬겠습니까?"

그는 그러지 않았을 것이다. 게다가 스카페타가 그에게 직접 말할 일은 없겠지만 희생자의 몸에는 오래된 골절과 상처 자국이 있었다. 굶주림에 시달렸을 게 분명한 아동 학대 살인사건이었다. 그러므로 불러시 율리시스 S. 그랜트가 그 소녀의 보호자나 수양부모가 아니거나 혹은 그를 유괴해 몇 달 혹은 몇 년 동안 살려둔 게 아니라면, 그는 절대 범인이 아닐 것이다.

마리노가 불에게 말했다. "당신은 전화를 걸어 그날로부터 일주일 전인 지난 월요일 아침에 벌어진 일에 관해 말해주고 싶다고 했소. 우선 이것부터 물어봅시다. 당신 사는 곳이 어디요? 내가 알기로는 힐튼 헤드에 살고 있지 않던데."

"그렇습니다, 힐튼 헤드에 살지 않습니다." 불이 웃음을 터뜨리며 말했다. "내 수입으로는 좀 힘들지요. 나와 내 가족은 여기서 북서쪽 방향에 집을 구했습니다. 이곳 지역에서는 물고기 잡는 일과 다른 여러 일을 하지요. 트럭 뒤에 보트를 싣고 여기저기를 돌아다니다 강이나 바다에 띄웁니다. 아까 말한 것처럼 새우 잡이, 물고기 잡이, 굴 등 계절에 따라 다릅니다. 바닥이 편평한 배 중에 깃털처럼 가벼운 건 샛강까지 올라갈 수 있는데, 수심이 얕은 그곳에 올라가면 스키트 사격을 하는 사람들, 무는 벌레들, 물뱀, 방울뱀, 악어도 있지만 대부분은 숲이 우거지고 염분이 있는 운하와 샛강에만 있지요."

"주차장에 주차한 트럭 뒤편에 실린 보트 말이오?" 마리노가 물었다.

"네, 맞아요."

"5마력 엔진이 장착된 알루미늄 소재 보트 말이오?"

"그렇습니다."

"차를 몰고 떠나기 전에 한번 보고 싶은데, 보트와 트럭을 들여다봐도 괜찮겠소? 경찰이 이미 수색했을 테지만."

"아닙니다, 그렇지 않습니다. 경찰이 도착했을 때 난 알고 있는 사항을 말했는데, 그러자 그만 가도 좋다고 했습니다. 그래서 내 트럭이 있는 곳으로 향했지요. 그때엔 온갖 사람들이 몰려왔어요. 아무튼 원하면

맘껏 살펴보십시오. 난 숨길 게 없으니까요."

"고맙지만 그럴 필요는 없겠어요." 스카페타가 마리노를 쳐다보며 말했다. 마리노에게 그랜트 씨의 보트나 트럭 등을 수색할 법적 권리가 없다는 걸 잘 알고 있었기 때문이다. 그건 경찰들이 할 일이었고, 그들은 수색이 불필요하다고 판단했다.

"엿새 전 보트를 어디에다 정박해 두었소?" 마리노가 불에게 물었다.

"올드 하우스 크릭에요. 보트를 대는 부두와 잡은 물고기를 팔 수 있는 자그마한 가게도 있지요. 특히 새우나 굴을 잡았을 때 말입니다."

"지난 월요일 아침에 트럭을 주차할 때 그 주변에서 의심스러운 사람을 보지 못했소?"

"보지 못한 것 같은데, 그럴 리도 없었을 겁니다. 내가 발견했을 때 소년은 이미 죽은 지 며칠이 지났으니까요."

"며칠이라고 누가 그러던가요?" 스카페타가 물었다.

"주차장에 있는 장의사 직원이요."

"차를 몰아 시신을 여기로 가져온 사람 말인가요?"

"아니요, 다른 사람입니다. 그는 커다란 장의차에 타고 있었는데, 그가 이야기를 나누는 것 말고 거기서 뭘 하고 있었는지는 모르겠어요."

"루시어스 메딕 말인가요?" 스카페타가 말했다.

"메딕 장의사에서 나온 그 사람 맞아요. 그는 소년이 죽은 지 2~3일이 지나고 나서 내가 시신을 찾은 것 같다고 했습니다."

빌어먹을 루시어스 메딕. 그는 잘 알지도 못하면서 섣부르게 가정했다. 4월 29일과 30일 양일에는 온도가 24도에서 27도 사이였다. 습지에 하루 동안 방치되면서 시신은 부패하기 시작했을 거고, 육식동물과 물고기에게 공격당했을 것이다. 파리는 밤에는 움직이지 않지만 낮에는 알을 낳기 때문에 시신에 구더기가 생겼을 것이다. 시신이 공시소에 도착했을 즈음 사후 경직이 많이 진행되었을 뿐 끝나지는 않았는데, 영양 실조와 그에 따른 근육 부족 때문에 사후 변화가 약간 줄어들었거나 속도가 느려졌을 것이다. 사후 멍 자국은 불분명하고 아직 고정되지 않았다. 부패 때문에 변색도 일어나지 않았다. 게와 새우 같은 생물이 시신의 귀와 코, 입을 파먹기 시작했을 것이다. 스카페타가 추정하기에 그 소년은 죽은 지 스물네 시간이 지나지 않았다. 그보다 훨씬 더 짧은 시간이 지났을 것이다.

"자, 시신을 어떻게 발견했는지 정확하게 말해보시오." 마리노가 말했다.

"배를 정박한 다음 장화를 신고 장갑을 끼고 바구니와 망치를 옮기고 있었는데…."

"망치?"

"쿤을 깨기 위해서죠."

"쿤?"

"쿤 굴은 한 덩어리씩 붙어 있어서 서로 떼어내 죽은 조개를 버려야 하지요. 굴을 찾기는 쉽지만 상품(上品)을 찾아내기란 어렵습니다." 그는 잠시 뜸을 들이다가 말을 이었다. "굴에 대해서는 잘 모르는 것 같으니 자세히 설명해드리지요. 상품 굴은 레스토랑에서 먹는 것 같은 하나짜리 굴이지요. 그런 굴을 캐고 싶지만 찾기 힘들어요. 아무튼, 정오쯤에 굴을 캐기 시작했고 조수도 낮았지요. 그런데 바로 그때 풀밭 안에서 진흙에 묻은 머리칼 같은 게 보였고, 가까이 다가가 보니 시신이었습니다."

"시신에 손을 대거나 움직였나요?" 스카페타가 물었다.

"아닙니다." 그는 고개를 가로저으며 말했다. "시신을 보자마자 배로 돌아가 911에 신고했어요."

"조수가 낮아지는 건 새벽 1시부터지요." 스카페타가 말했다.

"맞습니다. 7시 즈음에 다시 조수가 높아지지요. 내가 그곳에 갔을 즈음에는 조수가 다시 낮아진 상태였습니다."

"배를 이용해 시신을 유기하고 싶었다면 조수가 낮을 때 하겠소 아니면 높을 때 하겠소?" 마리노가 물었다.

"누가 했든 조수가 낮을 때 샛강 반대편의 진흙과 풀숲 사이에 버렸을 겁니다. 그렇지 않고 조수가 높았다면 시신이 해류에 휩쓸려 떠내려갔을 테니까요. 하지만 내가 발견한 지점 같은 곳에 시신을 두면, 봄에 보름달이 뜰 즈음 수면이 3미터나 올라가지 않는 한 그곳에 그대로 있을 겁니다. 그럴 경우 소년은 해류에 떠밀려 다른 곳으로 갔을 거고요."

스카페타는 그 점을 이미 확인했다. 소년이 발견되기 전날 밤, 달은 3분의 1도 차지 않았고 하늘에는 구름이 군데군데 떠 있었다.

"시신을 버리기에 최적의 장소일 거요. 일주일만 지났다면 뼈가 여기저기 흩어져 있었을 테니까." 마리노가 말했다. "시신이 발견된 건 기적이오. 그렇게 생각하지 않소?"

"유골만 남는 데 오랜 시간이 걸리지는 않았을 겁니다. 그리고 아무도 찾아내지 못했을 가능성이 컸을 겁니다." 불이 말했다.

"조수의 높낮이에 대해 말했을 때, 다른 사람이 어떻게 했을지 물어본 게 아니오. 당신이 어떻게 했을지 물어본 거요." 마리노가 말했다.

"조수가 낮은 상태에서 작은 배를 타고 나가면 30센티미터 수심에도 들어갈 수 있지요. 나라면 그렇게 했을 겁니다. 하지만 난 그러지 않았죠." 그는 다시 마리노의 눈빛을 빤히 들여다보았다. "죽은 소년을 찾아낸 것 말고는 아무 짓도 하지 않았다고요."

스카페타는 이제 그만 끼어들어 괜히 겁주지 말라며 날카로운 눈빛으로 마리노를 쳐다본 다음 불에게 말했다. "기억나는 거 더 없어요? 그곳에서 본 사람은 없나요? 눈길을 끌 만한 사람은 없었어요?"

"계속 생각해봤는데 떠오른 기억이 딱 하나 있습니다. 일주일 전 올드 하우스 크릭 부두에서 새우를 팔고 떠나던 무렵, 배를 부두에 묶고 있는 사람을 봤습니다. 농어 잡이 배였어요. 그를 주목한 이유는 새우나 굴 혹은 물고기 잡이에 필요한 장비가 하나도 없었기 때문인데, 그냥 보트를 타고 나오는 걸 좋아하나 보다 하고 생각했지요. 물고기 잡는 것에는 아무 관심 없이 배 타는 걸 좋아하는 것 같았어요. 그가 날 쳐다보는 눈빛이 마음에 들지 않았고, 어디에선가 본 것 같은 이상한 느낌도 들었어요."

"자세히 기억나오?" 마리노가 물었다. "뭘 타고 왔는지 봤소? 배를 운반하려면 트럭을 몰고 왔을 것 같은데."

"모자를 낮게 눌러 쓰고 선글라스를 끼고 있었어요. 몸집이 무척 큰 것 같지는 않았는데, 정확히 기억나지는 않아요. 그를 빤히 쳐다볼 이유도 없었고, 그를 쳐다보는 티를 내고 싶지도 않았어요. 그러다 보면 문제가 생길 수도 있으니까요. 내 기억으로 그는 장화를 신고 있었던 것 같아요. 긴 바지에 소매가 긴 티셔츠를 입고 있었는데, 햇빛이 나는 더운 날에 왜 그런 옷차림을 하고 있는지 의문이 들었어요. 내가 먼저 떠났기 때문에 그가 어떤 차를 몰고 왔는지는 보지 못했습니다. 주차장에는 여러 대의 트럭과 차가 주차되어 있었거든요. 금방 잡은 물고기를 사고파느라 사람들이 많이 몰려왔지요."

"당신이 생각하기에, 시신을 그곳에 유기하려면 그곳 지역을 잘 알아야 할까요?" 스카페타가 물었다.

"어두워진 이후에는 분명히 그렇습니다. 날이 어두워지면 아무도 샛강에 들어가지 않아요. 나라도 들어가지 않을 거고요. 그렇다고 그런 일이 일어나지 않았다는 건 아닐 겁니다. 누가 그런 짓을 했든 평범한 사람은 아닐 테니까요. 어린아이에게 그런 짓을 저지르는 사람이 평범할리가 없지요."

"시신을 발견했을 당시 수풀이나 진흙, 굴을 캐는 물 밑바닥에서 어떤 움직임은 없었나요?" 스카페타가 물었다.

"아무런 움직임도 없었어요. 하지만 그 전날 밤 조수가 낮을 때 시신을 그곳에 두었다면, 파도가 모래 위에 밀려오는 것처럼 높은 조수 때문에 진흙이 가라앉았을 겁니다. 범인은 잠시 물속에 있었겠지만, 높게 자란 수초 때문에 꼼짝 못하고 있었을 거예요. 그리고 굴이 붙어 있는 물 밑바닥에서는 그 위에 올라서기가 불편해요. 굴을 밟고 올라서거나 되도록이면 돌아서 가지요. 굴 껍질에 베이면 몹시 아프거든요. 굴 서식지 한가운데에서 균형을 잃고 쓰러지면 심하게 상처를 입지요."

"그래서 그렇게 상처 자국이 많은 거요?" 마리노가 말했다. "굴 서식지에서 넘어졌소?"

칼로 베인 상처 자국을 보면 금방 알 수 있는 스카페타가 말했다. "그랜트 씨, 시신을 발견한 곳에서 멀지 않은 습지와 긴 부두 뒤쪽에 주택가가 있어요. 범인은 희생자를 차로 데려와 부두로 옮겨, 결국 그곳에 유기한 게 아닐까요?"

"오래된 부두의 사다리를 타고 내려오는 건 상상조차 할 수 없어요. 더구나 날이 어두워진 이후 시신과 손전등을 들고서는 불가능할 거예요. 그리고 정말 강력한 손전등이어야 할 거고요. 진흙에 주저앉거나 장화에서 발이 빠질 겁니다. 범인이 범행을 저지른 이후에 다시 사다리를 올라왔다면 부두에 진흙이 묻은 발자국이 남아 있지 않겠습니까?"

"부두에 진흙 묻은 발자국이 남아 있지 않은 걸 어떻게 안단 말이오?" 마리노가 불에게 물었다.

"장의사 직원에게서 그렇게 들었어요. 난 그들이 시신을 가져올 때까지 주차장에서 기다렸고, 그는 경찰들에게 상황을 설명했어요."

"이번에도 루시어스 메딕이겠군요." 스카페타가 말했다.

불이 고개를 끄덕이며 말했다. "그는 나한테도 많은 이야기를 했는데, 내게서 무언가를 알아내려 하는 것 같았어요. 하지만 난 그에게 많은 얘기를 하지 않았어요."

노크 소리가 들렸다. 로즈가 들어와 불 옆에 놓인 테이블에 커피 잔을 내려놓았는데, 손을 약간 떨며 말했다. "크림과 설탕입니다. 오래 걸려 죄송해요. 준비하던 커피 주전자가 넘쳐 바닥에 흘러내리는 바람에."

"고맙습니다."

"다른 분은 필요한 거 없어요?" 로즈는 주변을 둘러보며 심호흡했다. 그녀는 아까보다 더 피곤하고 창백해 보였다.

"그만 퇴근하는 게 어때요? 가서 푹 쉬어요." 스카페타가 말했다.

"제 사무실에 있을게요."

로즈가 문을 닫고 나가자 불이 말했다. "괜찮으면 내 상황에 대해 말씀드리고 싶습니다."

"네, 그러세요." 스카페타가 말했다.

"난 3주 전까지만 하더라도 정식 직업이 있었어요." 그는 엄지손가락을 천천히 만지작거리며 내려다보았다. "거짓말하지 않고 사실대로 말할게요. 난 곤경에 빠졌어요. 내 모습을 보면 짐작이 갈 겁니다. 그리고 난 굴 서식지에서 넘어지지 않았어요." 그는 다시 마리노의 눈빛을 똑바로 응시했다.

"어떤 곤경에 빠졌단 말인가요?" 스카페타가 물었다.

"마리화나를 피우고 싸움질을 했어요. 실제로 마리화나를 피우지는 않았지만, 피우려고 시도했었지요."

"우리처럼 이런 분야에서 일하는 사람이라면 마리화나를 피우고 폭력적이어야 하고, 살해된 시신을 적어도 한 구는 찾아내야 하지." 마리노가 말했다. "개인 주택에서 일하는 정원사나 잡역부도 마찬가지일 테고."

그러자 불이 마리노에게 말했다. "무슨 말인지는 알겠지만 실제로 그렇지는 않습니다. 난 부두에서 일하고 있었거든요."

"부두에서 무슨 일을 했소?" 마리노가 물었다.

"기중기 수리공 보조로 일했습니다. 주로 감독관이 시키는 일이면 뭐든지 했는데, 장비 관리하는 걸 돕고 화물을 올리거나 운반했지요. 그러던 어느 날 밤 업무를 마칠 무렵, 오래된 조선소에서 볼 수 있는 오래된 컨테이너에서 술을 한잔하기로 마음먹었어요. 내가 말하는 컨테이너는 더 이상 사용하지 않는 것으로, 옆면이 떨어져 나가 엉망이 된 거였어요. 차를 몰고 콘코드 가를 지나가보면 무슨 말인지 알 수 있는데, 길 양쪽에 쇠사슬을 연결해 만든 울타리가 있어요. 그날은 무척 힘든 날이었습니다. 사실대로 말하자면, 그날 아침 마누라와 말다툼을 해 기분이 우울해서 마리화나를 피우기로 결심한 겁니다. 습관적으로 하는 건 아니어서, 마지막으로 마리화나를 피운 게 언제인지 기억도 나지 않아요. 마리화나에 불도 붙이지 않았는데 갑자기 그 남자가 근처 철로에서 불쑥 튀어나왔어요. 그는 내게 정말 심한 상처를 입혔어요."

그가 소매를 걷어 올려 근육질의 팔과 손을 내밀어 뒤집자, 검은 피부에 남은 옅은 분홍색 상처 자국이 길게 나 있었다.

"범인은 잡았나요?" 스카페타가 물었다.

"경찰이 정말 열심히 노력한 것 같지도 않아요. 경찰은 내게 싸움질을 했다며 나무랐어요. 내게 마리화나를 판 사람이 범인일지도 모른다고 했습니다. 난 누구한테 마리화나를 샀는지 말하지 않았어요. 그는 내게 상처를 입히지 않았고, 게다가 부두에서 일하지도 않았죠. 응급실에서 나온 후 며칠 동안 구치소에 있다가 법정에 섰는데, 용의자와 마리화나가 발견되지 않아 사건은 간단히 처리되고 말았지요."

"용의자도 찾아내지 못했는데 경찰이 왜 당신을 마리화나 소지로 고소했단 말이오?" 마리노가 물었다.

"그 사건이 일어났을 때 마리화나를 피우려 했다고 경찰에게 실토했기 때문이죠. 마리화나를 말아 막 불을 붙이려던 순간 그자가 날 쫓아왔어요. 경찰은 찾아내지도 못했을 겁니다. 사실, 경찰들은 사건에 별 관심도 없는 것 같았어요. 혹은 내게 상처를 입힌 자가 마리화나를 가져갔을 수도 있겠지만 잘 모르겠어요. 이젠 마리화나 근처에도 가지 않고 술도 입에 대지 않습니다. 그러지 않겠다고 마누라한테 약속했습니다."

"부두에서 일하다 해고되었군요." 스카페타는 그렇게 추정했다.

"그렇습니다."

"여기서 정확히 어떤 일로 우리를 도와줄 수 있다고 생각해요?" 그녀가 물었다.

"필요하다면 내가 할 수 있는 한도 내에서 뭐든지 돕겠습니다. 난 시체 공시소를 무서워하지도 않고 시신을 꺼리지도 않습니다."

"휴대전화 번호나 최대한 빨리 연락할 수 있는 연락처를 남겨주세요." 스카페타가 말했다.

그는 뒷주머니에서 접은 종이를 꺼내더니 자리에서 일어나 공손하게 스카페타의 책상에 내려놓았다. "여기로 연락하면 됩니다. 언제든 전화주십시오."

"마리노 수사관이 배웅해줄 거예요. 이렇게 찾아와줘서 진심으로 감사드립니다, 그랜트 씨." 자리에서 일어난 스카페타는 그의 상처 자국이 신경 쓰여 조심스럽게 악수를 나누었다.

힐튼 헤드 리조트 섬에서 남서쪽 방향으로 110킬로미터 떨어진 지점, 하늘에는 구름이 끼었고 따스한 바람이 바다에서 불어왔다.

윌 람보는 어둠이 내린 텅 빈 해안을 걸어 목적지로 향하고 있었다. 초록색 낚시 도구 상자를 든 그는 원하는 곳이면 어디든지 불빛을 비추었지만, 길을 찾을 필요는 없었다. 초강력 손전등의 불빛은 필요할 경우 적어도 몇 초 동안은 상대방의 눈을 멀게 할 만큼 강했다. 모래 돌풍이 일어 얼굴이 따끔거렸고 모래가 색안경 표면에 부딪치기도 했다. 모래는 요란하게 춤추는 소녀처럼 소용돌이쳤다.

모래 폭풍이 알 아사드에 쓰나미처럼 밀려 들어와 험비(미국이 개발한 고성능 4륜구동 장갑 수송 차량—옮긴이)와 그를 삼켰고, 하늘과 태양 그리고 모든 것을 집어삼켰다. 피가 흘러내리는 로저의 손가락은 선명한 붉은색을 칠한 것 같았다. 휘몰아친 모래가 피 묻은 손가락에 들러붙자 그는 복부 밖으로 나온 창자를 다시 집어넣으려고 애썼다. 로저의 얼굴은 겁에 질려 충격을 받은 모습이었다. 윌은 그런 모습을 한 번도 본 적 없었다. 그가 할 수 있는 건 친구에게 괜찮을 거라고, 창자 집어넣는 걸 도와주겠다고 약속하는 것뿐이었다.

해변을 날아다니는 갈매기 울음 사이로 로저의 고함 소리가 울렸다. 두려움과 고통에 사로잡힌 비명이었다.

"윌! 윌! 윌!"

귀를 찢는 듯한 날카로운 고함 소리가 울렸고, 모래가 휘몰아쳤다.

"윌! 윌! 제발 날 도와줘, 윌!"

그때는 독일에서 돌아온 이후였다. 윌은 찰스턴에 있는 공군 기지로 되돌아왔고, 그런 다음 자신이 성장한 이탈리아 여러 지방으로 되돌아갔다. 그는 일시적인 의식 상실을 겪었다. 아버지를 만나야 할 시간이었으므로 아버지를 만나러 로마에 갔다. 스텐실로 찍은 야자수 디자인과 어린 시절 여름을 보낸 나보나 광장의 집을 실물과 유사하게 그린 그림을 둘러보자 꿈을 꾸는 것 같았다. 그는 피처럼 붉은 포도주를 아버지와 함께 마셨고, 열린 창문 아래에서 들리는 관광객들 소리에 짜증을 냈다. 베르니니 분수에 동전을 던지고 사진을 찍고, 계속 물을 튀기는 비둘기보다 멍청한 관광객들이었다.

"절대 실현되지 않는 소원을 비는군요. 소원이 이루어진다면 아버지에게 무척 유감이겠지만 말이죠." 그가 말하자 아버지는 아무 말도 이해하지 못한 채 그가 돌연변이인 양 빤히 쳐다보았다.

천장에 샹들리에가 매달린 테이블에 앉은 윌은 멀리 벽에 걸린 베네치아산 거울에 비친 자신의 얼굴을 볼 수 있었다. 아니다, 자신은 돌연변이처럼 보이지 않았다. 거울에 비친 자신의 입술이 움직이는 걸 바라보면서 윌은 로저가 이라크에서 되돌아올 때 영웅이 되기를 바랐다고 아버지에게 자세히 이야기했다. 그리고 그의 바람은 이루어졌다고 말했다. 로저는 싸구려 관에 누워 C5 화물 비행기에 실려 영웅으로 고향에 되돌아갔다.

"우리에겐 고글이나 보호 장비, 방탄복 같은 게 전혀 없었어요." 윌은 로마에서 아버지에게 말했다. 아버지가 이해해주길 바랐지만 절대 이해하지 못할 것임을 알았다.

"그렇게 투덜거리기만 할 거면서 뭣 하러 떠난 거야?"

"우리가 쓰는 손전등의 배터리를 보내려고 아버지께 편지를 써야만 했어요. 나사 드라이버가 모두 망가져 연장을 받으려고요. 우리에게 보급해 주는 건 엉터리 싸구려였거든요." 윌의 웃는 모습이 거울에 비쳤다. "빌어먹을 정치가들이 늘어놓는 거짓말 때문에 엉터리 싸구려 말고는 아무것도 없었어요."

"그렇다면 뭣 하러 간 거야?"

"그야 가라고 했으니까 갔죠. 그것도 모르겠어요?"

"날 존경스럽게 대해야 할 집 안에서 감히 그런 말을 하다니! 그 파시스트 전쟁에 나가기로 한 건 내가 아니라 너야. 넌 지금 어린아이처럼 투덜거리기만 해. 전쟁에 나가서 기도는 했어?"

모래 폭풍이 불어 닥쳐 바로 앞에 있는 손도 제대로 보이지 않을 때, 윌은 기도를 했다. 길가에 폭탄이 터져 험비가 튀어 올라 눈앞이 보이지 않을 때, C17의 엔진 안에 들어와 있는 것처럼 바람 소리가 요란할 때, 그는 기도했다. 로저를 안고 있을 때 기도했고, 로저의 고통을 더 이상 견딜 수 없을 때 기도했다. 그게 마지막 기도였다.

"우린 기도를 할 때 신이 아닌 우리 자신에게 도와달라고 하지요. 우리 자신의 성스러운 중재를 요구하는 거죠." 윌이 로마에 사는 아버지에게 말하는 모습이 거울에 비쳤다. "그러니 왕좌에 앉은 신에게 기도할 필요는 없어요. 난 나 자신의 윌이기 때문에 하느님의 윌입니다. 나는 하느님의 윌이기 때문에 아버지나 신은 필요 없습니다."

"발가락을 잃었을 때 정신도 함께 잃어버린 거냐?" 그의 아버지가 그에게 말했다. 금박을 입힌 콘솔 위에 석조 기단부 장식을 한 거울이 걸린 식당에서 그런 얘기를 하는 건 아이러니였다. 당시 윌은 사람들이 붐비는 곳으로 차를 몰고 돌진한 자살 폭탄 사건 이후에 다리를 잃은 병사를 보았고, 발가락을 잃은 편이 다리 전체를 잃은 것보다 낫다는 생각이 들었다.

"지금은 치료되었는데, 어떻게 알았어요?" 그가 로마의 아버지에게 말했다. "독일이나 찰스턴에 몇 달 있는 동안 그리고 지난 몇 년 동안 날 찾아오지 않았잖아요. 아버지는 찰스턴에 온 적이 한 번도 없어요. 난 로마에 수도 없이 여러 차례 왔어요. 아버지는 달리 생각했는지 모르지만 아버지 때문에 온 적은 한 번도 없어요. 이번만은 예외로, 내가 해야 하는 임무를 수행하러 왔어요. 내가 살아남을 수 있었던 건 다른 사람들의 고통을 덜어줄 수 있었기 때문이에요. 아버지는 절대 이해하지 못할 텐데, 이기적이고, 아무 쓸데없고, 자신 말고는 아무도 신경 쓰지 않기 때문이죠. 자신의 모습을 보세요. 부자이지만 다른 사람들에 대해 아랑곳하지 않고 냉정하죠."

윌은 자리에서 일어나 거울 속에 비친 자신이 거울 쪽으로, 그 아래에 있는 금박을 입힌 콘솔 쪽으로 다가가는 모습을 쳐다보았다. 고가구의 석조 기단부를 들어 올리는 순간, 창 아래의 분수 물이 튀는 소리와 관광객들의 시끄러운 소리가 들렸다.

낚시 도구 상자를 들고 어깨에 카메라를 맨 채 그는 자신의 임무를 수행하러 힐튼 헤드의 해변을 걸어갔다. 그는 바닥에 앉아 낚시 도구 상자를 열어 특수 모래가 잔뜩 든 봉투와 연보라색 접착제가 담긴 자그마한 유리병을 꺼냈다. 손전등을 비추면서 손바닥에 접착제를 짰다. 그는 두 손을 차례로 모래 봉투에 밀어 넣었다. 두 손을 들고 바람에 재빨리 말리자 양손이 사포처럼 까칠까칠해졌다. 접착제를 더 발라 맨 발바닥에도 똑같이 했는데, 발가락 일곱 개에 접착제가 다 발리도록 조심스럽게 했다. 그는 빈 유리병을 바닥에 떨어뜨리고 남은 모래를 낚시 도구 상자에 다시 넣었다.

그는 색안경을 쓴 눈으로 주변을 둘러보고 나서 손전등을 껐다.

그의 목적지는 울타리를 친 별장의 앞마당으로 이어지는 긴 나무 보도 끝에 보이는, 해변에 꽂힌 '출입 금지' 팻말이었다.

07 관찰자

주차장은 스카페타의 사무실 뒤편에 있었다. 그녀가 사무실을 열었을 때 논란이 심했기 때문이다. 이웃들은 스카페타가 하는 거의 모든 요구에 공식적으로 반대하고 나섰다. 그녀는 상록수와 체로키 장미 관목을 심어 울타리를 만들었지만 채광이 제대로 되지 않았다. 밤이 되면 주차장은 훨씬 더 어두컴컴했다.

"지금까지의 상황을 보면 그를 지켜볼 필요가 있는 것 같아요. 도움이 될 만한 사람이면 누구든 지켜봐야 해요." 스카페타가 말했다.

스카페타와 로즈가 주차장으로 걸어가는 동안 야자수가 흔들렸고 울타리를 둘러싼 식물들이 바람에 움직였다.

"사실 내 편에서 도와줄 사람이 아무도 없어요. 그렇다고 모든 사람들을 불신할 수도 없고요." 그녀가 덧붙여 말했다.

"마리노 때문에 박사님이 후회할 일은 하지 말아요." 로즈가 말했다.

"마리노를 전혀 신뢰 못 하겠어요."

"그와 단둘이 앉아서 얘기하도록 해요. 사무실 말고 집으로 불러 식사를 대접해주세요. 그도 박사님에게 상처 줄 마음은 아니에요."

두 사람은 로즈의 볼보 차에 도착했다.

"감기 기운이 더 심한데 내일은 결근하는 게 어때요?" 스카페타가 말했다.

"박사님이 마리노에게 말하지 않았더라면 좋았을 텐데요. 우리 직원들에게 그런 말을 해서 나도 내심 놀랐어요."

"반지 때문에 말하지 않을 수 없었어요."

"자세히 설명해주지 말았어야 했는데…." 로즈가 말끝을 흐렸다.

"마리노가 알게 된 때부터 오랫동안 회피해온 문제를 이제 직면할 시간이에요."

로즈는 너무 지쳐 서 있기 힘든 것처럼 차에 기댔는데, 무릎이 아프기 때문인지도 몰랐다. "그렇다면 훨씬 더 오래전에 말했어야 했어요. 하지만 박사님이 아무 말도 하지 않아 마리노는 희망을 붙들고 있었던 거죠. 환상이 곪아 터진 거예요. 감정에 치우친 사람들과 맞서면 오히려 더 힘들게 할 뿐…." 로즈는 기침이 너무 심해져 말끝을 맺지 못했다.

"유행성감기에 걸린 것 같아요." 스카페타는 로즈의 뺨에 손등을 대보았다. "열이 나요."

로즈는 가방에서 휴지를 꺼내어 눈을 가볍게 두드리며 한숨을 내쉬었다. "그 남자 말이에요. 박사님이 그에 대해 생각해볼 거라니 믿기지 않아요." 로즈는 다시 그랜트 얘기를 꺼냈다.

"일이 더 많아지고 있어서 공시소 보조원이 필요한데, 이미 훈련받은 사람을 구하겠다는 희망은 벌써 버렸어요."

"박사님은 사람을 열심히 구하려 하지 않은 것 같아요. 열린 마음으로 생각하지도 않은 것 같고요." 로즈의 차는 구형 볼보여서 열쇠로 차

문을 열어야 했다. 실내등이 켜지자 로즈의 얼굴이 더 여위고 지쳐 보였다. 차 안으로 들어간 그녀는 치마를 단정하게 매만졌다.

"최고의 자격을 갖춘 공시소 보조원은 장의사나 병원 공시소 직원들이죠." 스카페타는 창틀에 손을 올린 채 말했다. "이 지역에서 규모가 가장 큰 장의사는 헨리 홀링스라는 사람의 소유인데, 그는 부검을 위해 사우스캐롤라이나 의과대학과 도급 계약을 맺고 이용해요. 그에게 연락해 적당한 보조원을 추천해달라고 하면 뭐라고 하겠어요? 이 지역의 검시관은 내가 성공하도록 절대 도와주지 않을 거예요."

"박사님은 2년 동안 그런 말을 해왔지만 아무 근거도 없어요."

"그는 날 회피해요."

"박사님의 감정을 살피라고 말씀드린 것과 마찬가지예요. 우선 그와 얘기를 해봐야 해요." 로즈가 말했다.

"내 사무실 주소와 집 주소를 갑자기 인터넷에 올린 장본인이 그가 아니라는 걸 어떻게 확신할 수 있겠어요?"

"그가 그랬다면 뭣 하러 지금까지 기다렸다가 그랬겠어요?"

"적절한 타이밍을 기다린 거죠. 이번 어린아이 학대 사건 때문에 내 사무실이 뉴스에 났어요. 그리고 보포트 카운티는 홀링스에게 전화하지 않고 내게 사건을 맡겼어요. 난 드루 마틴 수사에 개입하고 있고 로마에서 돌아온 지 얼마 되지 않았고요. 고의로 상공회의소에 전화해서 내 사무실을 신고하고, 내 집 주소와 사무실 주소를 올리기에 흥미로운 시점이죠. 심지어 회원 요금까지 지불하면서요."

"주소를 삭제해달라고 요청했잖아요. 그리고 누가 요금을 지불했는지 기록도 남아 있을 게 분명해요."

"자기앞수표로 지불했는데, 여자라는 대답뿐이었어요. 천만다행으로 인터넷에 올라가기 전에 삭제할 수 있었죠."

"그 검시관은 여자가 아니잖아요."

"그건 아무 상관없어요. 그가 직접 비열한 짓을 하지는 않을 테니까요."

"그에게 전화해서 박사님을 이곳에서 쫓아내려고 하는지 곧이곧대로 물어보세요. 아니, 우리 모두를 쫓아내려는지 물어봐야겠군요. 박사님이 얘기를 나누어야 할 사람이 많네요. 우선 마리노부터 하세요." 그녀가 기침을 하자, 마치 그 때문인 양 차 실내등이 꺼졌다.

"마리노는 이곳에 오지 말았어야 했어요." 스카페타는 오래된 벽돌 건물 뒤편을 바라보았다. 지하실을 공시소로 개조한 자그마한 단층 건물이었다. "그는 플로리다를 무척 좋아했어요." 그 말을 하자 셀프 박사가 다시 떠올랐다.

로즈는 에어컨을 켜고 차가운 바람이 얼굴에 닿지 않게 공기 배출구를 조절한 다음 다시 숨을 깊게 내쉬었다.

"정말 괜찮아요? 집까지 같이 가줄까요?" 스카페타가 말했다.

"아니에요, 괜찮아요."

"내일 저녁 식사 준비를 할 테니 함께 시간을 보내는 건 어때요? 향신료가 많이 든 이탈리아 햄과 무화과, 당신이 좋아하는 돼지고기 구이 요리도 준비할게요. 맛있는 토스카나 와인도 있고요. 내가 만든 리코타 치즈와 크림을 곁들인 커피도 좋아하잖아요."

"감사하지만 해야 할 일이 있어요." 그렇게 대답하는 로즈의 목소리에 슬픔이 묻어 있었다.

섬의 남쪽 끝, 섬의 발톱이라 부르는 곳에 어둑한 급수탑의 형체가 보였다.

힐튼 헤드는 윌이 이라크의 공공장소에서 봤던 신발 모양처럼 생겼다. '출입 금지'라는 팻말이 있는 흰색 벽토로 지은 별장은 적어도 1천5백만 달려는 나갔다. 전자식 블라인드 장치가 내려와 있는 게 보였는데, 그녀는 바다가 내다보이는 통 유리창을 덮는 커다란 스크린에서 나오는 영화를 거실 소파에 앉아 보고 있을 것이다. 바깥에서 들여다보는 윌의 관점에서 보면, 영화는 거꾸로 상영되었다. 그는 해안과 근처에 있는 텅 빈 집을 자세히 살폈다. 구름이 잔뜩 낀 어두운 하늘이 낮게 내려와 있고 갑자기 돌풍이 일기 시작했다.

그는 산책로에 발을 디디고, 거꾸로 비치는 대형 영화 스크린에 비친 화면처럼 저택의 정원과 바깥세상을 분리하는 대문을 따라갔다. 스크린에 비친 모습은 남녀의 정사 장면이었다. 걸음을 옮길수록 윌의 맥박은 빨라졌다. 그는 배우들이 영화 스크린에 거꾸로 비치는 모습을 보며 모래가 묻은 발을 낡은 산책로에 조용히 내디뎠다. 엘리베이터 안이라 볼륨이 낮았다. 할리우드 영화에서 무척 요란하게 들리는 남녀가 맞부딪히는 소리와 신음 소리는 거의 들리지 않았다. 나무 대문이 앞에 나타났고 대문은 닫혀 있었다. 그는 대문을 넘어서 평소처럼 저택 안쪽으로 들어갔다.

창문과 차양 사이의 공간을 통해 그는 몇 달 동안 그녀를 이따금씩 쳐다보았다. 그녀가 왔다 갔다 하고, 울부짖고, 머리를 쥐어뜯는 모습을 지켜보았다. 그녀는 밤에 잠을 자는 법이 없었고, 밤과 폭풍을 두려워했다. 그는 아침이 밝을 때까지 밤새 영화를 보았다. 비가 오면 영화를 보았고, 천둥이 치면 볼륨을 매우 높게 올렸고, 햇빛이 밝게 비치면 햇빛 뒤에 숨었다. 그녀는 주로 검정 가죽 소파에서 잠을 잤는데, 지금도 가죽 베개를 등에 받치고 담요를 덮은 채 소파에 누워 있었다. 그녀는 리모컨을 조정해 DVD를 뒤로 감아 글렌 클로즈와 마이클 더글라스가 엘리베이터에서 정사를 나누는 장면으로 되돌렸다.

양쪽에 있는 집은 울타리처럼 두른 대나무와 다른 나무에 가려 잘 보이지 않았고, 집에는 아무도 없었다. 부유한 저택 소유자들이 다른 사람에게 세를 주지도 않고 그 자신들도 오지 않아 집은 텅 비어 있었다. 자녀들이 방학을 할 때까지 그들이 비싼 해안 별장을 사용하지 않는 경우가 자주 있었다. 그녀는 다른 사람들이 그곳에 오는 걸 원치 않았고, 겨우내 그곳에 있는 이웃들은 아무도 없었다. 그녀는 혼자 있길 바라면서도 혼자 있는 걸 끔찍하게 무서워했다. 천둥과 비를 무서워했고, 맑은 하늘과 밝은 햇빛을 끔찍하게 여겼고, 다른 어떤 상황에 처하는 것도 바라지 않았다.

'그래서 내가 온 거지.'

그녀는 DVD를 다시 되감았다. 그는 그녀의 평소 모습을 잘 알고 있었다. 더러워진 분홍색 운동복을 입고 소파에 누워 특정한 장면을 되풀이해서 보는데, 주로 정사 장면을 반복해서 보았다. 이따금 수영장에 나가 담배를 피우기도 했고, 불쌍한 애완견을 데리고 나오기도 했다. 애완견의 배설물을 치우지 않아 잔디밭에는 마른 개똥이 여기저기 있었는데, 2주마다 한 번씩 오는 멕시코 출신 정원사도 개똥을 치우지 않았다. 그녀가 담배를 피우며 수영장을 멍하니 바라보는 동안, 애완견은 정원을 돌아다니며 가끔씩 목청껏 큰 소리로 짖기도 했다. 그럴 때면 그녀가 애완견에게 소리쳤다.

'착하지'라고 으를 때도 있었지만 '못된 개'라며 소리 지르기도 했고, '자, 얼른 이리 온'이라며 박수를 치기도 했다.

그녀는 애완견을 쓰다듬어 주지도 않았고 애완견을 쳐다보는 걸 견디지도 못했다. 애완견이 없다면 그녀의 삶은 도저히 견딜 수 없을 것이다. 하지만 애완견은 아무것도 알지 못했다. 그는 어떤 일이 일어났는지 기억하지도 못하는 것 같았고 이해하지도 못하는 것 같았다. 그가 아는 거라곤 자기가 잠을 자고 자리에 앉아 울부짖는 갑갑한 세탁실뿐이었다. 그녀가 매일 그렇듯 보드카를 마시고 약을 먹고 머리를 쥐어뜯었을 때 그가 뭐라고 울부짖었는지, 그녀는 아무 생각도 나지 않았다.

'널 곧 내 품에 안아 내적인 어둠에서 좀 더 고귀한 영역으로 데려다 줄게. 넌 지금 속해 있는 지옥이라는 실제적인 공간에서 떨어져 나올 거야. 넌 내게 고마워할 거야.'

윌은 주변을 둘러보며 자신을 지켜보는 사람이 아무도 없는지 확인했다. 그는 그녀가 소파에서 일어나 담배를 피우러 비틀거리며 출입문으로 걸어가는 모습을 지켜보았다. 그녀는 평소처럼 경보 장치가 켜져 있다는 걸 잊어버렸다. 경보음이 요란하게 울리자 그녀는 깜짝 놀라 욕설을 내뱉었고 경보 장치 패널로 다가가 장치를 껐다. 전화벨이 울리자 그녀는 점점 더 가늘어지는 머리칼을 손으로 쓸어 넘기며 뭔가 대답을 하더니, 고함을 지르며 수화기를 힘껏 내려놓았다. 윌은 관목 숲 뒤에 몸을 낮게 숙여 꼼짝도 하지 않았다. 몇 분 후 보포트 카운티의 순찰차를 타고 경찰 두 명이 도착했다. 윌은 몸을 숨긴 채 현관에 서 있는 경찰을 쳐다보았다. 그들은 그녀와 아는 사이여서 집 안으로 들어가지는 않았다. 그녀가 또다시 비밀번호를 잊어버려 경보 장치 회사가 다시 경찰을 보냈던 것이다.

"아무튼 애완견 이름을 사용하는 건 좋지 않습니다." 경찰 가운데 한 명이 예전에 했던 말을 똑같이 그녀에게 했다. "비밀번호로 다른 걸 사용해야 합니다. 애완견 이름은 침입자들이 제일 먼저 시도해보는 것 중 하나니까요."

그녀는 분명치 않은 발음으로 우물거리며 대답했다. "애완견 이름도 기억하지 못하는데 다른 걸 어떻게 기억하겠어요? 내가 아는 거라곤 비밀번호가 애완견 이름이라는 것뿐이에요. 아, 버터밀크. 이제야 기억나네요."

"맞습니다. 하지만 비밀번호를 바꾸는 게 좋을 겁니다. 아까도 말했듯이 애완견 이름을 사용하는 건 좋지 않고, 아무튼 당신은 그 이름조차 기억하지 못합니다. 당신이 기억할 수 있는 게 분명히 있을 겁니다. 이곳 주변에 강도 사건이 많은데, 특히 많은 집이 비어 있는 이맘때는 더욱 그렇지요."

"새로운 걸 기억할 수 없어요." 그녀는 더듬거리며 겨우 말을 이었다. "경보음이 울리면 아무 생각도 떠오르지 않아요."

"혼자 있어도 정말 괜찮겠습니까? 우리가 연락할 수 있는 사람 없어요?"

"이제 아무도 없어요."

잠시 후 경찰들이 순찰차를 몰고 떠났다. 윌은 안전한 곳에서 나와 창문 너머로 그녀가 경보 장치를 다시 맞추는 모습을 쳐다보았다. 1, 2, 3, 4. 똑같은 비밀번호, 그녀가 기억할 수 있는 유일한 번호. 그는 그녀가 다시 소파에 앉아 흐느껴 우는 모습을 지켜보았다. 그녀는 보드카를 한 잔 더 따랐다. 이젠 더 이상 적절한 타이밍이 아니었다. 그는 산책로를 따라 다시 해안으로 향했다.

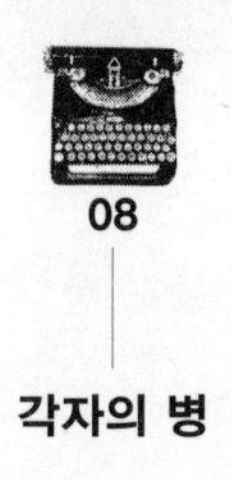

08

각자의 병

다음 날 아침, 태평양 표준시로 8시. 루시는 스탠퍼드 암센터 앞에 천천히 차를 세웠다. 시테이션 X 제트기를 타고 샌프란시스코로 날아와, 페라리를 빌려 타고 신경 내분비학자를 만나러 갈 때면 집에 있는 것처럼 힘이 솟았다. 몸에 달라붙는 청바지와 티셔츠를 입어 육상선수 같은 근육질 몸매가 드러났고, 집에 있는 것처럼 활력이 느껴졌다. 검정색 악어가죽 부츠와 밝은 오렌지 색깔의 다이얼이 표시되는 티타늄 소재의 브라이틀링 손목시계를 끼고 있자, 자신에게 어떤 문제가 있는지 생각하지 않을 때처럼 두려움 없고 당당한 본래의 그녀 같은 느낌이었다.

루시는 빨간색 F430 스파이더의 차창을 내렸다. "이 차 주차할 수 있어요?" 그녀는 벽돌과 유리 소재로 지은 현대적인 복합건물 입구에서 자신에게 조심스럽게 다가오는 회색 옷차림의 직원에게 물었다. 이전에 본 적이 없는 걸로 보아 새로 온 직원 같았다. "운전대에 노 모양의 막대가 달린 포퓰러 원 시프트예요. 오른쪽은 위로, 왼쪽은 아래로, 중립 기어에서는 동시에 시프트, 이건 후진 버튼이에요." 루시는 그의 눈빛에 어린 불안감을 알아차렸다. "꽤 복잡하다는 건 나도 인정해요." 그녀는 그를 얕잡아 보고 싶지 않아 덧붙여 말했다.

꽤 나이가 들어 보이는 그 남자는, 은퇴 후 소일거리로 병원에서 주차 일을 하고 있는 것 같았다. 혹은 가족 중에 암 환자가 있거나 예전에 있었는지도 몰랐다. 하지만 그는 페라리를 몰아본 적이 없고 그렇게 가까이에서 본 적도 없는 게 분명했다. 그는 우주에서 날아와 착륙한 우주선을 보듯 페라리를 쳐다보았다. 그는 차를 몰고 싶어 하지 않았다. 웬만한 집보다 더 비싼 차를 운전하는 법을 모를 땐, 차라리 그러는 편이 나을 것이다.

"내가 생각하기엔 그렇지 않아요." 그 직원은 가죽으로 마감한 차 인테리어와 탄소섬유 소재 운전대에 있는 시동 버튼에서 시선을 떼지 못하며 말했다. 그는 차 뒤로 돌아가서 판유리 아래의 엔진을 쳐다보며 고개를 절레절레 흔들었다. "정말 대단한 차로군요. 컨버터블인 것 같네요. 뚜껑을 열고 전속력으로 달리면 바람에 심하게 날리겠어요." 그가 말했다. "정말 대단한 차로군요. 저기에 주차하는 게 어떻겠습니까?" 그는 루시에게 주차할 곳을 보여주며 다시 고개를 절레절레 흔들었다. "이 건물에 있는 최고의 주차 공간일 겁니다. 정말 대단한 차네요."

루시는 주차를 한 다음 서류 가방과 자기 삶의 가장 끔찍한 비밀을 드러낼 자기공명 단층 촬영 필름이 들어 있는 커다란 봉투 두 개를 집어 들었다. 그녀는 페라리 열쇠를 주머니에 넣고 백 달러짜리 지폐를 직원에게 밀어 넣어주며 심각한 표정으로 윙크를 하며 말했다. "목숨을 바쳐 지켜줘요."

스탠퍼드 암센터는 가장 아름다운 의학 복합건물이었다. 값비싼 유리창과 윤이 나는 마룻바닥이 끊임없이 이어졌고, 모든 게 열려 있어 환한 빛이 가득 들어왔다. 이곳에서 일하는 사람들은 대부분 자원봉사자로 모두 친절했다. 지난번 이곳에서 약속이 있었을 때, 하프 연주자가 복도에 앉아 우아하게 현을 뜯으며 '타임 애프터 타임(Time after time)'을 서투르게 연주하고 있었다. 이번에도 그 여성 연주자가 '왓 어 원더풀 월드(What a wonderful world)'를 연주하고 있었다. 이 상황에 저런 노래를 연주하다니…. 야구 모자를 눌러쓴 채 재빨리 하프 연주자를 지나가던 루시는 어떤 음악이 나오더라도 냉소적이고 절망적일 거라는 생각이 들었다.

암센터 실내는 탁 트인 공간으로 연한 갈색으로 톤을 맞추었다. 벽에는 그림 한 점 걸려 있지 않았고, 평면 TV에는 아름다운 자연 경관이 나왔다. 초원과 산, 가을에 떨어지는 낙엽, 눈 쌓인 숲, 거대한 삼나무와 애리조나 주 세도나의 붉은 바위가 보이는 화면과 함께 졸졸 흐르는 시냇물 소리와 빗소리, 새소리, 부드러운 바람이 부는 소리가 들렸다. 난을 심은 화분이 테이블에 놓여 있었고, 조명 불빛은 부드럽고, 대기실은 붐비는 적이 없었다. 루시가 D 병동의 수납 창구에 도착했을 때 그곳에 있는 환자라곤 가발을 쓰고 〈글래머〉 잡지를 읽고 있는 여성 환자뿐이었다.

루시는 창구에 앉은 남자에게 나탄 데이 박사 혹은 네이트라고 부르는 의사 선생님을 찾아 왔다고 말했다.

"성함이?" 남자 직원이 미소 지으며 말했다.

루시는 가명을 나지막하게 말했다. 남자 직원은 컴퓨터 자판을 두드리더니 다시 미소 지으며 수화기를 집어 들었다. 1분도 지나지 않아 네이트가 문을 열더니 루시에게 안으로 들어오라고 손짓했다. 그리고 항상 그렇듯이 그녀를 꼭 안아주었다.

"만나서 반가워. 멋져 보이는데." 그가 진료실로 걸어가며 말했다.

진료실은 자그마했다. 하버드 의대 출신이자 신경 내분비학 분야에서 가장 뛰어난 의사의 진료실이라고 기대하는 곳과는 거리가 멀었다. 대형 비디오 스크린이 연결된 컴퓨터가 놓인 책상은 어수선했고, 책장은 많은 책으로 넘쳐났고, 창문이 딸린 진료실이 대부분 그렇듯 여러 조명 박스가 벽에 설치되어 있었다. 한쪽에는 소파 하나와 의자 하나가 놓여 있었다. 루시는 가져온 기록을 그에게 건네주었다.

"연구실 실험 결과와 지난번에 보셨던 것 그리고 가장 최근에 찍은 스캔이에요." 루시가 말했다.

그는 책상 뒤에 놓인 의자에 앉고 루시는 소파에 앉았다. "가장 최근이라면 언제?" 그는 봉투를 열어 차트를 확인했다. 어떠한 전자 장치에도 그녀의 말 한 마디 저장되지 않았다. 서류는 비밀번호로 여는 개인 금고에 보관했고, 그녀의 이름은 어디에도 등록되지 않았다.

"혈액 검사는 2주 전에 했고 최근 스캔은 한 달 전에 한 거예요. 이모는 내가 괜찮아 보인다고 말했지만, 이모가 대부분의 시간 동안 뭘 보는지 떠오르더군요." 루시가 말했다.

"이모는 네가 시신처럼 보이지는 않는다고 말했겠지. 그나마 위안이 되겠군. 이모는 어떻게 지내?"

"이모는 찰스턴을 좋아하지만 찰스턴이 이모를 좋아하는지는 잘 모르겠어요. 나도 그곳이 좋아요…. 난 항상 나한테 맞지 않는 곳에 끌리거든요."

"대부분의 장소가 너한테 맞지 않겠지."

"나도 알아요. 내 성격이 워낙 괴팍하니까요. 우리는 여전히 비밀을 유지하고 있는 게 분명해요. 수납 창구에 앉아 있는 직원에게 내 가명을 대자 그는 아무것도 물어보지 않았어요. 민주주의라고 하지만 사생활 보호는 어림없어요."

"그럼, 당연하지." 그는 실험실 보고서를 꼼꼼히 훑어보며 말했다. "자신들의 자료를 남기지 않으려고 굳이 자비로 치료비를 내는 환자들이 얼마나 많은지 알아?"

"그러는 편이 나아요. 박사님의 데이터베이스를 해킹하려고 마음먹으면 5분이면 될 거예요. 연방 정부는 한 시간 정도 걸리겠지만, 이미 박사님의 데이터베이스에 들어온 적이 있을 거예요. 난 그런 적 없지만요. 대의명분이 없을 경우 개인 사생활을 침해해서는 안 된다고 생각하니까요."

"저들은 대의명분이 있다고 말하지."

"저들은 거짓말을 하고 멍청한데, 특히 FBI는 더 그렇죠."

"너의 '지명수배 명단'을 넘어서고 있지."

"그들은 아무런 대의명분도 없이 날 해고했어요."

"네가 애국 법안을 남용해 돈을 벌 수 있을 거라고 생각했지만 별로 그렇지 않았지. 요즘은 사람들에게 어떤 컴퓨터 프로그램을 팔고 있어?"

"데이터 모델링이요. 데이터를 입력하고 인간의 두뇌처럼 복잡한 업무를 수행하는 신경 네트워크예요. 그리고 흥미로운 DNA 프로젝트를 만들고 있는 중이에요."

"갑상선 자극 호르몬 상태는 좋아." 그가 말했다. "티록신(갑상선호르몬) 상태가 좋은 걸 보니 신진대사가 활발한가 보군. 보고서 없이도 단언할 수 있겠어. 지난번 봤을 때보다 몸무게가 약간 준 것 같아."

"2~3킬로그램 빠진 것 같아요."

"근육 양은 늘어난 것 같네. 지방 5킬로그램과 물이 빠졌겠군."

"약간 과장하면 그렇죠."

"운동은 얼마나 많이 해?"

"똑같아요."

"강박관념이겠지만 의무적이라고 해두지. 간 상태도 괜찮고 뇌하수체전엽호르몬 수치도 2.4로 낮아졌어. 생리는 어때?"

"괜찮아요."

"유두에서 희거나 투명하거나 혹은 뿌연 물질이 분비되지 않아? 뇌하수체전엽호르몬 수치가 이렇게 낮으면 젖샘이 분비되지 않을 텐데."

"네, 맞아요. 그렇다고 너무 희망적으로 생각하진 마세요. 박사님이 확인할 수 있도록 하진 않을 테니까요."

그는 미소 지으며 루시의 환자 서류에 몇 가지 기록을 했다.

"안타까운 건 가슴이 그렇게 크지 않다는 거예요."

"너 정도의 가슴을 가지려고 큰돈을 지불하는 여자들도 있어." 그는 사실대로 말했다.

"제 가슴은 누군가에게 팔 만하지 않아요. 그리고 지금 상황에서는 남에게 줄 수도 없고요."

"그렇지 않아."

루시는 이제 당혹스러워하지 않고 네이트와 어떤 얘기든 나눌 수 있었다. 처음에는 그렇지 않았다. 양성 뇌하수체선종, 즉 뇌하수체전엽호르몬이 과다 분비되어 임신했다는 생각이 들게 하는 뇌종양이 무섭고 당혹스러웠다. 생리가 멎었고 체중이 늘었다. 유즙분비증이 생기거나 젖이 나오지는 않았지만, 몸에 무슨 이상이 생겼는지 알아내지 못했더라면 다음 단계로 넘어갔을 것이다.

"더 이상 만나는 사람이 없는 것처럼 같네." 네이트는 봉투에서 루시의 MR 필름을 꺼내 라이트 박스에 끼웠다.

"네, 없어요."

"성적 충동은 어때?" 그는 진료실의 조명을 어둡게 하고 라이트 박스 조명을 켜서 루시의 뇌 사진을 환하게 비추었다. "도스티넥스는 때로는 섹스 약물이라고 불리지. 무슨 뜻인지 알아들을 거야."

루시는 그에게 가까이 다가가 자신의 뇌 사진을 들여다보았다. "박사님, 저 수술은 하지 않을 거예요."

루시는 시상하부 아래쪽에 있는 정사각형 모양의 종양을 힘없이 멍하니 바라보았다. 자신의 스캔 사진을 볼 때마다 루시는 뭔가 잘못되었고 자신의 뇌가 아니라는 느낌이 들곤 했다. 네이트는 루시의 뇌를 '젊은 뇌'라고 부르곤 했다. 1페니짜리 동전 절반만 한 종양이 있을 뿐, 해부학적으로 뛰어난 뇌라고 했다.

"신문 기사에 어떤 내용이 나오든 상관없어요. 난 수술은 절대 하지 않을 거예요. 저 어때 보여요? 제발 괜찮다고 대답해주세요." 루시가 말했다.

네이트는 예전 필름과 새로 가져온 필름을 나란히 살피며 비교했다. "큰 변화는 없어. 길이는 여전히 7.7밀리미터이고 저장기 안에는 아무것도 없어. 뇌하수체 줄기의 누두형 구조로부터 왼쪽에서 오른쪽으로 약간 이동했어." 그는 펜으로 가리키며 말을 이었다. "시신경 교차가 선명해져서 다행이야." 그는 다시 펜으로 가리킨 다음 펜을 내려놓고 손가락 둘을 벌리며 주변 시력을 확인했다. "좋아, 거의 동일해. 종양이 더 커지지 않고 있어."

"더 작아지지도 않아요."

"자리에 앉지."

루시는 소파 가장자리에 걸터앉았다. "요컨대 종양이 사라지지 않아요. 약물로도 없어지지 않고 괴사하고 있어요. 앞으로도 절대 사라지지 않을 거죠, 그렇죠?"

"하지만 더 커지지 않고 있어." 네이트가 재차 말했다. "약물이 종양을 수축시켰고 종양을 억제하고 있어. 물론 여러 선택 사항이 있지만, 어떻게 하고 싶어? 이렇게 묻는 건 도스티넥스와 그와 유사한 약물이 심장 판막을 손상시킬 수 있기 때문이야. 하지만 걱정할 필요는 없을 거야. 그 연구는 파킨슨병에 걸린 환자들을 대상으로 실시한 거니까. 너처럼 적은 양을 복용할 경우에는 괜찮을 거야. 더 큰 문제는 뭔지 알아? 처방전을 열 장 넘게 써줄 수 있지만 국내에서는 한 알도 구할 수 없을 거야."

"이탈리아에서 제조하니까 거기서 구할 수 있어요. 마로니 박사가 구해줄 거라고 했어요."

"좋아. 하지만 6개월마다 초음파 심장 진단을 하도록 해."

바로 그때 전화벨이 울렸다. 네이트가 버튼을 누르고 잠깐 귀를 기울이더니 수화기에 대고 말했다. "전화 줘서 고마워요. 통제 불가능해 보이면 안전 요원을 불러요. 절대 아무도 건드리지 못하도록 하고." 그는 전화를 끊고 루시에게 말했다. "누군가 빨간색 페라리를 몰고 와 여러 사람들의 주목을 끌었나 보군."

"아이러니예요." 루시가 소파에서 일어서며 말했다. "단지 관점의 문제인데 말이죠, 그렇지 않아요?"

"네가 원치 않으면 내가 몰도록 하지."

"몰고 싶지 않다는 말이 아니에요. 더 이상 예전과 똑같은 느낌이 드는 게 아무것도 없는데, 그렇다고 다 나쁜 건 아니에요. 단지 달라졌을 뿐이죠."

"네가 가지게 된 것의 일부분으로, 네가 원하지 않는 것이기도 하지. 하지만 네가 대상을 바라보는 방식이 달라졌으니 네가 가진 것 이상이 된 거야." 네이트가 루시를 진료실 밖으로 배웅하며 말했다. "이곳에서는 매일 그런 모습을 지켜보지."

"그럴 거예요."

"넌 잘하고 있어." 그는 대기실로 이어지는 문간에 서서 말했다. 접수

창구에 지금은 전화를 받고 있는 항상 웃는 얼굴의 남자 직원이 앉아 있을 뿐, 근처에 그들 이야기를 엿들을 사람은 아무도 없었다. "넌 내가 치료하는 환자 가운데 제일 잘 해나가고 있는 환자 상위 10퍼센트 안에 들어."

"상위 10퍼센트라면 B 플러스이겠군요. 시작은 A로 한 것 같은데요."

"아니야, 그렇지 않아. 병이 생겼는데도 징후가 나타나기 전까지 전혀 몰랐으니까. 로즈와는 통화해봤어?"

"로즈가 맞닥뜨리려 하지 않아요. 그녀를 화나게 하지 않으려고 애쓰고 있지만 힘들어요. 정말 힘들어요. 정말 온당하지 못한데, 특히 케이 이모한테는 더욱 그래요."

"로즈가 널 회피하도록 하지 마. 네가 방금 말했던 이유 때문에 로즈가 그러려고 할 거니까. 그녀는 맞닥뜨릴 수 없어." 네이트는 가운 주머니에 손을 집어넣으며 말했다. "그녀에겐 네가 필요해. 다른 어느 누구에게도 말하지 않을 테니까."

암센터 밖으로 나오자 머리칼이 다 빠진 머리에 스카프를 두른 야윈 여자와 어린 남자아이 둘이 페라리 주변을 둘러보고 있었다. 건물 직원이 서둘러 루시에게 뛰어왔다.

"계속 지켜보고 있었는데, 아이들이 지나치게 가까이 다가가지는 않았습니다. 다른 사람들도 마찬가지였고요." 그가 다급하고 나지막한 목소리로 말했다.

루시는 두 소년과 그들의 병든 어머니를 쳐다보며 차로 다가가 잠금장치를 열었다. 뒤로 물러서는 두 소년과 어머니의 얼굴에 두려움이 스쳤다. 어머니는 나이 들어 보였지만 서른다섯 살도 되지 않았을 것이다.

"죄송해요." 그녀가 루시에게 말했다. "아이들이 넋을 놓고 쳐다봐서요. 차에는 손도 대지 않았어요."

"얼마나 빨리 달릴 수 있어요?" 열두어 살가량으로 보이는 빨강 머리 첫째 아이가 물었다.

"글쎄, 4-90마력, 6단 변속, 4.3리터 V8, 80-5rpm과 탄소섬유 후방 방사 패널. 4초 안에 속도를 시속 95킬로미터까지 끌어올릴 수 있고, 최고 속도는 시속 320킬로미터지."

"그럴 리가요!"

"이런 차 타 본 적 있어?" 루시가 첫째 아이에게 물었다.

"직접 본 것도 처음이에요."

"넌 어때?" 루시는 여덟 살이나 아홉 살가량으로 보이는 빨강 머리 동생에게 물었다.

"나도 처음이에요." 동생이 수줍게 대답했다.

두 어린아이가 안을 들여다볼 수 있도록 루시가 차 문을 열어주자, 아이들은 동시에 숨이 멎었다.

"이름이 뭐야?" 루시가 첫째 아이에게 물었다.

"프레드요."

"운전석에 앉아봐, 프레드. 시동 거는 걸 보여줄게."

"그럴 필요 없어요." 아이 엄마가 금방 울음을 터뜨릴 것 같은 표정으로 루시에게 말했다. "얘야, 절대 함부로 건드리면 안 돼."

"난 조니예요." 둘째 아이가 말했다.

"형 먼저 하고." 루시가 말했다. "여기 내 옆에 서서 자세히 지켜보렴."

배터리를 켜고 기어가 중립인지 확인한 루시는 프레드의 손을 운전대에 부착된 붉은색 시동 버튼에 갖다 댄 다음 손을 놓았다. "잠시 누르고 있으면 시동이 걸릴 거야." 그러자 페라리가 포효하며 깨어났다.

루시가 아이들을 각각 태우고 주차장을 도는 동안, 주차장 한가운데에 혼자 서서 미소 지으며 손을 흔들던 아이 엄마는 눈물을 훔쳤다.

벤턴은 그의 사무실 전화로 걸려온 글래디스 셀프의 목소리를 맥린 병원의 뉴로이미징 연구실 안에서 녹음했다. 그녀의 유명한 딸도 그렇듯이, 셀프라는 성은 그녀에게도 꼭 어울렸다.

"부자인 딸이 왜 보카에 있는 근사한 저택을 내게 사주지 않는지 궁금하다면 이유를 설명해드리지요." 셀프 부인이 말했다. "난 플로리다의 할리우드가 아니면 보카든 팜비치든 어디에도 살고 싶지 않아요. 난 바다가 내다보이고 산책로가 있는 낡고 자그마한 아파트에 살고 있지요."

"왜 그러는 거죠?"

"딸에게 보복하기 위해서죠. 언젠가 내가 다 쓰러져가는 아파트에서 죽으면 그 꼴이 어떨지 생각해봐요. 내 딸의 유명세가 어떻게 될지 생각해봐요." 그녀는 만족스러운 듯 크게 웃었다.

"따님에 대해 좋은 이야기를 하는 게 힘든가 보군요." 벤턴이 말했다. "셀프 부인, 따님 칭찬을 잠시만 하도록 하지요. 그러니 잠시 동안은 중립적인 상태를 유지하다가 다시 비판하기 바랍니다."

"그런데 내 딸이 왜 이런 걸 하는 거죠?"

"아까 이야기를 시작할 때 설명드렸어요. 따님은 제가 실시하고 있는 과학 연구 프로젝트에 자원했어요."

"내 딸은 자신이 원하는 걸 얻지 못하면 어떤 일에도 자원할 아이가 아니죠. 순수하게 다른 사람을 돕기 위해 무언가를 한 적이 단 한 번도 없어요. 맙소사, 가족 비상사태로군요. 내가 CNN에 출연해서 내 딸이 거짓말을 하고 있다고 온 세상 사람들에게 말하지 않으니, 내 딸에겐 다행이죠. 진실이 뭔지 종종 의아해요. 내가 추측하기에 당신은 이 병원에서 일하는 범죄 심리학자 가운데 한 명으로, 이 병원 이름이 뭐였죠? 아,

맥린 병원이죠. 온갖 부자와 유명인들이 다니는 병원. 내 딸이 다닐 만한 곳. 이유가 뭔지 난 잘 알아요. 그 이유를 알면 아마 기절할 겁니다. 그렇지요. 내 딸은 환자이기 때문이죠."

"아까 말한 것처럼, 따님은 제가 진행 중인 프로젝트의 일원입니다." 벤턴은 마음속으로 욕지기가 났다. 셸프 박사에게 이 점에 대해 미리 경고했었다. 그가 대화 내용을 녹음하려고 전화했을 때, 셸프 부인이 자기 딸이 환자인지 의심할 수도 있었기 때문이다. "전 따님의 상황에 대해서, 그녀가 어디에 있는지, 무엇을 하는지, 왜 하는지 어떤 것에 관해서도 말씀드릴 수 없습니다. 우리가 연구하는 대상에 대해 어떤 정보도 누설할 수 없으니까요."

"난 당신에게 한두 가지 사실을 말할 수 있어요. 맞아요! 내 딸은 분명 연구할 가치가 있을 거예요. 정상적인 사람이라면 내 딸처럼 텔레비전에 출연해 사람들의 생각과 그들의 삶을 왜곡할 수 없을 거예요. 얼마 전 살해된 테니스 선수도 그랬고요. 내 딸은 그 일에 관해 비난받아야 마땅해요. 자신이 진행하는 토크쇼에 그녀를 출연시켜 그녀의 사생활에 관한 모든 정보를 온 세상에 알렸으니까요. 정말 당혹스러운 일이고, 그 어린 소녀의 가족이 그걸 허락했다는 게 믿기지 않아요."

벤턴도 그 방송을 녹화한 것을 봤다. 셸프 부인의 말이 옳았다. 드루에 관한 너무 많은 사실이 여과 없이 방송되었다. 그녀가 스토킹당했다면, 방송 내용 탓일 것이다. 벤턴이 그녀에게 전화한 건 그런 목적 때문이 아니었지만, 다시 곰곰이 생각해보지 않을 수 없었다. "따님이 어떻게 드루 마틴을 토크쇼에 출연시켰는지 궁금하군요. 둘이 서로 아는 사이였나요?"

"내 딸은 원하는 사람 누구든 자기 편으로 만들 수 있어요. 딸에게서 간혹 전화가 오면, 이런저런 유명인 얘기만 떠들어대죠. 떠드는 내용인

즉 그들이 자신을 만나서 행운일 뿐 그 반대로는 생각하지 않는다는 거예요."

"따님을 자주 만나지 않는 것 같군요."

"내 딸이 귀찮게 엄마를 찾아올 거라 생각해요?"

"따님이 감정이 완전히 없는 상태는 아닐 텐데. 그렇지 않아요?"

"믿기 힘들겠지만, 어린 시절엔 귀여웠을 수도 있어요. 하지만 열여섯 살이 되면서 뭔가 잘못됐어요. 바람둥이와 가출해 가슴앓이를 하더니 집으로 돌아와 힘든 시간을 보냈죠. 내 딸이 그런 얘기를 하던가요?"

"아니요, 하지 않았습니다."

"중요한 일이지요. 내 딸은 자살한 아버지 얘기를 계속할 거예요. 나와 나머지 가족들은 얼마나 끔찍한지 몰라요. 하지만 내 딸은 자신의 실패에 대해선 말하지 않죠. 거기엔 많은 사람들이 포함되어 있어요. 내 딸이 단지 불편하다는 이유만으로 자기 삶에서 제명한 사람들을 알게 되면 당신은 깜짝 놀랄 거예요. 혹은 절대 그래서는 안 되는 세상의 일면을 내 딸에게 보여준 사람들도 있죠. 그건 사람을 죽일 수도 있는 범죄예요."

"문자 그대로의 의미는 아니겠지요."

"당신이 어떻게 정의하느냐에 달려 있지요."

"따님의 긍정적인 측면부터 이야기하도록 하죠."

"내 딸이 비밀을 지킨다는 서약을 모든 사람들에게 한다고 말하던가요?"

"부인에게도 그렇게 하나요?"

"내가 이렇게 사는 진짜 이유를 알고 싶어요? 내 딸의 소위 말하는 관용을 참아줄 여유가 없기 때문이에요. 난 사회보장제도에 의지해 살고 평생 일하다 은퇴했어요. 날 위해 한 게 아무것도 없는 내 딸은 뻔뻔스럽게도 이 기밀 협정에 서명해야 한다고 말하더군요. 만약 그렇지 않으면 내가 아무리 나이가 들고 몸이 아파도 나 혼자 알아서 하라더군요. 하지만 난 서명하지 않았고, 아무튼 난 내 딸에 대해 이야기하지 않아요. 하지만 마음만 먹으면 언제든지 할 수 있어요."

"지금 제게 말하고 있지 않습니까."

"내 딸이 나한테 말하라고 했잖아요, 그렇지 않아요? 내 딸이 당신에게 내 전화번호를 가르쳐준 것도 이기적인 목적 때문이죠. 난 내 딸의 약점 같은 존재이고, 그녀도 어쩔 줄 몰라 하죠. 내가 뭐라고 말할지 초조해할 거고, 자신에 대한 믿음을 확인하겠죠."

"그러지 말고 따님에 대해 좋아하는 점을 떠올리려고 애써보세요. 분명히 무언가가 있을 겁니다." 벤턴이 말했다. "예를 들어, 항상 밝은 모습을 보면 감탄이 나오고, 성공한 모습을 보면 자랑스럽다든가."

"진심이 아닌데 그런 말을 하라고요?"

"긍정적인 이야기를 할 수 없으면, 안타깝게도 이 연구를 해낼 수 없습니다." 그렇게 된다 해도 벤턴에게는 상관없을 것이다.

"걱정 마요. 나도 내 딸처럼 거짓말을 잘 하니까요."

"그러고 나서 부정적인 이야기를 하시면 됩니다. 예를 들어 좀 더 관대하고, 덜 오만했으면 좋겠다는 등 떠오르는 생각을 말하시면 됩니다."

"누워서 떡 먹기죠."

"이제 중립적인 이야기를 하도록 하죠. 날씨 얘기나 쇼핑 등 평소에 하는 일에 대해서."

"내 딸을 믿지 말아요. 당신을 속여서 연구를 망칠 수도 있으니까요."

"뇌는 속일 수 없습니다." 벤턴이 말했다. "따님의 뇌도 그렇고요."

한 시간 후, 셀프 박사는 은은한 광택이 나는 빨간색 바지 정장 차림에 맨발로 침대에 앉아 베개에 몸을 기대고 있었다.

"당신이 그런 감정을 느낄 필요는 없어요." 벤턴이 〈정신질환 진단 및 통계 편람〉 제4판의 제1항, 질환 환자들과의 구조적 임상 인터뷰를 기록한 연하늘색 페이지를 넘기며 말했다.

"스크립트 필요해요, 벤턴?"

"이번 연구의 일관성을 유지하기 위해 중증 복합 면역결핍증 검사를 합니다. 매번 각각의 연구 대상자들에 대해 기록하죠. 당신의 직업적인 위상과 같은 분명하고 상관없는 상황에 대해서는 물어보지 않을 겁니다."

"당신을 도울게요." 셀프 박사가 말했다. "난 정신과에 다닌 적이 한 번도 없고 현재 복용하는 약도 없어요. 술도 많이 마시지 않고 하루에 다섯 시간 정도 잠을 자요. 케이는 몇 시간 자나요?"

"최근에 체중이 급격이 줄거나 늘어난 적 있습니까?"

"체중은 항상 똑같이 유지해요. 케이는 요즘 몇 킬로그램 정도 나가요? 외롭거나 우울할 때 폭식을 하나요? 남부 지역에는 기름진 음식들이 많잖아요."

벤턴이 페이지를 넘기며 말했다. "신체나 피부에 이상한 감각은 없었나요?"

"누구와 함께 있느냐에 따라 다르죠."

"다른 사람들이 냄새 맡기 어렵거나 맛볼 수 없는 걸 느낀 적이 있나요?"

"난 다른 사람들이 못 하는 많은 걸 할 수 있어요."

벤턴이 그녀를 올려다보며 말했다. "셀프 박사, 연구를 해봐야 별 소용없겠어요. 건설적이지 않아요."

"그건 당신이 판단할 사항이 아니에요."

"당신은 이게 건설적이라 생각해요?"

"아직 감정의 전후 관계에 대해 물어보지도 않았잖아요. 갑작스런 공포로 인한 발작에 대해선 물어보지 않을 건가요?"

"그런 적 있나요?"

"땀이 나고, 몸이 떨리고, 어지럽고, 심장 박동이 빨라져요. 내가 죽을지도 모른다는 두려움일까요?" 그녀는 벤턴이 자신의 환자인 양 곰곰이 생각에 잠긴 표정으로 쳐다보았다. "우리 어머니가 뭐라고 말하던가요?"

"처음 여기 왔을 땐 어땠나요?" 벤턴이 물었다. "이메일 문제로 심한 두려움에 사로잡혀 있는 것 같았거든요. 여기 처음 도착해서 마로니 박사한테 말한 이후로는 언급하지 않은 것 말입니다."

"당신의 조수가 나를 상대로 중증 복합 면역결핍증 검사를 한다고 상상해봐요." 셀프 박사가 미소 지으며 말했다. "난 정신과 의사예요. 초보자가 드루 마틴을 상대로 테니스를 치는 것과 마찬가지일 거예요."

"그녀에게 일어난 일에 대한 기분은 어때요?" 벤턴이 그녀에게 물었다. "당신의 토크쇼에 그녀가 출연했다고 뉴스에 나왔어요. 어떤 사람들이 추측하기에, 범인이 그녀를 지목한 이유는…."

"그녀가 출연한 TV 프로그램이 내가 진행하는 토크쇼뿐인 것처럼 말하죠. 내 토크쇼에 출연한 사람들은 한둘이 아니에요."

"그녀의 얼굴이 알려졌기 때문이라고 말하려던 참이었어요. 굳이 당신이 진행하는 토크쇼에 출연했기 때문이라고 말할 의도는 없었습니다."

"그 프로그램으로 또다시 에미상을 받을 거예요. 그런 일만 일어나지 않았다면…."

"그런 일만 일어나지 않았다면?"

"아카데미가 그녀에게 일어난 일 때문에 편견을 갖는다면, 그 일이 내 업무와 상관있는 것처럼 생각한다면 정말이지 불공평해요." 셀프 박사가 말했다. "우리 엄마는 뭐라고 말하던가요?"

"당신이 스캐너 안에 들어갈 때까지 어머니가 한 말을 듣지 않는 게 중요합니다.”

“내 아버지에 대해 말하고 싶어요. 내가 아주 어렸을 때 돌아가셨죠.”

“좋아요.” 벤턴은 노트북이 놓인 책상에 등을 대고 가능한 한 그녀와 거리를 유지해 멀리 떨어져 앉았다. 그들 사이에 놓인 테이블 위의 녹음기는 작동 중이었다. “당신의 아버지에 대해 이야기해봅시다.”

“내가 두 살 때 아버지가 돌아가셨어요. 만 두 살이 되기도 전이었죠.”

“그런데 아버지에게 거부당했다는 느낌이 들 정도로 아버지를 또렷하게 기억하나요?”

“당신도 책에서 읽어서 알겠지만, 모유 수유를 하지 않은 아이들은 인생에서 스트레스와 좌절을 더 심하게 겪죠. 수감 중이어서 모유 수유를 할 수 없는 여자들은 아이들을 양육하고 보호하는 능력이 심각하게 부족하죠.”

“연관 관계를 이해할 수 없군요. 당신 어머니가 어느 시점에 수감 중이었단 말인가요?”

“어머니는 내게 한 번도 젖을 물린 적이 없고, 심장 박동 소리를 들려주며 나를 달랜 적도, 나와 눈을 마주친 적도 한 번도 없어요. 항상 우유병이나 숟가락 같은 도구를 사용했어요. 어머니가 통화하면서 그 모든 사실을 인정하던가요? 우리 모녀 관계에 대해 물어봤어요?”

“실험 대상 어머니와의 대화를 녹음할 때, 두 사람의 관계에 대해 미리 알 필요는 없지요.”

“어머니와의 유대감을 거부한 나는 반감과 분노를 느꼈고, 아버지가 나를 떠난 걸 좀 더 어머니 탓으로 돌렸어요.”

“아버지가 돌아가신 것 말이군요.”

“흥미롭지 않아요? 케이와 나는 어린 나이에 아버지를 잃었고 우리 두 사람 모두 의사가 되었어요. 하지만 내가 살아 있는 사람들의 마음을 치료하는 반면, 그녀는 죽은 사람들의 시신에 메스를 들이대죠. 난 그녀가 잠자리에서 어떨지 항상 궁금했어요. 그녀의 직업을 고려하면 말이죠."

"아버지의 죽음이 어머니의 잘못이라고 탓합니까?"

"난 질투가 났어요. 부모님이 성관계를 하는 동안 문을 살짝 열고 문간에서 본 적도 몇 번 있어요. 어머니는 아버지에게 몸을 허락하고 있었어요. 왜 아버지에게는 허락하고 내게는 허락하지 않는 거죠? 왜 어머니는 되고 난 안 되는 거죠? 난 그게 무엇인지도 모르면서 그들이 서로에게 주는 걸 원했는데, 부모님과 구강성교나 생식기를 통한 성교를 원하지 않았기 때문이고 상황이 진행되는 동안 그걸 이해할 수 없었기 때문이죠. 난 부모님이 고통스러워한다고 생각했을 거예요."

"만 두 살도 되지 않았는데, 부모님이 관계하는 걸 한 번 이상 지켜본 게 기억나요?" 벤턴은 임상 매뉴얼을 의자로 가져와 메모하고 있었다.

침상에 누운 셀프 박사는 자세를 바꾸어 더 편안하고 도발적인 자세를 취하며 벤턴에게 몸매를 그대로 드러냈다. "부모님이 활기차게 살아있는 모습을 봤는데 눈 깜짝할 사이에 아버지가 돌아가셨어요. 반면 케이는 아버지가 암으로 오랫동안 투병하는 걸 지켜봤죠. 난 상실감을 느끼며 살았고 그녀는 죽어가는 아버지와 살았다는 게 차이점일 거예요. 벤턴, 정신분석학자로서 내 목적은 내 부모님의 삶을 이해하는 거고, 케이의 목적은 부모님의 죽음을 이해하는 거죠. 그 점이 분명 당신에게도 영향을 미쳤을 거예요."

"우리가 만난 건 나에 관해 이야기하기 위해서가 아닙니다."

"맥린 병원이 엄격한 기관의 규칙을 고수하지 않는 게 놀랍지 않아요? 내 지원을 받아주었을 때 그런 일이 있었지만 결국 이렇게 됐잖아요. 마로니 박사가 이번 말고 처음에 내 입원실에 들어온 얘기를 하던가요? 문을 닫고 내가 입은 가운을 느슨하게 풀고 내 몸을 만진 이야기 말이에요. 그는 예전에 산부인과 의사였나요? 불편해 보여요, 벤턴."

"성적 욕망이 과도하게 느껴집니까?"

"요즘은 조증이 있어요." 그녀가 미소 지으며 말했다. "오늘 오후에 얼마나 많은 증상이 나타나는지 살펴보죠. 하지만 그 때문에 여기 온 건 아니에요. 내가 왜 여기 왔는지 우리 두 사람 모두 잘 알잖아요."

"진료실에서 잠시 휴식을 취하던 중 확인한 이메일 때문이라고 했어요. 2주 전 금요일이었죠."

"마로니 박사에게 이메일에 대해서 말했어요."

"마로니 박사에게는 이메일을 받은 사실만 말한 걸로 아는데요." 벤턴이 말했다.

"그게 가능하다면, 여러분들 모두 그 이메일 때문에 최면을 걸 듯 나를 유혹했을지도 모른다는 의심이 드는군요. 하지만 그런 건 영화에 나오거나 정신병 환자나 저지를 일이죠, 그렇죠?"

"당신은 마로니 박사에게 몹시 불안하고 목숨에 위협을 느낀다고 말했어요."

"그러고는 내 의지를 꺾을 수 있는 약물을 처방받았어요. 그런 다음 그는 이탈리아로 날아가버렸죠."

"그는 그곳에서도 진료를 합니다. 특히 한 해 중 이맘때면 항상 국내외를 오가지 않나요?"

"그는 로마 대학의 정신과에서 일해요. 로마에 별장이 있고 베니스에 아파트가 있어요. 그는 이탈리아의 부유한 가정에서 태어났어죠. 맥린 병원의 진료소장이고, 당신을 포함해 모두들 그가 말하는 대로 따라하죠. 그가 이탈리아로 떠나기 전, 우린 내가 체크인 한 이후에 일어난 일에 대해 바로잡았어야 했어요."

"체크인이라고요? 맥린 병원을 호텔인 양 얘기하는군요."

"이젠 너무 늦었어요."

"마로니 박사가 부적절하게 당신의 몸에 손을 댔다고 생각하는 건 진심인가요?"

"그 점에 대해선 분명하게 말한 것 같은데요."

"그럼 그렇게 생각한다는 뜻이군요."

"여기 있는 모든 사람들은 부인할 거예요."

"만약 그게 사실이라면 그렇지 않을 겁니다."

"모두들 부인할 거예요."

"리무진을 타고 도착했을 때 당신은 제정신이지만 흥분한 상태였어요. 기억나요? 입원 절차를 밟는 곳에서 나중에 설명할 이메일 때문에 안전한 피신처가 필요하다고 마로니 박사에게 말했던 거 기억나요?" 벤턴이 물었다. "언어적으로 그리고 실질적으로 그에게 도발적으로 행동했던 거 기억나요?"

"환자를 다루는 솜씨가 엉망이군요. FBI로 되돌아가 고무호스나 사용하도록 해요. 내 이메일과 내 집, 심지어 내 은행 계좌에도 침입할 수 있겠죠."

"처음 여기에 도착했을 때 본인 상태가 어땠는지 기억하는 게 중요합니다. 난 당신이 그럴 수 있도록 도와주려고 애쓰고 있어요." 벤턴이 말했다.

"마로니 박사가 내 입원실에 들어오던 게 기억나요."

"그건 시간이 흐른 뒤 저녁에 일어난 일이에요. 그때 당신은 갑자기 히스테리를 부리고 두서없는 말을 늘어놓았어요."

"약물 때문이었어요. 난 어떤 종류의 약물이든 무척 민감하게 반응하거든요. 난 약을 절대 먹지 않고 신뢰하지도 않아요."

"마로니 박사가 당신 입원실에 도착했을 때, 여성 신경 심리학자와 여자 간호사가 이미 입원실에 있었어요. 당신은 본인 잘못이 아니라고 계속 말했어요."

"당신도 거기 있었어요?"

"아니요."

"그렇군요. 마치 거기 있었던 것처럼 행동해서요."

"당신의 진료 기록을 봤습니다."

"내 진료 기록이라…. 가장 높은 값을 부르는 사람에게 팔 공상을 하겠군요."

"간호사가 혈압과 맥박 등을 확인하는 동안 마로니 박사가 당신에게 이런저런 질문을 했고, 근육주사를 놓아 당신을 진정시켜야 했습니다."

"핼돌 5밀리그램, 아티반 2밀리그램, 코젠틴 1밀리그램이었죠. 과학수사 기관에 수용된 폭력적인 제소자에게 사용하는 악명 높은 5-2-1 화학 억제제예요. 날 폭력적인 제소자처럼 다루었다고 상상해봐요. 그 이후론 아무것도 기억나지 않아요."

"셸프 박사, 무엇이 자신의 실수가 아니라고 말했는지 기억나요? 이메일과 상관있나요?"

"마로니 박사가 한 행동은 내 잘못이 아니에요."

"그렇다면 당신이 맥린 병원에 오게 된 이유는 당신이 말했던 이메일과 아무 상관없단 말인가요?"

"이건 음모고 당신들 모두 공모자예요. 그래서 당신의 동료 피트 마리노가 내게 접근한 거예요, 그렇죠? 혹은 그가 자청했을 수도 있겠죠. 그는 내가 플로리다에서 그랬던 것처럼 자신을 구해주길 바라죠. 당신들이 그에게 무슨 짓을 하고 있는 거죠?"

"음모는 없습니다."

"수사관들이 몰래 엿보고 있나요?"

"당신은 이곳에 입원한 지 열흘이 지났지만 그 이메일에 대해 아무에게도 말하지 않았어요."

"그건 내게 수많은 이메일을 보낸 사람에 관한 일이기 때문이죠. 이메일에 관한 문제가 아니라 사람에 관한 문제죠."

"그 사람이 누구죠?"

"마로니 박사라면 도와줄 수 있는 사람이에요. 매우 불안정한 사람이죠. 그가 어떤 일을 했든 혹은 어떤 일을 하지 않았든, 그에겐 도움이 필요해요. 그리고 내게 혹은 다른 누군가에게 어떤 일이 일어나면 내 잘못이 아니라 마로니 박사의 책임이에요."

"그럼 뭐가 당신의 잘못이죠?"

"아까 말했던 것처럼, 어떤 것도 내 잘못이 아니에요."

"이메일을 우리에게 보여주면 이메일을 보낸 사람이 누구인지 알아낼 수 있고, 당신을 보호해줄 수 있을 거예요." 벤턴이 말했다.

"흥미로운 제안이긴 하지만 당신이 이곳에서 일하고 있다는 걸 잠시 잊고 있었네요. 수속을 할 때 당신이 진행하는 연구에 대한 광고지를 본 게 떠오르는군요. 그리고 마리노도 내게 이메일을 보냈는데, 물론 그게 문제의 이메일은 아니니 괜히 넘겨짚지 말아요. 마리노는 케이 밑에서 일하면서 지루해지고 성적인 좌절감을 느끼고 있는 것뿐이니까요."

"난 당신이 받은, 혹은 당신이 보낸 이메일에 관해 이야기하고 싶습니다."

"시기심으로 시작하죠." 셀프 박사가 벤턴을 쳐다보며 말을 이었다. "케이는 자신의 존재감이 별로 없기 때문에 날 시기해요. 나를 지나치게 시기한 나머지 법정에서 나에 관해 거짓말을 늘어놓죠."

"지금 당신이 말하고자 하는 건…?"

"주로 그녀에 대해 말하고 있어요." 셀프 박사의 마음에 증오가 똬리를 틀었다. "그 대단한 법정 싸움에서 일어난 일에 대해 난 절대적으로 객관적이었어요. 당신과 케이, 특히 케이가 증인이라는 사실에 대해 절대 사적으로 받아들이지 않았어요. 당신 두 사람, 특히 케이는 그 법정 싸움에서 승자가 되었죠." 그녀의 마음에 증오가 차갑게 자리 잡았다. "당신이 문을 닫은 채 내 입원실에 있다는 걸 알면 케이가 어떤 기분일지 궁금하네요."

"입원실에서 단둘이 사적으로 얘기해야 할 게 있을 경우에 대해 우린 협약을 맺었습니다. 문서 기록뿐 아니라 대화 내용을 녹음할 겁니다."

"내 목소리를 녹음하고 대화 내용을 메모해두면 언젠가 쓸모가 있을 거예요. 당신이 내게 배울 수 있는 게 많아요. 자, 당신이 진행 중인 실험에 대해 얘기해보죠."

"실험이 아니라 연구 조사입니다. 당신이 자원한 이 연구 조사는 특별 허가를 받았고, 우린 실험이라는 용어는 사용하지 않습니다."

"감출 게 없다면 왜 당신이 진행하는 실험에서 날 제외시키려 하는지 궁금하군요."

"셀프 박사, 솔직하게 말하자면 당신이 기준에 맞는지 확신이 들지 않습니다."

"벤턴, 솔직하게 말하자면 당신이 원하는 대상자가 전혀 아니죠, 그렇죠? 하지만 당신이 일하는 병원이 너무 기민한 나머지 날 차별 대우할 수 없기 때문에 당신에겐 선택의 여지가 없는 거죠."

"양극성이 있다는 진단을 받은 적 있습니까?"

"재능이 뛰어나다는 것 말고는 어떤 진단도 받은 적 없어요."

"가족 중에 양극성 진단을 받은 사람 있습니까?"

"이 상황이 결국 어떻게 끝나든 그건 당신 일이에요. 다양한 감정 상태가 지속되는 동안 적절한 외부 자극이 가해지면 뇌의 배외측 전두엽 전부의 대뇌 피질이 밝아질 거예요. PET나 fMRI 검사를 통해 우울한 사람들은 전두엽 부분에 비상적인 혈액 흐름이 있고, 배외측 전두엽 피질의 활동이 감소한다는 게 밝혀졌어요. 폭력적인 대화를 테이프에 녹음해서 무엇을 입증할 건가요? 그리고 그게 과연 중요할까요? 당신이 진행하는 실험은 사람을 대상으로 하는 하버드 대학교 위원회의 승인을 받지 못했어요."

"우리는 승인받지 않은 연구를 실시하지 않습니다."

"피실험자들은 건강한 상태인데 실험이 끝난 후에도 여전히 건강한가요? 별로 건강하지 않은 피실험자는 어떻게 되죠? 우울증, 정신분열증, 양극성 혹은 다른 질환이 있거나 강박관념에 사로잡혀 자신이나 다른 사람들을 해친 경험이 있는 불쌍한 피실험자들은 어떻게 되죠?"

"재키에게 간단히 설명을 들었을 텐데요." 벤턴이 말했다.

"아니에요. 그녀는 머리가 나빠서 뇌의 배외측 전두엽 전부의 대뇌 피질도 몰라요. 자라면서 어머니에게 받은 비판과 칭찬이 뇌에 어떤 영향을 미치는지에 관한 연구 조사들이 실시되었죠. 폭력적인 대화를 테이프에 녹음해서 무엇을 입증할 건가요? 그리고 그게 과연 중요할까요? 당신은 폭력적인 사람과 그렇지 않은 사람의 뇌가 어떻게 다른지, 그게 어떻게 드러나는지, 무엇이 중요한지 보여주었어요. 그렇다고 샌드맨을 멈추게 할까요?"

"샌드맨이라고요?"

"그의 뇌를 보면 이라크가 보일 거예요. 그런 다음 마법처럼 이라크를 끄집어내면 그는 괜찮아질까요?"

"그에게서 이메일을 받았나요?"

"난 그가 누구인지 몰라요."

"마로니 박사에게 말했던 그 불안한 남자 아닌가요?"

“당신이 케이에게서 뭘 보는지 모르겠어요.” 셀프 박사가 말했다. “그녀에게서 시체 공시소 냄새가 나나요? 아, 그녀가 퇴근해 집으로 와도 당신은 함께 없겠군요.”

“당신이 말한 바에 따르면 드루의 시신이 발견되고 며칠 후에 이메일을 받았는데, 우연의 일치인가요? 드루 마틴의 살해자에 관한 정보를 알고 있으면 말해줘요.” 벤턴이 말했다. “무척 진지하게 말하는 것이니, 알고 있으면 꼭 말해줘요.”

그녀가 다리를 뻗자 두 사람 사이에 놓인 테이블에 맨발이 닿았다.

“테이블에 놓인 이 녹음기를 걷어차 망가뜨리면 어떻게 되죠?”

“드루를 살해한 범인은 또다시 살인을 저지를 겁니다.” 벤턴이 말했다.

“이 녹음기를 걷어차면….” 그녀는 맨발 끝으로 녹음기를 약간 움직이며 말했다. “우린 어떤 말을 하고 어떤 행동을 할까요?”

벤턴이 의자에서 일어났다. “다른 사람이 살해되길 원해요, 셀프 박사?” 그는 녹음기를 집어 들었지만 전원은 끄지 않았다. “예전에도 이런 일을 겪은 적 있어요?”

“음모가 분명해요.” 셀프 박사가 병상에 앉아 말했다. “케이는 예전처럼 이번에도 나에 관해 거짓말을 할 거예요.”

벤턴이 문을 열며 말했다. “아닙니다. 이번에는 훨씬 더 나쁜 상황이 벌어질 것 같군요.”

09

우범자

저녁 8시 베니스. 마로니는 와인 잔을 다시 채우며 열린 창문 너머, 햇살이 희미해지는 운하에서 올라오는 불쾌한 냄새를 맡았다. 뭉게구름이 하늘의 절반가량을 덮고 있었고, 수평선에 황금빛 노을이 지기 시작했다.

"조증이 지나쳐." 매사추세츠가 아닌 베니스에 있는 것처럼 벤턴의 목소리가 선명하게 들렸다. "객관적이고 냉정할 수도 없고, 입원실에 앉아 그녀가 지어내는 이야기와 거짓말을 들을 수도 없네. 난 더 이상 못하겠으니 다른 사람한테 맡겨. 파울로, 난 잘 해내지 못하고 있어. 경찰로서도 그랬는데 임상의로도 마찬가지야."

아파트 창가에 앉아 값비싼 바롤로 와인을 마시던 마로니는 벤턴의 이야기를 듣자 와인 맛이 떨어졌다. 그는 매럴린 셀프에게서 벗어날 수 없었다. 그녀가 그의 병원과 로마를 침략한 거나 마찬가지였다. 그리고 이제 그녀는 베니스까지 그를 쫓아왔다.

"내가 묻고 싶은 건 이번 연구 조사에서 그녀를 뺄 수 있느냐는 거야. 난 그녀를 대상으로 조사하고 싶지 않네." 벤턴이 말했다.

"물론 자네에게 어떻게 하라고 말하지는 않겠네." 마로니 박사가 대답했다. "자네가 실시하는 연구 조사이지 않은가. 하지만 내 의견을 듣고 싶다면, 그녀를 내쫓지 말라고 말하고 싶네. 그녀를 자세히 조사해 봐. 즐겁게 실험하고 데이터가 좋지 않다고 가정해. 그럼 그녀는 가버릴 거야."

"가버리다니, 그게 무슨 뜻이야?"

"아직 정보를 받지 못한 게로군. 그녀는 책임을 면제받았어. 자세한 조사를 받은 후 떠날 거야." 마로니 박사가 말했다. 열린 덧문 너머로 보이는 초록색 올리브 색깔의 운하는 거울처럼 잔잔해 보였다. "오토와 얘기해봤나?"

"오토?" 벤턴이 되물었다.

"포마 국장 말이네."

"그가 누구인지는 알지만, 이번 일에 관해 왜 그와 이야기를 나눠야 하지?"

"어젯밤 로마에서 그와 저녁 식사를 함께 했네. 그가 자네에게 연락하지 않았다니 놀랍군. 오토 박사는 지금 비행기를 타고 미국으로 가고 있는 중이야."

"맙소사."

"그는 드루 마틴에 관해 셀프 박사와 이야기를 나누고 싶어 해. 그녀가 무언가 알면서도 실토하지 않는다고 확신하고 있지."

"설마 자네마저 그렇게 확신하는 건 아니겠지?"

"난 확신하지 않아. 하지만 그는 뭔가 알고 있어."

"어떻게 그게 가능한지 모르겠군." 벤턴이 말했다. "그녀가 이곳 병원에 입원한 사실을 우리가 다른 사람에게 알리면, 그녀는 어떻게 나올까?"

수상 택시가 천천히 지나가자 마로니 박사의 아파트 외벽에 물결이 일렁였다.

"난 포마 국장이 자네 혹은 케이에게 정보를 얻어냈다고 가정했네." 마로니가 말했다. "왜냐하면 두 사람 모두 IIR의 회원이고 드루 마틴의 살인사건을 조사하고 있으니까."

"포마 국장은 우리에게서 정보를 얻은 게 아니네."

"그럼 루시는 어때?"

"셀프 박사가 여기 있는 건 케이도 루시도 모르네." 벤턴이 말했다.

"루시는 조시와 친한 사이지."

"말도 안 돼. 루시는 병원 검사를 받을 때만 그와 만나. 서로 컴퓨터에 관해 얘기를 나누는데, 뭣 하러 조시가 루시에게 그런 이야기를 하겠어?"

운하 건너편에 보이는 지붕에 앉은 갈매기가 고양이처럼 끼룩거렸다. 관광객이 빵을 던져주자 울음소리가 더 커졌다.

"전적으로 가정이지만…." 마로니가 말했다. "그런 생각이 떠올랐던 건, 컴퓨터에 문제가 있거나 해결할 수 없는 문제가 있으면 조시가 루시에게 자주 전화를 걸기 때문일 걸세. MRI와 IT 기술은 조시에게 무리일 거야."

"뭐라고?"

"문제는 그녀가 어디로 가느냐, 그리고 그녀가 어떤 문제를 더 일으키느냐야."

"아마 뉴욕으로 갈 거야." 벤턴이 말했다.

"확실히 알게 되면 내게 말해주게." 마로니가 와인을 한 모금 마시며 말했다. "루시에 관한 이야기는 모두 가정해서 한 거야."

"조시에게 들었다 해도, 루시가 친분이 없는 포마 국장에게 말했다고 가정하는 건 지나친 비약이 아닐까?"

"셀프 박사가 떠날 때 그녀를 주의 깊게 봐야 할 거야. 문제를 불러일으킬 테니까." 마로니 박사가 말했다.

"왜 이런 비밀스러운 이야기를 하는지 모르겠네." 벤턴이 말했다.

"난 알고 있네. 수치스러운 일이야. 아니, 그다지 중요하지 않은 일이네. 그녀는 떠날 거야. 그녀가 어디로 가는지 내게 말해주게."

"중요하지 않은 일이라고? 자기가 맥린 병원에 입원하거나 혹은 입원했다는 사실을 누군가 포마 국장에게 말한 걸 알아낸다면, 그건 HIPAA 법안을 어긴 것이네. 그녀는 문제를 일으킬 거고, 그게 바로 그녀가 바라는 거야."

"그가 그녀에게 언제, 무슨 말을 할지 난 통제할 수 없네. 이곳 이탈리아 경찰이 수사를 전담하고 있어." 마로니 박사가 말했다.

"여기에서 상황이 어떻게 돌아가는지 이해가 안 되네. 중증 복합 면역결핍증 검사를 받으면서 그녀는 자네에게 말했던 그 환자에 대해 말했네." 벤턴의 목소리에는 좌절감이 느껴졌다. "자네가 왜 내게 말하지 않았는지 이해할 수 없네."

운하를 따라 아파트 외관이 희미한 파스텔 그림자를 드리웠고, 오래된 회반죽이 떨어져 나간 곳에 벽돌이 그대로 드러났다. 윤이 나는 티크재로 만든 보트가 아치 모양의 나지막한 벽돌 교각 아래를 지나가자, 선장의 머리가 교각에 닿을 듯 말 듯했다. 그는 엄지손가락으로 보트 레버를 작동하고 있었다.

"맞아, 그녀는 어떤 환자에 대해 내게 말했어. 포마 국장도 내게 그것에 관해 물어봤고." 마로니 박사가 말했다. "어젯밤에 내가 알고 있는 걸 그에게 말했네. 적어도 나에겐 말할 자유가 있으니까."

"나한테도 말해주면 좋겠네."

"이제 말해주겠네. 자네가 먼저 얘기를 꺼내지 않았어도 내가 먼저 말했을 거야. 지난 몇 주 동안 몇 차례 그를 만났어. 작년 11월에." 마로니 박사가 말했다.

"셀프 박사에 따르면, 그는 자신을 샌드맨이라고 부른다더군. 어디선가 들어본 것 같지 않나?"

"샌드맨이라는 이름에 관해선 아는 게 없네."

"셀프 박사는 그가 이메일 아래에 서명하는 이름이 샌드맨이라고 했네." 벤턴이 말했다.

"작년 10월에 그녀가 내 사무실에 전화를 걸어 로마에 있는 그 사람을 만나보라고 했을 때, 이메일에 관한 얘기는 내게 하지 않았어. 그가 자신을 샌드맨이라고 부르는 것에 관해서도 말해주지 않았고. 그는 내 진료실에 찾아와서도 그 이름에 대해선 일언반구도 하지 않았네. 로마에서는 그를 두 번 정도 본 것 같네. 그와 이야기를 나눴지만 이후 그를 살인범으로 결론 내릴 만한 정보는 얻지 못했고, 포마 국장에게도 그렇게 말했네. 그러니 그에 관한 파일이나 자료를 자네에게 건네줄 수 없어. 자네도 이해할 거라 믿네."

마로니 박사가 와인 잔에 와인을 채울 무렵, 해가 운하 속으로 서서히 가라앉았다. 열린 창문으로 들어오는 저녁 공기는 아까보다 시원해졌고 운하 냄새도 덜 불쾌했다.

"그에 관한 정보를 조금이라도 줄 수 없겠나?" 벤턴이 물었다. "사적인 이력이나 신체적인 특징이라도. 내가 아는 거라곤 그가 이라크에 있었다는 사실뿐이야."

"알려주고 싶어도 그럴 수 없네. 그에 관한 기록이 내게는 아무것도 없으니까."

"기록에 중요한 정보가 있을 수도 있다는 말처럼 들리는군."

"그렇게 가정할 수도 있겠지." 마로니 박사가 말했다.

"확인해봐야 한다고 생각하지 않나?"

"내겐 아무런 기록이 없네." 마로니 박사가 말했다.

"자네에겐 기록이 없다고?"

"여기 로마에는 없다는 뜻이네." 마로니 박사가 서서히 가라앉는 도시에서 말했다.

몇 시간 후, 찰스턴에서 북쪽으로 30킬로미터 떨어진 곳에 있는 킥 앤 호스 술집.

마리노는 샌디 스눅과 마주 앉아 있었다. 두 사람은 튀김 닭에 비스킷과 오트밀을 곁들여 먹고 있었다. 휴대전화가 울리자 마리노는 액정에 찍힌 발신 번호를 확인했다.

"누구예요?" 샌디가 블러디 메리 칵테일을 빨대로 홀짝이며 물었다.

"사람들은 왜 날 가만히 내버려두지 않는 거야?"

"내가 생각하는 전화가 아니었으면 좋겠네요. 지금은 7시고, 우린 저녁을 먹고 있다고요."

"안 받을래." 마리노는 버튼을 눌러 발신음이 들리지 않도록 하고 아무렇지 않은 척했다.

"맞아요." 샌디가 빨대로 요란한 소리를 내며 남은 칵테일을 마시는 소리를 들은 마리노는 배수 세정제를 투입해 막힌 싱크대 구멍을 뚫는 소리를 떠올렸다. "지금 집에 있는 사람은 아무도 없어요."

피드 트로프와 리너드 스카이너드의 요란한 음악이 스피커를 통해 흘러나왔다. 버드와이저의 네온 광고판이 켜져 있는 가운데, 천장에 달린 팬이 천천히 돌아가고 있었다. 벽에는 안장과 사인이 가득 차 있었고 오토바이와 로데오 말, 도자기로 만든 뱀 등이 창틀을 장식하고 있었다.

나무 테이블에는 자전거가 쌓여 있었다. 술집 입구에도 여러 대의 자전거가 있었고, 모두들 먹고 마시며 헤드 숍 보이즈의 콘서트를 볼 준비를 하고 있었다.

"비열한 놈." 마리노가 테이블 위에 놓인 무선 블루투스 이어폰 옆에 있는 휴대전화를 노려보며 중얼거렸다. 전화가 온 걸 모르는 척할 수는 없었다. 그녀한테서 온 전화였기 때문이다. '발신자 정보 없음'이라는 표시였지만 마리노는 그녀가 전화했다는 것을 알았다. 지금쯤 그녀는 그의 컴퓨터에 있는 걸 봤을 것이다. 마리노는 이렇게 시간이 오래 걸린 게 놀랍기도 했고 짜증이 나기도 했다. 동시에 흥분이 일기도 했다. 그는 셀프 박사도 샌디처럼 자신을 원할지도 모르고 자신을 지치게 할지도 모른다는 상상을 했다. 근 일주일 동안 마리노는 잠을 거의 자지 못했다.

"입버릇처럼 하는 말이지만 그 사람 정말 지겨워요." 샌디가 마리노에게 다시 한 번 상기시켰다. "이번 한 번만은 당신 상사더러 알아서 하라고 해요."

전화한 사람이 그녀라는 걸 모르는 샌디는 장례식장에서 온 전화일 거라 생각했다. 마리노는 버번위스키 잔을 잡으면서도 휴대전화를 계속 쳐다보았다.

"젠장, 이번엔 그녀가 알아서 하라고 해요." 샌디가 고래고래 소리를 질렀다.

마리노는 아무 대답도 하지 않고 위스키 잔을 천천히 돌렸다. 긴장감이 점점 더 커졌다. 스카페타의 전화를 받지 않거나 곧바로 전화해주지 않으면 불안감으로 가슴이 죄어들었다. 셀프 박사가 했던 말을 떠올리자 기만당했다는 느낌이 들었고 얼굴이 뜨거워졌다. 스카페타와 함께 일했던 거의 20년 동안 그는 자신이 부족한 것 같았는데, 문제는 그녀

탓인 것 같았다. 그렇다, 그녀 탓일 것이다. 그녀는 남자를 전혀 좋아하지 않았다. 그리고 그 오랜 세월 동안, 문제는 마리노 탓이라는 느낌이 들게 했었다.

"누구의 시신이 들어왔든 당신 상사에게 알아서 하라고 해요. 그녀가 잘하는 건 그 일뿐일 테니까." 샌디가 말했다.

"넌 그녀가 어떤 사람인지, 무슨 일을 하는지 아무것도 모르잖아."

"내가 그녀에 대해 알고 있는 걸 당신이 알면 깜짝 놀랄 거예요. 주의하는 게 좋을 거예요." 샌디는 술을 한 잔 더 주문했다.

"뭘 주의하라는 거야?"

"당신이 그녀에게 집착하는 게 거슬려요. 내가 당신에게 어떤 사람인지 계속 잊어버리는 것 같아요."

"일주일 후엔 그럴지도 모르지."

"기억해요. 내가 부르면 곧장 달려오지 않지만 그녀일 경우에는 그렇지 않죠." 샌디가 말했다. "왜 그래야 하죠? 그녀의 목소리를 들을 때마다 왜 그렇게 화들짝 놀라는 거죠? 너무 놀라 펄쩍 뛰잖아요." 샌디는 손끝을 마주쳐 딱 소리를 내며 웃음을 터뜨렸다.

"입 닥쳐."

"펄쩍, 펄쩍." 샌디는 마리노가 화들짝 놀라 펄쩍 뛰는 모습을 흉내 냈다. 상체를 숙이자 실크 조끼 너머로 가슴골이 보였다.

마리노는 휴대전화와 이어폰을 손으로 집었다.

"사실대로 말해볼까요?" 브래지어를 하지 않은 샌디의 가슴이 훤히 보였다. "그녀는 자동 응답기처럼, 아무 쓸모없는 사람처럼 당신을 대하죠. 내가 아니라 다른 사람이 그렇게 말했어요."

"어느 누구도 날 그렇게 대하도록 놔두지 않아." 마리노가 말했다. "쓸모없는 사람이 누구인지 두고 보자고." 마리노는 셀프 박사를 생각하며 자신이 전 세계 텔레비전에 나오는 모습을 상상했다.

샌디가 테이블 아래로 몸을 낮추자 실크 조끼 아래의 모습도 보였다. 그는 자신이 원하는 만큼 볼 수 있었다. 샌디는 그의 몸을 만지작거렸다.

"그러지 마." 마리노는 점점 더 초초해지고 화가 났다.

잠시 후 다른 오토바이 운전자들이 테이블에 기댄 그녀의 모습을 흘끗 보려고 변명을 지어내며 곁을 지나갈 것이다. 마리노가 샌디를 쳐다보자, 그녀의 젖가슴이 부풀어 올라 가슴골이 더 깊이 파였다. 그녀는 상대방이 자신에 대해 상상할 수 있도록 대화에 집중하게 하는 방법을 알고 있었다. 체인이 달린 손가방을 든 몸집 큰 남자가 바에서 천천히 일어섰다. 그가 느릿느릿 화장실로 가면서 그녀를 흘깃거리는 모습을 본 마리노는 화가 치밀었다.

"왜요, 마음에 안 들어요?" 샌디가 그를 만지작거리며 말했다. "난 당신이 좋아할 줄 알았는데. 어젯밤 기억나요? 정말 10대 청소년 같았잖아요."

"기억 안 나." 마리노가 무뚝뚝하게 대답했다.

"왜요? 나 때문에 힘들어요?" 샌디는 자신의 말솜씨에 우쭐해졌다.

마리노는 그녀의 손길을 물리치며 말했다. "지금은 하지 마."

그는 스카페타에게 전화를 걸었다. "나 마리노요." 샌디가 누구인지 알아채지 못하도록 마치 낯선 사람에게 하듯 퉁명스럽게 말했다.

"좀 만나야겠어요." 스카페타가 그에게 말했다.

"좋소. 몇 시에?" 마리노는 그녀와 모르는 사이인 것처럼 가장했다. 몸매를 드러낸 까무잡잡한 자신의 여자친구를 남자들이 흘깃거리며 쳐다보자 화가 나고 질투심이 끓어올랐다.

"되도록이면 빨리 만나요. 우리 집에서." 마리노의 이어폰으로 평소와는 다른 그녀의 목소리가 들렸다. 서서히 다가오는 폭풍 같은 분노가 느껴졌다. 스카페타가 이메일을 본 게 분명했다.

샌디는 도대체 누구와 통화 중이냐는 표정으로 그를 물끄러미 쳐다보았다.

"그러겠소." 마리노는 짜증난 척하며 손목시계를 쳐다보았다. "30분쯤 걸릴 거요." 그는 전화를 끊고 샌디에게 말했다. "곧 시신이 들어온대."

샌디는 그의 눈빛에서 진실을 읽으려는 듯, 어떤 이유에서든 그가 거짓말하고 있다는 걸 아는 듯 쳐다보았다. "어느 장의사에서요?" 그녀가 의자에 몸을 기대며 말했다.

"이번에도 메딕스 장의사야. 아침, 한낮, 밤, 시간도 가리지 않고 내내 장의차를 몰고 다니지. 구급차 꽁무니를 따라다니는 게 분명해."

"아, 정말 너무하네요." 샌디가 말했다. 그녀는 불꽃 무늬의 지저분한 옷차림에 굽이 낮은 부츠를 신은 남자에게 관심을 가졌다. 그는 그들에게 아무 관심도 기울이지 않은 채 테이블을 지나 현금 인출기로 향했다.

아까 도착했을 때 마리노는 그를 흘끗 쳐다보았는데, 처음 보는 사람이었다. 그가 현금 인출기에서 단돈 5달러를 빼내는 동안 그가 데려온 잡종 개는 바의 의자에 몸을 동그랗게 만 채 잠을 자고 있었다. 그는 강아지를 한 번 쓰다듬지도 않았고, 바텐더에게 지켜봐달라고 부탁하지도 않았다.

"왜 그런지 모르겠어요." 샌디가 다시 끼어들었지만 목소리가 달라졌다. 심술을 내기 시작할 때 그렇듯 더 침착하고 냉담해진 목소리였다. "당신은 정말 많은 걸 알고 정말 대단한 일을 해왔어요. 대단한 살인사건 형사죠. 그녀도, 그녀의 레즈비언 조카도 아닌 당신이 상사여야 해요." 샌디는 종이 접시에 남은, 오트밀이 스민 마지막 비스킷을 집으며 말했다. "당신 상사는 당신을 투명 인간처럼 만들어요."

"루시에 대해 그렇게 말하지 말라고 했잖아. 쥐뿔도 모르면서."

"사실대로 말하는 것뿐이에요. 나한테 그렇게 말할 필요 없어요. 이 바 안에 있는 사람들 모두 그녀가 어떤 오토바이를 타는지 알아요."

"입 다물어." 마리노는 화를 내며 남은 술을 마저 마셨다. "루시에 대해선 입도 뻥긋 하지 마. 난 루시가 어린아이였을 때부터 봐왔어. 내가 직접 운전도 가르쳤고 사격도 가르쳤지. 그녀에 대해서 더 이상 한 마디도 듣고 싶지 않아. 알아들었어?" 독한 버번위스키를 이미 석 잔이나 마신 마리노는 한 잔 더 하고 싶었지만 그러면 안 된다는 걸 알았다. 그는 담배 두 대에 불을 붙였다. 한 대는 샌디, 다른 한 대는 자신이 피울 거였다. "누가 투명 인간인지 두고 보면 알겠지."

"사실은 사실이에요. 당신 상사가 당신을 여기저기로 끌고 다니기 시작하기 전, 당신은 대단한 경력을 갖고 있었어요. 당신이 왜 그녀 뒤를 따라다니는지 나로서는 도무지 모르겠어요." 샌디는 나무라는 듯한 눈빛으로 그를 쳐다보며 담배 연기를 내뿜었다. "당신은 그녀가 당신을 원할 거라 생각했어요."

"대도시로 이사 가야 할지도 모르겠어." 마리노가 말했다.

"나도 함께 가자고요?" 그녀는 담배 연기를 내뿜으며 말했다.

"뉴욕은 어때?"

"뉴욕에선 오토바이를 탈 수 없어요. 거만한 양키들로 벌집처럼 붐비는 곳엔 절대 가지 않을 거예요."

마리노는 가장 섹시한 표정을 지으며 테이블 밑으로 손을 뻗어 그녀의 허벅지를 만졌다. 그녀를 잃을까 두려웠기 때문이다. 바에 있는 모든 남자들이 그녀를 원했지만 그녀가 선택한 이는 그뿐이었다. 그녀의 허벅지를 만지던 마리노는 스카페타를 떠올리며 그녀가 무슨 말을 할지 생각했다. 그녀는 셀프 박사가 보낸 이메일을 읽었을 것이다. 그녀는 그가 누구인지 그리고 다른 여자들이 그에 대해 어떻게 생각하는지 알게 되었는지도 모른다.

"당신 집으로 가요." 샌디가 말했다.

"당신 집에는 왜 한 번도 가지 않는 거야? 나와 함께 있는 모습을 다른 사람에게 보여주기 싫은 거야? 부자 동네에 살아서 나 같은 놈은 창피한 거야?"

"당신을 계속 만날지 결심이 서야 해요. 난 노예처럼 얽매이는 건 싫거든요." 샌디가 말했다. "그녀는 당신을 노예처럼 혹사시키는데, 난 노예에 대해서 잘 알아요. 증조할아버지가 노예였지만 우리 아버지는 아니었죠. 우리 아버지에게 어떻게 하라고 말해준 사람은 아무도 없었는데 말이죠."

마리노는 몸에 꽉 끼는 바지에 튜브탑을 입어 굉장히 멋져 보이는 제스에게 빈 플라스틱 잔을 들어 보이며 웃었다. 그녀는 위스키를 한 잔 더 가져와 마리노 앞에 놓으며 말했다. "오늘 오토바이 타고 집에 갈 건가요?"

"문제없어." 마리노가 윙크하며 대답했다.

"야영장에서 자야 할지도 모르겠네요. 저쪽에 빈 야영장이 있거든요." 단골손님들이 술에 취해 운전할 수 없는 경우를 대비해, 바 뒤에 있는 숲 속에 야영장이 몇 군데 있었다.

"그거 좋겠군."

"한 잔 더 갖다 줘요." 샌디는 자신을 알아봐 주지 않는 사람들에게 고약하게 말하는 나쁜 버릇이 있었다.

"당신이 오토바이 조립 대회에서 우승하기를 아직 기다리고 있어요." 제스는 샌디를 모르는 척하며 마리노의 입술에 시선을 고정한 채 천천히 아무렇지 않게 말했다.

얼마 지나지 않아 마리노는 곧 익숙해졌다. 그는 제스를 쳐다보며 얘기할 때면 절대 언성을 높이지도, 과장하지도 않는다는 걸 깨달았다. 그녀가 귀머거리라는 사실도 거의 의식하지 못했다. 그녀와 특별히 가깝다는 느낌이 드는 건, 서로의 눈빛을 보지 않고는 의사소통할 수 없기 때문인지도 몰랐다.

"1등 상금이 125만 달러예요." 제스는 어마어마한 금액을 말했다.

"내 생각엔 리버 래츠가 올해에 우승할 것 같아." 마리노는 제스가 자신을 혼란스럽게 하거나 혹은 은근히 희롱한다는 걸 알았다. 그는 오토바이를 만든 적도, 대회에 참석한 적도 없었고, 앞으로도 마찬가지일 것이다.

"난 선더 사이클이 이길 것 같아요." 샌디가 불쑥 끼어들자 마리노는 못마땅했다. "에디 트로타는 정말 섹시해요. 원하면 언제든 내 잠자리에 들어올 수 있을 것 같아요."

"제스." 마리노는 그녀의 허리에 팔을 두르고, 자신이 말하는 모습이 보이도록 고개를 들어 그녀를 쳐다보며 말했다. "머지않아 큰돈을 벌게 될 거야. 오토바이 조립 대회에 나갈 필요도, 일을 할 필요도 없을 거야."

"마리노는 당장 일을 관둬야 해요. 그의 시간과 노력 혹은 나의 시간과 노력을 들이는 만큼 돈을 벌지도 못해요." 샌디가 말했다. "마리노는 상사에게 쓸데없는 사람에 지나지 않아요. 게다가 일할 필요도 없고 옆엔 내가 있잖아요."

"아, 그래?" 마리노는 그 말을 해서는 안 된다는 걸 알았지만 술에 취해 악의에 가득 찼다. "뉴욕의 TV에 출연하라는 제안을 받았다면 어떻게 할 거야?"

"뭐라고요? 로게인 회사(탈모 방지와 머리카락을 다시 자라게 하는 약품을 제조하는 회사—옮긴이)의 광고에 출연이라도 하나요?" 샌디가 웃음을 터뜨리자 제스는 방금 무슨 말을 했는지 알아내려 애썼다.

"셀프 박사가 자신의 컨설턴트로 출연해달라고 제의했어." 마리노는 스스로를 제어하지 못해 화제를 바꿔야 했다.

깜짝 놀란 샌디가 불쑥 말했다. "거짓말하지 말아요. 그녀가 뭣 하러 당신 같은 별 볼 일 없는 사람에게 신경 쓰겠어요?"

"이런저런 사연이 있어. 그녀가 함께 일하자고 제의했고, 난 곰곰이 생각 중인데 제의를 받아들일지도 몰라. 하지만 그렇게 되면 뉴욕으로 떠나야 하고 당신 곁도 떠나야 하지." 마리노는 샌디의 어깨를 껴안으며 말했다.

샌디가 그의 손길을 뿌리쳤다. "그녀가 진행하는 토크쇼가 코미디가 될 모양이군요."

"저기 있는 손님 계산서는 나한테 달아." 마리노가 불꽃 모양의 옷을 입고 애완견 옆에 앉아 있는 남자를 가리키며 선심 쓰듯 큰 소리로 말했다. "힘든 밤을 보내고 있군. 수중에는 달랑 5달러밖에 없고."

남자가 고개를 돌리자 마리노는 여드름 자국이 움푹 남은 얼굴을 자세히 쳐다보았다. 뱀눈 같은 가느다란 눈을 보자 마리노가 지금껏 봐온 사람들이 떠올랐다.

"내가 마신 맥주 값은 내가 낼 수 있습니다." 불꽃 무늬 옷을 입은 남자가 말했다.

샌디는 제스의 얼굴도 쳐다보지 않고 계속 투덜거려서, 차라리 혼잣말을 하는 게 나을 것 같았다.

"내가 보기엔 당신이 많은 돈을 낼 수 있을 것처럼 보이지 않소. 남부 지방 사람답게 호의를 베푼 점은 미안하오." 마리노는 바에 있는 모든 사람들에게 들릴 만큼 큰 소리로 말했다.

"다른 데로 가지 않았으면 좋겠어요." 제스가 마리노와 그의 술잔을 쳐다보며 말했다.

"그는 인생에서 오직 한 여자만을 원하고 요즘 그 해답을 찾은 것 같아요." 샌디가 주변에 귀 기울이고 있는 사람과 제스에게 말했다. "나 말고 그가 가진 게 뭐가 있겠어요? 그가 하고 있는 멋진 목걸이도 누가 줬겠어요?"

"재수 없는 아저씨." 누더기 옷을 입은 남자가 마리노에게 말했다. "저리 꺼져."

제스가 바로 다가가 팔짱을 끼더니 남자에게 말했다. "여기에서는 그런 무례한 말을 삼가해주세요. 그만 나가주세요."

"뭐라고?" 그는 한 손을 귀 뒤에 동그랗게 대고 그녀 흉내를 내며 큰 소리로 말했다.

마리노는 의자를 뒤로 젖히고 성큼성큼 걸어 그들에게 향했다. "미안하다고 사과해, 빌어먹을 놈." 마리노가 그에게 말했다.

남자가 바늘처럼 날카로운 눈빛으로 마리노를 노려보았다. 현금 인출기에서 뽑은 5달러 지폐를 구겨 바닥에 떨어뜨리고는 담배꽁초를 비벼 끄듯 부츠로 밟았다. 그런 다음 애완견의 엉덩이를 차더니 출입문으로 걸어가며 마리노에게 말했다. "남자답게 여기로 나오는 게 어때? 당신한테 할 말 있으니."

마리노는 그를 따라 나갔고 그의 애완견은 더러운 주차장을 지나 오래된 개조 오토바이로 향했다. 70년대에 조립한 것으로 보이는 오토바이에는 페달을 밟아 조작하는 시동기와 4단 변속 장치가 달려 있었다. 오토바이에는 직접 그려 넣은 불꽃 무늬도 있었다. 허가증은 왠지 우스꽝스러워 보였다.

"마분지로 직접 만든 모양인데 그다지 보기 좋지는 않군." 마리노가 큰 소리로 말했다. "할 얘기가 뭔지 말해보게."

"내가 오늘 밤 왜 여기에 왔는지 알아요? 당신에게 전해줄 메시지가 있기 때문이에요." 누더기 옷을 입은 남자가 말했다. "앉아!" 그가 소리치자 애완견이 몸을 움츠리며 배를 납작하게 엎드렸다.

"다음번엔 편지를 보내." 마리노가 그가 입은 더러운 데님 재킷을 움켜잡으며 말했다. "장례식을 치르는 것보다 비용이 덜 들 테니."

"날 놔주지 않으면 나중에 곤란해질 거예요. 내가 여기에 온 이유가 있으니 귀 기울여 듣는 게 좋을 겁니다."

마리노는 그를 놔주었다. 술집에 있는 사람들은 모두 출입문 밖으로 나와 그들을 쳐다보고 있었고, 애완견은 여전히 배를 엎드린 채 바닥에 움츠리고 있었다.

"암캐 같은 당신 상사는 이곳에서 환영받지 못하니 원래 있던 곳으로 되돌아가는 게 현명할 겁니다." 누더기 옷을 입은 남자가 말했다. "어떤 조처를 취할 수 있는 사람이 하는 조언을 전해주는 겁니다."

"방금 내 상사를 뭐라고 불렀어?"

"그 암캐는 가슴도 풍만하지." 그는 두 손을 동그랗게 말며 혀를 핥는 시늉을 했다. "그녀가 이곳을 떠나지 않으면 본때를 보여주지."

마리노가 오토바이를 힘껏 걷어차자 바닥에 넘어졌다. 그러고 나서 바지 뒷주머니에서 40구경 글록 소총을 꺼내 남자의 미간을 겨누었다.

"어리석은 짓 하지 마." 남자가 말하자 출입문에서 지켜보던 사람들이 소리 지르기 시작했다. "날 쏘면 당신의 보잘것없는 인생도 끝장인 줄 알아."

"그러지 말아요!"

"참아요."

"피트!"

남자의 미간을 노려보던 마리노는 머리통이 없어진 것 같은 느낌이었다. 그는 슬라이드를 당겨 장전했다.

"날 죽이면 당신도 죽은 목숨이야." 누더기 옷을 입은 남자가 말했지만 표정은 겁에 질려 있었다.

술집 출입문에 나온 손님들이 소리를 질렀다. 마리노는 사람들이 주차장으로 오는 걸 어렴풋하게 느낄 수 있었다.

"고물 같은 오토바이 타고 꺼져." 마리노가 총을 내리며 말했다. "강아지는 여기에 두고."

"강아지를 여기 두고 가진 않을 거야!"

"당신은 강아지를 막 대하니까 여기 두고 가. 셋을 세기 전까지 당장 여기서 꺼져."

오토바이가 굉음을 내며 사라지자 마리노는 총의 약실을 비운 다음 소총을 다시 허리띠에 끼워 넣었다. 자신에게 방금 어떤 일이 일어났는지 어안이 벙벙했고 갑자기 덜컥 겁이 났다. 강아지를 쓰다듬자 여전히 배를 엎드린 채 그의 손을 핥고 있었다.

"널 돌봐줄 착한 주인이 나타날 거야." 마리노는 주먹을 움켜쥐며 제스를 올려다보았다.

"이제 당신이 결단을 내릴 때인 것 같아요." 제스가 말했다.

"지금 무슨 얘길 하는 거야?"

"저 여자에 대해 이미 경고했었잖아요. 그녀는 당신을 괴롭히고 당신이 아무 쓸모없는 사람인 것처럼 만들어요. 어떤 일이 일어나고 있는지 봐요. 단 일주일 만에 당신은 거친 사람으로 돌변했어요."

마리노의 손이 심하게 떨리고 있었다. 그는 제스가 자기 입술의 움직임을 볼 수 있도록 쳐다보며 말했다. "맞아, 어리석은 짓이었어. 이제 어떻게 해야 할까?" 마리노가 강아지를 쓰다듬으며 말했다.

"강아지는 여기에서 키우면 될 거예요. 그 남자가 다시 오면 그에게도 좋지 않을 거예요. 하지만 이제 조심하는 게 좋겠어요. 당신이 먼저 시비를 걸었으니까요."

"예전에도 본 사람이야?"

제스가 고개를 가로저었다.

마리노는 출입문의 난간 옆에 서 있는 샌디를 쳐다보았다. 그녀는 왜 출입문에 서 있는 걸까? 그가 사람을 죽일 뻔했는데도 그녀는 여전히 출입문에 서 있었다.

10

어둠의 시간

근처 어둑한 곳에서 들리던 개 짖는 소리는 시간이 지날수록 더 집요해졌다. 스카페타는 멀리서 일정한 리듬으로 들리는 마리노의 오토바이 소리를 알아차렸다. 몇 블록 떨어진 미팅 가에서 남쪽으로 향해 오는 소리였다. 잠시 후 그 요란한 소리는 그녀의 집 뒤쪽에 있는 좁은 골목길에서 들려왔다. 그는 술을 마신 게 분명했다. 통화할 때 목소리를 들으면 알 수 있었다. 그는 밉살스럽게 굴고 있었다.

두 사람이 생산적인 대화를 나누려면 마리노가 맨 정신이어야 했는데, 그게 가장 중요한 점인지도 몰랐다. 마리노가 킹 가에서 좌회전을 한 다음 불친절한 이웃집 그림볼 부인과 공용으로 사용하는 좁은 드라이브웨이로 들어오자, 그녀는 커피를 끓이기 시작했다. 마리노는 스로틀 레버를 몇 번 돌려 자신이 왔다는 걸 알리고는 시동을 껐다.

"집에 술 좀 있소?" 스카페타가 현관문을 열자마자 마리노가 물었다. "버번위스키가 좋겠군. 그렇지 않아요, 그림볼 부인?" 마리노가 노란색 철제 구조의 집을 올려다보며 소리치자 커튼이 닫히는 게 보였다. 그는 오토바이의 열쇠를 돌려 빼고는 바지 주머니에 넣었다.

"얼른 안으로 들어가요." 스카페타는 자신이 생각한 것보다 마리노가 훨씬 더 심하게 취했음을 알아차렸다. "도대체 왜 좁은 골목길까지 오토바이를 타고 와서 이웃에게 소리 지르는 거죠?" 그녀가 부엌으로 가며 말하자 그는 뒤따라왔다. 부츠를 신은 발자국 소리를 요란하게 내던 그는 문간을 지날 때 하마터면 머리가 문틀에 닿을 뻔했다.

"안전 점검이오. 길 잃은 영구차는 없는지, 노숙자가 서성대지는 않는지 확인하는 거요."

그는 의자를 꺼내 털썩 주저앉았다. 술 냄새가 지독했고, 얼굴은 벌겋게 달아올랐고, 눈은 충혈되었다. "내 여자한테 되돌아가야 해서 오랫동안 머물 수는 없소. 공시소에 잠깐 다녀온다고 했으니까."

스카페타는 그에게 블랙커피를 건네주었다. "술 깰 때까지만 있어요. 그렇지 않으면 오토바이 근처에도 갈 수 없어요. 그런 상태에서 오토바이를 타고 오다니 믿기지 않아요. 당신답지 않은데, 무슨 문제라도 있어요?"

"몇 가지 중요한 문제가 있긴 하지만 괜찮소."

"중요한 문제가 있고 당신은 괜찮지 않아요. 당신이 술을 마시고 얼마나 운전을 잘 하는지는 상관없어요. 모든 음주 운전자들은 목숨을 잃거나, 불구가 되거나, 구치소에 가기 전까지 자기가 괜찮다고 생각하죠."

"그런 잔소리나 들으러 여기 온 건 아니오."

"나도 술 취한 모습이나 보려고 당신한테 오라고 한 건 아니에요."

"그럼 왜 오라고 한 거요? 잔소리 늘어놓으려고? 나한테 무슨 문제가 있는지 알아내려고? 당신의 거만한 기준에 맞지 않는 게 있는지 확인하려고?"

"그런 식으로 말하지 말아요."

"지금껏 귀 기울여 들은 적이 한 번도 없잖소." 마리노가 말했다.

"열린 마음으로 솔직하게 이야기를 나누려고 불렀는데, 적절한 타이밍이 아닌 것 같군요. 손님방이 있으니 거기서 자고 내일 아침에 얘기하도록 해요."

"어느 때보다도 좋은 시기인 것 같소." 그는 커피는 입에 대지도 않고 하품을 하며 기지개를 켰다. "할 말 있으면 바로 하쇼. 그렇지 않으면 곧바로 나갈 거요."

"거실로 가서 벽난로 앞에 앉아요." 스카페타는 부엌 식탁 의자에서 일어났다.

"지금 바깥 온도는 24도요." 마리노도 자리에서 일어섰다.

"그럼 집 안을 상쾌하고 시원하게 해줄게요." 그녀는 온도 조절 장치를 확인한 다음 에어컨을 켰다. "벽난로 앞에서 말하면 항상 마음이 편하거든요."

마리노는 그녀가 가장 좋아하는 공간인 거실로 따라갔다. 거실에는 벽돌로 만든 벽난로가 놓여 있었다. 소나무 마룻바닥을 깔고 벽에 회반죽을 바른 거실에는 들보가 그대로 드러나 있었다. 스카페타는 쇠살대에 인조 통나무를 놓고 불을 붙인 다음, 의자 두 개를 가까이 당기고 조명등을 껐다.

마리노는 통나무를 감싼 종이가 불타오르는 모습을 쳐다보며 말했다. "이런 걸 사용하다니 믿기지 않소. 이런저런 건 원래 것 그대로 사용하면서 가짜 통나무를 사용하다니."

차를 몰고 블록을 돌자 루시어스 메딕의 마음속에서 분노가 끓어올랐다.

그는 그 빌어먹을 수사관이 술 취한 채 요란하게 오토바이를 몰고 와 이웃에게 소리를 지르고 집 안으로 들어가는 모습을 유심히 쳐다보았다. 연이어 행운이 찾아온 거라는 생각이 들었다. 그가 잘못했는데 신이 보상해주는 걸 보니 행운이 따르는 게 분명했다. 루시어스는 그녀에게 무언가를 가르쳐주려 했는데 두 사람 모두 걸려든 것이다. 불이 꺼진 좁은 골목길에 천천히 영구차를 주차하던 그는 타이어에 또 펑크가 날까 점점 더 걱정되었다. 고무 밴드를 힘껏 붙잡자 절망감이 극에 달했다. 경찰차에서 무전을 전하는 경찰관의 시끄러운 목소리가 멀리서 들려왔다. 그는 꿈속에서도 그 목소리를 알아들을 수 있었다.

경찰은 그를 부르지 않았다. 윌리엄 힐튼 고속도로를 지나오면서 심한 교통사고 현장을 목격했는데, 희생자는 더 오래된 경쟁사 장의차에 옮겨지고 있었다. 루시어스는 또다시 무시당한 것이다. 보포트 카운티는 이제 그녀의 담당 구역이 되었고 이제 아무도 그를 부르지 않았다. 루시어스가 그녀의 주소 문제로 실수했다는 이유로 그녀는 그를 배척했다. 그녀가 사생활을 침해당했다고 생각한다면, 그녀는 본래의 의미를 모르는 것이다.

밤에 창문 너머로 여자의 모습을 촬영하는 건 새로운 일이 아니었다. 여자들을 촬영하는 건 무척이나 쉬웠다. 많은 여자들이 커튼이나 블라인드를 치지 않는 게 놀라울 따름이었다. 여자들은 '누가 보겠어? 누가 관목 뒤에 숨거나 나무 위에 올라가 몰래 보겠어?'라고 생각하며 커튼을 열어둔다. 하지만 루시어스는 그런 사람 가운데 한 명이었다. 그 오만한 여의사가 여느 사람들이라면 멍하니 보지 않을 영화를 집 안에서 보는 모습을 보라. 게다가 루시어스는 그들 두 사람을 현장에서 포착할 것이다. 그는 자신이 몰고 온 장의차를 쳐다보았다. 근처에는 그의 차만큼 멋진 차가 없었고, 자동차 사고 현장에서 부당하게도 경쟁사 장의차가 시신을 옮기던 모습을 떠올리자 견딜 수 없었다.

누가 부름을 받았는가? 그는 호출을 받지 못했다. 무전기에 대고 그 지역에 있다고 말했지만 호출을 받지 못했다. 그녀는 그를 호출하지 않았다고 퉁명스럽고 쌀쌀맞게 말하며 어느 단체 소속이냐고 물었다. 그가 단체 소속이 아니라고 말하자, 그녀는 경찰 순찰 지역에서 떨어져 있어야 한다고, 무전기도 꺼두어야 한다며 장황하게 이야기를 늘어놓았다. 고무 밴드를 너무 꽉 졸라맨 루시어스는 채찍을 맞은 것처럼 얼얼했다. 포장길로 올라 여의사 집 앞에 있는 철제 대문을 지나자 흰색 캐딜락이 길을 가로막고 있었다. 주변은 어두웠다. 캐딜락 뒷 범퍼에 붙은 타원형 스티커를 본 그는 고무 밴드를 졸라매며 욕설을 내뱉었다.

힐튼 헤드의 약자인 HH였다.

그는 자신의 영구차를 거기에 세워둘 것이다. 차를 몰고 이 좁은 골목 안으로 들어오는 사람은 아무도 없었다. 경찰에 신고해 딱지를 받게 할 생각을 떠올리자 루시어스는 웃음이 났다. 유튜브에 화면을 올리면 어떤 문제가 야기될지 상상하자 기분이 좋아졌다. 그 빌어먹을 수사관이 그 빌어먹을 암캐의 집 안에 있었다. 그는 그 두 사람이 이상한 낌새를 보이며 몰래 집 안으로 들어가는 모습을 보았다. 그 남자에게는 공시소에 함께 있던 그 섹시한 여자가 있었고, 루시어스는 그들이 주의를 기울이지 않으며 시시덕거리는 모습을 보았다. 그가 들은 소문에 의하면 스카페타에게는 북쪽에서 일하는 남자가 있었다. 별로 대단한 건 아니었다. 루시어스는 자신을 기만하며 일을 진전시켰고, 그 무례한 수사관과 그의 상사에게 일을 받는다면 감사하게 생각하겠다고 말했다. 그런데 그들의 반응은? 그들은 그를 무시하고 차별했다. 이제 그들은 대가를 치러야 했다.

루시어스는 시동과 라이트를 끄고 차 밖으로 나와 캐딜락을 노려보았다. 장의차 뒷문을 열자 텅 빈 들것이 바닥에 고정되어 있었고, 깨끗하게 접은 흰색 시트 위에 흰색 시신 봉투가 쌓여 있었다. 그는 캠코더와 차 뒤에 넣어 다니는 도구 상자에 든 여유분 배터리를 꺼낸 다음 차문을 닫고, 그녀의 집 가까이에 갈 수 있는 최선의 방법을 생각하면서 캐딜락을 빤히 쳐다보며 지나갔다.

운전석 차창 너머로 누군가가 움직이는 모습이 보였다. 희미한 형상이 어두운 차 안에서 움직였다. 루시어스는 즐거워하며 캠코더 전원을 켜고 메모리가 얼마나 남았는지 확인했다. 캐딜락 안의 어두운 형상이 다시 움직이자 루시어스는 장의차 뒤로 가서 번호판을 촬영했다.

어떤 남녀가 사랑을 나누고 있을 모습을 상상하자 루시어스는 흥분되었다. 그리고 잠시 후 화가 났다. 그들은 그가 비추는 헤드라이트를 보고도 길을 비켜주지 않았다. 그를 무시한 것이다. 그들은 루시어스가 차를 몰고 지나갈 수 없어서 어두운 곳에 장의차를 주차하는 모습을 보았다. 그들에겐 상대방을 위한 배려심이라곤 눈곱만큼도 없었다. 그들은 미안해할 것이다. 루시어스는 차장을 가볍게 두드리며 그들을 깜짝 놀라게 할 것이다.

"차 번호판을 확인했으니 곧 경찰에 신고할 겁니다." 그가 목소리를 높이며 말했다.

장작이 탁탁 소리를 내며 불타올랐다. 벽난로 위에 놓인 영국제 소형 탁상시계에서 째깍째깍 소리가 났다.

"도대체 무슨 문제예요?" 스카페타가 마리노를 똑바로 쳐다보며 물었다. "뭐가 문제죠?"

"박사가 그렇게 묻는 걸 보니, 박사한테 뭔가 문제가 있나 보군."

"우리에게 문제가 있는 건 아니고요? 당신의 비참한 모습을 보니 나도 비참하다는 생각이 들어요. 지난주는 통제 불가였어요. 당신이 무슨 일을 도대체 왜 했는지 말해줄래요? 아니면 내가 당신한테 말할까요?"

모닥불이 타들어가는 소리가 들렸다.

"부탁이에요, 마리노. 제발 내게 얘기 좀 해요."

마리노는 모닥불을 응시했고, 잠시 동안 두 사람 모두 말이 없었다.

"이메일에 대해선 알고 있어요. 그저께 밤 잘못된 경보를 확인하라고 루시에게 말했으니 당신도 아마 알 거예요."

"그럼 박사가 루시에게 내 컴퓨터를 기웃거리라고 시킨 거로군요. 나에 대한 믿음이 대단하군요."

"당신이 믿음에 대해 얘기할 자격이 있는지 모르겠군요."

"난 내가 하고 싶은 말을 할 거요."

"당신이 여자친구에게 공시소를 구경시켜 준 게 모두 카메라에 잡혔어요. 한순간도 빠뜨리지 않고 모두 봤어요."

마리노의 얼굴이 일그러졌다. 카메라와 마이크가 설치되어 있다는 건 물론 알았지만, 자신과 섄디가 감시당할 거라는 생각은 하지 못한 게 분명했다. 자신들의 행동과 말이 녹화될 거라는 건 알았지만, 루시가 그 영상을 다시 볼 이유는 없을 거라 여겼다. 그 생각은 옳았다. 루시가 그걸 다시 볼 이유는 없었으니까. 그는 그 영상을 삭제할 거라 확신했고, 때문에 그가 한 일은 최악이 되었다.

"도처에 카메라가 있는데, 당신이 한 일을 정말 아무도 모를 거라 생각했어요?" 스카페타가 물었다.

마리노는 아무 대답도 하지 않았다.

"난 당신이 그 살해당한 소년을 배려해줄 거라 생각했어요. 하지만 당신은 시신 봉투를 열고 여자친구에게 떡하니 보여주었어요. 어떻게 그럴 수 있어요?"

마리노는 그녀를 쳐다보지도 않았고 아무 대답도 하지 않았다.

"마리노, 어떻게 그럴 수 있죠?" 스카페타가 재차 물었다.

"그녀가 먼저 보여달라고 했소. 테이프에 그게 나와야 하는데." 그가 말했다.

"내 허락 없이 공시소를 보여준 것만으로도 큰 문제예요. 그런데 어떻게 그녀에게 시신을 보여줄 수 있죠? 더구나 그 소년의 시신을."

"박사는 루시가 날 몰래 염탐하고 있는 테이프를 본 거요." 마리노는 스카페타를 노려보았다. "내가 설득해봤지만 샌디는 시신용 냉장고에서 나오려 하지 않았소."

"변명의 여지가 없어요."

"나를 염탐하는 데 이젠 질렸소."

"배신하고 무시하는 것에 나도 질렸어요." 스카페타가 말했다.

"관둘까 계속 생각 중이오." 마리노가 비열한 어조로 말을 이었다. "셀프 박사한테 받은 이메일까지 간섭한다면 박사와 함께 여기서 내 남은 생애를 보내고 싶지는 않소."

"관둔다고요? 아니면 나한테 해고당하고 싶은 건가요? 당신이 저지른 일을 생각하면 그래도 돼요. 우린 공시소를 외부인에게 보여주지 않고, 불행한 죽음을 맞아 공시소에 들어온 이들을 구경거리로 만들어서는 안 돼요."

"맙소사, 여자들이 사사건건 과도하게 반응하는 데 질렸소. 지나치게 감정적이고 이성을 잃는 데 말이오. 자, 어서 날 해고하쇼." 사람들이 제정신이라고 우길 때 그런 것처럼 마리노는 목에 지나치게 힘을 주며 말했다.

"이건 바로 셀프 박사가 원하는 상황이에요."

"그녀가 박사보다 훨씬 더 중요한 사람이라 질투하는 거요."

"지금 당신의 모습은 내가 아는 피트 마리노가 아니에요."

"박사도 내가 아는 스카페타 박사가 아니오. 셀프 박사가 박사에 대해 또 뭐라고 했는지 읽었소?"

"그녀는 나에 관해 많은 얘기를 했더군요."

"당신은 거짓말쟁이요. 이제 그만 인정하는 게 어떻겠소? 루시가 그렇게 된 것도 아마 박사 때문일 거요."

"내 성적 취향에 대해 알고 싶어 안달이 난 건가요?"

"두려워서 인정 못 하지 않소."

"셀프 박사가 암시한 게 사실이라면, 난 두려워하지 않을 거예요. 두려워하는 건 그녀와 당신 같은 사람들이에요."

의자에 몸을 기댄 마리노는 순간 울음을 터뜨릴 것 같았다. 하지만 곧 굳은 표정으로 변해 벽난로를 쳐다보았다.

"당신이 어제 한 일을 보면 최근 내가 알고 있는 당신의 모습이 아니에요."

"그것도 내 모습인데 박사가 보고 싶어 하지 않았는지 모르오."

"그렇지 않아요. 당신에게 도대체 무슨 일이 있었던 거죠?"

"어쩌다 이렇게 됐는지 나도 모르겠소." 마리노가 말했다. "돌이켜 생각해보니 한동안은 꽤 괜찮은 권투 선수였지만 뇌가 찌부러지는 건 원치 않았소. 뉴욕에서 경찰 노릇하는 것에도 질렸고. 도리스와 결혼했지만 그녀는 나한테 질렸고, 아들은 아파서 죽고 말았소. 그리고 난 지금도 여전히 누군가의 꽁무니를 뒤쫓고 있는데, 왜 그런지는 나도 잘 모르겠소. 박사가 왜 이런 일을 하는지 내게 말해주지 않겠지만, 나로서는 그 이유를 잘 모르겠소." 마리노는 시무룩한 표정을 짓더니 잠시 후 말을 이었다. "내가 이해받고 있고 중요한 사람이라는 느낌이 드는 말을 어느 누구에게도 듣지 못하면서 자랐기 때문인지도 모르겠소. 내 아버지가 죽는 모습을 봤기 때문인지도 모르고. 우리 가족이 매일 지켜본 건 그런 모습뿐이었소. 어린아이였을 때 나를 좌절하게 한 것, 그 죽음을 이해하기 위해 그 이후의 평생을 보낸 것인지도 모르겠소. 우리가 어떤 사람이고 어떤 일을 하는지에 대한 간단하고 논리적인 이유는 없는 것 같소." 스카페타는 마리노를 쳐다보았지만 그는 그녀를 쳐다보지 않았다. "박사의 행동을 설명해줄 간단하고 논리적인 이유도 없을 거요. 그런 이유가 있으면 좋으련만."

마리노는 자리에서 일어나며 덧붙여 말했다. "예전에 난 박사 밑에서 일하지 않았소. 그 점이 바뀐 거요. 버번위스키나 한잔해야겠군."

"더 마셔봐야 소용없어요." 스카페타가 낙담한 모습으로 말했다.

마리노는 그녀의 말을 귓등으로 들으며 부엌으로 갔다. 그가 찬장을 열어 유리잔을 꺼내고 다른 찬장을 열어 술병을 꺼내는 소리가 들렸다. 그는 한 손에는 술잔, 다른 한 손에는 술병을 들고 거실로 되돌아왔다. 스카페타는 그를 보내고 싶었지만 한밤중에 술 취한 상태로 돌려보낼 수는 없었다.

마리노는 낮은 테이블에 술병을 놓으며 말했다. "내가 최고의 형사였고 박사가 법의국장이었던 리치먼드에서 우린 꽤 잘 지냈소." 그는 술잔을 들어 올리더니 조금씩 마시지 않고 벌컥벌컥 마셨다. "그러고 나서 박사는 법의국장 자리에서 해고되었고 난 일을 관뒀소. 그 이후로는 우리가 생각했던 대로 된 게 아무것도 없소. 난 플로리다가 무척 좋았소. 우리는 골치 아픈 훈련 기관을 이끌었소. 난 조사 분야를 책임졌고, 높은 임금을 받고, 유명한 개인 정신과 의사까지 두었소. 정신과 의사가 필요하진 않았지만, 체중을 줄이고 몸매가 좋아졌지. 정말 잘 해나가고 있었는데, 그녀를 더 이상 만나지 않으면서 문제가 생겼소."

"셀프 박사를 계속 만났다면 당신의 삶이 망가졌을 거예요. 그리고 그녀가 당신과 만난 건 단순한 조작에 지나지 않는다는 걸 왜 깨닫지 못하는지 믿어지지 않아요. 그녀가 어떤 사람인지, 그녀가 법정에서 어떻게 했는지 알잖아요. 그녀가 하는 말을 당신도 분명히 들었잖아요."

마리노는 버번위스키를 한 모금 더 마시더니 말했다. "박사보다 더 강인한 여자가 나타나니까 박사는 그걸 참지 못하는 거요. 내가 그녀와 연락하는 걸 참지 못하는 거요. 그래서 그녀에 대해 헐뜯는 거요. 박사는 별 볼 일 없는 이곳에 정착해서 주부 신세가 될 판이니까."

"날 모욕하지 말아요. 당신과 언성을 높이고 싶지는 않으니까."

술을 마시자 마리노는 점점 더 비열해졌다. "내가 그녀를 계속 만난 건 박사가 플로리다를 떠나려 했기 때문인지도 모르겠소. 지금에서야 분명히 알겠소."

"플로리다를 떠난 건 허리케인 윌마 때문이었어요." 그렇게 말하자 스카페타는 속이 더 상했다. "허리케인 탓도 있었고 다시 내 사무실을 차리고 일을 하고 싶었기 때문이에요."

마리노는 남은 위스키를 마저 마시고 다시 잔을 채웠다.

"벌써 많이 마셨어요." 스카페타가 말했다.

"그건 맞소." 마리노는 술잔을 들어 한 모금 더 마셨다.

"택시를 불러줄 테니 그만 집으로 가요."

"다른 어딘가에서 다시 일을 시작하고 여기를 떠나야 할 거요. 그러면 훨씬 더 잘 살 거요."

"내가 어디에서 더 잘 살 건지는 당신이 결정할 문제가 아니에요." 스카페타는 모닥불 불빛이 어른거리는 그의 커다란 얼굴을 유심히 쳐다보며 말했다. "더 이상 마시지 말아요. 벌써 많이 마셨어요."

"맞소, 벌써 많이 마셨소."

"마리노, 셀프 박사가 우리 둘 사이에 끼어들어 이간질하게 하지 말아요."

"그녀가 그렇게 할 필요도 없소. 박사가 이미 그렇게 했으니까."

"이러지 말아요."

마리노는 상대방을 무력화시키는 눈빛으로 쳐다보며 의자에 앉은 채 몸을 약간 움직이며 불분명한 목소리로 말했다. "내게 얼마나 많은 시간이 남아 있는지 모르겠소. 앞으로 무슨 일이 일어날지 누가 알 수 있단 말이오? 내가 싫어하는 곳에서 일하고 싶지도 않고, 내가 응당 받아야 할 대접도 해주지 않는 사람 밑에서 일할 생각은 없소. 박사는 나보다 나을 게 없으면서 나보다 나은 사람처럼 처신하오."

"얼마나 많은 시간이 남아 있는지 모르겠다니, 그게 무슨 말이에요? 병이라도 걸렸단 말인가요?" 스카페타가 말했다.

"난 병들고 지쳤고."

마리노가 그렇게 취한 모습을 본 건 처음이었다. 그는 걸음을 제대로 가누지 못한 채 버번위스키를 붓다가 쏟고 말았다. 스카페타는 그에게서 술병을 뺏고 싶었지만 그의 눈빛을 쳐다보자 그럴 수 없었다.

"박사는 혼자 살고 있소. 그건 안전하지 않소." 마리노가 말했다. "이 오래된 집에서 혼자 살고 있단 말이오."

"난 항상 혼자 산 거나 마찬가지예요."

"도대체 벤턴에 대해선 할 말이 없소? 당신 둘이 잘 살길 바랐는데."

마리노가 그렇게 취해 심술을 부리는 모습을 본 적 없는 스카페타는 어떻게 해야 할지 몰랐다.

"난 선택을 해야 하는 상황에 처했으니 이제 박사에게 사실대로 말하겠소." 마리노가 말하자 손에 잡고 있던 위스키 잔이 금방이라도 넘쳐흐를 것처럼 기울었다. "박사 밑에서 일하는 데 이젠 정말 질렸소."

"그런 기분이라면 사실대로 말해줘서 기쁘군요." 하지만 스카페타가 위로하려 할수록 마리노는 점점 더 화가 치밀어 올랐다.

"부자 속물 벤턴 웨슬리 박사. 난 의사도 변호사도 아니니 박사에게 괜찮은 상대가 될 수 없소. 하지만 샌디에게는 괜찮은 남자고, 그녀는 박사가 생각하는 그런 여자가 아니오. 박사보다 집안 배경도 더 좋소. 보트를 타고 미국으로 건너와 식료품 가게에서 일하는 노동자들과 마이애미의 가난한 가정에서 자라지도 않았소."

"술이 많이 취했으니 손님방에서 자도 괜찮아요."

"박사 집안은 우리 집안보다 나을 것도 없소. 이탈리아에서 일주일 동안 닷새는 싸구려 마카로니와 토마토소스를 먹다가 배를 타고 미국으로 건너왔잖소." 마리노가 말했다.

"택시를 부를게요."

마리노는 술잔을 테이블에 힘껏 내려놓으며 말했다. "박사가 내 애마에 올라타 운전하는 게 좋겠군." 마리노는 넘어지지 않으려고 의자를 움켜잡았다.

"오토바이 근처엔 얼씬도 하지 말아요." 스카페타가 말했다.

마리노가 문틀에 부딪치자 스카페타가 그의 팔을 잡아주었다. 그가 그녀를 끌다시피 현관문으로 향하자, 그녀는 마리노를 막으며 가지 말라고 사정했다. 마리노가 주머니에서 오토바이 열쇠를 꺼내는 걸 보고 그녀가 바로 낚아챘다.

"예의 갖추어 말할 때 열쇠 얼른 돌려주시오."

좁은 현관에 선 스카페타는 열쇠를 꼭 움켜쥐고 손을 등 뒤로 감추었다. "제대로 걸을 수도 없으니 오토바이는 타면 안 돼요. 택시를 타든가 여기서 자고 가든가 해요. 당신 스스로나 다른 사람을 죽이도록 놔둘 수 없어요. 제발 내 말 들어요."

"돌려주시오." 차가운 눈빛으로 노려보는 마리노는 그녀가 알던 사람이 아니라 그녀를 해칠 수도 있는 낯선 사람 같았다. "얼른 주시오." 마리노가 그녀 등 뒤로 손을 뻗어 손목을 잡자, 스카페타는 겁에 질려 깜짝 놀랐다.

"마리노, 손 놔요." 그녀는 그의 손아귀에서 벗어나려 애썼지만 차라리 단단히 잡고 있는 게 나을 것 같았다. "아파요."

마리노가 반대편 손을 뻗어 다른 손목마저 붙잡고 가까이 다가오자 두려움은 공포로 바뀌었다. 그는 육중한 몸으로 그녀를 벽에 밀어붙였다. 그녀의 머릿속에는 마리노가 더 가까이 오기 전에 막아야 한다는 생각뿐이었다.

"마리노, 아프니까 놔줘요. 다시 거실로 가요." 스카페타는 양손을 뒤에 고정한 채 두려움을 내색하지 않으려고 애썼지만 마리노는 그녀를 더 힘껏 밀어붙였다. "마리노, 그만해요. 이럴 생각은 아니었잖아요. 많이 취했어요."

마리노가 입을 맞추며 스카페타를 꽉 움켜잡았다. 그녀는 고개를 돌리며 그의 손아귀에서 벗어나려 발버둥 치면서 그러지 말라고 말했다. 오토바이 열쇠가 바닥에 떨어지며 쨍그랑 소리가 났고, 그가 계속 입을 맞추자 그녀는 저항하며 그를 설득하려 애썼다. 마리노는 그녀가 입은 블라우스를 찢었다. 스카페타는 그만하라고 말하며 그를 막으려 애썼지만 옷은 계속 찢겨 나갔다. 그의 손을 밀어내며 아프다고 말하던 스카페타는 어느 순간 더 이상 발버둥 치지 않았다. 마리노는 이미 다른 사람이었기 때문이다. 그는 마리노가 아니었다. 그는 그녀의 집 안에 들어와 그녀를 공격하는 낯선 사람이었다. 마리노가 손과 입으로 그녀를 아프게 하며 무릎을 꿇자 뒷주머니에 있는 권총이 보였다.

"마리노? 날 강간하는 거, 그게 당신이 원하는 거예요? 마리노?" 침착하고 두려움이 없는 스카페타의 목소리는 마치 그녀의 몸 밖에서 나오는 것 같았다. "마리노? 날 강간하는 거, 그게 당신이 원하는 거예요? 당신이 원하는 건 그게 아니잖아요. 분명히 그렇잖아요."

마리노는 갑자기 멈추었다. 그녀를 놓아주자 침이 묻고 턱수염으로 거칠게 문질러 따끔거렸던 피부에 시원한 바람이 닿았다. 마리노는 손으로 얼굴을 가리고 무릎을 꿇고, 그녀의 다리를 끌어안고는 어린아이처럼 흐느껴 울기 시작했다. 그가 우는 동안 스카페타는 그의 허리춤에서 권총을 꺼냈다.

"그만해요." 스카페타는 그에게서 벗어나려고 애썼다. "날 놔줘요."

마리노는 얼굴을 양손에 묻고 무릎을 꿇고 있었다. 스카페타는 권총의 탄창을 빼내고 슬라이드를 당겨 약실에 탄알이 없는지 확인했다. 그러고 나서 테이블 서랍에 권총을 넣고는 오토바이 열쇠를 집어 들었다. 열쇠와 권총 탄창은 우산꽂이 안에 감추고 마리노를 일으켜 세워 부엌 옆에 있는 손님방으로 데려갔다. 침대가 자그마해서 마리노가 누우면 한 뼘의 공간도 남지 않을 것 같았다. 스카페타는 부츠를 벗기고 퀼트 담요를 덮어주었다.

"금방 돌아올게요." 그녀는 조명을 켜둔 채 말했다.

스카페타는 손님방 욕실에 들어가 물을 한 잔 따르고 약병에 든 항염증제 애드빌 네 알을 꺼냈다. 긴 실내복을 걸치자 손목이 아프고 살갗이 화끈거렸다. 그의 손과 입과 혀가 와 닿던 느낌을 떠올리자 속이 메슥거려 몸을 숙여 변기에 대고 게웠다. 세면대에 기대어 심호흡을 하고 거울에 비친 벌건 얼굴을 바라보자, 마리노만큼이나 자신도 낯선 사람처럼 보였다. 차가운 물로 얼굴을 씻고, 입을 헹구고, 그의 손길이 닿은 구석구석을 씻어냈다. 눈물을 씻어내고 몇 분이 지나자 다시 자신을 제어할 수 있었다. 손님방으로 되돌아가보니 마리노는 코를 골며 자고 있었다.

"마리노, 일어나 자리에 앉아봐요." 스카페타는 그를 일으키고 베개를 뒤에 받쳤다. "자, 한 잔 다 마셔요. 물을 많이 마셔야 해요. 아침에 일어나면 몸이 엉망이겠지만 이걸 마시면 나을 거예요." 마리노는 물을 마시고 애드빌을 먹더니 얼굴을 벽 쪽으로 돌렸다. 스카페타는 물을 한 잔 더 가져다주었다. "불 좀 꺼주시오." 마리노가 벽에 대고 말했다.

"깨어 있어야 해요."

마리노는 아무 대답도 하지 않았다.

"날 쳐다볼 필요는 없지만 깨어 있어야 해요."

마리노는 그녀를 쳐다보지 않았다. 위스키와 담배 냄새, 땀 냄새가 났다. 그의 체취를 맡자 그 기억이 떠올라 다시 속이 메슥거렸다.

"걱정 마시오." 마리노가 탁한 목소리로 말했다. "난 떠날 거고 다시는 나타나지 않을 거요. 영원히 사라지겠소."

"너무 많이 취해서 당신이 지금 무슨 짓을 하는지도 몰라요." 스카페타가 말했다. "하지만 당신이 기억했으면 좋겠어요. 내일 기억할 수 있도록 잠시나마 정신을 차리고 있어야 해요. 그러면 이 일 역시 지나갈 수 있을 거예요."

"내가 왜 이러는지 모르겠소. 그 남자를 쏴 죽일 뻔했고 정말 그러고 싶었소. 내가 왜 이러는지 모르겠소."

"누굴 쏴 죽일 뻔했다고요?" 스카페타가 물었다.

"술집에서 그랬는데," 마리노가 술 취한 목소리로 웅얼거렸다. "내가 왜 이러는지 모르겠소."

"술집에서 어떤 일이 있었는지 말해봐요."

마리노는 아무 말 없이 벽을 응시하며 다시 깊은 숨을 내쉬었다.

"누가 당신을 쏘려고 했어요?" 스카페타가 큰 소리로 물었다.

"그는 누가 시켜서 왔다고 했소."

"누가 시켰다고요?"

"그가 박사를 위협하자 난 그를 총으로 쏠 뻔했소. 그러고 나서 난 이곳에 와서 그놈처럼 굴었소. 난 자살할 거요."

"그러지 말아요."

"아니, 그럴 거요."

"그건 방금 당신이 저질렀던 일보다 더 나빠요. 내 말 무슨 뜻인지 알죠?"

마리노는 대답도 하지 않았고 그녀를 쳐다보지도 않았다.

"당신이 자살하면 당신에게 미안해하지도 않을 거고 당신을 용서하지도 않을 거예요." 스카페타가 말했다. "자살은 이기적인 행동이에요. 우리들 가운데 어느 누구도 당신을 용서하지 않을 거예요."

"난 박사한테 부족한 사람이요. 앞으로도 늘 그럴 거고. 앞으로 영원히 꺼져버리라고 말하시오." 마리노는 울먹이며 말했다.

침대 옆에 놓인 전화기가 울리자 스카페타는 수화기를 집어 들었다.

"나야." 벤턴이 말했다. "내가 보낸 거 봤어? 몸은 어때?"

"네, 괜찮아요. 당신은요?"

"케이, 괜찮은 거야?"

"네, 당신은요?"

"혹시 옆에 누구 있어?" 벤턴이 놀란 목소리로 물었다.

"아무 문제도 없어요."

"케이? 옆에 누구 있어?"

"내일 얘기해요. 집에 있을 거고, 정원을 손보고, 불에게 와서 도와달라고 부탁하기로 했어요."

"정말이야? 그와는 괜찮겠어?"

"지금은 괜찮아요." 스카페타가 말했다.

새벽 4시, 힐튼 헤드. 밀려오는 바다가 거품을 토해내 듯 흰 파도가 해안에 퍼졌다.

나무 계단에 말없이 앉아 있던 윌 람보는 해안에 난 산책로를 걸어가 잠긴 대문을 넘어갔다. 이탈리아식 건물을 흉내 내 지은 별장에는 굴뚝과 아치문이 여러 개 있었는데, 지붕에는 경사가 가파른 붉은색 타일을 얹었다. 건물 뒤쪽에는 구리 조명이 보였고 석조 테이블에는 더러운 재떨이와 빈 유리잔이 흩어져 있었다. 그리고 얼마 전까지만 하더라도 그녀의 자동차 열쇠가 있었다. 그 이후로 그녀는 여유분 열쇠를 사용했지만 차를 자주 몰지는 않았다. 그녀는 아무 데도 가지 않았고, 그는 아무 말 없이 이리저리 돌아다녔다. 야자수와 소나무가 바람에 흔들렸다.

지팡이처럼 흔들리는 나뭇가지가 로마에 마법을 드리웠다. 몬테 타르페오 거리에는 꽃잎이 흰 눈송이처럼 날렸다. 양귀비꽃은 피처럼 붉었고 오래된 벽돌 벽을 타고 오르는 등나무 꽃은 멍 자국 같은 보랏빛이었다. 비둘기는 계단에서 깐닥깐닥 몸을 움직였고, 여자들은 폐허에 있는 야생 고양이에게 위스카스 상표의 고양이 먹이와 플라스틱 접시에 놓인 달걀을 던져 주었다.

산책하기에 좋은 날씨였다. 관광객들이 다니기에 교통도 그리 붐비지 않았다. 그녀는 약간 취했지만 그와 함께 있으면서 편안하고 기분 좋았다. 그는 그녀가 그럴 것임을 알았다.

"네가 우리 아버지를 만나봤으면 좋겠어." 그가 그녀에게 말했다. 그들은 방벽에 올라 앉아 야생 고양이를 쳐다보았다. 그녀는 고양이가 너무 불쌍하다고, 제대로 못 먹어서 흉하게 변했으니 누군가 고양이를 구해줘야 한다고 몇 번이나 말했다.

"길 잃은 고양이가 아니라 야생 고양이야. 차이점이 있지. 야생 고양이는 여기에 살고 싶어 하고 자신을 구하려 하면 널 할퀼 거야. 버려지거나 다친 게 아니라, 쓰레기 더미 여기저기를 뒤지고 집 아래에 숨어 있다가 결국 누군가에게 붙잡혀 잠이 들겠지."

"왜 누군가에게 붙잡혀 잠이 드는 거야?" 그녀가 물었다.

"누군가가 그렇게 할 거니까. 피난처를 떠나면 결국 위험한 곳에 가게 되어 차에 치이거나 개에게 쫓기며 끊임없이 위험에 처하고 나을 수 없을 정도로 부상을 당하지. 이 고양이들과는 달라. 한번 봐. 모두들 혼자이고 허락하지 않는 한 가까이 다가가는 고양이도 없어. 모두들 지금 있는 곳, 저기 폐허에 있고 싶어 해."

"넌 기묘해." 그녀는 그의 팔꿈치를 툭 치며 말했다. "처음 만났을 때 그런 생각이 들었지만 귀여운 구석이 있어."

"자, 일어나자." 그는 그녀가 일어서도록 도와주었다.

"너무 더워." 그녀가 투덜거렸다. 그는 춥지 않은 날씨에도 자신의 긴 검정 코트를 그녀에게 둘러주었고, 햇빛이 나지 않는데도 모자와 선글라스를 그녀에게 쓰게 했다.

"넌 유명하니까 사람들이 쳐다볼 거야." 그는 그녀에게 그 점을 상기시켰다. "사람들이 쳐다보는 건 원치 않잖아."

"사람들이 내가 유괴되었다고 생각하기 전에 친구들을 찾아야겠어."

"괜찮아. 아파트가 멋지니까 둘러봐야 해. 피곤해 보이니 내가 차로 데려다줄게. 그러고 나서 원하면 친구들에게 전화를 걸어 그곳에 오라고 초대해도 돼. 고급 와인과 치즈도 준비되어 있으니까."

그의 머릿속 조명이 꺼지듯 어둠이 찾아왔다. 문득 정신을 차리자, 어떤 이야기나 진실을 말해주던 스테인드글라스가 부서진 것처럼, 깨진 조각으로 가득 찬 장면이 펼쳐져 있는 듯했다.

집 북쪽에 난 계단은 빗자루로 쓸지 않았고, 세탁실로 들어가는 문은 두 달 전 관리인이 열어본 이후에 계속 잠겨 있었다. 계단 반대편에는 히비스커스 관목이 있었는데, 그 뒤에 보이는 유리창 너머로 경보 장치와 붉은색 불빛이 보였다. 그는 낚시 도구 상자를 열어 끝부분이 카바이드 소재인 유리 절단기를 꺼냈다. 유리창을 잘라 관목 뒤에 놓자, 상자 안에 든 강아지가 짖기 시작했다. 윌은 머뭇거리며 침착함을 유지했다. 그가 집 안으로 들어가 잠금장치를 풀고 문을 열자 경보 장치가 울리기 시작했고, 곧바로 비밀번호를 입력하고 나니 경보음이 멈추었다.

그는 몇 달 동안 유심히 지켜본 집 안에 들어왔다. 오랜 기간 동안 상상하고 계획한 일을 행동으로 옮기는 건 쉬웠고 약간 실망스럽기도 했다. 그는 쭈그리고 앉아 철사로 만든 틀에 갇힌 바셋 하운드를 모래 묻은 손으로 쓰다듬으며 말했다. "괜찮아. 아무 문제 없을 거야."

바셋 하운드는 더 이상 짖지 않았다. 윌은 풀이나 특별한 모래가 묻지 않은 자신의 손등을 개가 핥도록 놔두었다.

"그래, 착하지." 그가 개에게 나지막이 속삭였다. "걱정하지 마."

그는 모래 묻은 맨발로, 세탁실에서 또다시 보고 있는 영화 소리가 들리는 거실로 향했다. 그녀는 밖에서 담배를 피울 때마다 문을 활짝 열어 둔 채 계단에 앉아 바닥이 시커먼 수영장을 바라보는 나쁜 습관이 있었다. 담배 연기가 집 안으로 들어가는 동안 그녀는 계단에 앉아 수영장을 바라보며 담배를 피웠다. 담배 연기가 닿는 곳마다 냄새가 스며든 탓에, 메스껍고 죽음을 떠올리는 그녀의 독특한 분위기처럼 고약하고 우중충하고 나쁜 냄새가 집 안에 배어 있었다.

벽과 천장에는 흙색과 비슷한 황갈색 안료를 발랐고 석조 바닥은 바다처럼 푸른색이었다. 모든 문은 아치형이었고, 제때 물을 주지 않아 우중충한 갈색으로 변한 커다란 아칸서스 화분이 여기저기 놓여 있었다.

석조 바닥에는 짙은 머리칼이 흩어져 있었다. 머리칼과 음모가 보였는데, 때로는 벌거벗은 채 집 안을 돌아 다니다 떨어진 것 같았다. 그녀는 그에게 등을 보인 채 소파에 잠들어 있었다. 머리가 빠진 정수리 부분이 보름달처럼 창백해 보였다.

모래 묻은 맨발로 가만히 서 있자 영화가 상영되는 소리가 들렸다. 마이클 더글라스와 글렌 클로스가 오디오에서 흘러나오는 〈나비 부인〉의 아리아를 들으며 와인을 마시고 있었다. 아치문에 서서 〈위험한 정사〉을 지켜보던 윌은 그 영화를 잘 알고 있었다. 그 영화를 창문 너머로 수없이 봤기 때문이다. 하지만 그녀는 눈치채지 못했다. 배우들이 대사를 하기 전에도 그의 머릿속에 대사가 먼저 떠올랐다. 마이클 더글라스가 떠나자 글렌 클로스가 화를 내며 그의 셔츠를 찢었다.

그는 터져 나오는 걸 아래쪽에 밀어 넣으려 고군분투했다. 손이 피투성이여서 피부 색깔이 보이지 않았다. 그는 로저의 장기를 안으로 집어넣으려 애썼다. 바람과 모래가 불어닥치자 두 사람은 서로의 모습을 볼 수도, 서로의 목소리를 들을 수도 없었다.

소파에 누워 자는 그녀는 술과 마약에 너무 취해서 그가 들어오는 것도 알아차리지 못했다. 그의 유령이 가까이 다가와 자신을 데려가려 하는 것도 감지하지 못했다. 그녀는 오히려 그에게 감사할 것이다.

"윌! 살려줘! 살려줘! 제발 부탁이야." 그가 고함쳤다. "너무 아파. 제발 날 죽게 내버려두지 마!"

"넌 죽지 않을 거야." 그는 그를 꽉 붙잡으며 말했다. "내가 있잖아. 내가 바로 곁에 있잖아."

"도저히 견딜 수가 없어!"

"하느님은 네가 견딜 수 없는 건 주시지 않을 거야." 윌이 어린아이였을 때부터 그의 아버지는 항상 그렇게 말했다.

"사실이 아니야."

"뭐가 사실이 아니야?" 로마에 있는 집 식당에서 와인을 마시면서 그의 아버지가 윌에게 물었다. 그는 고가구의 석조 기단부를 잡고 있었다.

"내 손과 얼굴이 온통 피투성이었고 그의 피가 내 입안에 들어왔어요. 그의 피를 맛보자 그가 내 안에 살아 있는 것 같았어요. 난 그가 절대 죽지 않을 거라 약속했으니까요."

"밖에 나가서 커피나 마시자."

윌은 귀청이 찢어질 만큼 영화 볼륨을 높였다. 그러자 그녀는 깜짝 놀라 자리에서 일어나 소리를 질렀다. 영화 음향에 묻혀 그녀의 비명 소리는 거의 들리지 않았고, 그는 그녀에게 몸을 숙여 모래 묻은 손을 그녀의 입술에 대고 조용히 하라며 천천히 고개를 가로저었다. 그는 술잔에 보드카를 부어 그녀에게 건네주면서 마셔도 좋다는 의미로 고개를 끄덕였다. 그는 낚시 도구 상자, 손전등, 카메라를 러그에 놓고 옆에 앉아, 겁에 질린 그녀의 충혈되고 멍한 눈빛을 빤히 들여다보았다. 눈썹은 모두 뽑아서 한 가닥도 남지 않았다. 그녀는 일어나 도망치려 하지 않았다. 그가 고개를 끄덕이며 술을 마셔도 된다고 하자 그녀는 시키는 대로 했다. 그녀는 앞으로 일어날 일을 벌써 받아들이고 있었다. 그녀는 그에게 고마워할 것이다.

영화 음향 때문에 집 안 전체가 울렸다. 그녀가 말했다. "날 해치지 말아요."

그녀는 한때 예뻤다.

"쉿." 그는 고개를 가로저으며 모래 묻은 손을 다시 그녀의 입술에 갖다 댔다. 손가락을 너무 힘껏 눌러 그녀의 치아에 닿았다. 그러고 나서 낚시 도구 상자를 열었다. 안에는 접착제와 접착제 제거제, 모래 봉투, 검은색 손잡이가 달린 15센티미터 가량의 양날 톱, 교체용 톱날 그리고 다양한 종류의 칼이 들어 있었다.

바로 그때, 머릿속에서 목소리가 들렸다. 로저가 피거품을 토해내며 울부짖는 소리였다. 로저가 소리 지르는 게 아니라 핏빛 입술의 여자가 애원하는 소리인지도 몰랐다. "제발 날 해치지 말아요."

글렌 클로스가 마이클 더글라스에게 꺼져버리라고 말하자, 음향이 거실 전체에 울렸다.

그녀는 겁에 질려 흐느껴 울었고 경련을 일으키듯 온몸을 바들바들 떨었다. 그는 다리를 소파에 올려 포갰다. 그녀는 모래가 묻은 사포 같은 그의 손과 맨발, 바닥에 놓인 낚시 도구 상자와 카메라를 보면서 자신의 얼룩투성이 얼굴이 부어올랐을 거라는 생각이 들었다. 그녀의 단정치 못한 손톱을 보던 그는, 참을 수 없는 고통에 시달리는 사람을 마음속으로 포옹하며 그들을 고통에서 놓아줄 때의 느낌을 느꼈다.

그는 저음의 스피커에서 울리는 소리를 뼛속까지 느낄 수 있었다.

피 묻은 그녀의 입술이 움직였다. "날 해치지 말아요. 제발." 그녀는 흐느껴 울었다. 콧물이 흘렀고 피 묻은 입술을 혀로 닦았다. "뭘 원해요? 돈? 제발 날 해치지 말아요." 피 묻은 그녀의 입술이 움직였다.

그는 셔츠와 카키색 바지를 벗어 깨끗하게 접은 후 커피 테이블에 놓았다. 그런 다음 속옷을 벗어 겉옷 위에 얹었다. 힘이 느껴졌다. 그 힘은 전기 충격처럼 그의 뇌를 스쳤고, 그는 그녀의 손목을 힘껏 붙잡았다.

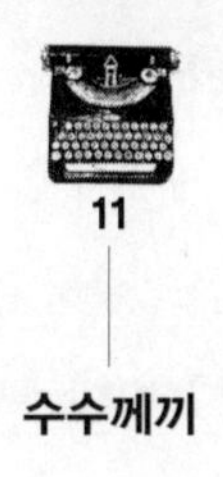

11

수수께끼

새벽녘, 비가 올 것 같았다. 로즈는 모퉁이에 위치한 아파트 창밖을 내다보았다. 머레이 대로 맞은편에 있는 안벽에 파도가 부드럽게 밀려왔다. 예전에 멋진 호텔이 있던 그녀의 집은 찰스턴에서 가장 비싼 아파트 가운데 하나로, 그녀가 종종 스크랩북에 사진을 모으던 바다가 내다보이는 멋진 저택이었다. 그녀는 그렇게 된 게 믿기지 않았고, 악몽을 꾸는 것 같기도 했고, 꿈을 이룬 것 같기도 했다.

찰스턴으로 이사 오면서 그녀가 요구한 건 바다 가까이에 사는 것뿐이었다. "박사님을 따라가는 건 이번이 마지막일 거예요." 그녀는 스카페타에게 말했었다. "내 나이가 되면 성가신 일은 하고 싶지 않거든요. 난 물이 내다보이는 곳에 사는 게 항상 꿈이었는데, 썩은 계란 냄새가 나는 늪지 말고 바다가 내다보이는 곳 말이죠. 바다에 걸어갈 수 있을 만큼 가까운 곳이면 좋겠어요."

그들은 집을 둘러보는 데 많은 시간을 보냈고, 로즈는 마침내 스카페타와 루시와 마리노가 함께 개조한, 애슐리 강가의 오래된 아파트에 살기로 결정했다. 로즈는 아파트 개조에 한 푼도 내지 않았다. 스카페타는 그녀의 임금을 인상해주었는데, 그렇지 않았다면 아파트 임대료를 부담할 수 없었을 것이다. 하지만 그에 대해서는 일절 언급이 없었다. 스카페타는 그들이 살던 다른 도시에 비하면 찰스턴은 물가가 비싸다고 말했을 뿐이다. 하지만 그렇지 않았다 해도 로즈는 임금 인상을 받을 만했다.

로즈는 커피를 끓이고, 뉴스를 보고, 마리노의 전화를 기다렸다. 한 시간이 더 지나자 마리노가 어디 있는지 의아했다. 또다시 한 시간이 지나도 아무 연락이 없자 그녀는 더 초조해졌다. 오늘 아침에 출근할 수 없을 것이라는 말과 소파 옮기는 걸 도와주러 잠깐 들러달라고 메시지를 서너 번 남겼다. 그리고 마리노에게 해야 할 말도 있었다. 로즈는 그에게 말하겠다고 스카페타에게 언급했었다. 지금이 가장 적절한 시간인 것 같았다. 이제 거의 10시가 다 되었다. 마리노의 휴대전화에 전화를 걸자 곧바로 음성 사서함으로 넘어갔다. 열린 창밖을 내다보자 안벽 너머에서 시원한 바람이 불어왔고, 파도가 밀려오는 바닷물은 백랍처럼 하얬다.

로즈는 혼자 소파를 옮길 수도 있었지만 조바심이 나고 짜증이 나고 기침도 이어졌다. 조금 전 억눌러 참지 못했던 어리석음을 곰곰이 생각해 보았다. 지쳐 자리에 앉은 그녀는 어젯밤 바로 이 소파에서 말을 하고, 손을 잡고, 입을 맞추던 기억을 떠올렸다. 더 이상 느낄 수 없을 거라 생각했던 감정을 느꼈고, 그 감정이 얼마나 오랫동안 지속될 수 있을지 궁금했다. 그녀는 포기할 수 없었고 그 감정은 오래 지속될 수 없었다. 그녀가 느끼는 슬픔이 너무 깊고 서글퍼서 그 안에 무엇이 있는지 알아내려 해도 아무 소용이 없었다.

전화벨이 울렸다. 루시였다.

"어떻게 됐어?" 로즈가 루시에게 물었다.

"네이트가 안부 전해달래요."

"그가 너에 관해 뭐라고 말했는지가 더 궁금해."

"별다른 얘기는 없어요."

"아주 좋은 소식이구나." 로즈는 부엌 싱크대에 가서 텔레비전 리모컨을 집어 들고 숨을 깊게 내쉬었다. "마리노가 소파를 옮겨주려고 오기로 했는데 늘 그렇듯이…."

잠시 침묵이 흐른 후 루시가 말했다. "그 일도 전화 용건 중 하나예요. 케이 이모에게 들러 네이트와의 약속에 대해 말할 거예요. 이모는 내가 간 걸 몰라요. 이모가 걱정하지 않도록 항상 일이 있은 후에 말하거든요. 마리노 아저씨의 오토바이는 이모 집에 세워져 있어요."

"이모가 널 기다렸어?"

"아니요."

"몇 시였어?"

"8시 정도."

"말도 안 돼." 로즈가 말했다. "8시면 마리노는 여전히 혼수상태야. 적어도 요즈음은 그렇지."

"스타벅스에 갔다가 9시 무렵에 이모 집에 갔는데, 어땠는지 알아요? 아저씨의 심심풀이 여자친구가 BMW 안에 있는 걸 봤어요."

"그녀였던 게 분명해?"

"자동차 번호판 가르쳐줄까요? 생년월일과 잔액이 얼마 없는 은행 계좌 번호도 알려 줄까요? 그녀는 돈을 거의 다 써버린 것 같아요. 부유했던 그녀 아버지가 재산을 거의 남겨주지 않았는데, 그녀는 여러 계좌를 만들어 최대한 빠르게 돈을 쓰고 있어요."

"상황이 좋지 않구나. 네가 스타벅스에서 나오는 걸 그녀가 봤니?"

"난 페라리를 타고 있었어요. 그녀가 더러운 음부를 가진 데다 장님이 아닌 이상 봤을 거예요. 아, 죄송해요…."

"괜찮아. 나도 음부가 무슨 뜻인지 알고, 그런 말을 들을 만한 여자니까. 마리노에게는 여자의 음부로 곧바로 향하게 하는 특별한 유도 장치가 있을 거야."

"목소리가 좋지 않아요. 숨도 잘 못 쉬는 것 같고요." 루시가 말했다. "조금 있다 내가 가서 소파 옮겨줄까요?"

"난 집에 있을게." 로즈는 그렇게 말하고 기침을 하며 전화를 끊었다.

텔레비전을 켜자 테니스공이 라인에 맞아 붉은 흙먼지를 일으키는 장면이 나왔다. 드루 마틴의 서브가 너무 강력하고 정확해서 상대 선수는 손도 대지 못했다. CNN에서 작년 프랑스 오픈의 경기 장면과 함께 드루 마틴에 대한 뉴스가 계속 나왔다. 테니스와 그녀의 삶, 죽음에 대한 재방송이 계속 나왔다. 로마의 모습이 더 나왔고, 폴리스 라인으로 둘러싸인 비좁은 공사 현장이 화면에 비쳤고, 응급차의 불빛이 깜박거렸다.

"지금 시점에서 새로 들어온 소식 있습니까?"

"로마 경찰은 계속 입을 굳게 다물고 있습니다. 사건의 단서나 용의자도 없는 것 같고, 이 끔찍한 사건은 수수께끼에 둘러싸이고 있습니다. 이곳 사람들도 그 이유를 묻고 있습니다. 사람들은 그녀의 시신이 발견된 공사 현장 모퉁이에 꽃을 바치고 있습니다."

화면이 계속 나오자 로즈는 보지 않으려 애썼다. 벌써 여러 번 봤지만 볼 때마다 매료되었다. 백핸드 슬라이스를 치는 드루의 모습에.

네트로 돌진해 높고 완만하게 넘어오는 공을 힘껏 때리는 바람에 공이 관중석으로 튀는 모습. 관중들이 깜짝 놀라 일어서며 환호성을 지르는 모습.

셀프 박사가 진행하는 토크쇼에 출연한 드루의 예쁜 얼굴. US 오픈을 우승한 직후 테니스계의 타이거 우즈라 불리던 그녀가, 너무 흥분한 나머지 어떤 주제에서 다른 주제로 얼른 화제를 바꾸던 모습. 토크쇼를 진행하던 셀프 박사는 묻지 말아야 할 질문을 하고 말았다.

"드루, 아직 처녀인가요?"

웃음을 터뜨리며 얼굴이 붉게 달아오르자 그녀는 양손으로 얼굴을 가렸다.

"어서 대답해봐요." 셀프 박사는 득의양양한 표정으로 미소 지었다. "여러분, 내가 하고 싶은 얘기는 바로 수치심이에요." 그녀가 방청객들에게 물었다. "섹스에 관해 얘기할 때 우린 왜 수치심을 느낄까요?"

"열 살 때 처녀성을 잃었어요. 오빠가 타던 자전거예요."

방청객들이 열광했다.

"드루 마틴이 열여섯의 꽃다운 나이로 사망했습니다." 어느 뉴스 진행자가 말했다.

로즈는 소파를 거실 반대편으로 겨우 옮겨 벽에 밀어붙였다. 그리고 소파에 앉아 흐느껴 울었다. 자리에서 일어나 거실을 서성거리며 울었고, 죽음은 잘못되었고 견딜 수 없을 만큼 폭력이 싫다며 신음했다. 그녀는 그 모든 게 너무나 싫었다. 욕실 선반에서 처방전 약통을 꺼내고 부엌으로 가서 와인 잔에 와인을 따랐다. 알약 하나를 삼키고 와인으로 넘기자 잠시 후 기침이 나왔다. 숨 쉬기조차 힘들었다. 그녀는 두 번째 알약을 삼켰다. 전화벨이 울리자 그녀는 불안하게 수화기를 들어 올리다 떨어뜨렸고, 다시 힘겹게 집어 들었다.

"여보세요?"

"로즈?" 스카페타였다.

"뉴스를 보지 말걸 그랬어요."

"우는 거예요?"

거실이 빙글빙글 도는 것 같았고 사물이 두 겹으로 겹쳐 보였다. "감기 때문에 그래요."

"지금 거기로 갈게요." 스카페타가 말했다. 마리노는 선글라스를 끼고 머리를 좌석 등받이에 기댄 채, 커다란 손은 허벅지에 올린 모습으로 앉아 있었다.

마리노는 어젯밤 옷차림 그대로였다. 그 옷을 입고 잠을 잤고 그런 것처럼 보였다. 얼굴은 벌겋게 달아올랐고 한동안 목욕을 하지 않은 술주정뱅이처럼 고약한 냄새가 났다. 그의 모습을 보고 체취를 맡자, 너무 끔찍해서 자세히 말할 수조차 없는 끔찍한 기억이 떠올랐다. 그가 절대 보거나 만져서는 안 되었던 끔찍한 시신이 느껴지는 듯했다. 스카페타는 실크와 면 소재를 겹쳐 입어서 피부에 닿는 촉감이 부드러웠다. 셔츠는 칼라까지 단추를 잠갔고 재킷 지퍼도 끝까지 올렸다. 그녀의 상처와 수치심을 감추기 위해서였다. 마리노 주변에 있으면 스카페타는 무력하고 벌거벗은 느낌이었다.

차를 운전하자 또다시 어색한 침묵이 흘렀다. 차 안은 마늘과 강한 치즈 냄새로 가득 찼고 마리노는 차창을 열어두었다.

마리노가 말했다. "빛 때문에 눈이 아파. 빛 때문에 시력이 얼마나 나빠졌는지 믿기지 않을 정도요."

마리노는 그런 말을 여러 차례 했고, 자신이 왜 그녀를 쳐다보지 않고 구름이 끼고 비가 오는 날씨에 선글라스를 벗지 않는지, 묻지도 않은 질문에 혼자 대답했다. 한 시간 전 스카페타가 커피와 토스트를 침실에 갖다 주었을 때, 그는 신음 소리를 내며 침대에서 일어나 고개를 들더니 불안한 목소리로 물었다. "여기가 어디요?"

"어젯밤 몹시 취했어요." 스카페타는 침대 옆 테이블에 커피와 토스트를 놓으며 말했다. "기억나요?"

"뭘 먹으면 토할 것 같소."

"어젯밤 기억나요?"

마리노는 오토바이를 몰고 그녀의 집에 도착한 이후에는 아무것도 기억나지 않는다고 했지만, 그의 태도를 보면 모두 기억하는 것 같았다. 그는 속이 메슥거린다며 계속 투덜거렸다.

"저기에 음식을 놔두지 않았으면 좋겠소. 지금 음식 냄새를 맡으면 속이 거북해서 말이오."

"안타깝게도 로즈가 감기에 걸렸어요."

스카페타는 로즈가 사는 아파트 옆 주차장에 차를 주차했다.

"감기 걸리고 싶은 마음은 추호도 없소."

"그럼 차 안에 있어요."

"내 총을 어떻게 했는지 말해주시오." 마리노는 벌써 몇 차례 그 질문을 했다.

"이미 얘기했던 것처럼 안전한 장소에 있어요."

스카페타는 주차를 했다. 뒷좌석에는 뚜껑을 덮은 음식이 가득 든 상자가 놓여 있었다. 그녀는 밤새 요리를 했다. 폰티나 소스 파스타, 볼로네즈 라자냐 그리고 스무 명은 먹을 수 있는 야채수프를 끓였다.

"어젯밤 당신은 장전된 총을 갖고 있을 수 있는 상태가 아니었어요." 그녀가 덧붙여 말했다.

"어디에 있는지 알고 싶소. 도대체 총을 어떻게 한 거요?"

마리노는 상자를 들어줄지 묻지도 않고서 몇 발자국 앞서 걸었다.

"다시 한 번 말하지만, 어젯밤에 내가 그 총을 가져갔어요. 오토바이 열쇠도 내가 챙겼어요. 제대로 서지도 못하면서 운전하겠다고 우겨서 내가 오토바이 열쇠를 가져간 거 기억나요?"

"박사 집에 있는 버번위스키 부커 때문이오." 마리노는 그녀의 잘못인 양 말하며 빗속을 걸어 흰 도료를 칠한 건물을 향해 가며 말했다. "난 그런 고급술은 마시지 못하오. 부드럽게 목을 타고 내려가 독한 술임을 완전히 잊어버리기 때문이오."

"그럼 내 잘못이군요."

"박사 집에 왜 그렇게 강한 술이 있는지 모르겠소."

"당신이 새해 하루 전 날 가져왔으니까요."

"타이어로 머리를 맞는 게 차라리 나았을 것 같소." 마리노가 계단을 오르자 수위가 그들을 안으로 들여보내 주었다.

"안녕하세요, 에드." 로비에서 떨어진 곳에 있는 수위실에서 텔레비전 소리가 들렸다. 드루 마틴의 살인사건에 관한 뉴스가 나오고 있었다.

에드가 사무실을 쳐다보고 고개를 가로저으며 말했다. "너무 끔찍해요. 정말 착한 소녀였는데. 살해되기 직전에도 봤는데, 여기를 지날 때마다 내게 20달러를 팁으로 줬어요. 너무 끔찍해요. 무척 착하고 보통 사람처럼 행동했지요."

"그녀가 여기에 머물렀나요?" 스카페타가 물었다. "항상 찰스턴 플레이스 호텔에 투숙한 줄 알았는데. 그녀가 여기 올 때마다 그랬다고 뉴스에 나왔거든요."

"그녀의 코치가 여기 아파트를 갖고 있어요. 거의 오지는 않았지만 어쨌든 아파트를 갖고 있지요." 에드가 말했다.

그런 얘기를 왜 한 번도 듣지 못했던 걸까? 스카페타의 마음속에 의구심이 들었다. 지금은 물어볼 시간이 아니었다. 로즈 걱정이 앞섰기 때문이다. 에드는 엘리베이터 버튼을 누른 다음 로즈가 사는 층수를 눌러 주었다.

엘리베이터 문이 닫혔다. 짙은 선글라스를 낀 마리노는 앞만 똑바로 쳐다보았다.

"편두통이 있는 것 같은데, 편두통에 들을 만한 것 있소?"

"이부프로펜을 벌써 8백 밀리그램이나 복용했어요. 적어도 다섯 시간 동안 아무것도 복용하면 안 돼요."

"그건 편두통에 도움이 안 되오. 박사 집에 그 약이 없었다면 좋았을 걸. 누군가 내 몸에 뭔가를 집어넣은 것처럼 마약한 것 같은 기분이었소."

"당신한테 뭔가를 집어넣은 사람은 자신뿐이에요."

"박사가 불을 부른 게 믿기지 않소. 위험한 사람이면 어쩔 거요?"

스카페타는 어젯밤 행패를 부린 마리노가 그런 말을 하는 게 믿기지 않았다.

"다음번에 그에게 도와달라고 전화하고 싶지 않을 게 분명하오." 마리노가 말했다. "도대체 그가 뭘 안단 말이오? 그는 방해만 될 거요."

"로즈 걱정 때문에 지금 당장은 그런 생각할 여력이 없어요. 그리고 지금은 당신이 자신 말고 다른 누군가를 걱정할 시간이 아닌 것 같군요." 분노가 끓어오른 스카페타는 오래된 흰 회반죽벽에 낡은 푸른색 카펫이 깔린 복도를 재빨리 걸어갔다.

로즈가 사는 아파트의 초인종을 누르자 텔레비전 소리 이외에 아무 대답도, 아무 소리도 들리지 않았다. 스카페타는 음식 상자를 바닥에 두고 다시 초인종을 눌렀다. 그리고 잠시 후 다시 눌렀다. 그러고 나서 로즈의 집으로 전화를 걸었다. 집 안에서 전화벨이 울리는 소리가 들리더니 음성 녹음으로 넘어갔다.

"로즈!" 스카페타가 문을 두드리며 불렀다. "로즈!"

텔레비전 소리만 들릴 뿐 아무 소리도 들리지 않았다.

"열쇠를 받아와야겠어요. 에드가 열쇠를 갖고 있어요. 로즈!"

"빌어먹을!" 마리노가 힘껏 문을 걷어차자 나무 파편과 경보 장치 체인이 부서져 떨어졌고, 놋쇠 문걸이가 바닥에 떨어져 문이 활짝 열리며 벽에 부딪쳤다.

집 안으로 들어가자 로즈가 소파에 꼼짝도 하지 않고 누워 있었다. 눈은 감긴 채 얼굴은 납빛으로 변해 있었고, 긴 은발은 흐트러져 있었다.

"당장 911에 신고해요!" 스카페타가 베개를 세우고 로즈를 일으켜 세우는 동안 마리노는 응급차를 불렀다.

로즈의 맥박을 재자 61이었다.

"지금 오고 있소." 마리노가 말했다.

"차로 가요. 트렁크 안에 의료 가방이 들어 있어요."

마리노가 아파트 밖으로 뛰어나가고, 스카페타는 소파 아래에 감추어둔 것처럼 놓여 있는 와인 잔과 처방전 약통을 알아차렸다. 로즈가 록시코돈을 복용해왔다는 사실에 스카페타는 깜짝 놀랐다. 록시코돈은 옥시코돈 염산염의 상표명으로, 끊기 어려운 것으로 악명이 높은 오피오이드 진통제였다. 로즈는 열흘 전에 백 알을 처방 받았다. 스카페타가 약통 뚜껑을 열어 세어보니, 15밀리그램 초록색 알약이 열일곱 알 남아 있었다.

"로즈!" 스카페타는 그녀를 흔들어 깨우려 했다. 체온은 따뜻하고 땀이 났다. "로즈, 일어나요! 내 말 들려요? 로즈!"

스카페타는 욕실로 가서 시원한 수건을 갖고 와 로즈의 이마에 얹고 손을 꼭 잡으며 그녀에게 말을 걸고 깨우려 애썼다. 잠시 후 마리노가 되돌아왔다. 그는 겁에 질린 표정으로 스카페타에게 의료 가방을 건네주었다.

"로즈가 소파를 옮겼소. 내가 해주기로 했었는데." 마리노가 선글라스를 낀 채 소파를 쳐다보며 말했다.

멀리서 사이렌 소리가 울리자 로즈가 몸을 뒤척였다. 스카페타는 의료 가방에서 혈압을 측정하는 가압대와 청진기를 꺼냈다.

"내가 와서 옮겨주기로 약속했는데 로즈가 직접 옮겼소." 마리노가 말했다. "원래 저기에 있었는데." 그는 창가의 텅 빈 공간을 바라보았다.

스카페타는 로즈의 소매를 걷어 올리고 팔에 청진기를 댄 다음, 혈액의 흐름을 멈출 수 있도록 팔이 접히는 부분 바로 위에 가압대를 댔다.

사이렌 소리가 몹시 요란하게 울렸다.

불룩한 부분을 꾹 누르자 가압대가 부풀어 올랐고, 공기가 천천히 빠져나가도록 밸브를 열자 혈액이 동맥을 향해 흐르는 소리가 들렸다. 쉭 소리가 나며 가압대에 공기가 빠졌다.

바로 그때 사이렌이 멈추었다. 구급차가 도착한 것이다.

최고 혈압은 86, 최저 혈압은 58이었다. 스카페타는 로즈의 가슴과 등에 청진기를 갖다 댔다. 호흡이 약하고 혈압이 낮았다.

로즈는 몸을 뒤척이고 머리를 움직였다.

"로즈? 내 말 들려요?" 스카페타가 큰 소리로 물었다.

눈꺼풀이 바르르 떨리더니 로즈는 눈을 떴다.

"체온 좀 잴게요." 스카페타가 로즈의 혀 아래에 디지털 체온계를 넣자 잠시 후 삐 소리가 났다. 체온은 37.3도였다. 스카페타는 약병을 들어 올리며 물었다. "몇 알 먹었어요? 와인은 얼마나 마셨어요?"

"그냥 감기 때문이에요."

"소파를 직접 옮긴 거요?" 마리노는 그게 중요한 사안인 양 물었다.

로즈가 고개를 끄덕이며 말했다. "무리한 것뿐이에요."

들것을 든 진료 보조원들의 다급한 발자국 소리가 복도에서 들렸다.

"괜찮으니까 돌려보내요." 로즈가 반대의 뜻을 분명히 밝혔다.

푸른색 작업복을 입은 구급 의료 기사 두 명이 출입문을 지나 들것을 들고 들어왔다. 들것에는 제세동기(전기쇼크로 심장의 심방이나 심실의 제동을 제거하는 데 사용하는 전기 장치－옮긴이)와 다른 장비들이 놓여 있었다.

로즈가 고개를 가로저으며 말했다. "난 괜찮아요. 병원엔 가지 않을 거예요."

문간에서는 에드가 걱정 어린 표정으로 아파트 안을 들여다보고 있었다.

"어디가 불편하세요?" 금발에 옅은 푸른 눈동자를 지닌 구급 의료 기사가 소파로 와서 로즈를 자세히 들여다본 다음, 스카페타를 자세히 쳐다보았다.

"정말 괜찮아요." 그들에게 손사래를 치는 로즈의 태도는 완강했다. "그러니 돌아가세요. 잠시 기절했던 것뿐이니까요."

"그렇지 않소." 마리노는 여전히 선글라스를 낀 채 금발의 구급 의료 기사를 쳐다보며 말했다. "문을 억지로 열고 들어와야 했으니까."

"떠나기 전에 고쳐주도록 해요." 로즈가 나지막이 중얼거렸다.

스카페타는 자기소개를 한 다음, 로즈가 옥시코돈을 와인과 함께 복용했고 그들이 도착했을 때 의식이 없었다고 했다.

"부인?" 금발의 구급 의료 기사가 로즈에게 상체를 숙이며 물었다. "옥시코돈과 와인을 얼마나, 그리고 언제 마셨습니까?"

"평소보다 한 알 더 많은 세 알을 복용했어요. 와인은 약간 마셨는데, 반 잔 정도였을 거예요."

"부인, 솔직하게 말씀하셔야 합니다."

스카페타는 구급 의료 기사에게 처방전 약통을 건네주며 로즈에게 말했다. "네 시간에서 여섯 시간마다 한 알을 복용하는 약이니 두 알을 더 복용한 거예요. 벌써 복용량을 초과했어요. 병원에 가서 아무 문제 없는지 확인해보는 게 좋겠어요."

"괜찮아요."

"알약을 으깨거나 씹어서 넘겼나요 아니면 그냥 삼켰나요?" 스카페타가 물었다. 알약을 으깨면 더 빠르게 용해되어 옥시코돈이 더 빨리 흡수되기 때문이다.

"평소처럼 그냥 삼켰어요. 그리고 무릎이 욱신거리며 아팠어요." 로즈는 마리노를 쳐다보았다. "저 소파를 혼자 옮기지 말았어야 했는데."

"이 친절한 응급 의료 기사와 함께 가지 않을 거면 나와 함께 가요." 스카페타는 응급 의료 기사의 시선을 의식하며 말했다.

"안 돼요." 로즈는 완강하게 고개를 가로저었다.

마리노는 금발의 응급 의료 기사가 스카페타를 쳐다보는 모습을 빤히 쳐다보았다. 하지만 예전처럼 그녀를 보호하려 가까이 다가가지는 않았다. 스카페타는 가장 곤란한 질문, 즉 로즈가 왜 록시코돈을 복용하는지는 묻지 않았다.

"병원에 가지 않을 거예요. 진심이에요." 로즈가 말했다.

"도와주지 않아도 괜찮을 것 같네요." 스카페타가 응급 의료 기사에게 말했다. "수고하셨어요."

"몇 달 전에 하신 강의를 들었어요." 금발의 응급 의료 기사가 말했다. "국립 법의학 아카데미에서 유아 사망에 관해 강의하셨지요."

그의 이름표에 T. 터킹턴이라는 이름이 적혀 있었다. 스카페타는 그가 누구인지 기억나지 않았다.

"도대체 거기서 뭘 하고 있었던 거요?" 마리노가 그에게 다짜고짜 물었다. "국립 법의학 아카데미는 경찰들을 위한 곳인데."

"전 보포트 카운티의 보안관 부서의 수사관입니다. 그곳에서 절 국립 법의학 아카데미에 보냈고, 그곳 졸업생입니다."

"그럴 수도 있겠군." 마리노가 말했다. "그럼 이곳 찰스턴에서 구급차를 타고 다니며 도대체 뭘 하는 거요?"

"비번일 때면 구급 의료 기사로 일합니다."

"이곳은 보포트 카운티가 아니잖소."

"추가 요금을 들이면 되지요. 응급 의학은 직업에 좋은 보충 훈련이니까요. 그리고 여자친구가 이곳에 살았거든요. 지금은 아니지만." 터킹턴은 아무렇지 않게 말하더니 스카페타를 보며 덧붙였다. "아무 문제없으면 그만 가보겠습니다."

"수고했어요. 내가 곁에서 지켜볼게요." 스카페타가 대답했다.

"아무튼 다시 만나서 반가웠습니다." 그는 푸른 눈동자로 그녀를 응시하고는 동료와 함께 떠났다.

스카페타가 로즈에게 말했다. "병원에 가서 아무 문제 없는지 확인할 거예요."

"난 아무 데도 가지 않을 거예요." 로즈가 마리노를 쳐다보며 말을 이었다. "새 문이나 잠금장치를 구해 올래요? 당신이 망가뜨렸으니 어떻게든 고쳐야 하니까요."

"내 차로 가요." 스카페타가 자동차 열쇠를 가볍게 던져 주며 말했다. "난 걸어서 집으로 가면 되니까."

"박사 집 안으로 들어가야 하오."

"그건 좀 기다려야 해요." 스카페타가 말했다.

해가 자욱한 구름에 가려지다 나오기를 반복했고, 바닷물이 해안가에 밀려왔다.

사우스캐롤라이나에서 태어나고 자란 애슐리 둘리는 바람막이 점퍼를 벗어 뚱뚱한 복부에 두르고 소매를 묶었다. 신제품 캠코더로 아내 마들리사를 찍던 그는 흰색과 검은색 얼룩무늬 바셋 하운드가 해변의 모래 언덕에서 갑자기 나타나자 촬영을 멈추었다. 바셋 하운드는 마들리사에게 종종걸음으로 다가가 수그러진 귀를 모래사장에 늘어뜨리더니, 그녀의 다리에 몸을 기대어 숨을 몰아쉬었다.

"어머, 여보!" 그녀는 바닥에 주저앉아 개를 쓰다듬었다. "몸을 바들바들 떨고 있어요. 왜 이러는 거죠? 무서워하지 말아요, 여보. 어린 강아지잖아요."

개들은 그녀를 좋아해 가까이 오곤 했다. 지금껏 으르렁거린 개 한 마리 없이 모두 그녀를 따랐다. 지난해 그들이 키우던 프리즈비는 암에 걸려 안락사시켰다. 그 아픔을 아직 이겨내지 못한 마들리사는 비용 때문에 치료를 거부한 남편을 앞으로도 용서하지 않을 것이다.

"여기로 와." 애슐리가 말했다. "원하면 개를 촬영해도 돼. 나는 뒤에 보이는 멋진 집을 찍을 테니까. 저기 좀 봐. 유럽에서나 볼 법한 대단한 저택이야. 저렇게 큰 집이 왜 필요한 거지?"

"유럽에 갈 수 있으면 좋겠어요."

"여보, 이 캠코더는 정말 대단해."

마들리사는 더 이상 들을 수가 없었다. 남편은 캠코더를 사는 데 1천 3백 달러나 쓰면서 프리즈비 치료비는 한 푼도 내지 않았다.

"저기 봐. 멋진 발코니와 붉은색 지붕. 저런 집에 산다고 상상해봐." 애슐리가 말했다.

'저런 집에 산다면 당신이 멋진 캠코더와 평면 TV를 사도 잔소리하지 않을 거고, 프리즈비의 치료비도 낼 수 있었을 텐데.' 그녀는 마음속으로 생각했다.

"상상이 안 돼요." 그녀가 모래 언덕 앞에 앉자 바셋 하운드가 숨을 몰아쉬며 그녀의 발치에 앉았다.

"저런 집은 3천만 달러 정도 한대." 그가 저택 한 채를 가리키며 말했다. "웃어봐. 그렇게 말고 활짝 웃어. 저런 집은 유명인, 아마 월마트 창업자 같은 사람이 살 거야. 날씨도 그렇게 덥지 않은데 개가 왜 저렇게 숨을 헐떡이는 거야? 몸도 바들바들 떨고 있고. 몸이 아프거나 광견병에 걸렸을지도 모르겠군."

"아니에요, 겁에 질려서 떠는 거예요. 목이 마를 수도 있고요. 물병을 가져오자고 말했잖아요. 그리고 월마트 창업자는 죽었어요." 그녀는 바셋 하운드를 쓰다듬으며 해안을 둘러보았다. 멀리서 낚시하는 사람 몇몇이 보일 뿐 주변에는 아무도 없었다. "길을 잃은 것 같아요. 개 주인처럼 보이는 사람이 아무도 없어요."

"그럼 촬영한 걸 찾아보도록 하지."

"뭘 찾는다고요?" 그녀가 묻자 바셋 하운드는 숨을 몰아쉬고 몸을 떨면서 그녀의 다리 밑에 몸을 숙였다. 바셋 하운드를 살피자 목욕을 시키고 발톱을 잘라줘야 할 것 같았다. 바로 그때, 그녀는 또 다른 걸 찾아냈다. "맙소사, 개가 다쳤어요." 개의 목덜미를 만진 손에 피가 묻었다. 털 사이에 상처가 났는지 찾아보았지만 보이지 않았다. "이상해요. 어떻게 털에 피가 묻은 거지? 피가 더 묻어 있지만 개가 다친 것 같지는 않아요. 불결해요."

그녀는 피 묻은 손을 반바지에 닦았다.

"고양이 사체가 어딘가에 있는지도 모르지." 애슐리는 고양이라면 질색이었다. "얼른 가자고. 2시에 테니스 강습이 있으니 그 전에 점심을 먹어야겠어. 꿀을 바른 구운 햄 남아 있어?"

그녀는 뒤돌아보았다. 바셋 하운드가 모래 언덕에 앉아 숨을 몰아쉬며 그들을 쳐다보고 있었다.

"정원에 있는 관목 뒤 벽돌 더미에 놓인 작은 상자 안에 여분 열쇠 있다는 거 알아요." 로즈가 말했다.

"마리노는 심하게 취했어요. 장전된 40구경 권총을 바지 뒷주머니에 넣고 오토바이를 타면 안 돼요." 스카페타가 말했다.

"마리노가 박사님 집에서 어떻게 됐어요? 어떻게 됐는지 사실대로 말해주세요."

"마리노에 관해선 말하고 싶지 않아요. 당신 얘기부터 해요."

"소파에 앉지 말고 의자를 가져와 앉을래요? 고개를 들고 얘기하려니까 무척 힘들어요." 로즈가 말했다.

스카페타는 주방 의자를 가져와 앉으며 말했다. "약은 어떻게 된 거죠?"

"공시소에서 훔쳤을 거라 의심한다면 그건 아니니 걱정 말아요. 사람들이 왜 수십 개의 처방전 약통을 갖고 공시소로 들어오는지 알아요? 약을 먹지 않기 때문이에요. 약은 아무것도 고쳐주지 않아요. 만약 그랬다면 그 불쌍한 사람들이 공시소까지 오지 않았을 테죠."

"약통에는 당신 이름과 약을 처방해준 의사 이름이 적혀 있었어요. 그에게 전화를 걸어 어느 과 의사인지, 당신이 왜 그에게 진료를 받았는지 알아낼 수 있어요."

"종양 전문 의사예요."

스카페타는 가슴을 걷어 차인 것 같았다.

"부탁이니 날 더 힘들게 만들지 말아요." 로즈가 말했다. "납골당에서 내 유해를 찾을 때까지 박사님께 알리고 싶지 않았어요. 내가 해서는 안 될 일을 했다는 거 알아요." 그녀는 잠시 숨을 멈추었다가 다시 말을 이었다. "상태가 나빠져서 몹시 화가 나고 온몸이 아팠어요."

스카페타가 그녀의 손을 잡았다. "우습게도 우리는 우리의 감정을 얼마나 숨기는지 몰라요. 당신은 지금껏 강한 자제심을 보였어요. 혹은 지나치게 완고했다고 표현해도 될까요? 이젠 곰곰이 생각해봐야 해요."

"난 죽을 거예요. 주변 사람들에게 이러는 거 정말 싫어요." 로즈가 말했다.

"무슨 암이에요?" 스카페타가 로즈의 손을 꼭 잡고서 물었다.

"폐암이에요. 박사님이 사무실에서 담배를 피워서 간접흡연에 노출될 거라 생각하기 전부터…." 로즈가 말을 맺지 못했다.

"그러지 않았으면 좋았을걸. 얼마나 후회했는지 몰라요."

"암에 걸린 건 박사님과 아무 상관없어요." 로즈가 말했다. "분명하게 말하지만, 그냥 우연히 암에 걸린 것뿐이에요."

"암세포 크기는요?"

"작지 않아요."

"선암종인가요 편평상피 세포암인가요?"

"선암종이에요. 고모도 같은 병으로 돌아가셨는데, 나처럼 담배를 전혀 피우지 않았죠. 증조할아버지는 편평상피 세포암으로 돌아가셨는데, 담배를 피우셨어요. 폐암에 걸릴 거라고는 꿈에도 생각하지 못했고, 내가 죽을 거라는 생각도 하지 못했어요. 우습지 않아요?" 한숨을 내쉬는 그녀의 얼굴에 서서히 혈색이 돌아왔고 눈빛도 밝아졌다. "우린 매일 죽음을 보면서도 죽음을 부인하죠. 스카페타 박사님, 당신 말이 맞아요. 오늘 뒤통수를 맞았지만 난 죽음이 내게 다가오는지도 몰랐어요."

"이제 나를 케이라고 부를 때가 된 것 같네요."

그러자 로즈는 고개를 가로저었다.

"왜요? 우린 서로 친구 아니었어요?"

"우린 항상 서로 경계를 두었고 지금껏 잘해왔어요. 난 아는 것만으로도 영광스러운 분 밑에서 일했어요. 그녀의 이름은 스카페타 박사 혹은 스카페타 국장님이죠. 난 절대 그분을 케이라 부를 수 없어요." 로즈가 미소 지으며 말했다.

"내가 다른 사람인 것처럼 객관화해서 말하는군요."

"그녀는 다른 사람이죠. 당신은 잘 모르는 사람. 당신은 나보다 그녀를 훨씬 더 낮게 평가하는 것 같아요. 특히 요즘에는."

"미안하지만 난 방금 당신이 말한 그 대단한 여자가 아니에요. 하지만 내 능력이 닿는 한 도울게요. 국내 최고 암센터인 스탠퍼드 암센터로 보내드릴게요. 루시가 다니는 병원으로, 어떤 치료든 받을 수 있을 거예요…."

"아니에요, 괜찮아요." 로즈는 다시 천천히 고개를 가로저었다. "내 말 들어봐요. 난 이미 모든 전문가들과 상담을 했어요. 내가 작년 여름 3주 동안 크루즈 여행 갔던 거 기억나요? 거짓말이었어요. 의사들을 여기저기 찾아다녔는데, 루시가 스탠퍼드 암센터로 날 데려가 의사를 만났어요. 예후는 똑같아요. 유일한 선택은 화학요법과 방사선요법인데 거부했어요."

"할 수 있는 건 뭐든지 시도해야 해요."

"벌써 3기 B 단계예요."

"림프절까지 전이됐어요?"

"림프절과 뼈까지. 이제 4기에 접어들었고 수술도 불가능해요."

"화학요법과 방사선요법도 시도해야 해요. 우린 이렇게 포기하면 안 돼요."

"이번만큼은 우리가 아니에요. 이건 내 문제고 난 치료받지 않을 거예요. 결국 이 병으로 죽을 걸 아는데, 머리칼이 모두 빠지고 속이 메슥거리고 고통스러우면 정말 속상할 거예요. 차라리 좀 더 일찍 떠나고 싶어요. 루시조차 화학요법 때문에 아프지 않도록 마리화나를 갖다 주겠다고 했어요. 내가 마리화나 피우는 모습을 상상해봐요."

"루시는 처음부터 알고 있었군요."

로즈가 고개를 끄덕였다.

"왜 나한테는 말해주지 않았어요?"

"루시한테 말했는데 입이 무거워 약속을 지켜줬어요. 난 일이 이렇게 되길, 박사님이 슬퍼하길 바라지 않았어요."

"내가 뭘 해줄 수 있는지 말해줘요." 슬픔이 북받쳐 올라왔다.

"박사님이 할 수 있는 걸 바꿔요. 할 수 없다는 생각은 하지 말고요."

"말해봐요. 원하는 건 뭐든지 할게요." 스카페타가 말했다.

"죽을 때가 되어서야 자신이 바꿀 수도 있었던 모든 걸 깨닫기 시작하죠. 이건 내가 바꿀 수 없는 거예요." 로즈가 가슴을 가볍게 치며 말했다. "박사님에겐 원하는 걸 거의 뭐든지 바꿀 수 있는 힘이 있어요."

잠시 어젯밤의 영상이 떠올랐다. 그의 체취를 맡고, 그의 살갗이 와 닿고, 자신이 얼마나 망연자실한지 그에게 보여주지 않으려 애쓰던 모습이 떠올랐다.

"왜 그래요?" 로즈가 그녀의 손을 꼭 잡으며 물었다.

"마음이 어떻게 끔찍하지 않을 수 있겠어요?"

"박사님은 방금 제가 아니라 다른 사람 생각을 하고 있었어요, 그렇죠?" 로즈가 말했다. "마리노 말이에요. 겉모습도 끔찍하고 행동도 이상했어요."

"얼굴이 떡이 되도록 진탕 마셔서 그래요." 스카페타의 목소리에 분노가 묻어 있었다.

"평소 사용하지 않는 말씀을 하는군요. 하지만 저도 요즘 말이 거칠어지고 있어요. 오늘 아침 루시와 통화하면서 마리노의 여자친구를 더러운 음부라 부르기도 했어요. 루시가 8시경에 박사님 집 근처를 지나다 그녀를 봤대요. 마리노의 오토바이는 아직도 박사님 집 앞에 주차되어 있어요."

"음식을 요리해서 상자에 담아 왔는데 복도에 있어요. 가져와서 냉장고에 넣어줄게요."

로즈가 갑작스럽게 기침을 하다가 입에 대고 있던 티슈를 떼자 선명한 붉은 피가 묻어 있었다.

"다시 스탠퍼드 암센터로 가요." 스카페타가 말했다.

"어젯밤에 무슨 일이 있었는지 말해봐요."

"이야기를 나누다가 마리노가 심하게 취했어요." 스카페타는 얼굴이 붉게 달아오르는 걸 느꼈다.

"박사님이 얼굴 붉히는 걸 처음 보는 것 같네요."

"벌겋게 달아올랐네요."

"네, 전 감기에 걸렸고요."

"내가 뭘 해야 할지 말해줘요."

"내가 평소처럼 일하도록 해주세요. 인공호흡기로 소생하고 싶지도, 병원에서 죽고 싶지도 않아요."

"우리 집에 와서 함께 지낼래요?"

"그러면 평소처럼 일할 수 없어요." 로즈가 말했다.

"당신 주치의와 얘기할 수 있도록 허락해줄 거죠?"

"박사님이 더 알아야 할 게 없어요. 내가 뭘 원하는지 물었고 난 그 질문에 대답했어요. 치료는 더 이상 받지 않을 거예요. 통증을 완화해주는 치료를 받고 싶어요."

"집에 작지만 빈 방이 있어요. 좀 더 큰 집을 얻을까 봐요." 스카페타가 말했다.

"박사님은 이타적인 것 같지만 오히려 이기적으로 보여요. 내가 죄책감이 들고 주변 사람들을 힘들게 해서 괴롭다면, 박사님이 이기적인 거예요."

스카페타는 잠시 망설이다가 말했다. "벤턴에게 말해도 될까요?"

"그래도 되지만 마리노는 안 돼요. 그에게는 말하지 말아요." 로즈는 상체를 세워 앉으며 바닥에 발을 디뎠다. 그리고 스카페타의 두 손을 꼭 잡았다. "내가 법의학자는 아니지만 물어볼 게 있어요. 박사님 손목에 왜 멍 자국이 선명하게 남아 있는 거죠?"

바셋 하운드는 그들이 떠난 모래 언덕에 여전히 앉아 있었고, 근처에는 '출입 금지' 팻말이 서 있었다.

"봐요, 뭔가 문제가 있어요." 마들리사가 큰 소리로 말했다. "한 시간 동안 여기 앉아서 우리가 되돌아오길 기다렸어요. 이리 온, 드루피. 귀여운 강아지."

"여보, 그건 이 개 이름이 아니야. 이름표를 봐." 애슐리가 말했다. "진짜 이름이 뭔지, 어디에 사는지 확인해봐."

마들리사가 몸을 웅크리자 바셋 하운드가 천천히 다가와 그녀의 손을 핥았다. 그녀는 눈을 가늘게 뜨고 이름표를 봤지만 돋보기를 가져오지는 않았다. 애슐리도 마찬가지였다.

"안 보여요. 잘 보이지 않지만 전화번호는 없는 것 같아요. 게다가 휴대전화도 챙겨 오지 않았고요."

"나도 마찬가지야."

"이런. 내가 여기서 발목이라도 삐끗하면 어쩔 거예요? 저기 누군가 바비큐를 굽고 있어요." 코를 킁킁거리며 주변을 둘러보자 발코니가 딸린 붉은색 지붕의 거대한 흰 저택 뒤편에서 연기가 피어올랐다. '출입 금지'라는 푯말이 없는 몇 안 되는 집 가운데 하나였다.

"자, 왜 뛰어가서 무슨 요리를 하는지 구경하지 않는 거야?" 마들리사가 힘없이 내려온 귀를 쓰다듬으며 바셋 하운드에게 말했다. "오늘 밤에는 저런 자그마한 그릴을 하나 사서 밖에서 요리해야겠어요."

마들리사는 이름표를 다시 확인하려 했지만 돋보기가 없어 소용없었다. 그녀는 모래 언덕 뒤편, 특히 키 큰 소나무에 가려 잘 보이지 않는 백만장자들이 사는 흰 저택의 안뜰에서 고기 굽는 모습을 상상했다.

"노처녀 처제에게 안부 전해." 애슐리가 캠코더로 저택을 촬영하며 말했다. "이곳 힐튼 헤드의 부촌에 있는 우리의 타운하우스가 얼마나 호화로운지 말해줘. 다음번에는 부자들이 바비큐를 굽고 있는 저런 저택에서 살 거라고 말해."

마들리사는 그들이 사는 타운 하우스 방향에 있는 바닷가를 내다보았지만 무성한 나무에 가려 잘 보이지 않았다. 그녀는 다시 개를 쳐다보며 말했다. "이 개는 저 저택에 사는 것 같아요." 그녀는 바비큐를 굽고 있는 유럽풍의 흰 저택을 가리켰다. "내가 가서 물어볼게요."

"그렇게 해. 난 좀 더 돌아다니면서 캠코더를 찍을 테니. 바로 전에 돌고래 몇 마리를 봤어."

"자, 드루피. 네 가족을 찾으러 가자." 마들리사가 개에게 말했다.

바셋 하운드는 모래 언덕에 앉아 꼼짝도 하지 않았다. 마들리사가 목덜미를 당겼지만 개는 어디에도 가려 하지 않았다. "알았어, 그럼 넌 여기에 있어. 난 저기 저택이 네가 사는 집인지 알아볼 테니. 네가 나와버렸는데 주인이 모를 수도 있을 테니까. 하지만 한 가지는 확실해. 누군가 널 잃어버리고 애타게 기다리고 있을 거야."

마들리사는 바셋 하운드를 끌어안으며 입을 맞추었다. 단단한 모래사장을 가로지르자 부드러운 모래사장이 나왔다. 그녀는 모래 언덕을 지나는 게 불법인 줄 알면서도 바다 귀리를 가로질러 갔다. '출입 금지' 표지판을 보고 머뭇거리던 그녀는 목재 산책로에 용감하게 발을 내디디고, 어느 부자 혹은 유명인이 그릴에 고기를 굽고 있을 흰 저택으로 향했다. 그리고 바셋 하운드가 도망가지 않기를 바라며 계속 뒤돌아보았다. 하지만 모래 언덕 반대편에 있는 바셋 하운드는 보이지 않았다. 개는 해안에서도 보이지 않았고, 수면 위로 솟아올랐다가 금방 사라지는 돌고래를 찍고 있는 남편의 모습만 자그마하게 보였다. 산책로 끝에는 목재 대문이 있었는데, 문이 잠겨 있지 않고 약간 열려 있는 걸 본 마들리사는 깜짝 놀랐다.

그녀는 정원으로 들어가 주변을 둘러보며 "누구 없어요?"라고 외쳤다. 정원에 있는 수영장은 그녀가 한 번도 본 적 없는 커다란 곳이었는데, 가장자리가 이탈리아나 스페인 혹은 먼 이국에서 가져온 듯한 멋진 타일로 장식되어 있었다. 주변을 둘러보며 외치던 그녀는 연기가 나는 가스 그릴을 보고 호기심에 걸음을 멈추었다. 그릴 위에는 대충 썬 고기 한쪽 면이 검게 타들어 가고 있었고, 윗부분은 전혀 익지 않아 핏물이 그대로 묻어 있었다. 마들리사는 고기가 이상해 보인다는 생각이 떠올랐는데, 쇠고기나 돼지고기, 더구나 닭고기도 아니었다.

"여보세요, 누구 없어요?" 그녀가 외쳤다.

그녀는 일광욕실의 문을 두드려보았지만 아무 대답도 들리지 않았다. 요리를 하던 사람이 있을 거라 생각하며 집 반대편으로 가보았지만, 저택 측면에 난 좁은 정원은 텅 비어 있었고 잡초가 웃자라 있었다. 블라인드와 커다란 창틀을 들여다보자 석조와 스테인리스스틸 소재로 마감한 부엌이 보였다. 잡지가 아닌 실제로 그런 멋진 부엌을 보는 건 처음이었다. 매트 위에 커다란 개밥 그릇 두 개가 놓여 있었다.

"누구 없어요? 잃어버린 개를 찾은 것 같아요." 그녀는 저택 측면을 돌며 소리쳤다. 저택으로 이어지는 계단을 올랐는데, 계단 옆 창틀에는 유리창이 없었다. 그리고 옆 창틀은 부서져 있었다. 서둘러 해안으로 되돌아갈 생각을 했지만, 세탁실 안에 있는 커다란 개집이 텅 비어 있는 게 보였다.

"누구 없어요?" 그녀의 심장 박동이 빨라지기 시작했다. 남의 집을 침입하긴 했지만 바셋 하운드의 집을 찾았으니 개를 도와줘야 할 것이다. 프리즈비를 잃어버렸는데 누군가가 되돌려주지 않았다면 어떤 심정이었을까?

"누구 없어요?" 그녀가 손으로 밀자 문이 스르르 열렸다.

12

무단 침입

떡갈나무에서 물이 떨어졌다. 배수를 원활하게 해 식물 뿌리가 상하지 않도록 도와주는 화분의 바닥에는 부서진 화분 조각이 놓여 있었다. 주목나무와 올리브나무에 깊게 드리운 그림자 밑에 있던 스카페타는 그 부서진 화분 조각을 한데 그러모았다. 갑자기 내리다가 갑자기 그친 폭우 탓인지 따뜻한 공기에 안개가 자욱했다.

불은 스카페타의 정원 전체를 덮을 정도로 무성하게 우거진 떡갈나무에 사다리를 가져왔다. 그녀는 화분에 흙을 눌러 담고는 피튜니아, 파슬리, 시라, 회향풀을 심기 시작했다. 모두 나비를 불러들이는 식물들이기 때문이었다. 그리고 햇볕이 더 잘 드는 곳에 솜털 모양의 실버 램즈 이어와 향쑥을 옮겨 심었다. 촉촉한 옥토 내음이 오래된 벽돌 냄새, 이끼 냄새와 어우러졌다. 스카페타는 공시소의 딱딱한 타일 바닥에서 양치류 식물이 웃자란 벽돌 기둥을 향해 뻣뻣하게 걸어갔다. 그녀는 그 문제에 대해 곰곰이 생각하기 시작했다.

"불, 이 양치류를 뽑으면 벽돌이 손상될 것 같네요. 어떻게 할까요?"

"그건 찰스턴 벽돌로 아마 2백 년은 됐을 겁니다." 불이 사다리 위에서 말했다. "약간 뽑아내서 어떻게 되는지 보면 어떨까요."

양치류는 힘들이지 않고 뽑혔다. 스카페타는 물뿌리개를 채우며 마리노 생각을 하지 않으려 애썼다. 로즈 생각을 하자 마음이 아팠다.

불이 말했다. "당신이 도착하기 전에 누군가 오토바이를 타고 골목길을 지나왔어요."

스카페타는 하던 일을 멈추고 그를 올려다보았다. "마리노였어요?"

로즈의 아파트에서 집으로 돌아왔을 때 마리노의 오토바이는 사라지고 없었다. 그는 그녀의 차를 몰고 자기 집으로 갔을 거고, 여유분 열쇠가 있었을 것이다.

"아닙니다, 그가 아니었어요. 사다리에서 비파나무 가지를 자르고 있었는데, 울타리 너머 산책로에 남자가 보였어요. 그는 나를 보지 못했어요. 아무 일 아닐 수도 있고요." 큰 가위로 가위질을 하자 옆으로 자란 어린 가지가 바닥에 떨어졌다. "누구든 박사님을 성가시게 하는 상황이라 어떤 일인지 알고 싶었어요."

"그가 뭘 하고 있었나요?"

"시동을 걸고서 중간까지 정말 천천히 몰더니 몸을 돌리고는 되돌아갔어요. 오렌지색과 노란색의 누더기 옷을 걸친 것 같았는데, 내가 있는 곳에서는 정확히 보이지 않았어요. 오토바이 파이프가 낡았는지 금방이라도 멈출 것처럼 덜걱거렸어요. 알아야 할 게 있으면 말해주세요. 제가 유심히 지켜보겠습니다."

"예전에 이곳 주변에서 본 적 있는 사람인가요?"

"그 오토바이는 본 적 있습니다."

스카페타는 어젯밤 마리노가 했던 이야기를 떠올렸다. 오토바이 운전자가 주차장에서 그를 위협했고, 그녀가 떠나지 않으면 좋지 않은 일이 일어날 거라고 했다. 그런 메시지를 전할 만큼 그녀가 그곳을 떠나기 간절히 바라는 자가 누구일까? 그 지역 검시관이 그녀의 머릿속에서 떠나지 않았다.

스카페타가 불에게 물었다. "이곳 검시관인 헨리 홀링스에 대해 잘 알아요?"

"전쟁 이후 그의 가족이 장의사 사업을 해온 것밖에 모릅니다. 여기서 별로 멀지 않는 곳인 캘혼 가의 높은 담 너머에 커다란 장의사가 있지요. 누군가 당신을 귀찮게 하는 게 마음에 들지 않습니다. 당신의 이웃도 분명히 호기심이 생기는가 보군요."

그림볼 부인이 다시 창밖을 내다보고 있었다.

"매처럼 나를 노려보네요." 불이 말했다. "이렇게 말해도 될지 모르지만, 그림볼 부인은 친절하지 않고 사람들에게 거리낌 없이 상처를 주지요."

스카페타는 하던 일로 되돌아갔다. 무언가가 팬지를 갉아 먹고 있다고 불에게 말했다.

"이곳 주변에 고약한 쥐가 있어요." 그의 대답은 그럴듯하게 들렸다.

자세히 둘러보자 갉아 먹힌 팬지가 더 많이 있었다. "민달팽이인 것 같아요." 스카페타가 단정적으로 말했다.

"맥주를 이용해보세요." 불이 가지치기 가위를 움직이며 말했다. "어두워진 후에 화분 받침에 맥주를 부으면 그 안에 들어가 술에 취해 익사하거든요."

"맥주를 부으면 더 많은 민달팽이들이 몰려올 거예요. 그리고 난 어떤 것도 익사시킬 수 없어요."

떡갈나무에 맺힌 빗방울이 더 떨어졌다. "너구리가 저기서 떨어지는 걸 봤어요." 그는 가지치기 가위로 가리키며 말했다. "너구리가 팬지를 갉아 먹었는지도 모르죠."

"너구리든 다람쥐든 난 아무것도 할 수 없어요."

"당신은 뭐든지 죽이고 싶어 하지 않는군요. 당신의 직업을 생각하면 다소 흥미롭군요. 아무것도 신경 쓰지 않을 줄 알았거든요." 불이 나무 위에서 말했다.

"오히려 내 직업 때문에 모든 것에 신경 쓰게 돼요."

"그렇군요. 너무 많은 걸 알면 그런가 보군요. 저기 보이는 수국 말입니다. 녹슨 못을 주변에 꽂아두면 예쁜 파란색으로 변할 겁니다."

"황산마그네슘도 효과가 있지요."

"그런 얘긴 못 들었는데요."

정밀 렌즈로 동백나무 잎을 유심히 들여다보던 스카페타는 싹을 보호하는 희끗한 아린을 알아보았다. "이걸 잘라내야겠어요. 병원균이 있어서 도구를 사용하기 전에 소독해야 해요. 식물 병리학자를 불러야겠어요."

"이런, 식물들도 사람처럼 병에 걸리는군요."

불이 가지치기를 하는 떡갈나무 위에서 까마귀들이 소란을 부리기 시작했다. 그 가운데 몇 마리는 갑자기 날개를 퍼덕이며 날아가버렸다.

마들리사는 성경에서 하느님이 뒤돌아보면 소금 기둥으로 변할 거라고 말했던 여자처럼 꼼짝도 하지 못하고 그 자리에 얼어붙어 있었다. 그녀는 무단 침입을 했고 법을 어겼다.

"누구 없어요?" 그녀가 다시 소리쳤다.

그녀는 용기를 내어 세탁실에서 나와 지금껏 본 가장 큰 저택의 넓은 부엌으로 들어갔다. 누구 없냐고 여전히 소리치면서도 어떻게 해야 할지 알 수 없었다. 지금껏 느껴본 적 없는 두려움에 사로잡힌 그녀는 가능한 한 빨리 그곳을 벗어나야 할 것 같았다. 주변을 두리번거리며 돌아다니자 빈집털이범이 된 것 같았고, 주인에게 붙잡혀 구치소에 갈지도 모른다는 걱정이 들었다.

그녀는 당장 그 집을 떠나야 했다. 누구 없냐고 계속 소리치자 목덜미의 솜털이 돋았다. 왜 집에 아무도 없는지, 그릴에 고기를 얹어 둔 채 왜 아무도 없는지 의구심이 들었다. 집 안을 돌아다니는 자신을 누군가 지켜보고 있는 것 같았고, 당장 그 집에서 도망쳐 나와 남편에게 돌아가야 할 것 같은 예감이 들었다. 그녀는 집 안을 돌아다닐 권리가 없다는 걸 알면서도 어쩔 수 없었다. 그녀는 그런 집을 실제로 본 게 처음이었다. 집 안에 왜 아무도 없는지 알 수 없었고, 너무 호기심이 생겨 되돌아갈 수 없을 것 같았다.

아치문을 지나자 굉장히 멋진 거실이 나왔다. 푸른색 석조 바닥은 보석을 깐 것 같았는데, 아름다운 오리엔탈 카펫이 깔려 있었다. 거대한 대들보가 그대로 드러나 있었고 벽난로는 돼지를 구워도 될 만큼 컸다. 바다가 내다보이는 통유리에는 영화 스크린이 내려와 있었다. 위에 설치된 프로젝터에서 나오는 불빛에 먼지가 떠다니는 게 보였으며, 스크린에는 아무 화면도 나오지 않았고 소리도 들리지 않았다. 검정색 가죽 소파에는 가지런하게 개켜둔 옷이 놓여 있었다. 짙은 색 티셔츠와 짙은 색 바지 그리고 남성용 팬티였다. 커다란 유리 테이블에는 담뱃갑과 처방전 약통, 거의 빈 그레이 구스 보드카 병이 어지럽게 흩어져 있었다.

마들리사는 어떤 남자가 술에 취하거나 우울해져서서 개가 집을 나간 것인지도 모른다는 생각이 들었다. 조금 전만 하더라도 누군가 여기서 술을 마셨을 거고, 그릴에 고기를 굽다가 갑자기 사라진 것 같았다. 심장이 쿵쾅거리며 박동했다. 누군가 자신을 지켜보고 있는 것 같은 느낌을 떨쳐버릴 수 없던 그녀는 집 안이 너무 춥다는 생각이 들었다.

"아무도 없어요?" 그녀는 쉰 목소리로 외쳤다.

마음속에서는 두려움과 공포가 전기 충격처럼 밀려왔지만 그녀의 발은 저절로 앞으로 나아가는 것 같았다. 그녀는 그곳을 떠나야 했다. 빈집털이범처럼 남의 집을 무단 침입했기 때문이다. 그녀는 곤경에 처할 것이다. 누군가 자신을 쳐다보고 있는 것 같은 느낌이 들었다. 경찰이 그녀를 지켜보고 있을지도 몰랐다. 그들에게 발각되면 당황하겠지만, 그녀의 발은 말을 듣지 않았다. 두 발은 집 안 이곳저곳으로 옮겨 갔다.

"누구 없어요?" 그녀는 갈라지는 목소리로 외쳤다.

거실 너머 현관 왼쪽에 문이 나 있었는데, 그 안에서 물 흐르는 소리가 들렸다.

"아무도 없어요?"

머뭇거리며 물소리를 향해 걸어가던 그녀는 발걸음을 멈출 수 없을 것 같았다. 발걸음을 옮기자 커다란 침실이 나왔다. 안에는 근사한 가구가 놓여 있고 실크 커튼이 쳐져 있었으며, 벽에는 여러 사진이 걸려 있었다. 예쁜 여자아이와 그녀의 어머니로 보이는 아름답고 행복해 보이는 여자 사진이었다. 여자아이가 바셋 하운드와 함께 공원의 물 놀이터에서 즐겁게 노는 사진도 있었다. 그리고 커다란 카메라가 가까이에서 돌아가는 토크쇼에 나가 소파에 앉아 우는 모습을 찍은 사진도 있었다. 심리학자 셀프 박사가 진행하는 유명한 토크쇼였다. 그 아름다운 여자는 드루 마틴, 그리고 올리브색 피부와 짙은 머리칼의 잘생긴 남자와 함께 포즈를 취하고 사진을 찍었다. 드루와 그 남자는 테니스복을 입고 라켓을 든 채 테니스 코트에서 사진을 찍었다.

드루 마틴은 죽었다. 살해되었다.

침대 위의 하늘색 이불이 헝클어져 있었다. 침대 머리판 근처의 검정

대리석 바닥에는 옷가지가 흩어져 있었다. 분홍색 조깅복과 양말, 브래지어였다. 마들리사는 물 흐르는 소리가 더 크게 들리는 곳으로 향했다. 그녀는 그러지 않으려 했지만 발이 말을 듣지 않았다. 어느새 그녀는 검정색 오닉스와 구리로 장식한 욕실 안으로 들어갔다. '그러지 말고 얼른 나가.' 그녀가 마음속으로 외쳤다. 그녀는 구리 세면대에 놓인 피 묻은 젖은 수건을 천천히 집었다. 톱니 모양의 칼과 피 묻은 절단기가 검정색 변기 위에 놓여 있었고, 바구니에는 깨끗한 연분홍색 리넨 속옷이 깔끔하게 쌓여 있었다.

구리 소재로 만든 욕조 주변에는 호랑이 얼룩무늬 커튼이 내려와 있었다. 욕조 바닥이 아닌 다른 뭔가에 물이 튀는 소리가 들렸다.

13

목소리

밖은 이미 어두워졌다. 스카페타는 집 뒤쪽의 좁은 골목길 한가운데에 놓인 스테인리스스틸 소재의 콜트 권총에 손전등을 비추었다. 그녀는 경찰에 신고하지 않았다. 만약 최근에 일어난 불길한 사건에 그 검시관이 개입되어 있다면, 경찰에 신고해봤자 상황은 더 악화될 것이다. 그가 누구를 마음대로 조종하고 있는지 알 수 없었다. 불은 그럴 듯한 이야기를 했고 스카페타는 어떻게 생각해야 할지 알 수 없었다. 그는 그녀 정원의 떡갈나무에 앉아 있던 까마귀가 퍼덕거리며 날아오를 때, 바로 거기에 의미가 있어서 자신은 거짓을 했다고 말했다. 그리고 집에 가야 한다더니 몰래 숨어 있었다. 그는 양쪽 대문 사이에 있는 관목 숲 뒤에 몸을 숨기고 기다렸다. 그는 거의 다섯 시간 동안 기다렸지만 스카페타는 전혀 알지 못했다.

그녀는 자신이 하던 일을 했다. 정원에서 하던 일을 마치고 샤워를 한 다음 위층 서재에서 일했다. 전화를 걸어 로즈의 상태가 어떤지, 루시는 어떤지 확인했다. 그리고 벤턴에게도 전화해 안부를 물었다. 그러는 동안 불이 양쪽 대문 사이에 있는 관목 숲 뒤에 숨어 있다는 건 전혀 알지 못했다. 그는 낚시하는 것과 비슷하다고 말했다. 물고기가 낚시꾼이 떠났다고 생각하도록 속이지 못하면 물고기를 잡을 수 없는 법이다. 해가 낮아지고 그림자가 더 길게 드리워지는 동안 불은 오후 내내 양쪽 대문 사이에 있는 시원한 벽돌에 앉아 있었다. 그는 골목길에서 한 남자를 봤다. 그 남자는 스카페타의 집 바깥 대문까지 걸어와 문틈 사이로 손을 끼워 넣어 문을 열기 위해 애썼다. 문이 열리지 않자 그는 철제 대문 위로 올라갔는데, 바로 그때 불이 대문을 활짝 열고 그를 막아섰다. 불은 그가 오토바이를 타던 남자라 생각했지만, 어떤 사람이든 여하튼 심각한 일로 찾아온 것 같았다. 두 사람이 난투극을 벌이는 동안 남자가 권총을 떨어뜨렸다.

"여기에 있어요." 그녀가 어두운 골목길에서 불에게 말했다. "어떤 이유에서든 이웃이 나오면 어느 것에도 가까이 다가갈 수 없고, 어느 것에도 손을 댈 수 없어요. 다행히 우리가 하는 일을 아무도 못 본 것 같아요."

불이 울퉁불퉁한 벽돌 길을 비추자 그녀는 집으로 되돌아갔다. 계단을 올라 2층으로 올라가고, 몇 분 후 그녀는 카메라와 범죄 현장 가방을 들고 다시 골목길로 되돌아왔다. 그녀는 사진을 찍고 라텍스 장갑을 꼈다. 권총을 집어 들어 탄창을 열고 38구경 탄약통 여섯 개를 꺼내어 종이봉투에 담은 후, 권총은 다른 봉투에 담았다. 밝은 노란색 증거물 테이프로 봉한 다음 마커 펜으로 머리글자를 써 넣었다.

손전등을 비추며 계속 골목길을 수색하던 불은 발걸음을 멈추고 몸을 웅크린 다음, 천천히 몇 발자국 걸어갔다. 몇 분 더 지나자 그가 말했다. "여기에 뭔가가 있어요. 당신이 보는 게 좋겠어요."

그녀는 그에게 걸어가 주변을 살폈다. 나뭇잎이 쌓인 대문에서 30미터 떨어진 아스팔트 바닥에 부서진 금 목걸이에 부착된 자그마한 금화 펜던트가 놓여 있었다. 손전등을 비추자 금화는 달처럼 환하게 빛났다.

"그와 몸싸움을 하면서 우리 집 대문에서 이렇게 멀리까지 왔단 말이에요?" 그녀는 의구심이 들었다. "그렇다면 그의 총은 왜 저기에 있는 거죠?" 그녀는 어두워진 대문의 형체와 정원 담벼락을 가리키며 말했다.

"내가 어디까지 갔는지는 말하기 어려워요." 그가 말했다. "그런 일은 순식간에 벌어지니까요. 내가 여기까지 온 것 같지는 않지만, 그게 맞는지는 잘 모르겠어요."

그녀는 집을 되돌아보았다. "여기서부터 저기까지는 꽤 멀어요. 그가 권총을 떨어뜨린 이후에 그를 뒤쫓아 가진 않았죠?"

"내가 말할 수 있는 건, 금 목걸이에 부착된 금화 펜던트가 여기에 이렇게 오랫동안 있지 않았을 거라는 사실뿐입니다. 그를 뒤쫓아 몸싸움을 벌이는 와중에 떨어진 것 같아요. 내가 그를 뒤쫓아 간 것 같지 않지만, 생사가 오갈 땐 시간과 거리 감각이 항상 올바른 건 아니니까요."

"맞아요." 그녀도 같은 생각이었다.

그녀는 새 장갑을 끼고 부서진 금 목걸이를 집어 들었다. 돋보기가 없어서 어떤 유형의 금화인지는 알 수 없었지만, 앞면에는 왕관을 쓴 얼굴이 보였고 뒷면에는 화환과 숫자 1이 보였다.

"나와 몸싸움을 벌이는 동안 부서진 것 같아요." 불이 스스로에게 확신을 주듯 말했다. "이 모든 일을 경찰에게 넘기지 않았으면 좋겠어요."

"넘길 일은 아무것도 없어요." 그녀가 말했다. "지금까지 어떤 범죄가 일어난 건 아니니까요. 당신과 낯선 사람이 몸싸움을 벌인 것뿐이에요. 루시 말고는 어느 누구에게도 말할 생각 없어요. 내일 연구실에서 루시와 함께 뭘 할 수 있을지 생각해볼 거예요."

그는 예전에 이미 곤경에 빠진 적이 있었다. 다시는 곤경에 빠지지 않을 것이고, 특히 그녀 때문이라면 더욱 그럴 것이다.

"사람들이 여기에 권총이 있는 걸 발견했다면 경찰에 신고했을 거예요." 불이 말했다.

"난 그러지 않을 거예요." 그녀는 집 밖으로 들고 나온 것을 챙겼다.

"당신은 내가 어떤 일에 개입했다가 곤경에 처할까 봐 초조해하는군요. 나 때문에 혼란에 빠지지 마세요, 케이 박사님."

"어느 누구도 당신을 곤경에 빠뜨리지 않을 거예요." 그녀가 말했다.

지아니 루파노는 찰스턴에 거의 머물지 않지만 그가 모는 검은색 포르셰 911 카레라는 그곳에 계속 주차되어 있었다.

"그는 지금 어디 있어요?" 루시가 에드에게 물었다.

"못 봤어요."

"아직 시내에 있잖아요."

"어제 그와 이야기를 나누었어요. 그가 내게 전화를 걸어 에어컨이 제대로 작동하지 않으니 와서 봐달라고 했어요. 밖에 나간 동안 그가 어디에 있었는지는 모르겠고, 난 에어컨 필터를 바꾸었어요. 그는 남의 눈을 피하는 유형이죠. 그가 이곳에 오고 떠나는 걸 알 수 있는 건 자동차 배터리가 나가지 않도록 일주일에 한 번씩 시동을 걸라고 내게 부탁했기 때문이에요." 에드가 배달용 음식 상자를 열자 좁은 수위실에 감자튀김 냄새가 났다. "괜찮겠어요? 따뜻하게 먹고 싶어서요. 그의 차에 대해선 누구에게 들었어요?"

"로즈는 그가 이 건물에 아파트를 갖고 있다는 사실을 몰라요." 루시는 문간에 서서 로비로 들어오는 사람이 없는지 살폈다. "로즈는 그가 누구인지 알아차리고, 포르셰로 보이는 값비싼 스포츠카를 그가 모는 걸 봤다고 내게 말했어요."

"로즈는 내 차만큼이나 오래된 볼보를 몰죠."

"난 오래전부터 차를 무척 좋아했고, 로즈는 자기가 차를 좋아하든 그렇지 않든 차에 대해 많은 걸 알고 있어요." 루시가 말했다. "로즈에게 포르셰나 페라리, 람보르기니에 대해 물어보면 자세히 알려줄 거예요. 이곳 주변에는 포르셰를 빌리는 사람이 없지요. 메르세데스는 빌릴 수 있겠지만 그가 가진 포르셰는 빌리지 않아요. 내가 생각하기에 그는 그 차를 구입해 이곳에 두는 것 같아요."

"로즈는 어때요?" 에드는 책상 의자에 앉아 스위트워터 카페에서 사 온 치즈버거를 먹으며 물었다. "지난번엔 건강이 안 좋아 보이던데."

"그렇게 좋지는 않아요." 루시가 말했다.

"난 올해 독감 접종을 받았지만 독감 두 번에 감기는 한 번 걸렸어요. 사탕을 주면서 충치가 생기지 않을 거라 말하는 것과 마찬가지죠."

"드루가 로마에서 살해되었을 때 지아니 루파노는 여기 있었나요?" 루시가 물었다. "그가 뉴욕에 있었다는 이야기를 들었지만, 그게 사실인지는 알 수 없거든요."

"드루는 이번 달 중순 일요일에 우승했어요." 냅킨으로 입가를 닦은 에드는 커다란 컵에 든 탄산음료를 빨대로 빨았다. "그날 밤 루파노가 떠난 게 분명한데, 나한테 차를 잘 관리해달라고 부탁했기 때문이죠. 언제 다시 올지 모르겠다고 하더니 갑자기 다시 나타난 거죠."

"하지만 그를 직접 보지는 못했잖아요."

"항상 그런 식이죠."

"그와 전화 통화를 하나요?"

"주로 그렇습니다."

"이해할 수 없군요." 루시가 말했다. "드루가 패밀리 서클 컵에 나가는 것 말고 그가 찰스턴에 올 이유가 있나요? 그 경기는 1년에 일주일 동안 진행되지 않나요?"

"어떤 사람들이 이곳에 집을 소유하고 있는지 알면 놀랄 겁니다. 심지어 영화배우도 있지요."

"그의 차에 GPS가 있나요?"

"없는 게 없죠. 대단한 차니까요."

"차 열쇠를 빌려야겠어요."

에드는 먹던 치즈버거를 내려놓으며 말했다. "그건 안 됩니다."

"걱정 말아요. 운전은 하지 않을 거고 잠깐만 확인하면 되니까요. 이 일에 대해선 함구할 수 있죠?"

"열쇠는 줄 수 없습니다." 에드는 하던 식사를 멈추며 말했다. "그가 알기라도 하면…."

"10분, 길어야 15분이면 돼요. 분명히 말하지만 그가 알아낼 리가 없어요."

"차에 시동을 걸어봐도 될 겁니다. 내부는 건드리지 말고요." 그가 케첩 봉투를 찢으며 말했다.

"그럴게요."

루시가 뒷문으로 나가자 주차장 구석에 서 있는 포르셰가 보였다. 시동을 걸고 자동차 등록 사항을 확인하려고 운전석 옆 박스를 열었다. 2006년식 카레라였고 루파노의 이름으로 등록된 차량이었다. 루시는 GPS를 켜서 저장된 목적지를 확인하고 메모를 했다.

MRI의 윙윙거리는 소리가 나지막하게 들렸다.

MRI 검사실에서 벤턴은 시트로 덮은 셀프 박사의 발을 유리 너머로 쳐다보았다. 그녀는 14톤의 자력이 흐르는 슬라이딩 테이블 위에 누워 있었다. 머리를 움직이지 않도록 턱에 부착한 테이프는 뇌를 형상화하는 데 필요한 무선 주파수 펄스를 받는 코일과 맞닿아 있었다. 머리에는 경사도를 조정하는 헤드폰을 끼고 있었다. 잠시 후 이어폰 사이로 기능적 이미징이 시작되면, 녹음한 그녀 어머니의 목소리가 들릴 것이다.

"지금까지 잘해오고 있어요." 벤턴이 수전 레인 박사에게 말했다. "그녀가 재밌게 게임을 한 것 말고는. 그녀가 모두를 기다리게 한 것에 대해서는 정말 미안하게 생각합니다." 벤턴이 조시에게 물었다. "조시, 좀 어때? 잠은 깼어?"

"이 순간을 얼마나 고대했는지 말로는 표현할 수 없을 겁니다." 조시가 책상에 앉아 말했다. "어린 딸은 하루 종일 토하고 아내는 당장 날 죽이고 싶어 했어요."

"한 사람이 세상에 그런 행복을 가져다줄 수 있는 줄은 몰랐군." 벤턴은 태풍의 눈인 셀프 박사를 두고 말했다. 유리 너머로 그녀의 발을 쳐다보던 벤턴은 그녀가 신은 스타킹을 흘깃 쳐다보았다. "스타킹을 신고 있는 건가요?"

"뭐라도 입어서 다행이에요. 검사실 안으로 데려왔을 때 그녀는 모든 걸 벗겠다고 고집을 부렸어요." 레인 박사가 말했다.

"별로 놀랍지도 않군요." 인터콤을 통해 말하지 않는 한 셀프 박사에게는 아무 소리도 들리지 않지만 벤턴은 주의했다. 그녀가 그들의 모습을 볼 수 있기 때문이었다.

"이곳에 도착한 이후부터 조증이 무척 심해요. 이곳에 머물면서 좋은 효과를 봤어요. 지금은 온전히 제정신이에요."

"금속 소재나 와이어가 부착된 브래지어를 하고 있는지 분명히 물었어요." 레인 박사가 말했다. "스캐너는 자기력이 지구보다 6만 배 강하기 때문에 철로 만든 물질은 어떤 것도 가까이 가서는 안 된다고 했어요. 와이어가 부착된 브라는 절대 착용하면 안 된다고 분명히 말했어요.

그녀는 와이어가 부착된 브라라고 말하면서 그 사실을 꽤 자랑스러워 했는데, 가슴이 풍만하면 부담스러운 일이라며 몇 번이고 말했어요. 브래지어를 벗으라고 말하자, 그녀는 발가벗는 편이 더 좋겠다면서 뒤가 터진 환자복을 달라고 했어요."

"환자를 편안하게 해줘야죠."

"그래서 그녀는 뒤가 터진 환자복을 입었지만, 난 그녀에게 바지와 스타킹은 그대로 입고 있으라고 분명히 말했어요.

"잘했어요, 수전. 그 얘긴 그만하도록 합시다."

레인 박사는 인터콤의 통화 버튼을 누르고 말했다. "화면, 다시 말해서 구조적 이미징을 나누어 배치하는 것부터 시작할 거예요. 첫 번째 부분은 6분가량 지속될 건데, 기계에서 이상한 소리가 크게 울릴 거예요. 괜찮겠어요?"

"이제 시작하면 안 될까요?" 셀프 박사의 목소리였다.

인터콤을 끄고 레인 박사가 벤턴에게 말했다. "PANAS 준비됐어요?" PANAS는 긍정적·부정적 효과 단계 평가(Positive and Negative Affect Scales rating)의 약자다.

벤턴이 다시 인터콤 버튼을 누르며 말했다. "셀프 박사, 지금 기분이 어떤지에 관한 일련의 질문부터 시작하도록 하겠습니다. 그리고 검사를 하는 동안 이와 똑같은 질문을 여러 차례 물어볼 겁니다. 알겠습니까?"

"난 PANAS가 뭔지 알아요." 셀프 박사의 목소리였다.

벤턴과 레인 박사는 서로 시선을 교환하고 얼굴 표정을 누그러뜨리며 아무 감정도 드러내지 않았다. 레인 박사가 냉소적으로 대답했다.

"대단하군요."

벤턴이 말했다. "신경 쓰지 말고 검사나 계속하도록 하죠."

조시가 벤턴을 쳐다보며 시작할 준비를 했다. 벤턴은 마로니 박사와 나눈 이야기를 떠올렸다. 마로니 박사는 조시가 VIP 환자에 대해 얘기했을지도 모르고 루시가 다시 스카페타에게 말했을지도 모른다고 의심했다. 벤턴은 여전히 혼란스러웠다. 마로니 박사는 무슨 말을 하려던 것일까? 유리 너머로 셀프 박사를 쳐다보자 벤턴에게 어떤 생각이 떠올랐다. 로마에 있지 않은 파일, 샌드맨의 파일이 이곳 맥린 병원에 있을지도 모른다는 생각.

셀프 박사의 손끝과 혈압 측정기 가압대를 통해 측정한 결과가 모니터에 나타났다. 벤턴이 말했다. "혈압은 112와 78." 그가 기록을 받아 적으며 말했다. "맥박은 72."

"혈액 내 산소 수치는?" 레인 박사가 물었다.

벤턴은 셀프 박사의 동맥 산소헤모글로빈 상태, 즉 혈액 내 산소 수치가 99라고 말했다. 정상이었다. 벤턴은 인터콤 버튼을 누르고 PANAS를 시작했다.

"셀프 박사? 몇 가지 질문에 대답할 준비가 됐습니까?"

"드디어 시작이군요." 셀프 박사의 목소리가 인터콤을 통해서 들렸다.

"질문을 할 테니 당신이 느끼는 감정에 따라 1에서 5로 대답하기 바랍니다. 1은 아무런 감정도 느끼지 않고, 2는 약간의 감정을 느끼는 걸 뜻합니다. 3은 보통, 4는 매우 많이 그리고 5는 극단적으로 느끼는 겁니다. 알겠습니까?"

"PANAS에 익숙해요. 난 정신과 의사잖아요."

"신경학자처럼 보이기도 하는군요." 레인 박사가 말했다. "셀프 박사는 이번 질문에 대한 대답을 솔직하게 하지 않을 거예요."

"상관없어요." 벤턴은 그렇게 말한 다음 인터콤 버튼을 누르고 질문을 했다. 실험을 하는 동안 똑같은 질문을 몇 차례 더 물어볼 것이다. 지금 화가 나는지, 창피한지, 걱정이 되는지, 적대적인 감정이 드는지, 짜증이 나는지, 죄의식이 드는지 질문할 것이다. 혹은 흥미를 느끼는지, 자랑스러운지, 결의가 굳은지, 의욕적인지, 강인한지, 영감을 얻는지, 흥분하는지, 열정적인지, 경계하는지. 그녀는 모든 질문에 1이라고 대답하면서 아무 감정도 느끼지 않는다고 주장했다.

벤턴은 셀프 박사의 신체 상태를 확인하고 기록했다. 정상이고 아무 변화도 없었다.

"조시?" 레인 박사가 이제 검사할 시간이라는 신호를 보냈다.

조직 검사가 시작되었다. 시끄러운 망치질을 하는 듯한 소리가 들리더니 셀프 박사의 뇌 사진이 조시의 컴퓨터 화면에 나타났다. 화면에 많은 게 보이지는 않았다. 종양과 같은 큰 병이 없으면 화면에 아무것도 나타나지 않다가 이윽고 MRI에 잡힌 수천 개의 화면이 분석된다.

"우린 시작할 준비가 됐어요." 레인 박사가 인터콤을 통해 말했다. "거기 안에도 준비됐어요?"

"네." 셀프 박사가 조바심을 내며 대답했다.

"처음 30초 동안은 아무 소리도 들리지 않을 겁니다." 레인 박사가 설명했다. "그러니 아무 말도 하지 말고 긴장을 푸세요. 그런 다음 어머니의 목소리를 녹음한 소리가 들릴 테니 가만히 들으시기 바랍니다. 아무 소리도 내지 말고 그냥 들으세요."

셀프 박사의 신체 상태는 여전히 똑같았다.

잠수함을 연상시키는 이상한 수중 음파탐지기 소리가 들리자 벤턴은 유리 건너편에 보이는, 덮개를 덮은 셀프 박사의 발을 쳐다보았다.

"이곳 날씨는 정말 멋지구나, 매럴린." 셀프 박사의 어머니인 글래디스 셀프 부인의 목소리를 녹음한 소리였다. "에어컨이 고장 났는데도 전혀 신경 쓰이지 않는구나. 거대한 곤충처럼 덜걱덜걱해. 지금은 기온이 괜찮아 창문과 문을 열어두었어."

정상적인 상태이지만 셀프 박사의 신체 상태가 약간이나마 변했다.

"맥박 73, 74." 벤턴이 말하며 수치를 기록했다.

"그녀에게는 정상적이지 않은 것 같아요." 레인 박사가 말했다.

"매럴린, 네가 남부에 살 때 멋진 과실수가 있었는데 농림부가 감귤나무 해충 때문에 과실수를 모두 잘라버려야 했어. 난 아름다운 정원을 좋아하지. 그 멍청한 박멸 정책 때문에 넓은 농토가 황폐화되었어. 정말 안타까운 일이야. 인생이란 타이밍이 정말 중요해, 그렇지 않니?"

"맥박 75, 76. 혈액 내 산소 수치 98." 벤턴이 말했다.

"…매럴린, 가장 터무니없는 건 잠수함이 1.6킬로미터의 앞바다를 하루 종일 왔다 갔다 하는 거야. 잠망경이 있는 탑에서 자그마한 미국 국기가 펄럭이는 걸 보면 전쟁 훈련을 하는 게 분명한 것 같아. 잠수함은 훈련을 하는 것 마냥 깃발을 펄럭이며 계속 왔다 갔다 해. 도대체 무슨 훈련을 하는지 모르겠어. 이라크에서는 잠수함이 필요 없다고 그들에게 아무도 말해주지 않은 걸까…?"

첫 번째 질문 세트가 끝났다. 30초 동안의 첫 회복 기간 동안 셀프 박사의 혈압을 다시 재자 82~116까지 올라갔다. 그런 다음 셀프 박사의 어머니의 목소리가 다시 들렸다. 그녀는 요즘 남부 플로리다 어느 곳에서 쇼핑하는 걸 좋아하는지와 사방에서 고층 건물이 올라가며 건축이 끝없이 계속되는 것에 관해 이야기했다. 그리고 부동산 경기가 최악이어서 많은 건물들이 텅 비어 있다고도 했다. 그 주된 이유는 이라크 전쟁 때문인데, 전쟁이 모든 사람들에게 영향을 미친다고 했다.

셀프 박사는 똑같은 반응을 보였다.

"어머." 레인 박사가 놀라며 말했다. "뭔가 그녀의 관심을 끌었어요. 혈액 내 산소 수치를 봐요."

수치가 97까지 떨어졌다.

다시 셀프 박사 어머니의 목소리가 들렸다. 긍정적인 이야기가 나온 다음 비판이 이어졌다.

"넌 병적인 거짓말쟁이야, 매럴린. 넌 말을 배우기 시작할 때부터 진실을 말한 적이 없었지. 그리고 시간이 지나면서 어떻게 된 줄 알아? 그런 도덕관념은 어디에서 배웠어? 우리 가족에게서 배운 것 같지는 않구나. 너라는 아이와 너의 비열한 비밀은 고약하고 괘씸해. 매럴린, 어쩌다 네 마음이 그렇게 되버렸니? 팬들이 안다면 넌 몹시 수치스러울 거야."

셀프 박사의 혈액 내 산소 수치가 96로 떨어졌고, 호흡은 더 얕고 빨라졌다. 호흡 소리가 인터콤을 통해 들렸다.

"…네가 버린 사람들. 내가 누구를 얘기하는지 넌 알 거야. 넌 거짓말을 마치 사실인 양 말하지. 그런 모습을 보며 난 평생 네 걱정을 했어. 조만간 탄로가 날 거야…."

"맥박 123." 레인 박사가 말했다.

"머리를 움직였어요." 조시가 말했다.

"소프트웨어로 그걸 바로잡을 수 있을까?" 레인 박사가 물었다.

"잘 모르겠습니다."

"…넌 돈으로 모든 걸 해결할 수 있다고 생각하지. 돈 몇 푼 던져주면 책임을 면제받을 거라 생각하고, 사람들에게 뇌물을 주지. 두고 보면 알 거야. 언젠가는 네가 뿌린 대로 거둘 거야. 난 네 돈 따위 바라지 않아. 술집에서 함께 술을 마시는 친구들은 네가 내 딸인지도 몰라…."

맥박 134. 혈액 내 산소 수치는 95까지 떨어졌다. 발은 전혀 움직임이 없었다. 9초 남았다. 어머니의 목소리가 들리자 셀프 박사의 뇌신경이 반응을 보였다. 혈액이 그 신경조직으로 몰리고, 혈액이 몰리자 산소 비율이 떨어지는 게 스캐너에 나왔다. 기능적인 이미지들이 나타났다. 그녀는 심리적이고 감정적인 곤경에 빠져 있었는데, 연기가 아니었다.

"신체 상태 변화가 마음에 들지 않아요. 이제 됐으니 그만하도록 하죠." 벤턴이 레인 박사에게 말했다.

"나도 같은 생각이에요."

벤턴이 인터콤을 통해 말했다. "셸프 박사, 검사를 중지하겠습니다."

루시는 컴퓨터 연구실에 놓인 캐비닛에서 도구 상자, 썸드라이브, 작은 검정색 상자를 꺼내며 벤턴과 전화 통화를 하고 있었다.

"검사에 관해 물어보지는 마. 방금 검사를 끝냈는데, 정확하게 말하자면 도중에 그만두었어. 검사에 대해서는 말해줄 수 없고, 부탁할 게 있어."

"그게 뭐죠?" 루시가 컴퓨터 앞에 앉아 말했다.

"네가 직접 개입해서 조시에게 말해줬으면 좋겠어."

"왜요?"

"한 환자가 그녀의 이메일을 병원 서버에 보내고 있어."

"그런데요?"

"그리고 바로 그 서버에 전자 파일이 있어. 하나는 병원장을 만난 사람의 것이야. 내가 무슨 말 하는지 알지?"

"그래서요?"

"그리고 그는 작년, 11월 로마에서 흥미로운 사람을 만났어." 벤턴이 수화기에 대고 말했다. "내가 말해줄 수 있는 건 그 흥미로운 환자가 이라크에서 복역했다는 건데, 셸프 박사의 소개로 병원을 찾아온 것 같아."

"그리고요?" 루시가 인터넷에 로그인 하며 말했다.

"조시가 예전에 중단되었던 검사를 마무리했어. 오늘 밤 떠나는 사람을 조사했는데 전송한 이메일이 더 이상 없대. 타이밍이 가장 중요해."

"곧 떠난다는 사람은 아직 거기 있어요?"

"지금은 여기 있어. 조시는 아이가 아파서 서둘러 집으로 갔고."

"비밀번호를 가르쳐주면 네트워크로 들어갈 수 있어요." 루시가 말했다. "그렇게 하는 편이 더 쉬울 거예요. 하지만 한 시간 정도 컴퓨터가 다운될 거예요."

루시는 조시의 휴대전화에 전화를 걸었다. 그는 병원에서 나와 운전 중이었는데, 그 편이 훨씬 나았다. 루시는 벤턴이 그의 이메일에 접속할 수 없다고, 서버에 무슨 문제가 생겨 곧바로 고쳐야 하는데 시간이 조금 걸릴 것 같다고 조시에게 말했다. 루시 역시 멀리 떨어진 곳에서도 처리할 수 있지만 그러려면 시스템 관리 비밀번호가 필요했다. 만약 조시가 가던 길에서 돌아와서 그 일을 직접 다루길 원하지 않는다면 말이다. 그러고 싶지 않은 조시는 아내와 아이에 관한 이야기를 늘어놓기 시작했다. 루시가 맡아서 해준다면 좋을 것이다. 그들은 직장에서 항상 기술적인 문제를 해결하는데, 그녀가 환자의 이메일과 마로니 박사의 개인 파일에 들어갈 거라는 생각은 전혀 하지 못했다. 그녀가 해킹할지도 모른다는 최악의 상황을 떠올리더라도 그는 아무것도 물어보지 않을 것이다. 그는 루시의 능력과, 그녀가 어떻게 큰돈을 버는지를 잘 알고 있었다.

루시는 벤턴이 일하는 병원 컴퓨터를 해킹하고 싶지 않았고, 그러려면 시간이 너무 오래 걸릴 것이다. 한 시간 후, 루시가 벤턴에게 다시 전화를 걸어 말했다. "확인할 시간이 없어서 아저씨에게 맡길게요. 이메일로 모든 걸 보냈어요."

연구실을 나와 아구스타 브루탈 오토바이에 올라타자 루시의 마음에 불안과 분노가 엄습했다. 셀프 박사는 맥린 병원에 있었고, 입원한 지 거의 두 주가 되었다. 젠장, 벤턴도 그걸 알고 있었다.

빠른 속도로 오토바이를 몰자 그녀를 정신 차리게 하려는 듯 따뜻한 바람이 헬멧에 강하게 와 닿았다.

루시는 벤턴이 왜 한 마디도 할 수 없었는지 알았지만, 그건 옳지 못했다. 셀프 박사와 마리노는 서로 이메일을 주고받았고, 그동안 그녀는 맥린 병원에서 벤턴과 함께 있었다. 벤턴은 마리노나 스카페타에게 미리 말하지 않았다. 그는 마리노가 샌디에게 공시소를 구경시켜주는 모습을 그들 둘이 카메라로 지켜보았다고도 말해주지 않았다. 루시가 마리노가 셀프 박사에게 보낸 이메일에 관해 말하자, 벤턴은 가만히 듣고만 있었다. 그러자 루시는 자신이 바보처럼 느껴졌다. 배신당한 것 같은 심정이었다. 벤턴은 기밀 전자 파일을 몰래 열어달라고 부탁하면서도 셀프 박사가 그곳 개인 병동에서 하루에 3천 달러를 내면서 모든 사람들을 괴롭히고 있다는 사실에 대해서는 일언반구도 하지 않았다.

오토바이 기어를 6에 놓고 몸을 숙인 채 아서 레이버널 주니어 다리를 지나고 있었다. 높이 솟은 교각 축과 수직으로 내려온 케이블을 보자 스탠퍼드 암센터와 하프를 켜며 어울리지 않는 노래를 부르는 여인이 떠올랐다. 마리노는 이미 엉망이 되었을지 모르지만 셀프 박사가 혼란을 야기하지는 않았을 것이다. 그는 너무 단순한 사람이어서 중성자탄을 이해할 수 없었다. 셀프 박사와 비교하면 마리노는 뒷주머니에 새총을 넣어 다니는 덩치만 큰 멍청한 어린아이 같았다. 마리노가 그녀에게 먼저 이메일을 보내면서 일이 시작되었겠지만 그녀는 사태를 끝내는 방법을 알고 있었다. 그를 끝내버릴 방법을 알고 있었다.

셈 샛강에 정박한 새우 잡이 배를 지나고 벤 소여 다리를 건너, 마리노가 살고 있는 설리번 섬으로 향했다. 그는 그곳이 자신이 꿈꿔온 집이라고 말하기도 했다. 빨간색 철제 지붕을 얹은 오래된 자그마한 오두막에서는 낚시를 할 수도 있었다. 창문은 어두컴컴했고 현관에도 불이 켜져 있지 않았다. 오두막 뒤에 있는 습지에는 방파제가 길게 나 있었고, 끝부분의 좁은 샛강은 연안의 운하로 구불구불 흘러가고 있었다. 이곳에 이사 왔을 당시, 마리노는 어선을 사서 물고기를 잡거나 배를 타고 샛강으로 나가 맥주 마시는 걸 즐기곤 했다. 루시는 상황이 어떻게 된 것인지 알 수 없었다.

'마리노 아저씨는 어디로 가버린 걸까? 도대체 그의 몸 안에 살고 있는 사람은 누구일까?'

모래가 깔려 있는 집 앞 정원에는 잡초가 드문드문 길게 자라 있었다. 오두막에 도착한 루시는 여기저기 흩어진 쓰레기를 치우며 앞으로 나아갔다. 오래된 아이스박스, 녹슨 그릴, 게 잡는 덫, 낡은 어망, 버려진 캔에서 늪지 같은 냄새가 났다. 나무 계단을 올라가 페인트가 벗겨진 문을 열어보았다. 경첩을 떼고 집 안으로 들어가는 게 나을 것 같았다. 루시는 드라이버로 경첩을 돌려 마리노의 꿈의 집 안으로 들어갔다. 집 안에는 경보 장치도 없었는데, 그는 자기 권총만으로 충분하다고 입버릇처럼 말했다.

루시는 머리 위의 전구 줄을 당겨 불을 켰다. 여기저기 그림자가 드리운 집 안을 둘러보며 지난번에 왔던 때와 뭐가 달라졌는지 살폈다. 마지막으로 왔던 게 언제였지? 6개월 전? 그 이후부터는 마리노가 살지 않은 것처럼 집 안에는 새로운 게 아무것도 없었다. 카펫도 깔지 않은 거실 마룻바닥에는 싸구려 격자무늬 소파와 등받이 의자 두 개, 대형 화면 TV, 컴퓨터와 프린터가 있었다. 한쪽 벽에 딸린 작은 부엌에는 빈 맥주 캔 서너 개와 잭 다니엘 병이 놓여 있었고, 냉장고 안에는 간식거리와 치즈, 맥주가 들어 있었다.

루시는 마리노의 책상에 앉아 쥠줄을 단 256메가바이트 썸드라이브에서 USB를 빼냈다. 공구 상자를 열어 끝이 뾰족한 집게, 스크루드라이버 펜, 배터리로 작동되며 보석 세공인들이 사용할 만큼 극히 작은 드릴을 꺼냈다. 작은 검정색 상자 안에는 단일지향성마이크 네 개가 들어 있었는데, 각각의 크기가 8밀리미터도 되지 않아 유아용 아스피린 크기

정도였다. 썸드라이브에서 플라스틱을 벗겨내 샤프트와 쥠줄을 떼어내고 마이크를 끼워 넣은 다음, 쥠줄이 원래 있던 곳의 작은 구멍에 금속 그물눈 덮개를 눈에 띄지 않게 넣었다. 그리고 거의 소음이 나지 않는 드릴로 케이스 안에 두 번째 구멍을 내어 쥠줄의 고리를 삽입해 다시 붙였다.

그러고 나서 루시는 카고 바지 주머니를 뒤져 연구실에서 챙겨 온 썸드라이브를 꺼내 USB 포트에 끼웠다. 그리고 마리노가 자판을 누를 때마다 그녀의 이메일로 전송되도록 스파이웨어 어플리케이션을 다운로드 했다. 루시는 마리노의 하드웨어를 순차적으로 올리며 문서를 찾았다. 셀프 박사에게서 온 이메일을 사무실 컴퓨터에서 복사해 온 것 말고는 거의 아무것도 없었다. 루시의 예상대로였다. 마리노가 전문적인 기사를 쓰거나 소설을 읽는 모습은 상상도 할 수 없었다. 마리노는 문서 업무에 서툴렀다. 썸드라이브를 다시 USB 포트에 끼워 넣고 재빨리 발걸음을 옮겨 서랍을 열었다. 담배, 〈플레이보이〉 잡지 두어 권, 357 구경 스미스 앤 웨슨 권총, 1달러 지폐 서너 장과 잔돈, 영수증, 광고 우편물 등이 들어 있었다.

침실로 들어가자 마리노가 어떻게 방 안에 들어가는지 의아할 정도였다. 침대 발치의 벽 사이에 길게 늘어선 옷장에는 마구잡이로 쑤셔 박히고 되는 대로 걸린 커다란 트렁크 팬티와 양말은 바닥에 흩어져 있었다. 레이스가 달린 빨간색 브래지어가 보였고, 징이 박힌 검정색 가죽 벨트는 마리노가 하기엔 너무 작아 보였다. 플라스틱 버터 통에는 콘돔과 성인용품이 잔뜩 들어 있었다. 침대는 엉클어져 있었다. 침대보는 언제 세탁했는지 알 수 없을 만큼 지저분했다.

침실 옆에는 전화 부스만 한 욕실이 딸려 있었고 안에는 변기와 샤워기, 세면대가 있었다. 약을 보관하는 서랍장을 열어보자 예상대로 세면

도구와 숙취 치료제가 들어 있었다. 샌디 스눅에게 처방된 코데인이 함유된 피오리날 약통을 꺼내보니 거의 비어 있었다. 욕실 선반에는 루시가 모르는 사람에게 처방된 테스트로덤 약통이 놓여 있었는데, 루시는 그 정보를 아이폰에 입력했다. 그런 다음 경첩을 제자리에 끼워 넣고는 금방이라도 망가질 것 같은 어두운 계단을 내려왔다. 바람이 거세게 불어왔고 부두에서 희미하게 소리가 들렸다. 루시는 글록 권총을 꺼내 귀를 기울였다. 소리가 들리는 방향으로 전등을 비추었지만, 불빛이 길게 뻗지 않아 부두는 캄캄해 보였다.

루시는 부두로 이어지는 계단을 올라갔다. 낡은 계단의 나무판이 휘어져 있었고 몇몇 계단은 빠지고 없었다. 진흙 냄새가 강하게 났다. 루시는 무는 벌레들을 손으로 치며 내쫓으려 했다. 그러자 어느 인류학자에게 들었던 이야기가 떠올랐다. 혈액형에 관한 이야기였다. 모기 같은 해충은 O형을 좋아한다. 하지만 출혈이 없는데 어떻게 무는 벌레들이 피 냄새를 맡을 수 있는지 이해할 수 없었다. 모기들이 그녀 주변에 몰려들어 공격하고 심지어 두피를 물기도 했다.

그녀는 발소리를 죽인 채 조용히 걸으며 무언가 부딪히는 소리가 들리지 않는지 귀를 기울였다. 손전등 불빛이 낡은 나무와 구부러진 녹슨 못을 비추었고, 부드러운 바람이 습지에 자란 수풀에 속삭이듯 불어왔다. 멀리 찰스턴의 불빛이 보였고 습한 공기 중에 황 냄새가 났다. 달은 짙게 낀 구름 너머에 가려 흐릿하게 보였다. 부두 끝에 이른 루시는 마음을 불안하게 하는 소리가 들리는 곳을 내려다보았다. 마리노의 어선은 보이지 않았고, 밝은 오렌지색 완충장치가 말뚝에 부딪치며 둔탁한 소리를 냈다.

14

토크쇼

카렌과 셀프 박사는 어둠이 내린 병원 현관 계단에 서 있었다. 현관 불빛은 그다지 밝지 않았다. 셀프 박사는 레인코트 주머니에서 접은 종이 한 장을 꺼내 펼치고, 펜을 꺼냈다. 그들 뒤쪽에 있는 숲에서는 곤충 소리가 요란하게 울렸고 멀리서 이리 떼가 우는 소리도 들렸다.

"그게 뭐죠?" 카렌이 셀프 박사에게 물었다.

"내가 진행하는 토크쇼에 손님이 정해지면 이런 서류에 서명을 하죠. 그들을 방송에 출연하게 하고, 그들에 관해 얘기할 수 있도록 해주는 거예요. 카렌, 아무도 당신을 도와줄 수 없어요. 그건 분명해요, 그렇죠?"

"기분이 약간 나아졌어요."

"항상 그렇죠. 그들이 당신에게 맞는 프로그램을 짜기 때문이에요. 그들이 내게 맞는 프로그램을 짜려고 애썼던 것처럼. 이건 음모예요. 그래서 저들은 내가 우리 어머니의 말을 귀 기울여 듣도록 만든 거예요."

카렌은 셀프 박사가 들고 있는 서류를 받아 읽으려 했지만 어두워서 잘 보이지 않았다.

"당신과 멋진 대화를 나누고 싶어요. 전 세계에 있는 시청자들이 그 대화를 들으며 도움을 얻을 거예요. 당신의 허가가 필요해요. 그렇지 않으면 가명을 사용할 거고요."

"아니에요! 내 실명을 거론하며 나에 대해 얘기해준다면 영광이에요. 그리고 당신이 진행하는 토크쇼에 출연하는 것도 영광일 거고요. 그런데 음모라니, 그게 무슨 뜻이죠? 그 음모에 나도 포함되어 있다고 생각하나요?"

"여기에 서명해야 해요." 셀프 박사가 카렌에게 펜을 건네주었다.

카렌이 사인을 하며 말했다. "나에 관해 말하게 되면, 내가 볼 수 있게 알려줘요. 혹시라도 말한다면 말이죠. 정말 얘기할 거라고 생각해요?"

"당신이 여기에 있다면요."

"네, 뭐라고요?"

"카렌, 첫 번째 방송에 당신을 출연시킬 수는 없을 거예요. 첫 번째 방송에서는 프랑켄슈타인과 충격적인 실험에 관해 이야기할 거예요. 내 의지와 반대로 약을 복용하고 기계 안에 들어가 고문과 치욕을 당하는 거죠. 다시 한 번 말하지만, 난 거대한 자기장 기계 안에 들어가 내 어머니가 하는 이야기를 들었어요. 나에 대해 거짓말과 비방을 늘어놓는 어머니의 이야기를 들어야 했죠. 당신은 몇 주 후 토크쇼에 출연하게 될 거예요. 당신이 계속 여기 있길 바랍니다."

"이곳 병원 말인가요? 난 아침에 병원을 떠날 거예요."

"여기 말입니다."

"어디요?"

"카렌, 여전히 이 세상에 있고 싶나요? 아니면 예전에 이 세상에 있고 싶어 했나요? 그걸 물어본 거예요."

카렌은 떨리는 손으로 담뱃불을 붙였다.

"내 토크쇼에 드루 마틴이 출연한 걸 봤을 거예요." 셀프 박사가 말했다.

"정말 안됐어요."

"마틴의 코치에 관한 진실을 모든 사람들에게 말해야 해요. 당시 나는 그녀에게 말하려고 애썼어요."

"코치가 어떻게 했는데요?"

"내 웹사이트에 들어온 적 있어요?"

"아니요. 언제 한번 들어가볼게요." 카렌은 차가운 석조 계단에 웅크려 앉아 담배를 피웠다.

"토크쇼에 출연하기 전에 어떤 모습으로 나오길 원해요?"

"나온다고요? 내 이야기를 미리 한다는 말인가요?"

"간단하게요. '셀프 토크'라는 코너가 있는데, 사람들이 블로그를 하고 자신들의 이야기를 하고 서로에게 글을 쓰기도 하죠. 물론 몇몇 사람들은 글을 잘 쓰지 못하기 때문에 편집하고, 다시 쓰고, 받아 적고, 인터뷰하는 팀이 따로 있어요. 우리가 처음 만났을 때 기억나요? 내 명함은 받았나요?"

"지금도 갖고 있어요."

"명함에 적힌 이메일 주소로 당신의 이야기를 보내주면 그걸 올릴게요. 당신 이야기는 많은 사람에게 감동을 줄 거예요. 웨슬리 박사의 불쌍한 조카와는 다를 거예요."

"누구요?"

"웨슬리 박사의 친조카는 아닌데 뇌종양에 걸렸어요. 내 도구로도 그런 환자는 치료할 수 없어요."

"어머, 끔찍해라. 뇌종양에 걸린 환자는 미칠 수도 있고 도울 방법도 없다고 하던데요."

"웹사이트에 들어오면 그녀에 모든 이야기를 읽을 수 있어요. 그녀의 이야기와 블로그에 소개된 글을 읽으면 깜짝 놀랄 거예요." 셀프 박사가 한 계단 위에서 말했다. 바람이 그녀가 서 있는 방향으로 불어오면서 담배 연기도 함께 왔다. "당신의 이야기는 많은 메시지를 전할 거예요. 병원에 몇 번이나 입원했죠? 적어도 열 번은 입원했을 텐데 왜 실패한 거죠?"

셀프 박사는 카메라가 자신의 얼굴, 세상에서 가장 많은 사람에게 알려진 얼굴 중 하나인 자신의 얼굴을 비추는 상황에서 방청객들에게 그 질문을 하는 모습을 상상했다. 그녀는 자신의 이름이 마음에 들었다. 그녀의 이름은 믿기지 않는 운명의 일부분이었다. 그녀는 그 이름을 포기하는 걸 줄곧 항상 거부했었다. 어느 누구와도 이름을 바꾸지 않을 거고, 어느 누구와도 그 이름을 공유하려 하지 않았다. 그러고 싶지 않은 사람은 유죄판결을 받았다. 그녀에게 용서할 수 없는 원죄는 섹스가 아니라 실패였기 때문이다.

"언제든 당신 토크쇼에 나갈 테니 연락 주세요. 연락을 주면 언제든지 나갈 수 있어요." 카렌이 말을 이었다. "다만 그 얘기만 하지 않는다면 말이죠…."

하지만 당시만 하더라도 셀프 박사는 환상에 사로잡혀 있었다. 징후가 나타나기 시작했을 때만 하더라도 그녀는 어떤 일이 일어날지 꿈도 꾸지 못했다.

'매릴린 셀프입니다. 셀프 온 셀프(Self On Self), SOS를 시작하겠습니다. 여러분, 도움이 필요한가요?' 토크쇼가 시작할 때마다 방청객은 환호성을 크게 질렀고 전 세계의 수백만 시청자들이 지켜보았다.

"억지로 이야기하게 하진 않을 거죠, 그렇죠? 가족은 절대 날 용서하지 않을 거예요. 그래서 난 술을 끊을 수 없어요. 토크쇼에서 억지로 말하게 하거나 웹사이트에 올리지 않는다면 당신에게 말할게요." 카렌은 철부지처럼 말했다.

"감사합니다, 감사합니다." 때때로 셀프 박사는 방청객들의 박수를 그치게 할 수 없었다. "저도 여러분 모두를 사랑합니다."

"보스턴 테리어 밴디트를 키웠는데 어느 날 밤늦은 시각에 개를 풀어주고는 집 안으로 데려오는 걸 잊어버렸어요. 술이 심하게 취했기 때문이었는데 겨울이었어요."

수백 명이 박수를 치는 소리는 폭우가 쏟아지는 소리 같았다.

"그리고 그다음 날 아침 뒷문 옆에서 죽은 개를 발견했어요. 발톱으로 할퀴어 나무 문이 엉망이 되었어요. 불쌍한 강아지는 몸을 바들바들 떨면서 울부짖었을 거예요. 바깥 날씨가 너무 추워서 집 안으로 들어오려고 발톱으로 문을 할퀴었어요." 셀프 박사의 이야기를 듣던 카렌이 흐느껴 울었다. "난 뇌가 죽어서 생각할 필요가 없어요. 그들 말로는 내 뇌가 하얗게 변하고 점점 넓어져서… 감퇴된다고 하더군요. 분명히 알 수 있을 거예요. 내가 정상이 아님을 분명히 알 수 있을 거예요." 그녀는 관자놀이를 지그시 눌렀다. "비정상적인 내 뇌 사진은 신경학자의 진료실 라이트 박스에 있어요. 난 앞으로도 절대 정상으로 회복될 수 없어요. 예순이 다 되었고 이미 일어난 일은 어쩔 수 없으니까요."

"사람들은 개에 대해서 용서하지 않죠." 셀프 박사가 멍하니 생각에 사로잡혀 말했다.

"나도 알아요. 그걸 극복하려면 어떻게 해야 하는지 말해주세요."

"정신 질환에 걸린 사람들은 두개골 모양이 특이해요. 정신이상자들은 두상이 수축하거나 변형되죠." 셀프 박사가 말했다. "편집증적인 미치광이들은 뇌가 부드럽죠. 그런 과학적 연구는 1824년 파리에서 실행

되었는데, 백 명의 저능아 가운데 정상적인 머리를 가진 이는 열네 명에 불과했어요."

"그럼 내가 저능아란 말인가요?"

"이곳 의사들에게 들은 이야기와 다른가요? 당신 머리가 다르다는 건 당신이 다른 사람과 다르다는 걸 의미하지 않나요?"

"내가 저능아라고요? 난 내가 키우던 개를 죽였어요."

"그러한 미신과 엉터리 이야기는 백 년 넘게 통용되었어요. 사람들의 두개골 크기를 재서 정신병원에 감금했고 저능아들의 뇌를 해부했죠."

"내가 저능아인가요?"

"오늘날에는 자기장 기계 안에 넣어서 뇌가 변형되었다고 말하고 어머니의 목소리를 억지로 듣도록 강요하죠." 셀프 박사가 말을 멈추자, 키가 큰 사람이 어두운 곳에서 그들에게 다가왔다.

"카렌, 셀프 박사와 얘기 좀 해도 될까요?" 벤턴 웨슬리였다.

"내가 저능아인가요?" 카렌이 계단에서 일어서며 말했다.

"아니요, 당신은 저능아가 아닙니다." 벤턴이 친절하게 말했다.

"당신은 내게 늘 친절하게 대해줬어요. 비행기를 타고 집으로 갈 거고 다시는 오지 않을 거예요." 카렌이 그에게 작별 인사를 했다.

셀프 박사는 벤턴에게 옆에 앉으라고 했지만 그는 꼼짝도 하지 않았다. 벤턴이 화난 모습을 본 그녀는 다시 한 번 승리했다고 생각했다.

"기분이 훨씬 나아졌어요." 셀프 박사가 벤턴에게 말했다.

불빛에 드리운 그림자 때문에 그의 모습이 달라 보였다.

어둠 속에서 그의 모습을 처음 보았다는 생각에 셀프 박사는 매혹되었다.

"마로니 박사가 있었다면 뭐라고 말할지 궁금하군요. 케이가 뭐라고 말할지도 궁금하고요." 셀프 박사가 말했다. "해안에서 보낸 봄 휴가가 떠오르는군요. 젊은 여자가 잘생긴 청년을 알아보면 그다음엔 어떻게 될까요? 청년도 그녀를 알아보죠. 그들은 모래사장에 앉기도 하고, 물속에 들어가 서로 물을 튀기기도 하고, 태양이 떠오를 때까지 원하는 건 뭐든지 하죠. 몸이 물에 젖어 소금기로 끈적거려도 상관하지 않죠. 그 마법은 어디로 가버렸을까요, 벤턴? 나이가 들면 어떤 것도 충분하지 않고 다시는 그 마법을 느낄 수 없죠. 난 죽음이 뭔지 알고 당신도 그럴 거예요. 내 옆에 앉아요, 벤턴. 내가 떠나기 전에 얘기하러 와서 다행이에요."

"당신 어머니와 다시 이야기를 나누었어요." 벤턴이 말했다.

"우리 어머니를 좋아하는 모양이군요."

"당신 어머니께서 들려준 흥미로운 이야기를 듣자 내가 당신에게 했던 이야기가 떠오르더군요, 셀프 박사."

"사과하는 거라면 언제든 환영이에요. 당신이 사과할 거라고는 예상하지 못했는데."

"마로니 박사에 대한 당신의 이야기는 옳았어요." 벤턴이 말했다. "그와 섹스를 했다는 이야기."

"그와 섹스했다고 얘기한 적 없어요." 셀프 박사는 냉담해졌다. "언제 그런 일이 벌어졌겠어요? 전망이 멋진 내 빌어먹을 병실에서? 난 약에 취한 상태였고, 내 의지와 상관없이 억지로 한 게 아니라면 누구와도 섹스를 할 수 없었어요. 그가 내게 약물을 먹였어요."

"그 이야기라면 지금은 하지 않겠습니다."

"내가 의식을 잃은 동안 그는 내 옷을 벗기고 나를 애무했어요. 그는 내 몸이 마음에 든다고 했어요."

"그가 선명하게 기억하기 때문이겠죠."

"내가 그와 섹스를 했다고 누가 말하던가요? 그 빌어먹을 여자가 그렇게 말했나요? 내가 입원 수속을 했을 때 어떤 일이 일어났는지 그녀가 뭘 알고 있죠? 내가 병원에 입원했다고 당신이 그녀에게 말한 게 틀림없어요. 당신을 고소할 거예요. 그 자신도 어쩔 수 없었다고, 도저히 저항할 수 없었다고 내가 말하자 그는 도망쳐버렸어요. 그는 자신이 저지른 짓이 잘못되었다는 걸 알았기 때문에 이탈리아로 도망친 거예요. 난 그와 섹스를 했다고 말한 적이 없어요. 그런 말은 절대 하지 않았어요. 그는 내게 약을 먹이고 날 희롱했어요. 그가 충분히 그럴 수도 있다는 걸 사전에 알았어야 했는데…."

그 생각을 떠올리자 셀프 박사는 흥분했다. 당시에도 흥분했고 지금도 그랬지만, 앞으로 그럴지는 전혀 알 수 없었다. 당시 그녀는 그를 비난하면서도 그만두라고 하지는 않았다. 그녀는 이렇게 말했었다. '왜 그렇게 열정적으로 날 검사해야 하는 거죠?' 그러자 그가 말했다. '중요하기 때문이지요'라고. 그녀가 말했다. '그렇군요. 당신의 것이 아닌 건 알아야 하는군요.' 그러자 그는 자세히 들여다보며 말했다. '한 번 찾아왔지만 오랜 세월 동안 보지 못했던 특별한 장소 같지요. 어떤 게 변했는지 어떤 게 변하지 않았는지, 다시 할 수 있을지 살펴봐요.' 그녀가 물었다. '당신은 할 수 있어요?' 그는 아니라고 대답하고는 도망쳐버렸다. 그건 최악의 행동이었다. 예전에도 그런 적이 있었기 때문이다.

"아주 오래전 얘기를 하고 있는 겁니다." 벤턴이 말했다.

파도 소리가 나지막이 들렸다.

월 람보는 밤바다에 둘러싸여 있었다. 어선을 빌린 장소의 후미진 곳에 캐딜락을 주차하고서, 설리번 섬에서 노를 저어 바다로 향했다. 그는 예전에도 어선을 빌린 적이 있었다. 필요할 때면 외부 엔진을 사용했고, 고요히 항해하고 싶을 때면 노를 저었다. 어둠 속에서 파도 소리가 들렸다.

그가 처음으로 했던 장소인 그로타 비앙카로. 그의 머릿속 어두운 동굴 속에 기억이 떠오르자 친숙한 느낌이 들었다. 석회석으로 만든 빗물받잇돌과 햇빛이 드는 이끼. 그는 헤르쿨레스의 기둥 너머로 그녀를 데려가, 광물과 물이 떨어지는 소리가 계속 들리는 석조 복도가 이어진 지하 세계로 갔다.

그 꿈같은 날, 어린 학생들이 교복과 모자를 쓰고 신나게 지나간 것 말고 그들은 내내 단둘이 있었다. 그가 그녀에게 말했다. "박쥐 떼 소리 같아." 그녀는 웃음을 터뜨리며 그와 함께 있는 게 즐겁다고 말했다. 팔짱을 끼자 그녀의 부드러운 피부가 그의 팔에 와 닿았다. 물이 떨어지는 소리 말고는 아무 소리도 들리지 않았다. 그는 천장에 석조 샹들리에가 매달린 '뱀의 터널'로 그녀를 데려갔다. 반투명한 석조 커튼을 지나자 '사막의 복도'가 나왔다.

"날 여기에 두고 가버리면 출구를 못 찾을 것 같아." 그녀가 말했다.

"내가 왜 널 두고 가겠어? 난 너의 길잡이야. 길을 모르는 사막에서 길잡이가 없으면 살아남을 수 없어."

거대한 벽 안에서 모래 폭풍이 불어오자, 그는 눈을 비비며 그날 그 생각을 떠올리지 않으려 애썼다.

"나가는 길을 어떻게 알아? 여기 자주 오나 봐." 그녀가 말했다. 그는 모래 폭풍을 빠져나와 다시 동굴로 들어갔다. 그녀의 창백한 얼굴은 무척이나 아름다웠고 조각을 한 듯 윤곽이 뚜렷했지만 슬퍼 보였다. 애인이 다른 여자 때문에 그녀 곁을 떠났기 때문이다.

"이렇게 특별한 곳은 어떻게 알게 됐어?" 그녀가 윌에게 물었다. "지하 3킬로미터 아래에 촉촉하게 젖은 석조 미로가 끊임없이 이어져 있어. 이곳에서 길을 잃으면 너무 끔찍할 거야. 혹시 여기에서 길을 잃은 사람이 있는지 궁금해. 몇 시간 후 모든 조명을 끄면 칠흑처럼 어둡고

지하실처럼 추울 거야."

그는 바로 앞에 있는 자신의 손도 보이지 않았다. 모래 폭풍이 불어오자 그가 볼 수 있는 건 선명한 빨간색뿐이었고, 피부가 남지 않을 거라는 생각이 들었다.

"윌! 맙소사, 도와줘, 윌!" 복도 멀리에서 들리는 어린아이들의 소리가 로저의 비명처럼 들렸고, 모래 폭풍의 요란한 소리가 멈추었다.

물방울이 떨어졌고 바닥이 축축했다. "왜 눈을 계속 문지르는 거야?" 그녀가 물었다.

"난 어둠 속에서도 길을 찾을 수 있어. 어두워도 앞을 잘 볼 수 있고. 어렸을 때 여기 자주 왔어. 난 너의 길잡이야." 그는 그녀에게 친절하고 다정하게 대해주었다. 그녀가 길을 잃으면 도저히 견딜 수 없을 것임을 알았기 때문이다. "불을 비추면 돌이 반투명으로 변하는 게 보여? 돌은 힘줄처럼 평평하고 단단해 보이고, 수정은 뼈처럼 누렇게 보여. 그리고 이 좁은 복도를 지나면 축축한 회색의 밀라노 돔이 보이는데, 늙은이의 신체 조직과 혈관처럼 차갑지."

"신발과 바짓단에 회반죽 같은 석회석 물이 튀었어. 너 때문에 옷이 더러워졌어."

그녀가 투덜거리며 불평을 늘어놓자 그는 짜증이 났다. 그는 바닥에 초록색 동전이 흩어져 있는 자연 연못을 보여주며 누군가의 소원이 이루어졌을지 궁금하다고 했다. 그녀가 동전을 던지자 물을 튀기며 바닥에 가라앉았다.

"원하는 소원을 모두 빌어." 그가 말했다. "하지만 소원은 하나도 이루어지지 않을 거야. 만약 이루어진다면 너한테는 너무 유감이겠지."

"소원이 이루어진다면 나한테 너무 유감이라니, 어떻게 그런 끔찍한 말을 할 수 있어?" 그녀가 말했다. "넌 내가 무슨 소원을 빌었는지도 모르잖아. 너와 사랑을 나누고 싶다는 소원을 빌었으면 어쩔 거야? 너 그렇게 나쁜 남자야?"

그는 아무 대답도 하지 않고 더 화를 냈다. 그들이 사랑을 나눈다면 그녀가 그의 맨발을 볼 것이기 때문이다. 그가 마지막으로 사랑을 나눈 건 이라크에서였다. 열두 살짜리 소녀는 소리치고 울부짖으며 자그마한 주먹으로 그를 때렸다. 얼마 후 그녀는 꼼짝도 하지 않다가 잠이 들었고 그는 아무런 느낌도 느낄 수 없었다. 그녀에게 생명도 없었고, 그녀의 나라를 끊임없이 파괴하고 사람들을 계속 죽이는 것 말고 바라는 것이 아무것도 없었기 때문이다. 물방울이 떨어지는 소리에 그녀의 얼굴이 머릿속에서 희미하게 지워졌다. 로저가 심한 고통을 참지 못하고 소리 지를 때 그는 손에 권총을 들고 있었다.

쿠폴라 동굴 안의 돌은 두개골처럼 둥글었다. 비가 온 것처럼 물방울이 계속 떨어졌고 돌에 덮인 서리와 고드름, 돌출부가 촛불처럼 빛났다. 그는 그것들을 손으로 만지지 말라고 그녀에게 말했다.

"손으로 만지면 숯처럼 검게 변해." 그가 미리 경고했다.

"내 인생에서는 내가 손으로 만지는 것마다 엉망이 되었어." 그녀가 말했다.

"넌 나한테 고마워할 거야." 그가 말했다.

"뭘 고마워하는데?" 그녀가 물었다.

되돌아가는 복도 안은 따뜻하고 습했고, 벽을 따라 흐르는 물은 핏물처럼 보였다. 그는 권총을 잡고 있었다. 눈 깜짝할 사이에 그가 자신에 대해 알고 있는 모든 게 끝날 것이다. 로저가 그에게 고마워할 수 있다면, 그렇게 할 것이다.

그저 고맙다는 말 한 마디, 그 말을 다시 하는 건 필요치 않았다. 사람들은 고마워할 줄 모르고 의미 있는 건 뭐든지 빼앗아 간다. 그런 다음 더 이상 신경 쓰지 않는다. 그럴 수 없기 때문이다.

전쟁 이후에 지어진 빨간색과 흰색 줄무늬의 등대는 해안에서 백 미터 정도 떨어져 있는데, 더 이상 불이 켜져 있지 않았다.

윌은 노를 저은 탓에 어깨가 욱신거렸고 섬유유리 벤치에 앉아서인지 엉덩이가 아팠다. 배에 실은 짐이 바닥이 편평한 배만큼 무거워서 힘이 들었지만, 이제 집에 거의 다 왔기 때문에 외부 모터는 사용하지 않을 것이다. 외부 모터는 한 번도 사용한 적이 없었다. 모터를 사용하면 소음이 났다. 듣는 사람이 아무도 없다 해도 그는 소음을 내고 싶지 않았다. 거기에는 아무도 살지 않았다. 날씨가 좋은 낮 시간 외에 그곳을 찾아오는 사람은 아무도 없었다. 사람들이 찾아와도 그곳이 그의 집이라는 사실을 아는 사람은 아무도 없었다. 등대에 대한 사랑과 모래 한 양동이. 섬을 갖고 있는 소년이 몇이나 있을까? 글러브와 공, 소풍과 캠핑. 모두 사라지고 죽었다. 배를 타고 반대편으로 가는 쓸쓸한 길.

바다 건너편으로 마운트 플레전트의 불빛과 제임스 섬과 찰스턴의 불빛이 보였다. 남서쪽에는 폴리 해안이었다. 내일은 기온이 따뜻하고 구름이 낄 것이고, 늦은 오후에는 조수가 낮을 것이다. 배 밑에 굴이 긁히는 소리가 나자 그는 해안으로 배를 끌어당겼다.

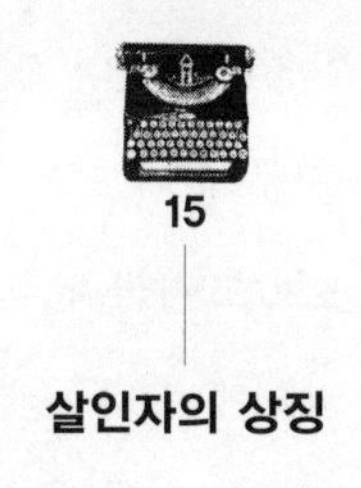

15

살인자의 상징

다음 날 수요일 아침, 이른 시각의 법의학 연구실. 스카페타는 필요한 것을 준비했다. 이번 연구는 간단할 것이다. 그녀는 캐비닛과 서랍에서 여러 가지 것들을 꺼냈다. 세라믹 볼, 종이, 컵, 발포 컵, 종이 타월, 살균한 면봉, 봉투, 모델링 점토, 증류수, 건 블루(금속 표면을 짙은 푸른색이나 검은색으로 변하게 하는 셀렌 이산화물 용해제—옮긴이) 용액이 든 병, RTX(루테늄 4 산화물) 병, 강력 접착제, 자그마한 알루미늄 팬 등. 그녀는 카피 스탠드 위에 놓인 디지털카메라에 매크로 렌즈와 리모트 셔터 릴리스를 부착한 다음 두꺼운 갈색 종이로 카운터톱을 덮었다.

금속 같이 통기성 없는 표면에 남아 있는 지문이 나타날 수 있도록 여러 혼합액이나 조제액을 선택해 사용할 수도 있었지만, 증기에 쐬는 게 가장 기본적인 방식이었다. 그건 마법이 아니라 단지 화학적 변화일 뿐이었다. 강력 접착제는 거의 시안아크릴레이트와 아크릴 송진으로 이루어져 있는데, 그 성분은 아미노산, 포도당, 화학 나트륨, 젖산, 피부 모공에서 나오는 다른 화학물질에 반응한다. 강력 접착제에서 증발한 기체가 육안으로는 보이지 않는 지문에 닿으면 화학 반응이 새로운 혼합물, 즉 내구성이 뛰어나고 육안으로 보이는 흰색 산마루 모양을 형성한다.

스카페타는 자신의 접근 방식에 대해 곰곰이 생각했다. 이 연구실에서는 아니지만 DNA 표본 채취를 먼저 해서도 안 되고 먼저 할 필요도 없을 것이다. RTX나 강력 접착제는 DNA를 파괴하지 않기 때문이다. 그녀는 종이봉투에서 권총을 꺼내 일련번호를 적었다. 빈 실린더를 열고 실린더 양쪽 끝을 종이 타월 뭉치로 채워 넣은 후, 다른 봉투에서 38구경 탄알 여섯 개를 꺼내 증기실 안에 똑바로 세웠다. 그리고 양쪽에 연결한 와이어에 방아쇠 안전장치를 매달았다. 습기를 주기 위해 안에 물잔을 넣고, 작은 알루미늄 팬 안에 강력 접착제를 짜고, 뚜껑으로 증기실을 덮었다. 그런 다음 환기팬을 켰다.

스카페타는 새 장갑을 끼고 금화 펜던트 목걸이가 들어 있는 비닐 봉투를 집었다. 금 목걸이에서 DNA를 채취할 가능성이 있기 때문에 체인을 따로 봉투에 담아 꼬리표를 붙였다. 금화 펜던트에는 DNA뿐만 아니라 지문도 남아 있을 수 있기 때문에 조심스럽게 가장자리를 잡아 현미경을 들여다보았다. 바로 그때 지문 인식 시스템이 설치된 연구실 문이 열리더니 루시가 들어왔다. 스카페타는 루시가 어떤 기분인지 느낄 수 있었다.

"사진을 인지하는 프로그램이 있었으면 좋겠어." 스카페타가 말했다. 그런 프로그램이 있으면 루시가 어떤 기분인지, 왜 그런지에 대해 묻지 말아야 할 때를 알 수 있기 때문이다.

"그런 프로그램이 있지만 비교할 수 있는 뭔가가 있어야 해." 루시가 스카페타의 시선을 피하며 말했다. "얼굴 사진 데이터베이스가 있는 경찰서는 거의 없는데, 그런 건 상관없어. 통합된 게 아무것도 없으니까.

이놈이 누구든 우린 다른 방법으로 그의 신원을 밝혀내야 해. 그리고 오토바이를 탄 그놈이 이모 집 골목에 반드시 나타났다고는 생각하지 않아."

"그렇다면 누구란 말이야?"

"그자가 누구든 목걸이를 하고 권총을 갖고 있었을 거야. 불이 아니라고 단정할 수도 없을 거고."

"말도 안 돼."

"그가 영웅처럼 보이고 싶었다면 그럴 수도 있지. 혹은 그가 무언가를 숨기고 싶어 했는지도 몰라. 권총을 갖고 있거나 목걸이를 한 사람이 누구인지 모르는 이유는 그걸 잃어버린 사람을 보지 못했기 때문이야."

"다른 상황을 뒷받침해주는 증거물이 없는 한, 난 그의 말을 그대로 믿을 거고, 그가 나를 보호하려 했던 것도 고맙게 생각할 거야."

"이모가 원하는 대로 믿어."

스카페타가 루시의 얼굴을 똑바로 쳐다보았다. "뭔가 잘못된 것 같아."

"불과 오토바이를 타고 온 놈이 언쟁을 벌인 모습을 목격한 사람이 없다는 점을 분명히 말해주고 싶어. 그게 전부야."

스카페타가 손목시계를 확인했다. 그녀는 증기실로 걸어갔다. "5분이면 될 거야." 그녀는 뚜껑을 열어 과정을 멈추게 했다. "권총의 일련번호를 확인해야겠어."

루시는 가까이 다가와 유리용해로 안을 들여다보더니, 장갑을 끼고 안으로 들어가 와이어를 떼어내고 권총을 꺼냈다. "산마루 모양이 총열에 약간 나타났어." 루시는 권총을 이리저리 돌려보다가 종이로 덮은 카운터톱에 내려놓았다. 그리고 용해로 안에 들어가 탄약통을 뽑았다. "지문 조각이 몇 개 있어. 세세한 건 더 많을 거야." 루시가 탄약통을 내려놓으며 말했다.

"내가 사진 찍을게. 사진을 자세히 들여다보면 특징을 찾아내 IAFIS에 확인해볼 수도 있을 거야."

스카페타는 수화기를 들어 지문 검사실에 전화를 걸고, 자신들이 지금 하고 있는 일을 설명했다.

"시간을 절약하기 위해 우선 사진부터 찍을게." 루시는 친절하지 않은 어투로 말했다. "흰색이 검정색으로 바뀌도록 컬러 채널을 늦추고 가능한 한 빨리 확인해."

"뭔가 문제가 있는 것 같으니 준비되면 내게 말해줘."

루시는 귀 기울여 듣지 않고 화를 내며 말했다. "쓸데없는 걸 입력하면 결국 쓸데없는 게 출력되지."

루시는 냉소적일 때 그렇게 말하곤 했다. 지문 프린트를 IAFIS 안에 넣어 검사를 시작했지만, 컴퓨터는 돌덩이인지 물고기인지도 구분하지 못했다. 자동화된 시스템은 아무 판단도 하지 못하고 아무것도 알지 못한다. 어느 지문 프린트의 특징을 그것과 일치하는 다른 지문 프린트의 특징에 입혀보았다. 특징이 없거나, 분명하지 않거나, 유능한 법의학 검사원이 정확하게 암호화하지 않으면 아무 연구 결과도 나오지 않을 가능성이 높았다. IAFIS가 문제가 아니라 사람들이 문제였다. DNA도 마찬가지였다. 결과는 무엇을 채취하고, 누구에 의해 어떻게 진행되는가에 달려 있었다.

"지문이 똑바로 찍혀 있는 것도 얼마나 드문지 알아?" 루시가 심술궂게 큰 소리로 말했다. "교도소의 지문 카드를 보면 아직도 케케묵은 방식인 지문에 잉크를 묻혀 찍는 방식을 사용하고 있지. 그리고 그 모든 기록이 IAFIS에 쌓여 있는데 쓰레기야. 하지만 감옥에는 돈이 없지. 이 빌어먹을 나라에는 뭔가를 할 돈도 없어."

스카페타는 금화를 투명한 비닐 봉투에 넣어 현미경으로 들여다보았다. "왜 그렇게 기분이 나쁜 건지 말해줄래?" 그녀는 루시의 대답이 두려웠다.

"일련번호가 있으면 NCIC에 입력해볼 수 있어."

"카운터에 놓인 종이에 적혀 있어. 로즈와는 통화해봤어?"

루시는 종이를 가져가 컴퓨터 앞에 앉아 마우스를 클릭하기 시작했다. "괜찮은지 확인하려고 전화했더니 이모가 괜찮은지 확인해야 한다고 말했어."

"1달러짜리 미국 금화야." 스카페타는 아무 말도 하지 않으려고 확대한 금화 얘기를 꺼냈다. "1873년도 거야." 그녀는 아직 처리하지 않은 증거물에서 예전에는 보지 못했던 뭔가를 알아차렸다.

루시가 말했다. "이걸 물 용해로에 넣어 NIBIN(국립 탄도 확인 통합 네트워크의 약자-옮긴이)을 통해 탄도를 확인하고 싶어."

"권총이 다른 범죄에서도 사용되었는지 확인해야겠어." 루시가 말했다. "이모는 범죄가 일어나지 않았다고 생각하고 경찰을 개입시키고 싶어 하지 않겠지만 말이야."

"아까 설명했던 것처럼 불은 그와 몸싸움을 벌였고 그가 잡고 있던 권총을 떨어뜨렸어." 방어하듯이 말하고 싶지 않은 스카페타는 현미경 비율을 맞추고 금화를 자세히 들여다보며 말을 이었다. "오토바이를 타고 온 그 문제의 남자가 날 해치러 왔다는 걸 증명할 수 없어. 그는 무단 침입을 하려고 시도했을 뿐 실제로 그렇게 하지는 않았으니까."

"불도 그렇게 말해."

"내가 미리 알지 못했다면 이 금화는 이미 지문 채취를 위해 강력 접착제를 발랐을 거야." 스카페타는 현미경을 통해 앞면과 뒷면에 나타난 희미한 흰색의 산마루처럼 보이는 것을 자세히 살폈다.

"미리 알지 못했다는 건 무슨 뜻이야? 이모는 아는 게 없잖아. 불이 이모 집에서 찾아냈다는 것 말고는 금화에 대해 아무것도 모르고, 금화가 어디 있었는지도 전혀 모르잖아. 금화를 누가 잃어버렸는지는 다른 이야기야."

"강력 접착제 같은 폴리머 찌꺼기처럼 보여. 이해가 안 돼." 스카페타는 비닐로 감싼 금화를 카피 스탠드로 옮기며 말했다. "이해가 안 되는 게 한두 가지가 아니야." 그녀는 루시를 올려다보며 말했다. "네가 나와 이야기할 준비가 되면 말하겠지." 그녀는 장갑을 벗고 새 장갑과 얼굴 가리개를 썼다.

"우리가 해야 하는 건 사진 찍는 것뿐이라는 듯이 들리네. 건 블루나 RTX는 없고." 루시가 금화 표면에 보이는 산마루 모양에 대해 말했다.

"흑색 화약을 써야 할지도 모르겠지만, 그것마저 필요하지는 않을 것 같아." 스카페타가 카피 스탠드의 기둥에 올려진 카메라를 맞추며 네 개의 조명등 손잡이를 조정했다. "사진을 찍고 나면 모든 것에서 DNA 검사를 할 수 있을 거야."

스카페타는 갈색 종이를 찢어 카피 스탠드 아랫부분에 놓은 다음 봉투에서 금화를 꺼내 윗면이 보이도록 놓았다. 불빛을 최소화하기 위해 집에서 만든 천막 조명을 켜자 산마루 모양이 훨씬 더 잘 보였다. 그녀는 리모트 셔터 릴리스를 찾아 사진을 찍기 시작했다.

"강력 접착제야. 범죄 현장의 증거물이 다시 다른 곳으로 옮겨진 것일 수도 있어." 루시가 말했다.

"그러면 정황 설명이 되겠군. 그게 옳은지는 모르겠지만 아무튼 설명은 될 거야."

루시가 재빨리 컴퓨터 자판을 두드리며 말했다. "1달러짜리 금화. 미국, 1873년. 어떤 정보가 나오는지 볼게." 그런 다음 자판을 더 두드렸다. "코데인(아편에 들어 있는 알카로이드로 기침약이나 진통제 등으로 쓰인다-옮긴이)이 들어간 피오리날을 왜 복용하지? 그리고 이건 뭐야?"

"부탈비탈(항정신성 의약품으로 정신 자극성 물질–옮긴이)에다가 코데인 인산염(기침 억제제와 마약성 진통제로 사용되는 의약품–옮긴이), 아스피린, 카페인." 스카페타는 금화 뒷면의 사진을 찍을 수 있도록 조심스럽게 뒤집었다. "강력한 마취 진통제야. 심한 긴장성 두통 환자에게 종종 처방하는 약인데, 그건 왜?" 카메라 셔터가 닫히는 소리가 울렸다.

"테스트로덤은?"

"피부에 문지르는 테스토스테론 젤이지."

"'스티븐 시걸' 들어본 적 있어?"

스카페타는 잠시 생각해보았지만 아무도 떠오르지 않았다. 한 번도 들어보지 않은 이름이었다. "아니, 잘 모르겠는데."

"그가 테스토스테론을 처방했는데, 샌디 스눅이 살고 있는 샬럿에 있는 고약한 항문내과 의사야. 샌디의 아버지가 그 병원에 다닌 걸로 봐서, 샌디는 원할 때면 처방전을 받을 수 있었던 것 같아."

"그 처방전으로 어디에서 약을 구입했어?"

"설리번 섬에 있는 약국에서 구입했는데, 샌디는 LLC라는 이름으로 2백만 달러 주택을 갖고 있어." 루시가 다시 자판을 두드리며 말했다. "도대체 어떤 일인지 마리노 아저씨에게 물어보면 좋을 것 같아. 우리 모두 걱정해야 할 듯해."

"내가 가장 걱정하는 건 네가 너무 화가 났다는 거야."

"이모는 내가 정말 화났을 때 어떤 모습인지 모르는 것 같아." 루시는 화가 난 표정으로 자판을 힘껏 그리고 빠르게 두드렸다. "마리노 아저씨는 불법으로 약물을 복용했어. 테스토스테론 젤을 선탠로션처럼 두껍게 바르고는, 부작용 때문에 미친 듯이 알약을 먹었을 거야. 그래서 갑자기 술 취한 킹콩으로 변해 날뛰었던 거고." 루시가 요란하게 자판을 두드리며 말을 이었다. "발기가 지속되어 심장 마비가 왔을 수도 있고. 아니면 술 때문에 자제력을 잃어서 지나치게 공격적으로 변했을 수도 있어. 1주일 만에 한 사람이 다른 사람한테 그렇게 대단한 영향을 미친다는 게 놀라울 따름이야."

"마리노에게 새로운 여자친구가 생긴 건 매우 나쁜 소식인 게 틀림없어."

"그녀 얘기가 아니야. 이모가 이모 얘기를 마리노에게 해야 했어."

"얘기했어. 마리노와 너 그리고 로즈에게 얘기해야 했으니까." 스카페타가 나지막이 말했다.

"그 금화는 6백 달러 정도 나가." 루시가 컴퓨터에 뜬 파일을 닫으며 말했다. "체인 값은 빼고 말이야."

마로니 박사는 비가 추적추적 내리는 산마르코 바실리카 성당 남쪽에 있는 아파트 벽난로 앞에 앉아 있었다. 그곳 사람들은 대개 초록색 고무장화를 신은 반면, 관광객들은 저렴한 노란색 장화를 신었다. 얼마 후 바닷물이 베니스 골목길 위로 올라올 것이다.

"그 시신에 관한 얘기는 들었네." 마로니 박사가 수화기에 대고 벤턴에게 말했다.

"처음에 그 사건은 중요하지 않았는데 어떻게 봤어? 그 사건에 대해선 어떻게 듣게 되었지?"

"오토에게 들었네."

"포마 국장 말이군."

포마 국장과 거리를 유지하기로 결심한 벤턴은 그의 이름조차 거론할 수 없었다.

마로니 박사가 말했다. "오토가 다른 일로 전화했다가 그 사건을 언급했네."

"어떻게 알았다고 하던가? 처음에는 뉴스에 별로 나오지 않았는데."

"경찰이니까 알았겠지."

"경찰이라고 해서 뭐든지 알 수 있단 말인가?" 벤턴이 말했다.

"자넨 그에게 화를 내는군."

"화내는 게 아니라 당혹스러운 거야." 벤턴이 말했다. "그는 경찰에서 일하는 법의학자지. 그 사건의 관할권을 가진 건 지방경찰이 아니라 국립경찰이고, 그래서 그 사건 현장에 처음 도착한 건 국립경찰이었어. 내가 어린아이였을 때 그런 건 '듣도 보도 못한 것'이라고 했고, 사법 기관에서는 '전례가 없다'고 하지."

"글쎄, 뭐라고 해야 하나…. 이탈리아에서는 그런 식이라네. 관할권은 사건 현장에 누가 먼저 도착했고 누구를 불렀느냐에 달려 있지. 하지만 자네가 그렇게 짜증을 내는 건 그 때문이 아닌 것 같군."

"짜증난 거 아니야."

"정신과 의사한테 그런 말을 하다니…." 마로니 박사가 파이프에 불을 붙였다. "자네의 감정 상태를 알려고 전화한 건 아니네. 그럴 필요 없으니까. 자넨 지금 짜증을 내고 있어. 내가 바리 근처에서 죽은 여인의 시신을 본 게 왜 중요한지 말해주게."

"내가 객관적이지 않다고 말하는 것 같군."

"내가 말하고 싶은 건, 자네가 오토에게 위협을 느낀다는 거야. 사건 정황을 좀 더 분명하게 설명해주겠네. 시신은 바리 외곽 고속도로 갓길에서 발견되었고, 처음 그 얘길 들었을 때 난 아무 생각도 하지 않았네. 그녀의 신원이 밝혀지지 않아 창녀라고 추정했지. 경찰은 그 살인사건이 사크라 코로나 유니타라는 푸글리아 마피아 조직과 연결되어 있다고 추측했네. 오토는 갱단들과 상대하는 걸 좋아하지 않기 때문에 지방

경찰이 개입하지 않아 다행이라고 했지. 그는 살인자만큼이나 부패한 희생자에 대해 벌충할 게 없다고 했어. 사건 후 그다음 날, 그는 바리에 있는 법의국 법의학자와 이야기를 나누었다고 내게 말해주었네. 희생자는 오스투니에 있는 디스코텍에서 마지막으로 목격된 캐나다 관광객으로 보인다고 했어. 그녀는 꽤 취한 상태로 남자와 함께 디스코텍을 나갔는데, 다음 날 푸글리아에 있는 흰색 동굴인 그로타 비앙카에서 목격된 여자와 인상착의가 일치했네."

"이번에도 포마 국장이 모든 걸 알고 있고, 세상 사람들 모두 그에게 보고를 하는 것 같군."

"자네는 이번에도 그에게 분개하는 것 같군."

"흰색 동굴에 대해 얘기해보세. 살인자는 상징적인 관련을 만들고 있는 것 같아." 벤턴이 말했다.

"어린 시절 기억에 깊이 잠재된 의식 때문이겠지." 마로니 박사가 말했다. "정신적 외상과 고통에 대한 억눌린 기억. 동굴을 탐험하는 게 그의 노이로제, 정신병, 두려움에 대한 비밀 속으로의 상징적인 여정이라고 해석할 수 있지. 어떤 끔찍한 일이 그에게 일어나면, 자신에게 그런 끔찍한 일이 일어난다는 걸 미리 생각하는 것이지."

"그의 인상착의에 대해서는 어떤 게 기억나? 디스코텍과 동굴에서 그가 희생자와 함께 있던 모습을 목격했던 사람들이 그의 인상착의에 대해 뭐라고 말했어?"

"젊고, 모자를 쓰고 있다고 한 게 전부야." 마로니 박사가 벤턴에게 말했다.

"그게 전부라고? 피부색은?"

"디스코텍이나 동굴 안은 무척 어둡지."

"자네의 환자 기록표를 지금 보고 있는데, 자네 환자는 디스코텍에서 캐나다 여자를 만났다고 했네. 그녀의 시신이 발견된 그다음 날에 언급했는데, 그러고 나서 그에게서 연락이 끊겼어. 그의 피부색은 뭐였나?"

"백인종이었네."

"자네 환자 기록부에 이렇게 적혀 있네. '그 여자를 바리의 길가에 버렸다'라고."

"당시에는 그녀가 캐나다인이라는 게 알려지지 않았네. 그녀의 신원이 밝혀지지 않았고, 지난번에 말했던 것처럼 창녀라고 추정되었어."

"그녀가 캐나다 관광객이라는 걸 알았을 때 사건과 연관시켜 생각하지 않았나?"

"물론 걱정은 했지만 증거가 아무것도 없었어."

"그래, 자네는 환자를 보호해야겠지. 그 캐나다 관광객을 보호하려는 사람은 아무도 없었을 테니까. 그녀의 잘못이라곤 디스코텍에서 약간 지나칠 정도로 흥겹게 즐긴 것과 좋아하는 사람을 만나 믿을 수 있다고 생각한 것뿐이지. 남부 이탈리아에서 보낸 그녀의 휴가는 공동묘지에서 부검되는 것으로 끝났지. 빈민 묘지에 묻히지 않은 게 그나마 행운이었고."

"자넨 매우 조바심을 내고 있어. 화도 났고." 마로니 박사가 벤턴에게 말했다.

"파울로, 자네 앞에 기록이 있으니 기억이 혼란스러워질지도 모르지."

"난 그 기록을 자네에게 넘겨주지 않았는데, 어떻게 그걸 구했는지 모르겠군." 마로니 박사가 계속해서 그 말을 하자 벤턴은 그와 맞닥뜨려야 했다.

"환자 기록을 병원 서버에 저장하면 파일 공유 기능을 차단해야 해." 벤턴이 수화기에 대고 말했다. "하드디스크에 기밀 파일이 있다는 걸 알아내면 곧바로 그 파일에 들어갈 수 있으니까."

"인터넷은 믿을 수 없는 공간이로군."

"그 캐나다 관광객이 죽은 지 거의 1년이 지났어." 벤턴이 말했다. "똑같은 유형으로 시신이 훼손되었고. 드루 마틴에게 그런 일이 일어난 이후에 어떻게 그 사건을 떠올리지 않았던 거지? 어떻게 자네 환자를 생각하지 않았을 수 있어? 시신의 똑같은 부분이 절단되었어. 발가벗은 상태로 재빨리, 그리고 충격적으로 발견된 지점에 버려졌지. 증거도 남기지 않은 채."

"범인이 희생자들을 강간한 것 같지는 않네."

"그가 무슨 짓을 하는지는 알 수 없어. 더구나 희생자들을 차가운 물이 담긴 욕조에 얼마나 오랫동안 강제로 있게 했는지 알 수도 없는 상황이고. 케이와 통화하고 싶어. 자네와 통화하기 바로 전에 전화했는데, 내가 보낸 걸 훑어보기라도 했으면 좋을 텐데."

마로니 박사는 가만히 있었다. 컴퓨터 화면을 바라보는 동안 창문 너머로 비가 세차게 내렸고, 운하의 수위가 높아졌다. 창문을 가리는 덧문을 열자, 보도에 30센티미터 가량 물이 차 올랐다. 오늘은 외출하지 않아도 되어서 다행이었다. 보도가 범람하면 관광객들에게는 즐겁겠지만 그에게는 달갑지 않았다.

"여보세요? 케이?" 벤턴이 다시 말문을 열었다.

"듣고 있어요."

"케이에겐 파일이 있어." 벤턴이 마로니 박사에게 말한 다음 스카페타에게 말했다. "사진 두 장과 다른 파일들 보고 있어?"

"범인이 드루 마틴의 눈을 훼손했지만 바리 근처에서 발견된 여자에게는 그런 증거가 없어요." 스카페타가 곧바로 대답했다. "이탈리아어로 작성한 그녀의 부검 감정서를 보고 있는 중이에요. 이해할 수 있는 부분만 읽고 있어요. 이 부검 감정서를 왜 환자 파일 안에 넣어두었는지 궁금하네요. 환자가 샌드맨 맞죠?"

"셀프 박사가 보낸 이메일에 따르면 그는 자신의 이름이 샌드맨이라고 했소." 마로니 박사가 말했다. "당신도 셀프 박사가 보낸 이메일을 보지 않았나요?"

"지금 보고 있는 중이에요."

"그 부검 감정서가 왜 당신 환자인 샌드맨의 파일 안에 있는 거지?" 벤턴이 다시 한 번 상기시켰다.

"신경이 쓰였기 때문이었지만 증거가 없었네."

"질식사 아니었나요?" 스카페타가 물었다. "점상 출혈로 판단했다는데 다른 건 찾지 못했나요?"

"그녀가 익사했을 가능성도 있지 않을까요?" 마로니 박사는 벤턴이 전송해준 파일을 무릎에 놓은 채 물었다. "그리고 드루도 익사했을 수 있지 않을까요?"

"아니에요, 드루는 절대 익사하지 않았어요. 끈으로 목을 졸랐어요."

"익사했을 수도 있다고 생각하는 이유는 드루 사건에서 욕조가 있었기 때문입니다." 마로니 박사가 말했다. "그리고 최근에 구리 욕조 안에 있는 여자 사진이 발견되었어요. 하지만 내 생각이 틀릴 수도 있겠지요."

"당신은 드루에 대해서는 잘못 생각하고 있지만, 죽기 전에 희생자들이 욕조 안에 들어가 있었다는 점은 나도 동의해요. 다른 증거를 찾지 못하면 익사 가능성에 대해서도 고려해야겠지요. 하지만 드루의 사인은 익사가 아니라고 확실히 말씀드리죠." 스카페타가 재차 말했다. "하지만 그렇다고 해서 바리에서 발견된 희생자가 익사하지 않았다는 건 아니에요. 우린 구리 욕조에서 발견된 희생자에게 어떤 일이 일어났는지 알 수 없어요. 유감스럽지만 그녀가 죽었다는 사실도 분명히 말할 수 없어요."

"그녀는 마약을 한 것 같아." 벤턴이 말했다.

"의문의 세 여자에게 공통점이 있다는 의구심이 강하게 들어요." 스카페타가 말했다. "바리에서 발견된 희생자는 혈중 알코올 농도가 법적 허용치의 세 배에 달했어요. 드루는 법적 허용치의 두 배가 넘었고요."

"범인이 희생자들을 조종할 수 있도록 하기 위해서였겠지." 벤턴이 말했다. "그럼 바리에서 발견된 희생자가 익사했을 거라는 단서는 전혀 없어? 사건 보고서에도 전혀 없어? 규조(硅藻)류는?"

"규조류?" 마로니 박사가 물었다.

"현미경으로 관찰하자 해조류가 나왔어요." 스카페타가 말했다. "누군가가 확인해야 하는데, 익사일지도 모른다고 추정하지 않으면 확인하지 않았을 거예요."

"어떻게 그럴 수 있죠? 희생자는 갓길에서 발견되었는데." 마로니 박사가 말했다.

"규조류는 어디에든 있어요." 스카페타가 말했다. "물속에도 있고 공기 중에도 있어요. 골수나 내장 기관을 검사하면 중요한 정보를 얻을 수 있죠. 마로니 박사, 당신 말이 맞아요. 어떻게 그럴 수 있을까요? 바리에서 발견된 희생자는 범인이 기회를 엿보다 노린 희생자일 거라는 생각이 들어요. 범인이… 이제부터 범인을 샌드맨이라고 부를게요."

"당시 그가 자신을 어떻게 불렀는지 모릅니다." 마로니 박사가 말했다. "내 환자는 그 이름을 언급한 적이 한 번도 없어요."

"명료하게 하기 위해 그를 샌드맨이라고 부를게요." 스카페타가 말했다. "그는 술집과 디스코텍, 관광지를 돌아다녔을 거예요. 불행하게도 희생자가 나쁜 시간, 나쁜 장소에 있었던 거죠. 하지만 드루 마틴의 경우에는 무작위로 선택한 게 아닐 거예요."

"우리도 명확하게는 알 수 없어요." 마로니 박사가 파이프 담배를 피우며 말했다.

"난 명확하게 알 수 있어요." 스카페타가 반박했다. "그는 작년 가을 드루 마틴에 관한 이메일을 쓰기 시작했어요."

"그가 범인이라고 생각하는군요."

"그는 드루 마틴을 살해하는 몇 시간 동안 욕조에서 찍은 사진을 셀프 박사에게 보냈어요." 스카페타가 말했다. "그걸 보면 그가 범인임을 알 수 있죠."

"드루 마틴의 눈이 어땠는지 자세히 말해줘요." 마로니 박사가 스카페타에게 말했다.

"이 보고서에 따르면 범인은 캐나다인 희생자의 눈을 훼손하지 않았어요. 하지만 드루의 눈알은 빼내고 안구에 모래를 집어넣고는 눈꺼풀에 접착제를 발라 닫았어요. 그나마 다행인 것은 사후에 그런 짓을 저질렀다는 겁니다."

"가학성 변태 성욕이 아니라 상징적인 행동이지." 벤턴이 말했다.

"샌드맨은 안구에 모래를 흩뿌리고는 희생자를 잠들게 한 거죠." 스카페타가 말했다.

"나도 그 점을 지적하고 싶어요." 마로니 박사가 말했다. "프로이드와 융이 말한 잠재의식과 관련이 있어요. 우리가 이 사건에 내포된 심층 심리학을 무시하는 건 위험한 일입니다."

"난 어느 것도 무시하지 않네. 자네가 자네 환자에 대해 아는 걸 무시하지 않았으면 좋겠어. 자네 환자가 관광객 살인과 관련 있을지도 모른다고 걱정하면서도 아무 말도 하지 않잖아." 벤턴이 말했다.

상대방의 실수와 책임을 넌지시 암시하는 논쟁이 이어졌다. 세 사람의 대화가 계속되는 동안 베니스는 범람했다. 잠시 후, 스카페타는 연구실에서 작업 중이니 더 이상 할 말이 없으면 그만 전화를 끊겠다고 했다. 그녀가 전화를 끊자 마로니 박사는 다시 자신을 방어하기 시작했다.

"그러면 내 환자의 권리를 침해하게 되었을 거야. 내겐 어떤 증거나 흔적도 없었네." 마로니 박사가 벤턴에게 말했다. "자네도 관례를 알고 있잖아. 환자가 폭력적인 암시를 하거나 폭력적인 행동을 언급한다고 해서, 그걸 모두 사실이라고 믿는다면 매일 경찰에 환자를 신고해야 할 걸세."

"내가 생각하기에 그 환자를 경찰에 신고했어야 했고, 그에 관해 셀프 박사에게 물어봤어야 했어."

"벤턴, 자네는 더 이상 사람들을 체포할 수 있는 FBI 요원이 아니네. 자넨 정신병원에서 일하는 법정 심리학자이고 하버드 의과대학 교수진 소속이지. 자네가 제일 먼저 충실해야 할 대상은 환자야."

"더 이상 그럴 수 없을지도 모르겠어. 셀프 박사가 두 주 동안 입원한 이후에 어떤 것도 예전 같지 않아. 자네도 마찬가지고. 자네가 자네 환자를 보호하는 동안 적어도 두 명의 여자가 목숨을 잃었어."

"그가 범행을 저질렀다면 그렇겠지."

"그자가 범행을 저질렀어."

"셀프 박사에게 이 이미지를 보여줬을 때 어떤 반응을 보였는지 말해줘. 드루가 이탈리아 양식으로 보이는 오래된 욕실의 욕조에 있는 사진 말이네." 마로니 박사가 말했다.

"로마나 로마 근처인 게 분명해." 벤턴이 말했다. "드루는 로마에서 살해된 것으로 추정할 수 있어."

"그리고 이 두 번째 이미지는?" 마로니 박사는 셀프 박사의 이메일 안에 있는 두 번째 파일을 클릭했다. 구리 욕조 안에 있는 여자 사진이었다. 긴 검은 머리에 30대로 보였다. 부풀어 오른 입술에는 피가 묻어 있었고 오른쪽 눈은 부어올라 감겨 있었다. "샌드맨이 최근에 보낸 사진을 보고 셀프 박사는 뭐라고 말했나?"

"이 사진을 받을 당시 그녀는 MRI 검사를 받고 있었어. 검사 후 나중에 그녀에게 사진을 보여주었지. 그녀의 주요 관심사는 우리가 자신의 이메일을 해킹했고 자신의 법적 권리와 HIPAA 법안을 침해했다는 거였어. 그녀는 루시의 해킹으로 자기가 맥린 병원에 있다는 사실이 외부에 알려질 거라고 비난했어. 루시를 어떻게 비난했는지 궁금하군."

"그녀가 비난받을지 궁금하군."

"셀프 박사가 웹사이트에 올린 내용 봤어? 루시가 고백했다고 하는데, 그녀가 뇌종양에 걸린 사실을 자유롭게 얘기하고 있어."

"루시가 그랬다고?" 그 사실에 대해서 전혀 몰랐던 마로니 박사는 깜짝 놀랐다.

"루시는 그러지 않았을 거야. 셀프 박사는 루시가 맥린 병원에 주기적으로 검진받으러 온다는 걸 알고, 루시를 괴롭히려는 저의로 그 고백 글을 꾸며서 웹사이트에 올린 거야."

"루시는 어때?"

"어떨 것 같아?"

"셀프 박사는 구리 욕조에 있는 이 두 번째 여자 사진을 보고 또 어떤 말을 했나? 그녀가 누구인지는 전혀 알 수 없나?"

"누군가가 셀프 박사에게 루시가 그녀의 이메일을 해킹했다는 생각을 주입한 게 분명한데, 정말 이상해."

"구리 욕조 안에 있는 여자." 마로니 박사가 재차 말했다. "어둠 속 계단에서 마주쳤을 때 셀프 박사는 뭐라고 말했나? 무언가 말했을 텐데." 마로니 박사는 벤턴의 대답을 기다리며 파이프에 다시 불을 붙였다.

"그녀가 계단에 있었다고 말한 적 없는데."

마로니 박사가 미소 지으며 담배 연기를 내뿜자 파이프 안의 담뱃불이 발갛게 달아올랐다. "그럼 다시 묻겠네. 이 사진을 보여줬을 때 그녀는 뭐라고 말했나?"

"그 사진이 진짜냐고 물었네. 난 그 사진을 보낸 사람의 컴퓨터 파일을 보지 않고는 알 수 없다고 대답했어. 하지만 사진은 진짜처럼 보여. 그림자나 이상한 조명, 원근법 조작이나 날씨를 조작한 흔적도 없는 것 같고."

"맞아, 조작한 것 같지는 않아." 마로니 박사가 컴퓨터 화면을 자세히 들여다보며 말했다. 창문 너머로 빗방울이 떨어지자 건물 벽에 물이 튀었다. "내가 보기엔 그렇네."

"셀프 박사는 조작된 계략일 수 있다고 주장했어. 난 드루 마틴의 사진은 조작된 계략이 아니라 실제라고 말했지. 그녀는 죽었으니까. 그리고 두 번째 사진 속의 여자 역시 죽었다고 말했어. 마치 누군가가 셀프 박사에게 닥치는 대로 말하는 것 같았는데, 이번 경우뿐만이 아니야. 누구인지 궁금해."

"그리고 그녀는 뭐라고 말했나?"

"자기 잘못이 아니라고 했어." 벤턴이 말했다.

"그리고 루시가 우리에게 이 정보를 알려주었지. 그녀는 알지도 몰라…." 마로니 박사가 이야기를 꺼내려 하자 벤턴이 선수를 쳤다.

"루시는 어디에서 사진을 보낸 것인지 설명했어. 셀프 박사의 이메일에 들어가 샌드맨의 IP 주소를 알아냈어. 그녀가 상관하지 않은 증거가 더 나온 셈이지. 그녀는 직접 그 IP 주소를 추적할 수도 있었고 다른 사람한테 시킬 수도 있었지만, 그렇게 하지 않았어. 그녀는 그런 생각조차 하지 않았던 것 같아. IP 주소를 추적하자 찰스턴의 어느 지역이었는데, 항구였어."

"정말 흥미롭군."

"자넨 활짝 열려 있고 솔직하군." 벤턴이 말했다.

"활짝 열려 있고 솔직하다니, 그게 무슨 뜻인지 모르겠군."

"루시가 항구에서 컴퓨터와 무선 네트워크 등 모든 일을 관리하는 담당자와 얘기해봤어." 벤턴이 말했다. "루시의 말에 따르면, 중요한 건 샌드맨의 IP가 항구의 어느 MAC(Machine Address Code)와도 일치하는 않는다는 사실이네. 샌드맨이 이메일을 보낼 때 사용한 컴퓨터는 항구에 있는 컴퓨터가 아니야. 그건 그가 그곳에서 일하지 않는다는 것을 뜻하지. 루시는 몇 가지 가능한 시나리오를 내놨어. 그는 여객선이나 화물선을 타고 내리는 사람일 수 있고, 배가 부두에 잠시 머무를 때 항구의 네트워크를 몰래 이용했을 수도 있지. 만약 그런 경우라면 여객선이나 화물선 회사 직원이고, 찰스턴 항구에 갈 때마다 셀프 박사에게 이메일을 보낸 게 분명해. 루시가 셀프 박사의 이메일 함에서 찾아낸 이메일은 모두 스물일곱 통이었는데, 모두 항구의 무선 네트워크를 통해 보냈어. 구리 욕조에 누운 여자 사진이 첨부된 최근에 받은 이메일도 마찬가지고."

"그렇다면 그는 지금 찰스턴에 있는 게 분명해." 마로니 박사가 말했다. "항구 주변을 감시하는 게 좋겠어. 그러면 잡을 수 있을 테니까."

"그는 매사에 무척 조심할 게 분명해. 지금 당장은 경찰을 개입시킬 수 없어. 그는 겁을 먹을 거야."

"분명 여객선이나 화물선이 오가는 일정이 있을 거야. 그가 셀프 박사에게 이메일을 보낸 날과 겹치는 날은 없어?"

"겹치기도 하고 그렇지 않기도 해. 배를 타고 내린 일정이 그가 이메일을 보낸 날짜와 일치하는지 확인해보니까, 어떤 날은 일치하고 어떤 날은 일치하지 않았네. 그러고 보면 그는 어떤 이유로 찰스턴에 있거나 혹은 심지어 그곳에 살면서 항구 네트워크 근처에 차를 세워두고 몰래 사용했을 수도 있을 거라는 확신이 들어."

"이제 그쯤 해두지." 마로니 박사가 말했다. "난 무척 오래된 세상에 살고 있네." 그는 다시 파이프에 불을 붙였다. 그가 파이프를 즐겨 피우는 이유 중 하나는 파이프에 불을 붙이는 즐거움 때문이었다.

"스캐너를 갖고 운전하고, 휴대전화로 사람들을 추적하는 것과 유사하지." 벤턴이 설명했다.

"이것 역시 셸프 박사의 잘못은 아닌 것 같군." 마로니 박사가 서글프게 말했다. "범인은 작년 가을부터 찰스턴에서 이메일을 보내왔고, 셸프 박사는 그걸 알고 누군가에게 말했을 것이네."

"샌드맨을 언급하면서 자네에게 말했을 수도 있어."

"그럼 그녀는 이메일이 찰스턴과 연관되어 있다는 걸 안단 말인가?"

"셸프 박사에게 말했네. 그녀가 어떤 걸 기억해내서 우리에게 도움이 될 만한 정보를 알려주기를 바랐으니까."

"샌드맨이 찰스턴에서 계속 이메일을 보냈다는 말을 듣고 셸프 박사는 뭐라고 말하던가?"

"그건 자기 잘못이 아니라고 말하더군." 벤턴이 말했다. "그런 다음 리무진을 타고 공항으로 가서 전용기에 올라탔네."

16

침묵

박수 소리와 음악 소리 그리고 셸프 박사의 목소리가 들렸다. 그녀의 웹사이트였다. 맥린 병원에서 이뤄진 루시의 뇌 검사 과정, 그녀가 어떤 이유로 뇌종양에 걸렸고 그 상태로 살아가는 게 어떤지에 대해 쓴 거짓 고백 글을 읽은 스카페타는 비통함을 감출 수 없었다. 스카페타는 그 거짓 글을 너무 많이 읽었고, 루시는 이모의 심적 동요가 자신이 느껴야 하는 감정보다 더 침착하다는 생각이 들었다.

"내가 할 수 있는 건 아무것도 없어. 이미 엎질러진 물이야." 루시가 부분적으로 채취한 지문을 디지털 이미징 시스템에 넣어 자세히 살피며 말했다. "심지어 어떤 걸 보내지 않을 수도, 공고하지 않을 수도 없어. 상황을 직시하는 한 가지 방법은 밖으로 드러나는 걸 더 이상 두려워하지 않는 거야."

"드러난다고? 그렇게 표현할 수도 있겠네."

"내 생각에 신체적인 질병이 있는 건 내가 사람들의 눈에 드러난 어떤 것보다 더 나빠. 그러니 사람들이 알게 되고 그걸 극복하는 게 더 나을 수도 있지. 믿음이 생기면 안도감이 드니까. 무언가를 숨기지 않아도 되는 게 더 낫지 않겠어? 우습게도 사람들이 알게 되자 오히려 예상치 못한 선물을 받게 된 것 같아. 신경 써주는지 몰랐던 사람들이 손을 내밀고, 과거에 알고 지내던 사람들이 다시 연락하기도 하고. 마침내 다른 이야기들이 잦아들고, 더 이상 간섭하지 않는 사람들이 생기고."

"누굴 말하는 거야?"

"별로 놀라운 일도 아닌데 뭘."

"선물이든 그렇지 않든 셀프 박사는 그럴 권리가 없어." 스카페타가 말했다.

"이모 자신의 말에 귀 기울여."

스카페타는 아무 말도 하지 않았다.

"이모의 잘못은 아닌지 생각하는 거잖아. 내가 악명 높은 스카페타 박사의 조카가 아니라면 사람들은 관심이 없었겠지. 이모는 모든 걸 자기 잘못으로 돌리고 그걸 해결하려 애쓰지." 루시가 말했다.

"더 이상 못 보겠어." 스카페타는 로그아웃 했다.

"그건 이모 잘못이야. 나도 꽤 힘든 시간을 보내고 있어." 루시가 말했다.

"인터넷 비방을 전문적으로 맡는 변호사를 알아봐야겠어. 인터넷을 통한 명예훼손은 잘 규제되지 않는데 마치 무법천지 같아."

"내가 그 글을 쓰지 않았다는 걸 증명하도록 애써. 이모 자신에 대한 뭔가에 집중하고 싶지 않다는 이유로 나한테 집중하지는 마. 오전 내내 이모 혼자 있게 해주었는데 그걸로 충분해. 더 이상은 그럴 수 없어."

스카페타는 카운터톱을 청소하며 물건을 치우기 시작했다.

"난 여기에 앉아 침착하게 너와 통화했어. 벤턴과 마로니 박사와도.

그런데 넌 어떻게 부인하고 회피하고 싶은 마음을 꾹 눌러 참을 수 있니?"

스카페타는 강철 소재 세면대에 물을 틀었다. 사진 촬영 말고는 별다른 일을 하지 않은 청결한 연구실 안이 아니라, 그곳에서 부검이라도 마친 양 손을 문질러 씻었다. 루시는 이모의 손목에 난 멍 자국을 알아차렸다. 그녀는 자신이 좋아하는 건 뭐든지 시도할 수 있었지만 그걸 감출 수는 없었다.

"그 나쁜 사람을 남은 평생 동안 보호해줄 작정이야?" 루시가 말하는 나쁜 사람은 마리노를 뜻했다. "알았어, 나한테 대답하지 마. 아저씨와 나의 가장 큰 차이점은 그리 분명하지 않을 테니까. 난 셸프 박사가 내게 치명적인 일을 하도록 내버려두지 않을 거야."

"치명적인 일? 나도 그러지 않길 바라. 네가 그 단어를 사용하지 않았으면 좋겠어." 스카페타는 금화 펜던트와 목걸이를 다시 담느라 여념이 없었다. "치명적인 일이라니, 무슨 얘길 하는 거야?"

루시는 연구실 가운을 벗어 닫힌 문에 걸었다. "도저히 복구할 수 없는 일에 날 몰아넣고 즐거워하도록 내버려두지는 않을 거야. 난 마리노 아저씨가 아니야."

"이걸 당장 DNA 연구실로 보내야 해." 스카페타가 증거물 테이프를 찢어 봉투를 봉하며 말했다. "모든 증거물을 본래 상태로 유지하기 위해 직접 전해줄 건데, 36시간이면 되겠지? 곤란한 사정만 없으면 더 빨리 건네줄 수도 있을 거야. 분석이 늦어지지 않았으면 좋겠는데, 왜 그런지는 너도 이해할 거야. 누군가 권총을 들고 날 찾아올 수도 있으니까."

"리치먼드에 있던 때가 기억나. 버지니아 대학교를 다닐 때 크리스마스를 맞아 이모 집에 갔는데, 내 친구 한 명을 데려갔지. 마리노는 내가 보는 앞에서 그녀를 때렸어."

"언제 말이야? 마리노가 그런 짓을 한 게 한 번이 아니잖아." 스카페타는 루시가 예전에 한 번도 보지 못한 표정을 지었다.

스카페타는 서류를 작성하고 계속 이것저것 바쁘게 일했다. 루시를 쳐다볼 수 없어 그녀를 보지 않으려고 어떤 일이든 하는 것 같았다. 루시는 이모가 화를 내고 수치스러워하는 모습을 본 기억이 없었다. 화를 내는 모습은 몰라도 수치스러워하는 모습은 본 적 없었다. 루시는 그렇지 않아도 나쁜 기분이 더 악화되었다.

"마리노 아저씨는 잘 보이고 싶은 여자들과 함께 있는 걸 감당하지 못해. 항상 원하던 대로 좋은 인상을 주지 못하는데, 그보다 더 나쁜 건, 아저씨의 그 허술한 방식 말고 우린 아무 관심도 없었다는 사실이지." 루시가 말했다. "우린 아저씨와 한 사람 대 다른 사람으로 관계 맺길 원했지만 아저씨는 어떻게 했어? 내가 보는 앞에서 내 여자 친구를 더듬으려 했어. 물론 술이 취한 상태였지만."

루시가 작업대에서 일어나 카운터로 가자, 스카페타는 서랍에서 컬러 마커를 꺼내 뚜껑을 열고 잉크가 마르지 않았는지 확인했다.

"난 참을 수 없었어." 루시가 말했다. "나도 맞서 싸웠어. 당시 열여덟 살이던 나는 그에게 욕을 했어. 더 심하게 하지 않은 게 그나마 그에게 행운이었지. 이모, 그렇게 다른 데 정신을 쏟으면 상황이 달라지기라도 해?"

루시는 이모의 손을 잡아 옷소매를 가볍게 올렸다. 양쪽 손목이 선명한 붉은색으로 변해 있었다. 강철 수갑을 채운 것처럼 조직이 깊게 손상된 것 같았다.

"네가 신경 써주는 건 알지만 이번 일은 상관하지 마." 스카페타가 손목을 빼고 소매를 내리며 말했다. "루시, 날 그냥 내버려둬."

"그가 이모한테 무슨 짓을 한 거야?"

스카페타는 말없이 자리에 앉았다.

"내게 모든 걸 말해봐." 루시가 말했다. "셀프 박사가 마리노 아저씨를 화나게 하려고 어떤 짓을 했는지는 상관없어. 그가 쉽게 걸려든다는 건 우리 두 사람 모두 잘 아니까. 아저씨는 너무 멀리 가서 되돌아올 수 없었을 거고, 이번에도 예외는 아니었을 거야. 내가 아저씨를 응징할 거야."

"그 일은 내가 알아서 할게."

"이모는 알아서 하지도 않잖아. 앞으로도 마찬가지일 거야. 아저씨를 위해 항상 변명을 늘어놓잖아."

"그렇지 않아. 하지만 그를 응징하는 게 해결책은 아니야. 그게 무슨 소용이 있겠니?"

"도대체 무슨 일이 있었던 거야?" 루시는 침착하고 차분해 보였다. 하지만 아무것도 할 수 없을 때 그렇듯 마음속은 먹먹해졌다. "마리노 아저씨는 밤새 이모 집에 있었어. 도대체 무슨 짓을 한 거야? 이모가 원치 않는 일을 한 건 확실해. 그렇지 않으면 이렇게 멍 자국이 생기지는 않았을 테니까. 이모는 아저씨에게 바라는 게 아무것도 없을 테니, 아저씨가 이모에게 뭔가를 강요한 거야, 그렇지? 이모 손목을 움켜잡고 무슨 짓을 한 거야? 이모 목에도 상처가 있어. 아저씨가 또 무슨 짓을 한 거야? 쓰레기 같은 여자들과 자는 아저씨가 어떤 병에 걸렸는지 알 수가 있어야지…."

"그렇게 멀리까지 가지는 않았어."

"그렇게 멀리라는 게 무슨 뜻이야? 아저씨가 무슨 짓을 했어?" 루시는 질문을 하는 게 아니라 더 설명을 요구하는 사실을 지목하듯 말했다.

"그는 술에 취했어." 스카페타가 말했다. "사람을 공격적으로 만들 수 있는 테스토스테론을 복용한 것 같은데, 얼마나 많은 양을 복용했느냐에 따라 다르겠지. 그는 중용이라는 걸 모르잖아. 항상 과도하게 복용하고 지나치게 많이 하지. 네 말이 맞아. 지난주에 그는 술을 마시고 담배를 피웠어. 마리노는 늘 경계를 지키지 못하는데 이젠 경계가 없어져 버렸어. 결국 이렇게 돼버렸으니까."

"결국 이렇게 돼버렸다고? 오랜 세월 동안 함께 한 아저씨가 결국 이모에게 성폭력을 가했다고?"

"그런 모습은 본 적 없어. 내가 아는 사람 같지 않았어. 공격적이고 화를 내고 통제 불가능이었어. 나보다 그를 더 걱정해야 할 것 같아."

"그런 이야기라면 꺼내지도 마."

"그를 이해하려고 노력해봐."

"아저씨가 무슨 짓을 했는지 말해줘야 이해할 거 아니야." 루시는 아무것도 할 수 없을 때처럼 단조로운 어조로 말했다. "아저씨가 무슨 짓을 했어? 이모가 질문을 회피할수록 난 아저씨를 더 벌주고 싶어. 그러면 상황은 더 나빠지겠지. 케이 이모, 내 말 진심인 거 알지?"

"마리노는 어느 정도까지 갔다가 멈추고는 울기 시작했어." 스카페타가 말했다.

"어느 정도가 어디까지야?"

"그것에 관해선 얘기할 수 없어."

"그래? 경찰에 신고했으면 자세한 사항을 물었을 거야. 이모도 잘 알잖아. 한 번 폭력을 행사하면 다시 폭력을 행사하는 법. 모든 걸 말하면 경찰들은 그 일이 일어난다고 상상하며 슬그머니 일에서 손을 떼지. 강간 사건을 찾아 여기저기 법정을 쫓아다니는 성도착자들은 뒷좌석에 앉아 세부적인 이야기를 귀 기울여 듣지."

"왜 갑자기 느닷없이 그런 얘길 하는 거야? 그건 나와 아무 상관없어."

"혹시라도 경찰에 신고해서 마리노가 성폭행으로 고발되면 어떻게 되었을 것 같아? 결국 법정에 설 거고, 사람들에게 어떤 구경거리가 될지는 아무도 모르는 거야. 사람들은 자세한 이야기에 귀 기울이며 온갖 상상을 할 거야. 어떤 의미에서 그건 사람들 앞에 벌거벗는 것 같을 거고, 성적인 대상으로 보이는 치욕을 겪게 돼. 케이 스카페타 박사가 벌거벗은 채 온 세상의 구경거리가 되는 거지."

"그 정도까지 가지는 않았어."

"정말이야? 목에 타박상 자국이 있으니 셔츠 단추 좀 열어봐. 뭘 숨기는 거야?" 루시는 스카페타의 셔츠 단추에 손을 뻗어 열려고 했다.

스카페타는 루시의 손을 밀어내며 말했다. "넌 법의학 간호사도 아니니 그만해. 더 이상 화나게 하지 마."

루시의 마음속에서 분노가 끓어오르기 시작했다. 마음속과 양발, 양손에서 분노가 끓어오르는 것 같았다. "이 일은 내가 맡을게."

"난 네가 이 일을 맡는 걸 원치 않아. 넌 이미 마리노의 집을 침입해 수색했어. 난 네가 일을 처리하는 방식을 알고, 나 스스로 알아서 하는 방법을 알아. 마리노와 네가 서로 맞설 필요는 없어."

"그가 무슨 짓을 했어? 멍청한 술주정뱅이 아저씨가 도대체 무슨 짓을 한 거야?"

스카페타는 아무 말 없었다.

"마리노 아저씨는 그 쓰레기 같은 여자친구에게 이모가 일하는 건물을 구경시켜 주었어. 벤턴 아저씨와 난 그의 일거수일투족을 화면을 통해 보았고, 공시소에서 발기하는 모습도 두 눈으로 똑똑히 봤어. 놀랄 일도 아니지. 호르몬 젤을 발라 발기하고는 자기 나이의 절반도 안 되는 그 여자를 즐겁게 해주겠지. 그러고 나서 이모한테도 그 짓을 한 거고."

"그만해."

"그만하지 않을 거야. 무슨 짓을 한 거야? 이모 옷을 찢었어? 그럼 옷은 증거물이 될 거야. 그 옷 어디 있어?"

"그만해, 루시."

"어디 있어? 이모가 입고 있던 옷이 필요해. 그 옷 어떻게 했어?"

"넌 상황을 더 나쁘게 만들고 있어."

"그 옷을 내다 버렸지, 그렇지?"

"내가 알아서 할게."

"성폭력을 휘두른 건 중죄야. 이모는 벤턴 아저씨에게도 말하지 않을 거고 나한테도 말하려 하지 않아. 로즈라도 내게 말했어야 했어. 의심스럽다는 말이라도 해줘야 했어. 이모, 도대체 왜 그래? 난 이모가 강인한 여자라고 생각했어. 평생 그렇게 생각했어. 하지만 아저씨에게 그런 일을 당하고도 아무 말도 하지 않잖아. 왜 아저씨가 그런 짓을 하도록 내버려뒀어?"

"중요한 건 바로 그 점이야."

"왜 그렇게 내버려뒀어?"

"중요한 건 바로 그 점이야. 이제 네 잘못에 대해 얘기해보자." 스카페타가 말했다.

"나한테로 화제 돌리지 마."

"경찰에게 신고할 수도 있었어. 그의 권총이 근처에 있었고, 그를 죽였어도 정당방위로 인정받았을 거야. 내겐 여러 선택권이 있었어." 스카페타가 말했다.

"그런데 왜 아무것도 하지 않았던 거야?"

"난 최악의 사태를 피하는 게 옳다고 생각했어. 다른 선택을 했더라면 최악의 사태로 치달았을 거야." 스카페타가 말했다. "넌 네가 왜 이러는지 알잖아."

"내가 뭘 하는지 얘기하는 게 아니잖아. 이모가 뭘 했는지 얘기 중이잖아."

"네 엄마, 불쌍한 내 여동생 때문이야. 집에 이 남자 저 남자를 불러들이는 건 남자한테 의존하는 것보다 더 나빠. 네 엄마는 남자 중독이었지." 스카페타가 말했다. "네가 한번은 나한테 뭐라고 물었는지 기억나? 남자들이 왜 항상 너 자신보다 더 중요하냐고 물었어."

루시는 주먹을 움켜쥐었다.

"네 엄마가 만난 모든 남자는 너 자신보다 더 중요하다고 말했고, 네 말이 옳았어. 내가 너한테 말해준 이유 기억나니? 도로시는 텅 빈 그릇 같아. 너를 담는 그릇이 아니라 자신을 담는 그릇이지. 집에서 일어나는 일을 보며 넌 항상 폭행당했다고 느꼈지…." 스카페타는 말끝을 흐렸다. 푸른 눈동자에 그림자가 드리웠다. "무슨 일이라도 있었니? 엄마의 남자친구가 너한테 나쁜 짓을 한 적 있어?"

"난 관심받고 싶었던 것 같아."

"어떤 일이 있었는데?"

"아무것도 아니야."

"어떤 일이었어, 루시?" 스카페타가 말했다.

"아무것도 아니야. 지금 내 얘기를 하는 게 아니잖아. 난 어린아이였어. 하지만 이모는 지금 어린아이가 아니잖아."

"어린아이라면 어떻게 맞서 싸울 수 있겠니?"

그들은 한동안 말이 없었다. 두 사람 사이의 긴장감이 갑자기 느슨해졌다. 루시는 더 이상 이모와 싸우고 싶지 않았다. 평생 어느 누구에게보다 마리노에게 더 화가 난 건, 이모에게 버릇없이 대들었기 때문이다. 아무것도 하지 않고 묵묵히 고통을 견딘 이모에게 따뜻하게 대해주지 못했다. 마리노는 절대 아물지 않는 루시의 상처를 건드렸고, 루시는 상황을 더 나쁘게 만들었다.

"내가 함께 있었으면 좋았을 텐데." 루시가 말했다.

"네가 항상 상황을 해결할 수 있는 건 아니야." 스카페타가 말했다.

"너와 난 다른 점보다 비슷한 점이 더 많아."

"드루 마틴의 코치가 헨리 홀링스 장의사에 다녀갔어." 루시가 화제를 바꾸었다. 더 이상 마리노 이야기를 하면 안 되었기 때문이다. "주소는 그의 포르셰 GPS에 저장되어 있어. 이모가 그 검시관과 부딪히고 싶지 않으면 내가 확인해볼게."

"아니, 이제 그와 만나야 할 시간이 된 것 같아." 스카페타가 말했다.

사무실에는 세련된 고가구가 놓여 있었고, 능직 휘장은 바깥이 보이도록 쳐두었다. 마호가니 패널을 댄 벽에는 헨리 홀링스 선조들의 유화 초상화가 죽 걸려 있었는데, 음울해 보이는 인물들은 자신들의 과거를 뒤돌아보는 듯했다.

그는 회전의자에 앉아 창을 바라보고 있었다. 창 너머에는 완벽하게 단장한 찰스턴의 정원이 있었다. 그는 스카페타가 문간에 서 있는 걸 알아차리지 못하는 것 같았다.

"당신이 좋아할 만한 게 있소." 그는 남부 억양이 짙은 부드러운 목소리로 전화 통화를 하고 있었다. "바로 그런 경우를 위해 납골 항아리를 만들었는데, 대부분의 사람들이 알지 못하는 대단한 혁신이지요. 미생물에 의해 분해되고, 물에 용해되고, 화려하거나 비싸지도 않고…. 맞아요, 수장을 계획하고 있다면… 그렇습니다. 유골을 바다에 뿌리고… 그렇지요. 유골함에 넣기만 하면 사방에 퍼져 나가는 걸 막을 수 있지요. 똑같아 보이지 않을 거라는 점은 이해합니다. 물론 의미 있는 걸 선택하면 되고, 가능한 어떤 방법으로든 도와드리지요…. 네, 맞습니다, 그게 바로 내가 권하는 겁니다…. 그렇죠, 유골이 사방에 퍼지는 걸 원치 않을 텐데, 그걸 어떻게 상세히 표현할 수 있겠어요? 배에 탄 채 날리면 유감이지요."

그는 유감스럽다는 듯 몇 마디를 덧붙이고 전화를 끊었다. 통화를 마치고 뒤돌아 스카페타가 서 있는 모습을 보고도 그는 놀라지 않았다. 스카페타가 그에게 먼저 전화했고, 그는 그녀를 기다리고 있었다. 그녀가 자신의 통화 내용을 들었을 거라 생각했지만, 그는 신경 쓰이지도 않았고 기분 나쁘지도 않았다. 무척 사려 깊고 친절해 보이는 그의 모습을 보자 스카페타는 약간 당혹스러웠다. 억측일 수도 있지만 그녀는 그가 탐욕스럽고, 겉으로만 친절하고, 자만심으로 가득 차 있을 거라고 짐작했었다.

"어서 오세요, 스카페타 박사님." 그는 미소 지으며 자리에서 일어나, 잘 정돈된 책상을 돌아 나와 그녀와 악수를 했다.

"급하게 연락드렸는데 시간 내주셔서 감사합니다." 그녀가 옆에 놓인 의자에 앉자 그는 소파에 앉았다. 그가 어디에 앉을지 결정하는 건 중요했다. 그녀를 압도하거나 얕잡아 보려면 원래 앉아 있던 커다란 책상 의자에 그대로 앉아 있었을 것이다.

헨리 홀링스는 눈에 띄는 외모였다. 직접 제단해서 만든 근사한 짙은색 재킷에 주름이 약간 진 바지, 검정색 실크 소재의 싱글 재킷에 연하늘색 셔츠를 입고 있었다. 머리칼은 은색 실크 넥타이처럼 은발이었다. 주름이 졌지만 눈에 거슬리지 않았고, 찡그리기보다는 미소를 지어 생긴 주름 같았다. 눈빛은 선해 보였다. 그녀가 예상했던 교활한 정치가의 모습과는 거리가 멀자, 그게 바로 교활한 정치가들의 문제점이라는 생각이 들었다. 그들은 사람들을 바보로 만든 다음 곧바로 이용한다.

"솔직하게 말하죠." 스카페타가 말했다. "내가 이곳에 왔다는 걸 알 수 있는 기회가 많았을 텐데 거의 2년이 지났군요. 그 이야기부터 하고 다음 이야기로 넘어가죠."

"내가 당신을 찾아가는 게 주제넘은 일인 것 같아서요." 그가 말했다.

"아니요, 반가웠을 거예요. 난 이곳에 새로 왔고 우린 같은 일을 하니까요. 혹은 그래야 하는지도 모르겠군요."

"솔직하게 말해줘서 고맙군요. 그럼 나도 자세히 설명해 드리겠습니다. 찰스턴 사람들은 동향인 중심적인 경향이 있고, 타 지역 사람들이 오면 시간을 갖고 느긋하게 지켜보지요. 이곳에서는 일이 그렇게 빨리 진행되지 않는다는 걸 아마 지금쯤은 알아차렸을 겁니다. 아, 이곳 사람들은 걸음도 빠르지 않지요." 그가 소리 없이 웃으며 말을 이었다. "그래서 난 당신이 찾아올 생각이 있다면 먼저 찾아오기를 기다렸지요. 당신이 먼저 찾아오지 않을 줄 알았어요. 더 자세히 설명해줄까요? 당신은 법의학자입니다. 게다가 명망 높은 법의학자이신데, 당신 같은 사람들은 주로 검시관을 대수롭지 않게 여기지요. 대개 우리 같은 검시관은 의사도 아니고 법의학 전문가도 아니지요. 당신이 이곳에서 사무실을 열었을 때 나에 대해 방어적인 감정을 가질 거라 짐작했습니다."

"그렇다면 우리 두 사람 모두 상대방에 대한 억측을 갖고 있었군요." 스카페타는 그를 의심하지 않을 것이고, 적어도 의심하지 않은 척 가장할 것이다.

"찰스턴 사람들은 남의 말을 하기 좋아하죠." 스카페타는 그의 모습을 보며 허리를 꼿꼿하게 편 채 양손은 무릎에 얹고, 다리를 꼬고 앉은 매슈 브래디(1823~1896, 미국의 사진작가로 정치인들의 인물 사진과 남북전쟁 현장을 찍은 사진으로 잘 알려져 있다-옮긴이)의 사진을 떠올렸다. "대개는 악의적이고 편협한 뒷공론이죠."

"당신과 나는 직업적으로 잘 지낼 수 있을 거라 확신해요." 스카페타는 마음속으로 아무런 확신도 들지 않았다.

"그림볼 부인과는 잘 아는 사이인가요?"

"그녀가 가끔 창문을 열고 우리 집을 쳐다봐요."

"그림볼 부인이 당신 집 뒤편 골목길에 영구차가 있다며 두어 번 불평했습니다."

"한 번은 알고 있어요." 스카페타는 두 번째 경우는 생각나지 않았다. "루시어스 메딕이 내 주소를 잘못 알아서 생긴 일인데, 잘 해결되었길 바랍니다."

"그림볼 부인은 당신에게 폐를 끼치는 사람들에 대해 불평했어요. 그 소식을 듣고 내가 중재했지요. 당신 집에 시신을 옮기는 일은 절대로 없으니 오해가 있는 게 분명하다고 했어요."

"내가 먼저 전화하지 않았다면 이런 이야기를 나한테 했을지 궁금하군요."

"내가 당신을 내치려 했다면 왜 그 순간에 당신을 보호했겠습니까?" 그가 말했다.

"글쎄요, 잘 모르겠군요."

"이곳 주변에서 여러 사람의 죽음과 비극이 일어나고 있다는 생각이 문득 들었어요. 하지만 모든 사람들이 똑같은 느낌을 가지는 건 아니죠." 그가 말했다. "사우스캐롤라이나에 있는 장의사 가운데 내 사업체를 원하지 않는 곳은 없지요. 루시어스 메딕 장의사도 마찬가지고요. 그는 당신이 사들인 마구간이 시체 공시소라고 생각하지 않은 게 분명합니다. 그가 어딘가에서 잘못된 주소를 읽었다 해도 말이죠."

"그는 왜 내게 상처를 주고 싶어 할까요? 난 그를 알지도 못하는데 말이죠."

"그게 바로 해답이죠. 그는 당신을 복수의 대상으로 보지 않아요. 내가 추측하기에, 당신은 그를 도울 일은 전혀 하고 있지 않아요." 홀링스가 말했다.

"난 마케팅을 하지 않아요."

"괜찮다면 모든 검시관과 장의사, 시신을 철수해주는 용역 업체에 이메일을 보내 당신의 올바른 주소를 가르쳐 주겠습니다."

"그럴 필요 없어요. 내가 직접 할 수 있으니까요." 그가 친절하게 대해줄수록 스카페타는 그를 더 신뢰할 수 없었다.

"솔직하게 말하자면, 내가 보내는 편이 더 나을 겁니다. 당신과 내가 함께 일한다는 메시지를 주기 때문이죠. 그 때문에 찾아온 거 아닌가요?"

"지아니 루파노 때문에 왔어요." 스카페타가 말했다.

홀링스의 얼굴에는 아무 표정도 없었다.

"드루 마틴의 테니스 코치 말이에요."

"드루 마틴 사건의 관할권은 내게 없다는 걸 분명히 알 텐데요. 뉴스에 나오는 것 말고는 아는 게 없습니다." 홀링스가 말했다.

"그가 과거에 당신의 장의사를 찾아왔더군요. 적어도 한 번 이상 말이죠."

"그가 드루 마틴에 대해 물어보려고 여기 왔다면, 나도 분명히 알았을 겁니다."

"그는 어떤 이유 때문에 여기에 왔어요." 스카페타가 말했다.

"그걸 어떻게 기정사실이라고 확신하는지 물어봐도 될까요? 찰스턴에 도는 소문을 나보다 더 많이 들은 것 같군요."

"그럼 이렇게 말하죠. 그는 어쨌든 당신 주차장에 왔었다고." 스카페타가 말했다.

"그렇군요." 홀링스가 고개를 끄덕였다. "경찰이나 다른 사람이 그의 차 안에 있는 GPS를 확인했는데 내 주소가 거기 저장되어 있었나 보군요. 그걸 보고 그가 사건의 용의자인지 내게 물어보는 거고요."

"드루와 연관된 모든 사람들을 수사 중이거나 앞으로 수사가 진행될 거예요. 그런데 방금 '그의 차'라고 말했는데, 그가 찰스턴에 차를 소유하고 있다는 걸 어떻게 알죠?"

"그가 이곳에 아파트를 갖고 있다는 걸 우연히 알게 되었기 때문이죠." 그가 말했다.

"그의 아파트 주민들을 포함해 대부분의 사람들은 그가 이곳에 아파트를 소유하고 있다는 걸 몰라요. 당신은 어떻게 알게 됐는지 궁금하군요."

"우린 방명록을 갖고 있습니다." 홀링스가 말했다. "항상 예배당 밖 연단에 두는데 장례식이나 예배에 참석한 사람들이 서명을 남길 수 있지요. 그가 이곳 장례식에 참석한 것 같은데, 방명록은 언제든지 봐도 괜찮습니다. 원하면 수년 전 방명록을 봐도 괜찮고요."

"지난 2년 동안이면 충분할 것 같네요." 스카페타가 말했다.

심문실 안 나무 의자에 수갑이 채워져 있다.

마들리사 둘리는 거짓말을 한 죄로 그곳에서 죽을지도 모른다는 생각이 들었다.

"약물 복용이 많긴 하지만 온갖 범죄가 일어나지요." 터킹턴 형사가 말했다. 마들리사와 애슐리는 터킹턴 형사를 따라 보포트 카운티 보안관 남부 지부 안에 있는 심문실로 향했다. "강도, 절도, 살인사건."

보안관 사무실은 그녀가 생각했던 것보다 규모가 컸다. 이곳 힐튼 헤드 섬에서 범죄가 일어난다는 생각을 해본 적이 없기 때문이다. 하지만 터킹턴 형사 말에 따르면, 브로드 강 남쪽에는 60군데의 사무실이 있고 80명이 넘는 형사가 바쁘게 근무하고 있다고 했다.

"작년에 6백 건이 넘는 중범죄 사건을 다루었어요." 터킹턴 형사가 말했다.

그 가운데 주거 침입과 허위 진술이 얼마나 많을까. 마들리사는 궁금했다.

"얼마나 충격을 받았는지 몰라요." 마들리사가 불안하게 말했다. "우린 이곳이 무척 안전하다고 생각한 나머지 대문도 제대로 잠그지 않았거든요."

터킹턴 형사가 그들을 회의실로 안내하며 말했다. "얼마나 많은 사람들이 부자라는 이유만으로 자신들에게 나쁜 일이 일어나지 않을 거라 생각하는지…. 놀라울 따름입니다."

마들리사는 터킹턴 형사가 자신과 남편을 부자로 여기는 것 같아 어깨가 으쓱했다. 자신들을 부자로 보는 사람이 아무도 없었기 때문이다. 잠시 기분이 좋아진 그녀는 자신들이 왜 그곳에 있는지를 다시금 상기했다. 멋진 양복에 넥타이를 맨 젊은 형사는 둘리 부부의 경제적 상태를 곧 알게 될 것이다. 그들이 노스 찰스턴의 평범한 주거지역에 세 들어 사는 값싼 타운 하우스는 소나무 숲 뒤쪽에 위치해 있어 바다는 끝자락도 보이지 않았다.

"자, 자리에 앉아요." 터킹턴 형사가 그녀에게 의자를 권했다.

"당신 말이 맞아요. 돈이 많다고 해서 행복하거나 사람들과 잘 지내는 건 아니죠." 마들리사는 잘 알고 있는 듯이 말했다.

"캠코더가 좋아 보이는군요." 형사가 애슐리에게 말했다. "비싸 보이는데 적어도 천 달러는 하겠네요." 그는 애슐리에게 캠코더를 건네달라는 손짓을 했다.

"왜 내 캠코더를 달라고 하는지 모르겠군요. 내가 찍은 걸 그냥 보면 되지 않습니까?"

"아직도 잘 이해가 가지 않습니다." 터킹턴은 연한 파란색 눈동자로 마들리사를 똑바로 응시했다. "왜 그 집에 들어갔는지 말입니다. '출입금지'라는 팻말이 있는데 왜 그 집 안으로 들어간 거죠?"

"주인을 찾으러 들어간 겁니다." 애슐리는 테이블에 놓인 자신의 캠코더에게 말하듯 대답했다.

"둘리 씨, 부인 대신 대답하지 마세요. 부인의 말에 따르면 당신은 증인이 아니고, 부인이 그 집에 들어갔을 당시 해변에 있었어요."

"왜 캠코더를 돌려주지 않는지 이해할 수 없군요." 애슐리가 캠코더에 집착하는 반면, 마들리사는 차에 혼자 남아 있을 바셋 하운드 생각뿐이었다.

마들리사는 공기가 들어올 수 있도록 차창을 약간 열어두었다. 날씨가 덥지 않아 다행이라 생각했다. 아, 제발 개가 짖지 말아야 할 텐데. 그녀는 벌써 그 개를 사랑하고 있었다. '불쌍한 우리 강아지, 도대체 무슨 일을 겪은 걸까.' 강아지 털에 묻어 있던 핏자국이 떠올랐다. 그녀가 집 안에 들어간 유일한 이유는 집주인을 찾기 위해서라고 설명하면서도 개에 대해서는 일언반구도 하지 않았다. 그 불쌍한 강아지를 찾아낸 걸 알면 경찰은 강아지를 데려갈 거고, 강아지는 결국 유치장에 보내져 죽을 것이다. 프리즈비가 그랬던 것처럼.

"집주인을 찾기 위해서라고 이미 여러 번 말했어요. 하지만 왜 집주인을 찾으려 했는지는 아직 이해가 가지 않습니다." 터킹턴은 기록지에 펜을 놓은 채 푸른 눈동자로 또다시 그녀를 똑바로 쳐다보았다. 그런 다음 그녀가 하는 거짓말을 계속 기록했다.

"정말 아름다운 집이었어요." 마들리사가 말했다. "남편이 그 집을 캠코더로 찍길 바랐지만, 집주인 허락 없이는 안 된다고 생각했어요. 그래서 수영장 근처에서 집주인을 찾다가 집 안에 누군가 있을 거라 생각했어요."

"당신들이 갔던 그곳 지역은 이맘때면 사람들이 많지 않아요. 그곳에 있는 저택들은 대개 매우 부유한 사람들의 별장이고 다른 사람에게 세를 놓지 않지요. 지금은 별장에 휴가를 오는 시기도 아니고요."

"네, 맞아요." 마들리사도 그 점에 동의했다.

"하지만 그릴에서 요리하는 걸 보고 누군가 집에 있을 거라 생각했다고 했죠?"

"네, 맞아요."

"해변에서 어떻게 그걸 봤죠?"

"연기가 피어오르는 걸 봤어요."

"연기가 피어오르는 걸 보고 무언가 굽고 있는 냄새를 맡았겠군요." 터킹턴 형사가 기록지에 메모를 하며 말했다.

"네, 맞아요."

"무슨 냄새였죠?"

"무슨 냄새였냐고요?"

"그릴에서 뭘 굽고 있었죠?"

"고기였는데, 아마 돼지고기였을 거예요. 소 옆구리 살을 굽는 스테이크일 수도 있고요."

"그리고 직접 집 안으로 들어갔군요." 터킹턴 형사는 좀 더 메모를 한 다음 펜을 멈추더니 그녀를 쳐다보며 물었다. "그런데 그 부분은 아직도 이해가 가지 않습니다."

그녀에게도 이해하기 힘든 부분이었다. 아무리 오랫동안 생각해봐도 마찬가지였다. 어떤 거짓말을 해야 진실처럼 보일 수 있을까?

"전화로 말했던 것처럼, 집주인을 찾다가 문득 걱정되기 시작했어요." 마들리사가 말했다. "부잣집 노파가 바비큐를 굽다가 갑자기 심장 마비에 걸렸을지도 모른다는 생각이 들었어요. 그렇지 않고는 그릴에 무언가를 올려놓고 갑자기 사라지지 않을 테니까요. 그래서 '누구 없어요'라고 계속 불렀는데, 세탁실 문이 열려 있는 거예요."

"잠가두지 않았다는 말이군요."

"네, 맞아요."

"문 옆에 달린 창문의 유리가 없었고 창틀도 부숴졌다고 했지요?" 터킹턴 형사가 메모를 하며 말했다.

"그래서는 안 된다는 걸 알면서도 집 안으로 들어갔어요. 하지만 머릿속에는 '부잣집 노파가 심장 마비에 걸려 바닥에 누워 있으면 어떻게 하지'라는 생각이 떠나질 않았어요."

"그렇습니다. 살다보면 인생에서 힘든 결정을 하는 순간이 있죠." 애슐리는 터킹턴 형사와 캠코더를 번갈아보며 말했다. "들어가지 않는다고요? 그러고 나서 내가 도와주었더라면 죽지 않았을 사람의 소식을 신문에서 읽으면 자신을 도저히 용서할 수 없죠."

"그 집을 캠코더로 촬영하지 않았어요?"

"아내가 되돌아오기를 기다리며 돌고래를 촬영했어요."

"그 집을 촬영했냐고 물었습니다."

"글쎄요, 조금 촬영한 것 같군요. 아내가 집 앞에 서 있을 때 잠깐요. 하지만 아내가 허가를 얻지 못하면 어느 누구에게도 보여줄 생각이 없었어요."

"그렇군요. 그 집을 촬영할 수 있도록 허가를 받으려 했지만 결국 허가를 받지 않고 그 집을 촬영했군요."

"허가를 받지 못해서 촬영한 걸 삭제했어요." 애슐리가 말했다.

"정말입니까?" 터킹턴 형사가 애슐리를 오랫동안 쳐다보며 말했다. "아내가 집 안에서 누군가 살해되었을지도 몰라 두려워하며 집 밖으로 뛰어나왔는데, 집을 촬영해도 된다는 허가를 받지 못했기 때문에 촬영한 부분을 삭제해야겠다는 생각이 떠올랐다고요?"

"이상하게 들리겠지만, 중요한 건 난 어느 누구도 해칠 마음이 없었다는 거예요." 마들리사가 말했다.

그러자 애슐리가 말했다. "아내가 집 안을 둘러보고 깜짝 놀라 뛰어 나왔을 때, 난 곧바로 911에 신고하려 했지만 휴대전화가 없었어요. 아내도 마찬가지였고요."

"집 안에 있는 전화기를 이용할 생각은 하지 않았나요?"

"집 안의 그 모습을 보고나서는 그런 생각을 못했어요. 그가 여전히 그곳에 있는 것 같았거든요."

"그리고요?"

"난생 그렇게 무서운 적이 없었어요. 그 광경을 본 이후로는 무언가 날 지켜보고 있다는 느낌이 들어서 전화기를 사용할 엄두조차 내지 못했어요." 그녀는 가방을 뒤져 휴지를 찾았다.

"그래서 우린 서둘러 콘도로 돌아왔고, 아내가 너무 신경이 예민해져서 진정시켜야 했어요." 애슐리가 말했다. "아내가 아이처럼 계속 울어서 테니스 강습을 빠졌어요. 마침내 아내에게 말했죠. 우선 잠을 푹 자고 내일 아침에 다시 얘기하는 게 좋겠다고. 사실, 난 아내의 말을 믿지 않았어요. 아내는 상상력이 풍부하거든요. 추리소설이라면 뭐든지 읽고 범죄 드라마도 모두 챙겨 보지요. 하지만 아내가 울음을 그치지 않자 문제가 있을지도 모른다는 걱정이 들었어요. 그래서 전화한 거고요."

"다음번 테니스 강습을 받은 이후에야 전화했죠." 터킹턴 형사가 그 점을 지적했다. "아내가 여전히 불안해했지만 당신은 오늘 아침 테니스 강습을 받고, 콘도로 돌아와 샤워를 하고, 옷을 갈아입고, 찰스턴으로 돌아가려고 짐을 꾸렸어요. 그러고 나서 마침내 경찰에게 신고했다고요? 지금 나더러 그 말을 믿으라는 겁니까?"

"그게 사실이 아니라면 우리가 뭣 하러 휴가를 이틀이나 일찍 마쳤겠어요? 1년 내내 계획한 휴가란 말입니다." 애슐리가 말했다. "응급상황이 발생하면 환불받을 수 있는 줄 아는군요. 그렇다면 여행사에 말 좀 잘해주십시오."

"그 때문에 경찰에 신고한 거라면 시간만 낭비한 겁니다." 터킹턴 형사가 말했다.

"내 캠코더는 돌려주었으면 좋겠습니다. 그 집 앞에서 찍은 것은 삭제했으니까 볼 게 없습니다. 아내가 그 집 앞에서 처제랑 10초 정도 통화한 게 전부입니다."

"처제분은 지금 함께 있나요?"

"캠코더로 통화한 겁니다. 그 부분을 삭제했다는데 도대체 무슨 소용이 있는지 모르겠군요."

마들리사가 남편에게 그 부분을 삭제하라고 시킨 건 개 때문이었다. 그는 그녀가 강아지를 쓰다듬는 모습을 촬영했었다.

"당신이 촬영한 걸 볼 수 있다면 그 집에서 바비큐 연기가 피어오르는 것도 볼 수 있었을 텐데요." 터킹턴 형사가 애슐리에게 말했다. "연기가 피어오르는 걸 해변에서 봤다고 했지요? 그럼 그 집을 촬영했다면 연기가 피어오르는 모습도 촬영했겠지요?"

그러자 애슐리는 화들짝 놀랐다. "캠코더가 그쪽 방향을 향하지 않아서 연기를 찍은 것 같지는 않아요. 촬영된 부분을 확인하고 돌려주면 안 되겠습니까? 내가 촬영한 건 아내와 돌고래 그리고 집에서 찍은 것뿐이니까요. 내 캠코더를 왜 계속 갖고 있는지 이해할 수 없습니다."

"우리에게 정보를 줄 만한 내용이 있는지 확인해야 합니다. 당신도 모르는 자세한 화면이 있을 수도 있으니까요."

"예를 들어서요?" 애슐리가 깜짝 놀라 물었다.

"예를 들자면, 아내에게서 자초지종을 듣고 그 집 안으로 들어가지 않았다는 게 사실인가요?" 터킹턴 형사는 매우 불친절한 태도로 변했다. "아내의 얘기가 맞는지 직접 저택 안으로 들어가 확인하지 않는 게 이상합니다."

"아내가 말한 게 사실이라면 난 집 안에 들어가서는 안 되죠." 애슐리가 말했다. "살인자가 집 안에 숨어 있으면 어쩌겠습니까?"

마들리사는 물 흐르는 소리, 핏자국, 옷, 죽은 테니스 선수의 사진을 봤던 기억이 났다. 처방전 약통과 보드카 술병이 흩어져 있던 넓은 거실이 눈앞에 떠올랐다. 전원을 켜둔 영사기 화면은 텅 비어 있었다. 터킹턴 형사는 그녀의 말을 믿지 않았고, 그녀는 곤경에 처했다. 무단 침입해서 개를 훔치고 거짓말을 하고 있었다. 터킹턴 형사는 개에 대해서는 아무런 사실도 알아내지 못했다. 저들은 강아지를 데려가 안락사시킬 것이다. 마들리사는 그 개를 끔찍이 사랑했고 거짓말을 했다. 그녀는 그 개를 위해 계속 거짓말을 늘어놓을 것이다.

"내가 상관할 문제는 아니지만…." 마들리사는 용기를 짜내어 힘겹게 물었다. "그 집에 누가 사는지, 혹시 나쁜 일이 일어난 것인지 알고 있나요?"

"그 집에 누가 사는지 알지만, 그 여자의 이름은 밝힐 수 없어요. 당시 그녀는 집에 없었고 개와 차가 없어졌습니다."

"차가 없어졌다고요?" 마들리사의 아랫입술이 떨리기 시작했다.

"그녀가 개를 데리고 어딘가에 간 것 같은데, 그렇지 않아요? 또 어떤 생각이 드는지 아세요? 집을 둘러본 후 당신은 무단 침입하는 걸 누군가 봤을지도 모른다는 걱정이 들었죠. 그래서 그럴 듯하게 들릴 거짓 얘기를 꾸며냈고."

"집 안을 둘러보면 사실을 알 거예요." 마들리사가 떨리는 목소리로 말했다.

"벌써 둘러봤습니다. 경관 몇 명을 보내 확인하라고 했는데, 부인이 본 흔적은 아무것도 찾아내지 못했어요. 세탁실 문 옆 창문의 유리도 있었고, 깨진 유리도 없었어요. 핏자국도, 칼도 없었죠. 가스 그릴은 꺼져 있고 아무것도 올려져 있지 않은 채 깨끗했어요. 얼마 전에 요리를 한 흔적도 전혀 없었고, 영사기도 켜져 있지 않았고요." 터킹턴 형사가 말했다.

홀링스와 직원들이 유가족과 만나는 접견실. 스카페타는 이곳에서 연한 황금색과 크림색 줄무늬 소파에 앉아 두 번째 방명록을 훑어보고 있었다.

스카페타가 지금껏 봐온 모습으로 판단하건데, 홀링스는 취향이 세련되고 사려 깊은 사람이었다. 줄이 그어진 크림색 페이지의 두꺼운 방명록은 고급 검정 가죽으로 제본했다. 사업 규모가 크다보니 1년에 서너 권의 방명록이 필요했다. 지난해 1월부터 4월까지의 방명록을 훑어보았지만 지아니 루파노가 장례식에 참가한 흔적은 나오지 않았다.

페이지마다 손가락을 대어 다른 방명록을 훑기 시작한 스카페타는 저명한 찰스턴의 가문 이름을 알아차렸다. 1월에서 3월까지 지아니 루파노의 이름은 없었다. 4월이 되어도 그의 이름이 보이지 않자 스카페타의 실망은 커져갔다. 5월과 6월에도 아무것도 없었다. 호를 그리듯이 휘어진, 쉽게 알아볼 수 있는 서명이 나타나자 그녀의 손끝이 멈추었다. 작년 7월 12일, 그는 홀리 웹스터의 장례식에 참석한 것 같았다. 참석한 사람이 적었는데, 방명록에 서명한 사람은 열한 명뿐이었다. 스카페타는 각각의 이름을 적은 다음 소파에서 일어났다. 그녀는 두 여인이 윤이 나는 청동 관 주변에 꽃 장식을 하고 있는 교회당 앞을 지나갔다. 마호가니 목재를 댄 계단을 얼른 올라 헨리 홀링스의 사무실로 갔다. 이번에도 홀링스는 출입문을 등진 채 통화를 하고 있었다.

"어떤 사람들은 삼각으로 접은 깃발을 시신의 머리 뒤에 두는 걸 좋아하지요." 그는 상대방을 편안하게 해주는 밝은 목소리로 말했다. "아, 물론이지요. 관 위에 주름을 잡아 늘어뜨릴 수도 있어요. 제가 추천하는 건 뭐냐고요?" 그는 종이를 집어 올렸다. "샴페인색 공단으로 장식한 목재가 마음에 드는가 보군요. 표준 두께 20의 강철… 그것도 물론 잘 압니다. 모두들 똑같은 말을 하지요. 힘들다고…. 이런 결정을 해야 하는 것만큼 힘들지요. 솔직하게 말씀드리면, 저라면 강철로 선택할 겁니다."

그가 몇 분 더 통화한 후 뒤돌아보았는데, 이번에도 스카페타는 문간에 서 있었다. "이런 일들은 무척 힘들지요." 그가 스카페타에게 말했다. "일흔두 살의 퇴역 군인인데 최근에 사별한 후 무척 우울해하다가 권총을 물고 자살했어요. 우리가 할 수 있는 건 했지만, 조문객들이 볼 수 있도록 화장을 하거나 얼굴을 복구하지는 않았지요. 내가 무슨 말 하는지 알 겁니다. 관 뚜껑을 열 수 없다고 하면 유가족들은 안 된다고 하지요."

"홀리 웹스터가 누구죠?" 스카페타가 물었다.

"정말 끔찍한 사건이었죠." 홀링스는 머뭇거리지 않고 대답했다. "절대 잊을 수 없는 사건이었어요."

"지아니 루파노가 그녀의 장례식에 참석한 거 기억나요?"

"당시에는 그를 몰랐을 겁니다." 홀링스가 애매하게 대답했다.

"그가 유가족이었나요?"

홀링스가 의자에서 일어나 체리나무로 만든 캐비닛 서랍을 열어 파일을 살피더니, 그 가운데 하나를 꺼냈다.

"상세한 장례식 절차는 여기에 나와 있습니다. 청구서 사본 등이 있는데, 유가족의 사생활 보호를 위해 보여드릴 수는 없지만 신문 기사를 오려둔 건 보여드릴 수 있습니다." 그가 스카페타에게 오린 신문 기사를 건네주었다. "내가 맡은 장례식에 대한 신문 기사는 잘 간직해둡니다.

알다시피, 장례에 대한 유일한 법적 기록은 경찰과 사건을 맡은 법의학자 그리고 검시관이 남기는 것이지요. 이곳 보포트 카운티에는 법의학 사무실이 없기 때문에 부검을 맡은 검시관이 사건에 대한 기록을 남기지요. 그가 자신의 경우에 대해 말했으니 당신도 잘 알고 있으리라 생각합니다. 홀리가 사망했을 당시, 당신은 아직 사무실을 열지 않았어요. 그렇지 않았다면 그 서글픈 사건은 내가 아니라 당신이 맡았을 거예요."

홀링스는 화가 난 것처럼 보이지 않았고, 그다지 신경 쓰는 것 같지도 않았다.

그가 말했다. "그 죽음은 힐튼 헤드에 거주하는 매우 부유한 가족에게 일어난 것입니다."

스카페타는 파일을 열었다. 신문 기사는 서너 개뿐이었지만 힐튼 헤드 패킷 섬에서의 사망 사건에 대해 상세히 기록되어 있었다. 기사에 따르면 2006년 7월 10일 늦은 오전, 홀리 웹스터는 자신이 키우던 바셋하운드 강아지와 현관에서 놀고 있었다. 올림픽 경기장 크기의 수영장은 어른이 동행하지 않을 경우 어린아이는 출입이 금지되는데, 그날 오전 그녀와 동행하는 사람은 아무도 없었다. 신문에 따르면, 그녀의 부모님은 시내에 없었고 친구들은 집에 있었다. 부모님이 어디 있는지 말하지도 않았고 친구들의 이름을 언급하지도 않았다고 한다. 정오경에 누군가 점심 먹을 시간이라고 말하려고 홀리에게 갔다. 하지만 그녀는 어디에도 보이지 않았고, 강아지는 수영장 가장자리에서 물을 할퀴며 왔다 갔다 하고 있었다. 어린 소녀의 시신은 수영장 바닥에서 발견되었는데, 긴 검은 머리칼이 배수구에 끼어 있었다. 근처에 고무로 만든 뼈가 발견되었고, 경찰은 아이가 그 고무 뼈를 개에게 갖다 주려 했던 것으로 추정했다.

다음 기사는 아주 짧았다. 두 달도 채 지나지 않아 홀리의 어머니인

리디아 웹스터가 셀프 박사의 토크쇼에 게스트로 출연했다는 내용이었다.

"이 사건에 대해 들었던 거 기억나요." 스카페타가 말했다. "사건 당시, 난 매사추세츠 주에 있었어요."

"안타까운 뉴스였지만 큰 뉴스는 아니었어요. 경찰은 사건을 최대한 알리지 않으려 했어요. 그 한 가지 이유는, 리조트 지역은 부정적인 사건을 굳이 알리려 하지 않기 때문이죠." 홀링스가 수화기를 집어 들며 말했다. "부검을 맡았던 법의관은 당신에게 아무 얘기도 해주지 않을 거지만, 어쨌든 통화해보죠." 그가 잠시 후 말했다. "헨리 홀링스입니다…. 네, 좋습니다…. 거기까지 소문이 났군요…. 아, 잘 압니다…. 거기에서는 당신의 도움이 꼭 필요하지요…. 아닙니다, 배를 타고 나간 지 꽤 오래됐습니다…. 그러게 말입니다…. 지난번에 당신 덕분에 물고기 잡이를 나갔지요. 그리고 시신을 연구하는 게 흥미로운 일인 줄 아는 극성스러운 아이들에게 강의를 해준 것도 제게는 빚입니다…. 홀리 웹스터 사건 말입니다. 스카페타 박사님이 오셨는데, 잠시 얘기 나눠보겠습니까?"

사우스캐롤라이나 의과대학의 부법의국장이었다. 홀링스가 수화기를 건네주자, 스카페타는 홀리 웹스터의 익사 사건과 연관이 있을 수도 있는 사건 때문에 들렀다고 설명했다.

"어떤 사건이죠?" 부법의국장이 물었다.

"그 사건에 대해서는 말할 수 없습니다. 수사가 진행 중인 살인사건이라서요." 그녀가 대답했다.

"상황을 잘 이해하는 것 같아 다행이군요. 나도 웹스터 사건에 대해서 말할 수 없습니다."

그의 말뜻은 말할 수 없는 게 아니라 말하지 않겠다는 거였다.

"에둘러 말하지 않고 단도직입적으로 말하죠." 스카페타가 그에게 말했다. "검시관 홀링스에게 온 이유는 드루 마틴의 테니스 코치인 지아니 루파노가 홀리 웹스터의 장례식에 참석했기 때문이에요. 왜 그런지 상황을 파악 중인데 진전이 없어요."

"그 사람 이름도 들어본 적 없습니다."

"그것도 의문점 가운데 하나예요. 그가 웹스터 가족과 어떤 연관이 있는지 혹시 알아요?"

"전혀 모릅니다."

"홀리 웹스터의 죽음에 대해선 어떤 걸 얘기해줄 수 있어요?"

"사고에 의한 익사로, 다른 정황을 추측할 만한 게 전혀 없어요."

"그녀가 발견된 정황을 분석한 결과, 별다른 질병이나 증세가 없었다는 말이군요."

"네, 맞아요."

"사건을 담당했던 수사관의 이름 좀 알려주겠어요?"

"그러죠, 잠시만 기다리세요." 컴퓨터 자판을 두드리는 소리가 들렸다. "아, 예상했던 대로군요. 보포트 카운티의 보안관으로 일하는 터킹턴 형사입니다. 알고 싶은 게 있으면 그에게 전화하세요."

스카페타는 재차 고맙다고 인사한 다음 전화를 끊고 홀링스에게 말했다. "홀리 웹스터의 어머니인 리디아 웹스터가 아이가 죽은 지 두 달도 채 되지 않아 셀프 박사의 토크쇼에 출연한 거 알아요?"

"그녀가 진행하는 토크쇼는 본 적도 없고 보지도 않습니다. 그 여자는 최악이에요." 홀링스가 말했다.

"웹스터 부인이 어떻게 결국 셀프 박사의 토크쇼에 출연하게 됐는지 알아요?"

"내가 생각하기에, 토크쇼의 주제가 될 만한 뉴스를 조사하는 팀이 있을 거예요. 그런 식으로 게스트를 섭외하죠. 웹스터 부인이 딸이 죽은 슬픔을 극복하지 못한 상태에서 대중 앞에 모습을 드러낸 건 심리적으로 큰 타격이 되었을 겁니다. 드루 마틴의 경우도 마찬가지였을 거고요." 그가 말했다.

"드루 마틴이 작년 가을에 셀프 박사의 토크쇼에 출연한 것 말인가요?"

"원하든 그렇지 않든, 난 이 지역에서 벌어지는 일에 대해 많은 이야기를 듣게 됩니다. 그녀는 이곳에 올 때면 항상 찰스턴 플레이스 호텔에 투숙하지요. 하지만 3주 전 쯤 그녀가 마지막으로 이곳에 왔을 때는 객실에도 거의 머물지 않았고, 잠도 거기서 자지 않았어요. 청소 도우미 아주머니가 들어가 보면 침구는 깨끗하게 정리되어 있었고, 소지품이 몇 개 있을 뿐 그녀가 그곳에 투숙하는 표시는 거의 없었어요."

"그 모든 걸 어떻게 알게 된 거죠?" 스카페타가 물었다.

"친한 친구가 안전 부서 책임자거든요. 드루 마틴의 유가족과 친구들이 왔을 때, 비용이 부담스럽지 않으면 찰스턴 플레이스 호텔에 투숙하라고 추천했어요."

스카페타는 수위 에드가 했던 말을 떠올렸다. 드루가 아파트에 가끔 드나들었고 그때마다 20달러의 팁을 줬다고 했다. 그건 예의를 차리는 것 이상인지도 몰랐다. 그에게 입을 다물라고 주지시킨 것인지도 몰랐다.

17

접근

힐튼 헤드 섬에는 해송림이 조성되어 있었다. 건물 경호원이 지키는 문에서 5달러를 내면 일일 이용권을 살 수 있고, 회색과 푸른색의 제복을 입은 경호원들은 신분증을 요구하지 않았다. 스카페타는 벤턴과 함께 그곳 콘도를 이용할 때 그 점을 불평하곤 했는데, 당시 기억을 떠올리자 여전히 마음이 아팠다.

"그녀는 사바나에서 캐딜락을 구입했어요." 터킹턴 형사가 스카페타와 루시를 태운 채 별다른 표시가 없는 경찰차를 운전하면서 말했다. "흰색 차를 구입했는데 별로 도움이 되지 않았죠. 이곳에 흰색 캐딜락과 링컨을 모는 사람이 얼마나 많은지 알아요? 차를 빌릴 경우 세 사람 가운데 둘은 흰색 차를 빌리지요."

"이례적인 시간이었으니 문을 지키던 경호원이 그 차를 본 걸 기억하지 않을까요? 카메라에 찍힌 거 없어요?" 앞 좌석에 앉은 루시가 물었다.

"도움이 될 만 한 건 아무것도 없었어요. 알다시피, 한 사람이 봤다고 하면 다른 사람은 못 봤다고 하니까요. 내가 생각하기에 차는 들어오지 않고 바로 나갔을 거고, 그걸 눈여겨본 사람은 없었을 겁니다."

"그가 차를 언제 가져갔는지에 따라 다를 거예요. 그녀는 차고에 차를 두지 않았나요?" 루시가 물었다.

"평소처럼 그녀의 집 드라이브웨이에 주차되어 있었다고 합니다. 그러니 그가 한동안 차를 갖고 있었던 것 같지는 않습니다. 혹시?" 터킹턴 형사가 운전을 하다가 루시를 흘깃 쳐다보았다. "그가 차 열쇠를 찾아내 차를 타고 나갔는데, 그녀가 알아차리지 못한 건 아닐까요?"

"그녀가 무엇을 알아차렸는지 그리고 무엇을 알아차리지 못했는지는 알 수 없습니다."

"최악의 상황이 일어났다고 아직도 확신하는군요." 터킹턴 형사가 말했다.

"네, 그래요. 사실과 상식을 근거로 생각해보면 그렇죠." 터킹턴 형사가 공항에서 그들을 태우고서 루시의 헬리콥터에 대해 건방지게 말할 때부터, 루시는 그와 티격태격하고 있었다.

터킹턴 형사가 헬리콥터에 대해 비꼬며 얘기하자 루시는 그를 러다이트(영국의 산업혁명에 반대해 기계를 파괴하고 폭동을 일으킨 직공 단원-옮긴이) 라고 불렀다. 그는 러다이트가 무엇인지 몰랐고 지금도 모를 것이다. 루시는 러다이트가 누구인지 가르쳐주지 않았다.

"하지만 몸값을 받으려고 그녀를 유괴했다는 가정을 배제할 수는 없어요." 루시가 말했다. "그게 불가능하다는 말은 아니에요. 그랬을 거라고 믿지는 않지만 가능성이 있으니 우린 지금 하고 있는 걸 해야 해요. 모든 수사 기관이 주시해야 해요."

"언론에 새 나가지 않도록 기밀을 유지할 수 있었으면 좋겠어요. 베키는 오전 내내 사람들이 집에 얼씬도 하지 못하도록 막았다고 했어요."

"베키가 누구죠?" 루시가 물었다.

"범죄 현장 수사 책임자예요. 나처럼 직업이 둘인데 구급 의료 기사로 일하죠."

스카페타는 그게 왜 문제가 되는지 의구심이 들었다. 그는 두 번째 직업이 필요한 것에 대해 말하기를 꺼리는 것 같았다.

"그럼 당신들은 렌트 비용 지불에 관해서는 걱정할 필요가 없겠군요."

"물론이에요. 내 렌트 비용이 당신 것보다 약간 더 많을 뿐이에요."

"네, 약간 더 많을 뿐이죠. 그 연구실 비용이 얼마나 될지 상상이 가지 않습니다. 50채에 달하는 집과 페라리를 유지하는 비용도 말이죠."

"50채는 아니에요. 그런데 내 재산에 대해 어떻게 아는 거죠?"

"많은 기관들이 아직도 당신의 연구실을 사용하지 않나요?" 터킹턴 형사가 물었다.

"몇 군데 있어요. 아직 건설 중이지만 기본적인 것은 갖추고 있어요. 그리고 우리는 승인을 받았어요. 사람들은 우리 혹은 SLED 가운데 하나를 선택해야 하죠." SLED는 사우스캐롤라이나 법률 집행부서(South Carolina Law Enforcement Division)의 약자이다.

"우리가 더 빠르죠." 루시가 덧붙여 말했다. "메뉴에 없는 게 필요하면 우리에겐 하이테크 분야에서 일하는 친구들을 찾죠. 오크리지에 있는 국립 안전 복합건물 Y-12말이죠."

"거긴 핵무기를 만드는 곳인 줄 알았는데요."

"그것만 하는 게 아니에요."

"그들이 법의학에 관련된 일을 한다니, 그럴 리가요. 예를 들어 어떤 일 말인가요?" 터킹턴 형사가 물었다.

"그건 비밀이에요."

"상관없어요. 어차피 우린 그 비용을 감당할 만한 여력이 없으니까요."

"그건 맞아요. 그렇다고 우리가 도와주지 않겠다는 건 아니에요."

터킹턴 형사가 낀 선글라스가 백미러에 비쳤다. 루시와는 충분히 이야기를 나누었기 때문인지, 그는 스카페타에게 말을 걸었다. "우리가 하는 얘기 듣고 있어요?"

스카페타는 크림색 제복의 터킹턴 형사를 보며, 범죄 현장에 다니면서 옷을 어떻게 깨끗하게 유지할 수 있는지 궁금했다. 그녀는 그와 루시가 나눈 이야기에서 좀 더 중요한 점을 지적하며, 어떤 것도 가정해서는 안 된다는 점을 상기시켰다. 예를 들어 리디아 웹스터가 모는 캐딜락이 언제 사라졌는지 쉽게 가정해서는 안 된다고 했는데, 그녀가 담배나 술 그리고 음식을 사 먹으러 나가는 경우 말고는 운전을 거의 하지 않기 때문이었다. 슬프게도 그녀는 운전을 제대로 할 수 없었다. 심신이 심하게 망가졌기 때문이다. 그러므로 차가 며칠 동안 보이지 않을 수도 있고, 자동차가 사라진 게 개가 없어진 것과 아무 상관없을 수도 있었다. 그리고 샌드맨이 셀프 박사에게 보낸 사진이 있었다. 드루와 리디아 웹스터 모두 차가운 물을 채운 것으로 보이는 욕조 안에서 찍힌 사진이었는데, 두 사람 모두 마약에 취했다. 마들리사 둘리가 본 건 무엇이었을까? 사실이 어떻든 간에 이 사건은 살인사건으로 다루어져야 했다. 왜냐하면 스카페타가 20년 넘게 주장해온 것처럼, 시간을 되돌릴 수 없기 때문이다.

잠시 후 스카페타는 자신만의 생각 속에 잠겼다. 자기도 모르게 마지막으로 힐튼 헤드에 갔던 생각이 떠올랐다. 그때 그녀는 벤턴의 별장을 갑자기 떠나버렸다. 인생에서 가장 힘들었던 당시, 벤턴을 살해할 수 있는 범인으로부터 숨기 위해 일부러 그가 살해된 것으로 꾸몄을 거라는 생각은 하지도 못했다. 기회만 있으면 그를 죽이려 한 그 청부 살인업자들은 지금 어디에 있을까? 흥미를 잃고, 그가 더 이상 위협적이거나 보복할 만한 가치가 있는 인물이 아니라고 결론 내린 걸까? 벤턴에게 물어보았지만 그는 말할 수 없다며 전혀 언급하려 하지 않았다. 터킹턴 형사가 모는 차의 창을 내리자 그녀가 낀 반지가 햇빛을 받아 반짝였다. 하지만 좋은 날씨는 오래 가지 않을 것이다. 몇 시간 후면 또다시 태풍이 몰려올 것이다.

도로 양쪽에 골프 코스가 이어졌고, 좁은 운하와 작은 연못 위에 짧은 다리가 이어져 있었다. 풀이 무성하게 자란 강둑에 있는 악어는 통나무처럼 보였고, 진흙 속에 있는 거북이는 꼼짝도 하지 않았다. 하얀 해오라기는 얕은 여울에 서 있었다. 앞 좌석에 앉은 터킹턴 형사와 루시는 잠시 셀프 박사에 관한 대화를 나누었다. 거대한 참나무 그늘 속에 들어오자 빛이 가려졌다. 소나무겨우살이는 털이 회색으로 변해 죽은 것 같았다. 여기저기에 새 집이 몇 채 들어섰을 뿐 바뀐 건 거의 없었다. 스카페타는 오랫동안 걷던 산책로와 소금기 묻은 공기, 바람, 발코니에서 바라보던 해넘이 그리고 그 모든 게 한꺼번에 끝난 순간이 떠올랐다. 벤턴이 죽은 줄 알았던 건물 잔해에서 찾은, 그의 유해라 여겼던 숯덩이가 눈앞에 떠올랐다. 그녀가 도착했을 때 여전히 불타오르던 집터의 검게 변한 나무와 쓰레기 사이로, 벤턴의 은발과 재로 변한 그의 육신이 보이는 듯했다. 그의 얼굴은 형체를 알아볼 수 없었고 불에 탄 뼈밖에 남지 않았었다. 그의 부검 기록은 거짓이었다. 그녀는 기만당했다. 그리고 황폐화되고 파멸되었다. 벤턴이 했던 그 일 때문에 스카페타는 예전의 자신의 모습으로 영원히 돌아갈 수 없었다. 그건 마리노와 겪었던 일보다 훨씬 더 많이 그녀를 변하게 했다.

그들은 리디아 웹스터의 흰색 저택 드라이브웨이에 차를 세웠다. 스카페타는 예전에 해안에서 그 집을 보던 기억이 났다. 집의 위치 때문에 비현실적으로 보였고, 길거리에는 경찰차가 늘어서 있었다.

"약 1년 전에 이사 왔어요. 그 전에는 두바이 출신의 실업계 거물이 살았죠." 터킹턴 형사가 차문을 열며 말했다. "정말 안됐습니다. 막대한 비용을 들여 집수리를 마치고 이사 왔는데 어린 딸이 익사했으니까요. 그런 일이 있은 후 웹스터 부인이 어떻게 집 안에서 살 수 있는지 모르겠어요."

"때로 사람들은 지나간 일을 놔버릴 수 없죠." 스카페타는 석조 계단 맨 끝에 있는 티크나무 소재 이중문을 향해 걸어가며 말했다. "그래서 그 장소와 기억에 얽매이는 거죠."

"그녀는 이곳에 자리 잡은 건가요?" 루시가 물었다.

"아마 그럴 겁니다." 사실, 그녀가 죽은 것에는 의심의 여지가 없었다. "아직 이혼 절차를 밟는 중입니다. 남편은 헤지 펀드와 투자 관련 일을 하는데 당신만큼 부자일 겁니다."

"그런 얘기는 그만하는 게 어때요?" 루시가 짜증을 내며 말했다.

터킹턴 형사가 현관문을 열자 범죄 현장 수사관이 집 안에 있었다. 현관 벽에는 부서진 유리창 틀이 세워져 있었다.

"휴가 중인 마들리사 둘리 부인의 진술에 따르면, 유리창이 깨진 걸 보고 세탁실을 통해 집에 들어갔다고 합니다. 이 창틀 말입니다." 터킹턴 형사는 쭈그리고 앉아 창문 오른쪽 아랫부분의 창유리 틀을 가리켰다. "수사관이 떼어냈다가 다시 접착제로 붙인 거죠. 자세히 들여다봐도 접착제는 거의 보이지 않지요. 수사관들은 둘리 부인에게 처음 이곳에 왔을 때 창틀이 부서져 있는 걸 보지 못했다고 말했어요. 그녀가 이야기를 바꿨는지 알고 싶어서 유리가 깨져 있지 않았다고 말한 거죠."

"처음에는 발포제로 포장하지 않았겠군요." 스카페타가 말했다.

"그것에 관한 얘기는 나도 들었어요." 터킹턴 형사가 말했다. "우린 그렇게 해야 합니다. 둘리 부인의 이야기가 맞다면, 그녀가 떠난 후 집 안에서 어떤 일이 벌어졌을 거라 추정됩니다."

"싸서 가져가기 전에 발포제로 포장할 거예요." 스카페타가 말했다. "그러면 부서진 유리창을 견고하게 만들 수 있어요."

"좋을 대로 하세요." 터킹턴 형사가 거실로 가자 수사관 한 명이 어지럽게 널브러진 커피 테이블을 사진 찍고 있었고, 다른 수사관은 소파에서 쿠션을 들어 올리고 있었다.

스카페타와 루시는 검정색 가방을 열었다. 신발 덮개와 장갑을 끼자, 바지 차림에 등에 대문자로 '과학수사'라고 적힌 폴로셔츠를 입은 여자가 거실에서 나왔다. 나이는 40대로 보였는데, 갈색 눈동자와 짧은 검은 머리에 몸집이 자그마했다. 저렇게 키가 작고 야윈 여자가 어떻게 법률 집행 기관에 들어와 일하게 되었는지, 스카페타는 상상하기 힘들었다.

"당신이 베키겠군요." 스카페타가 그렇게 말하며 자신과 루시를 소개했다.

베키는 벽에 기댄 창틀을 가리키며 말했다. "창틀의 오른쪽 아랫부분에 대해서는 토미가 설명해주었을 거예요." 그녀는 장갑 낀 손으로 터킹턴 형사를 가리켰다. "유리 절단기를 사용한 다음 창틀에 접착제를 발라 다시 붙였어요. 어떻게 알아냈냐고요?" 베키가 자랑스럽게 말했다. "접착제에 모래가 묻어 있었어요. 보이죠?"

스카페타와 루시가 자세히 들여다보자 모래가 보였다.

"둘리 부인이 집주인을 찾으러 집 안으로 들어왔을 때 창유리는 절단되어 바닥에 놓여 있었을 거예요." 베키가 스카페타와 루시에게 말했다. "둘리 부인의 말은 믿을 만해요. 범인은 집에서 나가 원래대로 복구한 거죠."

루시는 믹싱 건에 부착된 권총용 가죽 케이스에 가압 용기 두 개를 집어넣었다.

"생각만으로도 오싹해요." 베키가 말했다. "그 불쌍한 부인은 범인이 이곳에 있을 때 안으로 들어왔을 거예요. 그녀는 누군가 자신을 지켜보는 것 같은 느낌이 들었다고 했어요. 이 접착제 스프레이에 대해선 들은 적이 있는데, 깨진 유리창을 원래대로 복구하죠. 어떤 재료로 만들죠?"

"대개 폴리우레탄과 압축가스로 만들어요." 스카페타가 말했다. "사진은 찍었나요? 지문을 채취하고 면봉으로 DNA 채취도 했나요?"

루시는 장치를 부착한 다음 장치를 떼고 유리창 사진을 찍었다.

"사진을 찍고 면봉으로 DNA를 채취했지만 지문은 남아 있지 않았어요. DNA 결과가 나중에 나오겠지만, 현장이 감쪽같이 깨끗해요." 베키가 말했다. "범인은 창문을 깨끗하게 닦은 게 분명해요. 유리창을 어떻게 깰 수 있었는지 모르겠어요. 펠리컨이나 독수리 같은 커다란 새가 유리창을 통해 날아 들어간 것 같아요."

스카페타는 메모를 하고, 유리창이 깨진 부분을 자세히 살펴보고 치수를 쟀다.

루시가 창틀 모서리에 테이프를 붙이며 스카페타에게 물었다. "어느 쪽이라고 생각해?"

"안쪽에서 이 부분을 깬 것 같아. 반대 면에도 스프레이를 뿌려야 하니까 뒤집어볼래?"

스카페타와 루시는 조심스럽게 창문틀을 들어 올려 반대 면이 나오도록 뒤집었다. 창틀을 벽에 대고 사진을 찍고 메모를 하는 동안, 베키는 물러서서 그들을 지켜보았다.

스카페타가 그녀에게 말했다. "도움이 필요한데, 여기에 서 있어 줄래요?"

베키가 그녀 옆에 섰다.

"창문을 깼다면 깨진 유리가 벽 어디에 있을지 보여주세요. 유리창을 어디에서 빼낼지 잠시 후에 보겠지만, 우선 추측해보기로 하죠."

베키가 벽에 손을 갖다 대며 말했다. "아시겠지만, 제가 키가 워낙 작아서요."

"내 머리 높이와 비슷할 거예요." 스카페타가 깨진 유리를 자세히 들여다보며 말했다. "유리가 깨진 상태가 자동차 사고 때와 비슷해요. 운전자가 안전벨트를 매지 않고 머리가 앞 유리창에 부딪혔을 때처럼 말이죠. 이 부분은 구멍을 뚫은 게 아니에요." 그녀는 유리에 난 구멍을 가리켰다. "단지 충격을 받은 것 같아요. 바닥에 유리 조각이 있을 게 분명해요. 세탁실 안이나 창틀에도 있을 거예요."

"유리 조각은 모아뒀어요. 누군가 유리창에 머리를 부딪혔다고 생각하는 건가요?" 베키가 물었다. "핏자국이 있을 거라곤 생각하지 않아요?"

"반드시 그렇지는 않을 거예요."

루시는 유리창 한 면에 갈색 종이를 대고 현관문을 연 다음, 스카페타와 베키에게 스프레이를 뿌릴 동안 바깥에 나가 있으라고 했다.

"리디아 웹스터를 한 번 만난 적이 있어요." 베키는 현관에 나와 이야기를 계속했다. "그녀의 어린 딸이 익사했을 당시 사진을 찍으러 와야 했거든요. 내게도 어린 딸이 있기 때문에 그런 일이 내게 일어나면 어떨지 상상조차 할 수 없었죠. 보라색 수영복을 입은 홀리가 배수구에 머리칼이 막힌 채 물속에 엎드려 있던 모습이 아직도 눈앞에 선해요. 웹스터 부인의 운전면허증을 구해 전국 지명 수배를 했지만 행운을 바랄 수는 없어요. 리디아 웹스터는 당신과 키가 비슷해요. 그 정도 키면 유리창으로 돌진해 깰 수 있었을 거예요. 토미에게 들었는지 모르겠지만, 그녀의 지갑이 바로 부엌에 있었는데 손을 댄 것 같지는 않았어요. 범인이 누구든 강도짓을 하려고 침입한 것 같지는 않아요."

바깥에서도 폴리우레탄 냄새가 났다. 스카페타는 소나무겨우살이로 덮인 커다란 떡갈나무와 소나무 위로 보이는 급수탑을 바라보았다. 두 사람이 자전거를 타고 천천히 지나가면서 빤히 쳐다보았다.

"이제 집 안으로 들어와도 돼요." 루시가 문간에 나와 고글과 얼굴 가리개를 벗었다.

부서진 창틀은 두꺼운 노란색 발포제로 덮였다.

"이제 어떻게 할까요?" 베키가 루시에게 시선을 고정한 채 물었다.

"우리가 싸개로 싸서 가져가고 싶어요." 스카페타가 말했다.

"가져가서 뭘 확인할 건가요?"

"접착제에 뭐가 묻어 있는지 현미경으로 확인하려고요. 어떤 원소나 화학 성분이 있는지도 확인할 거고요. 때로는 뭘 찾는지도 모르다가도 결국 찾곤 하죠."

"유리 조각이 현미경 렌즈 아래에 잘 들어가야 할 텐데요." 베키가 농담을 했다.

"그리고 당신이 모아둔 부서진 유리 조각도 가져가고 싶어요." 스카페타가 말했다.

"면봉은요?"

"우리가 연구실에서 검사하기 바라는 건 뭐든지 줘요. 세탁실 좀 봐도 될까요?" 스카페타가 물었다.

세탁실은 부엌 바로 옆에 있었다. 문을 열어보니 오른쪽 내부 유리창을 덜어낸 텅 빈 공간에 갈색 종이를 붙여두었다. 살인자가 침입했을 공간으로 다가가자 스카페타는 신중해졌다. 그녀는 항상 해오던 대로 했다. 바깥에 서서 안을 상세히 들여다보았다. 세탁실 안을 사진으로 찍었는지 물어보자 사진을 찍고 지문과 발자국, 신발 자국이 남아 있는지 확인했다고 했다. 한쪽 벽에는 비싼 세탁기 넉 대와 건조기가 있었고, 반대편 벽에는 텅 빈 개집이 놓여 있었다. 수납함과 커다란 테이블, 한쪽 구석에는 더러운 옷이 쌓인 고리버들 세공의 세탁물 바구니가 있었다.

"도착했을 당시 문은 잠겨 있었나요?" 스카페타는 바깥으로 연결되는 티크목 소재의 문을 가리키며 물었다.

"아니요. 둘리 부인 말에 따르면, 문이 잠겨 있지 않아서 집 안으로 들어갈 수 있었다고 해요. 범인이 창틀을 빼내고 손을 안으로 넣었던 것으로 추정됩니다. 자, 여길 보세요." 베키는 지금은 종이를 덮어 둔, 창틀이 있었던 지점으로 걸어갔다. "창틀을 빼내면 세탁실 안 잠금장치에 쉽게 손이 닿아요. 그래서 열쇠가 없는 자물쇠를 유리창 근처에 설치하지 말라고들 하죠. 물론 경보 장치는 켜져 있었고요…."

"경보 장치는 켜져 있지 않았을 텐데요."

"둘리 부인이 들어왔을 때는 켜져 있지 않았어요."

"하지만 범인이 들어왔을 때 경보 장치가 켜져 있었는지는 모르죠?"

"그것에 관해 생각해봤어요. 경보 장치가 켜져 있었다면 유리 절단기가…." 베키는 이야기를 꺼내다 말고는 잠시 생각에 잠겼다. "유리 절단기 때문에 경보 장치가 울렸을 거라곤 생각하지 않아요. 경보 장치는 소음에 민감하죠."

"유리창이 깨졌을 때 그리고 범인이 집 안에 있었을 때 경보 장치가 켜져 있지 않았다고 가정해봐요. 유리창을 먼저 깨지 않았다면 그럴 가능성은 거의 없을 거예요."

"동감이에요." 베키가 말했다. "비가 들이치지 않고 벌레들이 들어오지 못하도록 유리창을 닫아뒀을 거예요. 더구나 개를 안에 들였으니 적어도 깨진 유리는 주웠을 거고요. 그녀가 범인과 몸싸움을 하면서 문을 통해 도망치려고 했을지도 몰라요. 혹시 알고 있는지 모르겠지만, 그 전날 밤 경보 장치가 울렸어요. 그런 일은 꽤 자주 있는데, 너무 취해서 경보 장치 킨 걸 잊어버리고 슬라이더를 열면 곧바로 경보 장치가 울리죠.

경보 장치 회사에서 전화를 했지만 그녀는 비밀번호가 기억나지 않는다고 했어요. 그러면 우리가 급파됐지요."

"경보 장치가 언제 이후로 울리지 않았는지 기록이 남아 있나요?" 스카페타가 물었다. "경보 장치 회사에서 그 기록을 받아낼 수 있을까요? 예를 들어, 언제 마지막으로 울렸는지, 언제 마지막으로 작동하고 해제했는지 알 수 있어요?"

"아까 말했던 실수로 울린 경보가 마지막으로 울린 거예요."

스카페타가 말했다. "경찰이 왔을 때 그녀가 모는 흰색 캐딜락을 봤다고 하던가요?"

베키는 아니라고 했다. 경관들은 그 차가 집에 있는 걸 보지 못했다고 했다. 하지만 차가 차고에 있었을 수도 있다. 베키가 덧붙여 말했다. "그녀는 월요일 어두워질 무렵에 경보 장치를 맞춘 것 같아요. 그러고 나서 저녁 9시 무렵에 끄고 나서 다시 켰죠. 그리고 다음 날 새벽, 그러니까 어제 새벽 4시 15분에 껐어요."

"그리고 그 이후에는 다시 켜지 않았나요?" 스카페타가 물었다.

"내 생각엔 그런 것 같아요. 술을 마시고 마약을 하면 정상적인 시간을 지키지 못하니까요. 낮에 자다 깨다 하면서 이상한 시간에 일어나죠. 그래서 그녀는 개를 산책 시키고 담배를 피우려고 새벽 4시 15분에 경보 장치를 껐을 거고, 계속 지켜보던 범인이 그녀를 봤을 거예요. 범인은 그녀를 스토킹 했을 거고요. 아마도 그는 유리를 절단한 후 어둠 속에서 몰래 기다리고 있었을 거예요. 저택 측면에는 대나무와 관목이 이어져 있고 이웃집에는 아무도 없었어요. 투광조명등을 켜두었다 해도 범인은 아무에게도 들키지 않고 이곳 안쪽에 숨어 있을 수 있었을 거예요. 개가 사라진 점이 이상한데, 지금 어디에 있죠?"

"사람을 시켜 확인해보라고 할게요." 스카페타가 말했다.

"개가 말을 할 수 있으면 사건이 해결될 텐데." 베키가 농담을 했다.

"개를 찾아야 해요. 어떤 계기로 사건이 풀릴지 아무도 모르니까요."

"개가 도망쳤다면 누군가 찾았을 거예요." 베키가 말했다. "바셋 하운드는 흔히 볼 수 있는 종이 아니에요. 경찰들이 이곳 주변에서 집 잃은 개를 찾을 수 있을 거예요. 둘리 부인의 말이 사실이라면, 개는 웹스터 부인과 한동안 함께 있었을 거고 그녀를 몇 시간 동안 살아 있게 했을 수도 있어요. 경보 장치는 어제 새벽 4시 15분에 해제됐고, 둘리 부인이 집에 들어와 핏자국을 발견한 건 그로부터 여덟 시간이 지난 점심 무렵이었어요. 개는 그때까지 집 안에 있었을 수도 있어요."

스카페타는 세탁물 바구니 안에 든 옷을 자세히 살펴보았다. 그녀는 장갑 낀 손으로 맨 위의 대충 접은 티셔츠를 집어 바닥에 펼쳤다. 축축하고 때가 묻었다. 스카페타는 자리에서 일어나 개수대 안을 들여다보았다. 스테인리스스틸 소재의 개수대에는 물이 튄 자국이 있었고 배수관에는 물이 조금 고여 있었다.

"범인이 이걸 이용해 창문을 닦았을지도 모르겠어요." 스카페타가 말했다. "걸레로 사용한 것처럼 아직 축축하고 때가 더럽게 묻었어요. 이 옷을 종이봉투에 담아 연구실에 가져가야겠어요."

"뭘 찾으려고요?" 베키가 다시 그 질문을 했다.

"범인이 손으로 이걸 잡았다면 그의 DNA를 채취할 수 있을 거고, 증거물도 찾을 수 있을 거예요. 어느 연구실로 할지 정해야 할 것 같네요."

"SLED의 수준은 높지만 시간이 너무 오래 걸려요. 당신의 연구실을 이용할 수 있을까요?"

"연구실은 그러기 위해 있는 거죠." 스카페타는 현관으로 이어지는 문 근처에 설치된 경보 장치 키패드를 쳐다보았다. "범인이 집 안으로 들어오면서 경보 장치를 해제했을 거예요. 그가 그랬을 거라고 가정해야 해요. 버튼이 아니라 LCD 터치패드죠. 지문이 남아 있을 가능성도 크고 DNA를 채취할 수도 있을 거예요."

"범인이 경보 장치를 해제했다면 집주인과 아는 사이였을 거예요. 그가 집 안에 얼마나 오랫동안 있었는지 생각해보면 일리가 있죠."

"그럼 범인은 이 집을 잘 알고 있었겠지만, 그렇다고 웹스터 부인과 아는 사이라고 할 수는 없어요." 스카페타가 말했다. "비밀번호가 뭐죠?"

"'1, 2, 3, 4 누르고 곧바로 들어가는 비밀번호' 였어요. 미리 맞춰진 번호였는데 한 번도 바꾸지 않은 거죠. 당신에게 모든 걸 넘겨주기 전에 연구실에 관해 분명히 확인할게요. 토미에게 물어봐야겠어요."

터킹턴 형사는 루시와 함께 현관에 있었다. 베키가 연구실 문제에 관해 묻자, 그는 요즘은 모든 걸 사적으로 진행할 수 있는 게 놀랍다고 말했다. 어떤 부서는 심지어 사설 경찰을 고용하기도 했다.

"우리도 그럴 거예요." 루시가 노란색 고글을 스카페타에게 넘겨주며 말했다. "플로리다에도 사설 경찰이 있었죠."

베키는 열린 채 바닥에 놓여 있는 상자에 관심을 보였다. 손전등 모양의 고강도 조명 기구와 9볼트의 니켈 건전지, 고글 그리고 멀티포트 충전기를 쳐다보았다. "범죄 현장에서 사용하는 휴대용 조명등을 갖다 달라고 보안관에게 계속 부탁하고 있어요. 각 조명등마다 띠 너비가 다르군요, 그렇죠?"

"보라색, 파란색, 청록색 그리고 초록색의 스펙트럼이죠." 루시가 말했다. "그리고 이 흰빛의 휴대용 넓은 띠 너비는 대비 강화를 위해 파란색, 초록색 그리고 붉은색의 상호 교환 가능한 필터를 갖고 있어요."

"기능은 좋아요?"

"체액, 지문, 마약 잔여물, 섬유 혹은 증거물들을 찾는 데 좋아요."

루시는 400~430나노미터의 보라색 조명등을 선택한 후 베키, 스카페타와 함께 거실로 걸어갔다. 모두 걷어둔 차양 너머로 홀리 웹스터가 익사한 검은색 바닥의 수영장이 보였다. 수영장 너머에는 모래 언덕과 바다 귀리 그리고 해안이 보였다. 바다는 잔잔했고 수면에 비친 햇살은 자그마한 은빛 물고기 같았다.

"여기에도 발자국이 많아요." 베키가 말하자 루시와 스카페타가 주변을 둘러보았다. "맨발 자국과 신발 자국이 모두 조그마한데, 아마 그녀 것일 거예요. 범인이 떠나기 전에 창문은 닦았으면서 바닥을 닦은 흔적이 없는 게 이상해요. 그렇다면 범인의 신발 자국이 남아 있을 거라는 생각이 들어요. 그런데 이 반짝이는 석조 바닥은 뭐죠? 파란색 타일은 이제껏 본 적이 없는데, 마치 바다 같네요."

"아마도 바다처럼 보이려고 깐 걸 거예요."스카페타가 말했다. "푸른색 대리석이거나 청금석일 거예요."

"맙소사. 예전에 청금석으로 만든 반지가 있었는데… 바닥 전체를 청금석으로 마감하다니 믿기지 않네요. 더러운 자국을 잘 감추지만 최근에 청소를 하지 않은 게 분명해요. 집 안에는 먼지와 온갖 것들이 있어요. 손전등을 어느 각도로 비춰보면 내 말이 무슨 뜻인지 알 거예요. 범인의 발자국이 왜 하나도 남아 있지 않은지 의아해요. 더구나 그가 침입해 들어온 세탁실에도 발자국이 없는 게 이해가 안 돼요."

"내가 둘러볼게요. 2층은 어때요?" 루시가 말했다.

"웹스터 부인은 2층을 사용하지 않은 것 같고, 범인도 2층으로 올라가지 않은 것 같아요. 2층에는 손님방과 미술품 전시실, 게임 룸이 있는데 어지럽힌 흔적이 없어요. 이런 집은 본 적이 없어요. 정말 멋진 집이에요."

"그녀에겐 그렇지 않을 거예요." 스카페타는 바닥에 흩어진 긴 검은 머리칼과 소파 앞 테이블에 놓인 빈 술잔, 보드카 병을 쳐다보며 말했다. "이 집에서 엄마로서의 행복을 느끼지는 못했을 거예요."

마들리사가 집에 들어온 지 한 시간도 지나지 않아 초인종이 울렸다.

예전 같았으면 누구인지 물어보지도 않고 문을 열어주었을 것이다.

"누구세요?" 그녀는 잠긴 문 안쪽에서 물었다.

"법의국에서 나온 피트 마리노 수사관이오." 마들리사에게 북쪽 양키를 떠올리게 하는 저음의 목소리가 들렸다.

마들리사는 자기가 뭘 두려워하는지 어렴풋이 느꼈다. 힐튼 헤드에 사는 여자가 죽었다. 도대체 법의국 직원이 왜 여기에 나타난 걸까? 남편이 집에 오자마자 그녀를 혼자 두고 볼일을 보러 밖에 나가지 않았다면 좋았을 거라는 생각이 들었다. 바셋 하운드 소리가 나는지 귀를 기울였지만, 손님방에 있는 개는 다행히 아무 소리도 내지 않았다. 현관문을 연 마들리사는 겁에 질렸다. 오토바이를 타고 다니는 청부 살인업자 같은 거구의 남자가 버티고 있었기 때문이다. 그는 그 불쌍한 여자를 죽인 다음 마들리사를 죽이려고 집으로 찾아온 것이다!

"난 아무것도 몰라요." 마들리사가 문을 닫으려 하면서 말했다.

마리노는 발로 문을 막아서며 집 안으로 들어갔다. "긴장하지 마시오." 마리노는 지갑을 열어 배지를 보여주며 말했다. "아까 말했던 것처럼, 법의국에서 나온 피트 마리노요."

마들리사는 무슨 말을 해야 할지 몰랐다. 그녀가 경찰을 부르려 했다면 마리노는 그 자리에서 그녀를 죽일 것이다. 요즈음은 누구나 배지를 손쉽게 구할 수 있었다.

"앉아서 잠깐 얘기나 나누죠." 마리노가 말했다. "당신이 힐튼 헤드에 있는 보포트 카운티의 보안관 사무실에 들렀다는 얘기를 들었소."

"누구한테 그런 얘기를 들었죠?" 마들리사는 기분이 다소 나아졌다.

"그 수사관에게 들었나요? 난 내가 아는 모든 걸 얘기했는데, 그는 내 말을 믿지 않았어요. 내가 여기에 산다는 건 누구한테 들었어요? 난 경찰에 협조했는데 그들은 내 집 주소를 다른 사람에게 가르쳐주다니, 정말 걱정스럽군요."

"당신 진술에 약간 문제가 있소." 피트 마리노가 말했다.

루시는 노란 보안경을 쓴 채 스카페타를 쳐다보았다.

그들은 웹스터 부인의 침실에 들어와 있었다. 차양이 내려온 침실의 갈색 실크 베드스프레드에 강한 자외선을 비추자 얼룩과 청금석 형광 네온 초록색이 보였다.

"정액일 수도 있고 다른 것일 수도 있어." 루시가 불빛으로 침대를 자세히 비춰보며 말했다.

"침, 소변, 지방이 분비된 오일, 땀." 스카페타가 커다랗게 빛나는 지점에 가까이 다가가며 덧붙여 말했다. "냄새는 전혀 나지 않아. 불빛을 여기에 고정해봐. 문제는 베드스프레드를 마지막으로 세탁한 게 언제인지 알 수 없다는 거야. 집 청소를 제대로 하지 않았을 텐데, 우울증에 걸린 사람들의 전형이지. 침대 덮개는 연구실로 가져가. 칫솔과 빗도 필요하고 커피 테이블에 놓인 손잡이 없는 컵도 물론 가져가야 해."

"뒤쪽 계단에 담배꽁초가 가득 든 재떨이가 있어." 루시가 말했다. "웹스터 부인의 DNA 혹은 발자국과 지문은 문제가 되지 않을 거야. 문제는 범인이야. 그는 자신이 무슨 짓을 하는지 잘 알고 있어. 요즘은 모두들 전문가 같아."

"아니, 전문가라고 생각하는 것뿐이야." 스카페타가 말했다.

스카페타가 보안경을 벗자 침대 덮개에 보이던 초록색 형광이 사라졌다. 루시도 범죄 현장 조명등을 끄고 보안경을 벗었다.

"뭐 하는 거야?" 루시가 말했다.

스카페타는 침실에 들어오자마자 눈에 들어온 사진을 자세히 들여다보고 있었다. 셀프 박사가 거실에 앉아 있고 그녀 맞은편에 긴 검은 머리의 아름다운 여인이 앉아 있는 사진이었다. 텔레비전 카메라가 가까이에서 돌아가고 있었고, 방청객들은 박수를 치며 웃고 있었다.

"셀프 박사의 토크쇼에 출연했을 때야." 스카페타가 루시에게 말했다. "하지만 이 사진이 있을 줄은 몰랐어."

웹스터 부인이 드루 마틴 그리고 피부가 까무잡잡한 남자와 함께 찍은 사진인데, 스카페타가 보기에 그 남자는 드루의 테니스 코치인 지아니 루파노 같았다. 찰스턴 시내에서 5킬로미터 정도 떨어진 다니엘 섬의 패밀리 서클 컵 테니스 경기장 센터 코트에서 세 사람 모두 눈부신 햇살에 눈을 가늘게 뜨고 활짝 웃으며 찍은 사진이었다.

"공통분모가 뭘까?" 루시가 말했다. "모두 이기적이었을 거야."

"이 경기에서는 그렇지 않아. 이 사진의 차이점을 봐." 스카페타는 웹스터 부인이 드루 마틴과 함께 찍은 사진을 가리키며 말했다. "현저히 나빠졌어. 그녀의 눈을 봐."

루시가 침실 조명등을 켰다.

"패밀리 서클 컵 경기장에서 찍은 사진을 보면, 웹스터 부인은 알코올에 중독되고 처방전 약을 복용하는 사람처럼 보이지 않아." 스카페타가 말했다.

"그리고 머리칼도 뽑지 않은 것 같아." 루시가 말했다. "사람들이 왜 그러는지 도무지 이해가 안 가. 머리칼과 음모가 사방에 흩어져 있어. 욕조에서 찍은 사진을 보면 머리칼이 절반은 빠진 것 같아. 눈썹과 속눈썹도 마찬가지고."

"발모벽(머리털을 포함한 자신의 털을 뽑으려는 충동을 억제하지 못하는 증상—옮긴이)이야." 스카페타가 말했다. "강박 질환으로 불안과 우울증에 시달리지. 그녀의 삶은 지옥 같았을 거야."

"셀프 박사가 공통분모라면 바리에서 피살된 그 캐나다 관광객은? 그녀가 셀프 박사의 토크쇼에 나갔거나 셀프 박사와 아는 사이라는 증거는 없잖아."

"범인은 그때 처음 맛보았을 거야."

"뭘 맛보았다는 거야?" 루시가 물었다.

"민간인을 살해하는 맛." 스카페타가 대답했다.

"그렇다고 셀프 박사와 연결되었다고 볼 수는 없어."

"그녀에게 사진을 보낸 건 그가 심리적인 전망과 자신의 범죄에 대한 의식을 만들어냈다는 걸 뜻해. 그리고 범죄가 게임처럼 되고 목적이 생긴 거지. 자신이 저지르고 있는 범죄에서 더 이상 두려움을 느끼지 않게 되었는데, 자신이 고통과 죽음을 가하고 있다는 사실과 직면하는 걸 견딜 수 있게 되었기 때문이지. 그러므로 그는 범죄에 의미를 부여해야 하고, 범죄를 간교하게 만들어야 하지." 스카페타는 매우 비과학적이지만 실용적인 도구인 포스트잇을 범죄 현장 가방에서 꺼냈다. "종교와 마찬가지야. 신의 이름으로 뭔가를 하면 괜찮아지는 거야. 돌을 던져 사람을 죽이는 것도, 화형 시키는 것도, 종교재판이나 십자군도 마찬가지였지. 자신과 다른 사람을 억압하는 거지. 범인은 자기가 하는 일에 의미를 부여하게 된 것 같은데, 내 개인적인 생각일 뿐이야."

스카페타는 밝은 흰색 불빛을 비추어 침대를 자세히 살폈다. 그녀는 포스트잇의 접착제가 있는 면으로 섬유, 머리카락, 부스러기, 모래 등을 묻혔다.

"그럼 셀프 박사가 범인에게 개인적으로 중요한 사람이라고, 범인의 드라마에 나오는 후원자라고 생각하지는 않아? 방송에 나온다는 이유로 범인이 그녀에게 집착했을 거라고 생각하지는 않아?"

스카페타는 포스트잇을 증거물 봉투에 넣고 노란색 범죄 현장 테이프로 봉한 후, 목록과 날짜를 기입했다. 그런 다음 루시와 함께 베드스프레드를 접었다.

"지극히 개인적인 거라고 생각해." 스카페타가 대답했다. "개인적이지 않으면 자신이 하는 게임이나 사이코드라마에 누군가를 끌어들이지 않으니까. 그 이유에 대해선 잘 모르겠어."

루시가 종이 뭉치에서 갈색 종이봉투를 뜯자 찢기는 소리가 요란하게 났다.

"예를 들어, 범인은 그녀를 만난 적이 한 번도 없을지도 몰라. 스토커들처럼 말이지. 혹은 만났을 수도 있을 거야." 스카페타가 말했다. "셀프 박사의 토크쇼에 나왔을 수도 있고 그녀와 시간을 보냈을 수도 있어."

그들은 접은 베드스프레드를 종이봉투 한가운데에 넣었다.

"이모 말이 맞아. 어떤 식으로든 개인적인 사연이 있을 거야." 루시가 단정적으로 말했다. "범인이 바리에서 여자를 살해하고, 셀프 박사에게 알려질 거라고 생각하며 마로니 박사에게 고백했을지도 몰라. 하지만 셀프 박사는 알지 못했잖아. 그래서 그는 어땠을까?"

"그는 더 무시당한 기분이 들었을 거야."

"그래서?"

"한 단계 더 강화했지."

"지극히 불안하고 상처받은 아이에게 어머니가 주의를 기울이지 않으면 어떤 일이 일어나지?" 스카페타가 종이봉투를 접으며 물었다.

"글쎄, 성장해서 나 같은 사람이 되겠지." 루시가 말했다.

스카페타가 노란색 테이프를 자르며 말했다. "그 사람의 토크쇼에 나온 게스트를 고문하거나 죽이는 건 정말 끔찍한 일이지. 단지 그 사람의 관심을 얻기 위해서 말이야."

60인치 평면 TV 화면이 마리노에게 말을 거는 듯했다. 마들리사에게 불리하게 작용할 수 있는 이야기가 화면에 나오고 있었다.

"내가 본 평면 TV 가운데 가장 크기가 큰 것 같소." 마리노가 말했다.

그녀는 과체중이고, 눈꺼풀이 두껍고, 치과 치료를 받아야 할 것 같았다. 그녀의 치열은 흰색 말뚝을 늘어세운 울타리 같았고 헤어스타일도 엉망이었다. 그녀는 꽃무늬 소파에 앉은 채 안절부절못했다.

그녀가 말했다. "남편이 좋아하는 장난감이에요. 난 커다랗고 비싸다는 것 말고는 아무것도 모르겠어요."

"저 텔레비전으로 게임을 시청하면 정말 대단할 것 같소. 나라면 저 텔레비전 앞에 앉아 꼼짝도 하지 않을 거요."

지금 그녀의 모습도 그와 비슷했다. 텔레비전 앞에 앉은 그녀는 좀비 같았다.

"어떤 프로그램을 즐겨 봅니까?" 마리노가 물었다.

"범죄 드라마와 추리극을 좋아해요. 대개는 범인을 알아맞힐 수 있으니까요. 하지만 나한테 그 일이 일어난 이후에 다시 그런 폭력적인 드라마를 볼 수 있을지는 모르겠어요."

"범죄 드라마를 많이 봤다면 법의학에 대해서도 잘 알겠군요." 마리노가 말했다.

"1년 전쯤 배심원을 맡으면서 판사들보다 법의학에 대해 많은 걸 알게 됐어요. 판결에 그다지 중요하지는 않지만 법의학에 대해 약간 알지요."

"이미지 복원이라고 들어봤소?"

"네, 들어봤어요."

"사진과 비디오테이프에서처럼 디지털 기록을 삭제한 다음 복원하는 거요."

"아이스티 만들 수 있는데 한잔 마시겠어요?"

"지금은 괜찮소."

"남편이 지미 덴게이트 가게에 들를 것 같은데, 그곳 프라이드치킨 먹어봤나요? 남편이 곧 도착할 건데 당신도 좋아할 거예요."

"당신이 계속 그렇게 화제를 바꾸지 않았으면 좋겠소. 디스크나 메모리 스틱에 저장된 디지털 이미지를 완전히 삭제하는 건 거의 불가능하오. 하루 종일 삭제해도 다시 복원할 수 있소." 전적으로 사실은 아니었지만 마리노는 아무런 거리낌도 없이 천연덕스럽게 거짓말을 했다.

마들리사는 궁지에 몰린 생쥐 같았다.

"내가 뭘 알아내게 될지 알 거요, 그렇지 않소?" 마리노가 말했다. 그는 자신이 원하는 곳으로 그녀를 몰아붙였지만, 기분이 그다지 좋지 않았다. 자신이 뭘 알아내게 될지도 확실히 알 수 없었다.

얼마 전 스카페타가 전화를 걸어, 터킹턴 형사가 애슐리 둘리가 캠코더에서 지운 화면이 의심스럽다 했다고 전했다. 둘리 씨가 인터뷰 그 얘기를 했기 때문이라고 했다. 마리노는 자신이 해답을 찾겠노라고 했다. 지금 그가 바라는 건 스카페타를 즐겁게 해주고, 자신이 쓸 만한 사람이라는 걸 그녀에게 알리는 것이었다. 그는 스카페타의 전화를 받고 깜짝 놀랐었다.

"나한테 왜 계속 묻는 거죠?" 마들리사가 다시 말문을 열며 울음을 터뜨렸다. "이미 말했던 것처럼, 그 형사에게 말한 것 말고는 아무것도 몰라요."

그녀는 마리노 너머에 보이는 자신의 자그마한 노란색 집 뒤편을 계속 흘깃거리며 보았다. 노란색 벽지와 노란색 카펫이 깔려 있었는데, 마리노는 온통 노란색으로 장식한 집을 본 적이 없었다. 둘리의 집 곳곳은 오줌을 눈 것처럼 실내장식이 온통 노란색이었다.

"이미지 복원 얘기를 꺼낸 건 당신 남편이 해안에서 찍은 화면을 삭제했기 때문이오." 마리노는 그녀의 우는 모습을 보고도 꿈쩍도 하지 않았다.

"난 허가를 얻기 전에 그 집 앞에 서 있었어요. 그래서 남편이 그 화면을 삭제한 거예요. 물론 허가를 얻지 못했죠. 어떻게 허가를 얻을 수 있었겠어요? 시도하지 않았던 건 아니에요. 난 양식 있는 사람이니까요."

"당신이 양식 있는 사람인지는 아무 관심 없소. 중요한 건 당신이 나와 다른 사람들에게 숨기고 있는 거요." 안락의자에 앉은 마리노는 상체를 앞으로 숙이며 말했다. "당신이 내게 사실대로 말하고 있지 않다는 걸 잘 알고 있소. 그걸 어떻게 아냐고? 바로 과학 때문이오."

마리노는 과학에 대해선 아무것도 몰랐다. 디지털 캠코더에서 삭제한 이미지를 복원해내는 방법도 몰랐다. 복원해낸다면 과정이 복잡할 거고 시간도 꽤 걸릴 것이다.

"그러지 말아요." 마들리사가 마리노에게 애원했다. "미안하지만 그를 데려가지 말아요. 난 그를 무척 사랑해요."

마리노는 그녀가 무슨 말을 하는 건지 알 수 없었다. 남편을 얘기하는 것 같았지만 확실히 알 수는 없었다.

마리노가 말했다. "내가 그를 데려가지 않으면 어떻게 되는 거요? 그를 데려가지 않으면 난 어떻게 자초지종을 설명하란 말이오?"

"아무것도 모르는 척해주세요." 마들리사는 더 큰 소리로 울었다. "그렇다고 무슨 상관있겠어요? 그는 아무 짓도 하지 않았어요. 아, 불쌍한 사람. 그가 어떤 일을 겪었는지 누가 알겠어요? 그는 몸을 바들바들 떨었고 몸에 피가 묻어 있었어요. 겁이 나서 도망친 것 말고는 아무 짓도 하지 않았어요. 그를 데려가면 어떤 일이 벌어질지 알 거예요. 그를 안락사시킬 거예요. 아, 부탁이니 그를 내 곁에 두세요. 이렇게 간절히 부탁해요."

"몸에 왜 핏자국이 묻어 있었던 거요?" 마리노가 물었다.

스카페타는 웹스터 부인의 저택 침실에서 호랑이 눈동자 색깔의 오닉스 바닥에 손전등을 비스듬하게 비췄다.

"맨발 자국이 남아 있어요. 자그마한 걸 보니 그녀의 것일 거고, 머리칼도 흩어져 있어요." 스카페타가 문간에 서서 말했다.

"마들리사 둘리의 말이 사실이라면, 범인은 이곳 침실 안을 돌아다녔을 게 분명해요. 정말 이상해요." 베키가 말하자 루시가 자그마한 푸른색과 노란색의 상자와 증류수 병을 들고 나타났다.

스카페타는 침실에 딸린 욕실 안에 들어가 호랑이 얼룩무늬 샤워 커튼을 걷고, 깊은 구리 욕조 안에 불빛을 비췄다. 처음엔 아무것도 보이지 않다가 이윽고 무엇인가에 관심이 갔다. 깨진 흰색 도자기 파편 같은 게 어떤 이유에서인지 흰색 비누와 욕조 측면에 부착된 비누 접시 사이에 놓여 있었다. 스카페타는 유심히 들여다보다가 보석 세공인들이 사용하는 정밀 렌즈를 꺼냈다.

"도자기가 아니라 치아를 덮는 치관(齒冠)의 일부예요. 임시로 한 치관이 부서진 것 같아요." 스카페타가 말했다.

"나머지 부분이 어디에 있는지 궁금하네요." 베키가 문간에 쭈그려 앉아 바닥을 자세히 들여다보더니 손전등을 켜 사방에 비추었다. "최근에 한 거라면 어딘가 남아 있을 거예요."

"배수구로 내려갔을 수도 있으니 U 자 배수관을 확인해야겠어요. 어딘가에 있을 거예요." 앞니에 한 것으로 보이는 치관 절반을 자세히 들여다보자 핏자국이 남아 있는 것 같았다. "웹스터 부인이 최근 치과 치료를 받은 적이 있는지 알아낼 수 있을까요?"

"섬에 치과가 그리 많지 않으니 확인해볼 수 있어요. 다른 지역의 치과에 가지 않았다면 진료 기록을 찾아내는 게 어렵지 않을 거예요."

"아주 최근 기록이어야 할 거예요." 스카페타가 말했다. "치관이 깨진 걸, 더구나 앞니의 치관이 깨진 걸 모를 정도면 위생 문제를 얼마나 게을리했을지 짐작이 가요."

"범인의 것일 수도 있어요." 루시가 말했다.

"그러는 편이 훨씬 낫겠지." 스카페타가 말했다. "자그마한 종이봉투가 필요해."

"내가 가져올게." 루시가 말했다.

"아무것도 보이지 않아요. 여기서 깨진 거라면 나머지 부분은 없어요. 아직 치아에 붙어 있을 수도 있을 거예요. 예전에 치관을 부러뜨린 적이 있는데, 자그마하게 남은 치아 덩어리에 붙어 있었어요." 베키가 스카페타 뒤에 있는 구리 욕조를 쳐다보았다. "양성 음성 반응에 대해 얘기해보도록 하죠. 책에 쓸 만한 새로운 게 될 테니까요. 루미놀을 사용해야 하는 경우도 거의 없었는데, 욕조와 세면대가 구리군요."

"난 루미놀은 더 이상 사용하지 않아요." 스카페타는 루미놀이라는 산화제가 믿지 못할 친구인 양 말했다.

최근까지만 하더라도 루미놀은 법의학에서 널리 쓰였고, 스카페타 역시 육안으로 보이지 않는 핏자국을 찾아내려고 루미놀을 사용하는 데 의구심을 가진 적이 없었다. 핏자국을 물에 씻거나, 심지어 페인트를 덧칠해도 루미놀이 든 병을 흔들어 뿌리고 형광을 발하는 걸 확인하면 되었다. 하지만 예전부터 여러 가지 문제가 있었다. 주인뿐 아니라 이웃 사람들에게도 꼬리를 흔드는 개처럼 루미놀은 혈액 속에 든 헤모글로

빈에 반응할 뿐만 아니라 페인트, 니스, 배수 세정제, 표백제, 민들레, 엉겅퀴, 덩굴 도금양, 옥수수 등 여러 가지에 반응을 보였고, 물론 구리에도 반응을 보였다.

루시는 실험을 위해 자그마한 헤마스틱스 용기를 꺼내어 핏자국을 닦아낸 곳에 찌꺼기가 남아 있는지 살폈다. 실험 결과 혈액이 있었을 거라는 결과가 나오자, 스카페타는 블루스타 매그넘 상자를 열어 갈색 유리병과 알루미늄 포일 팩, 스프레이 통을 꺼냈다.

"더 강하고, 더 오랫동안 지속되고, 완전히 어두운 곳에서 사용할 필요도 없죠." 스카페타가 베키에게 설명했다. "나트륨 과붕산염 테트라하이드레이트가 없기 때문에 독성이 없어요. 구리에도 사용할 수 있는데, 강도와 색깔 스펙트럼도 다르고 혈액과는 지속성이 다르기 때문이죠."

스카페타는 침실에 남아 있는 핏자국을 더 찾아봐야 했다. 마들리사가 주장한 것과는 달리, 가장 강한 빛을 비추었지만 미세한 흔적도 드러나지 않았다. 하지만 그리 놀라운 일은 아니었다. 지금까지의 정황을 보면, 범인은 마들리사가 집에서 나간 후 범행 흔적을 티끌 하나 남기지 않고 깨끗이 치웠을 것이다. 스카페타는 스프레이 노즐의 농도를 가장 옅게 조절해 증류수 1~2리터를 부은 다음, 알약 두 개를 넣었다. 피펫으로 몇 분 동안 부드럽게 젓고 갈색 유리병을 열어 나트륨 수산화물 용해제에 부었다.

스카페타가 그 용액을 뿌리자 침실 전체에 작은 점과 줄무늬, 여러 가지 무늬가 밝은 코발트블루색으로 반짝이기 시작했다. 베키는 사진을 찍었다. 잠시 후 스카페타가 주변을 정리하고 범죄 현장 가방을 다시 꾸릴 때 휴대전화가 울렸다. 루시의 연구소에서 일하는 지문 검사관이었다.

"이 이야기는 도저히 믿지 못할 겁니다." 지문 검사관이 말했다.

"진심이 아니라면 그런 말부터 하지 말아요." 농담이 아니었다.

"금화 펜던트에 찍힌 지문과 일치하는 지문을 찾아냈어요." 검사관은 흥분한 탓에 말이 빨라졌다. "지난주 힐튼 헤드에서 발견된 신원 미상 소년의 지문과 일치해요."

"정말이에요? 아니, 말도 안 돼. 그럴 리가 없어요."

"그럴 리가 없지만 의심의 여지가 없어요."

"진심이 아니라면 그런 말도 하지 말아요. 실수가 있었을지도 모른다는 생각이 가장 먼저 떠오르는군요." 스카페타가 말했다.

"그렇지 않습니다. 마리노가 시체 공시소에서 찍은 열 개의 지문 카드를 가져와 분명히 확인했어요. 금화에 부분적으로 남은 지문이 신원 미상 소년의 오른쪽 엄지 지문과 일치해요. 실수는 없어요."

"금화에 접착제를 바르고 증기를 쐰 이후에 지문을 찾아냈단 말인가요? 어떻게 찾아낸 건지 모르겠군요."

"나도 같은 생각입니다. 사춘기 이전 소년의 지문은 증발할 만큼 오랫동안 지속되지 않는다는 거 알아요. 대개는 물만 남죠. 오일이나 아미노산 그리고 사춘기와 함께 오는 나머지 분비물 대신 땀만 있죠. 어린아이의 지문에 강력 접착제를 이용해본 적은 없는데, 이는 박사님도 마찬가지일 겁니다. 하지만 이 지문은 어린아이의 것이고, 그 아이는 박사님의 공시소에 있는 아이입니다."

"그렇지 않을지도 몰라요. 금화에서 증발하지 않았을지도 몰라요." 스카페타가 말했다.

"증발했을 게 분명해요. 강력 잡착제처럼 보이는 산마루 모양이 있는데, 증발시킨 것과 똑같아요."

"그가 손에 접착제를 묻히고 금화를 건드렸을지도 몰라요." 스카페타가 말했다. "그렇게 해서 지문을 남긴 거죠."

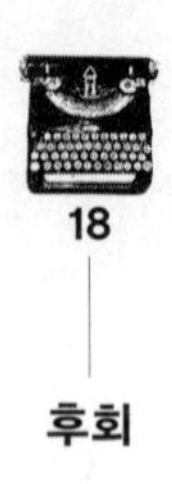

18

후회

밤 9시. 마리노의 오두막 앞 길가에 굵은 빗줄기가 내리쳤다. 비에 흠뻑 젖은 루시는 아이팟으로 가장한 무선 수화기 미니디스크 녹음기를 켰다. 정확히 6분이 지나면 스카페타가 마리노에게 전화할 것이다. 지금 마리노는 샌디와 언쟁을 벌이고 있었고, 그의 컴퓨터 드라이브에 몰래 끼워둔 마이크를 통해 그들이 하는 말이 들렸다.

무거운 발자국 소리, 냉장고 문 여는 소리, 음료수 캔 혹은 맥주 캔을 따는 소리가 마이크를 통해 들렸다.

샌디의 화난 목소리가 루시의 이어폰에 들렸다. "…경고하는데 거짓말하지 말아요. 갑자기라고요? 헌신적인 관계를 갑자기 원치 않는다고요? 그런데 내가 당신한테 헌신적이라고 누가 그러던가요? 당신에게 헌신해야 할 건 빌어먹을 정신병원뿐이에요. 당신 상사의 약혼자가 그곳 병원비를 할인해줄 수도 있겠죠."

마리노는 스카페타가 벤턴과 약혼한 얘기를 한 적이 있었다. 샌디가 마리노의 아픈 데를 건드리는 것은 그의 아픈 지점이 어딘지 알고 있음을 뜻했다. 샌디가 얼마나 자주 그를 놀리며 비웃었을까, 루시는 의구심이 들었다.

"난 당신 소유가 아니야. 내가 당신한테 더 이상 어울리지 않는다면, 오히려 내가 먼저 당신을 버릴지도 몰라." 마리노가 소리쳤다. "당신은 나한테 나쁜 사람이야. 당신 때문에 그 호르몬제를 사용하기도 했는데, 뇌졸중이나 발작을 일으키지 않은 게 놀랍지. 우리가 만난 지 채 1주일도 지나지 않았는데, 한 달 후면 어떻게 되겠어? 날 송장으로 만들 작정이야? 난 제정신을 잃고 일을 저질렀으니 빌어먹을 교도소에 갈 거야."

"당신은 이미 무슨 일을 저질렀을지도 몰라요."

"입 닥쳐."

"내가 왜 당신처럼 늙고 뚱뚱한 사람한테 헌신하겠어요? 그 호르몬제 없이는 발기도 못하잖아요."

"그만해, 샌디. 난 지금껏 계속 참아왔어, 알아들어? 내가 아무 쓸모없는 사람이라면 당신은 왜 지금 여기 있는 거야? 생각할 공간과 시간이 필요해. 지금은 모든 게 엉망이 돼버렸어. 담배를 피우고, 헬스클럽에도 가지 않고, 과음을 하고, 마약을 했어. 모든 게 엉망이 됐고, 당신은 나를 더 심한 곤경에 빠뜨리고 있어."

마리노의 휴대전화가 울렸지만 그는 전화를 받지 않았다. 전화벨은 계속 울렸다.

"제발 받아!" 루시가 폭우 속에서 큰 소리로 외쳤다.

"네." 마리노의 목소리가 루시의 이어폰에 들렸다.

마리노는 수화기에 귀를 기울인 채 잠시 가만히 있다가 스카페타에게 말했다. "그럴 리가 없소."

루시는 수화기 너머에서 들리는 스카페타의 목소리를 들을 수는 없지만, 둘이 무슨 얘기를 하는지는 알았다. 스카페타는 불이 그녀의 집 앞 골목에서 찾은 콜트 38구경의 일련번호나 지문, 그리고 권총에서 채취한 지문과 일치하는 지문이 NIBIN과 IAFIS에 없다고 말할 것이다.

"그는 어떻소?" 마리노가 물었다.

그는 불을 뜻했다. 스카페타는 그 질문에 대답할 수 없었다. 불은 전과 기록이 없기 때문에 IAFIS에 지문이 없을 것이다. 몇 주 전에 체포된 건 상관없었다. 콜트 권총이 그의 것이지만 훔치거나 범죄에 사용되지 않고, 길거리에 버려진 거라면 NIBIN에 등록되어 있지 않을 것이다. 스카페타는 예외적인 목적으로 지문을 채취하면 도움이 될 거라고 불에게 말했지만, 그는 허락하지 않았다. 그를 설득할 수 없었기 때문에 다시 그 얘기를 꺼낼 수 없었다. 스카페타와 루시는 웹스터 부인의 집을 나온 후 몇 차례 그에게 전화를 걸었는데, 그의 어머니는 불이 굴을 따러 나갔다고 했다. 이런 폭우 속에 왜 굴을 따러 갔는지 당혹스러웠다.

마리노의 목소리가 루시의 이어폰에 들렸다. 그는 방 안을 돌아다녔고, 샌디 앞에서 무슨 말을 할지 조심하는 게 분명했다.

스카페타는 금화 펜던트에 부분적으로 남은 지문에 대해서도 마리노에게 이야기할 것이다. 마리노가 깜짝 놀라자 화제를 돌린 것이다.

그러자 마리노가 말했다. "알게 돼서 다행이군요."

그러고 나서 마리노는 다시 말문을 닫았다. 그가 방 안을 왔다 갔다 하는 소리가 루시의 이어폰을 통해 들렸다. 마리노가 컴퓨터의 썸드라이브에 가까이 다가가는 소리가 들렸고, 의자에 앉는 것처럼 의자가 바닥에 긁히는 소리가 났다. 샌디는 아무 말이 없었는데, 아마 마리노가 누구와 어떤 얘길 하는지 알아내려고 애쓰고 있을 것이다. "음, 이 얘긴 나중에 해도 되겠소?" 마침내 마리노가 말했다. "다른 일을 하던 중이라서."

'안 돼.' 루시가 마음속으로 말했다. 그녀의 이모는 자신이 원하는 것 모두 마리노가 이야기하도록, 적어도 그가 귀 기울여 듣도록 강요할 것이다. 그가 지난주부터 오래된 모르간 은화 펜던트 목걸이를 끼기 시작했다는 얘기를 하지 않고는 전화를 끊지 않을 것이다. 그 목걸이는 스카페타의 공시소에 있는 시신 보관용 냉동고 속 죽은 소년이 꼈을 금화 펜던트 목걸이와 아무 연관이 없을지도 몰랐다. 하지만 마리노는 조야한 그 목걸이를 도대체 어디에서 구했을까? 스카페타가 물으면 그는 대답하지 않을 것이다. 아니, 대답할 수 없을 것이다. 샌디가 바로 곁에서 듣고 있었기 때문이다. 밖은 어두웠고 비가 세차게 내렸다. 빗물이 모자와 레인코트 옷깃 안으로 스며들었다. 루시는 마리노가 자신의 이모에게 어떤 짓을 했을지 생각했다. 그러자 똑같은 감정이 느껴졌다. 두려움 없는 단호한 감정.

"그렇소, 문제없소." 마리노가 말했다. "다 익은 사과가 나무에서 떨어지는 것과 마찬가지요."

루시는 자기 이모가 마리노에게 감사의 인사를 하고 있을 거라고 추측했다. 그녀가 마리노에게 감사의 인사를 하고 있다니, 얼마나 아이러니인가. 도대체 무엇을 고마워하는 걸까? 루시는 왜 그런지 알았지만 여전히 불쾌했다. 스카페타는 마리노가 마들리사와 이야기를 나눈 결과, 그녀가 결국 바셋 하운드를 데려갔다는 사실을 털어놓고 피 묻은 반바지를 보여주었기 때문에 그에게 고마워하는 것이다. 그 핏자국은 개에게 묻어 있던 것이다. 마들리사는 자신이 입고 있던 반바지로 그 피를 닦았는데, 개에게 묻어 있던 핏자국이 축축한 것으로 보아 누군가 다치거나 살해된 직후 그녀가 범죄 현장에 도착한 게 틀림없었다. 마리노는 그 반바지는 가져왔고 바셋 하운드는 그대로 두고 왔다. 마리노는 범인이 바셋 하운드를 훔쳐서 죽였거나 어딘가에 묻었을 거라고 말했다. 마리노가 잘 모르는 여자에게 그렇게 친절하고 예의 바르게 대한 건 정말 놀라운 일이었다.

차가운 빗줄기가 루시의 머리를 힘껏 내리쳤다. 그녀는 마리노나 샌디가 창가에 다가와도 잘 보이지 않도록 조심하며 걸음을 옮겼다. 밖은 어두웠지만 루시에게는 기회가 없었다. 마리노는 이제 전화를 끊었다.

"내가 바보 멍청이라서 당신이 도대체 누구와 통화하는지, 무슨 얘길 하는지 전혀 모를 거라고 생각해요? 수수께끼처럼 말해도 다 알아듣는다고요." 샌디가 새된 소리를 질렀다. "내가 멍청해서 모를 줄 알았죠? 방금 당신 상사랑 통화했잖아요!"

"당신이 상관할 일이 아니라고 도대체 몇 번이나 말해야 해? 내가 통화하고 싶은 사람이랑 통화도 못 해?"

"모든 일은 나와 상관있어요. 당신은 그녀와 밤을 보냈어요. 그다음 날 아침 이른 시각에 빌어먹을 당신 오토바이가 거기 있는 걸 봤다고요! 내가 바보 멍청이인 줄 알아요? 즐거웠어요? 반평생을 기다렸는데 좋던가요?"

"모든 일이 당신과 상관있다고 생각하다니, 정말 못 말리게 버릇없는 부잣집 딸이로군. 그렇지 않으니까 정신 똑바로 차려!"

욕설과 위협적인 말이 오간 후, 샌디는 집을 나와 문을 쾅 닫았다. 루시는 그녀가 씩씩거리며 오두막에서 나와, 화가 잔뜩 난 모습으로 오토바이를 타고 앞마당의 모래사장을 지나 벤 소여 다리를 향해 달리는 모습을 숨어서 지켜보았다. 루시는 샌디가 되돌아오지 않는지 귀를 기울이며 몇 분 더 기다렸지만 아무 소리도 들리지 않았다. 멀리서 차 소리와 굵은 빗방울이 떨어지는 소리만 들릴 뿐이었다. 루시는 오두막 현관으로 가서 출입문을 두드렸다. 문을 활짝 연 마리노의 표정이 갑자기 멍해졌다가 다시 불안해 보였는데, 슬롯머신처럼 감정이 들쭉날쭉 변했다.

"여긴 어쩐 일이야?" 마리노는 샌디가 돌아올지 몰라 걱정스러운 표정으로 루시 뒤쪽을 흘깃거렸다.

루시는 마리노가 생각하는 것보다 더 잘 알고 있는 지저분한 오두막 안으로 걸어 들어가 그의 컴퓨터와 썸드라이브가 제자리에 있는지 확인했다. 아이팟으로 가장한 도청장치와 이어폰은 레인코트 주머니에 쑤셔 넣었다. 마리노는 문을 닫고서 그 앞에 멍하니 서 있었는데, 루시가 곰팡이 냄새가 나는 격자무늬 소파에 앉자 표정은 더 불편해졌다.

"내가 샌디와 함께 공시소에 있을 때 네가 우리를 염탐했다는 거 알아." 마리노는 루시가 그 일 때문에 왔을 거라 짐작하며 선수를 쳤다. "이제 나한테 그런 짓을 하면 안 된다는 것쯤은 알겠지?"

루시가 어린아이였을 때도 한 번도 위협한 적 없는 마리노가 어리석게도 그녀를 위협하려 했다. 그는 루시가 청소년이었을 때도 한 번도 위협한 적이 없었다. 가끔 그녀를 조롱하거나 회피하기는 했다.

"그 얘기라면 박사와 이미 얘기했어. 더 이상 할 말 없으니 그 얘긴 꺼내지도 마." 마리노가 말했다.

"이모와 이야기를 나눈 게 전부예요?" 루시는 상체를 숙여 발목에 묶은 권총용 가죽 케이스에서 글록 권총을 꺼내어 그에게 겨누었다. "내가 왜 아저씨를 죽여서는 안 되는지, 이유를 한 가지라도 대봐요." 루시는 아무런 감정 없이 말했다.

마리노는 아무 대답도 하지 않았다.

"이유를 한 가지라도 대봐요." 루시가 재차 말했다. "아저씨는 샌디와 심하게 싸웠어요. 그녀가 고함치는 소리가 온 길가에 들렸어요."

루시는 소파에서 일어나 테이블로 다가가 서랍을 열었다. 어젯밤 봤던 스미스 앤 웨슨 357 구경 권총을 꺼내 자리에 앉은 다음, 글록 권총을 다시 발목에 찼다. 루시는 마리노의 권총을 그에게 겨누었다.

"샌디의 지문이 집 안 곳곳에 있을 거예요. DNA도 많이 남아 있을 거고요. 두 사람이 심하게 다투다가 그녀가 당신을 쏘고 오토바이를 타고 달아나는 거죠. 정신병자처럼 질투심이 강한 여자니까요."

루시가 권총 공이치기를 당겼지만 마리노는 움찔하지도 않았다. 그는 전혀 상관하지 않는 것 같았다.

"한 가지 이유라도 대보라고요." 루시가 말했다.

"한 가지 이유도 없어." 마리노가 말했다. "얼른 쏴. 그녀가 해주길 바랐지만 그러지 못할 거야." 그녀는 스카페타를 뜻했다. "그녀가 해주지 않아서 유감이니 얼른 쏴. 샌디가 곤경에 처한다 해도 상관없어. 오히려 널 도와줄게. 그녀의 속옷이 방 안에 있으니 DNA를 마음껏 묻혀. 경찰은 권총에서 DNA를 찾아낼 거고 그거면 충분해. 술집에 있는 사람들은 모두들 그녀가 어떤 성격인지 알아. 제스에게 물어봐. 아무도 놀라지 않을 거야."

마리노는 갑자기 말문을 닫았다. 잠시 동안 두 사람은 꼼짝도 하지 않았다. 마리노는 문 앞에 선 채 손은 옆구리에 붙이고 있었다. 루시는 소파에 앉은 채 그의 머리에 권총을 겨누었다. 루시는 그의 가슴을 쉽게 명중시킬 것이고, 마리노 역시 그 사실을 잘 알고 있었다.

루시가 총을 내리며 말했다. "앉아요."

마리노는 컴퓨터 근처에 놓인 의자에 앉으며 말했다. "박사가 너한테 말할 거라는 걸 미리 짐작했어야 했는데."

"이모는 아무 말도 하지 않았어요. 어느 누구에게 입도 뻥긋하지 않고 계속 아저씨를 보호하고 있어요. 정말 대단하지 않아요?" 루시가 말했다. "아저씨가 이모의 손목을 어떻게 한지 알아요?"

마리노는 아무 대답도 하지 않았다. 충혈된 그의 눈빛이 갑자기 흔들렸다. 루시는 그가 우는 걸 한 번도 본 적 없었다.

루시가 말을 이었다. "로즈가 알아차리고 내게 말해주었어요. 오늘 아침 연구실에서 케이 이모의 손목에 난 멍 자국을 똑똑히 봤어요. 도대체 어떻게 할 참이에요?"

루시는 마리노가 이모에게 어떻게 했을지 머릿속에 떠오르는 생각을 지우려 애썼다. 마리노가 이모의 몸에 손을 댔을 거란 생각을 떠올리자 자기가 그런 일을 당했을 때보다 더 분노가 끓어올랐다. 마리노의 넓적한 손과 팔, 그의 입을 쳐다보면서 루시는 머릿속 상상을 몰아내려고 애썼다.

"이미 엎질러진 물이야." 마리노가 말했다. "분명하게 말하지만 그녀는 두 번 다시 내 근처에 있을 필요가 없을 거야. 너도 마찬가지고. 혹은 네가 말한 것처럼 평소 네가 일을 처리하는 방식대로 날 총으로 쏴도 괜찮아. 넌 네가 원하는 건 뭐든지 끝장낼 수 있으니까. 얼른 쏴. 내가 한 짓을 누군가 그녀에게 저질렀다면 난 그놈을 죽였을 거야. 아마 벌써 죽여버렸을지도 모르지."

"불쌍한 겁쟁이로군요. 도망치거나 자살을 하는 대신 적어도 이모에게 미안하다는 사과는 해야죠."

"말해봐야 무슨 소용 있겠어? 이미 끝난 일이야. 그래서 그 사실에도 불구하고 난 모든 걸 알아낸 거야. 나한테 힐튼 헤드에 가라고 시킨 사람은 아무도 없었어."

"어린아이처럼 굴지 말아요. 케이 이모가 아저씨에게 마들리사 둘리를 찾아가라고 시켰잖아요. 도저히 믿을 수가 없어요. 어처구니없는 일이에요."

"네가 여기 다녀간 이후로 박사는 내게 두 번 다시 어떤 일도 시키지 않을 거야. 두 사람이 내게 아무것도 요구하지 않았으면 좋겠어. 모든 게 끝났으니까." 마리노가 말했다.

"아저씨가 무슨 짓을 했는지 기억나요?"

마리노는 기억났지만 아무 대답도 하지 않았다.

“미안하다고 말해요.” 루시가 말했다. “아저씨가 저지른 일이 기억나지 않을 정도로 술에 취했던 건 아니라고 말해요. 그 일을 기억하고 있고 미안하다고, 되돌릴 수는 없지만 미안하다고 말해요. 이모가 아저씨에게 어떻게 했는지 봐요. 이모는 총을 쏘지도 않았고 아저씨를 내쫓지도 않았어요. 이모는 나보다 좋은 사람이에요.” 루시는 권총을 힘껏 다잡았다. “왜, 도대체 왜 그랬는지 말해봐요. 예전에도 술 취한 적은 있었잖아요. 이모와 단둘이 있었던 적이 수백 번은 될 거고, 심지어 호텔 방에서도 그랬잖아요. 그런데 도대체 왜, 어떻게 그럴 수가 있죠?”

마리노는 심하게 떨리는 손으로 담뱃불을 붙였다. “변명의 여지가 없다는 거 알아. 난 제정신이 아니었어. 그게 전부이지만, 그런 건 상관없다는 거 알아. 박사는 반지를 끼고 되돌아왔고 난 더 이상은 모르겠어.”

“아니, 아저씨는 알아요.”

“셀프 박사에게 이메일을 보내서는 안 되었는데…. 그녀가 내 머릿속을 엉망으로 만들었고 그다음엔 샌디가 그랬어. 마약을 하고 술을 진탕 마셨어. 괴물이 내 몸속으로 들어온 것 같은데, 그 괴물이 어디에서 왔는지는 모르겠어.”

루시는 역겨움을 참지 못하고 일어나 권총을 소파에 가볍게 던졌다. 그러고 나서 마리노를 지나 문 쪽으로 갔다.

“루시, 샌디가 내게 이걸 가져다줬어.” 마리노가 말했다. “나한테 전해주기 전에 다른 남자들에게도 가져다줬지. 지난번에는 이것 때문에 사흘 내내 발기했는데 그녀는 재밌어했어.”

“어떤 거요?” 루시는 알면서도 물었다.

“호르몬 젤인데, 이걸 바르면 제정신이 아니야. 누구든 성교를 하고 싶고 누구든 죽이고 싶어지지. 샌디는 어떤 것에도 만족하지 못했는데,

그렇게 만족 못 하는 여자는 본 적이 없어."

루시는 문에 기대어 팔짱을 꼈다. "샬럿의 엉터리 항문 내과 의사가 테스토스테론을 처방해주었군요."

마리노는 당황한 표정이 역력했다. "네가 그걸 어떻게…. 내가 없는 사이에 여기에 와서 알아낸 모양이군."

"오토바이를 탄 그 나쁜 놈이 누구죠? 킥 앤 호스 술집 주차장에서 아저씨가 죽일 뻔한 사람이 누구죠? 케이 이모가 죽거나 이곳을 떠나기 바라는 그 사람이 누구죠?"

"나도 그가 누구인지 알았으면 좋겠어."

"아저씨는 알 텐데요."

"맹세컨대 난 사실대로 말하고 있어. 샌디는 그가 누군지 알 거야. 그녀는 박사가 이곳을 떠나길 바라는 장본인이니까. 질투심이 정말 강한 여자거든."

"셸프 박사일 수도 있겠죠."

"나도 알고 싶어."

"질투심이 정말 강한 그 여자를 확인했어야 했어요." 루시가 말했다. "케이 이모를 질투나게 하려고 셸프 박사에게 이메일을 보낸 건 막대기로 뱀을 찌른 것이나 마찬가지예요. 하지만 아저씨는 테스토스테론을 복용하고 성관계를 맺고 이모를 겁탈하느라 여념이 없었죠."

"난 그러지 않았어."

"그럼 어쨌는데요?"

"내가 지금껏 저지른 최악의 짓이야." 마리노가 말했다.

루시는 그에게서 시선을 떼지 않았다. "아저씨가 하고 있는 은화 펜던트 목걸이는 뭐죠? 어디서 구한 거예요?"

"어디서 구했는지 알잖아."

"샌디가 이곳으로 이사 오기 얼마 전에 그녀의 아버지 집에 강도가 들었다고 말하지 않던가요? 정확하게 말하자면, 그녀의 아버지가 죽기 얼마 전이라고 해야겠군요. 금화 수집한 것과 현금이 모두 없어졌어요. 경찰은 내부 소행을 의심했지만 입증하지는 못했어요."

"불이 찾아낸 금화 말이군." 마리노가 말했다. "샌디는 금화에 대해서는 일언반구도 하지 않았어. 내가 본 거라곤 이 은화 펜던트뿐이야. 불이 잃어버리지 않았다는 걸 어떻게 알아? 그 아이를 찾아낸 건 불이고, 그 금화에 아이의 지문이 남아 있는 거잖아, 그렇지?"

"금화가 샌디의 죽은 아버지 집에서 훔친 거라면요?" 루시가 물었다.

"샌디는 그 아이를 죽이지 않았어." 마리노는 약간 의구심이 느껴지는 어조로 말했다. "그녀는 아이를 갖는 것에 대해 말한 적이 한 번도 없어. 은화 펜던트가 자기와 상관있는 거라면 그녀는 아마 다른 사람에게 줬을 거야. 그녀는 나한테 그걸 주면서 깔깔 웃더니, 내가 그녀의 병장임을 상기시켜주는 개 목걸이라고 했어. 그녀가 내 주인이라고 하면서. 그녀의 말이 문자 그대로 진심인지는 몰랐어."

"그녀의 DNA를 채취하는 게 좋겠어요." 루시가 말했다.

마리노가 의자에서 일어서 방을 뒤지더니 빨간색 팬티를 가져왔다. 그는 팬티를 소형 비닐 봉투에 담아 루시에게 건네주었다.

"샌디가 어디에 사는지 아저씨가 모른다는 게 이상해요." 루시가 말했다.

"난 그녀에 대해서 아무것도 몰라. 그건 분명한 사실이야." 마리노가 말했다.

"그녀가 어디에 사는지 정확하게 말해줄게요. 바로 이 섬에 살아요. 물 위의 자그마하고 아늑한 곳으로 로맨틱해 보이죠. 아참, 잊어버리고 말하지 않은 게 있어요. 내가 이 집을 몰래 뒤졌을 때 오토바이가 있는 걸 우연히 발견했죠. 마분지 면허증이 붙어 있는 오래된 오토바이였는데, 덮개가 씌워진 채 자동차 차고 아래에 있었어요. 집에는 아무도 없었고요."

"그 오토바이가 오는 걸 한 번도 못 봤어. 내가 결국 이런 꼴을 당하다니."

"그는 케이 이모 근처에는 다시는 오지 않을 거예요. 아저씨가 해줄 거라고 믿지 않았기 때문에 내가 알아서 처리했어요. 그가 모는 오토바이는 낡았어요. 위로 휘게 만든 핸들이 달린 쓰레기 같았는데, 안전하지도 않을 거예요."

마리노는 루시의 시선을 피하며 말했다. "내가 결국 이런 꼴을 당하다니."

루시가 현관문을 열었다.

"이모와 내 인생에서 나가는 게 어때요?" 루시가 비 내리는 현관에 서서 말했다. "아저씨 일에는 더 이상 신경 쓰지 않을 테니까요."

오래된 벽돌 건물의 깨진 유리창이 공허한 눈빛으로 벤턴을 쳐다보는 것 같았다. 문을 닫은 시거 회사 건물에는 불이 꺼져 있었고 주차장은 칠흑처럼 컴컴했다.

벤턴은 노트북컴퓨터를 무릎 위에 올린 채 항구의 무선 네트워크에 로그인 해서 몰래 들어갔다. 그는 법률 집행 시에는 거의 사용하지 않는 루시의 검정색 스바루 SUV 안에서 기다렸다. 이따금씩 앞 유리창을 내다보자, 하늘이 눈물을 흘리듯 빗방울이 떨어져 천천히 유리창을 미끄러져 내려왔다. 길 건너편 텅 빈 조선소 주변에 쇠사슬을 연결한 울타리와 고장 난 전차처럼 버려진 컨테이너도 보였다.

"아무런 움직임도 없어." 벤턴이 말했다.

"가능한 한 오랫동안 거기 있어요." 루시의 목소리가 벤턴의 이어폰에 들렸다.

라디오 주파수는 안전했다. 루시의 기술적 솜씨는 벤턴보다 나았고, 그는 순진한 바보가 아니었다. 루시에게는 이런저런 안전장치를 할 수 있는 방법이 있었다. 그녀는 자기는 다른 사람을 염탐할 수 있지만 다른 사람은 자기를 염탐할 수 없다는 사실에 즐거워했다. 벤턴은 루시의 생각이 옳기를 바랐다. 안전장치에 관한 것과 그녀의 이모를 포함한 다른 여러 가지 일에 대해서도 그러기를 바랐다. 벤턴은 루시에게 전용기를 보내달라고 하면서 스카페타에게는 알리지 말라고 부탁했었다.

"왜요?" 루시가 물었다.

"밤새 주차된 차 안에서 항구를 주시해야 할 테니까." 벤턴이 말했다.

스카페타가 자기 집에서 몇 킬로미터 떨어진 곳에 벤턴이 와 있다는 걸 알면 상황은 더 악화될 것이다. 그녀는 벤턴과 함께 있겠다고 고집을 부릴 것이다. 루시는 벤턴에게 제정신이 아니라며 자기도 함께 있겠다고 했다. 스카페타는 벤턴과 함께 항구를 감시하지 않을 것이다. 루시의 말에 따르면, 그건 케이 이모가 할 일이 아니었다. 그녀는 비밀 요원이 아니었고, 총을 다루는 방법을 잘 알면서도 총을 특별히 좋아하지도 않았다. 그녀는 희생자는 자신이 떠맡되, 그 외에 다른 사람들은 루시와 벤턴이 맡아주기를 바랐다. 스카페타가 항구에 있는 건 위험할 수 있기 때문에 루시는 그녀가 그 일을 하길 원하지 않았다. 그게 바로 루시의 진심이었다.

루시가 마리노 얘기를 꺼내며 그가 도와줄 수도 있다고 말하지 않는 건 다소 의외였다.

벤턴은 어두운 차 안에 앉아 있었다. 가죽 냄새 같은 새 차 냄새가 났다. 그는 떨어지는 빗물을 바라보면서 샌드맨이 항구의 무선 네트워크에 몰래 들어가지 않았는지 확인하고 로그온 했다. 하지만 그 주차장이 아니면 도대체 어디서 그런 일을 한단 말인가? 길거리에서는 그럴 수 없었다. 길 한가운데에 차를 세우고, 지금쯤 뉴욕으로 돌아와 센트럴 파크 서쪽의 펜트하우스에 있을 악마 같은 셸프 박사에게 극악한 이메일을 보낼 수 없을 것이다. 애가 타고 초조했다. 정말이지 비열한 짓이었다. 결국 샌드맨이 살해 혐의를 벗지 못한다 해도, 셸프 박사는 그럴 것이다. 그녀는 살인사건에 대해 샌드맨만큼이나 비난을 받을 것이다. 그저 멍하니 앉아 가만히 있었고 아무 상관도 하지 않았기 때문이다. 벤턴은 셸프 박사를 미워하고 싶지 않았지만 어쩔 수 없었다. 평생 미워했던 어떤 사람보다 그녀가 더 미웠다.

SUV 지붕에 빗방울이 강하게 들이쳤다. 멀리 보이는 가로등은 안개에 휩싸여 있었고, 수평선과 하늘의 경계가 모호해 항구와 하늘을 분간할 수 없었다. 뭔가가 움직이기 전까지는 날씨 탓에 아무것도 구분할 수 없었다. 어두운 사람 형체가 천천히 울타리를 따라 가다가 길거리를 건너자, 가만히 앉아 있던 벤턴의 심장이 방망이질 치기 시작했다.

"움직임이 나타났어." 벤턴이 루시에게 소식을 알렸다. "누군가 로그온 했는데 아무도 보이지 않아."

"로그온 한 사람은 아무도 없어요." 루시의 목소리가 벤턴의 이어폰에 들렸다. 그녀는 샌드맨이 항구의 무선 네트워크에 로그온 하지 않았다는 것을 확신했다. "어떤 움직임 말이에요?" 루시가 물었다.

"3시경 울타리에서. 3시에 나타났다가 지금은 보이지 않아."

"10분이면 거기에 도착할 수 있어요. 더 빨리 갈 수도 있고요."

"지금 밖으로 나갈게." 벤턴이 차문을 천천히 열자 실내등이 꺼졌다. 불빛이 모두 꺼지자 빗소리가 더 크게 들렸다.

벤턴은 재킷 주머니를 더듬어 권총을 꺼냈다. 차 문은 완전히 잠그지 않았다. 그는 아무 소리도 내지 않았다. 그는 어떻게 해야 하는지 알고 있었고, 기억하고 싶은 것보다 더 자주 그런 상황을 겪어야 했다. 그는 아무 소리도 내지 않고 물웅덩이를 지나 유령처럼 빗속을 지나갔다. 두어 발걸음 옮길 때마다 걸음을 멈추었는데, 길 건너편에 있는 사람이 그를 보지 못한 게 분명했다. '지금 뭘 하고 있을까?' 마음속에서 의구심이 들었다. 그 형체는 울타리 옆에서 꼼짝도 하지 않았다. 벤턴이 더 가까이 다가갔지만 그 형체는 움직이지 않았다. 빗물이 눈앞을 가로막아 그 형체가 거의 보이지 않았고, 빗물이 튀는 소리 말고는 아무 소리도 들리지 않았다.

"괜찮아요?" 루시의 목소리가 이어폰에서 울렸다.

벤턴은 대답하지 않았다. 전화선 전주 뒤에 멈추어 서자 크레오소트 냄새가 났다. 울타리에 있던 형체가 왼쪽으로 움직여 1시 방향으로 움직이더니 길을 건너기 시작했다.

"괜찮아요?" 루시가 말했다.

벤턴은 아무 대답도 하지 않았다. 그 형체가 가까이 다가오자 거무스름한 얼굴과 모자의 윤곽이 분명하게 드러났고, 팔다리가 움직이는 게 보였다. 벤턴은 발걸음을 내디디며 그에게 권총을 겨누었다.

"꼼짝 마." 벤턴은 주의를 끄는 어조로 나지막하게 말했다. "바로 곁에서 네 머리에 총을 겨누고 있으니 움직이지 마."

벤턴은 그가 남자임을 확신했다. 그 남자는 조각상처럼 굳었고 아무 소리도 내지 않았다.

"길에서 떨어져. 나한테 오지 말고 왼쪽으로 가. 아주 천천히. 이제 무릎을 꿇고 손을 머리 위에 올려." 그런 다음 벤턴이 루시에게 말했다. "놈을 잡았으니 이쪽으로 와도 좋아."

마치 루시가 바로 곁에 있는 것처럼.

"가만히 있어요." 루시가 긴장한 목소리로 말했다. "금방 갈 테니 가만히 있어요."

벤턴은 루시가 멀리 있다는 것을 알았다. 루시는 어떤 문제가 생겨도 도와줄 수 없을 만큼 멀리 있었다.

머리에 손을 올린 채 빗물에 젖은 갈라진 아스팔트 바닥에 무릎을 꿇은 남자가 말했다. "쏘지 마세요."

"누구야? 누구인지 말해봐." 벤턴이 말했다.

"쏘지 마세요."

"누구야?" 벤턴은 빗소리보다 더 크게 소리쳤다. "여기서 뭐 하는 거야? 누구인지 말해."

"쏘지 마세요."

"빌어먹을. 누구인지 말해. 여기 항구에서 뭐 하는 거야? 두 번 다시 묻게 하지 말고 얼른 대답해."

"난 당신이 누구인지 알아요. 당신이 누구인지 알아보았어요. 손을 머리 위에 올렸으니 총을 쏠 필요는 없잖습니까." 내리치는 빗소리 사이로 목소리가 들리자 벤턴은 사투리 억양을 알아차렸다. "나도 당신처럼 살인자를 잡으려고 여기에 왔어요. 벤턴 웨슬리 맞죠? 총을 치워요. 난 오토 포마고 당신과 똑같은 이유로 여기 온 겁니다. 오토 포마 국장이니 그 총 치워요."

마리노의 오두막에서 몇 분 떨어진 곳에 있는 포 술집. 그는 맥주를 두어 잔 마셨다.

길거리는 비에 젖어 검게 번들거렸고, 비와 바다 그리고 늪지 냄새가 바람에 실려 왔다. 비 내리는 밤 어둠속에서 로드마스터 오토바이를 타자 마음이 안정되었다. 술을 마시면 안 된다는 걸 알면서도 자제하는 방법을 몰랐다. 그리고 그게 무슨 상관이란 말인가? 그 일이 일어난 이후, 그는 마음속 깊이 괴롭고 두려웠다. 자신 안에 있던 야수가 모습을 드러냈고, 야수는 그가 어떤 사람인지 보여주었다. 그는 항상 두려워했던 그런 자신과 맞닥뜨리게 되었다.

피터 로코 마리노는 점잖은 사람이 아니었다. 그가 붙잡았던 모든 범죄자들과 마찬가지로 그는 자신의 삶이 자신의 실수라 여기지 않았고, 자신은 태생적으로 선하고 용감하다고 생각했지만 사실은 그 반대였다. 그는 이기적이고, 고약하고, 나쁜 사람이었다. 정말이지 나쁜 사람이었다. 아내가 그의 곁을 떠난 것도 그 때문이었다. 그의 경력이 엉망이 된 것도 그 때문이었다. 루시가 그를 미워하는 것도 그 때문이었다. 그가 지금껏 가진 것 중 최고의 것을 망쳐버린 것도 그 때문이었다. 스카페타와의 관계는 이제 끝났다. 그가 망쳐버렸고 망가뜨려버렸다. 그녀가 도와줄 수 없는 것 때문에 그녀를 계속 배신했다. 그녀는 그를 원한 적이 한 번도 없었다. 도대체 그녀가 무엇 때문에 그를 원하겠는가? 그녀는 그에게 끌린 적이 한 번도 없었다. 어떻게 그에게 끌릴 수 있겠는가? 그래서 그는 그녀를 벌했다.

그는 오토바이 기어를 높였다. 지나치게 빠른 속도로 달리자 빗방울이 그의 맨살을 따갑게 때렸다. 그는 설리번 섬의 술집으로 향했다. 공간이 있는 곳마다 차가 주차되어 있었다. 날씨 탓에 그의 오토바이 외에 다른 오토바이는 한 대도 없었다. 온몸에 오한이 들었고 손은 뻣뻣하게 굳었다. 참을 수 없는 고통과 치욕이 느껴졌고 악의에 찬 분노가 끓어올랐다. 그는 자신의 쓸모없는 뇌를 보호해주는 헬멧을 벗어 오토바이 핸들에 걸고는 잠금장치를 잠갔다. 레인코트를 벗자 휙 소리가 났다. 그는 페인트를 칠하지 않은 낡은 목재로 마감하고 천장 팬을 단 술집 안으로 들어갔다. 벽에는 지금껏 영화로 만들어진 에드거 앨런 포 소설의 포스터들이 모두 액자에 걸려 있었다. 술집은 붐볐다. 두 남자 사이에 앉은 샌디의 모습을 보자 마리노의 심장이 깜짝 놀란 새처럼 힘차게 뛰었다. 남자 한 명은 누더기 옷을 걸치고 있었는데, 마리노가 그저께 밤에 총으로 쏴 죽일 뻔한 사람이었다. 샌디는 그에게 가슴을 밀착한 채 뭐라고 말하고 있었다.

빗물을 뚝뚝 흘리며 문가에 서서 샌디를 쳐다보던 마리노는 무슨 말을 해야 할지 몰랐다. 그의 마음속 상처가 부풀어 올랐고, 심장에 세차게 뛰었다. 하고 싶은 말이 목 안에서 힘껏 내달리는 느낌이 들었다. 샌디와 누더기를 입은 남자는 맥주와 테킬라를 마시면서 납작하게 구운 옥수수 빵에 치즈와 칠리소스를 얹어 먹고 있었다. 마리노가 그녀와 함께 그곳에 올 때 항상 시켜 먹던 거였다. 예전엔 그랬지만 이제 모든 게 끝났다. 그는 오늘 아침 호르몬 젤을 사용하지 않았다. 마지못해 던져버리자 그의 마음속 깊은 곳에 있는 사악한 기운이 그를 조롱하는 것 같았다. 샌디가 다른 남자와 그곳에 올 정도로 뻔뻔스럽다는 게 믿기지 않았고, 그 의미는 분명했다. 그녀는 마리노가 박사를 위협하도록 밀어붙이기도 했다. 샌디가 나쁜 만큼 마리노도 마찬가지였고, 두 사람 모두 나빴다. 하지만 마리노가 더 나빴다.

그들이 스카페타에게 하려고 했던 건 마리노가 저지른 일과 달랐다.

마리노는 샌디와 남자가 있는 곳을 쳐다보지 않고 곧바로 앞으로 나아갔다. 그들을 모른 척 지나가자 마리노는 샌디의 BMW가 왜 보이지 않았는지 의문이 들었다. 그녀는 누군가 차 문을 건드려 경보음이 울리지도 모른다고 항상 걱정하기 때문에, 차를 갓길에 세워두었을 것이다. 누더기를 입은 남자의 오토바이가 어디 있을지 궁금해하던 마리노는 루시가 한 말을 떠올렸다. 오토바이가 위험해 보인다던 말. 그녀가 무슨 짓을 한 것이다. 다음번에는 마리노의 오토바이에 무슨 짓을 할지도 몰랐다.

"뭐 마실래요? 그런데 어디 갔다 온 거예요?" 바텐더는 열다섯 살로 보였는데, 마리노는 요즘 젊은 사람들을 보면 모두 열다섯으로 보였다.

마리노는 몹시 우울하고 정신이 다른 데 팔려 있어 바텐더 이름도 기억나지 않았다. 셸리인 것 같았지만 주저하며 말하지 못했다. 켈리일 수도 있을 것이다. "버드 라이트로 줘." 마리노가 그녀에게 가까이 다가가며 말했다. "쳐다보지는 말고, 저기 샌디와 함께 온 남자 말이야."

"예전에도 함께 온 적 있어요."

"언제부터?" 마리노가 묻자 그녀는 생맥주를 건넸고, 그는 5달러를 내밀었다.

"한 잔 값으로 두 잔 드리니까 이따 한 잔 더 줄게요. 저 두 사람은 내가 여기서 일하기 시작할 때부터, 그러니까 작년부터 가끔씩 왔어요. 우리끼리 얘기지만, 난 두 사람 모두 마음에 들지 않아요. 그의 이름은 몰라요. 저 여자는 저 남자 말고도 다른 남자와도 함께 오는데, 아마 유부녀일 거예요."

"말도 안 돼."

"당신도 저 여자와 데이트하길 바랄게요. 영원히 말이죠."

"저 여자와는 끝났고 아무 관계도 아니었어." 마리노가 맥주를 마시며 말했다.

"골치 아픈 일만 있었을 것 같아요." 셸리 혹은 켈리가 말했다.

마리노는 샌디가 자기를 쳐다보고 있는 것을 느꼈다. 샌디는 누더기를 입은 남자와 이야기를 멈추었다. 마리노는 그녀가 그와 잠자리를 했을지 궁금했다. 도난당한 금화에 대해서도 궁금했고 그녀가 돈을 어디서 구할지도 궁금했다. 그녀의 아버지가 그녀에게 유산을 전혀 남겨주지 않았을지 모르고, 그녀는 훔치는 것 말고는 다른 방법이 없다고 느꼈을지도 몰랐다. 온갖 의심이 들자 예전에도 그런 의심을 가졌더라면 좋았을걸, 하고 후회가 되었다. 샌디의 시선을 느끼며 마리노는 차가운 맥주잔을 들어 올려 맥주를 한 모금 마셨다. 반짝이는 눈빛을 보자 그녀는 제정신이 아닌 것 같았다. 마리노는 그녀에게 다가갈까 생각했지만 몸을 일으킬 수는 없었다.

마리노는 그들이 아무 말도 해주지 않을 것임을 알았다. 그들은 그를 비웃을 게 분명했다. 샌디는 누더기를 입은 남자의 팔꿈치를 슬쩍 찔렀다. 남자는 마리노를 쳐다보며 능글맞게 웃었다. 정말 웃기다고 생각하는 게 분명했다. 그녀의 그곳에 슬쩍 손을 대는 그는 샌디가 한때 마리노의 여자였을 거라고는 생각하지 못할 것이다. 도대체 그녀는 다른 누구와 잠자리를 하는 걸까?

마리노가 은화 펜던트 목걸이를 확 잡아당겨 맥주잔에 넣자 풍덩 소리가 나며 바닥에 가라앉았다. 마리노가 밀어버린 맥주잔은 바에서 떨어지기 직전에 멈추어 섰다. 그는 그녀가 따라 나오길 바라면서 술집을 나왔다. 비가 그쳤고, 가로등 불빛이 비치는 도로에 안개가 피어올랐다. 비에 젖은 오토바이 운전대에 앉은 그는 그녀가 따라 나오길 기다렸다. 술집 출입문을 쳐다보며 기다렸다. 그는 싸움을 걸 수도 있을 것이고, 그들을 끝장낼 수도 있을 것이다. 심장 박동이 느려지고 가슴이 더 이상 아프지 않기를 바랐다. 심장 마비에 걸릴 수도 있을 것이다. 심장이 그의 성질만큼이나 고약하게 그를 공격할 수도 있을 것이다. 술집 출입문을 쳐다보며 불 켜진 창문 너머에 있는 사람들을 바라보자, 자기 말고는 모두 행복한 것 같았다. 그는 젖은 레인코트를 입고 젖은 오토바이 안장에 앉아 담뱃불을 붙이고 담배를 피우며 기다렸다.

그는 아무것도 아닌 존재였다. 심지어 이젠 사람들을 화나게 만들 수도 없었다. 어느 누구도 자신과 싸우게 만들 수도 없었다. 어둠 속에서 담배를 피우며 술집 문을 바라보고 멍하니 앉아 있는 그는 아무 쓸모없는 사람이었다. 샌디나 누더기를 입은 그 남자 혹은 두 사람이 함께 나와 그에게 뭔가 의미 있는 게 남아 있다는 느낌을 주길 바랐지만 문은 열리지 않았다. 그들은 상관하지 않았고 겁을 먹지도 않았다. 그들은 마리노가 우스꽝스럽다고 생각했다. 그는 가만히 앉아 담배를 피우다가 잠금장치를 켜고 시동을 켰다.

스로틀 레버를 열자 끽 소리가 났고 그는 빠른 속도로 오토바이를 몰았다. 오두막 아래에 오토바이를 세운 다음, 더 이상 오토바이가 필요하지 않았기 때문에 열쇠를 그대로 꽂아두었다. 어디를 가든 오토바이는 몰지 않을 것이다. 빠른 속도로 걸었지만 심장 박동은 그보다 더 빨랐다. 어둠 속에서 계단을 오르며, 낡은 계단을 보던 샌디가 계단이 길고 가는 막대기 벌레처럼 휘어졌다며 놀리던 기억이 떠올랐다. 처음 집에 데려왔을 때는 그녀의 말솜씨가 재밌고 기지가 넘친다고 생각했다. 그들은 밤새 사랑을 나누었다. 그게 불과 열흘 전이었다. 마리노는 샌디가 의도적으로 접근했을지도 모르고, 소년의 시신이 발견된 바로 그날 밤 그를 희롱한 게 우연이 아닐 수도 있음을 곰곰이 생각해봐야 했다. 샌디는 정보를 얻으려고 마리노를 이용했을지도 모른다. 마리노는 그녀가 원하는 대로 해주었다. 모든 게 반지 때문이었다. 계단을 오르자 장화를 신은 발소리가 크게 울렸고, 육중한 몸집 탓에 오래된 나무 계단이 흔들렸다. 무는 벌레들이 만화에 나오는 것처럼 그를 에워쌌다.

마지막 계단에 오른 그는 걸음을 멈추고 숨을 몰아쉬었다. 눈에 보이지 않는 수십 반 개의 이빨에 산 채로 물어뜯기는 것 같았다. 눈에 눈물이 고이고 가슴팍이 빠르게 오르락내리락했는데, 치명적인 주사를 맞아 얼굴색이 푸르죽죽하게 변한 죽기 직전의 사람처럼 가슴팍이 빠르게 들썩였다. 주변이 칠흑처럼 어둡고 날씨가 흐려서 바다와 하늘이 하나로 어우러져 보였다. 범퍼가 쿵 하고 울리자 물이 말뚝에 부드럽게 부딪치는 소리가 들렸다.

소리를 내지르자 그의 목소리가 아닌 것 같은 소리가 울렸다. 그는 휴대전화와 이어폰을 있는 힘껏 강하게 내던졌다. 너무 멀리 던진 나머지 바닥에 떨어지는 소리도 들리지 않았다.

19

마지막 규칙

Y-12 국립 안전 연구단지. 스카페타는 콘크리트 방벽과 윗부분에 날카로운 철사가 있는 울타리의 검문소 한가운데에 렌터카를 세웠다.

지난 5분 동안 그녀는 차 유리창을 두 번 내리고 신분증 배지를 건네주었다. 한 호위병이 검문소에 들어가 전화하는 동안, 다른 호위병은 스카페타가 한 시간 전 녹스빌에 도착해서 마지못해 빌린 빨간색 다지 스트라투스 트렁크를 조사했다. SUV를 빌리고 싶었지만, 평소 빨간색 차는 운전하지 않았다. 심지어 빨간색 옷도 잘 입지 않았다. 이번 호위병들은 예전에 만난 호위병들보다 더 주의 깊었는데, 이미 잔뜩 경계 태세를 갖춘 그들은 차를 보고 더 신중한 태도를 보였다. Y-12는 전국에서 우라늄 비축량이 가장 풍부한 곳이었다. 안전을 기하는 건 당연했고, 정말 특별히 필요한 경우가 아니면 이곳 과학자들을 귀찮게 하지도 않았다.

차 뒷좌석에는 웹스터 부인 집 세탁실의 깨진 유리를 넣은 갈색 종이

봉투와 죽은 소년의 지문이 묻은 금화가 든 작은 상자가 놓여 있었다. 연구단지의 먼 안쪽에는 붉은 벽돌로 지은 연구 건물이 있었다. 외관은 다른 건물들과 비슷해 보였지만 건물 안에는 세상에서 가장 큰 스캐닝 전자 현미경이 있었다.

"저기에 주차하면 됩니다." 호위병이 어떤 지점을 가리키며 말했다. "그가 곧 올 테니 따라가면 됩니다."

스카페타는 차를 움직여 주차하고는 재료 과학 연구소 소장인 프란츠 박사가 모는 검정색 타호 차량이 도착하기를 기다렸다. 그녀는 항상 그를 따라 건물 안으로 들어가곤 했다. 아무리 자주 그곳에 온다 해도 그녀는 길을 찾지 못할 뿐더러, 감히 시도조차 하지 않을 것이다. 핵무기를 만드는 연구소 안에서 길을 잃으면 곤란할 것이다. 검정색 타호가 다가와 커브를 돌더니 프란츠 박사가 차창 밖으로 손을 흔들며 그녀에게 따라오라고 손짓했다. 아무런 이름도 적혀 있지 않은 건물을 지나 그를 따라가자, 주변 분위기가 갑자기 바뀌며 숲과 탁 트인 들판이 나왔고 마침내 과학기술 2020으로 알려진 단층 연구실이 나왔다. 주변은 믿기지 않을 정도로 목가적이었다. 스카페타와 프란츠 박사는 차에서 내렸다. 스카페타는 뒷좌석에 안전벨트로 고정해둔 갈색 종이봉투를 꺼냈다.

"오늘은 어떤 재밌는 걸 가져왔어요?" 프란츠 박사가 말했다. "지난번에는 문짝을 통째로 가져왔었지요."

"아무도 생각하지 못한 곳에서 지문을 찾아냈어요."

"항상 예기치 못한 곳에서 찾기 마련이지요." 그건 프란츠 박사의 모토이기도 했다.

스카페타와 비슷한 연배의 프란츠 박사는 폴로셔츠와 헐렁한 바지 차림이었다. 그는 사람들이 흔히 떠올리는, 도구의 일부분이나 거미의 출사 돌기 혹은 우주선이나 잠수함의 일부분을 확대하며 시간을 보내는 게 멋지다고 생각하는 핵 과학자의 모습과는 거리가 멀었다. 스카페타는 그를 따라 연구실 안으로 들어갔다. 나무둥치만 한 축축한 기둥 네 개로 떠받치는 거대한 철제 공간이 없다면, 여느 연구실과 달라 보이지 않을 것이다. 비지테크 거대 공간 스캐닝 전자 현미경(Large Chamber Scanning Electron Microscope)인 LC-SEM은 무게가 10톤에 달했고, 설치에는 40톤을 들어 올릴 수 있는 장치가 필요했다. 간단하게 말하자면 세상에서 가장 큰 현미경이고, 원래는 무기에 사용되는 금속과 같은 물질 분석을 위해 만들어졌지만 결국 법의학에 사용되고 있었다. 하지만 스카페타가 생각하기에 역시 대단한 기술이고, 이젠 필요할 때면 당당하게 부탁해 Y-12를 이용하고 있었다.

프란츠 박사가 종이봉투를 풀었다. 유리와 금화를 7.6센티미터 두께의 강철 턴테이블에 올리고는, 작은 미사일만 한 전자총과 그 뒤에 숨어 있는 검출기의 위치를 조정해 모래와 접착제 그리고 깨진 유리를 들여다볼 수 있도록 최대한 아래로 내렸다. 그가 원격조종장치로 축 기울기를 조정하자 윙윙거리는 소리와 째깍거리는 소리가 났다. 중요한 부분이 부서지거나 가장자리를 넘어서지 않도록 정지 표시 혹은 스위치를 멈추었다. 그는 밀폐 공간을 10에서 -6까지 진공상태로 만들 수 있도록 문을 닫았다. 그런 다음 10에서 -2까지 조정하면 문을 열려고 해도 열 수 없다고 설명하며 보여주었다. 그는 연구실 상태가 기본적으로 우주 공간 상태와 동일하다고 설명했다. 수분도 산소도 없고 단지 범죄의 분자만 존재하는 것이다.

진공상태를 주입하는 소리가 들리고 전기 냄새가 나자 무균실의 온도가 올라가기 시작했다. 스카페타와 프란츠 박사는 그곳을 나와 바깥 문을 닫고 연구실로 들어갔다. 붉은색과 노란색, 초록색의 기둥과 흰색 불빛을 보니 그 방 안에 아무도 없는 게 분명했다. 그곳에 있으면 즉사

할 것이기 때문이다. 프란츠 박사는 우주복을 입지 않고 우주 공간을 걸어 다니는 것과 같다고 설명했다.

그는 대형 평면 비디오 화면이 있는 컴퓨터 책상 앞에 앉으며 스카페타에게 말했다. “자, 몇 배로 확대할까요? 20만 배까지 가능합니다.” 실제로 그럴 수 있지만 프란츠 박사는 장난스럽게 말했다.

“그러면 모래알이 행성처럼 보이고, 그곳에 살고 있는 사람들을 발견할지도 모르죠.” 스카페타가 말했다.

“나도 그런 생각을 하고 있었어요.” 프란츠 박사가 메뉴를 클릭하며 말했다.

그 옆에 앉은 스카페타는 진공상태를 만드는 과정을 보며 MRI를 떠올렸다. 잠시 후 배기 터빈 과급기 펌프가 움직이자 주변은 조용해졌고, 고래가 한숨을 길게 내쉬는 것 같은 공기 건조기의 통풍기 소리가 이따금씩 들렸다. 그들은 잠시 기다렸다. 초록색 불이 켜지자, 전자 광선이 유리창 유리를 비추는 게 보였다.

“모래라더니, 저건 도대체 뭐죠?” 프란츠 박사가 말했다.

돌조각이나 파편처럼 보이는 다양한 모양과 크기의 모래와 섞여 있는 것은 미세한 운석과 달처럼 보이는 분화구가 있는 동그란 물체였다. 성분 분석 결과 모래의 성분인 규토뿐만 아니라 바륨, 안티몬, 납이 들어 있었다.

“사건에 총격이 일어났나요?” 프란츠 박사가 물었다.

“내가 아는 한 그렇지 않아요.” 스카페타는 그렇게 대답하며 덧붙여 말했다. “로마에서와 마찬가지예요.”

“환경적이거나 직업적으로 나타나는 미립 물질일 수 있지만 가장 많이 나타난 건 물론 규소입니다. 거기에다 칼륨, 나트륨, 칼슘의 흔적이 남아 있는데, 알루미늄 흔적이 남아 있는 이유는 잘 모르겠군요. 유리로 구성된 이면은 빼지 않을 겁니다." 프란츠 박사는 혼잣말하듯이 말했다.

"이건 로마에서 발견된 것과 매우 유사해요." 스카페타는 재차 말했다. "드루 마틴의 안구에 모래가 들어 있었어요. 반복해서 말하는 이유는 믿기지 않기 때문이에요. 도저히 이해할 수 없어요. 총을 쏜 잔여물이 남아 있는 것 같아요. 그리고 여기 어둡게 그늘진 부분 보여요? 여기 단층 말이에요." 스카페타가 손으로 가리키며 물었다.

"접착제입니다. 감히 말하건데, 모래는 로마나 그 주변에서 온 게 아닐 겁니다. 드루 마틴 사건에서 나온 모래는 어땠나요? 현무암이 없었기 때문에 그곳에서 예상하는 것처럼 화산활동의 흔적은 아무것도 없었어요. 그렇다면 범인이 직접 모래를 갖고 로마에 간 걸까요?"

"오스티아 해변 근처의 모래일 거라 가정한 적은 한 번도 없어요. 모래는 상징적이고 어떤 의미를 갖고 있을 거예요. 모래나 진흙을 확대해 본 적은 있지만 이런 건 한 번도 본 적 없어요."

프란츠 박사는 명암을 조절하고 확대 비율을 좀 더 높이며 말했다. "이제 더 이상해졌어요."

"피부의 상피세포 아닐까요?" 스카페타는 화면에 나타난 것을 자세히 들여다보았다. "드루 마틴의 사건에서 그런 언급은 없었어요. 포마 국장에게 전화해야겠어요. 무엇을 중요하게 생각하고, 무엇을 알아차렸는지에 모든 게 달려 있어요. 경찰 연구실 시설이 아무리 대단하다 해도 R&D 수준의 기계는 없을 거예요. 이런 기계는 없을 거예요." 스카페타가 말하는 기계란 LC-SEM을 뜻했다.

"경찰이 질량분석기를 사용해 샘플 전체를 산성으로 만들지 않았어야 할 텐데요. 그러면 재검사할 수 있는 게 아무것도 남아 있지 않겠지요."

"그러지 않았어요." 스카페타가 말했다. "고체 상태 엑스레이를 분석하고 라만 효과(빛이 투명한 물질을 통과할 때 산란하여 빛의 일부 파장이 변화하는 현상-옮긴이)를 확인해야 해요. 그곳에 있는 모래에 피부 세포가 아직 남아 있겠지만, 아까 말했던 것처럼 잘 모르겠어요. 보고서에는 아무것도 나와 있지 않고 아무런 언급도 없어요. 포마 국장에게 전화해야겠어요."

"거긴 이미 저녁 7시예요."

"포마 국장은 이곳 찰스턴에 있어요."

"더 혼란스럽군요. 그는 찰스턴 경찰이 아니라 이탈리아 경찰이라고 예전에 들은 것 같은데요."

"예상치 못하게 어젯밤 찰스턴에 왔어요. 혼란스럽기는 박사님보다 내가 더해요."

스카페타는 여전히 마음이 찜찜했다. 어젯밤 벤턴이 뜻밖에도 포마 국장과 함께 그녀의 집에 나타난 건 그리 기분 좋은 일이 아니었다. 순간 그녀는 깜짝 놀라 할 말을 잃었다. 그들은 커피와 수프를 먹은 다음 도착할 때처럼 불쑥 집을 나섰는데, 그 이후로는 벤턴을 만나지 못해서 기분이 언짢았고 마음의 상처를 받았다. 언제 그를 다시 만나든, 무슨 말을 해야 할지 몰랐다. 오늘 아침 이곳에 오기 전에 스카페타는 반지를 빼버릴까 생각하기도 했다.

"DNA를 채취해야 하니 이걸 표백 처리해서는 안 되겠군요." 프란츠 박사가 말했다. "하지만 모래에 묻은 피부 조각이나 오일을 제거할 수 있다면 분석하기가 더 나아질 겁니다."

마치 별자리를 보는 것 같았다. 동물, 심지어 북두칠성을 닮지 않았는가? 달이 사람의 얼굴처럼 보이지 않는가? 그녀가 실제로 보는 건 뭘까? 스카페타는 생각에 집중할 수 있도록 벤턴 생각을 머릿속에서 몰아냈다.

"안전을 기하기 위해 표백 처리는 하면 안 되고 DNA 채취를 시도해야 해요." 스카페타가 말했다. "GSR에서는 상피세포가 일반적이지만,

용의자의 손에 끈적끈적한 양면 카본테이프를 갖다 댔을 때만 가능해요. 우리가 보고 있는 게 피부라면, 피부 세포가 범인의 손으로 전달되었다고 추정할 수 있어요. 혹은 피부 세포가 창틀에 이미 있었을 수도 있고요. 하지만 후자의 경우 특이한 점은 유리를 깨끗하게 닦아서 섬유가 남아 있어요. 흰색 면 섬유로, 세탁실 바구니에 들어 있던 더러운 티셔츠도 흰색 면이었지만 별다른 연관성은 없을 거예요. 세탁실은 온갖 미세 섬유 조직의 매립지라 할 수 있으니까요."

"이런 비율로 확대하면 모든 게 매립지가 되지요." 프란츠 박사가 마우스를 클릭하고 위치를 조정하자 깨진 유리에 전자 광선이 비쳤다.

깨끗하게 건조한 폴리우레탄 덩어리 아래의 갈라진 틈은 협곡처럼 보였다. 흐릿해 보이는 흰색 형체는 표피세포일 것이고, 선과 구멍처럼 보이는 건 유리를 깬 사람의 피부 일부분이 묻은 게 분명할 것이다. 머리카락 파편도 있었다.

"누군가 달려들거나 손으로 쳐서 유리가 깨진 건가요?" 프란츠 박사가 말했다.

"손이나 발바닥으로 치지는 않았어요." 스카페타가 그 점을 지적했다. "지문이 마찰해서 생긴 산마루 모양은 없으니까요." 그녀의 머릿속에서는 로마 사건 생각이 떠나지 않았다. "GSR이 누군가의 손에서 전해졌다기보다는 모래에 들어 있었을 거예요."

"범인이 유리창을 건드리기 전에 말입니까?"

"아마 그럴 거예요. 드루 마틴은 총에 맞지 않았어요. 그건 분명한 사실이에요. 하지만 바륨, 안티몬, 납의 흔적이 그녀의 안구 안에 들어 있던 모래에서 검출되었어요." 스카페타는 그 점을 구분하려고 애쓰면서 재차 말했다. "범인은 안구에 모래를 집어넣고 접착제로 봉했어요. 그러므로 그의 손에 묻어 있던 GSR이 모래로 옮겨졌을 거예요. 그가 손으로 모래를 만진 게 분명할 테니까요. 하지만 GSR이 이미 그곳에 있었다면 어떻게 하죠?"

"누군가 그런 짓을 저질렀다는 얘기는 난생 처음 들어요. 도대체 우리가 어떤 세상에 살고 있는지 모르겠군요."

"누군가 그런 짓을 저질렀다는 소식을 듣는 게 이번이 마지막이기를 바라야죠. 우리가 어떤 세상에 살고 있는지, 난 평생 그런 질문을 하며 살고 있어요." 스카페타가 말했다.

"이미 거기 없었다고 말해도 소용없겠군요. 다시 말해, 이 사건에서." 프란츠 박사는 화면에 나타난 이미지를 가리키며 말했다. "접착제에 모래가 묻은 걸까요 아니면 모래에 접착제가 묻은 걸까요? 혹은 그의 손에 모래가 묻은 걸까요 아니면 모래에 그의 손이 닿은 걸까요? 로마에서 발견된 접착제를 질량 분석기로 분석하지 않았다고 했죠? FTIR로 분석은 했나요?"

"하지 않았을 거예요. 내가 알기로는 시아노아크릴레이트였어요." 스카페타가 말했다. "FTIR 분석을 하면 어떤 분자 지문을 얻게 될지 알 수 있을 거예요."

"좋습니다."

"유리창에 묻은 접착제와 금화에 묻은 접착제도 분석할까요?"

"물론이죠."

FTIR(Fourier Transform Infrared Spectroscopy, 푸리에 변환 적외선 분광기)은 복잡한 명칭에 비해 간단한 개념이다. 분자가 화학적으로 결합해 빛 파장을 흡수하고 지문처럼 유일무이한 스펙트럼을 만들어낸다. 언뜻 보면 그들이 발견한 건 그리 놀라운 게 아니었다. 스펙트럼은 유리창과 금화에 묻은 접착제와 똑같다. 둘 다 시아노아크릴레이트이지만 그중 하나는 스카페타와 프란츠 박사가 알아차리지 못했다. 분자구조는 일상적으로 사용하는 강력 접착제의 에틸시아노아크릴레이트가 아니었다. 뭔가 다른 거였다.

"2-옥틸시아노아크릴레이트예요." 프란츠 박사가 말했다. 시간은 어느새 2시 반이었다. "접착제라는 것 말고는 저게 뭔지 모르겠어요. 그리고 로마에서 발견된 접착제의 분자구조는 뭐죠?"

"그것에 관해서 물어본 사람은 아무도 없었어요." 스카페타가 말했다.

역사적인 건물에 은은한 조명이 비쳤다. 성 미카엘 성당의 흰색 뾰족탑이 달을 향해 날카롭게 솟아 있었다.

멋진 방 안에 있는 셀프 박사는 항구와 바다 그리고 밤하늘을 구분할 수 없었다. 하늘에 별이 떠 있지 않았기 때문이다. 비가 그쳤지만 얼마 지나지 않아 다시 빗방울이 떨어졌다.

"여기서는 보이지 않지만 파인애플 분수대가 정말 마음에 들어." 그녀는 창문 너머로 보이는 도시의 불빛을 쳐다보며 말했다. 샌디에게 얘기하는 것보다 도시의 불빛을 향해 말하는 편이 더 나았기 때문이다. "시장 아래쪽에 분수가 있지. 분수 주변에는 형편이 어려운 어린아이들이 많이 모여드는데, 여름이면 분수 안에 들어가 물장구를 치지. 고급 콘도를 갖고 있으면 어린아이들의 시끄러운 소리에 신경이 거슬리기 마련이야. 잠깐, 헬리콥터 소리가 들려. 너한테도 들려?" 셀프 박사가 말했다. "해안 경비대와 공군이 소유한 거대한 비행기 소리야. 잠시가 멀다 하고 전투기 같은 요란한 비행기 소리가 들리는데, 도대체 뭘 하러 세금을 낭비하는지 모르겠어."

"당신이 내게 더 이상 돈을 주지 않을 거라고 생각했다면, 당신한테 아무 말도 꺼내지 않았을 거예요." 창가 의자에 앉은 샌디는 전망에는 아무 관심도 없었다.

"돈과 목숨만 낭비할 뿐이지." 셀프 박사가 말했다. "우린 이 소년소녀들이 집으로 오면 어떤 일이 벌어질지 알아. 너무나 잘 알고 있지. 그렇지 않아, 샌디?"

"약속했던 걸 주면 당신을 귀찮게 하지 않을게요. 난 모든 사람이 원하는 걸 원하는 것뿐이고, 그건 아무 잘못도 아니에요. 이라크에 대해선 아무 관심도 없어요." 샌디가 말했다. "당신의 정치적 의견에 관해 몇 시간 동안 얘기하는 데엔 관심 없어요. 진짜 정치적 의견을 듣고 싶으면 술집으로 가요." 샌디는 별로 유쾌하지 않는 투로 웃었다. "당신이 술집에 가면 볼 만하겠군요. 늙고 뚱뚱한 그를 만나겠죠." 샌디가 술잔을 흔들자 잔에 든 얼음이 달그락거렸다. "덤불(bush)의 나라에서 덤불을 헤치고 나아가는 사람(bush-whacker)이죠('덤불'을 뜻하는 부시 대통령의 이름을 소재로 한 언어유희-옮긴이)."

"그럼 넌 키 작은 관목이겠군."

"우린 아랍인들과 동성연애자를 증오하고, 변기 물에 정자를 내리거나 그 일부분을 의료계에 파는 행위를 인정하지 않기 때문이죠. 우리가 사랑하는 건 애플파이와 버팔로 윙, 버드와이저 그리고 예수죠. 아, 섹스도 좋아하죠. 원하는 걸 주면 입 다물고 집으로 돌아갈게요."

"정신과 의사로서 난 항상 자신을 알아야 한다고 말해왔지. 하지만 너한테는 그렇지 않아. 너한테는 자신을 알지 못하도록 최선을 다하라고 권하지."

"한 가지는 확실해요." 샌디가 간교하게 말했다. "마리노는 나와 끝내면서 당신과도 끝냈어요."

"내가 예상했던 그대로군. 머리가 나쁘니 그것밖에 생각 못 하겠지." 셀프 박사가 말했다.

"당신은 오프라만큼 부유하고 유명하지만 세상의 온갖 권력과 영광을 가진다 해도 나처럼 남자의 마음을 얻을 수는 없어요. 난 젊고, 다정하고, 남자들이 뭘 원하는지 알고, 남자들이 할 수 있는 만큼 오랫동안 할 수 있고, 남자들이 할 수 있을 거라 꿈꾸었던 것보다 훨씬 더 오랫동안 할 수 있게 해 주죠." 샌디가 말했다.

"섹스에 대해 얘기하는 거야 아니면 켄터키 더비(1875년에 시작된 미국의 유서 깊은 승마 대회－옮긴이)에 대해 말하는 거야?"

"당신이 늙었다고 말하는 거예요." 샌디가 말했다.

"널 내 토크쇼에 출연시켜야겠군. 멋진 질문을 할 수 있을 테니까. 남자들이 너한테서 뭘 보는지, 어떤 마법 같은 매력을 가져서 남자들이 네 꽁무니를 졸졸 따라다니는지. 지금 이 모습 그대로 출연시킬 거야. 자두 껍질처럼 얇은 검정 가죽 바지에 안에 아무것도 입지 않고 데님 재킷만 걸친 모습 그대로. 물론 부츠도 신어야겠지. 그리고 가장 중요한 게 있어. 마치 흥분한 것처럼 넝마를 걸치는 거야. 점잖게 표현하자면 가게에 오랫동안 진열해서 찌든 것 같지만, 끔찍한 사고를 당한 불쌍한 사람이 입은 옷 같지. 네가 그가 입은 넝마를 목에 걸치고 그가 회복될 때까지 벗지 않을 거라고 말하면 시청자들은 감동할 거야. 이런 말을 하고 싶진 않지만, 머리가 계란처럼 부서져 뇌가 포장도로 같은 주변 환경에 노출되면 꽤 심각한 일이지."

샌디는 술을 마셨다.

"한 시간이 끝나가도 일련의 사건은 보이지 않고 극히 적은 일부분만 드러날 거야. 사람들은 네가 여성스럽고 도발적인 매력을 지닌 매혹적이고 예쁜 여자라고 결론 내릴 거야." 셀프 박사가 말했다. "마찬가지로 지금은 네 매력으로 때울 수 있겠지만, 나만큼 나이가 들면 중력의 위기가 찾아올 거야. 토크쇼에서 뭐라고 말하느냐고? 나이가 들면 중력의 위기가 찾아올 거라고. 삶은 넘어지게 마련이지. 서 있거나 날지 않고,

사실 앉아 있는 경우도 드물지. 마리노가 그랬던 것처럼 무참히 넘어지지. 그가 어리석게도 먼저 날 찾아 나선 이후로 내가 너한테 그를 찾아가라고 했을 때, 빠져들 가능성은 거의 없어 보였어. 친애하는 샌디, 넌 어떤 문제도 불러일으킬 수 있지. 전혀 일어서지 못하는 마리노는 얼마나 무참히 넘어진 걸까?"

"돈 줘요." 샌디가 말했다. "아니면 더 이상 당신 이야기를 듣지 않으려고 내가 돈을 줘야 하나요? 당신은 정말…."

"말하지 마." 셀프 박사는 샌디의 말을 막았지만 입가에는 미소가 번졌다. "우린 누구에 관해 얘기하지 말아야 할지, 누구 이름을 거론해서는 안 되는지 합의했잖아. 널 위한 것이니 그 부분을 잊지 않는 게 좋을 거야. 넌 나보다 걱정할 게 훨씬 많잖아."

"당신은 기뻐해야 해요." 샌디가 말했다. "난 당신에게 호의를 베풀었어요. 당신은 더 이상 나와 상대할 필요도 없을 거고, 필 박사만큼 날 좋아할지도 모르죠."

"그는 내 토크쇼에 출연했어."

"그럼 그의 사인을 받아줘요."

"난 기쁘지 않아." 셀프 박사가 말했다. "네가 나한테 전화를 걸어 그 고약한 소식을 전해주지 않았으면 좋았을걸. 넌 내게 돈을 써서 교도소에서 나오도록 도와달라고 했지. 넌 똑똑해. 네가 교도소에 있는 건 나한테 유리하지 않으니까."

"당신에게 전화하지 않았으면 좋았을 텐데요. 당신이 수표를 더 이상 보내주지 않을 줄은 몰랐어요…."

"뭣 하러? 도대체 무엇 때문에 내가 돈을 지불해야 해? 난 더 이상 널 도와줄 필요가 없어."

"당신한테 말하지 말았어야 했어요. 하지만 당신은 내게 항상 정직해야 한다고 말했어요."

"내가 그런 말을 했다면 괜한 소리를 했군." 셀프 박사가 말했다.

"그리고 당신이 궁금해하는 건…?"

"네가 왜 우리의 규칙을 깨뜨려 날 짜증나게 하는지 모르겠어. 우리가 얘기를 꺼내지 않은 것들이 있지."

"마리노 얘기라면 분명히 말할 수 있어요." 샌디가 능글맞게 웃었다. "내가 말했던가요? 마리노는 여전히 자신의 상사와 그 짓을 하고 싶어 하죠. 당신은 그녀와 비슷한 연배이니 마음이 언짢겠군요."

샌디는 전채 요리가 켄터키 프라이드치킨인 양 힘겹게 뒤적이며 먹었다.

"당신이 그에게 정말 다정하게 요구했다면 그는 당신과 성관계를 하겠죠. 하지만 기회만 주어진다면 그는 나보다는 그녀와 성관계를 할 거예요. 상상이 돼요?" 샌디가 말했다.

버번위스키가 공기였다면, 방 안에는 마실 공기가 전혀 남지 않았을 것이다. 클럽 레벨(뉴욕 어퍼 웨스트사이드에 위치한 건물로, 1927년 프리메이슨 그룹이 남성용 클럽으로 지었다가 호텔, 마약 재활 센터를 거쳐 지금은 고급 콘도미니엄으로 사용되고 있다-옮긴이)의 응접실에 있던 샌디는 그곳이 너무 답답해 관리인을 불러 접시를 가져가라고 했고, 셀프 박사는 캐모마일 차를 끓이며 다른 데를 쳐다보았다.

"그녀는 분명 특별한 사람이에요. 당신이 그녀를 그렇게 미워하는 것도 당연하죠." 샌디가 말했다.

그건 비유적인 표현이었다. 샌디가 어떤 말을 할 때마다 셀프 박사는 다른 데를 쳐다보았다. 오랫동안 다른 데를 쳐다보느라 서로 의견이 부딪힐 거라는 사실도 알지 못했다.

"이렇게 하기로 해." 셀프 박사가 말했다. "이 아름다운 소도시를 떠나

다시는 되돌아오지 마. 너의 해변 주택이 그리워지겠지. 난 친절하게도 '너의' 집이라고 말했지만, 곧 정리할 거야. 네가 짐을 싸기 전에 흔적도 남기지 않고 없애버릴 거야. 다이애나 왕세자비의 아파트에 관한 얘기 알아? 그녀가 죽은 후 어떻게 한지 알아? 카펫과 벽지는 찢어버렸고 심지어 전구도 처분했고, 자동차는 찌그러뜨렸지."

"내 BMW나 오토바이에 손대지 말아요."

"네가 직접 오늘 밤에 시작해야 해. 문지르고, 페인트를 칠하고, 표백시켜야 해. 불을 질러도 상관없어. 하지만 피나 정액, 침 한 방울도 남아 있어선 안 되고, 옷이나 머리카락 한 올, 섬유나 음식 한 조각도 남아 있으면 안 돼. 네가 원래 살던 샬럿으로 돌아가. 광적으로 운동이나 하고 돈이라는 신을 숭배하며 살아. 돌아가신 네 아버지는 나보다 현명했어. 그는 네게 아무것도 남기지 않았지만 난 네게 뭔가를 남겨야 할 게 분명해. 그건 내 주머니 안에 들어 있어. 그러고 나서 내게서 꺼져버려."

"내가 이곳 찰스턴에 살아야 한다고 말한 사람은 바로 당신이에요."

"난 마음을 바꿀 권리가 있어."

"나한테 억지로 강요하지 말아요. 당신이 누구인지 상관없고, 나한테 이래라저래라 하는 데 질렸어요."

"난 천하의 셀프 박사고 내가 원하는 건 뭐든지 너한테 시킬 수 있어." 셀프 박사가 말했다. "이제 나를 기분 좋게 해줘야 할 시간이야. 난 네가 도움을 청해서 여기 온 거야. 난 네가 죄를 씻기 위해 뭘 해야 하는지 방금 말해주었어. 넌 내게 말해야 해. '감사합니다. 명령하시는 건 뭐든지 할게요. 그리고 다시는 당신을 화나게 하거나 불편하게 하는 일은 하지 않을게요'라고."

"그럼 나한테 줘요. 버번위스키가 떨어져 정신이 없을 지경이에요. 당신을 보면 더러운 시궁쥐를 볼 때보다 더 미칠 것 같아요."

"그렇게 서두르지 마. 우리의 담소는 아직 끝나지 않았으니까. 마리노는 어떻게 했어?"

"그는 머리가 돌았어요."

"머리가 돌았다니, 너 꽤 똑똑하구나. 허구는 최고의 사실이지. 엉터리 언론이 실제 사실보다 더 사실적이고. 전쟁은 예외인데, 허구가 우리의 마음을 사로잡았기 때문이지. 그래서 결국 넌 흉악한 짓을 저지른 거야. 생각만 해도 놀라워." 셀프 박사가 말했다. "네가 이 순간 바로 그 의자에 앉아 있는 이유는 조지 W. 부시 때문이야. 내가 여기 앉아 있는 것도 그 때문이지. 널 앉혀놓고 말하는 건 아무 가치 없는 일이고, 널 구하러 급히 달려오는 건 이번이 정말 마지막일 거야."

"다른 집이 필요할 것 같아요. 집도 없이 다른 곳으로 이사 갈 수는 없어요." 샌디가 말했다.

"내가 이런 아이러니를 끝낼 수 있을지 모르겠군. 너한테 마리노와 재미 삼아 놀라고 요구한 건, 내가 그의 상사와 재미 삼아 놀고 싶었기 때문이야. 그 이외의 것은 내가 요구하지도 않았고, 내가 아는 바도 아니야. 이젠 알게 되었지. 나를 이길 수 있는 사람은 아무도 없어. 넌 내가 만난 사람들 가운데 최악이야. 네가 짐을 싸고, 깨끗이 치우고, 사람들이 원하는 곳으로 떠나기 전에 마지막으로 물어볼 게 있어. 마음에 걸린 적이 단 한순간이라도 있어? 샌디, 일시적인 충동에 관해 말하는 건 아니야. 어떤 지긋지긋한 일이 계속 일어나는데, 어떻게 날마다 그걸 계속 지켜볼 수 있었어? 난 학대당하는 개도 똑바로 쳐다보지 못하는데 말이지."

"내가 받으러 온 거나 주세요." 샌디가 말했다. "마리노는 제정신이 아니에요." 이번에는 '머리가 돌았다는' 말은 하지 않았다. "당신이 시키는 대로 했어요…."

"네가 괜한 짓을 하는 바람에 난 다른 할 일이 있는데도 찰스턴으로 올 수밖에 없었어. 네가 떠나기 전까지 난 여길 떠나지 않을 거야."

"당신은 내게 빚을 졌어요."

"내가 지난 수년 동안 너한테 준 돈에 덧붙이면 안 될까?" 셀프 박사가 말했다.

"당신이 내게 빚을 진 건, 내가 그 상태를 유지하고 싶지 않았기 때문이에요. 그리고 당신이 날 그렇게 만들었기 때문이기도 하죠. 난 당신 과거의 삶을 사는 데 지쳤어요. 그 때문에 당신이 더러운 자신의 모습을 보며 기분 좋아하는 것도 우습고요. 당신은 내게서 손 뗄 수 있었지만 그러길 원치 않았어요. 그게 바로 내가 궁극적으로 해결해야 하는 거예요. 당신은 그렇게 하는 것도 원치 않았어요. 내가 왜 고통스러워야 하는 거죠?"

"미팅 가에 있는 이 멋진 호텔 방이 동쪽이 아닌 북쪽을 향해 있다면 시체 공시소가 보인다는 사실 알아?"

"그녀는 나치 장교 같죠. 그가 그녀와 성관계를 가진 게 분명해요. 하고 싶지는 않았지만 실제로 했을 게 분명해요. 그는 그녀의 집에서 밤을 보내려고 내게 거짓말을 했어요. 그런 얘길 들으니 기분이 어때요? 그녀는 정말 대단한 여자임에 틀림없어요. 그는 그녀가 말하는 건 뭐든지 했고, 그녀가 시키면 개처럼 짖기도 할 거예요. 난 그 모든 걸 참았으니 당신도 내게 빚을 졌어요. 당신이 내게 속임수를 쓰며 '멍청한 뚱보 경찰이 있는데, 내게 호의를 베풀어주지 않을래?'라고 말하지 않았더라면 그런 일은 일어나지 않았을 거예요."

"호의를 베풀어준 건 바로 너야. 넌 내가 모르는 정보를 알아냈어." 셀프 박사가 말했다. "내가 제안했지만 넌 날 위한답시고 날 끌어들이지 않았어. 그건 기회였어. 넌 기회를 이용하는 데 항상 뛰어났지. 사실 거의 천재적이라고 할 수 있지. 그리고 이 놀라운 사실이 드러난 거야. 아마 그건 네가 나한테 해준 것에 대한 보상이겠지. 그녀가 부정을 저질렀다고? 케이 스카페타 박사가 부정을 저질렀다고? 그녀의 약혼자도 아는지 궁금하군."

"나는 어떻고요? 그 나쁜 놈이 날 두고 부정을 저질렀어요. 어떤 남자도 그렇지 않았어요. 난 모든 남자들을 상대로 부정을 저지를 수 있지만, 그 나쁜 뚱보가 나한테 그런 짓을 저지르다니 말도 안 돼요."

"네가 어떻게 해야 할지 말해주지." 셀프 박사가 샌디가 입은 빨간색 실크 원피스 호주머니에 봉투를 밀어 넣었다. "벤턴 웨슬리에게 말해."

"당신은 정말 대단해요."

"그가 알아야 마땅하지. 잊어버리기 전에 수표를 주는 거야." 그녀는 봉투를 들어 올리며 말했다.

"당신은 나와 또 다른 게임을 벌이려고 하는군요."

"샌디, 이건 게임이 아니야. 그리고 마침 벤턴의 이메일 주소가 있는 것뿐이야." 셀프 박사가 말했다. "책상 위에 있는 내 노트북컴퓨터를 쓰도록 해."

스카페타의 회의실.

"특이한 점은 없고 똑같아 보여." 루시가 말했다.

"똑같다고? 무엇과 똑같다는 거야?" 벤턴이 물었다.

그들 네 명은 예전에 하인들이 쓰던 방에 놓인 자그마한 테이블 주변에 둘러앉았다. 자유의 몸이 되었지만 전쟁 이후에도 가족을 떠나려 하지 않았던 메리라는 젊은 하인이 그 방에 살았을지도 모른다. 스카페타는 그 건물의 역사에 대해서 많은 것을 알게 되자 마음이 불편했다. 차라리 그 건물을 구입하지 않았더라면 좋았을걸, 후회가 되기도 했다.

"다시 물어볼게요." 포마 국장이 말했다. "그에게 어려움이 있었나요?

직업상의 문제가 있지 않았을까요?"

루시가 말했다. "그에게 직업상 문제가 없었을 때가 있었나요?"

마리노의 소식을 들은 사람은 아무도 없었다. 스카페타는 열두어 번도 넘게 전화했지만 그에게서 아무 소식도 듣지 못했다. 루시는 그곳 회의실로 오는 길에 마리노의 오두막에 들렀다. 오토바이는 세워져 있었지만 트럭은 보이지 않았다. 초인종을 눌러도 대답이 없는 걸 보니 집에 없는 것 같았다. 루시는 창문을 들여다보았다고 말했지만, 스카페타는 곧이곧대로 믿지 않았다. 루시가 어떤 사람인지 누구보다 잘 알았기 때문이다.

"마리노는 요즘 기분이 좋지 않았어요. 플로리다를 그리워하면서 이곳에 온 걸 후회하는 것 같아요. 내 밑에서 일하는 걸 마뜩잖게 생각했는지도 모르죠. 지금은 마리노의 문제에 대해 생각할 수 있는 시간이 아니에요."

스카페타는 벤턴이 자신을 바라보고 있는 걸 느꼈다. 그녀는 법률 용지에 메모를 했고, 이미 한 메모를 확인했다. 임시로 작성한 연구실 보고서 내용을 정확하게 알고 있으면서도 다시 확인했다.

"마리노 아저씨가 다른 곳으로 떠난 건 아니에요." 루시가 말했다. "떠났다 해도 짐은 모두 두고 갔어요."

"창문을 들여다보고 그 모든 걸 알아냈다고요?" 포마 국장이 말했다. 그는 루시에 대해 무척 호기심이 생겼다.

회의실에 모두 모였을 때부터 포마 국장은 루시를 눈여겨보았다. 그녀를 보면 기분이 은근히 좋았지만 루시는 모르는 척 무시했다. 스카페타를 바라보는 시선은 로마에서와 마찬가지였다.

"창문을 통해서 많은 걸 본 것 같군요." 포마 국장은 루시에게 말하면서 스카페타를 쳐다보았다.

"그는 이메일도 확인하지 않았어요." 루시가 말했다. "내가 감시하고 있다고 의심하는지도 모르죠. 그와 셀프 박사는 아무 연락도 하지 않았어요."

"다시 말해서, 레이더망에서 완전히 벗어난 거야." 스카페타가 말했다.

스카페타는 자리에서 일어나 창 가리개를 내렸다. 밖이 어두웠기 때문이다. 루시가 그녀를 태우러 녹스빌에 왔을 때부터 내리다가 그쳤던 비가 다시 오기 시작했다. 안개가 짙게 끼어서 산의 형체도 보이지 않았다. 루시는 곳곳마다 방향을 바꿔야 했다. 그녀는 강을 따라 나지막한 고도를 찾으며 비행기를 천천히 몰았다. 그들이 좌초하지 않은 건 행운일 수도 있고 신의 은총일 수도 있을 것이다. 지상에서 실시하는 것을 제외한 모든 수색 활동은 중단되었다. 웹스터 부인의 생사는 아직 확인되지 않았다.

"우리 생각을 정리하도록 하죠." 스카페타는 마리노에 관해 이야기하고 싶지 않아 그렇게 말했다. 자신의 마음을 벤턴이 눈치챌까 두려웠다.

죄의식이 들고 화가 나고 점점 더 두려웠다. 마리노는 이목을 끌려는 것처럼 갑자기 사라졌다. 아무런 말도 없이, 자신이 저지른 일을 어떻게든 보상하려 노력하지도 않고 트럭을 타고 가버렸다. 그는 툭 터놓고 말한 적도, 자신의 복잡한 감정을 이해하려고 노력한 적도 한 번도 없었다. 이번에는 자신의 능력으로는 대처할 수 없는 것을 보완해야 했다. 스카페타는 그를 해고하고 신경 쓰지 않으려고 애썼지만, 그는 마치 자욱하게 끼어 있는 안개 같았다. 그에 관한 생각 때문에 주변의 상황이 흐릿해졌고, 한 번 거짓말을 하면 또 다른 거짓말로 이어졌다. SUV의 뒤로 열리는 차 문에 사고로 손목이 끼어 멍 자국이 생긴 거라고 벤턴에게 말했다. 그가 보는 앞에서는 붕대를 풀지 않았다.

"우리가 아는 것이 일리 있도록 만들어봐요." 스카페타가 그곳에 모인 사람들에게 말했다. "모래에 관해 이야기할게요. 규토 혹은 석영과 석회석을 높은 비율로 확대했는데, 이곳과 같은 아열대 지역에서 주로 볼 수 있는 조개와 산호 조각이 나왔어요. 가장 흥미롭고 혼란스러운 점은 발포 잔여물이 나온 거예요. 발포 잔여물이라고 말한 건, 해안 모래에서 바륨, 안티몬, 납 등이 나와 달리 설명할 방법이 없기 때문이에요."

"해안 모래라면 그렇지 않을 수도 있어요." 포마 국장이 말했다. "마로니 박사는 자기를 찾아온 환자가 이라크에서 왔다고 주장했다고 했어요. 이라크의 여러 지역에서는 발포 잔여물이 나올 겁니다. 그는 이라크에서 정신착란을 일으켜 이라크와 미국을 오갔는데, 모래를 보고 그 기억을 떠올린 거죠."

"모래사막에는 대개 석고가 들어 있는데, 석고를 찾아내지는 못했어요." 스카페타가 말했다. "이라크의 지역에 따라 다를 텐데, 마로니 박사가 그에 대한 해답을 알지는 못할 거예요."

"그는 어디인지도 나에게 정확히 말해주지 않았어요." 벤턴이 말했다.

"진료 기록은요?" 루시가 물었다.

"들어 있지 않았어."

"이라크의 다양한 지역의 모래는 다양한 성분과 조직을 갖고 있어요." 스카페타가 말했다. "퇴적물이 어떻게 쌓이느냐에 따라 다르죠. 염분이 높다고 해서 해안 모래라고 입증할 수는 없지만, 드루 마틴의 시신과 웹스터 부인의 집에서 나온 모래에는 모두 염분 성분, 다시 말해서 소금 성분이 높게 나왔어요."

"중요한 건 범인에게 소금이 왜 중요했냐는 겁니다." 벤턴이 말했다. "모래를 통해 범인에 관한 어떤 것을 알아낼 수 있을까요? 그는 자신을 샌드맨이라고 불렀어요. 사람들을 잠들게 하는 걸 상징할 수도 있겠죠. 접착제나 어떤 의학적 성분과 관련된 안락사의 일종일 수도 있을 거고요."

접착제. 2-옥틸시아노아크릴레이트. 성형외과 의사나 다른 과 의사들이 작은 절개 자국이나 상처를 봉합하거나, 군대에서 마찰로 인해 생긴 물집을 치료하기 위해 주로 사용하는 외과용 접착제.

스카페타가 말했다. "범인이 외과용 접착제를 쓴 걸 보면 그가 어떤 일을 하는지, 어떤 사람인지 추측할 수 있을 거예요. 단지 상징이 아닐 수도 있어요."

"일반 강력 접착제 대신 외과용 접착제를 상상하면 이점이라도 있나요?" 포마 국장이 물었다. "난 성형외과 의사들이 어떤 일을 하는지 잘 몰라서요."

"외과용 접착제는 미생물에 의해 무해한 물질로 분해될 수 있어요." 스카페타가 대답했다. "발암물질을 일으키지 않죠."

"건강한 접착제로군요." 포마 국장이 웃으며 말했다.

"그렇게 말할 수도 있겠네요."

"범인은 자기가 고통을 덜어준다고 생각하지 않았을까요?" 벤턴은 두 사람의 말을 듣지 못한 것처럼 다시 말문을 열었다.

"아까는 성적이라고 말한 것 같은데." 포마 국장이 그 점을 지적했다.

짙은 남색 양복에 검정 셔츠에 검정 넥타이를 맨 그의 모습은 할리우드 영화나 아르마니 광고에서 금방 튀어나온 것 같았다. 그는 찰스턴에 사는 사람처럼 보이지 않았고, 벤턴은 로마에서와는 달리 더 이상 그가 마음에 들지 않는 것 같았다.

"성적이라고만 말하지는 않았어요." 벤턴이 말했다. "성적인 요소가 있다고 말했죠. 범인은 그걸 모를 수도 있고, 우린 그가 희생자에게 성폭력을 휘둘렀는지 혹은 단순히 희생자를 고문했는지 알 수 없어요."

"우린 그걸 분명히 알 수 없지요."

"범인이 셀프 박사에게 보낸 사진을 봤을 겁니다. 여자를 벌거벗긴 채 차가운 물이 든 욕조 안에 억지로 앉히는 건 도대체 뭐라고 불러야 할까요? 범인이 그녀를 물속에 담갔을 수도 있을 거예요."

"그런 행동을 뭐라고 불러야 할지는 모르겠군요. 범인이 그 짓을 할 때 그 옆에 없었으니까요." 포마 국장이 말했다.

"만약 그랬더라면 우리는 여기 모이지 않았겠지요. 사건은 해결되었을 테니까요." 벤턴의 눈빛이 강철처럼 차가워졌다.

"범인이 희생자들의 고통을 덜어준다고 생각하는 건 정말 어처구니없어요." 포마 국장이 벤턴에게 말했다. "더구나 당신의 가정이 정확하고 범인이 희생자들을 고문했다면 말이지요. 그는 고통을 덜어주는 게 아니라 고통을 가했겠지요."

"그가 고통을 가한 건 분명해요. 하지만 우리가 상대하는 범인은 이성적인 판단을 가진 사람이 아닙니다. 그는 미리 계산하고 목적을 갖고 행동하지요. 그리고 똑똑하고 치밀해요. 집에 침입하고도 아무 흔적도 남기지 않았어요. 그는 식인 풍습과 같은 만행을 저지른다고 생각하고, 희생자들과 함께하면서 그들을 자신의 일부로 만들었을 수도 있을 거예요. 그들과 중요한 관계를 갖고 있고 자기가 자비롭다고 생각했을 수도 있을 거고요."

"증거물 말인데요…." 루시는 그 점에 훨씬 더 관심을 보였다. "범인이 모래에 발포 잔여물이 있다는 걸 알았을까요?"

"알았을 수도 있을 거야." 벤턴이 말했다.

"범인이 알았을 가능성은 지극히 낮다고 생각해요." 스카페타가 말했다. "전쟁터나 범인에게 의미 있는 곳에서 가져온 모래라고 해도 그가 모래의 구성 성분을 알지는 못했을 거예요. 그 성분을 알아야 할 이유가 없으니까요."

"요점을 잘 파악한 것 같군. 범인은 그 모래를 직접 가져왔을 거야."

벤턴이 말했다. "사용하는 도구나 절단기도 직접 가져온 것 같아. 그가 직접 가져온 건 단순히 실질적인 목적 때문만은 아닐 거야. 그의 세상은 상징으로 가득 차 있고, 그가 그 상징을 이해할 때에만 앞뒤가 들어맞는 충동을 행동으로 옮기지."

"난 그의 상징에는 별 관심 없어요." 루시가 말했다. "내가 더 관심 있는 건 그가 셀프 박사에게 이메일을 보냈다는 사실이에요. 내가 생각하기에 그는 누군가를 대상으로 끔찍한 형벌을 가했어요. 왜 그녀였을까요? 그리고 왜 항구의 무선 네트워크에 침입하고 울타리를 넘었을까요? 그리고 자신이 수화물인 양, 왜 버려진 컨테이너를 사용했을까요?"

루시는 본래의 모습다웠다. 오늘 초저녁에 조선소 울타리를 넘어 둘러본 건 어떤 예감을 느꼈기 때문이다. 아무의 눈에도 띄지 않고 항구 네트워크에 침입할 수 있는 곳은 어디일까? 그녀는 엉망으로 변한 컨테이너 안에서 답을 찾았는데, 안에는 테이블과 의자 그리고 무선 라우터가 있었다. 스카페타는 불에 관해 많은 생각을 했다. 그가 버려진 컨테이너 근처에서 마리화나를 피우기로 결심했다가 곧바로 중단했던 날 밤에 대해서도 여러 차례 생각했다. 샌드맨은 거기 있었을까? 불이 너무 가까이 갔던 걸까? 스카페타는 그에게 직접 물어보고 싶었지만, 함께 골목을 수색하다 권총과 금화를 찾아낸 이후로는 그를 만난 적이 없었다.

"내가 다녀간 걸 그가 눈치채지 못하게 모든 걸 제자리에 뒀어요. 하지만 눈치챌 수도 있겠죠. 그는 오늘 밤 항구에서 이메일을 보내지도 않았는데, 한동안 이메일을 보낸 적이 없더군요."

"날씨는 어때?" 스카페타가 시간을 확인하며 물었다.

"자정 무렵엔 맑을 거야. 연구실에 잠깐 들렀다가 공항으로 갈 거야." 루시가 말했다.

루시가 자리에서 일어나자 포마 국장도 일어섰다. 벤턴은 자리에 그대로 앉아 있었고, 스카페타는 그와 눈이 마주치자 다시 두려움이 찾아왔다.

벤턴이 그녀에게 말했다. "잠시 얘기 좀 하지."

루시와 포마 국장이 떠나고 나서 스카페타는 문을 닫았다.

"내가 먼저 얘기를 꺼내야 할 것 같군요. 당신은 아무 예고도 없이 갑자기 찰스턴에 나타났어요." 스카페타가 말했다. "미리 전화도 하지 않고 며칠 동안 연락도 하지 않다가 어젯밤 예기치 않게 그와 함께 우리 집에 왔어요…."

"케이." 벤턴은 서류 가방을 들어 무릎 위에 올렸다. "지금 이런 얘길 할 수는 없어."

"당신은 나한테 아무 말도 하지 않잖아요."

"케이…." 벤턴이 말하려 하자 스카페타가 말을 막았다.

"아니요, 나중으로 미룰 수 없어요. 도저히 집중할 수 없어요. 로즈의 아파트에 가봐야 하고, 할 일이 너무나도 많고, 모든 게 허물어지고 있어요. 당신이 내게 어떤 얘길 하고 싶어 하는지 알고 싶어요. 내 기분이 어떤지 당신한테 말할 수 없어요. 정말이지 그럴 수 없어요. 어떤 결정을 내린다 해도 당신을 탓하지 않을게요. 난 이해해요."

"이 일을 나중으로 미루려던 건 아니야." 벤턴이 말했다. "더 이상 서로를 간섭하지 말자고 말하려던 참이었어."

그의 눈빛을 바라보자 스카페타는 혼란스러웠다. 그의 눈빛은 그녀만을 향한 거라고 항상 생각했지만, 이젠 그렇지 않고 그런 적도 없었던 것 같았다. 그가 쳐다보자 그녀는 고개를 돌리며 시선을 외면했다.

"벤턴, 나한테 어떤 얘길 하고 싶어요?"

"그에 관해 얘기하고 싶어."

"포마 국장 말인가요?"

"그의 말을 믿을 수 없어. 샌드맨이 나타나 이메일을 보내길 기다리고 있었다고? 비 내리는 어두운 밤에 주변을 걸으면서? 그가 이곳으로 올 거라고 당신한테 말했어?"

"누군가가 어떤 일이 일어나고 있는지 그에게 알려준 것 같아요. 드루 마틴 사건이 찰스턴, 힐튼 헤드와 연관되었을 수 있다고."

"마로니 박사가 얘기해줬을 거야." 벤턴이 곰곰이 생각에 잠긴 표정으로 말했다. "잘 모르겠지만 그는 유령 같은 사람이야. 그곳을 휘젓고 다녔다니, 그를 신뢰할 수 없어."

"당신이 신뢰할 수 없는 사람은 나겠죠." 스카페타가 말했다. "그렇게 말하는 편이 맞을 거예요."

"그를 전혀 신뢰할 수 없어."

"그렇다면 그와 오랜 시간 함께 보내지 말아요."

"그렇지 않았어. 그가 어디에서 무슨 일을 하는지도 몰라. 당신 때문에 찰스턴에 왔다는 사실만 알 뿐이지. 그가 원하는 건 분명해. 그는 영웅이 되고 싶고, 당신에게 강한 인상을 주고, 당신과 사랑을 나누고 싶은 거야. 당신을 탓할 수는 없어. 그는 잘생기고 매력적이니까."

"왜 그렇게 그를 질투해요? 당신에 비하면 그는 아주 작은 사람이에요. 난 아무것도 하지 않았어요. 다른 곳에 살면서 날 혼자 내버려둔 건 바로 당신이에요. 당신은 이런 관계를 더 이상 원하지 않는 것 같아요. 그럼 이제 끝내자고 말해요." 스카페타는 왼쪽 손에 낀 반지를 내려다보며 말했다. "이제 뺄까요?" 그녀는 반지를 빼려고 했다.

"그러지 마." 벤턴이 그녀를 막으며 말했다. "제발 그러지 마. 그러고 싶지 않다는 거 알아."

"중요한 건 내가 뭘 하고 싶냐가 아니에요. 내가 그럴 자격이 있는 사람이냐가 문제죠."

"당신과 사랑에 빠지거나 잠자리에서 당신을 원하는 남자들을 탓할 수는 없어. 어떤 일이 있었는지 알아?"

"당신에게 반지를 되돌려줘야 해요."

"어떤 일이 있었는지 말해줄게." 벤턴이 말했다. "당신도 아는 시기에 관한 거야. 당신 아버지는 돌아가시면서 당신의 일부를 가져가셨어."

"그렇게 잔인한 말 하지 마요."

"당신을 무척이나 사랑하셨기 때문이지." 벤턴이 말했다. "어떻게 그렇지 않을 수 있겠어? 아름답고 총명하고 착한 어린 딸을 두고 돌아가셨으니."

"그런 말로 내게 상처 주지 말아요."

"케이, 난 사실을 말하고 있는 거야. 중요한 사실을." 그의 눈빛이 다시 강해졌다.

스카페타는 그를 쳐다볼 수 없었다.

"그날부터 누군가가 당신을 사랑하거나 성적으로 원하는 눈빛으로 바라보면, 당신은 마음 한편으로 그 눈빛이 위험하다고 판단하지. 당신을 사랑하면 그는 죽지 않을까? 당신은 그 고통을 다시 견딜 수 없을 거라 생각했어. 성적으로 당신을 원하면 어떻게 될까? 경찰과 지방 검사들이 당신의 벌거벗은 모습을 상상하고 그 짓을 할 거라고 상상하면 어떻게 그들과 함께 일할 수 있겠어?"

"그만해요. 난 그럴 만한 자격이 없어요."

"한 번도 그런 적 없었지."

"한 번도 알아차리지 않았다고 해서 그가 나한테 그럴 자격은 없어요."

"몇백 년이 지나도 한 번도 없겠지."

"더 이상 여기에 살고 싶지 않아요." 스카페타가 말했다. "반지도 돌려줘야겠어요. 당신 증조모한테서 물려받은 반지잖아요."

"그러고는 집에서 도망치겠다고? 어머니와 동생 도로시 말고는 집에 아무도 남지 않았을 때 그랬던 것처럼? 당신은 도망쳤지만 어디로도 가지 않고 공부와 일에 매달렸지. 빨리 달리고 너무 바빠서 어떤 감정을 느낄 수도 없었지. 이제 당신은 마리노가 그랬던 것처럼 도망치고 싶어 해."

"그를 곤경에 빠뜨리지 말았어야 했는데…."

"20년 동안이나 그렇게 해왔는데 왜 그날 밤은 그렇게 하지 않았던 거야? 그는 너무 취해서 스스로도 위험했을 텐데, 당신은 그에게 친절하게 대했어."

"로즈한테 들었나 보군요. 루시한테 들었을 수도 있을 거고."

"셀프 박사한테 이메일이 왔는데, 간접적으로 말하더군. 당신과 마리노가 부정을 저지르고 있다고. 나머지는 루시한테 들었는데, 그게 사실이겠지. 케이, 날 봐. 난 당신을 똑바로 쳐다보고 있잖아."

"마리노를 가만히 내버려두겠다고 약속해요. 당신도 그처럼 될 거니까 상황만 악화될 뿐이에요. 그래서 당신은 날 회피했고 찰스턴에 온다는 이야기도 하지 않았군요. 내게 전화도 뜸했고."

"당신을 회피한 적 없어. 너무 많은 일이 있어서 어떤 얘기부터 해야 할지 모르겠어."

"다른 어떤 일이요?"

"어떤 환자가 있었는데 셀프 박사가 그녀와 친구가 되었어." 벤턴이 말했다. "친구가 되었다기보다는 그냥 아는 사이가 되었다고 해야겠군. 셀프 박사는 그 환자를 저능아라고 불렀어. 셀프 박사에 따르면, 별명이나 농담이 아니라고 했어. 이성적인 판단이자 의학적 진단이라고 했지. 셀프 박사가 그런 말을 하자 환자의 상태는 악화되었고, 안전하지 않은 집으로 돌아가려 했어. 그리고 밖으로 나가자마자 주류점에 들어갔고,

병에 든 보드카를 5분의 1 정도 마시고 목을 매 자살했어. 난 그 사건을 맡고 있었고 당신이 모르는 많은 일들이 있어. 그래서 연락 못 했던 거고 며칠 동안 이야기도 별로 하지 않았던 거야."

벤턴은 서류 가방을 열어 노트북컴퓨터를 꺼냈다.

"병원 전화와 무선 인터넷 사용을 무척 꺼렸어. 모든 전선에 조심했고 심지어 홈 전선도 마찬가지였어. 내가 거기서 나오고 싶은 이유 가운데 하나지. 당신은 내게 무슨 일이냐고 물을 거고 난 모른다고 대답하겠지. 하지만 파울로 마로니의 전자 파일과 관련된 게 분명해. 루시가 그 파일 안으로 쉽게 들어갈 수 있었던 건, 그가 취약하게 해두었기 때문이야. 파일 안으로 들어가려는 사람들이 놀랄 정도로."

"어디를 봐야 할지 알았다면 취약했겠군요. 그리고 루시는 평범한 사람이 아니죠."

"루시도 실제 기계에 접근하는 것과 반대로 그의 컴퓨터에 들어가야 했기 때문에 접근이 제한적이었어." 벤턴은 노트북컴퓨터를 켜더니 드라이브 안에 CD를 끼워 넣으며 말했다. "가까이 와."

스카페타는 의자를 가까이 당겨 그가 보고 있는 화면을 바라보았다. 순간적으로 노트북 화면에 문서가 나타났다.

"이미 봤던 거예요." 스카페타는 루시가 찾아낸 전자 서류를 알아보며 말했다.

"꼭 그렇지는 않아." 벤턴이 말했다. "루시 덕분에 실력 있는 몇몇 사람과 연락할 수 있었지. 루시만큼 대단하지는 않지만 해낼 수 있을 거야. 지금 보고 있는 건 삭제되었다가 다시 복구한 파일이야. 루시가 조시에게서 알아낸 비밀번호를 이용해 찾아낸 그 파일이 아니야. 그건 이 파일에서 삭제되었다가 몇 차례 복사된 거야."

스카페타는 화살표를 내리며 서류를 읽었다. "내가 보기엔 똑같아요."

"다른 건 텍스트가 아니라 바로 이거야." 벤턴은 화면 맨 윗부분에 있는 파일 이름을 가리켰다. "조시가 이걸 처음 보여줬을 때 난 알아차렸지. 당신도 알아보겠어?"

"조시라고요? 당신이 그를 신뢰했으면 좋겠어요."

"난 그를 믿어. 좋은 이유에서야. 그는 루시가 한 것과 똑같은 일을 했어. 하지 말아야 할 일을 한 걸 보면 유유상종이지. 다행히도 두 사람은 같은 편이어서 조시는 자신을 속인 루시를 용서해주었지. 사실, 그는 루시가 한 일을 보고 깊은 인상을 받았어."

"파일 이름은 MS 노트(Note)-10-20-1-0-6이에요." 스카페타가 말했다. "MS 노트에서 환자 이름의 머리글자와 마로니 박사가 작성한 진료기록을 가정할 수 있어요. 그리고 10-20-1-0-6은 2006년 10월 21일을 뜻해요."

"방금 말한 대로야. MS 노트. 그리고 그 파일의 이름은 MS 노트지." 벤턴이 다시 화면을 터치했다. "적어도 한 번 복사된 파일은 자신도 모르는 사이에 이름이 바뀌지. 인쇄 오식 때문인데, 어떻게 그렇게 되는지는 나도 정확히 몰라. 혹은 고의적으로 그가 똑같은 파일을 계속 복사하지 않았을 수도 있고. 더 이전에 작성한 초안을 잃고 싶지 않을 때 나도 종종 그렇게 해. 중요한 건, 관심을 받는 환자에 관한 삭제된 파일을 복원하던 조시가 초안이 두 주 전에 작성됐다는 사실을 알아낸 거야."

"그 하드드라이브에 저장한 게 초안 아니었을까요?" 스카페타가 제안했다. "혹은 그가 두 주 전에 파일을 열고 저장해서 작성 날짜가 바뀐 건 아닐까요? 하지만 그가 환자로서 샌드맨을 봤다는 걸 우리가 알기도 전에, 왜 그 파일을 봤는지에 관해선 문제점을 교묘하게 피하고 있어요. 마로니 박사가 로마로 떠났을 때 우린 샌드맨에 관해 아무 이야기도 듣지 못했어요."

"파일을 조작한 것 같아. 왜냐하면 파일은 위조한 거니까." 벤턴이 말했다. "맞아, 파울로가 로마로 떠나기 직전에 그 문서를 작성했어. 셀프 박사가 맥린 병원에 입원한 4월 27일에 문서를 작성했지. 정확하게 말하자면, 그녀가 병원하기 도착하기 서너 시간 전이었고. 내가 어느 정도 확신을 갖고 말할 수 있는 건 파울로가 휴지통에 든 문서를 삭제했지만, 삭제 기록이 완전히 사라지지는 않았기 때문이야. 조시가 그걸 복원했어."

벤턴이 다른 파일을 열자 스카페타가 어디선가 본 듯한, 대충 작성한 초안이 나왔다. 하지만 이번 문서에서 환자의 이름은 MS가 아니라 WR이었다.

"그렇다면 내가 보기에 셀프 박사가 마로니 박사에게 전화한 게 분명해요. 그렇게 가정할 수 있는 건 그녀가 병원에 나타날 수 없었기 때문이죠. 그녀가 전화로 어떤 이야기를 했는지 모르지만, 그는 그녀와의 이야기에 감흥을 받아 이 문서를 작성하기 시작했을 거예요." 스카페타가 말했다.

"또 다른 위조의 표시지." 벤턴이 말했다. "파일 이름으로 환자의 이니셜을 사용했는데, 일반적으로 그래서는 안 돼. 원본을 찾지 못했다 해도 환자의 이니셜을 바꾸는 건 말이 안 돼. 그의 이름을 새로 붙일 이유가 도대체 뭐겠어? 그에게 별명을 붙여주려고? 파울로는 그런 짓을 할 만큼 어리석은 사람이 아니야."

"그런 환자가 존재하지 않을지도 몰라요." 스카페타가 말했다.

"이제 나와 같은 결론에 도달했군." 벤턴이 말했다. "샌드맨은 파울로 마로니의 환자가 아니었을 거야."

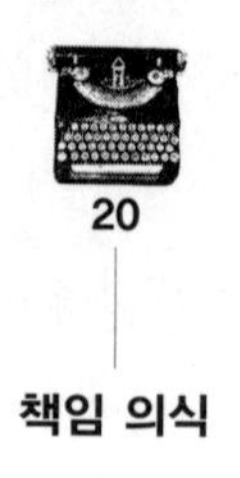

20

책임 의식

10시가 다 된 시각, 스카페타가 로즈의 아파트 건물로 들어갈 때 수위 에드의 모습은 어디에도 보이지 않았다. 이슬비가 내리며 안개가 자욱하게 피어올랐고, 구름은 하늘을 가로지르며 빠르게 지나가 바다로 향했다.

스카페타는 수위실로 들어가 주변을 둘러보았다. 책상에는 별다른 게 없었다. 롤로덱스(명함이나 사무적인 메모를 끼워 넣고 회전시켜 찾을 수 있게 만든 사무 용품–옮긴이), 겉면에 '거주민'이라고 적힌 공책, 아직 열어보지 않은 여러 우편물, 에드와 다른 두 수위가 사용하는 펜, 스테플러, 시계가 달린 장식판, 낚시 대회에서 받은 상패, 휴대전화, 열쇠고리, 지갑 같은 개인 용품이 놓여 있었다. 지갑을 확인해보자 에드의 것이었다. 오늘 밤 당번인 그의 지갑에는 3달러밖에 들어 있지 않았다.

스카페타는 수위실 밖으로 나가 주변을 둘러보았지만 여전히 에드의 모습은 보이지 않았다. 수위실로 들어가 '입주민' 공책을 훑어보니 지아니 루파노의 아파트는 맨 꼭대기 층임을 알 수 있었다. 그녀는 엘리베이터를 타고 올라가 그의 아파트 문밖에서 귀를 기울였다. 음악 소리가 들렸지만 그다지 크지는 않았다. 초인종을 누르자 누군가 아파트 안을 돌아다니는 소리가 들렸다. 스카페타는 다시 초인종을 누르며 노크했다. 발자국 소리가 들리고 문이 열렸을 때, 스카페타 앞에 서 있는 사람은 다름 아닌 에드였다.

"지아니 루파노는 어디 있어요?" 에드를 지나 아파트 안으로 들어가자 산타나(1960년대 후반에 결성된 록 밴드로 라틴 록을 전 세계에 알렸다—옮긴이)의 음악 소리가 들렸다.

거실의 열린 창문으로 바람이 들어왔다.

에드는 겁에 질린 표정으로 정신없이 말했다. "어떻게 해야 할지 몰랐어요. 너무 끔찍해서 어찌해야 할지 몰랐어요."

스카페타는 열린 창문 밖을 내다보았다. 아래를 내려다보았지만 어두워서 아무것도 분간할 수 없었고, 무성한 관목과 보도 그리고 그 너머로 길거리가 보일 뿐이었다. 그녀는 뒤돌아서서 아파트 내부를 둘러보았다. 대리석을 깔고 파스텔 페인트를 칠하고, 몰딩 장식을 한 화려한 아파트 안에는 이탈리아산 가죽 소파가 놓여 있고 대담한 예술 작품이 전시되어 있었다. 책장은 인테리어 장식가가 너비당 구입했을 멋진 장정의 고서적으로 가득 차 있었다. 벽에는 그리 크지 않은 아파트 치고 굉장히 섬세하게 세공한 텔레비전 케이스와 스피커 케이스가 있었다.

"무슨 일이에요?" 스카페타가 에드에게 물었다.

그가 20분 전에 내게 전화해서 자기 차의 시동을 좀 걸어주겠느냐고 말했어요. 난 왜 나한테 부탁하냐고 물었어요. 그러자 불안한 마음이 들었어요."

스카페타는 케이스 안에 든 테니스 라켓 대여섯 개가 소파 뒤쪽에 세워져 있고 테니스화 여러 켤레가 상자 안에 쌓여 있는 것을 알아차렸다. 이탈리아산 유리 기저대 위에 유리를 깐 커피 테이블에는 테니스 잡지가 쌓여 있었다. 그중에는 드루 마틴이 높이 뜬 공을 강하게 내리치는 순간을 찍은 표지 사진이 실린 잡지도 있었다.

"왜 불안한 마음이 든 거죠?" 스카페타가 물었다.

"루시 때문에요. 루시가 차 안을 확인하고 싶다며 그의 차 시동을 걸었는데, 그가 알아차릴까 봐 불안했어요. 하지만 실제로는 그렇지 않았어요. 그가 이렇게 말했기 때문이죠. '차 관리를 정말 잘해줬으니 당신이 이 차를 갖는 게 좋겠어요.' 난 '루파노 씨, 그게 도대체 무슨 말씀이에요? 이렇게 멋진 차를 왜 남한테 주려고 해요?'라고 했어요. 그러자 그는 '에드, 내가 당신에게 차를 주었다는 걸 알 수 있도록 종이에 적어둘게요'라고 했어요. 그래서 난 서둘러 이곳으로 올라왔는데, 아파트 안에 수월하게 들어올 수 있도록 출입문을 열어두었더라고요. 그리고 창문도 열려 있었고요."

에드는 스카페타에게는 보이지 않는 양 창가로 다가가 창문을 가리켰다.

스카페타는 에드와 함께 아파트 복도를 걸어 내려가며 911에 전화를 걸었다. 그리고 누군가 창밖으로 뛰어내렸다고 말하며 주소를 불러주었다. 에드는 루파노의 아파트로 올라가 확인하려 했다며 두서없이 계속 이야기했다. 종이를 찾았지만 원래 있던 침대에 그대로 두었고, 그의 이름을 계속 부르다 경찰에게 연락하려던 참에 스카페타가 나타났다고 했다.

로비에 내려오자 지팡이를 든 어느 노파가 대리석 바닥에 또각또각 소리를 내며 다가왔다. 스카페타와 에드는 서둘러 노파를 지나 건물 밖으로 나왔다. 어둠 속을 뚫고 모퉁이를 돌아 루파노의 아파트 창밖 바로 아래에서 걸음을 멈추었다. 맨 꼭대기 층인 그의 아파트에는 불빛이 환하게 켜져 있었다. 나뭇가지를 부러뜨리며 높다란 관목을 헤치고 나가자, 그녀가 두려워했던 게 나타났다. 벌거벗은 시신이 뒤틀린 채 누워 있었다. 사지와 목은 이상한 각도로 건물 벽돌에 기대어 있었고, 어둠 속에서는 핏자국이 보였다. 스카페타가 손가락 둘을 경동맥에 갖다 대자 맥박이 느껴지지 않았다. 그녀는 시신을 똑바로 눕힌 채 심폐기능소생술을 하기 시작했다. 잠시 후 고개를 들고 얼굴과 입에 묻은 피를 닦았다. 사이렌 소리가 울렸고 이스트 베이에서 파란색과 빨간색 불빛이 비쳤다. 스카페타는 자리에서 일어나 관목을 헤치고 나왔다.

"이리 와서 그가 맞는지 봐줘요." 스카페타가 에드에게 말했다.

"혹시…?"

"그냥 보세요."

관목을 지나던 에드는 소스라치게 놀라며 뒷걸음질 쳤다.

"맙소사… 이럴 수가…."

"맞아요?" 스카페타가 묻자 에드는 고개를 끄덕였다. 마음 한편으로는 아무런 보호 장비도 없이 입을 통해 인공호흡을 실시한 게 신경 쓰였다. "그가 포르셰 문제로 전화했을 당시 당신은 어디 있었나요?"

"책상에 앉아 있었어요." 에드가 겁에 질린 표정으로 재빨리 주변을 둘러보며 말했다. 그는 땀을 뻘뻘 흘리고 입술에 계속 침을 바르며 목청을 가다듬었다.

"그 무렵 혹은 그가 전화하기 약간 이전에 건물 안에 들어온 사람 있어요?"

사이렌이 요란하게 울렸고 경찰차와 구급차가 도착했다. 빨간색과 파란색 불빛이 에드의 얼굴에 번쩍거렸다.

"없었어요." 에드는 거주민 서너 명 외에 아무도 보지 못했다고 했다.

문을 쾅 닫는 소리, 지직 거리는 라디오 소리, 디젤엔진이 덜커덕거리는 소리가 들렸다. 경찰과 구급 의료 기사들이 차에서 내렸다.

스카페타가 에드에게 말했다. "당신 지갑이 책상에 놓여 있었어요. 지갑을 꺼냈는데 전화가 온 거죠, 그렇죠?" 그러고 나서 그녀는 관목을 가리키며 사복 경찰에게 말했다. "저기예요. 저 위에서 떨어졌고요." 그녀는 마지막 층의 불 켜진 창문을 가리켰다.

"새로 온 법의학자시군요." 형사는 완전히 확신이 서지 않는 표정으로 그녀를 쳐다보았다.

"네."

"그가 사망했다고 선고했나요?"

"그건 검시관이 할 일이죠."

형사가 관목을 향해 발걸음을 옮기자 스카페타는 루파노가 사망했다고 분명히 말했다. "진술이 필요하니 다른 데 가지 마십시오." 형사가 스카페타를 뒤돌아보며 말했다. 그가 지나가자 관목 가지가 부서지고 버스럭거리는 소리가 났다.

"내 지갑이 이 상황과 무슨 상관인지 모르겠군요." 에드가 말했다.

스카페타는 구급 의료 기사가 들것과 장비를 들고 지나갈 수 있도록 길을 비켜주었다. 그들은 관목 사이로 지나가지 않고 뒤쪽에서 응급처치를 할 수 있도록 건물 모퉁이로 향했다.

"당신 지갑이 책상 위에 있는데 문이 열려 있더군요. 평소에도 그렇게 하나요?" 스카페타가 에드에게 물었다.

"안에 들어가서 얘기해도 될까요?"

"저기 있는 형사에게 상황을 진술하고 나서 안에 들어가서 얘기하도록 하죠." 그녀가 말했다.

스카페타는 실내복을 입은 한 여자가 보도를 따라 자신들에게 걸어오고 있음을 알아차렸다. 익숙한 모습이다 했더니 로즈였다.

"여기로 오지 말아요." 스카페타는 서둘러 그녀를 가로막으며 말했다.

"지금껏 보지 못한 일인 것 같군요." 로즈가 불 켜진 채 열린 창문을 올려다보며 말했다. "그가 살던 곳이죠, 그렇죠?"

"누구 말이에요?"

"이런 일이 일어났으니 뭘 예상할 수 있겠어요? 그는 무엇을 남겼나요?" 로즈가 기침을 하고 숨을 깊게 내쉬며 말했다.

"문제는 타이밍이에요."

"웹스터 부인 때문일 거예요. 뉴스에 났거든요. 박사님과 난 그녀가 죽은 걸 알고 있잖아요." 로즈가 말했다.

잠자코 듣고 있던 스카페타는 의구심이 들었다. 로즈는 왜 루파노가 웹스터 부인에게 일어난 일에 영향을 받았다고 생각하는 걸까? 로즈는 그가 죽었다는 걸 어떻게 알게 된 걸까?

"그를 만났을 땐 자부심이 넘쳐 보였어요." 로즈가 창문 너머의 어두운 관목으로 발걸음을 옮기며 말했다.

"그를 만난 적이 있는 줄 몰랐어요."

"한 번 만났는데, 에드에게 듣고서야 그가 누구인지 알았어요. 오래전 그를 봤을 때 그는 수위실에서 에드와 이야기를 나누고 있었어요. 인상이 거칠어 보여서 건물 정비원인 줄 알았지 드루 마틴의 코치일 줄은 전혀 몰랐어요."

스카페타가 어두운 보도를 내려다보자, 에드가 형사에게 무언가 말하고 있는 모습이 보였다. 진료 보조원들이 들것을 구급차 안에 싣자 구급차 등이 번쩍였고, 경찰들은 손전등으로 주변을 비추었다.

"드루 마틴은 이곳에 딱 한 번 왔어요. 그에게 뭐가 남았을까요?" 로즈가 말했다. "아마 아무것도 남지 않았을 거예요. 사람은 자신에게 아무것도 남지 않았을 때 죽죠. 비난할 수가 없어요."

"로즈, 차갑고 습기 찬 공기를 쐬면 안 돼요. 함께 건물 안으로 들어가요." 스카페타가 말했다.

그들이 건물 모퉁이를 돌자 헨리 홀링스가 건물 계단을 내려왔다. 그는 그들이 오는 방향을 쳐다보지도 않은 채 바쁘게 걸음을 옮기고 있었다. 스카페타는 그가 어두운 안벽을 따라 이스트 베이 가로 사라지는 모습을 바라보았다.

"헨리 홀링스가 경찰이 오기 전에 이곳에 왔나요?" 스카페타가 물었다.

"여기서 5분 거리에 살아요. 배터리 가의 멋진 집에 살죠." 로즈가 말했다.

스카페타는 홀링스가 향하던 방향을 지그시 바라보았다. 항구의 수평선에 떠 있는 불 켜진 선박 두 채가 노란색 레고 완구처럼 보였다. 구름이 걷히고 있었고 하늘에는 별이 조금 보였다. 스카페타는 찰스턴 카운티의 검시관이 방금 시신을 지나가면서 쳐다보지도 않았다는 것을 로즈에게 말하지 않았다. 홀링스는 그가 죽었다는 선고도 하지 않았고 아무것도 하지 않았다. 건물 안으로 들어가 엘리베이터를 타려고 하자, 로즈는 스카페타와 함께 가고 싶지 않다는 기색을 숨기지 않았다.

"난 괜찮아요." 로즈는 엘리베이터가 움직이지 않도록 버튼을 누른 채 말했다. "난 다시 누워야겠어요. 저기 밖에 있는 사람들이 박사님을 찾을 거예요."

"내가 맡은 사건이 아니에요."

"사람들은 항상 박사님을 찾지요."

"아파트에 무사히 들어가는 거 보고 할게요."

"박사님이 여기 있으면 그는 박사님이 알아서 할 거라고 생각할 거예요." 로즈가 말했다. 문이 닫히려 하자 스카페타는 아파트 층수 버튼을 눌렀다.

“검시관 말이군요.” 스카페타는 그가 자신이 맡은 일을 하지 않은 채 아무런 설명도 없이 떠났다는 점을 지적해야 했다.

로즈는 숨이 차 말을 하지 못했다. 그들은 복도를 따라 그녀의 아파트로 갔다. 로즈는 문 앞에 서서 스카페타의 어깨를 가볍게 두드렸다.

“들어가는 거 보고 갈게요.” 스카페타가 말했다.

로즈는 열쇠를 꺼냈지만 스카페타가 보는 데에서 문을 열고 싶지는 않았다.

“얼른 들어가요.” 스카페타가 말했다.

하지만 로즈는 아파트 안으로 들어가지 않았다. 로즈가 들어가려 하지 않을수록 스카페타는 더 고집을 부렸다. 마침내 스카페타는 로즈에게서 열쇠를 받아 아파트 안으로 들어갔다. 의자 두 개가 항구가 내다보이는 창가에 옮겨져 있었고, 의자 가운데에 놓인 테이블에는 와인 잔과 견과류가 담긴 그릇이 놓여 있었다.

“당신이 계속 만나온 사람이 바로 헨리 홀링스군요.” 스카페타는 문을 닫고 아파트 안으로 들어가며 로즈의 눈빛을 똑바로 쳐다보았다. “그 때문에 그는 서둘러 여길 떠난 거예요. 경찰은 그에게 전화를 걸어 루파노 얘기를 했고 그는 당신에게 얘기했어요. 그리고 자기가 이미 여기 왔다는 사실을 아무도 알지 못하도록 여길 떠난 거예요.”

스카페타는 그의 모습을 길가에서 볼 수 있기라도 한듯 창가로 다가가 바깥을 내려다보았다. 로즈의 아파트는 루파노의 아파트와 그리 멀지 않았다.

“그는 얼굴이 알려진 사람이라 조심해야 해요.” 로즈가 지치고 창백한 기색으로 소파에 앉아 말했다. “우린 부정한 관계가 아니에요. 그는 아내와 사별했어요.”

"그가 몰래 숨어 다닌 게 그 이유 때문이라고요?" 스카페타가 그녀 옆에 앉으며 말했다. "유감스럽게도 그건 말이 안 돼요."

"날 보호하기 위해서예요." 로즈가 깊은 숨을 내쉬었다.

"무엇으로부터 보호하는 거죠?"

"검시관이 박사님의 비서와 만난다는 사실이 알려지면 누군가 뒷이야기를 할지도 모르니까요. 결국은 사람들에게 알려질 거예요."

"아, 그렇군요."

"아니, 박사님은 몰라요." 로즈가 말했다.

"당신이 행복하면 나도 행복해요."

"박사님이 찾아가기 전까지 그는 박사님이 자신을 미워한다고 생각했어요. 그건 도움이 되지 못했어요." 로즈가 말했다.

"그렇다면 그에게 기회를 주지 않은 건 내 잘못이군요." 스카페타가 말했다.

"그가 나를 다른 식으로 생각하도록 할 수 없었어요. 그렇지 않아요? 그가 나를 최악으로 가정했듯이 박사님도 그를 최악으로 가정했어요." 로즈는 숨을 쉬려고 애썼지만 상태는 점점 더 악화되었다. 스카페타가 보는 앞에서 암이 로즈를 파멸시키고 있었다.

"이젠 달라질 거예요." 스카페타가 로즈에게 말했다.

"박사님이 찾아와서 그는 무척 기뻐했어요." 로즈는 휴지를 잡고 기침을 하면서 말했다. "그가 오늘 밤 여기에 온 것도 그 때문이에요. 나한테 모든 걸 얘기해주려고요. 다른 얘기는 전혀 하지 않았어요. 그는 박사님을 좋아하고, 박사님과 서로 맞서지 않고 잘 지내길 바라요." 로즈가 기침을 더 하자 휴지가 핏자국으로 얼룩졌다.

"그도 알아요?"

"물론이에요. 처음부터 알고 있었어요." 로즈가 고통스러운 표정으로 말했다. "이스트 베이 가에 있는 자그마한 와인 가게에서 처음 만났을 때부터 좋았어요. 서로 아는 사이처럼 부르고뉴와 보르도 와인에 관해 이야기를 나눴지요. 뜻밖에도 그는 몇 차례 만나보자고 제안했어요. 내가 어디서 일하는지 몰랐기 때문에 일 때문은 아니었어요. 내가 나중에 말해주고서야 알았죠."

"그가 뭘 알았는지는 중요하지 않아요. 난 상관하지 않아요."

"그는 날 사랑해요. 내가 그러지 말라고 하자, 누군가를 사랑하게 되면 그렇게 된다고 하더군요. 그리고 우리 두 사람이 얼마나 오래 살지 어떻게 알겠느냐고 했어요. 헨리는 인생을 그렇게 설명하죠."

"그렇다면 나도 그의 친구예요." 스카페타가 말했다.

로즈의 아파트를 나와 사건 현장으로 가자 홀링스가 형사와 이야기를 나누는 모습이 보였다. 그들 두 사람은 시신이 발견된 관목 근처에 있었다. 구급차와 소방차는 떠나고 없었고, 근처에 주차된 차는 표시나지 않는 경찰차와 순찰차뿐이었다.

"우리를 피하는 줄 알았습니다." 스카페타가 다가오자 형사가 말했다.

"로즈가 아파트 안에 무사히 들어가는지 확인했어요." 그녀가 홀링스에게 말했다.

"간략하게 설명할게요." 홀링스가 말했다. "시신은 MUSC(사우스캐롤라이나 주 의과대학교)로 이송되는 중이고 아침에 부검을 할 겁니다. 원하면 참석해서 부검을 지켜봐도 좋고 그렇지 않아도 괜찮습니다."

"자살이 아닐 수도 있다는 단서는 지금까지 찾지 못했습니다." 형사가 말했다. "하지만 옷을 입고 있지 않았다는 점이 마음에 걸립니다. 건물에서 뛰어내렸다면 왜 옷을 벗었겠어요?"

"독성 물질 검사에서 답을 찾을 수도 있을 거예요." 스카페타가 말했다. "수위의 말에 따르면, 루파노 씨가 죽기 얼마 전 전화했을 때 마약을 한 목소리 같다고 했어요. 사람들이 자살하려고 결심할 때 비이성적이고 심지어 의심스러운 여러 가지 일을 저지르는 경우를 흔히 볼 수 있으니까요. 혹시 그가 벗어둔 옷은 찾았나요?"

"경찰 서너 명이 올라갔는데 침대 위에 청바지와 셔츠가 놓여 있을 뿐, 별다른 점은 없었다고 해요. 그가 창밖으로 뛰어내렸을 때 다른 누군가와 함께 있었다는 흔적은 전혀 없었어요."

"에드는 오늘 밤 낯선 사람이 건물 안에 들어오는 걸 봤다고 하던가요?" 홀링스가 스카페타에게 물었다. "혹은 루파노 씨를 만나러 온 사람은 없었대요? 에드는 건물에 들어오는 사람들에게 굉장히 까다롭게 굴거든요."

"아직 그런 얘기까지 나누지는 못했어요." 스카페타가 말했다. "내가 물어본 건, 왜 다른 사람들이 훤히 볼 수 있는 책상 위에 지갑을 두고 갔는지였어요. 그는 책상에 앉아 있다가 루파노 씨의 전화를 받고 곧바로 위층으로 올라갔다고 했어요."

"그는 피자를 주문했다고 말했어요." 형사가 말했다. "지갑에서 백 달러짜리 지폐를 꺼내는데 루파노 씨에게 연락이 왔다고 했어요. 에드는 맘마미아 피자가게에서 피자를 주문했지만, 에드가 자리에 없어서 배달원은 그냥 갔어요. 에드가 백 달러 지폐를 갖고 있었다는 점이 이상해요. 피자 배달원이 거스름돈을 갖고 있을 거라고 생각했을까요?"

"전화로 주문할 때 미리 물어봐야 할 거예요."

"그거 좋은 생각이군요." 홀링스가 말했다. "루파노는 취향이 사치스러운 데다 현금을 많이 들고 다녔기 때문에 호화로운 생활 방식으로 유명했어요. 에드가 근무하는 시간에 루파노가 아파트에 왔다면, 에드는 그가 집에 있다는 걸 알았을 거예요. 에드는 피자를 주문하면서 3달러와 백 달러 지폐뿐이라는 걸 알아차린 거죠."

스카페타는 어제 루시가 루파노의 차 안에 들어가 GPS를 추적했다는 이야기는 하지 않을 것이다.

그녀가 말했다. "그렇다면 에드가 루파노에게 전화를 걸어 잔돈이 있냐고 물었을 수도 있어요. 그때 루파노는 술에 취했거나 마약 때문에 제정신이 아니었을 수도 있고요. 에드는 걱정이 되어 그의 아파트로 올라간 거죠."

"잔돈을 바꾸려고 올라갔을 수도 있겠군요." 홀링스가 말했다.

"에드가 루파노에게 먼저 전화했을 수도 있다는 말이군요."

형사가 발걸음을 옮기며 말했다. "그에게 물어보도록 하죠."

"당신과 내가 분명히 해야 일이 몇 가지 있는 것 같군요." 홀링스가 스카페타에게 말했다.

스카페타는 하늘을 올려다보며 비행기를 타고 나는 상상을 했다.

"조용한 곳에서 얘기 좀 할 수 있을까요?" 홀링스가 말했다.

길 건너편에는 화이트 포인트 공원이 있었다. 남북전쟁 기념물과 떡갈나무, 포구를 막은 채 섬터 요새를 조준하고 있는 대포 등이 있었다. 스카페타와 홀링스는 벤치에 앉았다.

"로즈에 관한 얘기는 들어서 알아요." 스카페타가 말했다.

"알 거라고 생각했어요."

"그녀 곁에서 돌봐주니까 알겠군요."

"솜씨가 훌륭하더군요. 오늘 저녁에 당신이 만든 스튜를 조금 먹었거든요."

"당신이 건물을 나가고 되돌아오기 전에 일이 일어나서, 당신이 이미 건물 안에 있었다는 사실은 아무도 모르겠네요." 스카페타가 말했다.

"그럼 당신은 반대하지 않는 거죠?" 홀링스는 마치 그녀의 승인을 받아야 하는 양 말했다.

"로즈에게 잘해주면 괜찮아요. 당신이 해주지 않으면 내가 할 거고요."

"물론 그렇겠지요."

"루파노에 관해 물어볼 게 있어요. 오늘 나와 헤어지고 나서 당신이 루파노에게 연락했는지 궁금해서요."

"왜 그 점이 궁금한지 물어봐도 될까요?"

"당신과 난 그에 관해 얘기했으니까요. 난 그가 왜 홀리 웹스터의 장례식에 참석했는지 당신에게 물었어요. 내가 어떤 생각을 하는지 알았을 거예요."

"내가 그것에 관해 물었다고 생각하는군요."

"실제로 물어보았나요?"

"네."

"웹스터 부인이 실종되어 사망한 것으로 추정된다고 뉴스에 나왔어요."

"루파노는 웹스터 부인과 잘 아는 사이였어요. 우린 오랫동안 이야기를 나누었고 그는 몹시 화를 냈어요."

"루파노가 이곳에 아파트를 소유한 건 웹스터 부인 때문인가요?"

"내가 당신 이름을 불러도 개의치 않았으면 좋겠군요. 케이, 난 지아니 루파노가 지난여름 홀리 웹스터의 장례식에 참석한 사실을 알고 있었어요. 그 사실을 말할 수 없었던 건 기밀을 폭로하게 될 것이기 때문이었죠."

"난 사람들과 그들의 기밀에 대해 지쳤어요."

"당신을 방해하려 하지는 않았어요. 당신 스스로 알아낸 거라면…."

"나 스스로 알아내는 것도 지쳤어요."

"그가 홀리의 장례식에 참석했다는 사실을 스스로 알아낸 거라면 정당해요. 그래서 당신에게 방명록을 보여드린 거죠. 당신이 얼마나 좌절했을지 잘 압니다. 하지만 당신도 똑같이 했을 겁니다. 당신도 기밀을 폭로하지 않을 거잖아요, 그렇죠?"

"상황에 따라 달라요. 그렇게 하기로 결심했어요."

홀링스는 아파트 건물의 불 켜진 창을 쳐다보며 말했다. "이제 내가 다소 책임감이 있는지 걱정해야겠습니다."

"어떤 기밀 말인가요?" 스카페타가 물었다. "기밀에 대해 얘기하는 당신에게도 비밀이 있는 것 같아요."

"루파노는 몇 년 전 힐튼 헤드에서 패밀리 서클 컵 테니스 대회가 열릴 때 웹스터 부인을 만났어요. 그들은 부정적인 관계를 계속 맺었고, 그가 이곳에 아파트를 둔 것도 그 때문이죠. 그러던 7월 어느 날, 그들에게 형벌이 내려진 겁니다. 그와 웹스터 부인은 침실에 함께 있었는데, 나머지는 이야기는 하지 않아도 알 겁니다. 아무도 신경 쓰지 않는 동안 홀리가 익사한 거죠. 그들은 헤어졌고, 남편도 그녀 곁을 떠났어요. 그녀는 완전히 혼자가 된 거죠."

"그런데 루파노가 드루와 잠자리를 하기 시작했나요?"

"그가 얼마나 많은 여자와 잠자리를 했는지 아무도 알 수 없어요, 케이."

"그럼 웹스터 부인과 관계가 끝났는데 왜 이 아파트를 계속 갖고 있었던 걸까요?"

"드루와 훈련을 한다는 명목으로 함께할 수 있는 은밀한 장소가 필요했기 때문이겠죠. 무성한 나무와 기후, 철제 구조물, 오래된 벽토 건물을 보면서 이탈리아를 떠올렸기 때문일 수도 있고요. 루파노의 말에 따르면, 그는 웹스터 부인과 계속 친구로 지냈고 가끔씩 그녀를 만나러 갔다고 했어요."

"마지막으로 그녀를 만난 게 언제라고 하던가요?"

"몇 주 전이요. 그는 드루 마틴이 대회에서 우승한 후 찰스턴을 떠났다가 나중에 되돌아왔어요."

"이러한 조각을 잘 맞추지 못할 수도 있어요." 그때 스카페타의 휴대전화가 울렸다. "그는 왜 돌아오려 했을까요? 왜 드루 마틴과 함께 로마로 가지 않았을까요? 혹은 그가 로마로 간 걸까요? 이탈리아 컵 대회가 있었고 윔블던이 다가오고 있었잖아요. 드루 마틴이 자신의 경력에서 가장 중요할 수도 있는 경기에 대비해 훈련도 않고 갑자기 친구들과 어울려 다녔는지 도무지 이해가 안 가요. 그녀가 이탈리아 오픈 때문이 아니라 파티를 벌이려고 로마에 간 건 이해할 수 없어요."

스카페타는 전화를 받지 않았고 발신자 이름도 확인하지 않았다.

"루파노는 드루 마틴이 이곳에서 우승한 직후 곧바로 뉴욕으로 갔다고 말했어요. 한 달도 채 되지 않은 일인데 도무지 믿기지가 않아요."

스카페타의 휴대전화가 더 이상 울리지 않았다.

홀링스가 말했다. "루파노가 드루 마틴과 함께 가지 않은 건 그녀한테 해고되었기 때문이에요."

"드루 마틴이 그를 해고했다고요?" 스카페타가 물었다. "사람들에게 알려진 사실인가요?"

"그렇지 않아요."

"왜 그를 해고했죠?"

바로 그때, 그녀의 휴대전화가 다시 울리기 시작했다.

"셀프 박사가 그렇게 하라고 말했으니까요." 홀링스가 말했다. "그래서 그는 뉴욕에 간 거고요. 그녀와 맞서고, 드루 마틴의 마음을 바꾸기 위해서였어요."

"누구한테서 온 건지 확인해야겠어요." 스카페타는 그렇게 말하며 전화를 받았다.

"이모, 오는 길에 공항에 들러야 해." 루시였다.

"공항이라면 가는 길 아니야."

"한 시간이나 한 시간 반이면 떠날 수 있을 거야. 그때쯤이면 날씨도 괜찮을 거야. 이모, 연구실에 잠깐 들러야 해." 루시는 만날 장소를 알려 준 다음 덧붙였다. "전화로는 이야기하고 싶지 않아."

스카페타는 그러겠다고 대답하고 전화를 끊고는 홀링스에게 말했다. "드루는 마음을 바꾸지 않았을 거예요."

"그녀는 그와 말도 하지 않으려 했어요."

"셀프 박사는요?"

"루파노는 셀프 박사의 아파트에서 그녀와 이야기를 나누었어요. 그의 말에 따르면 말이죠. 셀프 박사는 그가 드루에게 나쁜 영향을 미치고 있으며, 앞으로도 가까이 하지 말라고 드루에게 충고할 거라고 말했어요. 루파노는 미친 듯이 화를 내며 내게 이 모든 이야기를 했는데, 내가 좀 더 현명하게 대처했어야 했어요. 곧장 여기로 와서 그를 단념시키고 뭔가 조처를 취했어야 했는데."

"셀프 박사에게 또 어떤 일이 있었죠?" 스카페타가 물었다. "드루는 뉴욕으로 가서 그다음 날 로마로 떠났어요. 그리고 스물네 시간도 채 지나지 않아 실종되었고, 결국 웹스터 부인을 살해한 것으로 보이는 동일한 용의자에게 살해되었어요. 이제 공항으로 가야 하는데, 원하면 함께 가도 좋아요. 우리에게 행운이 따르면 곧 당신이 필요하겠죠."

"공항이요? 지금 당장 말입니까?" 홀링스가 벤치에서 일어서며 말했다.

"하루 더 기다리고 싶지 않아요. 그녀의 시신이 매 시간 더 악화되고 있으니까요."

그들은 발걸음을 옮기기 시작했다.

"지금 말입니까? 한밤중에 당신과 함께 가야 한다고요? 지금 무슨 이야기를 하는지 모르겠군요." 홀링스가 어리둥절한 표정으로 말했다.

"적외선 온도 징후 때문이죠." 스카페타가 말했다. "온도 변화는 어두울 때 더 잘 나타날 거고, 구더기 때문에 부패하는 시신의 온도가 20도까지 올라갈 거예요. 범인이 웹스터 부인의 집을 떠났을 때 그녀는 살아 있지 않았을 게 분명해요. 우리가 찾아낸 정황으로 보아 이미 사망했을 거고, 그로부터 이틀이 더 지났어요. 셸프 박사에게 또 어떤 일이 일어났죠? 루파노가 당신에게 다른 얘기도 더 했나요?"

그들은 스카페타의 차에 거의 다 다다랐다.

"루파노는 심하게 모욕당했다고 했어요." 홀링스가 말했다. "셸프 박사는 그의 자존심을 깎아내리는 말을 했어요. 드루를 어떻게 찾아야 하는지도 말해주지 않았죠. 루파노는 셸프 박사와 헤어지고 나서 다시 그녀에게 전화를 걸었어요. 셸프 박사는 자기 경력에서 최고의 순간을 맞은 그를 파멸시켰고 마지막 일격을 가한 거죠. 그녀는 드루가 아파트에 함께 머물고 있다고 말했어요. 자기에게 하려는 일을 멈춰달라고 루파노가 셸프 박사에게 애원하는 동안에요. 내가 없어도 괜찮을 테니 당신과 함께 가지 않을게요. 로즈 상태가 어떤지 확인하고 싶어요."

스카페타는 자동차 잠금장치를 열고 타이밍에 대해 생각했다. 드루는 셸프 박사의 펜트하우스에서 밤을 보내고 그다음 날 로마로 갔다. 그다음 날인 17일에 그녀는 실종되었고, 하루 뒤 18일에 그녀의 시신이 발견되었다. 그리고 27일에 스카페타와 벤턴은 로마에서 드루의 살인사건을 조사하고 있었다. 바로 그날, 셸프 박사는 맥린 병원에 입원했고, 마로니 박사는 샌드맨을 환자로 보고 작성한 것으로 보이는 파일을 작성했는데, 벤턴이 보기에는 거짓말인 것 같았다.

스카페타는 운전석에 앉았다. 홀링스는 신사여서 그녀가 시동을 걸고 잠금장치를 잠글 때까지 자리를 떠나지 않을 것이다.

스카페타가 그에게 말했다. "루파노가 셸프 박사의 아파트에 갔을 때, 다른 사람도 있었나요?"

"드루가 함께 있었어요."

"루파노가 아는 다른 사람이 있었을까요?"

홀링스는 잠시 생각하더니 말했다. "아마 그랬을 겁니다." 그는 머뭇거리다가 덧붙여 말했다. "그녀의 아파트에서 식사를 했다고 했는데, 아마 점심이었을 겁니다. 그리고 셀프 박사의 요리사에 대해서도 언급을 했던 것 같군요."

21

거절과 상실

법의학 연구실. 주 건물은 붉은 벽돌과 콘크리트 소재로 지어졌고, 자외선 차단과 거울로 마감한 값비싼 유리를 달아 바깥 풍경이 반사되어 비칠 뿐, 건물 안을 들여다볼 수는 없었다. 햇빛에서 나오는 광선에 손상도 입지 않도록 해야 했다. 좀 더 작은 건물은 아직 완성되지 않았는데, 주변은 진흙투성이였다. 차 안에 앉아 커다란 주차장 문이 올라가는 모습을 지켜보던 스카페타는 자기 건물의 주차장 소음은 그렇게 심하지 않기를 바랐다. 도개교가 열릴 때처럼 주차장 문이 삐걱거리는 소리가 나면 공시소의 분위기는 더 을씨년스러울 것이다.

건물 안으로 들어가자 모든 게 새것이며 깨끗했다. 조명이 환하게 켜져 있는 안에는 흰색과 회색 페인트를 칠했다. 복도를 지나가자 텅 빈 몇몇 연구실이 있는 반면, 장비가 완전히 갖추어진 연구실도 있었다. 깨끗하게 정돈된 카운터톱과 연구 공간을 보고, 스카페타는 누군가의 집처럼 느껴지는 순간이 얼른 오기를 바랐다. 물론 몇 시간이 지나면 곧 그럴 것이며, 많으면 스무 명의 연구원들이 일하러 나올 것이다. 그 가운데 절반은 플로리다에 있는 루시의 연구소에서 데려온 연구원들이었다. 마침내 루시는 전국에서 최고의 시설을 갖춘 사립 법의학 기관을 갖게 될 것이다. 스카페타는 왜 반가움보다 불안감이 더 큰지 알 것 같았다. 루시는 직업적으로는 어느 누구보다 큰 성공을 거두었지만, 그녀의 삶은 오점투성이였고 스카페타의 삶 역시 마찬가지였다. 두 사람 모두 인간관계를 잘 유지하지 못했다. 지금껏 스카페타는 그들이 그런 공통점을 갖게 된 이유를 굳이 알아내려 하지 않았다.

벤턴은 그녀를 다정하게 대해주었지만, 그녀는 그와 이야기를 나누면서도 왜 대화를 나누어야 하는지 의구심이 들곤 했다. 그가 하는 말은 절망감이 느껴질 만큼 사실이었다. 50년 동안 그녀는 너무나 빨리 달려왔고, 고통과 스트레스를 견딜 수 있는 그녀의 남다른 능력은 결국 그녀가 직면한 문제로 이어졌다. 텅 빈 공간에서 오랜 시간 동안 바쁘게 지내며 일하는 게 훨씬 더 쉬웠다. 자신에 대해 솔직하게 말하자면, 벤턴에게 반지를 받고는 행복하거나 마음이 편하지 않았다. 그건 그녀가 끔찍이도 두려워하던 것을 상징했다. 그가 뭘 주든지 나중에 되가져가거나 진심이 아니었음을 깨달을 거라는 두려움.

마리노가 마침내 일을 저지른 것도 놀랍지 않았다. 그는 술에 취하고 호르몬 탓에 흥분한 상태였다. 샌디와 셀프 박사가 그를 그렇게 몰아가는 데 도움을 주었을 것이다. 하지만 스카페타가 최근 들어 유심히 살폈다면, 마리노를 구해주고 그런 일이 일어나지 않도록 미리 막을 수 있었을 것이다. 그녀 역시 그에게 폭력을 휘두른 것이나 마찬가지였다. 그에게 진실하고 믿을 만한 친구가 되어주지 못했기 때문이다. 그녀는 그가 그렇게 멀리 가기 전에 단호하게 거절하지 않았는데, 20년 전에 그렇게 말했어야 했다.

'난 당신을 사랑하지 않고 앞으로도 절대 그렇지 않을 거예요, 마리노. 당신은 내가 좋아하는 유형이 아니에요, 마리노. 내가 당신보다 낫다는 뜻은 아니에요. 그냥 그럴 수 없다는 것뿐이에요.'

스카페타는 예전에 했어야 할 말을 적고는 자신이 왜 그렇게 하지 않았는지 스스로에게 물었다. 그렇게 말했다면 마리노는 떠났을 것이다. 그녀는 때로는 짜증스럽지만 항상 곁에 있던 그를 잃었을 것이고, 항상 회피해온 '거절과 상실'이라는 고통을 그에게 주었을 것이다. 이제 그녀는 그처럼 그 두 가지 고통을 모두 겪고 있었다.

엘리베이터 문이 2층에서 열렸다. 스카페타는 텅 빈 복도를 따라 각각 철제문과 공기 차단 장치가 된 연구실로 향했다. 그녀는 외부 공간에서 흰색 일회용 가운을 입고 머리카락 덮개와 모자, 신발 덮개, 장갑을 끼고 얼굴 가리개를 썼다. 자외선으로 오염물을 제거하는 차단된 공간을 지난 그녀는 DNA를 채취하고 복제하는 완전히 자동화된 연구실로 들어갔다. 루시가 만나자고 한 곳이었다. 루시 역시 머리부터 발끝까지 흰색 보호 장비로 무장한 채 증기 후드 근처에 앉아서 연구원과 이야기를 나누고 있었는데, 연구원도 보호 장비를 갖춰 입어서 누구인지 한눈에 알아볼 수 없었다.

"케이 이모?" 루시가 말했다. "아론 기억할 거야. 우리 연구소의 중간 연구원."

플라스틱 얼굴 가리개 뒤로 보이는 얼굴이 미소 짓자 갑자기 낯익어 보였다. 세 사람은 자리에 앉았다.

"법의학 전문가라는 건 아는데 자리를 새로 옮겼는지는 몰랐어요." 스카페타는 예전에 일하던 연구소에 무슨 일이 있었냐고 물었다.

"관뒀어. 셀프 박사가 인터넷에 올린 내용 때문에." 루시가 화난 눈빛으로 말했다.

"괜뒀다고?" 스카페타가 당혹스러운 표정으로 물었다.

"내가 곧 죽을 거라 생각해서 곧바로 직장을 옮긴 거야. 아무튼 그는 바보짓을 했고 난 예전부터 그에게서 벗어나기 바랐어. 아이러니해. 그 나쁜 여자가 내게 호의를 베푼 셈이 됐으니. 하지만 그런 얘기를 하려고 여기서 만난 건 아니야. 연구 결과가 나왔어."

"혈액, 침, 상피세포 검사 결과가 나왔어요." 아론이 말했다. "웹스터 부인의 칫솔과 침실 바닥에 묻어 있던 핏자국부터 검사했어요. 그녀의 DNA에 대해 잘 알게 되었으니, 그녀가 아닌지 확인할 수 있거나 혹은 마침내 그녀의 신분을 확인할 수 있는 데 중요할 겁니다." 그는 그녀가 죽은 사실에는 의심의 여지가 없다는 양 말했다. "피부 세포와 세탁실의 부서진 유리에서 나온 모래, 접착제에서 다른 DNA가 나왔어요. 경보장치 키패드와 세탁 바구니에 든 더러운 티셔츠에서도 마찬가지고요. 그 세 가지에서 그녀의 DNA가 검출된 건 놀랍지 않지만, 다른 사람의 DNA도 나왔습니다."

"마들리사 둘리의 반바지에 묻은 혈액에서는요?" 스카페타가 물었다.

"방금 말한 세 개의 증거물에서 검출한 것과 똑같았어요." 아론이 대답했다.

"범인 혹은 그 집에 침입한 사람의 것일 거야." 루시가 말했다.

"좀 더 신중하게 생각해야 해." 스카페타가 말했다. "집 안에 그녀의 남편을 포함해 다른 사람들이 있었을 수도 있으니까."

"DNA는 그녀의 남편 게 아니야. 왜 그런지 조금 있다 말해줄게." 루시가 말했다.

그러자 아론이 말했다. "박사님의 제안에 따른 겁니다. CODIS에 일치하는 일반 지문뿐만 아니라, 박사님과 루시가 이야기했던 DNA 프린트 테크놀로지 플랫폼을 이용해 찾기 시작했거든요. 부계와 일가친척

찾기를 통해 친척일 가능성을 분석하는 방법이지요."

"우선 첫 번째 질문은." 루시가 말했다. "마들리사 둘리 전남편의 혈액이 왜 그녀의 반바지에 남아 있느냐는 거야."

"좋은 지적이야." 스카페타가 말했다. "그 혈액이 샌드맨의 것이 분명하다면 그는 어떤 방법으로든 자해를 했을 게 분명해."

"어떤 방법으로 했는지 곧 알게 될 거고, 누구인지도 곧 알게 될 거야." 루시가 말했다.

아론이 파일 폴더를 집어 들어 보고서를 꺼낸 다음 스카페타에게 건네주었다.

"신원이 밝혀지지 않은 소년과 샌드맨 말입니다." 아론이 말했다. "양쪽 부모에게서 유전적 물질이 절반씩 자녀에게 전해지기 때문에, 한쪽 부모와 자녀의 샘플을 통해 그들의 관계를 알아낼 수 있어요. 그리고 샌드맨과 신원 미상 소년의 경우, 매우 가까운 가족인 것으로 나타났어요."

스카페타는 검사 결과를 살펴보았다. "지문 일치가 나왔을 때도 그렇게 말할 수 있을 거예요. 혹시 실수가 있거나 증거물이 오염된 가능성은 없나요?"

"우린 그런 실수는 하지 않아." 루시가 말했다. "한 번에 실수 없이 해내니까."

"소년이 샌드맨의 아들인가요?" 스카페타는 사실을 확인하고 싶었다.

"기록을 살피고 조사를 해야겠지만 그럴 가능성이 큽니다." 아론이 대답했다. "적어도 그들이 가까운 인척임은 분명하고요."

"샌드맨이 다쳐서 그의 피가 반바지에 묻었다고 했는데, 웹스터 부인의 욕실에서 발견한 부서진 치관에서도 혈액이 나왔어?" 루시가 말했다.

"그녀는 아마 그를 물었을 거야." 스카페타가 말했다.

"그럴 가능성이 높아." 루시도 같은 생각이었다.

"어린 소년 이야기로 돌아가자." 스카페타가 말했다. "샌드맨이 자신의 아들을 죽인 거라면 도대체 어떻게 받아들여야 할지 모르겠어. 아이는 한동안 학대당했을 거야. 우리가 알고 있는 것처럼 샌드맨이 이라크와 이탈리아에 있는 동안 다른 누군가가 그 아이를 돌봤을 거야."

"아이의 어머니에 대해선 말해줄 수 있는데, 분명한 기록을 갖고 있어." 루시가 말했다. "샌디 스눅의 속옷에서 검출된 DNA가 다른 사람의 것이 아니라면 말이지. 그녀가 왜 그렇게 공시소를 둘러보고 싶어 했는지, 소년의 시신을 보고 그 사건에 대해 알아내려 했는지, 마리노가 알고 있는 걸 알아내려 했는지 이해가 가."

"경찰에는 알렸어?" 스카페타가 물었다. "그리고 그 여자 속옷은 도대체 어떻게 구한 거야?"

아론이 소리 없이 웃자 스카페타는 그 질문이 왜 우스꽝스러운지 곧 깨달았다.

"마리노 덕분이지." 루시가 말했다. "그의 DNA가 아닌 건 분명해. 마리노 아저씨의 DNA는 이모의 것과 마찬가지로 예외적인 목적에 따라 보관하고 있지. 경찰은 마리노의 집에서 발견된 속옷 말고도 더 많은 게 필요하겠지만, 그녀가 아들을 때려죽이지 않았다 해도 누가 그랬는지 알아야 할 거야."

"혹시 마리노가 그랬을 가능성에 대해서도 생각해야 해." 스카페타가 말했다.

"마리노 아저씨가 그녀와 함께 공시소에 있는 모습을 녹화한 거 봤잖아." 루시가 말했다. "아저씨는 전혀 몰랐던 것 같아. 게다가 여러 모습을 보이긴 했지만, 아이에게 그런 짓을 저지른 사람을 보호해주지는 않았을 거야."

일치하는 다른 결과도 있었다. 샌드맨의 모든 증거를 분석하자 또 다른 놀라운 사실이 드러났다. 드루 마틴의 손톱에서 채취한 DNA 출처 두 개는 샌드맨의 것과 그와 가까운 인척의 것이었다.

"남성입니다." 아론이 말했다. "이탈리아에서 실시한 분석에 따르면 99퍼센트 유럽인인데, 아들이 한 명 더 있지 않을까요? 샌드맨의 형제나 아버지일 수도 있고요."

"한 가족의 DNA 출처가 세 개나 나왔다고요?" 스카페타는 믿기지 않았다.

"그리고 또 다른 범죄가 일어났어." 루시가 말했다.

아론은 스카페타에게 다른 보고서를 건네주며 말했다. "미결 사건에서 나온 생물학적 샘플과 일치하는데, 드루나 웹스터 부인 혹은 다른 사건과 연관되었을 거라고는 아무도 생각하지 못했어요."

"2004년에 발생한 강간 사건이야." 루시가 말했다. "웹스터 부인의 집을 침입하고 드루 마틴을 살해한 범인은 3년 전 베니스에서 관광객을 강간했을 거야. 사건 증거에 있는 DNA는 이탈리아 데이터베이스에 있는데, 우린 그걸 검색하기로 결심했어. 물론 일치하는 용의자는 없어. 알려진 개인의 DNA 기록에 들어갈 수 없기 때문이야. 다시 말해서, 우리에겐 이름은 없고 정액만 있기 때문이지."

"어떤 일이 있어도 강간범과 살해자들의 사생활을 보호해야 해요." 아론이 말했다.

"뉴스에 보도된 내용은 대략 다음과 같아." 루시가 말했다. "스무 살의 학생이 미술 공부를 하러 여름 프로그램으로 베니스에 갔어. 밤늦게 술집에 갔다가 탄식의 다리 근처에 있는 호텔로 되돌아가던 길에 범행을 당했고. 지금껏 그 사건에 대해 알려진 건 그게 전부였지. 하지만 이탈리아 경찰이 그 사건을 수사했기 때문에, 이모의 친구인 그 국장님은 사건 정보를 알아낼 수 있을 거야."

“샌드맨의 첫 번째 강력 범죄일 수도 있겠군.” 스카페타가 말했다. “그가 이라크에서 복역했다고 가정하면 적어도 민간인으로서 저지른 첫 번째 범죄일 거야. 범인들은 대개 첫 번째 범죄에서는 증거를 남기지만 이후에는 더 치밀해지지. 그는 치밀했고 행동 방식은 상당히 진화했어. 증거를 남기지 않도록 조심했고, 범행을 의식처럼 행했고, 훨씬 더 폭력적으로 변했지. 범행을 끝낸 이후에 희생자들은 살아남지 않았고. 다행스럽게도 그는 외과용 접착제에 자신의 DNA를 남길 수도 있다는 생각을 하지 못했어. 벤턴은 이것에 대해 알고 있는 걸까?” 스카페타가 물었다.

“응, 알고 있어. 이모가 찾은 금화 펜던트에 문제가 있다는 것도 알아.” 루시가 담담하게 말했다. “금화 펜던트와 목걸이에 남은 DNA도 샌드맨의 것이고, 그 때문에 그는 이모와 불이 골목에서 권총을 발견한 날 밤 그곳에 있었던 거야. 그게 불에 관해 뭘 암시하는지 묻고 싶어. 목걸이는 그의 것일 수도 있는데, 예전에도 이모한테 물어봤어. 하지만 불의 DNA가 없으니 밝힐 수가 없어.”

“그가 샌드맨임을 밝힐 수 없단 말이야?” 스카페타는 잠시 믿기지 않는다는 표정이었다.

“그의 DNA가 없다는 것뿐이야.” 루시가 말했다.

“그럼 권총은? 탄약통은?” 스카페타가 물었다.

“면봉으로 채취했지만 샌드맨의 DNA는 나오지 않았어.” 루시가 말했다. “그렇다고 특별한 뜻이 없다는 건 아니야. 목걸이에서 그의 DNA가 검출되었지만, 권총에 DNA를 남기는 건 별개의 문제니까. 그가 다른 사람한테서 권총을 받았을 수도 있으니까 말이야. 그는 자신의 DNA나 지문에 대해 조심했을 텐데, 불이 예전에 했던 이야기 때문일 거야. 우리는 이모 집 근처에 그 남자가 왔을 거라고 확신하지 못했는데, 불은 이모를 위협한 나쁜 놈이 그 총을 떨어뜨렸을 거라고 했어. 그건 불의 진술일 뿐인데, 증인이 없기 때문이지."

"난 믿기지 않지만 넌 불이 샌드맨일 거라고 가정하고, 그가 고의적으로 권총을 잃어버렸다고 생각하는구나. 하지만 목걸이를 잃어버릴 의도는 없었다는 거고." 스카페타가 말했다. "그럴 듯하게 보이지 않는 이유 두 가지를 들어볼게. 우선, 그의 목걸이는 왜 부러졌을까? 그리고 둘째, 그가 부러져 바닥에 떨어진 목걸이를 찾고서야 그걸 잃어버린 걸 알았다면, 왜 나한테 굳이 알렸을까? 그냥 자기 주머니에 집어넣으면 될 텐데. 그리고 샌디가 마리노한테 준 은화 목걸이를 떠올리게 하는 금화 목걸이를 그가 갖고 있다는 게 왠지 이상하다고 생각하지 않아?"

"불의 지문을 채취하는 게 좋을 것 같아요." 아론이 말했다. "면봉으로 DNA도 채취하는 게 좋을 것 같은데, 그가 사라진 것 같아요."

"지금으로서는 그래." 루시가 말했다. "그의 세포를 복제하려고 애쓰는 중이야. 세균 배양용 페트리 접시에 세포를 복제해서 그가 누구인지 알아내는 거지." 루시가 익살스럽게 말했다.

"얼마 전만 하더라도 몇 주, 몇 달 동안 DNA 결과를 기다리던 기억이 나." 스카페타는 당시를 떠올리자 마음이 아팠다. 강력범의 신원을 빠른 시간 안에 알아내지 못해 얼마나 많은 사람들이 잔인하게 폭행당하고 살해되는지 몰랐다.

"고도 915미터, 시계(視界) 4.8킬로미터." 루시가 스카페타에게 말했다. "유시계 비행 규칙이야. 공항에서 만나."

마리노의 사무실 안. 그가 수상한 볼링 트로피들이 오래된 회반죽벽에 늘어서 있을 뿐, 사무실 분위기는 휑했다.

벤턴은 문을 닫고 불을 켜지 않았다. 어둠 속에서 마리노의 책상에 앉자 그는 자신이 어떤 말을 했든 마리노를 진지하게 대하고 특별한 친구로 여긴 적이 한 번도 없음을 처음으로 깨달았다. 사실대로 말하자면, 그를 항상 스카페타의 동료로 생각했을 뿐이다. 무식하고, 고집불통인 데다 요즘 세상과는 어울리지 않는 아둔한 경찰 같았다. 그 결과, 그리고 다른 여러 요인 때문에 그와 함께 있는 게 유쾌하지 않았고 별다른 도움도 되지 않았다. 벤턴은 지금껏 그를 견뎌왔다. 어떤 부분에서는 그를 과소평가했고 다른 부분에서는 정확히 이해하기도 했지만, 그 분명한 차이는 알아차리지 못했다. 사용한 흔적이 거의 없는 마리노의 책상에 앉아 창밖에 보이는 찰스턴의 불빛을 바라보자 마리노에게 그리고 모든 것에 더 신경을 썼더라면 좋았을걸 하고 후회가 되었다. 지금 그가 알아야 하는 건 그의 범위 안에 있는 것이고 지금까지도 그랬다.

지금 베니스는 새벽 4시가 다 되어갔다. 파울로 마로니가 맥린 병원을 떠난 건 놀랄 일이 아니었다. 그는 지금쯤 로마를 떠났을 것이다.

"프론토." 그가 이탈리아어로 전화를 받았다.

"자고 있었나?" 벤턴이 물었다.

"신경 쓰였다면 전화를 걸지도 않았겠지. 이런 시각에 전화를 걸다니 무슨 일인가? 사건에 진전이라도 있는 건가?"

"반드시 좋은 의미에서의 진전은 아닌 것 같네."

"그럼 무슨 일인가?" 마로니 박사의 어조에 거리낌이 깔려 있는 것 같기도 했고 체념인 것 같기도 했다.

"자네한테 진료를 받은 환자 말이네."

"그 환자에 대해선 자네한테 이미 말했잖은가."

"자네가 내게 말하고 싶은 것만 말했지."

"내가 어떻게 더 자네를 도와줄 수 있단 말인가?" 마로니 박사가 말했다. "내가 말한 것 말고도 내 진료 기록도 읽지 않았는가. 난 자네 친구이기 때문에 어떻게 그런 일이 일어났는지는 묻지 않았네. 예를 들어, 루시 탓도 하지 않았고."

"자넨 스스로를 탓하고 싶어 할지도 모르겠군. 우리가 자네 환자의 파일에 접근하길 바랐다는 사실을 알아내지 못했다고 생각하나? 자넨 그 파일을 병원 네트워크에 올려놨네. 파일을 공유할 수 있도록 해둔 건, 그 파일이 어디에 있는지 알아낸 사람은 누구든지 들어갈 수 있음을 뜻하지. 루시에게는 누워서 떡 먹기였을 거고, 자네에게는 실수가 아니었을 거야. 자네처럼 똑똑한 사람이 그런 실수를 저지를 리가 없으니까."

"그렇다면 자네는 루시가 내 기밀 전자 파일을 몰래 빼냈다는 것을 인정하는 셈이로군."

"자넨 우리가 환자 기록을 보고 싶어 하리라는 걸 알았어. 그래서 로마로 떠나기 전에 미리 준비해두었는데, 자네가 계획했던 것보다 다소 빨랐지. 때마침 셀프 박사가 맥린 병원에 입원할 예정이라는 걸 알게 된 직후였고, 자네가 그걸 허락한 거야. 자네가 승인하지 않았다면 셀프 박사는 맥린 병원에 입원할 수 없었을 거야."

"그녀는 조병 환자야."

"그녀는 계산을 하고 있었지. 그녀는 알아?"

"뭘 안단 말인가?"

"나한테 거짓말하지 말게."

"내가 거짓말한다고 생각한다니 흥미롭군." 마로니 박사가 말했다.

"셀프 박사의 어머니와 이야기를 나누었네."

"지금도 여전히 고약한 여자던가?"

"아마 변하지 않았겠지." 벤턴이 말했다.

"그녀 같은 사람들은 절대 바뀌지 않지. 때로는 나이가 들어가면서 소진되기도 해. 그녀는 더 나빠질 거야. 셀프 박사도 그럴 건데, 이미 더 나빠지고 있지."

"그녀 역시 별로 변하지 않았겠지. 그녀의 어머니가 딸의 성격장애를 자네한테 비난한다 해도 말이네." 벤턴이 말했다.

"그렇지 않다는 거 알잖은가. 그녀의 성격장애는 내가 초래한 게 아니라 그녀 스스로 그렇게 된 거야."

"흥미로운 이야기가 아니군."

"물론 그렇지."

"그는 어디 있어?" 벤턴이 물었다. "내가 누구를 뜻하는지 정확히 아는가?"

"여전히 청소년이었던 오랜 옛날. 무슨 말인지 알겠나?"

"자넨 스물아홉이었어."

"스물두 살이었지. 글래디스는 나를 훨씬 더 나이 들게 해서 날 모욕하려 하겠지. 내가 왜 떠나야만 했는지 자넨 이해할 수 있을 거야." 마로니 박사가 말했다.

"떠난 건가 도망친 건가? 셀프 박사에게 물어보면 자네가 몇 주 전 서둘러 떠난 상황을 자세히 말하며 후자라고 대답할 것이네. 자넨 그녀를 부당하게 대하고 나서 이탈리아로 가버렸어. 그는 어디 있어? 자기 자신에게 그리고 다른 어느 누구에게도 이런 짓 하지 말게."

"그녀가 나를 부당하게 대했다고 하면 믿을 건가?"

"그건 중요하지 않아. 그런 건 아무 상관없으니까. 그는 어디 있어?" 벤턴이 말했다.

"법에 위배되는 성폭행이라고 할 수 있지. 그녀의 어머니는 그렇게 위협하면서 자기 딸이 봄 휴가 동안 우연히 만난 남자와 성관계를 가지지는 않았을 거라고 믿고 싶어 했지. 그녀는 무척이나 아름답고 생기가 넘쳤고, 내게 순결을 바쳤어. 난 그녀를 무척 사랑했어. 내가 그녀에게서 도망친 건 사실이야. 당시 그녀가 이상한 사람임을 알아차렸거든. 하지만 난 실제로 이탈리아로 되돌아오지 않았고, 그녀는 그렇게 믿도록 했었지. 난 하버드로 돌아가 의과 대학을 마쳤지만 그녀는 내가 여전히 미국에 있다는 사실을 몰랐네."

"DNA 검사를 마쳤네."

"아이가 태어난 후에도 그녀는 여전히 알지 못했어. 난 그녀에게 편지를 썼지만, 로마에서 편지를 발송하도록 했지."

"그는 지금 어디 있어? 자네 아들은 어디 있어?"

"그녀에게 낙태하지 말라고 간청했네. 내 종교적 신념에 어긋나니까. 그녀는 아이를 낳으면 내가 양육해야 할 거라고 말했어. 난 높은 지능지수를 지닌 악마 같은 그 아이에게 최선을 다했어. 아이는 대부분의 시간을 이탈리아에서 보냈고, 열여덟 살이 될 때까지 그녀와도 가끔 시간을 보냈지. 지금 그는 스물아홉이야. 글래디스는 아마 평소에 하는 게임을 하고 있었겠지…. 아이는 우리 두 사람 가운데 어느 누구도 닮지 않았고 우리 두 사람을 모두 미워해. 나보다 매럴린을 더 미워했는데, 마지막으로 만났을 때 난 내 안전조차 두려웠어. 내 목숨도. 고대 조각상으로 날 공격할 거라 생각했지만, 난 겨우 그 아이를 진정시킬 수 있었지."

"그게 언제였나?"

"내가 이곳에 도착한 직후였네. 그는 로마에 있었어."

"그리고 그는 드루 마틴이 살해당했을 때에도 로마에 있었지. 어느 시점에 그는 찰스턴으로 되돌아왔고. 우린 그가 힐튼 헤드에 있었다는 사실도 알고 있네."

"벤턴, 자네는 이미 대답을 알고 있는데 내가 뭐라 말할 수 있겠나? 사진에 나온 그 욕조는 나보나 광장에 있는 바로 내 아파트 욕실에 있는 것이지만, 당시 자네는 내가 나보나 광장 근처에 산다는 걸 몰랐지.

만약 알았더라면, 드루 마틴의 시신이 발견된 공사 현장에서 무척 가까운 내 아파트에 대해 물어봤겠지. 내가 여기서 검정색 랜시아를 몰고 간 우연의 일치에 대해서도 궁금하게 여겼겠지. 그는 아마 내 아파트에서 그녀를 살해하고는, 내 차를 타고 멀지 않은 곳에 가서 시신을 옮겼을 거야. 그가 고대 조각상의 발로 내 머리를 내리쳤다면 차라리 훨씬 나았을 것을…. 그가 저지른 짓은 생각할 수 없을 정도로 끔찍해. 하지만 그때 그는 매럴린의 아들이었어."

"그는 자네 아들이야."

"그는 대학에 가고 싶어 하지 않는 미국 시민권자였고, 어리석게도 공군에 들어가서 미국이 일으킨 파시스트 전쟁에 사진사로 참여하면서 발에 부상을 입었지. 친구를 비참한 상황에서 구해주려고 머리에 총을 쏜 이후에 자해했을 거야. 하지만 입대하기 전부터 이성을 잃었다 해도 제대하고 나서는 인지적으로, 심리적으로 알아볼 수 없을 지경이었어. 내가 아버지 역할을 하지 못했다는 점은 인정하네. 그에게 도구, 전지, 의료용품을 보내주었지만 복역이 끝나고서도 그를 만나러 가지 않았지. 내가 신경 쓰지 않았다는 점은 인정해."

"그는 지금 어디 있나?"

"그가 공군에 입대한 후 난 그에게서 손을 뗐네. 그는 결국 아무것도 되지 못했지. 매럴린과 달리 난 그를 지키기 위해 많은 희생을 치렀지만 결국 그는 아무것도 아닌 존재가 되었어. 얼마나 아이러니인가. 가톨릭에서 낙태가 살인이라고 말해서 그를 살렸는데, 그가 저지른 일을 보게. 그는 사람들을 죽이고 있어. 자신의 일이었기에 사람을 죽이다가, 이제는 광기 때문에 살인을 저지르지."

"그리고 그의 아이는?"

"매럴린의 방식이지. 그녀는 일단 방식이 생기면 그걸 깨려고 하지.

내가 그녀에게 우리의 아들을 키우라고 한 것처럼, 그녀는 어머니에게 그를 맡으라고 했어. 그건 실수였던 것 같아. 우리 아들은 자신의 아들을 무척 사랑한다 해도 아버지가 되기에는 적합하지 않지."

"그의 어린 아들이 죽었어." 벤턴이 말했다. "굶주린 채 맞아 죽었고, 늪에 버려져 구더기와 게의 먹이가 되었지."

"안타까운 소식이지만 그 아이를 만난 적이 없네."

"동정심이 대단하군. 자네 아들은 어디 있나?"

"모르겠네."

"이 사태가 얼마나 심각한지 깨달아야 하네. 감옥에 가고 싶나?"

"그가 마지막으로 여기 왔을 때 난 그를 바깥으로 데리고 나가 안전한 곳에서 말했네. 다시는 그를 보고 싶지 않다고. 드루 마틴의 시신이 발견된 공사 현장에는 관광객들이 있었네. 꽃과 동물 모양 인형들이 쌓여 있었지. 난 그걸 보면서 그에게 다른 데로 가서 절대 돌아오지 말라고, 내 말을 듣지 않으면 경찰에 신고하겠다고 했네. 그런 다음 나는 내 아파트를 빈틈없이 청소하고 차를 처분했고, 오토에게 전화를 걸어 사건을 도와주겠다고 했지. 경찰들이 뭘 알고 있는지 아는 게 중요했으니까."

"그가 어디 있는지 자네가 모른다는 걸 믿을 수 없네." 벤턴이 말했다. "그가 어디에 머물거나 어디에 거주하는지 혹은 지금 어디에 도피 중인지 모른다는 말을 믿을 수 없어. 자네 아내한테는 찾아가고 싶지 않네. 아는 게 없을 테니까."

"이 일에서 내 아내는 빼주게. 그녀는 아무것도 몰라."

"자네 죽은 손자의 어머니는 분명히 알겠지. 그녀는 아직도 자네 아들과 함께 있나?"

"나와 매럴린의 관계와 비슷해. 때때로 우린 누군가와 성관계를 즐긴 대가를 평생 동안 치르기도 하지. 그런 여자들은 고의로 임신을 하는데 남자를 구속하기 위해서지. 이상한 일이야. 여자들은 그러고 나서 아이를 원치 않는데, 그들이 정말 원한 건 남자였기 때문일 거야."

"내가 물어본 건 그게 아니네."

"그녀를 만나본 적이 없네. 매럴린은 그녀의 이름이 샌디라고 했고 멍청한 창녀라고 했어."

"자네 아들은 여전히 그녀와 함께 있나? 내가 알고 싶은 건 그거야."

"둘이 함께 아이를 길렀는데, 똑같은 사연이 반복된 거지. 아버지의 원죄로 똑같은 일이 다시 일어난 거야. 진심으로 말하지만, 내 아들이 태어나지 않았다면 정말 좋았을 것을…."

"매럴린이 샌디를 알고 있는 게 분명하니 마리노가 떠오르는군." 벤턴이 말했다.

"난 그를 모르고 그가 이 사건과 무슨 상관인지도 모르겠네."

벤턴은 파울로 마로니에게 모든 걸 얘기해주었지만, 마리노가 스카페타에게 어떤 일을 저질렀는지는 말하지 않았다.

"내게 그 상황을 분석해달라는 말이군." 마로니 박사가 말했다. "내가 아는 매럴린과 자네가 방금 말한 얘기를 토대로 하면, 마리노가 매럴린에게 이메일을 보낸 건 매우 큰 실수였던 것 같네. 그로 인해 그녀가 맥린 병원에 입원한 이유와 아무 상관없는 여러 가능성을 일깨웠고, 그녀가 진정으로 미워하는 그 한 사람에게 되돌아갈 수 있었던 거지. 그 한 사람은 물론 케이이고. 그녀가 사랑하는 사람들을 고문하는 것보다 더 좋은 방법이 뭐가 있겠는가?"

"마리노가 샌디를 만난 건 그녀 때문인가?" 벤턴이 물었다.

"내가 추측하기엔 그렇지만, 샌디가 마리노에게 그렇게 관심을 보인 건 전적으로 그 이유 때문만은 아닐 거야. 그 소년이 있네. 매럴린은 모를 수도 있고 몰랐을 수도 있겠지. 그녀는 내게 말하려 했을 거야. 그런 일을 할 사람은 매럴린의 마음에 들지 않을 테니까."

"그녀도 자네처럼 동정심이 대단하군." 벤턴이 말했다. "아무튼 그녀는 여기에 있네."

"뉴욕 말이군."

"찰스턴에 있다는 말이네. 어떤 정보를 담은 익명의 이메일을 받았는데, 찰스턴 플레이스 호텔로 IP를 추적해서 컴퓨터로 들어가는 암호를 알아냈네. 누가 거기에 머물고 있는지 추측해보게."

"경고하지만, 그녀에게 말조심하게. 그녀는 윌에 대해 몰라."

"윌?"

"윌 람보. 매럴린이 유명해지기 시작했을 때, 그는 윌러드 셀프에서 윌 람보로 이름을 바꿨어. 그는 멋진 스웨덴 성인 람보를 골랐지. 그는 전혀 람보답지 않은데, 그게 그의 문제이기도 했지. 윌은 몸집이 작아. 얼굴은 잘생겼지만 몸집이 작았지."

"샌드맨에게 이메일을 받았을 때 그녀는 그가 자기 아들인지 전혀 몰랐던 건가?" 벤턴이 말했다. 마로니 박사가 샌드맨을 아이라고 부르는 게 귀에 거슬렸다.

"몰랐네. 내가 아는 한, 그녀는 지금도 모를 걸세. 의식적으로 모르는 건 아니지만, 그녀의 마음 깊숙한 곳에서 뭘 알고 있는지 내가 어떻게 알겠나? 그녀가 맥린 병원에 입원해서 내게 그 이메일과 드루 마틴의 모습을 보여줬을 때…."

"그녀가 자네한테 말했다고?"

"물론이지."

벤턴은 당장 전화를 끊고 달려가 그의 멱살을 잡고 싶었다. 그를 감옥으로, 지옥으로 보내야 했다.

"뒤돌아보면 비극적일 만큼 분명해. 물론 마음속으로 의구심을 품고 있었지만 그녀에겐 일언반구도 꺼내지 않았네. 그녀가 내게 전화를 걸었을 때부터 그랬는데, 윌은 그녀가 똑같이 할 것임을 알고 그녀가 그렇게 하도록 했네. 물론 윌은 그녀의 이메일 주소를 갖고 있었어. 매럴린은 만날 시간이 없는 사람들에게 이메일을 꼼꼼히 쓰는 편이지. 그는 그녀를 사로잡을 거라고 확신이 드는 이상한 메일을 보내기 시작했어. 그녀를 완벽하게 이해할 정도로 이상한 놈이었으니까. 매럴린이 내게 그 얘기를 하자 그는 분명 기뻐했을 거고, 로마에 있는 내 진료실에 전화를 걸어 약속을 잡았네. 물론 진료 상담이 아니라 함께 저녁 식사를 하기로 했지. 난 그의 정신 건강이 걱정되었지만 그가 누군가를 죽일 거라는 생각은 하지 못했어. 파리에서 관광객이 살해되었다는 이야기를 들었을 때 난 마음속으로 부인했네."

"그는 베니스에서도 어떤 여자를 강간했는데, 다른 관광객이었어."

"놀랍지도 않네. 전쟁이 끝나고 나서 그는 점점 더 나빠졌어."

"그렇다면 진료 기록은 실제로 작성한 게 아니군. 그는 자네 아들이지, 환자였던 적은 없군그래."

"난 그 진료 기록을 허위로 작성했고, 자네가 알아낼 거라 예상했네."

"왜?"

"내가 그를 몰아넣을 수 없으니 결국 자네가 직접 그를 찾아야 하겠지. 내가 대답할 수 있도록 자네한테 물어봐야 했는데, 이제 그렇게 된 것 같군."

"빠른 시일 내에 그를 찾지 못하면 그는 또다시 사람을 죽일 거야. 자네가 아는 다른 무언가가 있을 거야. 그의 사진은 갖고 있겠지?"

"최근 사진은 아니네."

"이메일도 보관하고 있겠지."

"자네에게 필요한 건 공군에서 제공할 거고, 그의 지문과 DNA도 줄 걸

세. 사진은 두말할 필요도 없을 거고. 공군에서 정보를 얻는 편이 나아."

"그 모든 걸 훑어볼 때면 이미 너무 늦어버릴 거야." 벤턴이 말했다.

"아무튼 난 되돌아가지 않을 것이네." 마로니 박사가 말했다. "자넨 날 데려가도록 내버려둘 게 분명해. 나도 자네를 존중했으니 자네도 그렇게 해줄 거라 믿기 때문이네. 어쨌든 그래 봐야 아무 소용없을 것이네, 벤턴." 그는 잠시 후 덧붙였다. "나는 이곳에 넓은 인맥을 갖고 있으니까."

22

최후 변론

루시는 시작 전 확인 목록을 훑어보았다. 착륙 조명등, 스위치 번호, OEI 경계, 연료 밸브 등 비행기구 지시 사항을 확인하고, 고도계를 맞추고, 배터리를 켰다. 루시가 첫 번째 엔진의 시동을 걸자 스카페타는 FBO(운항지원 사업부. 항공사가 아닌 기업체나 개인 소유의 항공기를 대상으로 항공기 운행에 필요한 각종 업무를 대행해 주는 업체–옮긴이)에서 나와 활주로를 가로질러 갔다. 헬리콥터 뒷문을 열고 범죄 현장 가방과 카메라 장비를 바닥에 두고는, 왼쪽 앞문을 열고 활주부에 올라 헬리콥터에 탔다.

루시는 1번 엔진은 중립 상태로 두고 2번 엔진의 시동을 걸었다. 터빈이 돌아가는 소리와 쿵쿵거리는 소리가 점점 더 커졌다. 스카페타는 잠금장치가 네 개 달린 안전벨트를 맸다. 보선공이 주기장을 가로지르며 정렬용 막대를 흔들자 스카페타는 헤드폰을 꼈다.

"맙소사, 여보세요!" 루시는 자기 목소리가 보선공에게 들리는 듯 마이크에 대고 말했다. "우린 당신의 도움이 필요 없어. 저 사람은 한동안

서 있을 거야." 루시는 문을 열고 그에게 비켜달라고 손짓했다. "우린 비행기가 아니야." 루시는 보선공에게 들리지 않을 얘기를 더 늘어놓았다. "이륙하는 데 당신 도움 따위 필요 없어. 비켜줘."

"너 지금 몹시 긴장했어." 스카페타의 목소리가 루시의 헤드폰에 들렸다. "주변을 탐색하는 다른 사람의 말은 들리지 않아?"

"아무 소리도 들리지 않아. 아직 안개가 짙어서 힐튼 헤드에는 헬리콥터가 한 대도 뜨지 않았어. 지상에서의 탐색도 행운이 따르지 않고. 적외선 전방 감시 장치는 스탠바이 상태야." 루시는 머리 위쪽에 있는 전원 스위치를 켜며 말을 이었다. "차가워지려면 8분이 걸려. 그러면 우린 이륙할 수 있어. 여보세요!" 루시는 보선공이 헤드폰을 껴서 그들의 말을 들을 수 있는 양 그에게 말했다. "우린 바쁘니까 저리 비켜. 젠장, 신참인 게 분명해."

보선공은 오렌지색 막대를 옆구리에 내린 채 아무에게도 정렬 신호를 보내지 않았다. 관제탑 측에서 루시에게 말했다. "바람 불어가는 쪽으로 대형 C-17기가 있습니다…."

커다란 밝은 불빛이 덩어리져 보이는 군대 화물기가 거의 움직이지 않은 채 공기 중에 떠 있었다. 루시는 알았다고 무선통신을 보냈다. 육중한 C-17기와 육중한 날개의 회오리바람은 상관없었다. 루시는 시내를 향해 쿠퍼 리버 다리로, 아서 레이버널 주니어 다리로, 그녀가 원하는 어디로든 가고 싶었기 때문이다. 원하면 8자형 비행을 할 수도 있을 것이다. 왜냐하면 그녀는 비행기가 아니기 때문이었다. 무선통신으로는 그렇게 설명하지 않았지만 마음속으로는 그럴 작정이었다.

"터킹턴에게 전화해서 알렸어." 루시가 스카페타에게 말했다. "벤턴 아저씨가 나한테 전화했으니, 이모가 아저씨에게 가르쳐줬을 거라 생각해. 아저씨는 곧 여기 와야 하고 그러는 편이 좋을 거야. 여기 이렇게 가만히 앉아 있지는 않을 거야. 그 나쁜 놈이 누구인지 알아냈으니까."

"우린 그가 어디 있는지 몰라." 스카페타가 말했다. "그리고 마리노가 어디 있는지도 전혀 몰라."

"내 의견을 말하자면, 우린 시신이 아닌 샌드맨을 먼저 찾아야 해."

"잠시 후 모두들 그를 찾고 있을 거야. 벤턴이 경찰과 수사 지부와 군대에 알렸어. 누군가는 그녀를 찾아야 해. 그게 내 일이고 난 그렇게 할 작정이야. 화물망은 가져왔어? 그리고 마리노한테서는 아무 연락도 없었어?"

"화물망은 가져왔어."

"평소 기어 상태를 수화물로 두니?"

벤턴이 보선공을 향해 걸어가 팁을 건네주자 루시는 웃음을 터뜨렸다.

"내가 마리노에 관해 물어볼 때마다 넌 못 들은 척하겠구나." 스카페타가 말했다. 벤턴이 헬리콥터를 향해 다가오고 있었다.

"이모와 결혼할 사람에 대해 진실해야 할 거야." 루시가 벤턴을 쳐다보며 말했다.

"왜 내가 진실하지 않았다고 생각하는 거야?"

"난 이모가 어떻게 했는지 알려 하지 않을 거야."

"벤턴과 이야기를 나누었어." 스카페타는 루시를 쳐다보며 말했다. "네 말이 맞아. 난 그에게 진실해야 하고 지금껏 진실했어."

벤턴이 뒷문을 열어 헬리콥터에 올라탔다.

"좋아. 누군가를 믿을수록 거짓말하는 건 더 심각한 범죄가 되는 법이지. 태만도 마찬가지일 거고." 루시가 말했다.

덜커덕, 벤턴이 헤드폰을 끼는 소리가 들렸다.

"이 얘긴 그만해야겠어." 루시가 말했다.

"그만해야 할 사람은 나야." 스카페타가 말했다. "그리고 지금 이런 얘길 할 수는 없어."

"지금 할 수 없는 얘기가 뭐야?" 벤턴의 목소리가 루시의 헤드폰에 울렸다.

"케이 이모는 천리안을 갖고 있어요." 루시가 말했다. "시신이 어디 있는지 확신하고 있어요. 만약의 경우를 대비해, 오염 제거에 필요한 도구와 화학물질을 갖고 있죠. 그리고 짐을 매달아야 할 경우를 대비해 시신 봉투도 있어요. 이런 말해서 미안하지만 부패한 시신을 뒤에 실을 수는 없으니까요."

"천리안은 없고 발포 잔여물만 있어." 스카페타가 말했다. "그리고 그는 그녀의 시신이 발견되길 바라지."

"그렇다면 그는 시신이 더 쉽게 발견되도록 만들었어야 했어." 루시가 스로틀 레버를 올리며 말했다.

"발포 잔여물은 어떻게 됐어?" 벤턴이 물었다.

"이곳 주변의 모래에서 전기 피부 반응의 흔적이 나왔어요."

"맙소사." 루시가 말했다. "저 남자 감동한 모습 좀 봐. 원뿔 표지판을 들고 서 있는 모습이 내셔널 풋볼 리그의 좀비 심판 같아. 벤턴 아저씨, 보선공에게 팁을 줘서 다행이에요. 애쓰는 모습이 불쌍해 보여요."

"맞아, 단지 백 달러 지폐가 아닌 팁이지." 스카페타가 말했고 루시는 무선통신을 기다리고 있었다.

비행은 거의 불가능했다. 하루 종일 비행이 연기되어 이제 관제탑을 계속 유지할 수 없었기 때문이다.

"내가 버시니아 대학교에 다닐 때 이모가 어떻게 했는지 알아?" 루시가 스카페타에게 말했다. "이따금 내게 백 달러를 보내주었지. 수표 아랫부분에는 항상 '특별한 이유 없음'이라고 적혀 있었고."

"대단한 것도 아니었는데 뭘." 스카페타의 목소리가 루시의 뇌리 속에 똑바로 박히는 것 같았다.

"책도 사고, 맛있는 것도 먹고, 옷이랑 컴퓨터 부품도 구입했지."

마이크를 통해 이야기하자 이야기가 툭툭 끊기는 것 같았다.

"그렇게 말해주니 고맙구나." 스카페타가 말했다. "에드 같은 사람에게는 큰돈일 거야."

"내가 그에게 뇌물을 준 건지도 몰라." 루시가 스카페타에게 가까이 다가와 적외선 전방 감시 장치의 비디오 화면을 확인하고는 말했다. "준비됐으니 기다리면 돼. 허락만 떨어지면 곧 여기를 떠날 거야." 루시는 자신의 목소리가 관제탑에 들리는 것처럼 말했다. "우린 헬리콥터라서 활주로도 필요 없고, 무선 유도를 해줄 필요도 없어. 정말 미칠 것 같아."

"비행하는데 너무 까다롭게 굴지 마." 벤턴의 목소리가 들렸다.

루시가 관제탑과 다시 연락했고 마침내 남동쪽으로 이륙해도 좋다는 허가를 받았다.

"상황이 괜찮을 때 해야겠어." 루시가 말하자 헬리콥터가 활주부 위로 떠올랐다. 보선공은 헬리콥터를 주차하려는 것처럼 정렬시키고 있었다. "저 남자는 원뿔 표지판보다 나을 게 없어." 루시가 3.75톤의 헬리콥터를 이륙시키며 말했다. "애슐리 강을 따라 내려가다가 동쪽으로 방향을 틀어 폴리 해변으로 갈 거야." 루시는 두 유도로의 교차로 위로 이륙했다. "적외선 전방 감시 장치를 켤게."

루시가 스탠바이 상태를 켜짐 상태로 바꾸자, 화면이 짙은 회색으로 변하고 밝은 흰색 열 지점이 나타났다. C-17기는 천둥처럼 요란한 소리를 내고 엔진에서 긴 흰색 불꽃을 내뿜으며 아슬아슬하게 비행을 하고 있었다. FBO의 창문에는 불이 켜져 있었고, 활주로에도 불빛이 깜박거렸다. 적외선을 통해 보자 모든 게 비현실적으로 보였다.

"천천히 낮게 비행하며 모든 걸 자세히 살필 거야. 격자 눈금으로 확인할 거지?" 루시가 말했다.

스카페타는 시스템 제어기를 꺼내어 탐조등을 끈 채 적외선 전방 감시 장치를 작동시켰다. 그러자 회색 영상과 비디오 모니터에 나타났던 흰색 점이 그녀의 왼쪽 무릎 근처에 나타났다. 헬리콥터가 항구를 지나자, 다양한 색깔의 컨테이너가 빌딩 블록처럼 쌓여 있었다. 항구에 앉아 있는 왜가리가 야음을 틈타 버마재비를 잡아먹는 괴물처럼 보였다. 헬리콥터는 마치 도시의 불빛 위를 떠다니듯 천천히 움직였다. 앞에 보이는 항구는 칠흑처럼 검었다. 별은 하나도 보이지 않았고, 달은 윗부분이 침골처럼 평평한 짙은 구름에 가려져 시커먼 얼룩처럼 보였다.

"정확히 어디를 향해 가고 있는 거야?" 벤턴이 말했다.

스카페타는 적외선 전방 감시 장치의 외장 버튼을 조작해 영상이 화면에 나타났다가 사라지도록 했다. 루시는 속도를 80노트 늦추고 고도를 150미터로 낮추었다.

스카페타가 말했다. "이오지마에서 온 모래를 현미경으로 분석하면 뭘 알아낼 수 있을지 생각해봐. 몇 년 동안 그대로 보존된 모래 말이지."

"예를 들어, 해안에서 떨어진 모래 언덕에서 말이야?"

"이오지마? 지금 일본으로 가고 있는 거야?" 벤턴이 아이러니하게 말했다.

스카페타 옆에 있는 문의 바깥으로 배터리 가의 저택들이 내려다보였고, 적외선에 비친 불빛은 밝은 흰색 얼룩처럼 보였다. 그녀는 헨리 홀링스 생각을 했다. 그리고 로즈 생각을 했다. 저택들의 불빛이 점점 더 멀어지면서 그들은 제임스 섬 해안에 가까이 다가가며 천천히 섬을 지나갔다.

스카페타가 말했다. "남북전쟁 이후 그대로 남아 있는 해안 환경이야. 저런 곳에서 모래가 보호되어 왔다면 발포 잔여물을 찾을 수 있을 거야.

바로 저곳일 거야." 그런 다음 루시를 쳐다보며 말했다. "우리 바로 밑에 보이는 지점."

루시는 속도를 늦추고 모리스 섬의 북단에 90미터 고도까지 내려갔다. 사람이 살지 않는 그곳은 파도가 높지 않을 경우 폴리 해변에서 헬리콥터나 배를 이용해 접근할 수 있었다. 그녀는 남북전쟁 당시 격전지였을 3천2백 제곱킬로미터에 달하는 황폐한 보존 구역을 내려다보았다.

"140년 전과 비교해도 그다지 달라지지 않았을 거야." 스카페타가 말했다. 루시는 30미터 가량 더 하강했다.

"아프리카 출신 미국인으로 구성된 매사추세츠 55 연대가 학살당한 곳이지." 벤턴이 말했다. "그것에 관한 영화도 만들었는데 제목이 뭐였더라?"

"창밖을 내다봐요." 루시가 그에게 말했다. "무언가 보이면 말해요. 그러면 탐조등을 켜고 내려갈게요."

"영화 제목은 〈영광〉이었어요." 스카페타가 말했다. "아직 탐조등은 켜지 말아요. 적외선에 방해될 거니까요."

비디오 화면에 얼룩덜룩한 회색 지대와 잔물결이 일렁이는 바다가 보였다. 바닷물은 녹은 납처럼 반짝거리며 해안으로 밀려와 모래사장에 부딪쳐, 부채 모양의 하얀 물결을 일으켰다.

"어두컴컴한 모래 언덕의 형체와 어디든 우리를 따라다니는 저 빌어먹을 등대 말고는 아래에 아무것도 보이지 않아." 스카페타가 말했다.

"우리 같은 사람들이 추락하지 않도록 등대를 복원한 것이니 그렇게 심하게 말하지 마." 루시가 말했다.

"그 말을 들으니 기분이 좀 낫구나." 벤턴이 말했다.

"격자 눈금 확인부터 시작할게요. 속도는 60노트, 고도는 60미터, 아래 지역을 샅샅이 살펴야겠어요." 루시가 말했다.

격자 눈금을 확인하는 데는 그리 오랜 시간이 걸리지 않았다.

"저 지점에서 떠 있을 수 있어?" 스카페타는 방금 루시가 본 지점을 가리키며 말했다. "방금 지나온 저 해안 지역 말이야. 아니, 저기 뒤쪽에 온도 변화가 뚜렷한 지점."

루시가 헬리콥터의 방향을 틀자 뒤쪽에 있던 등대 불빛이 바로 앞에 보였고 적외선 줄무늬도 보였다. 주변은 항구 바깥에서 일렁이는 납빛 바닷물로 둘러싸여 있었다. 그 너머에 보이는 크루즈 선박은 창가에 흰 불빛이 켜지고 긴 깃털이 꽂힌 유령선처럼 보였다.

"저기, 저 모래 언덕에서 왼쪽으로 20도 정도." 스카페타가 말했다. "뭔가가 보이는 것 같아."

"나도 보여." 루시가 말했다.

얼룩진 회색 화면 한가운데에 밝은 흰색 점이 나타났다. 루시는 아래를 내려다보며 위치를 올바르게 잡으려 애썼다. 그녀는 원을 돌며 점점 더 아래로 내려갔다.

스카페타가 줌인 하자 희미하게 반짝이는 흰색 모양이 형체를 드러냈다. 이 세상 게 아닌 듯한 별처럼 반짝이는 것이 해안 후미에서 유리처럼 반짝이고 있었다.

루시는 적외선 전방 감시 장치를 끄고 스위치를 눌러 양초 천만 개만큼 밝은 탐조등을 켰다. 헬리콥터를 이륙하자 바다 귀리가 평평하게 누웠고 모래바람이 일었다.

천천히 돌아가는 헬리콥터 프로펠러의 바람에 검정 넥타이가 펄럭거렸다.

스카페타가 창밖을 내다보자, 멀리 모래사장에서 섬광 전구 불빛에 비친 얼굴이 보였다. 흰 이를 드러내고 얼굴을 찡그린 모습은 여자인지 남자인지도 구분할 수도 없었다. 양복에 넥타이를 맨 차림이 아니었다면 전혀 분간할 수 없었을 것이다.

“도대체 저게 뭐지?” 벤턴의 목소리가 스카페타의 헤드폰에 울렸다.

“그녀가 아니야.” 루시가 스위치를 끄며 말했다. “내겐 총이 있어. 이건 옳지 않아.”

루시는 시동을 끄고 문을 열어 밖으로 나갔다. 발아래에 닿는 모래의 감촉이 부드러웠다. 고약한 냄새가 진동했지만 역풍이 불어 견딜 만했다. 손전등을 조심스럽게 비추고 권총을 준비했다. 헬리콥터는 어두운 해안에 내려앉은 거대한 잠자리 같았고 들리는 것이라고는 파도 소리뿐이었다. 스카페타는 모래언덕으로 이어지다가 끝부분에서 끊어진 넓은 견인 자국에 손전등을 멈추었다.

“누군가 보트를 갖고 있어.” 루시가 모래언덕을 향해 걸어가며 말했다. “바닥이 평평한 보트.”

모래언덕 주변에 자란 바다 귀리와 다른 해초들이 멀리 계속 이어져 있었지만 파도는 닿지 않았다. 스카페타는 이곳에서 벌어진 전투를 떠올리며 남쪽의 대의명분과 다르지 않을 명분을 위해 목숨을 잃은 사람들을 상상했다. 사악한 노예제도와 학살당한 흑인 병사들을. 높게 자란 풀숲에서 그들의 신음과 웅성거림이 들리는 것 같아 그녀는 루시와 벤턴에게 너무 멀리 가지 말라고 말했다. 어두운 섬을 가르는 손전등 불빛이 밝게 빛나는 긴 검 같았다.

“여기로 와.” 루시가 두 모래언덕 사이의 어둠 속에서 말했다. “케이 이모, 얼굴 마스크 좀 찾아줄래?”

스카페타는 짐칸을 열어 커다란 범죄 현장 가방을 들어 올리고는 모래사장에 내려 얼굴 마스크를 찾았다. 루시가 그걸 찾으라고 한 걸 보니 나쁜 상황임이 분명했다.

"둘 다 여기서 가져갈 수는 없어." 벤턴의 목소리가 바람에 실려 왔다.

"도대체 이게 뭐지?" 루시의 목소리였다. "저 소리 들었어요?"

멀리 모래언덕에서 무언가 펄럭거리는 소리가 들렸다.

스카페타가 불빛을 따라 그들에게 다가가자 악취가 더 심해졌다. 공기가 탁하고 눈이 화끈거려, 그녀는 마스크를 건네주고는 자신도 숨 쉬기가 곤란해 얼른 마스크를 썼다. 루시와 벤턴을 따라 모래언덕 사이에 난 우묵한 곳으로 들어가보았는데, 해안에서는 보이지 않는 지점이었다. 여자는 벌거벗은 채 며칠 동안 노출되어 심하게 부풀어 올랐다. 구더기에 감염되어 얼굴 일부가 훼손되었고, 입술과 눈의 형태는 사라지고 치아가 드러나 있었다. 스카페타가 손전등을 비추자 치관이 있던 자리에 티타늄을 심어 넣은 게 보였다. 두피는 두개골에서 벗겨져 나왔고 긴 머리칼은 모래 속에 퍼져 있었다.

루시는 바다 귀리와 풀숲을 지나 펄럭이는 소리가 들리는 곳을 향해 갔다. 스카페타도 그 소리를 들었지만 어떻게 해야 할지 알 수 없었다. 발포 잔여물과 모래, 이 장소를 떠올리며 이 모든 게 그에겐 어떤 뜻일지 궁금해졌다. 그는 자신만의 전장을 만들어냈다. 그녀가 그곳을 찾아내지 못했다면 시신은 얼마나 더 훼손되었을까? 그녀는 범인은 전혀 알지 못했을 바륨, 안티몬, 납 등을 통해 그곳을 알게 되었다. 범인의 흔적이 느껴지는 듯했고, 그의 역겨운 기운이 공기 중에 떠다니는 것 같았다.

"텐트야." 루시가 소리치자 스카페타와 벤턴은 그곳으로 갔다.

루시는 또 다른 모래언덕 뒤에 있었다. 검게 일렁이는 파도처럼 이어진 모래언덕에 덤불과 풀이 엉켜 있었다. 범인 혹은 다른 누군가가 텐트를 쳐 집을 만들었다. 알루미늄 막대와 타르 칠을 한 방수포를 덮어 만든 오두막집 같은 텐트의 벌어진 틈새 너머로 바람이 나부꼈다. 매트리스는 담요를 덮어 깔끔하게 정리해두었고 랜턴도 있었다. 루시가 발로 아이스박스를 열었다. 안에는 물이 몇 센티미터 고여 있었는데, 손을 담그니 물이 미지근하다는 것을 알 수 있었다.

"헬리콥터 뒤에 들것 판자가 있어." 루시가 말했다. "케이 이모, 이걸 어떻게 했으면 좋겠어?"

"모든 걸 사진으로 찍고 치수를 측정해야 해. 당장 경찰을 부르고." 할 일이 무척 많았다. "한꺼번에 두 가지를 할 수는 없어?"

"들것 판자 하나로는 안 돼."

"여기 있는 걸 모두 자세히 들여다보고 싶어." 벤턴이 말했다.

"그러고 나서 시신을 봉투에 담아야 할 텐데, 한 번에 하나씩 담아야 할 거예요." 스카페타가 말했다. "루시, 그걸 어디에 내려놓고 싶어? 신중한 장소여야 할 테니, 부지런한 인명 구조 대원이 모기에 물리면서 정렬해 있는 FBO는 안 될 거야. 난 홀링스에게 연락해 누굴 보내줄지 얘기해볼게."

한동안 그들은 아무 말도 하지 않고 임시변통으로 쳐둔 텐트가 펄럭이는 소리, 풀이 휙휙 거리며 바람에 날리는 소리, 파도가 부드럽게 다가와 해변에 부딪치는 소리에 가만히 귀를 기울였다. 등대는 잔물결이 이는 검은 바다로 둘러싸인 체스 게임의 거대한 검은 말처럼 보였다. 그가 그곳 어딘가에 있다는 생각이 들자 비현실적인 느낌이 들었다. 비운의 군인이겠지만 스카페타는 동정심이 들지 않았다.

"이렇게 하도록 하자." 그녀는 그렇게 말하며 전화를 걸었다.

물론 신호가 울릴 리가 없었다.

"공중에 올라가 그에게 연락해야 할 거야." 스카페타가 루시에게 말했다. "로즈에게도 연락해보고."

"로즈에게?"

"그냥 연락해봐."

"왜?"

"그를 어디서 찾아야 하는지 알고 있을지도 몰라."

그들은 들것 판자와 시신 봉투, 비닐 시트, 생물학적 위험이 있는 물질을 다루는 모든 도구를 챙겼다. 우선 그녀의 시신부터 처리했다. 사후경직이 시작되었다가 원래대로 되돌아와 몸이 흐느적거렸는데, 마치 자신의 죽음을 완강하게 거부하는 것 같았다. 곤충들과 게 같은 자그마한 생물들이 부드럽고 상처 입은 부분을 파먹어버렸다. 얼굴은 부어올랐고 몸은 박테리아에 의해 생긴 가스로 부풀어 올랐으며, 거무스름하게 변한 피부에는 가늘게 이어진 혈관이 대리석 무늬처럼 도드라져 보였다. 왼쪽 둔부와 허벅지 뒤쪽은 너덜너덜하게 살점이 잘려 나갔지만, 선명한 상처 자국이나 사지를 절단한 자국도 없었고 사인을 밝혀줄 만한 흔적도 없었다. 그들은 시신을 들어 올려 시트 가운데에 놓고 시신 봉투 안에 넣었다. 스카페타가 지퍼를 잠갔다.

악다문 치아에 반투명 플라스틱 보형물을 끼운 그들은 오른쪽 손목에 고무 밴드를 낀 채 해안에 버려진 남자에게로 갔다. 검정 양복과 검정 타이를 매고 있었고, 흰 셔츠는 설사약이 흐른 자국과 핏자국으로 검게 얼룩져 있었다. 재킷 앞쪽과 뒤쪽에 베인 상처가 여러 군데 남아 있는 걸 보니 단도에 계속 찔린 것 같았다. 상처 자국에 구더기들이 몰려들었고, 옷 아래에도 구더기들이 기어 다니고 있었다. 바지 주머니에 든 지갑은 루시어스 메딕의 것이었다. 범인은 신용카드나 현금에는 관심이 없는 것 같았다.

스카페타와 벤턴이 사진을 더 찍고 메모를 한 다음 봉투에 담은 여인의 시신, 즉 웹스터 부인의 시신을 들것 판자에 올리는 동안, 루시는 헬리콥터 뒤쪽에서 1.5미터 길이의 밧줄과 그물을 꺼냈다. 루시는 스카페타에게 권총을 건네주었다.

“나보다 이모에게 더 필요할 거야.” 그녀가 말했다.

루시가 헬리콥터에 올라 시동을 걸자 프로펠러가 공기를 가르며 회전하기 시작했다. 불빛이 켜지며 헬리콥터가 천천히 떠올랐다. 밧줄이 팽팽하게 펴지고 섬뜩한 짐을 실은 그물이 모래사장 위로 올라갈 때까지 헬리콥터는 천천히 위로 올라갔다. 헬리콥터가 멀리 날아가자 밧줄에 매단 짐이 진자처럼 부드럽게 흔들거렸다. 스카페타와 벤턴은 텐트로 되돌아갔다. 낮이었다면 파리 떼가 몰려왔을 테고, 시신이 부패하는 냄새가 진동했을 것이다.

“범인은 여기서 잠을 잘 텐데, 줄곧 이곳에서 자지는 않을 거야.” 벤턴이 말했다.

벤턴이 발로 베개를 슬쩍 밀자 그 아래에 있는 담요가 보였다. 담요 아래에는 매트리스가 깔려 있었다. 성냥은 마르지 않도록 지퍼백에 넣어두었지만, 책은 그에게 별다른 의미가 없는 것 같았다. 책이 물에 젖어 페이지가 들러붙어 있었다. 내용과 상관없이 읽을거리가 필요할 때 약국에서 구입하는 대하소설이나 로맨스 소설이었다. 임시변통으로 친 텐트 아래에는 불을 지피는 구덩이가 있었는데, 석탄과 바위 위에 놓인 그릴의 녹슨 쇠살대를 이용해 만든 것이었다. 알코올 성분이 거의 없는 청량음료 캔도 있었다. 스카페타와 벤턴은 어느 것에도 손을 대지 않고 헬리콥터가 이륙한 해안으로 되돌아갔다. 헬리콥터의 활주부 자국이 모래사장 깊숙이 남아 있었다. 밤하늘에 별이 더 돋았고 고약한 냄새는 아까보다 훨씬 더 옅어졌다.

“처음부터 당신은 그의 짓이라 생각했어. 당신 얼굴 표정을 보고 알았지.” 벤턴이 말했다.

“그가 어리석은 짓을 저지르지 않았어야 할 텐데요.” 그녀가 말했다. “셸프 박사의 잘못이 하나 더 늘어나겠군요. 우리가 가진 모든 걸 망가뜨리고 우릴 갈라놓으려 했어요. 당신이 어떻게 알아냈는지는 아직 내게 말하지 않았어요." 스카페타는 화가 났다. 예전부터 쌓여온 분노에 새로운 분노가 더해졌다.

"사람들을 갈라놓는 건 그녀가 좋아하는 짓이지."

해안 근처에서 가만히 기다리자 루시어스 메딕의 시신을 담은 검은 봉투에서 역풍이 불어오면서 악취가 함께 밀려왔다. 스카페타는 바다 내음을 맡으며 바다가 숨을 쉬고 부드럽게 해안에 밀려와 부딪치는 소리를 들었다. 수평선은 검었고, 등대는 더 이상 아무것도 경고해주지 않았다.

잠시 후 멀리서 불빛이 깜박거리며 루시가 헬리콥터를 몰고 왔다. 헬리콥터가 내려앉자 모래바람이 일었다. 루시어스 메딕의 시신을 화물 그물에 단단히 매단 후, 그들은 헬리콥터를 타고 찰스턴으로 날아갔다. 경찰차 불빛이 경사로에서 깜박였고, 헨리 홀링스와 포마 국장이 창이 없는 밴 근처에 서 있었다.

스카페타는 마음속의 분노를 억누르지 못하고 그들에게 걸어갔다. 네 사람이 나누는 대화는 귀에 들어오지 않았다. 루시어스 메딕이 몰던 영구차는 열쇠가 꽂힌 채 홀링스 장의사 뒤편에 주차되어 있었다. 범인 혹은 샌디가 차를 그곳에 두지 않았다면 어떻게 그럴 수 있겠는가? 포마 국장은 범인과 샌디를 범죄 커플이라고 부르며 불 얘기를 꺼냈다. 그는 어디에 있는 걸까? 다른 어떤 걸 알고 있을까? 불의 어머니는 아들이 집에 없다며, 며칠째 같은 대답만 했다. 마리노는 흔적도 없이 사라져 경찰이 그를 찾고 있었고, 홀링스는 시신이 곧바로 공시소로 갈 거라고 말했다. 스카페타가 운영하는 공시소가 아닌 MUSC 공시소로 보낼 건데, 법의학자 둘이 밤새 지아노 루파노의 시신을 부검한 후 기다리고 있다고 했다.

"괜찮으면 당신의 공시소를 이용할 수도 있습니다." 홀링스가 스카페타에게 말했다. "당신이 찾아낸 시신이니 계속 맡아야 할 겁니다. 당신이 괜찮다면 말이지요."

"경찰이 모리스 섬에 가서 현장을 안전하게 유지해야 해요." 스카페타가 말했다.

"조디악 보트가 가고 있는 중이에요. 공시소로 가는 방향을 알려줄게요."

"예전에 가본 적 있어요. 찰스턴 플레이스 호텔의 안전 책임자가 친구라고 했는데, 그분 이름이 뭐죠?"

그들은 발걸음을 함께 옮겼다.

홀링스가 다시 말문을 열었다. "자살했습니다. 추락으로 인한 외상으로 사망했고, 이상하거나 의심스러운 점은 없습니다. 어떤 사람을 그렇게 하도록 몰아붙일 수 없다면 말입니다. 그럴 경우 셀프 박사가 기소되어야 할 겁니다. 호텔에서 근무한 내 친구의 이름은 루스입니다."

FBO 안에 불이 환하게 켜져 있었다. 스카페타는 화장실에 들어가 손과 얼굴 그리고 콧구멍 안을 씻었다. 공기 정화제를 잔뜩 뿌리고는 뿌옇게 낀 안개 사이로 걸어 들어가 이를 닦았다. 바깥으로 나오자 벤턴이 기다리고 있었다.

"그만 집으로 가도록 해." 벤턴이 말했다.

"어차피 잠도 못 잘 거예요."

벤턴이 그녀를 따라가자, 차창 없는 밴이 멀어져갔고 홀링스는 포마 국장 그리고 루시와 이야기를 나누고 있었다.

"해야 할 일이 있어요." 스카페타가 말했다.

벤턴이 그녀를 보내주자, 그녀는 혼자 SUV로 걸어갔다.

루스의 사무실은 도둑 때문에 여러 문제가 있었던 호텔 주방 근처에 있었다.

특히 새우를 자주 도둑맞았는데, 교활하고 쩨쩨한 범인들은 주방장을 가장해 훔쳐 갔다. 루스는 이런저런 흥미로운 얘기를 들려주었고, 스카페타는 원하는 게 있기 때문에 이야기에 주의 깊게 귀를 기울였다. 그녀가 원하는 걸 얻는 방법은 안전 부서 책임자의 이야기에 귀 기울이는 것뿐이었다. 루스는 주 방위군 대위인 우아한 중년 부인이었지만 점잔 빼는 사서처럼 보였다. 로즈와 약간 비슷해 보이기도 했다.

"이런 이야기를 들으려고 날 찾아온 건 아닐 텐데요." 루스는 호텔 가구로 쓰다 남은 것처럼 보이는 책상에 앉아 말했다. "드루 마틴에 대해 알고 싶은 거겠죠. 그녀가 마지막으로 여기에 왔을 때 객실에 거의 머물지 않았다는 이야기는 홀링스한테 들었을 거예요."

"홀링스가 당신한테 말했군요." 스카페타는 루스가 입은 페이즐리 무늬의 재킷에 권총이 들어 있을지 살폈다. "그녀의 코치도 여기 있었나요?"

"호텔 레스토랑에서 가끔 식사를 했어요. 항상 같은 걸 주문했는데, 캐비아와 돔 페리뇽을 시켰지요. 드루 마틴이 함께 있었다는 얘기는 듣지 못했지만, 프로 테니스 선수가 중요한 경기 하루 전에 기름진 음식과 샴페인을 마시진 않을 거예요. 이미 말한 것처럼, 그녀는 다른 곳에 있었을 거고 여기에서 투숙하지 않은 게 분명해요."

"이 호텔에 투숙하는 유명인이 또 한 명 있지요." 스카페타가 말했다.

"유명한 투숙객은 항상 있어요."

"객실을 돌아다니며 노크할 수도 있겠지요."

"열쇠 없이는 보안층에 올라갈 수 없어요. 스위트룸이 마흔 개가 있는데 꽤 많은 숫자죠."

"첫 번째로 물어보고 싶은 건 그녀가 아직도 여기에 있느냐는 거예요. 예약은 그녀 이름으로 하지 않았을 거예요. 그렇지 않으면 그녀에게 연락할 거예요." 스카페타가 말했다.

"우리 호텔에선 스물네 시간 룸서비스를 하는데, 내 사무실이 주방 가까이에 있어서 카트가 달그락거리는 소리가 들리죠." 루스가 말했다.

"그렇다면 그녀는 이미 위에 있군요. 하지만 그녀를 깨우고 싶지는 않아요." 스카페타의 눈동자 뒤에서 시작된 분노가 서서히 아래로 내려왔다.

"매일 아침 5시에 커피를 주문하는데, 팁을 별로 많이 주지 않죠. 우린 그녀를 그다지 좋아하지 않아요." 루스가 말했다.

셀프 박사는 호텔 8층의 구석진 스위트룸에 투숙해 있었다. 스카페타는 마그네틱 카드를 엘리베이터 숫자판에 끼워 넣고, 잠시 후 그녀의 객실 문 앞에 도착했다. 셀프 박사가 피프 홀을 통해 객실 밖을 내다보고 있는 게 느껴졌다.

셀프 박사가 문을 열며 말했다. "어떤 지각없는 사람인가 했더니, 당신이군요, 케이."

허리끈을 헐렁하게 맨 붉은 실크 실내복 차림의 셀프 박사는 검정 실크 슬리퍼를 신고 있었다.

"정말 깜짝 놀랐어요. 누구한테 들었는지 궁금하군요." 셀프 박사는 스카페타가 객실 안으로 들어오도록 몸을 한쪽으로 비켜주었다. "마치 운명처럼 잔 두 개와 커피 한 잔을 더 가져왔군요. 근사한 객실은 아니지만 내가 여기 있는 걸 누가 말해주었는지 알아맞혀볼게요." 셀프 박사는 소파에 앉아 다리를 당겼다. "샌디가 말했군요. 그녀가 원하는 건 뭐든지 줬는데 결국 목적을 이루고 나서는 아무렇지도 않게 버리는군요. 그게 바로 그녀의 비열한 생각이죠."

"샌디는 만난 적 없어요." 스카페타는 불빛이 켜진 오래된 시가지가 내다보이는 창가의 안락의자에 앉아서 말했다.

"직접 만난 적은 없다는 말이군요." 셀프 박사가 말했다. "하지만 그녀를 본 적은 있을 거예요. 당신의 공시소를 몰래 둘러봤으니까요. 케이, 법정에서의 그 우울한 날들을 돌이켜보면, 세상 사람들이 당신의 실제 모습이 어떤지 안다면 모든 게 얼마나 달라졌을까 궁금해지는군요. 공시소를 구경시켜주고 시신들을 볼거리로 삼았다는 게 알려지면, 특히 당신이 가죽을 벗기고 메스로 해부한 그 어린 소년을 구경거리로 삼았다는 게 알려진다면 말이죠. 그의 눈알은 왜 도려낸 거죠? 사인을 밝히기 위해 도대체 상처를 몇 군데나 정확하게 밝혀내야 하는 거죠? 케이, 그의 눈알을 도려낸 건 도대체 무엇 때문이죠?"

"공시소를 구경시켜준 건 누구한테 들었죠?"

"샌디가 자랑을 늘어놓았어요. 배심원이 뭐라고 말할지 상상해봐요. 플로리다의 판사가 당신이 어떤 사람인지 알았다면 뭐라고 말했을지 상상해봐요."

"당신은 그들의 판결에 상처받지 않았어요." 스카페타가 말했다. "당신은 모든 사람들에게 상처를 주었지만 정작 본인은 그런 상처를 받은 적이 없어요. 당신 친구인 카렌이 맥린 병원을 나간 후 스물네 시간도 지나지 않아 자살했다는 소식 들었나요?"

셀프 박사의 얼굴이 밝아졌다. "그렇다면 그녀의 슬픈 이야기에 어울릴 법한 대단원이로군요." 그녀는 스카페타의 눈을 똑바로 쳐다보며 말했다. "내가 가장할 거라 생각하지 말아요. 카렌이 재활시설에 가서 다시 죽어가고 있다는 소식을 들었으면 오히려 더 화가 났을 거니까요. 많은 사람들이 고요한 절망의 삶을 살아가지요. 소로(H.D. Thoreau, 1817~1862. 미국의 수필가이자 시인으로 시민의 자유를 옹호했다—옮긴이)가 말한 것처럼. 벤턴이 살아가는 세상이기도 하지요. 하지만 당신은 현실에 발을 붙이고 살죠. 결혼하면 어떻게 버틸 건가요?" 그녀는 스카페타의 왼손에 낀 반지를 내려다보며 말을 이었다. "아니면 끝까지 해낼까요? 당신들 두 사람은 그렇게 헌신적이지 않죠. 아, 벤턴은 헌신적이죠. 일상생활에서와는 다른 종류의 헌신. 그가 진행한 실험은 예기치 않은 멋진 경험이었는데, 입이 근질거려서 못 견디겠군요."

"플로리다에서의 소송에서 당신이 잃을 건 돈뿐인데, 아마 의료 과오 보험으로 환급받았을 거예요. 보험료는 상당한 금액이었겠죠. 당신에게 보험을 들어준 보험회사가 있다니 정말 놀랍군요." 스카페타가 말했다.

"짐을 꾸리고 뉴욕에 가서 다시 방송을 해야 해요. 내가 말했던가요? 범죄 심리에 관한 새로운 토크쇼를 맡았거든요. 걱정하지 말아요. 당신을 출연시키고 싶지는 않으니까."

"샌디가 자기 아들을 죽였을지도 몰라요." 스카페타가 말했다. "당신이 어떻게 할지 궁금하군요."

"되도록 오랫동안 그녀를 피했어요." 셀프 박사가 말했다. "케이, 당신이 처한 상황과 매우 유사하죠. 난 그녀를 알아요. 사람들은 왜 파괴적인 사람의 촉수에 엉켜드는 걸까요? 난 나 자신의 말에 귀 기울이고, 한마디 한 마디로 토크쇼를 만들죠. 토크쇼의 소재가 절대 고갈되지 않을 거라는 걸 깨달으면 기운이 빠지기도 하고 기운이 솟기도 해요. 마리노는 좀 더 깊이 생각해야 했어요. 그는 너무 단순해요. 그에게 소식은 들었나요?"

"당신이 시작한 거고 당신이 끝낸 거예요." 스카페타가 말했다. "왜 그를 가만히 놔둘 수 없었던 거죠?"

"그가 먼저 내게 접근했어요."

"그가 보낸 이메일은 절망에 빠진 불행한 사람의 것이었고 사람들을 위협하는 것이었어요. 당신은 그의 정신과 의사였어요."

"오래전 일이라 기억이 잘 나지 않는군요."

"당신은 그가 어떤지 알고 그를 이용했어요. 내게 상처를 주고 싶어서 그를 이용한 거죠. 당신이 내게 상처를 주는 건 상관없지만, 그에게 상처를 주지는 말았어야 했어요. 그러고 나서 당신은 벤턴에게 상처를 주기 위해 다시 그를 이용했어요, 그렇죠? 왜 그랬어요? 플로리다 소송 문제를 내게 되갚으려고? 그것 말고도 내게 되갚을 더 좋은 방법이 있었을 텐데요."

"케이, 난 막다른 골목에 처했어요. 샌디는 자신이 받아야 할 처벌을 응당 받아야 할 거고, 지금쯤 마로니 박사는 벤턴과 오랫동안 이야기를 나누었을 거예요. 내 생각이 틀렸나요? 난 파울로의 전화를 받고 조각을 끼워 맞춰 겨우 이해할 수 있었어요."

"샌드맨이 당신 아들이라고 말했겠군요." 스카페타가 말했다. "마로니 박사는 그 말을 하려고 당신에게 전화했어요."

"한 조각은 샌디고 다른 조각은 윌이에요. 하지만 또 다른 조각은 어린 윌인데, 난 항상 그를 그렇게 불렀죠. 내 아들 윌은 전쟁에서 돌아와 집에 와서는 훨씬 더 잔인한 전쟁에 뛰어들었어요. 그 때문에 그가 극한으로 내몰렸다고, 그가 정상이 아니라고 생각하나요? 그에게는 내 어떤 방법도 아무 소용 없었을 거예요. 이 일은 1년, 1년 반 전의 일이에요. 그는 자기 아들이 배가 고파서, 상처를 입고 두드려 맞아서 죽었다는 걸 알았어요."

"샌디 짓이군요." 스카페타가 말했다.

"윌의 짓이 아니에요. 그가 지금껏 어떤 짓을 저질렀다 해도 그건 그의 소행이 아니에요. 내 아들은 어린아이는 절대 해치지 않았을 거예요. 샌디는 자기가 할 수 있다는 이유만으로 그 어린아이를 잔인하게 다루는 게 정정당당하다고 생각했을 거예요. 그녀는 아이가 귀찮은 존재라고

할 거예요. 아기였을 땐 성가시고 어린이가 되어선 심술궂은 존재라고."

"샌디는 아이의 존재를 어떻게 감출 수 있었죠?"

"윌은 공군에서 복역했고, 그녀는 아이의 아버지가 죽을 때까지 아들을 샬럿에 두었어요. 내가 그녀에게 이곳으로 오라고 했는데, 그때부터 아이를 심하게 학대하기 시작했어요."

"그리고 밤에 아이의 시신을 늪에 유기했나요?"

"그녀가 그런 짓을 했다고는 도저히 상상할 수 없어요. 그녀에겐 보트도 없으니까요."

"보트를 사용했을 거라는 걸 어떻게 알죠? 사실로 밝혀지지 않았는데 말이죠."

"그녀는 조수에 대해서도 모를 거고 밤에 물가에 나가지도 않았을 거예요. 수영을 할 줄 모르거든요. 다른 사람의 도움이 필요했을 거예요."

"당신의 아들은 보트를 갖고 있고 조수에 대해서도 알았나요?"

"예전에는 보트가 있어서 어린 아들을 데리고 모험 놀이를 떠나는 걸 좋아했죠. 아무도 살지 않는 버려진 섬에 단둘이 캠핑을 가곤 했어요. 그는 모험을 즐기고 무언가를 동경하는 어린아이 같았어요. 그가 마지막으로 부대에 배치되었을 때 샌디는 그의 소지품을 많이 내다 팔았어요. 꽤 치밀한 행동이었죠. 그의 소유로 된 차가 있는지도 잘 모르겠어요. 하지만 그는 재빨리 대처했어요. 암암리에 했을 건 두말할 필요 없고요. 아마 그곳에서 배운 것 같아요." 그녀가 말하는 그곳은 이라크를 뜻했다.

스카페타는 마리노가 갖고 있는 바닥이 평평한 보트가 떠올랐다. 뱃전에 강력 엔진이 장착되어 있고 낚시용 모터와 노가 달린 보트였다. 몇 달 동안 보트를 사용하지 않은 그는 더 이상 보트 생각도 하지 않는 것 같았다. 특히 최근에 샌디를 만난 이후부터는 더 그랬다. 그녀가 보트를 타지 않았다 해도 보트에 대해 알았을 것이고, 월에게 말했을 수도 있을 것이다. 월이 보트를 빌렸을 수도 있다. 마리노의 보트를 찾아야 했다. 이 모든 걸 경찰에 어떻게 설명해야 할지 스카페타는 걱정이 앞섰다.

"샌디가 어찌해야 할지 몰랐던 시신을 누가 처리했을까요? 내 아들은 어떻게 해야 했을까요?" 셀프 박사가 말했다. "결국 그렇게 된 거예요, 그렇죠? 누군가의 죄가 자신의 죄가 된 거죠. 월은 자기 아들을 사랑했어요. 아빠가 전쟁터로 나가자 엄마는 부모 역할을 혼자 떠맡아야 했어죠. 그러자 엄마는 괴물로 변했어요. 난 처음부터 그녀가 몹시 싫었어요."

"당신은 오히려 그럴듯하게 그녀를 도와줬어요." 스카페타가 말했다.

"혹시 그거 알아요? 루시는 그녀의 프라이버시를 침입해 은행 계좌 내역을 알아냈어요. 샌디에게서 연락이 오지 않았다면 난 내 손자가 죽었다는 사실도 알지 못했을 거예요. 아이의 시신이 발견된 날이었는데, 그녀는 내게 돈뿐만 아니라 조언까지 구했어요."

"당신이 이곳에 온 건 그녀 때문인가요?"

"샌디는 영악하게도 지난 몇 년 동안 나를 협박했어요. 사람들은 내게 아들이 있다는 사실을 모르고, 손자가 있다는 건 더구나 모르죠. 그 사실이 알려지면 사람들은 나를 태만하고 냉담한, 최악의 어머니이자 할머니로 여길 거예요. 우리 어머니도 내게 항상 그렇게 말하죠. 하지만 내가 유명해졌을 무렵, 과거로 되돌아가 내가 고의로 멀리했던 것을 되돌리기에는 이미 너무 늦었어요. 해오던 대로 하는 것 말고는 선택의 여지가 없었죠. 아이 엄마인 샌디는 내 비밀을 지켜주는 대가로 자기앞수표를 받았어요."

"이제 당신은 그녀의 비밀을 지켜주는 대가로 뭘 받죠?" 스카페타가 말했다. "그녀는 자신의 아들을 학대해 죽게 했고 당신은 그녀가 가벼운 벌을 받고 대충 지나가길 바라죠. 그 대신 어떤 대가를 바라죠?"

"배심원들은 당신의 공시소에서 찍힌 테이프, 샌디가 시신용 냉장고에서 자신의 죽은 아들을 바라보는 모습을 보고 싶어 할 거예요. 당신의 공시소 안에 들어온 살인자의 모습을. 이후에 사람들이 어떤 이야기를 할지 상상해봐요. 조심스레 예기하자면, 케이, 아마 당신은 더 이상 일을 할 수 없을 거예요. 그러니 나한테 감사해야 할 거예요. 내 프라이버시 덕분에 당신의 사생활도 보호받고 있으니까요."

"당신은 내가 어떤 사람인지 모르는군요."

"이런, 커피 권하는 것도 잊어버렸네요. 두 잔이 있거든요." 셀프 박사가 미소 지으며 말했다.

"당신이 어떤 일을 했는지 난 절대 잊지 않을 거예요." 스카페타가 자리에서 일어서며 말했다. "당신이 루시와 벤턴, 나에게 어떤 일을 했는지. 마리노에게 어떤 짓을 했는지는 잘 모르겠지만 말이죠."

"그가 당신에게 어떤 일을 했는지도 잘 모르지만, 어느 정도는 알고 있어요. 벤턴은 어떻게 견디고 있는 거죠?" 그녀는 커피를 잔에 다시 채웠다. "생각해보면 정말 특이한 일이에요." 그녀는 쿠션에 몸을 기대며 말을 이었다. "마리노가 플로리다에서 날 찾아 왔을 때, 내 손을 잡거나 옷을 찢지는 않았지만 눈앞에 성욕이 보이는 듯 강렬했어요. 그는 오이디푸스콤플렉스에 사로잡힌 것처럼 불쌍했어요. 자신의 어머니, 즉 자신의 삶에서 가장 강력한 사람과 성관계를 맺고 싶어 하고, 오이디푸스의 헛된 희망을 끝까지 뒤쫓을 거예요. 당신과 성관계를 했을 때 마침내 그림의 떡을 움켜쥐는 거죠. 환성을 지르며 만세를 불렀을 거예요. 그가 자살하지 않은 건 의외예요."

스카페타는 문간에 서서 셀프 박사를 똑바로 쳐다보았다.

"연인으로서 마리노는 어떤 남자인가요?" 셀프 박사가 물었다. "벤턴은 알겠는데 마리노는 잘 모르겠어요. 며칠 동안 연락을 듣지 못했는데,

당신들 둘은 서로 연락하나요? 벤턴은 뭐라고 하던가요?"

"마리노가 당신한테 말하지 않았다면 누가 말해주겠어요?" 스카페타가 재빨리 말했다.

"마리노라고요? 아니에요, 그렇지 않아요. 그는 말해주지 않았어요. 그 술집 이름이 뭐죠? 그가 거기서 당신 집으로 가는 동안 미행을 당했어요. 샌디의 청부업자로, 그는 당신이 이곳을 떠나도록 하는 일을 위탁받았어요."

"그럼 당신이 그랬군요. 그럴 거라고 생각했어요."

"당신을 도우려고 그랬어요."

"당신 삶에 아무것도 없다는 이유로 다른 사람들을 이런 식으로 억압해야 하는 건가요?"

"케이, 찰스턴은 당신에게 좋은 곳이 아니에요."

스카페타는 문을 닫고 나와 호텔을 나섰다. 포장 보도를 걸어 말 조각상이 있는 분수를 지나 호텔 주차장으로 들어갔다. 해는 아직 뜨지 않았다. 그녀는 경찰에 신고해야 했지만, 한 사람이 일으킨 불행이 머릿속을 가득 채워 아무 생각도 할 수 없었다. 한적한 콘크리트 건물과 자동차를 보자 갑작스런 두려움이 밀려오면서 셀프 박사가 했던 말이 떠올랐다.

'그가 자살하지 않다니 의외예요.'

그녀는 예언을 한 걸까 아니면 자신이 아는 또 다른 끔찍한 비밀을 암시한 걸까? 스카페타는 다른 아무 생각도 할 수 없었고, 루시나 벤턴에게도 전화할 수 없었다. 사실대로 말하면 마리노를 동정하지 않을 거고, 그가 권총 자살이나 다리에서 떨어져 자살하기를 바랄지도 몰랐다. 마리노가 쿠퍼 강바닥에 처박힌 트럭 안에서 죽어 있는 모습이 머릿속에 떠올랐다.

스카페타는 로즈에게 전화하기로 결심하고 휴대전화를 꺼냈지만 신호음이 울리지 않았다. SUV로 걸어가던 그녀는 그 옆에 주차된 흰색 캐딜락을 얼핏 알아차렸다. 뒷범퍼에 붙은 타원형 스티커에 적힌 HH는 힐튼 헤드의 약자였다. 어떤 일이 벌어지고 있는지 머리로 인지하기 전에 마음으로 느낀 스카페타는 얼른 몸을 감추었다. 바로 그때 포마 국장이 콘크리트 기둥에서 갑자기 튀어나왔다. 그녀 뒤쪽에서 공기가 움직이고 소리가 들렸고 그가 돌진했다. 스카페타가 몸을 돌리며 방향을 바꾸자 무언가가 그녀의 팔을 와락 붙잡았다. 바로 그때, 그녀는 어떤 얼굴과 마주했다. 작은 상처 자국이 남아 있고 귀가 벌겋게 부어오른 청년의 얼굴이 스카페타를 사납게 노려보았다. 그가 그녀의 차에 부딪치고 칼이 바닥에 떨어지는 소리가 들렸다. 국장이 그를 주먹으로 치며 소리를 내질렀다.

23 순환

불은 손에 모자를 잡고 있었다. 상체를 꼿꼿이 세우면 머리가 지붕에 닿을까 봐 앞좌석에 앉은 채 몸을 약간 구부리고 있었다. 불은 자신이 저지르지도 않은 범죄의 누명을 벗고 시 교도소에서 나올 때조차 자신감에 차 있었다.

"태워주셔서 고맙습니다, 케이 박사님." 스카페타가 그녀의 집 앞에 주차하자 그가 말했다. "번거롭게 해드려서 죄송하고요."

"불, 이제 화나려고 하니까 그런 말 그만해요."

"박사님 심정은 알지만 그래도 죄송해요. 박사님이 잘못한 것도 없고요." 그는 차 문을 열고 천천히 앞좌석에서 내렸다. "장화에 묻은 진흙을 털어내려고 했는데 매트를 약간 더럽힌 것 같군요. 나중에 청소하거나 아니면 깨끗하게 털어드릴게요."

"불, 미안하다는 말 그만해요. 교도소를 떠날 때부터 계속 그러니까 화가 날 지경이에요. 다음번에 이런 일이 일어났는데 내게 곧바로 연락하지 않으면 정말 화낼 거예요."

"그러고 싶지 않아요." 그가 매트를 꺼내어 터는 모습을 보며 스카페타는 그도 자기만큼 고집이 세다는 생각이 들었다.

끔찍한 모습을 보고 고약한 냄새를 맡은 힘든 하루였다. 마침내 로즈한테서 전화가 왔다. 스카페타가 웹스터 부인의 부패한 시신 부검에 몰두하고 있던 도중에 홀링스가 나타나 알아야 할 소식이 있다고 했다. 로즈가 어떻게 알아냈는지는 명확하지 않지만, 자신의 이웃이 스카페타의 이웃과 아는 사이인데 불이 주거침입으로 체포되었다면 스카페타가 그림볼 부인과 만났을 거라는 소문을 들었다는 것이다.

그는 스카페타 집의 현관 왼쪽에 있는 돈나무 뒤에 숨어 있었고, 그림볼 부인은 위층 창가에서 밖을 내다보던 중 우연히 그를 알아보았다. 밤중이었다. 그런 모습을 본 이웃이 경계한 것은 나무랄 수 없었지만, 문제는 그 이웃이 하필이면 그림볼 부인이라는 점이었다. 그녀는 빈집털이범을 신고하려고 911에 전화하는 것으로 그치지 않고, 이야기를 윤색해 불이 스카페타의 집이 아닌 자기 집에 숨어 있었다고 했다. 결국 체포 경력이 있는 불은 주중부터 교도소에 수감되었고, 스카페타가 주차장에서 공격을 당한 후 로즈가 부검을 중단시키지 않았다면 불은 아직도 수감되어 있었을 것이다.

이제 시 교도소에 수감된 사람은 불이 아니라 윌 람보였다.

이제 불의 어머니는 마음을 놓을 수 있었고, 아들이 다시 해고되는 걸 끔찍이 싫어해서 굴을 따러 나갔다고 계속 거짓말할 필요도 없었다.

"스튜를 해동했는데 양이 많아요." 스카페타가 현관문을 열며 말했다. "당신이 지난 며칠 동안 어떤 음식을 먹었을지 상상이 가요."

불이 현관으로 따라 들어오자 스카페타는 우산꽂이에 신경이 쓰여 발걸음을 멈추었다. 우산꽂이 안에서 마리노의 오토바이 열쇠와 글록 소총의 탄창이 나왔고, 서랍에서는 글록 소총이 나왔다. 스카페타는 마음이 불안하고 속이 메슥거리는 것 같았다. 불은 아무 말도 하지 않았지만, 방금 우산꽂이에서 뭘 찾았는지, 왜 그 물건이 거기 있는지 궁금해하는 게 느껴졌다. 지금은 그녀가 말할 수 있는 상황이 아니었다. 그녀는 클로로포름 병을 보관하는 금속 상자 안에 오토바이 열쇠와 탄창, 소총을 넣고 잠갔다.

스카페타는 스튜와 집에서 만든 빵을 데워 식탁을 차리고, 복숭아 맛 아이스티를 커다란 잔에 부은 다음 신선한 박하 향을 한 방울 떨어뜨렸다. 그녀는 불에게 앉아서 식사하라고 하고 자신은 벤턴과 함께 위층에 있을 테니 필요한 게 있으면 부르라고 말했다. 그녀는 물을 너무 많이 주면 월계수 잎이 말리면서 일주일 내에 죽을 거고, 팬지는 꽃잎을 떼야 한다고 상기시켰다. 그가 자리에 앉자 스카페타는 그에게 음식을 차려주었다.

"내가 왜 이런 얘길 하는지 모르겠네요." 스카페타가 말했다. "당신은 정원 가꾸기에 관해 나보다 더 잘 알잖아요."

"다시 한 번 상기시켜주는 거니까 괜찮아요." 불이 말했다.

"그림볼 부인이 아름다운 향기를 맡을 수 있게 대문 옆에 월계수를 심어야겠어요. 그러면 그녀가 기분이 좋아질 테니까요."

"그녀는 옳은 일을 하려고 애썼어요." 불이 냅킨을 펼쳐 셔츠 안에 집어넣었다. "숨어 있지 말았어야 했는데, 오토바이를 탄 남자가 권총을 들고 골목길에 나타나자 그를 계속 주시했어요. 그래야 한다는 느낌이 들었거든요."

"나도 그런 직감을 믿어야 한다고 생각해요."

"나도 그렇습니다. 그런 직감이 드는 이유가 있는 법이니까요." 불이 차를 맛보며 말했다. "그리고 그날 밤 관목 숲에서 기다려야 한다는 직감이 들었어요. 박사님 댁의 대문을 지켜보고 있었는데, 오히려 골목길을 주시해야 했어요. 루시어스가 살해되었을 때 장의차가 있었던 곳은 골목길이었으니, 범인은 당시 그곳에 있었을 테니까요."

"골목길에 있지 않아서 다행이에요." 스카페타는 모리스 섬과 그곳에서 찾아낸 것들을 떠올리며 말했다.

"거기 있었더라면 좋았을 텐데요."

"그림볼 부인이 장의차를 보고 경찰에 신고해주었다면 좋았을 거예요." 스카페타가 말했다. "그녀는 당신을 교도소에 수감시키고도, 어젯밤 늦은 시각 골목길에 장의차가 있다는 신고는 하지 않았어요."

"그가 구치소에 수감되는 걸 봤어요." 불이 말했다. "그는 귀가 아프다며 소란을 떨었는데, 간수가 무슨 일이냐고 묻자 개에게 물려 감염되었으니 의사를 불러야 한다고 했어요. 훔친 번호판이 붙은 그의 캐딜락에 관해서 많은 얘기를 했고, 경찰관이 그 남자가 어떤 여자를 그릴 위에 구웠다고 말하는 걸 들었어요." 불이 차를 마시며 이야기를 계속했다. "그림볼 부인이 그의 캐딜락을 봤을 수도 있다는 생각이 계속 들었는데, 부인은 장의차에 대해 아무 말 하지 않았듯이 캐딜락에 관해서도 아무 말 하지 않았어요. 경찰에게는 말하지 않았어요. 어떤 건 중요하다고 생각하면서 다른 건 그렇지 않다고 생각하는 걸 보면 우스워요. 밤중에 장의차가 골목길에 세워져 있으면 누군가가 죽었으니 안을 들여다봐야 한다고 생각할 거예요. 자기가 아는 사람이면 어떻게 하겠어요? 그녀는 법정에 가고 싶지 않았을 거예요."

"법정에 가고 싶은 사람은 아무도 없으니까요."

"그녀는 특히 더 싫어했을 거예요." 불은 스푼을 들어 올렸지만, 워낙 예의 바른 품성이라 말을 하면서 음식을 먹지는 않았다. "그녀는 판사들 앞에서도 분개할 수 있다고 생각할 거예요. 입장권을 사서라도 그 모습을 보고 싶어요. 몇 년 전 이 집 정원에서 일을 하고 있었는데, 고양이 새끼가 있다는 이유만으로 그녀의 집 아래에 숨어 있는 고양이에게 물을 한 양동이 퍼붓는 걸 봤어요."

"불, 더 이상 못 참겠으니 이제 그만 말해요."

스카페타는 위층으로 올라가 침실을 지나 정원이 내다보이는 자그마한 발코니로 나갔다. 벤턴은 통화중이었는데, 지난번 이후로 계속 통화 중인 것 같았다. 카키색 바지에 폴로셔츠로 갈아입었고, 깨끗한 냄새가 났고 머리칼은 젖어 있었다. 벤턴 뒤에는 구리 소재로 만든 격자 울타리가 보였는데, 시계풀 덩굴이 연인처럼 창을 타고 올라올 수 있도록 그녀가 만든 것이었다. 아래에는 포석이 깔린 안뜰과 오래되어 물이 새는 호스로 물을 채운 얕은 연못이 있었다. 그녀의 정원은 계절에 따라 배롱나무, 동백나무, 칸나, 히아신스, 수국, 수선화, 월계수, 달리아가 피며 아름다운 색채의 조화를 이루었다. 돈나무와 월계수를 넉넉하게 심지 않은 건 그녀가 아름다운 향기를 무척 좋아하기 때문이었다.

햇살이 비치자 그녀는 갑자기 피곤했고 시야가 흐릿해졌다.

"국장과 통화했어." 벤턴이 유리 테이블에 전화기를 내려놓으면서 말했다.

"배고파요? 차라도 갖다 줄까요?" 스카페타가 물었다.

"내가 당신한테 뭘 좀 갖다 주는 게 어떨까?" 벤턴이 그녀를 바라보며 말했다.

"눈빛을 볼 수 있도록 선글라스 벗어봐요." 스카페타가 말했다. "지금은 짙은 선글라스를 들여다보고 싶지 않아요. 왜 이렇게 피곤한지 모르겠어요. 예전엔 이렇게 피곤하지 않았는데…."

벤턴은 선글라스를 벗고 안경다리를 접어 테이블에 놓았다. "파울로 마로니는 사임했고 이탈리아에서 돌아오지 않을 거야. 그에겐 아무 일도 일어나지 않을 거야. 병원장은 오히려 사건 통제에 악영향을 주고 있는데, 셀프 박사가 하워드 스턴 쇼에 출연해 메리 셸리가 쓴 《프랑켄슈타인》에 나오는 실험에 대해 이야기하고 있기 때문이지. 그가 그녀의 가슴이 얼마나 큰지 그리고 진짜 가슴인지 곤란한 질문을 했으면 좋겠어. 이런, 내가 괜한 소리를 했군. 그녀라면 가슴이 크다면서 그에게 보여주고도 남을 거야."

"마리노에게서 아무 소식도 없어요."

"케이, 내게 시간을 좀 줘. 당신이 잘못했다고 생각하지 않아. 우린 이 일을 이겨낼 거야. 다시 당신의 손을 잡고 싶고 그 생각은 하고 싶지 않아. 내가 말했던 것처럼, 생각만 해도 몹시 신경이 쓰이니까." 그는 그녀의 손을 꼭 잡았다. "내게도 부분적으로 잘못이 있는 것 같아. 부분 이상일 수도 있고. 내가 여기 있었더라면 아무 일도 일어나지 않았을 거야. 이제 그 점을 바꿀 거야. 당신이 내가 여기 있는 걸 원하기만 하면."

"물론 그러길 원해요."

"마리노가 곁에 없으면 좋겠어." 벤턴이 말했다. "하지만 그에게 어떤 해도 끼치고 싶지 않고, 그에게 아무 일도 일어나지 않았으면 좋겠어. 당신이 그를 방어하고 걱정해주고, 그리고 지금도 그에게 관심을 가져준다는 점을 받아들이려고 애쓰고 있어."

"식물 병리학자가 한 시간 후에 올 거예요. 거미 진드기가 있어서요."

"난 두통이 있는 줄 알았는데."

"만약 그에게 어떤 일이 일어나면, 더구나 그가 스스로에게 어리석은 짓을 한다면 가만두지 않을 거예요." 스카페타가 말했다. "내 최악의 단점일 거예요. 내가 좋아하는 사람들을 용서해주면 그들은 계속 그걸 반복하죠. 제발 그를 찾아줘요."

"케이, 모두들 그를 찾으려고 애쓰고 있어."

긴 침묵이 이어졌고 새소리만 울렸다. 불이 정원에 나타나 호스를 풀기 시작했다.

"샤워해야겠어요." 스카페타가 말했다. "그곳에서는 창피해서 샤워하고 싶지 않았어요. 라커룸에서는 사생활을 보호받을 수 없고 갈아입을 옷도 없었거든요. 당신이 왜 날 참아주는지 앞으로도 절대 모르겠죠. 셀프 박사에 대해선 걱정하지 말아요. 몇 달 수감되는 게 그녀에게도 좋을 거니까요."

"그곳에서도 자신의 토크쇼를 여러 편 촬영하겠지. 어떤 여자 제소자가 그녀의 노예가 되어 뜨개질로 숄을 짜 줄 거야."

불이 팬지 화단에 물을 뿌리자 호스에서 날리는 물보라에 무지개가 떴다.

다시 전화벨이 울리자 벤턴이 '맙소사'하고 짧게 감탄사를 내뱉으며 전화를 받았다. 항상 남의 말을 듣는 데 익숙한 그는 수화기에 귀를 기울인 채 별로 말을 하지 않았다. 스카페타는 외로울 때면 그에게 그렇게 말하곤 한다.

"고맙습니다만 내가 생각하기에도 우리가 거기에 갈 이유는 없을 것 같네요." 벤턴이 말했다. "케이를 대변하는 건 아니지만, 우리가 간섭할 필요는 없을 것 같습니다."

벤턴은 통화를 마치고 스카페타에게 말했다. "국장이야. 당신의 흑기사가 갑옷과 투구를 반짝이며 으스대고 있군."

"그렇게 냉소적으로 말하지 말아요. 그는 당신을 분노하게 하지 않았으니 고마워해야 해요."

"그는 뉴욕으로 오는 길이야. 셀프 박사의 펜트하우스 아파트를 곧 수색할 거야."

"뭘 찾으려고요?"

"드루 마틴이 로마로 떠나기 전날 밤 그곳에 있었어. 그리고 또 누가 있었겠어? 아마 셀프 박사의 아들, 홀링스가 요리사라고 생각했던 남자가 함께 있었을 거야. 가장 평범한 대답이 종종 정답이지." 벤턴이 말했다. "알이탈리아 편으로 항공기 수속을 해뒀어. 드루가 탄 비행기에 누가 함께 탑승했는지 알아?"

"그녀가 스페인 광장에서 그를 기다리고 있었단 말이에요?"

"그건 몸에 금칠을 하고 공연한 마임이 아니라 계략이었어. 드루는 윌을 기다리고 있었고 친구들에게 알리고 싶어 하지 않았을 거야. 내 추측이지만 말이지."

"드루는 코치와 결별했어요." 스카페타는 불이 얕은 연못의 물을 채우는 모습을 바라보며 말했다. "셀프 박사가 그렇게 하라고 세뇌한 직후였죠. 또 다른 추측도 해볼 수 있지 않을까요? 윌은 드루를 만나길 원했고, 그의 어머니는 둘을 연결해주지 않았어요. 샌드맨이라고 서명한 비정상적인 이메일을 보낸 장본인이 바로 그라는 사실을 깨달은 거죠. 셀프 박사는 드루와 그녀를 살해할 범인을 무심코 서로 이어준 거예요."

"우리가 절대 알지 못할 사항이 하나 있지." 벤턴이 말했다. "사람들은 진실을 말하지 않아. 시간이 지나면 그 사실조차 알지 못하지."

불이 상체를 숙여 잎이 갉아 먹힌 팬지를 들여다보더니 위층 창문에서 내다보고 있는 그림볼 부인을 올려다보았다. 불은 나뭇잎을 모으는 봉투를 가까이 당기며 하던 일을 계속했다. 스카페타는 남의 일에 간섭하기 좋아하는 이웃인 그림볼 부인이 전화기를 귀에 갖다 대는 모습을 바라보았다.

"저기요…." 스카페타는 자리에서 일어나 미소 지으며 손을 흔들었다.

그림볼 부인이 밖을 내다보며 창을 열자 벤턴은 무표정한 얼굴로 쳐다보았다. 스카페타는 급하게 할 말이라도 있는 것처럼 계속 손을 흔들었다.

"그가 방금 교도소에서 나왔어요." 스카페타가 소리쳤다. "그를 다시 교도소에 보내면 당신 집을 불태워버릴 거예요."

창문이 곧바로 닫히더니 그림볼 부인의 얼굴이 창가에서 사라져버렸다.

"뭣 하러 그렇게 말했어?" 벤턴이 말했다.

"하고 싶은 말은 뭐든지 할 거예요." 스카페타가 말했다. "난 이곳에 살고 있으니까요."

〈끝〉

옮.긴.이.의.말.

《미확인 기록》은 지난 1990년《법의관》으로 시작해 전 세계적으로 큰 반향을 일으킨 스카페타 시리즈의 열다섯 번째 작품이다. 작가 퍼트리샤 콘웰은 처녀작《법의관》을 통해 당시 스릴러 문학의 판도를 뒤흔들었고, 지금까지 연이어 발표한 열네 권의 시리즈는 '법의학 스릴러'라는 새로운 장르를 개척했다. '스카페타 시리즈'는 외부적으로는 CSI 같은 범죄 스릴러물의 시효로 평가되는 반면, 지금껏 15권까지 계속되어온 스카페타 시리즈 내부적으로는 큰 흐름을 유지하며 진화하고 있다. 십 수 년 동안 한 작품에 천착한 작가로서의 소명의식과 고뇌를 작품 속에 고스란히 투영했기 때문일 것이다.

이번에 소개하는《미확인 기록》도 전작들과 마찬가지로 작가로서의 새로운 시도와 시리즈의 진화 과정을 읽을 수 있다. 전작《약탈자》에서 종교와 인간 내면에 대한 깊은 성찰이 돋보였다면, 이번《미확인 기록》에서는 사회와 전쟁에 대한 메시지를 담고 있다. 하지만 소설에는 어떤 처참한 전투 장면이나 군대 내에서의 잔혹 행위도 나와 있지 않다. 다만 희미한 잔상이 반복되는 인간의 쓸쓸한 내면을 치밀하고 유려하게 그려내고 있을 뿐인데, 오랜 시간 인간의 내면과 범죄에 관해 고심한 작가로서의 필력이 단연 돋보이는 부분이라 하겠다.

이번 소설에서 작가가 전쟁과 함께 새롭게 던진 화두는 단연 가족이 아닐까 싶다. 등장인물들은 독자들이 예상치 못한, 실타래처럼 복잡하게 얽힌 가족 관계를 구성하고 있고, 그들의 관계는 살인사건의 중요한 열쇠가 된다. 작가는 이번 작품에서 처음으로 한 세대에서 다음 세대로 이어지는 범죄의 심각성을 고발하고 있는데, 그 섬뜩한 DNA에 대한 고찰이 소설의 후반부로 이어질수록 서슬 퍼렇게 느껴진다. 그 심연을 알 수 없는 인간에 대한 폭력과 증오는 결국 자신도 알지 못하는 DNA에 또렷하게 각인돼 다음 세대로 전해지고, 또 다른 폭력과 살인을 낳는 것인지도 모른다.

그리고 오랜 세월 동안 가족처럼 지낸 비서 로즈의 암 투병을 지켜보는 스카페타의 모습을 보며 또 다른 가족의 의미를 되새길 수도 있다. 오랜 시간 스카페타 시리즈를 사랑해온 독자들에게 약간은 어색하게 보일지도 모를 스카페타와 벤턴의 새로운 관계 전환도 아마 가족에 대한 작가의 깊은 고민과 갈등의 해답이 아닐까 짐작해볼 따름이다.

《미확인 기록》은 스카페타가 찰스턴에서 법의학자로서 새로운 발걸음을 내딛는 것으로 시작한다. 이제 그녀에게는 법의국장이라는 당당한 직함도 없고 마차 차고로 사용되던 집을 개조한 사무실은 초라해 보이기까지 하다. 하지만 그런 상황에서도 살인사건은 연이어 일어나는 법이다. 평온한 도시 찰스턴에 일어난 사건은 미국 전역을 뒤흔든다. 지난해 US 오픈에서 최연소로 우승한 열여섯 살의 테니스 스타 드루 마틴이 이탈리아에서 살해된 것이다. 그리고 신원을 알 수 없는 어린 소년의 시신이 늪에서 처참한 모습으로 발견된다.

소설의 무대는 곧이어 이탈리아로 옮아간다. 고색창연한 로마의 유적지를 배경으로 펼쳐지는 섬뜩한 사건 그리고 성 미카엘 성당이 내다보이고, 비가 오면 골목길에 물이 차오르는 베니스의 모습은 장려한 서사시의 한 장면처럼 소설 속에 펼쳐져 있다.

소설의 등장인물 가운데에서도 독자들의 눈길을 끄는 인물들이 많다. '디자이너 법의관' 혹은 '로마의 셜록 홈즈'라는 별명을 가진 바람둥이 오토 포마 국장, 미국과 베니스를 오가는 파울로 루파노 등은 이번 소설의 무대를 이탈리아로 넓혀 주며 또 다른 볼거리를 제공한다. 테니스 스타 드루 마틴의 코치인 지아노 루파노부터 텔레비전에서 토크쇼를 진행하는 거만하고 독단적인 중년 여성 셀프 박사 그리고 의도적으로 마리노에게 접근하는 섹시한 젊은 여자 샌디 스누, 찰스턴에서 수십 년 동안 장의사를 운영해온 헨리 홀딩스까지…. 이들 모두는 살인사건의 피해자 혹은 가해자와 연관을 맺고 있고, 스카페타 시리즈 1권부터 지금껏 독자들의 마음에 새겨져 있을 벤턴과 마리노 그리고 루시와도 거미줄처럼 교묘하게 연결되어 있어 독자들의 궁금증과 호기심을 더욱 증폭시킨다. 그리고 얽히고설킨 가족관계가 하나둘씩 드러나면서 사건의 결말은 예상치 못한 파국을 향해 치닫는다.

최근 명분 없는 이라크 전쟁 이후 외상 후 스트레스 장애에 시달리던 이라크 파병 군인들이 연쇄살인, 총기 난사 등 사회적 문제를 일으키는 뉴스를 접하면서 퍼트리샤 콘웰의 작가로서의 진지한 성찰과 사회적 책임 그리고 한 관찰자로서의 선경지명을 읽을 수 있었다. 그리고 때로는 허구의 소설이 실제의 현실보다 더 사실적일 수 있다는 역설을 마음속으로 느낄 수 있었다.

《미확인 기록》에 이은 스카페타 시리즈의 다음 작품의 제목은 바로《스카페타》이다. 사회와 가족을 향한 작가의 냉엄한 시선은 이제 작가의 또 다른 자아 '스카페타'에게 향할 것이다. 독자들과 함께 설레는 마음으로 다음 작품을 기다려본다.

2012년 3월

옮긴이 홍성영

미확인 기록 스카페타 시리즈 Vol.15

1판 1쇄 발행 2012년 3월 12일
1판 2쇄 발행 2014년 8월 29일

지은이 퍼트리샤 콘웰
옮긴이 홍성영

발행인 양원석
편집장 김지아
전산편집 김미선
해외저작권 황지현, 지소연
제작 문태일, 김수진
영업마케팅 김경만, 정재만, 곽희은, 임충진, 장현기, 김민수, 임우열
윤기봉, 송기현, 우지연, 정미진, 윤선미, 이선미, 최경민

펴낸 곳 ㈜알에이치코리아
주소 서울시 금천구 가산디지털2로 53, 20층 (가산동, 한라시그마밸리)
편집문의 02-6443-8853 구입문의 02-6443-8838
홈페이지 http://rhk.co.kr
등록 2004년 1월 15일 제2-3726호

ISBN 978-89-255-4599-8 (03840)